Lee Child

Andrew Child

Der Sündenbock

Ein Jack-Reacher-Roman

Deutsch von Wulf Bergner

W0379070

blanvalet

Die Originalausgabe erschien 2020 unter dem Titel »The Sentinel (Reacher 25)«
bei Bantam Press, London.

MIX
Papier | Fördert gute Waldnutzung
FSC® C014496
FSC www.fsc.org

Penguin Random House Verlagsgruppe FSC® N001967

1. Auflage

Published by Arrangement with Lee Child and ANDREW CHILD LTD
Dieses Werk wurde vermittelt durch
die Literarische Agentur Thomas Schlück GmbH, 30161 Hannover.

Umschlaggestaltung: www.buerosued.de
nach einer Originalvorlage von Penguin Random House UK
Umschlagdesign: Stephen Mulcahey
Umschlagmotive: U1 – Nagel Photography / Shutterstock.com;
U4 – iStock.com / passigatti
HK · Herstellung: DiMo
Satz, Druck und Bindung: GGP Media GmbH, Pößneck
Printed in Germany
ISBN 978-3-7341-1258-4

www.blanvalet.de

Für Kara und Sarah
mit bestem Dank

1

Rusty Rutherford verließ sein Apartment an einem Montagmorgen – genau eine Woche nachdem er fristlos entlassen worden war. Nachdem das Beil gefallen war, verbrachte er die ersten Tage bei zugezogenen Vorhängen, ernährte sich von seinem Vorrat an Tiefkühlpizzen und wartete darauf, dass sein Telefon klingelte. *Erhebliche Schwächen,* stand in dem Kündigungsschreiben. *Totalversagen als Führungskraft. Grundsätzliche Fehler und Fehleinschätzungen.* Unglaublich! Eine völlige Verzerrung der Wahrheit. Und so unfair. Tatsächlich versuchte man, ihm die Verantwortung für die gegenwärtigen Probleme der Stadt aufzubürden. Das war … ein Riesenfehler. Schlicht und einfach. Was bedeutete, dass er bestimmt korrigiert werden würde. Und zwar bald.

Die Stunden verstrichen quälend langsam. Sein Telefon blieb stumm. Und sein E-Mail-Account wurde mit nichts als Spam zugemüllt.

Er leistete noch einen Tag länger Widerstand, dann schnappte er sich seinen alten Laptop und schaltete ihn ein. Er besaß keine Schuss- oder Stichwaffe. Er konnte sich nicht von einem Hubschrauber abseilen oder mit dem Fallschirm aus einem Flugzeug springen. Aber trotzdem würde irgendjemand dafür büßen müssen. Vielleicht würden seine realen Feinde damit durchkommen. Dieses Mal. Aber nicht die Schurken in den Videospielen, die ihm ein Freund, der Spiele entwickelte, geschickt hatte. Bisher war er vor ihnen zurückgeschreckt. Die Gewaltszenen waren ihm zu extrem erschienen. Zu unnötig.

So war ihm nicht mehr zumute. In Zukunft würde er keinen Pardon mehr geben. Es sei denn …

Sein Telefon blieb stumm.

Vierundzwanzig Stunden später hatte er jede Menge persönlicher Bestleistungen aufgestellt und war leicht dehydriert, aber ansonsten hatte sich nicht viel ereignet. Er klappte den Laptop zu und sackte auf seiner Couch zusammen. Dort blieb er für den Rest des Tages hocken, spielte willkürlich ausgewählte Blu-Rays, an deren Kauf er sich nicht erinnern konnte, und flehte das Universum stumm an, ihn wieder arbeiten zu lassen. Er würde sich anders verhalten, schwor er. Umgänglicher sein. Geduldiger. Diplomatisch. Sogar mitfühlend. Er würde fürs ganze Büro Doughnuts kaufen. Zweimal im Monat. Auch dreimal, wenn das die Voraussetzung für einen Deal war.

Sein Telefon blieb stumm.

Er trank nicht oft, aber was blieb ihm anderes übrig? Eben lief der Abspann einer weiteren DVD. Weil er keine Filme mehr ertragen konnte, wich er in die Küche aus. Holte eine ungeöffnete Flasche Jim Beam hinten aus einem Schrank. Kehrte damit ins Wohnzimmer zurück und legte eine verkratzte alte LP von Elmore James auf den Plattenteller.

Als er auf dem Bauch liegend aufwachte, hatte er … wie lange geschlafen? Er wusste es nicht. Er wusste nur, dass sein Schädel voller Felsbrocken zu sein schien, die sich aneinander rieben, während sie seinen Kopf zu sprengen versuchten. Er fürchtete, dieser Schmerz würde niemals mehr aufhören. Aber als sein Kater endlich abklang, spürte er eine neue Gefühlsregung: Trotz. Schließlich war er sich keiner Schuld bewusst. Keines der schlimmen Dinge, die passiert waren, war seine Schuld. Das stand verdammt fest. Er war nur derjenige, der sie vorausgesehen hatte. Der seinen Chef vor ihnen gewarnt hatte.

Wieder und wieder. Öffentlich und privat. Und der ignoriert worden war. Wieder und wieder. Daher beschloss Rutherford, nachdem er sich zwei Tage lang eingeigelt hatte, nun sei es an der Zeit, sein Gesicht zu zeigen. Seine Seite der Story zu erzählen. Jedem, der sie hören wollte.

Nachdem er geduscht hatte, suchte er ein paar Sachen zusammen. Chinos und ein Polohemd. Brandneu. Gedeckte Farben ohne auffällige Logos, um seine Ernsthaftigkeit zu unterstreichen. Seine Schuhe fand er in der Diele, wo er sie wutentbrannt weggeschleudert hatte. Autoschlüssel und Sonnenbrille nahm er aus dem Bücherregal neben der Tür. Damit trat er auf den Korridor hinaus. Fuhr allein mit dem Aufzug hinunter. Durchquerte den Eingangsbereich. Ging durch die schwere Drehtür und blieb auf dem Gehsteig stehen. Die Spätvormittagshitze war ein Gluthauch, der ihn sofort in Schweiß ausbrechen ließ. Er spürte kurzzeitige Panik. Schuldige Menschen schwitzten. Das hatte er irgendwo gelesen, und genau das wollte er um jeden Preis vermeiden. Er sah sich um, weil er sich einbildete, alle starrten ihn an, und zwang sich dann zum Weitergehen. Er steigerte sein Tempo, weil er sich einbildete, auffälliger zu sein, als wenn er nackt unterwegs gewesen wäre. Tatsächlich registrierten die meisten Leute, denen er begegnete, seine Anwesenheit nicht einmal. Nur zwei von ihnen achteten überhaupt auf ihn.

Zur selben Zeit, als Rusty Rutherford sein Apartment verließ, brach Jack Reacher in eine Bar ein. Er war in Nashville, Tennessee, fünfundsiebzig Meilen nordöstlich von Rutherfords verschlafener Kleinstadt entfernt, und auf der Suche nach der Lösung eines Problems. Eigentlich handelte es sich um eine praktische Angelegenheit. Es ging um Physik. Und Biologie.

Um die Frage, wie man einen Kerl unter einer Decke aufhängen konnte, ohne viel Schaden anzurichten. Vor allem nicht an der Decke. Der Kerl machte ihm weniger Sorgen.

Die Decke gehörte zu einer Bar. Und die Bar gehörte einem Kerl. Reacher hatte sie erstmals vor etwas über vierundzwanzig Stunden betreten. Am Samstag, fast schon Sonntag, weil er erst kurz vor Mitternacht in Nashville angekommen war. Seine Fahrt war nicht problemlos gewesen. Der erste Bus, in dem er gesessen hatte, war in Brand geraten, und der Fahrer des Ersatzbusses hatte sich zwanzig Meilen vor dem Ziel verfahren. Reacher war von dem langen Sitzen so steif, dass er nach dem Aussteigen aus dem Greyhound ein paar Minuten im Raucherbereich stehen blieb, bis seine Muskeln und Gelenke wieder beweglich waren. So stand er halb im Schatten verborgen, während die übrigen Fahrgäste durcheinanderliefen, mit ihren Handys telefonierten, ihr Gepäck abholten und allmählich verschwanden.

Reacher blieb, wo er war. Er hatte es nicht eilig. Er war verspätet angekommen, aber das war keine große Sache. Er hatte keine Termine einzuhalten. Musste an keinen Besprechungen teilnehmen. Niemand wartete auf ihn, machte sich Sorgen oder wurde wütend. Er hatte vorgehabt, sich eine Übernachtungsmöglichkeit zu suchen. Dann ein Schnellrestaurant, um zu essen. Und anschließend eine Bar, in der es gute Musik zu hören gab. Jetzt würde er diese Reihenfolge möglicherweise umkehren müssen. Vielleicht einige Aktivitäten miteinander kombinieren. Aber er würde überleben. Und bei den Hotels, die Reacher bevorzugte, konnte es sich lohnen, spät einzutreffen. Vor allem wenn man bar zahlte. Was er immer tat.

Erst Musik, beschloss Reacher. Er wusste, dass es in Nashville reichlich Musikkneipen gab, aber er wollte eine ganz bestimmte Art. Eine mit Patina. Und mit Geschichte. Wo früher vielleicht Blind Blake gespielt hatte oder sogar Howlin' Wolf. Keine frisch renovierte, gentrifizierte, aufgehübschte Bar. Die Frage war nur, wo sich eine Kneipe nach seinem Geschmack befand. Der Busbahnhof war weiterhin beleuchtet, und Reacher sah ein halbes Dutzend Leute, die noch arbeiteten. Die meisten, vermutlich alle waren von hier. Er hätte sie nach dem Weg fragen können. Aber er ging nicht hinein. Er navigierte lieber instinktiv. Er kannte Städte. Er hatte ein Gespür für ihre unterschwellige Energie, wie ein Seemann spürt, woher die Wellen kommen. Sein Bauchgefühl riet ihm, nach Norden zu gehen, also überquerte er eine breite Kreuzung und ein mit Bauschutt übersätes unbebautes Grundstück. Der Gestank von Abgasen und Zigaretten blieb hinter ihm zurück, während sein Schatten vor ihm länger wurde. So gelangte er zu schmalen Parallelstraßen, an denen rußige Klinkerbauten standen. Anscheinend Fabrikgebäude, die jetzt leer und baufällig waren. Reacher wusste nicht, welche Gewerbe Nashville reich gemacht hatten, aber diese Aktivitäten waren offenbar hier konzentriert gewesen. Nun jedoch nicht mehr. Allein die Strukturen hatten überdauert. Vermutlich nicht mehr lange, dachte Reacher. Wurden sie nicht bald mit viel Geld vor dem Verfall gerettet, würden sie einstürzen.

Reacher verließ den unebenen Gehsteig und lief in der Straßenmitte weiter. Er würde noch zwei, höchstens drei Blocks zugeben. Fand er bis dahin nichts, würde er nach rechts in Richtung Cumberland River abbiegen. Er kam an einem Geschäft vorbei, das Gebrauchtreifen verkaufte. An einem Lagerhaus, in dem eine Wohltätigkeitsorganisation gespendete Möbel lagerte. Als er dann die nächste Straße überquerte, hörte er das Grollen einer Bassgitarre und das Dröhnen eines Schlagzeugs.

Die Geräusche kamen aus einem Gebäude in der Mitte dieses Straßenblocks. Es sah nicht gerade vielversprechend aus. Keine Fenster, kein Namensschild, nur ein schmaler gelblicher Lichtstreifen unter einer Eingangstür aus Holz. Reacher mochte keine Gebäude mit nur wenigen Ausgängen, deshalb tendierte er zum Weitergehen, aber als er auf Höhe des Eingangs war, öffnete sich die Tür. Zwei Männer, schätzungsweise Ende zwanzig, beide stark tätowiert und in ärmellosen Muscleshirts, torkelten auf den Gehsteig hinaus. Als Reacher ihnen auswich, begann drinnen eine Gitarre zu spielen. Der Riff war gut. Es bestand aus einer wiederkehrenden, prägnanten, rhythmischen Tonfolge. Als er verhallte, setzte eine Frauenstimme ein. Klagend, verzweifelt, wehmütig wie ein gerader Pfad zu dem tiefsten vorstellbaren Schmerz. Reacher konnte nicht widerstehen. Er trat über die Schwelle.

Drinnen roch es nach Bier und Schweiß, und der Raum war weniger tief, als Reacher erwartet hatte, dafür aber breiter, sodass zwei separate Bereiche mit einer Art Niemandsland in der Mitte entstanden. Die rechte Seite schien für Musikliebhaber reserviert zu sein. An diesem Abend waren es vielleicht zwei Dutzend, die teils standen, teils tanzten oder teils abwechselnd beides taten. Das niedrige Musikpodium vor ihnen nahm die ganze Tiefe des Raums ein. Es bestand aus Bierkästen mit einer Auflage aus miteinander verschraubten Profilbrettern. Auf beiden Seiten des Podiums befanden sich einige wenige Lautsprecher, und unter der Decke hing ein Gitterträger für die Scheinwerfer. Die Sängerin stand vorn in der Mitte. Reacher erschien sie winzig: höchstens einssechzig groß und sehr schlank. Ihr blonder Bob wirkte so dicht, dass Reacher sich fragte, ob er eine Perücke war. Der Gitarrist saß links von ihr, der Bassist spiegelbildlich rechts. Beide hatten wilde Lockenmähnen und hohe Wangenknochen, mit denen sie wie Zwillinge aussahen. Jedenfalls waren sie Brüder. Die Frau am Schlagzeug saß halb von der Sängerin verdeckt im Hintergrund, sodass Reacher sie nicht deutlich erkennen konnte.

Der linke Bereich war für die Trinker unter den Gästen reserviert. Dort gab es sechs runde Tische mit jeweils vier Stühlen und ein halbes Dutzend Barhocker an der Theke. Die Bar wies die üblichen Zapfhähne, einen Weinkühlschrank und Flaschenbatterien auf. Der lange Spiegel hinter der Bar hatte ziemlich genau in der Mitte einen sternförmigen Sprung, der sich nach oben fortsetzte. Von einem Flaschenwurf, vermutete Reacher. Dieser Anblick gefiel ihm. Er verlieh dem Ganzen Charakter. Aber er reichte nicht aus, um den größten Nachteil zu kaschieren. Unmittelbar vor der Theke hingen Dutzende von BHs in allen möglichen Formen, Farben und Größen von der Decke herab. Woher sie stammten, wollte Reacher gar nicht wissen. Sie kamen ihm schmuddelig vor. Unnötig. Und vor allem unpraktisch. Um an die Theke zu gelangen, musste jemand in seiner Größe sie von sich weghalten oder gebückt unter ihnen hindurchgehen. Reacher wartete, bis die Band eine Pause machte, bevor er sich den nächsten Barhocker schnappte. In diesem Bereich war er der einzige Gast. Der ausdruckslosen Miene des Barkeepers war nicht zu entnehmen, ob ihm diese Situation gefiel oder nicht.

»Kaffee«, sagte Reacher, als der Barkeeper ihn endlich zur Kenntnis nahm. »Schwarz.«

»Hab keinen Kaffee«, antwortete der Mann.

»Okay. Cheeseburger. Pommes. Kein Salat. Keine Essiggurke. Und eine Cola.«

»Hab kein Essen.«

»Wo kann man sonst irgendwo in der Nähe essen?«

Der Barkeeper zuckte mit den Schultern. »Bin nicht von hier.«

Reacher griff nach seiner Cola und drehte sich wieder zum Podium um. Er hatte gehofft, dass eine andere Gruppe weiterspielen würde, aber das schien nicht der Fall zu sein. Etwa die Hälfte der Zuhörer kam herüber und nahm an den Tischen Platz. Die andere Hälfte hatte bereits das Lokal verlassen. Ohne Musik und ohne Essen wollte Reacher nur austrinken und ebenfalls gehen. Er war zum Hinterausgang unterwegs, als er in seinem Rücken ein Schlurfen hörte. Als er sich umdrehte, wäre er beinahe mit dem Gitarristen kollidiert. Der Junge wich erschrocken einen Schritt zurück und riss sein Instrument wie einen Schild hoch. Die Sängerin hinter ihm wäre fast mit ihm zusammengestoßen. Reacher hob beschwichtigend die Hände. Er wusste recht gut, wie einschüchternd er auf andere mit zwei Metern Größe und hundertzwanzig Kilo Gewicht wirkte. Sein Haar war ungekämmt, und er trug einen Dreitagebart. Er hatte schon erlebt, dass Kinder bei seinem Anblick schreiend geflüchtet waren.

»Sorry, Leute.« Reacher versuchte ein beruhigendes Lächeln zustande zu bringen. »Ich wollte euch nicht erschrecken.«

Der Gitarrist ließ seinen Instrumentenkoffer sinken, ging jedoch nicht weiter.

»Übrigens habt ihr klasse gespielt«, sagte Reacher. »Wann tretet ihr wieder auf?«

»Danke.« Der Gitarrist hielt weiter Abstand. »Hoffentlich bald.«

»Hier?«

»Ausgeschlossen.«

»Wieso? Mieses Publikum?«

»Nein, mieser Besitzer.«

»Augenblick!« Die Sängerin sah wütend zu Reacher auf. »Was machen Sie hier? Arbeiten Sie für ihn?«

»Ich arbeite für niemanden«, entgegnete Reacher. »Aber was ist schlecht an dem Besitzer? Wo liegt das Problem?«

Die Sängerin zögerte, dann hob sie nacheinander zwei Finger. »Er hat uns nichts gezahlt, und er hat uns abgezockt. Er hat eine Gitarre gestohlen.«

»Eine von meinen«, sagte der Gitarrist. »Mein gutes Ersatzinstrument.«

»Wirklich?« Reacher runzelte die Stirn. »Das klingt nicht nach anständigem Geschäftsgebaren. Da muss mehr dahinter stecken.«

»Was denn?« Die Sängerin schaute den Gitarristen an.

»Nichts«, sagte der. »Wir haben unseren Set gespielt. Haben zusammengepackt. Haben unser Geld verlangt. Aber er hat sich geweigert.«

»Das verstehe ich nicht.« Reacher machte eine Pause. »In diesem Schuppen ist Musik die eigentliche Attraktion. Nicht das Dekor. Das steht verdammt fest. Um Musik zu haben, braucht man Bands. Und wie bringt man sie dazu, für einen zu spielen, wenn man ihnen nichts zahlt? Das kommt mir wie eine unbrauchbare Strategie vor. Ihr müsst irgendwas gemacht haben, das ihn gegen euch aufgebracht hat.«

»Ach, Sie verstehen nichts vom Musikgeschäft.« Der Gitarrist schüttelte den Kopf.

»Erklären Sie's mir.«

»Wozu?«

»Wozu? Weil ich Sie gefragt habe. Ich mag Informationen. Lernen ist eine Tugend.«

Der Gitarrist stellte sein Instrument ab. »Was gibt's da viel zu erklären? Dieser Scheiß passiert dauernd. Wir können nichts dagegen machen.«

»Bands haben keine Macht.« Die Sängerin legte dem Gitarristen eine Hand auf die Schulter. »Die haben die Clubbesitzer.«

»Gibt es nicht jemanden, der Ihnen helfen könnte, zu Ihrem Recht zu kommen? Ihr Manager? Ihr Agent? Haben Musiker so was nicht?«

Der Gitarrist schüttelte den Kopf. »Erfolgreiche Musiker vielleicht. Nicht wir.«

»Noch nicht«, warf die Sängerin ein.

»Oder die Polizei?«

»Nein.« Die Hand der Sängerin streifte ihre Jackentasche. »Keine Polizei.«

»Die können wir nicht holen«, sagte der Gitarrist. »Ist man als schwierig bekannt, bucht einen niemand mehr.«

»Welchen Zweck hat es, gebucht zu werden, wenn ihr kein Geld dafür kriegt?«

»Na ja, wir können auftreten. Leute hören uns.« Die Sängerin tippte sich seitlich an den Kopf. »Wer nicht auftritt, kann nicht entdeckt werden.«

»Das stimmt wohl.« Reacher hielt inne. »Offen gesagt solltet ihr die Message überdenken, die ihr sendet.«

»Welche Message?« Der Gitarrist lehnte sich mit einer Schulter an die Wand. »Wir müssen uns damit abfinden. Mehr können wir nicht tun.«

»So schaffen wir's«, sagte die Sängerin. »Irgendwann.«

Reacher schwieg.

»Was? Sie denken, dass wir uns falsch verhalten?«

»Vielleicht steht mir kein Urteil darüber zu.« Reachers Blick ging zwischen den beiden hin und her. »Aber ich habe den

Eindruck, dass ihr den Clubbesitzern signalisiert, dass es okay ist, euch zu bescheißen. Dass ihr damit zufrieden seid, leer auszugehen.«

»Verrückte Idee«, sagte die Sängerin. »Ich hasse es, kein Geld zu kriegen. Das ist das Schlimmste!«

»Habt ihr ihm das klargemacht?«

»Natürlich.« Der Gitarrist richtete sich auf. »Ich hab darauf bestanden, dass er unser Honorar zahlt. Er hat so getan, als wollte er's tun, und hat mich in sein Büro mitgenommen. Aber dort hat schon jemand gewartet. Der Rausschmeißer, ein riesiger Kerl. Sie müssen alles im Voraus geplant haben, denn er hat kein Wort gesagt. Er hat sich nur meine linke Hand geschnappt und flach auf die Schreibtischplatte gedrückt. Der Clubbesitzer hat inzwischen eine Schublade aufgezogen, einen Klauenhammer rausgeholt und mir erklärt, ich hätte die Wahl. Wir könnten das Geld kriegen, und er würde mir dafür die Finger brechen. Einen nach dem anderen. Oder ich könnte mich unverletzt, aber ohne einen Cent, verpissen.«

Reacher war sich bewusst, dass eine Stimme in seinem Kopf ihn zum Weggehen aufforderte. Dass sie darauf bestand, dies sei nicht sein Problem. Aber er hatte gehört, wie der Junge seine Gitarre beherrschte. Er erinnerte sich daran, die Finger des Spielenden beobachtet zu haben. Sie waren das genaue Gegenteil von Reachers Fingern. Geschmeidig und flink, wenn sie Akkorde griffen. Er stellte sich vor, wie der Rausschmeißer diese Hand packte, während sein Boss den Hammer schwang. Er blieb, wo er war.

»Wenn Sie möchten, könnte ich noch mal reingehen«, sagte Reacher. »Dem Besitzer helfen, die Dinge aus anderer Perspektive zu sehen. Damit er sich die Sache mit dem Honorar überlegt.«

»Das könnten Sie?« Die Sängerin wirkte nicht überzeugt.

»Ich kann ziemlich überzeugend sein, behaupten manche Leute.«

»Sie könnten verletzt werden.«

»Vielleicht andere. Ich nicht.«

»Er hat einen Hammer«, warf der Gitarrist besorgt ein.

»Ich bezweifle, dass der Hammer ins Spiel kommt. Und auch dann wäre er kein Problem. Soll ich's also versuchen? Was habt ihr schon zu verlieren?«

»Ich weiß nicht recht, ob ich …«

»Vielen Dank.« Die Sängerin unterbrach ihn. »Wir sind Ihnen für alles dankbar, was Sie für uns tun können. Aber seien Sie bitte vorsichtig.«

»Das bin ich immer«, sagte Reacher. »Erzählen Sie mir jetzt von der Gitarre. Von Ihrem guten Ersatzinstrument. Hat der Typ es wirklich gestohlen?«

»Das war der große Kerl«, antwortete der Gitarrist. »Sozusagen. Er ist mir vom Büro aus gefolgt und hat sie mir aus den Händen gerissen. Dann hat er sie die Kellertreppe hinuntergeworfen und mich angestarrt, als wollte er mich dazu auffordern, sie mir zurückzuholen.«

»Sie haben sie dort unten gelassen?«

Der Junge sah weg.

»Kein Grund, sich zu genieren. Das war die richtige Reaktion.« Reacher überlegte. »War sie viel wert?«

»Vielleicht einen Tausender?« Der Gitarrist zuckte mit den Schultern. »Für mich ist das eine Menge Geld.«

»Und der Clubbesitzer mit dem Hammer. Wie heißt er?«

»Lockhart. Derek Lockhart.«

»Welche Abendgage hat er Ihnen versprochen?«

»Zweihundert Dollar.«

»Okay. Und wer arbeitet außer Lockhart, seinem Rausschmeißer und dem Barkeeper noch hier?«

»Niemand«, sagte der Gitarrist.

»Doch«, widersprach die Sängerin. »Der Junge, der die Tische abräumt. Er hockt meist draußen vor dem Hintereingang und kifft.«

»Sonst noch jemand?«

»Nein.«

»Haben Sie im Haus irgendwelche Waffen gesehen?«

Die beiden wechselten einen Blick, dann schüttelten sie den Kopf.

»Okay, wo finde ich Lockharts Büro?«

»Im ersten Stock«, antwortete der Gitarrist. »Die Treppe ist gleich hinter den Toiletten.«

In der Bar leerte ein einsamer Gast mit kleinen Schlucken sein letztes Glas Bier. Der Barkeeper kehrte mit einem krummen Besen die Tanzfläche zwischen den Tischen und dem Musikpodium. Weil sonst niemand zu sehen war, ging Reacher an den Toiletten vorbei weiter und schlich die Treppe hinauf. Die einzige vom oberen Treppenabsatz wegführende Tür war geschlossen. Reacher konnte dahinter eine Männerstimme hören, aber nicht verstehen, was sie sagte. Sie sprach sanft und rhythmisch. Vermutlich zählte dort jemand die Wocheneinnahmen, sodass die Tür abgesperrt sein würde. Reacher griff nach dem Türknopf und drehte ihn. Gleichzeitig warf er sich mit einer Schulter gegen die Tür. Das dünne Holz zersplitterte, als sie aufflog.

»Entschuldigung, Gentlemen.« Er trat über die Schwelle, schloss die beschädigte Tür hinter sich. »Ich wusste nicht, dass sie abgesperrt war.«

Der Raum war klein. Mehr ein Wandschrank als ein Büro. Hinter dem Schreibtisch saßen Schulter an Schulter zwei Männer. Den durchschnittlich großen Kerl hielt Reacher für Lockhart. Der andere, ein schlaffer, schwabbeliger Riese, musste der Rausschmeißer sein. Beide hockten schreckensstarr auf ihren Stühlen. Und die Schreibtischplatte verschwand unter Stapeln abgegriffener, verknitterter, schmutziger Geldscheine.

»Wer, zum Teufel, sind Sie?« Lockhart brauchte ein paar Sekunden, bis er wieder sprechen konnte.

»Ich heiße Jack Reacher und vertrete die Band, die heute Abend bei Ihnen gespielt hat. Ich bin hier, um mit Ihnen über ihren Vertrag zu reden.«

»Sie hat keinen Vertrag.«

»Doch, jetzt schon.« Reacher griff sich den Bugholzstuhl, der das einzige weitere Möbelstück war, prüfte seine Stabilität und setzte sich.

»Wird Zeit, dass Sie gehen«, meinte Lockhart.

»Ich bin eben erst gekommen.«

»Sie haben hier nichts zu suchen. Nicht während wir die Einnahmen zählen.«

»Das haben Sie sich nicht gründlich überlegt, stimmt's?«

Lockhart zögerte, als witterte er eine Falle. »Wie meinen Sie das?«

»Sie sagen, dass ich hier nichts zu suchen habe. Ich bin aber hier. Also stimmt Ihre Schlussfolgerung nicht.«

»Sie können gehen.« Lockhart sprach übertrieben deutlich. »Oder ich kann Sie rausschmeißen.«

»*Sie* können mich rausschmeißen?« Reacher gestattete sich ein Lächeln.

Lockharts Faust umklammerte die Schreibtischkante. »Ich kann Sie rausschmeißen lassen.«

»Echt jetzt? Wo sind alle Ihre Kerle?«

»Alle Kerle, die ich brauche, sind hier.« Lockhart deutete auf den schwabbeligen Riesen.

»Der? Erst mal ist er nur ein Kerl. Einzahl. Also müssten Sie sagen: ›Der einzige Kerl, den ich brauche.‹ Aber das stimmt auch nicht, weil er dieser Aufgabe offenbar nicht gewachsen ist. Selbst wenn ich schlafen würde, könnte er mich nicht rausschmeißen. Selbst wenn ich an Altersschwäche gestorben wäre, könnte er mich nicht rausschmeißen.«

Während dieses ganzen Dialogs beobachtete Reacher die Augen des großen Kerls. Er sah, wie die beiden Männer einen Blick wechselten und Lockhart fast unmerklich nickte. Der Rausschmeißer begann aufzustehen. Reacher wusste, dass der andere nur eine mögliche Erfolgschance hatte: Er musste sich über den Schreibtisch werfen. War er schnell genug, würde er ankommen, bevor Reacher stand. Aber selbst dann blieb dem Kerl sein Gewicht als wichtigste Waffe. Er war mindestens vierzig Kilo schwerer als Reacher, sodass seine Geschwindigkeit ihm große Wucht verleihen würde. Reacher würde nicht ausweichen können und rückwärts zu Boden gehen. Eingeklemmt, auf dem Fußboden festgenagelt, ohne Fäuste, Füße oder Ellbogen einsetzen zu können. Und ohne genug Luft zu bekommen. Danach würde der Kerl nur noch abwarten müssen. Die Naturgesetze erledigten den Rest für ihn. Er konnte einfach daliegen, bis Reacher das Bewusstsein verlor. Der leichteste Sieg, den er je erkämpft hatte.

Der Kerl traf die falsche Entscheidung. Statt sich über den Tisch zu werfen, versuchte er, sich daran vorbeizuschieben. Für jemanden mit seiner Statur war das ein großer Fehler. Reachers Spott verhinderte, dass er klar dachte. Er konzentrierte sich nicht auf den Sieg, sondern stellte sich vor, wie er diesen Mann verprügeln würde. So hatte Reacher Zeit, sich die schwere Glasplatte des Schreibtischs zu schnappen. Er riss sie mit beiden Händen hoch, traf den Riesen damit unter dem Kinn und quetschte ihm Kehlkopf und Luftröhre. Dann genügte ein Stoß ins Gesicht, damit der Typ auf den Rücken fiel und keuchend und würgend in der Ecke liegen blieb.

»Normalerweise hätte ich das nicht getan«, erklärte Reacher, als er wieder Platz nahm. »Nicht gleich von Anfang an. Ich hätte ihm eine Chance gegeben, sich zu verpissen. Aber dann ist mir eingefallen, dass er dem Jungen die Gitarre weggenommen hat – und ab da gab's natürlich keine Rücksichtnahme mehr.«

Lockhart fischte sein Handy heraus. »Wir sollten die 911 anrufen. Schnell.«

»Ihr Freund erholt sich wieder«, sagte Reacher. »Oder vielleicht auch nicht. Aber während er mit seinen Atemproblemen kämpft, sollten wir noch mal über Ihren Vertrag der Band reden. Welches Honorar haben Sie ihr versprochen?«

»Ich habe gar nichts versprochen.«

Reacher fuhr mit einem Zeigefinger die geschliffene Kante der Glasplatte entlang. »Ich denke, dass Sie's doch getan haben.«

Lockhart beugte sich zur Seite und wollte in eine Schublade greifen. Reacher warf die Glasplatte wie eine Frisbeescheibe nach ihm. Die Kante traf Lockharts Nasensattel, zertrümmerte den Knochen, ließ ihn rückwärts auf seinen Stuhl fallen.

»Dieses Spielzeug ist wirklich sehr gefährlich.« Reacher packte die Glasplatte und legte sie auf den Fußboden, »Sie sollten nicht mehr damit spielen. Jetzt zu dem Vertrag. Sagen Sie mir eine Zahl.«

»Zweihundert Dollar.«

»Zweihundert war die ursprüngliche Summe. Aber seit sie

vereinbart wurde, haben Sie Interesse an Fingern erkennen lassen. Wie viele hat zum Beispiel die linke Hand eines Gitarristen?«

»Fünf.« Lockharts Stimme klang wegen seiner blockierten Nase dumpf.

»Theoretisch sind's nur vier. Der andere Finger ist ein Daumen. Aber bleiben wir bei Ihrer Antwort. Zweihundert Dollar mal fünf ist …?«

»Tausend.«

»Sehr gut. Das ist unsere neue Zahl. Wir nehmen Cash.«

»Kommt nicht infrage!«

»Geld liegt hier reichlich herum. Soll ich alles mitnehmen, wenn Ihnen das Zählen zu schwierig ist?«

»All right«, quiekte Lockhart geradezu. Er schob zwei kleine Stapel Geldscheine über den Tisch.

»Gut. Jetzt noch der Aufschlag für verspätete Zahlung. Das sind weitere fünfhundert.«

Lockhart funkelte ihn an, legte aber noch mal fünfhundert drauf.

»Damit sind wir fast fertig. Bleibt nur mehr der Schadenersatz für zerstörtes Equipment. Ein runder Tausender.«

»Was, zum …«

»Für die Gitarre des Jungen. Ihr Kumpel hat sie eine Treppe runtergeschmissen. Lassen Sie sich das Geld meinetwegen von ihm wiedergeben, aber mein Mandant kommt für den Schaden jedenfalls nicht auf.«

Lockharts sorgenvoller Blick galt seinem schwindenden Bargeldvorrat. Reacher konnte fast sehen, wie die Rädchen in seinem Kopf arbeiteten, während er sich ausrechnete, wie viel er noch besaß und ob er es würde behalten dürfen, wenn er kooperierte. »Okay, noch mal tausend. Aber keinen Cent mehr. Und sagen Sie diesen Kids, dass ich ihnen mehr als nur die Finger breche, wenn sie jemals zurückkommen. Und auch wenn sie nicht zurückkommen, spielen sie in dieser Stadt nie wieder!«

Reacher schüttelte den Kopf. »Alles war bestens, und jetzt haben Sie's ruiniert. Sie haben mich nicht ausreden lassen. Wir hatten die Zahlungen erledigt, aber noch nicht über die Anreize gesprochen. Die sind wichtig, also hören Sie mir gut zu. Alle Mitglieder der Band, die ich vertrete, haben meine Nummer auf ihren Handys gespeichert. Sollte einem von ihnen etwas zustoßen, bin ich sofort wieder hier. Ich breche Ihnen die Arme. Ich breche Ihnen die Beine. Und ich hänge Ihre Unterwäsche an die Decke der Bar. Mit Ihnen drin. Ist das klar?«

Lockhart nickte.

»Gut. Kommen wir also zum Anreiz Nummer zwei, der andere Bands betrifft. Auch wenn ich sie nicht vertrete, erstreckt mein Schutz sich auf alle. Als mein Beitrag zur Kunstförderung. Erfahre ich also, dass Sie eine andere abzocken, komme ich zurück. Ich nehme Ihnen Ihr ganzes Geld ab. Und ich hänge Ihre Unterwäsche mit Ihnen drin unten in der Bar auf. Ist auch das klar?«

Lockhart nickte erneut.

»Ausgezeichnet. Und falls Sie sich das fragen: Ich überprüfe in unregelmäßigen Abständen, ob Sie sich an unsere Vereinbarung halten. Wann spielt hier übrigens die nächste Band?«

»Morgen.«

»Okay. Hoffentlich ist sie so gut wie die heutige. Aber auch wenn sie's nicht ist, kriegt sie ihr Geld, verstanden?«

2

Rusty Rutherford verließ sein Apartment an einem Montagmorgen – genau zwei Wochen nachdem er fristlos entlassen worden war. Normalerweise war er kein Typ, der in einem lokalen Coffeeshop herumhing. Er ging jeden Morgen in denselben. Nur wegen des Koffeins. Er ging nicht hin, um sich zu unterhalten. Er war nicht daran interessiert, neue Leute kennenzulernen. Er stand geduldig in der Schlange. Gab seine Bestellung auf. Holte seinen Kaffee ab, sobald er fertig war. Und ging wieder. Selbst nach einer Woche, die er isoliert in seiner Wohnung verbracht hatte, erwies es sich als schwierig, mit dieser alten Gewohnheit zu brechen.

Nicht gerade erleichtert wurde der Umgewöhnungsprozess durch die Reaktion der anderen Gäste. Normalerweise besaß Rusty eine ziemlich neutrale Ausstrahlung. Niemand freute sich, ihn zu sehen. Andererseits war er auch niemandem unangenehm. Die Menschen ließen keine Neugier erkennen. Aber auch keine Feindseligkeit. Urteilte man nach seinem Effekt, auf die sozialen Interaktionen in dem Coffeeshop, hätte er ebenso gut eine Schaufensterpuppe sein können. An diesem Montag kam er sich jedoch wie ein Magnet mit falscher Polarität vor. Er schien jedermann in seiner Umgebung abzustoßen. Die anderen Gäste achteten auf mehr Abstand zu ihm, als sie's sonst taten. Gelang es ihm einmal, Blickkontakt herzustellen, wandte der andere sich ab, bevor Rusty auch nur versuchen konnte, ein Gespräch zu beginnen. Als er bis zur Theke vorgerückt war, hatte er noch kein einziges Wort mit einem anderen

Gast gewechselt. Aber er hatte beobachtet, wie die Barista mit den beiden Kerlen vor ihm kommunizierte. Sie hatte sie angelächelt, und sie gefragt, ob sie ihren Üblichen wollten. *Ihn* lächelte sie nicht an. Und sie sagte kein Wort.

»Meinen Üblichen, bitte«, sagte Rusty.

»Was wäre der?«, fragte sie.

Rusty hörte jemanden in der Schlange hinter ihm kichern. Am liebsten hätte er die Flucht ergriffen. Aber nein, er war aus Prinzip hier. Um für seine Rechte zu kämpfen. Ein bisschen Spott würde ihn nicht von seiner Entschlossenheit abbringen. »Hausmischung, Medium, randvoll.«

»Zwei Dollar glatt.« Die Barista drehte sich um, griff nach einem To-go-Becher und knallte ihn auf die Theke.

»Nein.« Rusty schüttelte den Kopf. »Ich will ihn hier trinken.«

Die Barista musterte ihn mit einem Blick, der besagte: *Echt jetzt? Mir wär's lieber, wenn du's nicht tätest.*

»Oh, natürlich«, sagte sie laut. »Das hatte ich vergessen. Sie haben Ihren Job verloren. Sie haben kein Büro mehr, in das Sie gehen können.« Sie warf den To-go-Becher in den Abfall, griff nach einem aus Porzellan, füllte ihn so nachlässig, dass Kaffee in die Untertasse lief, schob ihn über die Theke und verschüttete dabei noch mehr Kaffee.

Als Rusty Rutherford den Coffeeshop betrat, begann ein Telefon zu klingeln. In einem Haus etwa eine Meile außerhalb der Stadt. In einem Zimmer, in dem sich zwei Personen aufhielten. Ein Mann und eine Frau. Die Frau erkannte den Klingelton sofort. Sie wusste, was er bedeutete. Ihr Boss würde ungestört telefonieren wollen, deshalb stand sie freiwillig auf, bevor er sie hinausschickte. Klappte ihr Notizbuch zu. Steckte es in ihre vordere Schürzentasche. Und machte sich auf den Weg zur Tür.

Der Mann überzeugte sich davon, dass das kleine Symbol *Secure* auf dem Display seines Smartphones grün leuchtete, bevor er das Gespräch annahm. »Ja? Speranski.«

Speranski war natürlich nicht sein richtiger Name, aber darauf kam es nicht mehr an. Professionell benutzte er ihn seit über fünf Jahrzehnten.

Die Stimme am anderen Ende sagte nur ein einziges Wort: »Kontakt.«

Speranski schloss kurz die Augen und fuhr sich mit den Fingern seiner freien Hand durch sein wirres weißes Haar. Es wurde allmählich Zeit. Im Lauf der Jahre hatte er viele Pläne geschmiedet. War in zahlreiche Unternehmen verwickelt gewesen. Hatte unzählige Krisen überstanden. Aber der Einsatz war niemals so hoch gewesen.

Für ihn persönlich. Und für den einzigen Menschen auf der Welt, aus dem er sich etwas machte.

Als der Anruf beantwortet wurde, stieg Jack Reacher gerade in ein Auto. Nachdem er seine physikalisch-biologische Interaktion zu seiner Zufriedenheit – und zum großen Unbehagen des Barbesitzers – beendet hatte, war er jetzt auf dem Rückweg zum Busbahnhof. Er hatte vor, sich an sein bewährtes Prinzip zu halten und den nächsten Bus unabhängig von seinem Fahrziel zu nehmen, als er hinter sich ein Auto hörte, das langsam näher kam. Reacher hielt auf gut Glück den Daumen hoch, und zu seiner Überraschung hielt der Wagen. Er war neu und glänzend und langweilig. Ein Mietwagen. Vermutlich am Flughafen übernommen. Der Fahrer war ein adretter Mittzwanziger. Er trug einen gut geschnittenen dunklen Anzug, und die hastige Atmung und sein blasses Gesicht zeigten, dass er kurz davor war, in Panik zu geraten. Ein Geschäftsreisender, vermutete Reacher. Erstmals allein unterwegs. Verzweifelt bemüht, keinen Scheiß zu machen. Was prompt dazu führte, dass er lauter Scheiß machte.

»Entschuldigung, Sir«, seine Stimme klang noch nervöser, als er aussah, »können Sie mir sagen, wie ich zum Highway 140 komme? Ich muss nach Westen.« Er deutete auf den Bildschirm vor ihm. »Dieses Navi hasst mich. Es versucht dauernd, mich auf Straßen zu lotsen, die nicht existieren.«

»Klar«, erwiderte Reacher. »Aber das ist schwierig zu erklären. Einfacher wär's, wenn ich's Ihnen zeigen würde.«

Der Mann zögerte, während er Reacher begutachtete, als wäre ihm seine hünenhafte Erscheinung erst jetzt aufgefallen. Seine breite Brust. Sein zu langes Haar. Sein unrasiertes Kinn. Das Narbengeflecht um die Knöchel seiner gewaltigen Pranken.

»Außer Sie wollen weiter ziellos rumfahren.« Reacher bemühte sich um einen besorgten Gesichtsausdruck.

Der Kerl schluckte trocken. »Wohin sind Sie unterwegs?«

»Irgendwohin. Als Ausgangspunkt ist der 140 so gut wie jede andere Straße.«

»Also gut, okay.« Der Mann überlegte. »Ich nehme Sie zum Highway mit. Aber nicht weiter. Mein Ziel interessiert Sie bestimmt nicht.«

»Wie weit fahren Sie denn?«

»Ungefähr fünfundsiebzig Meilen. Eine Kleinstadt in der Nähe von Pleasantville. Klingt verlockend, was?«

»Gibt's dort einen Coffeeshop?«

Der Kerl zuckte mit den Schultern. »Vermutlich. Sicher weiß ich's natürlich nicht. Ich war noch nie dort.«

»›Vermutlich‹ genügt mir«, sagte Reacher. »Also los!«

Mit seinem Kaffee in der Hand wurde Rutherford klar, dass er vor einem weiteren Dilemma stand. Wo sollte er sitzen? Normalerweise war diese Entscheidung kein Problem, weil er nicht blieb. Und er musste es nicht ertragen, dass ein Dutzend unfreundlicher Blicke ihn beobachtete, während er einen freien Platz suchte. Er widerstand dem Drang, möglichst weit nach hinten zu schlurfen. Das wäre die am wenigsten unbequeme Lösung gewesen, die aber seiner Ansicht nach kaum dienlich gewesen wäre. Einen Fensterplatz wollte er andererseits auch nicht – er war noch nicht so weit, dass er sich offen zur Schau stellen wollte –, deshalb entschied er sich für einen kleinen quadratischen Tisch in der Mitte des Raums. Zu dem Tisch gehörten zwei rote Vinylstühle. Die Platte des Tisches war eng bekritzelt. Von früheren Gästen, vermutete Rusty. Viele Songtexte. Gedichte. Aufbauende Zitate. Er überflog das Geschriebene, fand nichts, womit er sich hätte identifizieren können, und zwang sich dazu, den Kopf zu heben. Er versuchte, Blickkontakt zu Leuten an anderen Tischen aufzunehmen. Aber das klappte nicht. Außer mit einem kleinen Jungen, dessen Eltern aufstanden und mit ihm den Raum verließen, als ihnen der Blickwechsel auffiel. Rusty trank seinen Kaffee mit ganz kleinen Schlucken. Er sollte mindestens eine Stunde lang reichen. Und ihm gelang weiter keine Kontaktaufnahme mehr außer mit der Barista, die keine Gelegenheit versäumte, ihm feindselige Blicke zuzuwerfen. Er holte sich noch einen Kaffee und wechselte den Tisch. Beides brachte ihm jedoch kein Glück. Er hielt weitere vierzig Minuten durch, bis die Barista kam und ihm erklärte, er müsse etwas zu essen bestellen oder gehen.

»Ich will aber kein Essen bestellen«, entgegnete Rusty. »Lieber gehe ich. Aber ich komme morgen wieder. Und übermorgen. Und an den folgenden Tagen auch, bis alle glauben, dass ich unschuldig bin.«

Die Barista starrte ihn ausdruckslos an und kehrte hinter die Theke zurück.

Rusty stand auf. »Alle mal herhören«, sagte er.

Niemand achtete auf ihn.

»Alle mal herhören!« Rusty erhob die Stimme. »Was in dieser Stadt passiert ist, war absolute Scheiße. Das ist mir klar. Aber es war nicht meine Schuld. Nicht im Geringsten. Tatsache ist, dass ich's von Anfang an zu verhindern versucht habe. Übrigens als Einziger.«

Keiner achtete auf ihn.

Die Barista beugte sich mit einem To-go-Becher über die Theke. »Nehmen Sie den und gehen Sie, Mr. Rutherford. Niemand glaubt Ihnen. Das bleibt auch zukünftig so.«

Als Rusty Rutherford den Coffeeshop verließ, traf Jack Reacher gerade in seiner kleinen Stadt ein. Aus Nashville rauszukommen, war kein Problem gewesen. Reacher hatte nach Instinkt und den Landmarken navigiert, die er sich am Samstagabend vom Bus aus eingeprägt hatte, und den Highway ohne größere Umwege erreicht. Jedenfalls keine, die dem Mann aufgefallen waren. Sobald die Stadt hinter ihnen lag, hatte Reacher ihn dazu überredet, das Radio auf den hiesigen Blues-Kanal einzustellen, seinen Sitz nach hinten gekippt und die Augen geschlossen. Die Musik war einigermaßen anständig, aber der Typ hatte leider unaufhörlich geredet. Über New York. Die Versicherung, bei der er arbeitete. Dass dies sein erster Fall war, seit er zum Verhandler befördert worden war. Wie er morgens zu einem Treffen in der nächsten Filiale geflogen war. Dass er sich auf dem Weg zu dem Ort, an dem es ein Problem gab, verfahren hatte. Irgendwas mit Computern. Und fremden Regierungen. Und Verschlüsselungen, Portalen und allen möglichen anderen Sachen, für die Reacher sich nie interessiert hatte.

Er blieb in geselligem Schweigen sitzen, ließ den Redestrom über sich hinwegplätschern und öffnete kurz die Augen, als der Wagen langsamer wurde, weil sie auf den nach Süden führenden State Highway abbogen. Auf der ersten Meile nach dem Kleeblatt gab es massenhaft Restaurants, Schnellimbisse, Autohändler und Häuser von Hotelketten. Danach weitete sich die Landschaft. Wo das Land flach war, erstreckten sich die Felder vereinzelter Farmen; seine hügeligen Teile waren mit Wäldern aus mächtigen alten Bäumen bewachsen. Nach zehn Minuten bogen sie wieder nach Westen ab und blieben fast eine Stunde lang auf einer steileren, kurvenreicheren Straße, bis sie die Kleinstadt erreichten. Der Mann fuhr weiter, bis sie auf einer Art Main Street waren, und hielt dann.

Reacher bedankte sich, stieg aus und begutachtete seine neue Umgebung. Gegen sie war wenig einzuwenden, fand er. Ein Stadtkern aus dem späten 19. Jahrhundert, der den Gebäuden nach in den Fünfzigerjahren den Zufluss von viel Kapital erlebt hatte. Einige der älteren Gebäude hatte man durch neue ersetzt, die nun selbst schon wieder alt waren. Das ursprüngliche Layout hatte sich nicht verändert. Ein Standardplan. So kompakt, dass nur an einer Kreuzung eine Verkehrsampel nötig war. Sie funktionierte an diesem Tag nicht, was einige der hiesigen Autofahrer leicht verwirrte. Aber ansonsten schien alles in Ordnung zu sein. Für einen Boxenstopp geeignet, fand Reacher. Vielleicht würde er hier eine halbe Stunde verbringen. Keine familiären Bindungen. Kein neugierig machender Name. Keine militärische Bedeutung. Nichts, was unterschwellig interessant gewesen wäre. Kein Grund, sich hier länger aufzuhalten. Jedenfalls nicht länger, als es dauerte, einen Kaffee zu trinken. Prioritäten waren Prioritäten.

Im Westen der mutmaßlichen Kleinstadt-Hauptstraße war Reacher noch einen halben Block von der Kreuzung mit der defekten Verkehrsampel entfernt. Schräg gegenüber lag ein Coffeeshop. Vielleicht gab es anderswo weitere, aber er sah keinen Grund, sich nicht gleich diesem zuzuwenden. Er war nicht wählerisch. Also nutzte er das Verkehrschaos und machte Anstalten, die Straße zu überqueren.

Reacher war in den Coffeeshops unterwegs. Rutherford verließ ihn gerade. Anfangs achtete Reacher nicht sonderlich auf ihn. Er war nur irgendein Kerl, schmächtig und unauffällig, mit einem To-go-Becher in der Hand, der sich um seinen eigenen Kram kümmerte. Aber im nächsten Augenblick schnellte Reachers Interesse nach oben. Er spürte, wie seine Nackenhaare sich sträubten. Sein im Kleinhirn fest verankerter Steinzeitinstinkt hatte angesprochen. Eine Warnung, ein instinktives Erkennen. Verteilung und Bewegung. Raubtiere, die schleichend ihre Beute umkreisten. Zwei Männer und eine Frau. Zweckmäßig verteilt. Koordiniert. Angriffsbereit. Drei gegen einen. Kein Verhältnis, das Reacher Sorgen gemacht hätte. Aber er war nicht ihr Ziel. Das war ganz offensichtlich.

Die Männer waren an den beiden Enden des Straßenblocks postiert. Einer gab vor, sich an seinem Westende, unmittelbar vor der Kreuzung mit der defekten Verkehrsampel, für ein Schaufenster zu interessieren. Der andere stand im Osten, wo eine schmale Seitenstraße abzweigte, und gab vor, etwas auf seinem Handy zu suchen. Ein Aktionsbereich von etwa vierzig Metern. Die Frau war auf der gegenüberliegenden Straßenseite an der Einmündung einer Gasse postiert – noch einmal zehn Meter weiter. Nördlich des Gehsteigs ragte eine geschlossene

Häuserfront auf. Südlich davon lag die Straße. Überall gab es Ladeneingänge, in die man flüchten konnte, wenn der Zeitpunkt günstig war. Auch über den Asphalt konnte man flüchten, wenn der Verkehr es zuließ.

Rutherford war nach Osten unterwegs. Nicht eilig. Auch nicht nur schlendernd. Nur in seiner kleinen Blase dahintreibend. Nicht ziellos, dachte Reacher. Eher in Gedanken versunken. Auf einer vertrauten Route unterwegs. In bekannter Umgebung. Ohne auf irgendwas zu achten. Ohne sich nach Ladeneingängen umzusehen. Ohne sich um den Verkehr zu kümmern.

Der Kerl am Westende war schätzungsweise eins achtzig groß. Er trug ein schwarzes T-Shirt ohne Aufschrift und Cargo Pants. Sein Bürstenhaarschnitt ließ sehen, dass er wie ein Geheimagent einen Knopf im Ohr hatte. Der Kerl im Osten war ähnlich groß und ähnlich gekleidet. Er hatte ebenfalls einen Bürstenhaarschnitt und einen Knopf im Ohr. Auch die Frau auf der anderen Straßenseite war schwarz gekleidet, aber ihre Sachen waren eleganter, und sie hatte vor allem keinen Bürstenhaarschnitt. Ihr langes rotes Haar war zu einem Pferdeschwanz zusammengefasst.

Der Kerl am Westende löste sich von seinem Schaufenster und begann nach Osten zu gehen. Nur fünf, sechs Meter hinter Rutherford. Mit lockeren, weit ausgreifenden Schritten. Er musste sich offenbar bremsen, um die Zielperson nicht zu überholen. Vor ihnen hatte eine Frau auf dem Gehsteig haltgemacht, um sich zu ihrem Kind in einem Sportbuggy hinabzubeugen. Noch etwas weiter stand ein Paar, das sich lachend unterhielt. Die beiden trugen Joggingkleidung. Ganz normale Leute, die nicht ahnten, was hier vorging.

Der Aktionsbereich war auf dreißig Meter geschrumpft.

Der Kerl im Osten berührte seinen Ohrhörer. Wenige Sekunden später erschien ein Auto an der Einmündung der schmalen Seitenstraße. Es hatte im Schatten verborgen gewartet. Ein anonymer Viertürer. Ein Toyota. Dunkelblau. Reacher hatte die Bewegung bemerkt, aber kein Motorengeräusch gehört. Ein Hybridfahrzeug im Elektromodus. Ein clever gewähltes Fahrzeug. Nur schade, dass das 110th damals keine Wagen dieser Art gehabt hatte.

Der Aktionsbereich war auf fünfundzwanzig Meter geschrumpft. Reacher trat auf den Gehsteig.

Rutherford näherte sich der Frau mit dem Sportwagen. Sie richtete sich auf, als er herankam. Ihr kleiner Junge warf seinen Teddybären zu Boden. Rutherford bückte sich, hob ihn auf. Vielleicht war er doch nicht so ahnungslos, wie er tat. Dies war ein perfekter Trick, um den Gehsteig hinter ihm zu überprüfen. Vielleicht wusste Rutherford doch, dass er beschattet wurde. Aber dann verflog Reachers Optimismus. Rutherford hatte nur Augen für den Kleinen. Er hielt ihm den Bären hin. Die Frau riss ihm das Plüschtier aus der Hand, funkelte ihn giftig an. Rutherford ging weiter.

Der Aktionsbereich war auf unter zwanzig Meter geschrumpft. Reacher änderte seinen Kurs. Setzte sich nach Osten in Bewegung. Zehn Meter hinter dem aus Westen kommenden Kerl.

Das Paar in Joggingkleidung trat von der Hauswand weg. Seine Körpersprache wirkte angespannt. Die Unterhaltung musste eine unangenehme Wendung genommen haben. Der Mann stapfte mit vorgeschobener linker Schulter davon. Er rammte Rutherford und verschüttete etwas von seinem Kaffee. Seine Partnerin holte ihn ein. Sie packte ihn am Arm, zog ihn kopfschüttelnd und mit gerunzelter Stirn weg.

»Hey!«, sagte Rutherford. Keine Reaktion.

Dreh dich um, dachte Reacher. *Vergiss die Jogger. Achte auf den Typen, der dir folgt.*

Rutherford drehte sich nicht um. Er ging stur weiter.

Der Aktionsbereich war auf zwölf Meter geschrumpft. Zwischen Reacher und dem von Westen kommenden Kerl lagen zusätzliche sechs Meter.

Was als Nächstes passieren würde, lag auf der Hand. Reacher sah es so deutlich, als hätte es jemand ins Blau des Himmels geschrieben. Die Limousine würde etwas weiter nach vorn rollen, bis ihre hintere Tür sich auf Höhe des Gehsteigs befand. Der Kerl aus Osten würde sie aufreißen, der Kerl aus Westen würde Rutherford in den Wagen stoßen und nach ihm einsteigen. Der zweite Mann würde den Beifahrersitz bekommen. Die Frau würde auf Rutherfords anderer Seite einsteigen. Und so würden sie davonfahren. Keine fünf Sekunden, wenn sie das Unternehmen richtig aufzogen. Und alles würde lautlos vonstattengehen. Kein Lärm, kein Aufsehen. Niemand würde etwas mitbekommen.

Der Aktionsbereich betrug nur mehr sechs Meter. Drei Meter zwischen Reacher und dem Kerl aus Westen. Zeit, sich zu entscheiden.

Nun hieß es vier gegen einen. Vielleicht fünf oder sechs, wenn sie ein zweites Fahrzeug in Reserve hatten. Kein Verhältnis, das Reacher normalerweise Sorgen machte. Aber er war nicht ihre Zielperson.

Wie auf ein Stichwort hin fuhr der Toyota ein Stück weit vor. Rutherford blieb stehen, ohne sich viel dabei zu denken. Nur ein ungeduldiger Fahrer, der auf die Hauptstraße abbiegen wollte. Er nahm einen Schluck Kaffee, während er darauf wartete, dass das Auto weiterfuhr. Aber es blieb stehen. Der Kerl aus Osten riss die hintere Tür auf, hielt sie offen. Der andere war mit zwei, drei großen Schritten heran. Seine linke Hand umfasste Rutherfords Nacken. Mit der Rechten umklammerte er seinen Ellbogen. So wollte er ihn vor sich herschieben und auf den leeren Rücksitz bugsieren. Aber er war zu langsam.

Der Aktionsbereich betrug null Meter. Reacher erschien links neben dem aus Westen kommenden Kerl. Er packte Rutherford am Kragen. Sein gestreckter rechter Arm lag wie eine Stahlbarriere vor der Brust des westlichen Kerls. Danach eine halbe Drehung auf dem rechten Fuß. Er riss Rutherford seitlich zurück und hielt ihn dort fest, wo kein anderer ihn erreichen konnte.

»Nicht so eilig!«, sagte Reacher. »Zeigt mir Ausweise oder haut ab.«

»Lassen Sie ihn los«, verlangte der westliche Kerl.

»Haben Sie einen legitimen Grund, ihn festzunehmen, haben Sie auch einen Dienstausweis. Den will ich sehen. Habt ihr keinen, müsst ihr verschwinden. Dies ist eure letzte Chance.«

»Wer, zum Teufel, sind Sie?«

»In dieser Situation sollten Sie sich auf relevante Themen konzentrieren.«

»Wer sind Sie?«

»Sie haben die Wahl zwischen zwei Dingen. Irrelevante Fragen gehören nicht dazu.«

»Lassen Sie ihn los!« Der Kerl wollte um Reacher herumgehen, streckte einen Arm aus und versuchte, Rutherford zu fassen. Reachers Faust traf seine Schläfe, sodass er von der Hauswand abprallte und wie eine Marionette mit abgeschnittenen Schnüren zusammensackte.

Reacher wandte sich dem anderen Kerl zu. »Dies ist Ihre allerletzte Chance. Nehmen Sie Ihren Müll mit und verschwinden Sie. Tun Sie's nicht, liegen Sie gleich neben ihm. Sie haben die Wahl. Mir ist beides recht.«

Aus dem Augenwinkel heraus nahm Reacher eine Bewegung wahr. Das rechte Seitenfenster des Toyotas wurde heruntergefahren. Die Frau am Steuer hob einen Arm. Sie sah ihn direkt an. Hob sie eine Pistole? Reacher wartete nicht darauf. Er ließ Rutherford los und drehte den östlichen Kerl so um, dass er vor der Beifahrertür stand. Packte ihn an Hosenbund und Kragen. Stopfte ihn mit dem Kopf voraus ins offene Fenster und schob kräftig nach, während der Kerl mit angelegten Armen hilflos mit den Füßen strampelte.

Reacher trat einen Schritt zurück, um nicht getroffen zu werden, und sah sich nach Rutherford um, der wie gelähmt an Ort und Stelle verharrte. Noch bevor er etwas hörte, spürte Reacher etwas Schweres auf sie zukommen, schnappte sich Rutherford und stieß ihn gegen die Hauswand. Im nächsten Augenblick rumpelte ein schwarzer Chevy Suburban auf den Gehsteig und hielt da, wo Reacher gestanden hatte. Die Fahrertür wurde aufgestoßen, und ein Mann sprang heraus. Er war kleiner als die anderen und drahtiger. Sein Beifahrer gesellte sich zu ihm. Sie standen kurz in einer Art Kampfsporthaltung nebeneinander, dann entspannten sie sich. Sie traten vor. Beide wirkten ganz locker. Dies war offenbar nicht ihr erster derartiger Einsatz.

»Treten Sie beiseite, Mister!«, befahl der Fahrer. »Dies ist nicht Ihr Kampf. Den Kerl nehmen wir mit.«

Reacher schüttelte den Kopf. »Nein, das tun Sie nicht. Garantiert nicht. Er geht ungehindert weiter. Die Frage ist nur: Wollt ihr das auch? Oder seid ihr scharf darauf, wie eure Kumpel ins Krankenhaus zu kommen?«

Der Fahrer gab keine Antwort, und Reacher wurde auf

scharrende Geräusche hinter dem Suburban aufmerksam. Der Typ, den er in den Toyota gestopft hatte, hatte sich befreit und versuchte jetzt gemeinsam mit der Frau, ihren bewusstlosen Kameraden auf den Rücksitz zu manövrieren. Unterdessen hatten sich Gaffer versammelt, die einen Kreis bildeten, der bis auf die Straße reichte. Sie erinnerten Reacher an die Ansammlungen auf dem Pausenhof jeder neuen Schule, in die er in seiner Jugend gekommen war. Sein Bruder Joe und er. Rücken an Rücken. Trotz Unterzahl erfolgreich kämpfend. Er sah zu Rutherford. Der Mann flüchtete nicht, was immerhin etwas war. Aber Reacher wusste, dass von ihm keine Hilfe zu erwarten war, falls der Mob feindselig wurde.

Die beiden Kerle wechselten einen Blick. Sie überlegten, was sie tun sollten. Mit dem Tarnkappenmodus war's vorbei, also blieb nur die Wahl zwischen Frontalangriff und taktischem Rückzug. Keine dieser Optionen schien ihnen zu gefallen. Dann war die erste Polizeisirene zu hören. Die Fußgänger zerstreuten sich. Der Toyota fuhr an. Sein Benzinmotor heulte auf, als die Fahrerin das Gaspedal durchtrat. Die drahtigen Kerle sprangen in ihren Suburban, stießen zurück und streiften den vorderen rechten Kotflügel des ersten Streifenwagens, als sie davonrasten. Rutherford stand noch immer mit weit aufgerissenen Augen und offenem Mund wie angenagelt da.

Die beiden Streifenwagen hielten am Randstein. Ihre Sirenen wurden ausgeschaltet, aber die Blinkleuchten arbeiteten weiter. Vier Uniformierte sprangen heraus. Drei kamen auf dem Gehsteig heran, während der vierte Mann den Frontschaden an seinem Wagen begutachtete. Alle hatten ihre Revolver gezogen, ohne sie schussbereit zu halten. Sie vertrauten auf ihre zahlenmäßige Überlegenheit, wollten aber nichts riskieren. Eine vernünftige Einstellung, fand Reacher.

»Hinlegen!«, sagte der führende Beamte. »Auf den Bauch.«

»Sie verhaften uns?«, fragte Reacher.

»Was erwarten Sie? Einen Lolli? Los jetzt, hinlegen!«

Reacher machte keine Bewegung.

Der Uniformierte trat einen Schritt näher. »Hinlegen, hab ich gesagt. Sofort!«

Cops in aller Welt waren gleich. Sobald sie öffentlich eine Position eingenommen haben, rücken sie nicht mehr davon ab. Überredungsversuche sind dann bloß Zeitverschwendung. Das wusste Reacher aus eigener Erfahrung. Trotzdem galt es, einen gewissen Standard zu wahren.

»All right«, sagte Reacher. »Meinetwegen können Sie uns verhaften. Wir kommen ohnehin in fünf Minuten wieder frei. Aber wir legen uns auf keinen Fall hin.«

3

Die vorübergehende Basis des Teams war eine Woche zuvor in einem Motel acht Meilen westlich der Kleinstadt eingerichtet worden. Das Verkehrsaufkommen war so gering, dass die Strecke sich theoretisch in zwölf Minuten zurücklegen ließ, ohne unerwünschte Aufmerksamkeit zu erregen. Aber an diesem Nachmittag brauchten beide Fahrzeuge für ihre Rückfahrt erheblich länger.

Die Kerle mit dem Suburban schafften es als Erste. Sie hatten es einfacher, weil keiner von ihnen verletzt war. Die beiden fuhren zunächst zehn Meilen weit nach Norden. Der Fahrer, der auf den Namen Wassili hörte, raste anfangs los, um von den eintreffenden Streifenwagen wegzukommen, hielt sich dann aber an die zulässige Höchstgeschwindigkeit, bis sie einen Waldparkplatz erreichten, der zur Straße hin durch mehrere Baumreihen abgeschirmt war. Dort war es einsam genug, aber sie hüteten sich davor, ihren beschädigten Wagen in Brand zu setzen. Genauso gut hätten sie den Cops einen Lageplan mit dem Hinweis *Hier steht der gesuchte SUV* übermitteln können. Und weil der Suburban, den andere bergen würden, noch immer ziemlich viel wert war, machten sie sich an die Arbeit. Wassili visierte einen der Betonpfosten der Parkplatzumzäunung an und fuhr rückwärts dagegen. Dieses Manöver wiederholte er, bevor er ausstieg, um den Schaden zu begutachten. Ausreichend, befand er. Die Schrammen waren tief genug, um die Delle von der Vorderfront des Streifenwagens zu tarnen, aber nicht so großflächig, dass ein anderer Cop auf die Idee kommen konnte, den

SUV anzuhalten. Er parkte, wo die Bäume am dichtesten standen, und reinigte das Innere des Wagens mit Feuchttüchern, während sein Partner, der sich Anatoli nannte, die Kennzeichen auswechselte. Dann stiegen sie für die dreizehn Meilen lange diagonale Schlussstrecke in ihr zweites Fahrzeug um.

Natascha saß am Steuer des Toyotas. Ihre Rückfahrt begann sie damit, dass sie zunächst sechs Meilen nach Süden fuhr. Sie ließ es langsam angehen. Dafür gab es einen zusätzlichen Grund: Sie machte sich Sorgen wegen zwei ihrer Mitfahrer. Der Kerl, den Reacher durch das Seitenfenster gestopft hatte, Petja, war an der Schulter verletzt. Natascha wusste nicht, wie er sich die Verletzung zugezogen hatte. Er hatte keinen Ton von sich gegeben, aber jetzt war er auffällig blass und stöhnte bei jeder Unebenheit und jedem Schlagloch. Ilja, den Reacher k.o. geschlagen hatte, war noch immer bewusstlos. Natascha, die sich Sorgen wegen einer Gehirnerschütterung machte, wollte auf keinen Fall weitere Schäden verursachen. Sie musste dafür sorgen, dass die beiden möglichst rasch wieder voll einsatzfähig waren. Es fiel schwer, die Ereignisse dieses Nachmittags nicht als totalen Misserfolg zu bezeichnen. Solches Versagen konnte dazu führen, dass ein Team abgelöst wurde. Diese Gefahr drohte erst recht, wenn es nicht hundertprozentig einsatzbereit war. Und das musste unbedingt vermieden werden.

Nach einer Viertelstunde hielten sie auf dem Parkplatz eines plüschigen Schnellrestaurants. Natascha wechselte die Kennzeichen, und die zweite Frau, Sonja, half Petja beim Einsteigen in ihr zweites Fluchtfahrzeug, in das die beiden Frauen den bewusstlosen Ilja hievten. Danach reinigten sie das Innere des Toyotas. Als sie zu ihrem Motel weiterfuhren, holten sie weiter als unbedingt nötig nach Westen aus, sodass ihre Schlussetappe zwölf Meilen umfasste.

Natascha hatte sich auf jeder Etappe Zeit gelassen, denn sie legte Wert darauf, ihren Auftrag genau auszuführen. Doch der Hauptgrund dafür war, dass sie sich nicht auf den bevorstehenden nächsten Schritt freute: auf den Bericht. Vielleicht würde er ganz harmlos ausfallen. Was passiert war, ließ sich mit dürren Worten beschreiben. Sie wusste, dass ihr Kontaktmann zuhören würde, ohne sie zu unterbrechen. Etwaige Fragen würde er erst stellen, wenn sie mit ihrem Vortrag zu Ende war. Zuletzt würde er auflegen. Und dann folgte das Warten auf die Entscheidung. Weitermachen. Oder aufgeben. Eine Bewährungschance. Oder ein Desaster.

Die Informationen würden in der Befehlskette weitergegeben und evaluiert werden, bis eine Entscheidung getroffen wurde. Wer sie traf oder wo diese Leute saßen, wusste Natascha nicht. Das System war absichtlich so konstruiert. Aus Sicherheitsgründen. Abschottung war Trumpf in ihrer gegenwärtigen Welt. Sie vermutete, dass vor Ort ein Verbindungsmann existierte. Jemand, der sein Ohr am Boden und ursprünglich Alarm geschlagen hatte. Der unter Umständen stärker involviert war. Der vielleicht mitzuentscheiden hatte. Sie nahm an, dass es möglich sein würde, diese Person zu identifizieren. Unter Umständen nötig. Jedenfalls wünschenswert. Aber das war ein zukünftiges Problem. Im Augenblick musste sie sich darum kümmern, dass ihr Team – und damit sie selbst – im Einsatz blieb.

Der leitende Beamte tastete Reacher nach Waffen ab. Er arbeitete gründlich. Und langsam. Rutherford saß hinten in dem ersten Streifenwagen, bevor der Uniformierte bei Reachers Taille angelangt war. Um ein bisschen Autorität zurückzugewinnen, vermutete Reacher. Damit klar war, wer hier den Ton angab. Reacher hielt still und ließ ihn weitermachen. Dann trat der Beamte zur Seite und telefonierte mit einem Handy, während ein anderer Cop Reacher aufforderte, sich in den Fond des zweiten Streifenwagens zu setzen.

Reacher ging davon aus, dass das Polizeirevier außerhalb der Innenstadt lag, wo Immobilien billiger waren, und war überrascht, als die Fahrt schon zwei Straßen weiter endete. Der Cop schaltete seine Blinkleuchten ein, um die Kreuzung mit der defekten Ampel zu überqueren, bog bei erster Gelegenheit links ab und fuhr nochmals links abbiegend auf den Parkplatz neben einem großen Sandsteingebäude. Es war mit griechischen Säulen geschmückt und hatte lange parallele Fensterreihen. Der Beamte hielt neben dem Fahrzeug, das der Subaru gestreift hatte, und stieg aus. Eine Bronzeplakette bezeichnete den Bau als Gerichtsgebäude, und kleinere Tafeln zeigten, dass hier auch die Stadtkasse, der Stadtdirektor und die Polizei ihr Domizil hatten. Um voll funktionsfähig zu sein, fehlte nur noch ein städtisches Gefängnis.

Der leitende Cop ging am Haupteingang unter dem Säulenvordach vorbei weiter, als wäre der nur für nicht Verhaftete reserviert. Er blieb vor einem Nebeneingang mit einer einfachen Stahltür stehen, die er aufsperrte, bevor er Reacher eine mäßig beleuchtete Betontreppe hinunterschob. Unten standen sie seitlich neben einer bis zur Decke hinauf verglasten Empfangstheke mit Jalousien, die alle geschlossen waren. Auf der anderen Seite gab es eine Holztreppe mit Messinggeländer, die ehrenwerte Bürger benutzten, wenn sie kamen, um Anzeige zu erstatten oder Auskünfte einzuholen oder was normale Leute sonst hier taten.

Als der Uniformierte klingelte, öffnete sich einige Sekunden später die Tür zum Einlieferungsbereich. Dort wartete ein weiterer Beamter hinter einem langen Holztisch. Auf zwei Schreibtischen hinter ihm standen alte, aber noch funktionierende Computer, die jetzt ausgeschaltet waren, ein Stapel tiefer Plastikkörbe in Regenbogenfarben und eine blasse Topfpflanze mit herabhängenden Blättern. Die Wände waren mit Plakaten tapeziert, die vor Kriminellen warnten und die Bürger aufforderten, selbst auf ihre Sicherheit zu achten. Der Cop griff sich einen der Körbe und knallte ihn vor Reacher auf den Tisch.

»Für Ihr persönliches Eigentum.« Er wirkte gelangweilt. »Bei der Entlassung kriegen Sie's zurück.«

Reacher legte seine Geldscheinrolle hinein. Seine Klappzahnbürste. Seine Bankkarte. Und seinen Reisepass.

»Ist das alles?«

»Was brauche ich mehr?«, fragte Reacher.

Der Cop zuckte mit den Schultern und fing an, das Geld zu zählen. Als er fertig war, gab er Reacher eine Quittung und führte ihn über einen kurzen Flur zum Vernehmungsraum 2. Wände und Decke dieses Raums waren mit Schallschutzpaneelen verkleidet, die Reacher auch schon anderswo gesehen hatte. Er wusste, dass sie keinen akustischen Zweck erfüllten. Sie gehörten zu einem psychologischen Trick, der Verdächtigen suggerierte, es sei ungefährlich, ihre Komplizen zu verpfeifen. Der Fußboden bestand aus Zementestrich, auf dem der Tisch und die Stühle festgeschraubt waren. Das Beobachtungsfenster war wie üblich als Wandspiegel getarnt und der Alarmknopf unter dem Tisch nicht zu übersehen. Reacher vermutete, dass er hier war, weil es nur eine Haftzelle gab. Sie würden nicht wollen, dass er mit dem Mann redete, den er gerettet hatte. Die Gefahr, dass sie ihre Storys abglichen, war zu groß. Und er wusste, dass sie ihn warten lassen würden. Mindestens eine Stunde lang. Vielleicht zwei. Ein alter Trick: Isolation macht gesprächig. Mitteilungsdrang kann zu dem Drang führen, ein Geständnis abzulegen. Er hatte diese Methode unzählige Male selbst angewandt. Und dies war nicht das erste Mal, dass sie gegen ihn eingesetzt wurde.

Beide Stühle standen zu dicht an dem Tisch, um bequem zu sein, also setzte Reacher sich in der Ecke der Tür gegenüber auf den Boden. Die Uhr in seinem Kopf zeigte an, dass siebenundneunzig Minuten vergangen waren, als die Tür wieder geöffnet wurde. Die größte Primzahl mit zwei Ziffern. Eine seiner Favoriten. Das musste ein gutes Omen sein. Ein weniger gutes Zeichen war das selbstgefällige Grinsen auf dem Gesicht des Mannes, der jetzt hereinkam. Er war keinen Tag älter als dreißig und bestand ganz aus lockigem Haar und Pausbacken. Er ließ sich auf den Stuhl fallen, auf dem er mit dem Rücken zum Fenster saß, und grinste dabei weiter.

»Wie ich sehe, haben Sie sichs schon gemütlich gemacht«, sagte der Mann. »Sorry, dass ich Sie habe warten lassen. Wollen Sie sich nicht zu mir setzen? Damit wir versuchen können, diese Sache zu bereinigen?«

Reacher zuckte mit den Schultern, als läge ihm nicht viel daran, stand auf, reckte sich und zwängte sich ihm gegenüber auf den anderen Stuhl.

»Ich bin John Goodyear.« Der Mann grinste noch breiter. »Der hiesige Kriminalbeamte.«

»Jack Reacher.«

»Das weiß ich. Was ich nicht weiß, ist der Grund Ihrer Anwesenheit. Weshalb sind Sie in meiner Stadt?«

»Ich habe keinen Grund. Ich bin nur zufällig hier.«

»Durch welchen Zufall? Sind Sie von Außerirdischen entführt und hier abgesetzt worden?«

»Ich bin per Anhalter gefahren. Mit einem Kerl. Er wollte zufällig hierher. Ich habe nicht vor zu bleiben. Ich will nur eine Mahlzeit. Und einen Kaffee. Dann bin ich wieder weg.«

»Mit anderen Worten: Sie wollten nur lange genug bleiben, um ein Geschäft auszurauben?«

»Was?«

Goodyear zog Reachers Zahnbürste aus der Tasche, legte sie auf den Tisch. »Sehen Sie, ich habe gelogen. Ich weiß, was Sie machen. Sie stecken dies in eine Tasche und geben vor, eine Pistole zu haben. Das klappt bestimmt nicht immer, aber manche Leute wollen vielleicht nichts riskieren. Hab ich recht?«

»Sie sind ein Idiot.«

»Ach, wirklich?« Goodyear grinste weiter. »Dann erklären Sie mir das hier.« Er legte Reachers Geldscheinrolle neben die Zahnbürste. »Sie haben eine Bankkarte, aber diese Scheine stammen aus keinem Geldautomaten. Die spucken neue Scheine aus. Diese hier würden verklumpen und das Gerät verstopfen. Wo haben Sie sie her?«

»Ich habe sie verdient.«

»Wie?«

»Mit einem neuen Geschäftszweig. Ich habe mich im Musikgeschäft versucht.«

Goodyear beugte sich über den Tisch, senkte seine Stimme. »Ein guter Rat, Reacher. Wir leben im einundzwanzigsten Jahrhundert. Alle Polizeien haben Computer, und alle diese Computer sind vernetzt. Ich lasse Ihre Personenbeschreibung in Tennessee und neun benachbarten Staaten überprüfen. Die Ergebnisse müssten bald da sein. Sehr bald, vielleicht in wenigen Minuten. Ein cleverer Mann würde versuchen, dem zuvorzukommen. Packen Sie freiwillig aus, dann helfe ich Ihnen bei Ihrer Aussage. Warten Sie, bis ich einen Stapel Computerausdrucke habe, wird alles nur schlimmer. Viel schlimmer. Wer weiß, welche sonstigen Anklagepunkte ans Licht kommen würden? Landstreicherei wäre keine große Überraschung, um nur einen zu nennen.«

»In der Umgebung der Stadt habe ich keine Seen bemerkt«, entgegnete Reacher. »Das dürfte die Erklärung sein.«

»Die Erklärung wofür?«

»Warum Sie im Trüben fischen. Sie haben keinen Grund, mich irgendwelcher Straftaten zu verdächtigen. Ich reise mit leichtem Gepäck. Na und? Das tue ich seit Jahren. Seit meinem Ausscheiden aus der Army. Und damit das klar ist: Sie haben bei keinen anderen Polizeien nachgefragt.«

»Wie kommen Sie darauf?«

»Hätten Sie's getan, hätten Sie längst eine Antwort. Meine Erscheinung ist ziemlich einzigartig, das wissen wir beide. In Tennessee oder anderswo gibt es sonst niemanden, auf den meine Personenbeschreibung passt. Aber das ist aus zwei Gründen nebensächlich. Erstens weil ich keinen Raubüberfall verübt habe. Und zweitens, weil Sie bei keinen anderen Police Departments anfragen konnten. Ihre Computersysteme sind ausgefallen.«

Goodyears Lächeln verblasste. »Was wissen Sie über unsere Systeme? Was hat Rutherford Ihnen erzählt?«

»Der andere Mann, den Sie grundlos verhaftet haben? Nichts. Ich habe kein Wort mit ihm geredet. Das war nicht nötig. Ich habe meine eigene Methode.«

»Welche Methode?«

»Augen, menschliche, Baureihe eins. Kommen Sie, Detective. Dass hier etwas nicht in Ordnung ist, liegt auf der Hand. Ihr Officer hat sein eigenes Handy benutzt, um meine Verhaftung zu melden. Das Terminal in seinem Streifenwagen war außer Betrieb. Die Computer im Einlieferungsbereich waren ausgeschaltet. Die Überwachungskameras funktionieren nicht. Und das betrifft nicht nur das Police Department. Auch die Verkehrsampeln sind außer Betrieb. Hier geht etwas Seltsames vor. Was eigentlich?«

Goodyear rutschte auf seinem Stuhl hin und her, gab aber keine Antwort.

»Okay, lassen wir diese Bagatellen und kommen zur Hauptsache. Wieso sollte jemand Rutherford entführen wollen? Auf den ersten Blick wirkt der Mann ziemlich harmlos.«

»Wer sagt, dass jemand versucht hat, ihn zu entführen?«

»Ich.«

»Was verstehen Sie von Entführungen?«

»Genug. Ich erkenne einen Hinterhalt, wenn ich einen sehe. Rutherford dagegen nicht. Der Kerl braucht Polizeischutz. Sie sollten ihn zu seinem eigenen Besten in Haft behalten und das FBI einschalten. Für Entführungen ist das Bureau zuständig. Und Sie hätten keine zusätzliche Arbeit.«

»Hey, nicht so eilig!« Goodyears Grinsen kehrte allmählich zurück. »Jetzt schon die Feds zu alarmieren, wäre voreilig. Vielleicht wollten die Kerle, mit denen Sie sich angelegt haben, sich tatsächlich Rutherford schnappen. Können Sie Gedanken lesen? Was die mit ihm wollten, wissen Sie nicht. Falls sie vorhatten, ihn mitzunehmen – und ich sage nicht, dass sie das vorhatten, weil wir's nicht wissen –, wollten sie ihn vielleicht nur an einen anderen Ort bringen, um sich ungestört mit ihm aussprechen zu können. Oder ihn ganz altmodisch in den Hintern zu treten. Wenn Sie mich privat fragen, könnte ich nicht sagen, dass er das nicht verdient hat. Teufel, wenn das als Vergeltungsmaßnahme gedacht war, wäre die ganze Stadt verdächtig. Dann bräuchten wir ein größeres Gefängnis. Und selbst wenn Sie recht hätten, würde ich sagen: Nichts weiter passiert. Wollen wir's nicht dabei belassen?«

»Soll ich nicht einfach eine schriftliche Aussage machen? Die können Sie den Feds geben. Damit tun Sie Ihren Job. Beschützen und dienen – oder wie das Motto Ihrer Polizei lautet. Dafür brauchen Sie keine Computer.«

»Warum behalten Sie Ihre abgefuckten Theorien nicht für sich?«

»Wieso sind Sie so verzweifelt bemüht, diese Sache unter den Teppich zu kehren? Was hat Rutherford gemacht?«

»Und wieso sind Sie so verzweifelt bemüht, diese Sache ins Scheinwerferlicht zu zerren? Aus Ihrer Sicht ist das nicht sonderlich clever, Reacher. Machen Sie so weiter, muss ich mir Ihre Rolle vielleicht näher ansehen. Wie ich höre, haben Sie einen Mann k.o. geschlagen und einen zweiten mit dem Kopf voraus durch ein Autofenster geschoben. Für solche Tätlichkeiten könnte Ihnen eine Haftstrafe drohen.«

»Ich habe niemandem etwas angetan. Der Gehsteig war rutschig, das war alles. Der erste Kerl ist gegen eine Hauswand gefallen, der zweite gestolpert. Er hatte Glück, dass das Autofenster offen war, sonst hätte er sich eine hässliche Beule holen können.«

»All right, gehen wir einen Schritt zurück. Sie sagen, dass diese Kerle Rutherford entführen wollten. Wozu sollten sie das tun wollen?«

»Woher soll ich das wissen? Niemand sagt mir, was er verbrochen hat.«

»Welche Verbindung haben Sie zu ihm?«

»Wir haben keine.«

»Hat er Ihnen das Geld gegeben, das Sie in der Tasche hatten?«, fragte Goodyear weiter.

»Nein.«

»Hat er Sie als Bodyguard engagiert?«

»Nein.«

»Wie hat er Kontakt mit Ihnen aufgenommen?«

»Überhaupt nicht.«

»Wann haben Sie sich erstmals mit ihm getroffen?«

»Wir sind uns heute zum ersten Mal begegnet. Ich habe gesehen, dass er dabei war, in einen Hinterhalt zu geraten. Ich habe ihm aus der Patsche geholfen. Das war eine impulsive Entscheidung.«

»Sie sind nur ein barmherziger Samariter?«

»Genau.«

»Wo war Rutherford, bevor er in dem Coffeeshop aufgekreuzt ist?«

»Auf dem Mond. Er hat dort ein geheimes Liebesnest. Ich wollte es mieten, aber die Spiegel an der Decke sind mir zu klein.«

»Ich rate Ihnen, dieses Verfahren ernst zu nehmen, Mr. Reacher.«

»Wozu? Sie tun's doch auch nicht.«

Goodyear äußerte sich nicht dazu.

»Wenn Sie wollen, dass ich Ernst mache, geben Sie mir etwas Papier. Dann schreibe ich meine Aussage fürs FBI nieder.«

»Papier bekommen Sie von mir nicht.«

»Dann fahren Sie mich wenigstens zum Highway.«

»Ich bin Kriminalbeamter, kein Taxifahrer.«

»Wenn Sie mich nicht beschuldigen wollen, einen imaginären Laden überfallen zu haben, sind wir hier fertig, denke ich. Oder ich könnte einen Anwalt verlangen.«

»Sie brauchen keinen.« Goodyear machte eine Pause. »All right, Sie können gehen. Aber lassen Sie sich einen Rat geben. Bleiben Sie nicht hier. Verschwinden Sie aus der Stadt. Sofort. Und das Wichtigste: Meiden Sie jeglichen Kontakt zu Rusty Rutherford.«

4

Goodyear begleitete Reacher in den Einlieferungsbereich, legte dort sein Geld und seine Zahnbürste auf den Tisch und verschwand in seinem Büro. Er wollte ungestört telefonieren können. Der andere Cop legte Reachers Pass und seine Bankkarte dazu wie ein Pokerspieler, der den Einsatz erhöht, und gab ihm ein Formular und einen Kugelschreiber. Reacher unterschrieb, steckte seine Habseligkeiten ein und schüttelte den Kopf, als der Cop ihn in Richtung Hinterausgang zu dirigieren versuchte. Stattdessen benutzte er die öffentliche Treppe und ging in dem hallenden Marmorfoyer an gerahmten Porträts vorbei. Er nahm den mittleren der drei Ausgänge, machte einen Bogen um eine Absperrung, hinter der eine Rampe für Rollstuhlfahrer gebaut wurde, und bog ab, um zur Main Street zurückzugelangen. Aber er würde die Stadt nicht ohne seinen Kaffee verlassen. Prioritäten waren Prioritäten. Er marschierte über den Rasen, und als er sich auf Höhe des Parkplatzes befand, hörte er eine Stimme rufen. Sie gehörte Rutherford. Er hatte an der Stahltür gewartet und kam jetzt mit einem erhobenen Arm angerannt.

»Entschuldigung, tut mir leid, ich weiß Ihren Namen nicht. Bitte warten Sie!«

Reacher ging langsamer, sodass der junge Mann ihn einholen konnte.

»Ich bin Rusty Rutherford.« Er streckte seine rechte Hand aus.

»Jack Reacher.«

»Mr. Reacher, können wir einen Augenblick miteinander reden?«

»Wenn wir das im Gehen tun. Ich muss wohin.«

»Bitte!« Rutherford war außer Atem und zunehmend durcheinander. »Bitte bleiben Sie stehen. Nur einen Augenblick. Ich mach's ganz kurz.«

Reacher blieb stehen.

»Mir geht's um zwei Dinge. Erstens möchte ich mich bei Ihnen bedanken. Sie haben meinen Arsch gerettet, das weiß ich.«

»Gern geschehen.«

»Und zweitens muss ich Sie etwas fragen: Bin ich in Gefahr? Der Kriminalbeamte hat von Carjacking gesprochen, aber darum ist's nicht gegangen. In meiner Zelle hatte ich Zeit, darüber nachzudenken, bevor sie mich zur Vernehmung geholt haben. Was passiert ist, war kein Zufall. Es war geplant. Diese Kerle haben mir aufgelauert. Zuerst dachte ich, sie seien Ihretwegen hier. Aber dann ist mir eingefallen, dass einer der Männer mich gepackt hat, bevor Sie eingegriffen haben. Er hat versucht, mich in das Auto zu schieben. Der Kriminalbeamte hat gesagt, ich hätte das falsch verstanden. Ich hätte mich getäuscht. Aber er hat nicht recht, stimmt's? Ich möchte nur wissen, was hier vor sich geht.«

»Keine Ahnung, was hier vor sich geht«, sagte Reacher. »Dies ist nicht meine Stadt. Und ich kenne Sie nicht. Ich weiß nicht, was Sie möglicherweise angestellt haben, um viele Leute gegen sich aufzubringen. Ich weiß nicht, ob Sie etwas besitzen, das wertvoll ist. Aber hier passieren seltsame Dinge. Das steht fest.«

»Was sollte ich also tun?«

»Das müssen *Sie* entscheiden. Meine Philosophie lautet: aufs Beste hoffen, aber aufs Schlimmste vorbereitet sein. Unter den jetzigen Umständen würde ich Ihnen raten, die Stadt zu verlassen. Irgendwann legt die Aufregung sich wieder. Kommen Sie zurück, wenn Gras über die Sache gewachsen ist.«

»Die Stadt verlassen?« Rutherford riss die Augen auf. »Nein, nein, das geht nicht!«

»Warum nicht?«

»Weil mich das schuldig aussehen ließe.«

»Woran schuldig?«

»Das ist eine lange Story.«

Reacher überlegte einen Augenblick. Es war bereits später Nachmittag. Er hatte Hunger. Er musste essen, hier oder anderswo. Außerdem war es bei Dunkelheit schwieriger, als Anhalter mitgenommen zu werden. Und unterwegs gab es weniger zu sehen. Aber ihn reizte es herauszufinden, wieso ein unscheinbarer kleiner Mann mit Kaffeeflecken auf dem Hemd den äußeren Anschein von Schuldlosigkeit über die eigene Sicherheit stellte. »Gibt's hier irgendwo gute Burger? Während wir einen Happen essen, könnten Sie mir alles erzählen.«

»Ich dachte, Sie müssten wohin.«

»Stimmt. Aber das hat noch etwas Zeit. Kein Grund, unflexibel zu sein. Angeblich ist das schlecht für die Gesundheit.«

Während Reacher mit Rutherford sprach, versuchten zwei Kerle, Speranski anzurufen. Einer mit einem Wegwerfhandy. Der andere mit dem abhörsicheren Handy, das er schon vorher benutzt hatte. Keiner der beiden kam durch. Das Signal war blockiert, weil Speranski in den Generatorenraum hinuntergegangen war. Nur für ein paar Minuten. Er wollte ihn noch ein letztes Mal sehen, bevor seine Haushälterin ihn putzte. Das würde sie bald tun müssen, denn die Blutflecken waren teilweise über zwei Wochen alt. Die Verhörte hatte lange durchgehalten. Sie hatte entscheidend wichtige Informationen preisgegeben. Sie hatte ihnen von Rutherford erzählt. Was sich in seinem Besitz befand. Professionell gesehen war es Gold wert. Und persönlich hatte sie bewirkt, dass er sich wieder jung fühlte. Heutzutage gab es nicht mehr viel »nasse Arbeit« für ihn. Schade, schade. Er betrachtete die dunklen Lachen auf dem Boden. Die Spritzer an den Wänden, die Handschellen, die Werkzeuge auf dem Tablett aus Edelstahl. Die sauberen Stellen, wo die Koffer gestanden hatten. Er erinnerte sich nochmals an die Höhepunkte und lächelte. Normalerweise wusste er nicht, wann sich die nächste Gelegenheit bieten oder wer das Opfer sein würde. Dieses Mal wusste er beides.

Bald, sehr bald.

Und das Opfer würde die Verräterin sein. Sobald sie nicht mehr von Nutzen war.

Der erste Anruf, als er sich wieder im Erdgeschoss befand, kam von dem Wegwerfhandy. Das Gespräch dauerte nicht lang. Der Anrufer war ein Kerl ganz in der Nähe. Ein Bericht. Erst die Tatsachen. Dann Schlussfolgerungen. Knapp und präzise, wie Speranski es mochte. So wusste er bereits, was der Typ am abhörsicheren Telefon sagen würde, als dieser gleich darauf anrief: »Rutherford ist entkommen.«

»Okay«, antwortete Speranski. »Dann versuchen wir's demnächst wieder.«

»Vielleicht auch nicht. Die Zentrale ist besorgt. Der fehlgeschlagene Versuch hat Aufsehen erregt. Und Rutherford hatte Hilfe. Wir wissen nicht, von wem und in welcher Stärke. Ein neuer Versuch könnte noch mehr Aufsehen erregen. Das wäre kontraproduktiv.«

»Was sollen wir nach Ansicht der Zentrale tun? Nichts?«

»Die endgültige Entscheidung ist noch nicht getroffen. Vorerst ist Abwarten und Beobachten angesagt. Vielleicht taucht der Gegenstand von selbst auf. Dann lässt sich feststellen, ob er wirklich gefährlich ist.«

Speranski nahm das Handy vom Ohr und widerstand der Versuchung, es zu zertrümmern. Dies war der schlimmste Aspekt von Einsätzen an vorderster Front. Mit rückgratlosen Bürokraten umgehen müssen, die den ganzen Tag hinter ihren Schreibtischen hockten. Die niemals ihren Hals riskierten, aber mit dem Leben anderer Leute spielten, die das taten. Und die zu feige waren, um die seltene Chance zu ergreifen, den Feind vernichtend zu schlagen, selbst wenn sie ihnen auf einem Silbertablett präsentiert wurde.

Er hob das Handy wieder ans Ohr. »Sie müssen noch mal intervenieren. Sofort. Sie überzeugen, dass Abwarten und Beobachten keine Option ist. Der Gegenstand taucht vielleicht nie auf. Das ist wahr. Und er ist vielleicht nicht gefährlich. Auch das ist wahr. Aber das spielt alles keine Rolle. Was tut das FBI, wenn es hier nicht fündig wird? Aufgeben? Nein, es sucht weiter. An der Quelle. Bis es Erfolg hat. Und das könnte sein, bevor unser Auftrag ausgeführt ist, was eine Katastrophe wäre. Und selbst wenn die Enthüllung später käme, würde sie das Ende der … des betreffenden Agenten bedeuten. Was ich natürlich nie zulassen werde.«

»Ja, ich verstehe. Und ich stimme Ihnen zu. Aber die Zentrale macht sich Sorgen, ob wir uns exponieren. Zu viel Aufmerksamkeit erregen. Uns in die Karten schauen lassen.«

»Sagen Sie ihnen, dass das auf keinen Fall passiert. Diese Einmischung wiederholt sich nicht. Sie war ein dummer Zufall. Ein Vagabund, irgendein Kerl, der mal bei der Militärpolizei war, hat die Situation richtig gedeutet und eingegriffen.

Das macht er nicht noch mal. Er ist aus der Stadt ausgewiesen worden.«

»Woher wissen Sie das?«

»Ich arbeite seit über fünfzig Jahren in dieser Stadt. Ich habe Verbindungen.«

»Zuverlässige?«

»Die Information stammt direkt aus dem Police Department.«

»Das ist gut. Aber wenn dieser Vagabund die Stadt nicht verlässt?«

»Dann ergreife ich selbst die Initiative.«

»Wie bei der Journalistin?«

»Exakt so.«

»Schön, ich rede mit ihnen. Vielleicht genehmigen sie wenigstens die Wiederaufnahme der Überwachung.«

»Das reicht nicht. Wir müssen uns Rutherford sofort schnappen. Sie verstehen nicht, was nötig ist, um die Hysterie aufzuheizen. Ich habe alles aufgefahren, die Lokalzeitung. Flüsterkampagnen. Ein ganzes Heer von Bots in den sozialen Medien. Im Augenblick wirkt alles noch, aber nicht ewig. Die Blase wird platzen. Irgendwas anderes lenkt das Scheinwerferlicht auf sich. Rutherford muss verschwinden, solange die ganze Stadt ihn noch hasst.«

Rutherford führte Reacher zu seinem liebsten Schnellrestaurant. Es lag drei Blocks von dem Coffeeshop entfernt im Erdgeschoss eines Bürogebäudes an der Main Street. Sein Äußeres ermutigte Reacher nicht gerade, aber er musste zugeben, dass der Designer drinnen gute Arbeit geleistet hatte. Die Farbgebung mit reichlich Chrom hätte aus den Fünfzigerjahren stammen können, und die Sitznischen entlang der Wände hatten rote Kunstlederpolster und jeweils eine kleine Musikbox. An der Rückwand des Raums hing ein altmodisches Münztelefon, und in der Mitte stand eine Reihe Vierertische mit Schichtstoffplatten. Die Seitenwände verschwanden hinter riesigen Autogemälden. Lauter Cabrios. Cadillacs und Chevys. Türkisgrün und Rosa. Auf Autobahnen durch grandiose Landschaften unterwegs oder unter schneebedeckten Bergen an glitzernden Seen geparkt, wo glückliche Familien mit Picknickkörben und Badmintonschlägern ausstiegen.

Weil das Restaurant leer war, konnten sie sich eine Sitznische aussuchen und nahmen die mittlere an der rechten Wand. Unter einem türkisgrünen Chevrolet sitzend, konnte Reacher den Eingang und die Tür zur Küche im Auge behalten. Im nächsten Augenblick tauchte eine Bedienung auf. Sie lächelte Reacher an, aber ihr Gesichtsausdruck veränderte sich, als sie sah, wer mit an seinem Tisch saß. Reacher bestellte zwei Cheeseburger und Kaffee. Rutherford bestellte einen, und danach warteten sie schweigend, bis die Bedienung ihre Kaffeebecher brachte.

»Haben Sie bemerkt, wie sie mich angefunkelt hat?« Rutherford schob seinen Becher weg.

»Ich habe mich manchmal in bestimmten Kreisen unbeliebt gemacht«, sagte Reacher. »Aber eine ganze Stadt gegen sich aufbringen? Das ist eine ziemliche Leistung. Was haben Sie angestellt?«

»Nichts.«

»Okay.« Reacher trank einen Schluck Kaffee. »Was haben Sie nicht angestellt?«

»Mein großes Verbrechen ist wahrscheinlich, dass ich nicht genug unternommen habe, um nicht für das Chaos verantwortlich gemacht zu werden, das in der Stadt herrscht.«

Reacher dachte sofort an die Verkehrsampel und die Polizeicomputer. »Managen Sie die Finanzen der Stadt? Leiten Sie die Finanzverwaltung?«

»Nein.« Rutherford lehnte sich zurück. »Wie kommen Sie darauf?«

»Nichts in dieser Stadt funktioniert. Das liegt meistens daran, dass Rechnungen nicht bezahlt wurden.«

Rutherford lächelte zum ersten Mal, seit Reacher ihn kannte. »Schön wär's, wenn's nur darum ginge. Das ließe sich leicht in Ordnung bringen. Nein, die Stadt befindet sich in weit schlimmerer Lage, die allerdings auch etwas mit Geld zu tun hat. Wir sind Opfer eines Hackerangriffs mit Ransomware geworden.«

»Keine Ahnung, was das ist.«

»Ransomware? Das ist eine Erpressersoftware, mit deren Hilfe ein Eindringling den Zugriff auf ein Computernetzwerk verhindern kann. Auf die Computer selbst und die Daten, mit denen sie arbeiten. Auf sämtliche Unterlagen und Informationen aller Abteilungen, auf alle Handys, Laptops und Tablets, die in dem System vernetzt sind.«

»Okay. Und wie bekommt man das System entsperrt, damit es wieder funktioniert?«

»Man muss einen Schlüssel kaufen.«

»Von wem?«

»Von den Hackern, die einen angegriffen haben.«

»Tatsächlich?«

»O ja. Immer mehr Städte werden angegriffen. Manchmal mehrere gleichzeitig, wenn sie Dienste gemeinsam nutzen.«

»Welche Dienste nutzt die Stadt gemeinsam?«

»Keinen. Wir sind völlig autark.«

»Dann war das also ein gezielter Angriff. Warum?«

»Ohne speziellen Grund. Wir haben's den Angreifern nur

zu leicht gemacht. Unsere Infrastruktur ist der Traum jedes Hackers. Ein Gemenge aus alten, veralteten Systemen. Überall Schwachstellen. Keine erkennbare Verteidigung. Und dieses Phänomen greift um sich, müssen Sie wissen. Großstädte werden attackiert. Krankenhäuser. Police Departments. Auch Konzerne. Aber die versuchen im Allgemeinen, die Sache geheim zu halten, und zahlen diskret.«

»Konzerne zahlen?«

»Manchmal. Meistens? Das weiß ich nicht sicher.«

»Provozieren Lösegeldzahlungen nicht erst recht neue Angriffe?«

»Vermutlich.« Rutherford zuckte mit den Schultern. »Aber was bleibt einem anderes übrig?«

»Die Stadt will nicht zahlen, richtig?«

Rutherford gab keine Antwort.

»Solche Erpressungen sollten ausgerottet werden, finde ich«, erklärte Reacher. »Nicht ermutigt. Dafür braucht man nur so zu tun, als wollte man zahlen. Man vereinbart ein Treffen: Cash gegen Schlüssel. Aber die Arschlöcher, die einen angegriffen haben, sollten mit keinem Cent abziehen dürfen. Sie sollten gar nicht mehr gehen können. Man überzeugt sich davon, dass der Schlüssel funktioniert. Dann findet man ihre Basis und brennt sie nieder. Identifiziert alle Beteiligten und brennt ihre Häuser nieder. Man sendet ein klares Signal, dass sie's nicht noch mal versuchen sollen.«

»Schön wär's«, wiederholte Rutherford seufzend. »Aber so funktioniert die Sache nicht.«

»Warum nicht?«

»Wir reden nicht von Koffern voller Geldscheine. Nicht von richtigem Geld. Diese Leute verlangen immer Kryptowährungen. Im Allgemeinen Bitcoins. Es gibt auch keinen physischen

Schlüssel. Nur einen weiteren Computercode. Der kommt übers Internet von einer Adresse, die so verschlüsselt ist, dass niemand sie zum Absender zurückverfolgen kann. Oft stammt er aus dem Ausland, aus Russland, dem Irak oder anderen Schurkenstaaten.«

»Könnte man den Erpressercode knacken?«

»Theoretisch schon. Es gibt Spezialfirmen, die man engagieren kann. Tatsächlich habe ich eine Freundin, die so eine gegründet hat. Sie ist eine ehemalige FBI-Agentin. Eine Expertin für Cyberkriminalität. Diese Firmen sind alle sehr teuer, geben aber trotzdem keine Erfolgsgarantie. Und selbst wenn sie Erfolg haben, stellt sich immer die Zeitfrage. Wie lange kann man ohne lebenswichtige Infrastruktur durchhalten? Und Erpressersoftware hat oft ein eingebautes Zeitlimit. Zahlt man nicht binnen x Tagen oder Wochen, werden alle Daten endgültig gelöscht.«

Eine Bedienung kam mit einer Kaffeekanne und schenkte Reacher nach. Sie war anders als ihre Kollegin. Jünger, etwas größer und viel freundlicher. Sie lächelte Rutherford zu, statt ihn anzufunkeln, legte dann den Kopf schief und wandte sich an Reacher.

»Kenne ich Sie von irgendwoher?«

»Unwahrscheinlich, ich bin erst heute angekommen.«

»Ja, natürlich. Ich wusste, dass ich Sie schon mal gesehen habe. Ich habe gesehen, wie Sie gleich gegenüber aus einem Auto gestiegen sind. Ein Impala, richtig? Silbern. Mit einem gut aussehenden Mann am Steuer. Vielleicht ein Banker?«

»Versicherung.«

»Sehen Sie? Beinahe hätte ich's erraten. Die Arbeit bei einer Versicherung ist wohl interessant?«

»Wieso fragen Sie das mich?«

»Ist dieser Mann nicht Ihr Boss?«

»Ich habe keinen Boss.«

»Sie sind also selbstständig?«

»Ich bin gern unabhängig.«

»Das muss schön sein. Jedenfalls sind Ihre Burger bald fertig. Melden Sie sich, wenn Sie zwischendurch etwas brauchen.«

Rutherford wartete, bis die Bedienung in der Küche verschwand. »Noch mal zur Erpressersoftware. Zahlt man nicht, um den Schlüssel zu bekommen, hat man zwei Möglichkeiten: Man kann bei null neu anfangen, was langsam und superteuer ist«, er zögerte kurz, »oder man löscht den Inhalt aller Speicher und lädt eine Back-up-Kopie hoch.«

»Option B klingt gut. Wieso macht die Stadt das nicht?«

»Dafür würde sie zwei Dinge brauchen. Ein Back-up mit einer einwandfreien Kopie aller Daten. Und einen IT-Manager, der es neu installiert.«

»Die Stadt hat keinen IT-Manager?«

»Jetzt nicht mehr. Der war ich. Aber ich bin gefeuert worden.«

»Weil Sie keinen einwandfreien Back-up vorbereitet haben?«

»Gewissermaßen. Aber die Sache ist ein bisschen komplizierter. Ich habe meinem Boss immer wieder erklärt, dass wir eine Abwehr gegen Hackerangriffe und für alle Fälle eine Back-up-Software brauchen. Die Stadt war ein viel zu weiches Ziel. Aber eine Ertüchtigung hätte viel Geld gekostet. Sie ist immer wieder hinausgeschoben worden. Ich hätte das Handtuch werfen sollen. Nicht nur einmal! Aber mir gefällt diese Stadt. Zumindest hat sie mir gefallen.«

»Also haben Sie die Abwehr und den Back-up vernachlässigt, und das ist zurückgekommen und hat Sie in den Arsch gebissen?«

»Nein.« Rutherford schloss kurz die Augen. »Ich habe etwas noch Dümmeres getan.«

Fünfundzwanzig Minuten waren vergangen, ohne dass Nataschas Handy geklingelt hatte.

Das Motel war ein ebenerdiger Bau, lang und niedrig, mit brauner Holzfassade. Am Ostende lag das Büro mit überdachtem Eingang und einer Nische für Eis- und Limonade-Automaten. Es gab achtzehn Gästezimmer, jedes mit einer Tür und einem Fenster, die neben dem Büro begannen und sich nach Osten erstreckten. Nataschas Team hatte die Zimmer fünfzehn bis einschließlich achtzehn genommen. Die Nummer fünfzehn hatten sie als Pufferzone leer gelassen, damit sich dort niemand einquartieren und wegen der dünnen Wände nerven konnte. Wassili und Anatoli aus dem Suburban schliefen in Zimmer sechzehn, Ilja und Petja in siebzehn, und Natascha und Sonja in achtzehn. Als sie mit ihren Ersatzwagen zurückkamen, hatten die Frauen den noch immer benommenen Ilja auf die Couch in ihrem Zimmer gelegt. Petja, der seinen Arm schonte, war ihnen gefolgt. Einen Augenblick später hatten sich die beiden anderen Männer zu ihnen gesellt.

Um zu warten.

Dreißig Minuten verstrichen, ohne dass Nataschas Handy klingelte.

Sie prüfte dreimal die Stärke ihres Handysignals. Jedes Mal wurde die volle Stärke angezeigt. Vermutlich passt hier irgendeine alte Redensart, dachte sie: dass Wasser nie kocht, solange man darauf wartet. Irgendwas in dieser Richtung. Oder ein moderneres Bild. Sie schob den Gedanken beiseite und versuchte, sich auf praktische Dinge wie Petjas Schulter zu konzentrieren. Er wollte sich anfangs nicht untersuchen lassen, gab dann aber doch nach. Sie stellte fest, dass er nur Schürfwunden aufwies, die ihn nicht lange beeinträchtigen würden. Dann kümmerte sie sich um Ilja, dessen Puls und Atmung wieder fast normal waren.

Fünfunddreißig Minuten vergingen, ihr Handy klingelte noch immer nicht.

»Sollten wir nicht etwas tun?«, fragte Wassili.

»Ja«, sagte Natascha. »Warten.«

»Wie lange?«

»So lange wie nötig.«

»Aber warum dauert das so lange? Irgendwas scheint nicht in Ordnung zu sein.«

»Alles ist in Ordnung.«

»Woher willst du das wissen? Welche andere Erklärung kann's dafür geben?« Wassili senkte die Stimme. »Wir haben versagt. Wir wissen alle, was passiert, wenn man versagt. Wir alle kennen die Gerüchte.«

»Schluss jetzt mit solchem Gequatsche! Auf Gerüchte darfst du nicht hören.«

»Warum brauchen sie dann so lange, um zu entscheiden, was wir als Nächstes machen sollen?«

»Was ist, wenn sie sich schon entschieden haben?« Sonja sah vom Tisch auf. »Wenn sie's uns nur noch nicht gesagt haben?«

»Wozu sollten sie's uns nicht sagen?«, fragte Wassili verständnislos. »Wie können wir Befehle ausführen, die nicht erteilt werden?«

»Was ist, wenn die Befehle nicht an uns gehen?«, hakte Sonja nach. »Was ist, wenn sie ein weiteres Team losgeschickt haben? Und einen Schlussstrich ziehen wollen?«

»Aufhören!«, befahl Natascha scharf. »Ihr seid paranoid.«

»Ach, wirklich?«, fragte Sonja. »Denk mal darüber nach. Sie wissen, wo wir uns aufhalten. Sie wissen, dass wir alle zusammen sind. Wir machen es ihnen leicht.«

Ilja grunzte auf der Couch liegend, dann öffnete er die Augen.

Wassili trat ans Fenster. »Alles klar. Vorerst.«

Vierzig Minuten verstrichen. Nataschas Handy klingelte endlich.

Reacher biss in seinen ersten Burger. »Was haben Sie Dummes gemacht?«

Rutherford schüttelte den Kopf. »Ich habe versucht, die Sache selbst in Ordnung zu bringen. Ich habe an einem Programm gearbeitet, das Cyberangriffe entdecken und neutralisieren sollte. Ich habe es Wachhund genannt. Die Freundin, von der ich gesprochen habe? Die ehemalige FBI-Agentin? Sie hat mir geholfen. Sie wollte es Cerberus nennen. Wenn es funktionierte, wollten wir es vermarkten. In großem Stil. Und damit ein Vermögen machen.«

»Vermute ich richtig, dass Ihr Programm nicht funktioniert hat?«

»Leider nicht. Auch der Back-up hat nicht richtig funktioniert. Dafür haben alle mich verantwortlich gemacht, was verdammt unfair ist. Keiner dieser Dummies, die hinter mir her sind, hat die geringste Ahnung, mit wem ich's zu tun hatte. Viele dieser Angriffe waren von Staaten unterstützt. Sie haben ganze Lagerhäuser voller professioneller Hacker. Sie besitzen endlose Ressourcen. Auf der anderen Seite sitze ich und stricke ein Programm aus umgewidmeten Bausteinen, die ich mir irgendwo zusammensuchen muss.«

»Wie David und Goliath. Nur hat Goliath gesiegt.«

»Genau. Das war schon immer wahrscheinlicher, wenn man darüber nachdenkt.«

»Aber unabhängig davon, wie wahrscheinlich das war, stehen Sie weiter ohne Job da. Und hier sind Sie überall verhasst. Diese Kleinstadt ist nett, klar, aber dort draußen liegt eine ganze Welt. Wollen Sie Ihr Glück nicht anderswo versuchen?«

»Das tue ich vielleicht. Irgendwann. Aber erst muss ich meinen guten Ruf wiederherstellen.«

»Wie?«

»Auf meinem alten Laptop sind Dokumente gespeichert, die meine Unschuld beweisen. Meine Anwältin hat einen Gerichtsbeschluss erwirkt, dass die Stadt sie rausrücken muss. Ich kann zeigen, dass ich meinen Boss immer wieder gewarnt habe, aber ignoriert worden bin. Und dazu kommt noch etwas anderes. Dieses Arschloch verbreitet das Gerücht, ich hätte das Netzwerk infiziert. Ich soll ein Virenkiller-Update versäumt haben, weil ich verreist war, und dann eine infizierte Mail geöffnet haben.« Rutherford verdrehte die Augen. »Können Sie sich das vorstellen? Dabei habe ich den Virenschutz erst eingeführt. Ich wette, dass *er* ein Update verpasst hat. Sobald ich meinen Laptop zurückbekomme, kann ich alles beweisen.«

»Rusty, ich bewundere Ihren Kampfgeist, aber wissen Sie bestimmt, dass dies der beste Weg ist? Es wäre ein schaler Sieg, wenn Sie ihn nicht genießen könnten, weil Sie gefesselt im Kofferraum irgendeines anderen Autos liegen.«

»Der Kriminalbeamte hat mir erklärt, dass er nicht an einen ernsthaften Entführungsversuch glaubt. Wie denn auch? Welchen Zweck hätte das gehabt? Ich bin nicht reich. Ich habe keine berühmten Verwandten. Ich weiß keine Geheimnisse. Ich habe mit niemandes Frau geschlafen.«

»Nun, irgendwer hat diese Kerle auf Sie angesetzt. Und das waren keine Leute, die Sie zu Kaffee und Plätzchen bei sich einladen wollten.«

»Darüber habe ich schon nachgedacht. Ich kannte keinen von ihnen. Sie mich ihrerseits wohl auch nicht. Vielleicht haben sie mich mit jemandem verwechselt.«

»Es gibt diese neuen Dinger, die Fotos heißen. Wie ich höre, lassen sie sich heutzutage sogar mit Handys machen.«

»Klar doch. Aber eine Schlägerbande anheuern, die mich verschleppen und in den Hintern treten soll? Wozu das alles? Das erfordert viel Aufwand. Und kostet wahrscheinlich eine Menge Geld. Wer ist außerdem wirklich geschädigt, selbst wenn die ganze Stadt glaubt, ich sei an dem Hackerangriff schuld? Das ist alles Hysterie. Die Zeitungen, die sozialen Medien, die Leute reden Unsinn. Angeblich muss die Stadt ihre Schulen schließen. Im Park können keine neuen Schaukeln mehr aufgestellt werden. Die Polizei muss die Hälfte ihrer Streifenwagen verschrotten. Der Benzinpreis wird sich verdoppeln. Die Immobilienpreise werden einbrechen. Lauter Scheiß! Natürlich werden in der Stadtverwaltung ein paar Leute länger arbeiten und ihre eigenen Handys benutzen müssen. Aber wer hat heutzutage keine Flatrate? Das historische Archiv ist nicht mehr online zugänglich, was einen kleinen Gesichtsverlust für die Stadt bedeutet, aber damit sind wir nicht allein. In letzter Zeit sind viele Städte das Opfer von Hackerangriffen geworden. Deswegen braucht man keine Verbrechen zu verüben. Solange die Computersysteme bis Ende des Monats, wenn die Gehälter überwiesen werden, wieder funktionieren, hält sich der Schaden in Grenzen. Trotz des ganzen Hypes.«

»Wie lange sind die Computer schon ausgefallen?«

»Zwei Wochen.«

»In einer Woche ist Monatsende. Die Stadt hat keinen Backup. Sie haben selbst gesagt, dass es lange dauert, bei null anzufangen – vor allem ohne IT-Manager. Klingt ziemlich dramatisch, finde ich.«

»Aber die Stadt fängt nicht bei null an. Wir zahlen. Habe ich das zu erwähnen vergessen? Der Deal muss schon fast in trockenen Tüchern sein.«

»Wenn jemand zahlt, bleibt jemand mit einem Loch in seinem Bankkonto zurück. Also dürfte jemand sauer sein.«

Rutherford schüttelte den Kopf. »Die Versicherung zahlt. Sie hat einen Mann geschickt, der verhandelt, um den geforderten Preis zu drücken. Vielleicht den Kerl, mit dem Sie hier angekommen sind. Selbst wenn er erfolglos bleibt und sie den vollen Preis zahlen muss, sehe ich keinen Konzern, der es darauf anlegen würde, sich ein Pfund von meinem Fleisch zu sichern.«

Die freundliche Bedienung trug ihre Teller ab.

Reacher trank einen Schluck Kaffee. »Sie haben gesagt, dass Sie an einem neuartigen System arbeiten. Um solche Angriffe zu entdecken und abzuwehren. Es hat nicht funktioniert, das weiß ich. Aber kann es nicht doch irgendwie nützlich sein? Stellen Sie sich jemanden vor, der eine Schutzweste trägt. Sie ist angeblich kugelsicher, aber er wird von einem neuartigen Geschoss getroffen, das sie durchschlägt. Sein Pech, weil er tot ist, aber die Forensiker können daraus noch viel lernen. Das Kaliber des Geschosses. War es ein Stahlmantelgeschoss? Mit welchem Kern? Und so weiter. Daraus lassen sich Schlüsse ziehen.«

»Das ging mir auch schon durch den Kopf. Genau darauf habe ich gehofft. Ich habe alles überprüft. Sogar mehrfach. Leider erfolglos. Und ich habe meiner FBI-Freundin eine Kopie des Materials geschickt. Auch sie arbeitet daran. Sie verfügt über mehr Ressourcen als ich, aber es sieht nicht hoffnungsvoll aus.«

Reacher legte ein paar Geldscheine auf den Tisch und glitt aus der Sitznische. Die freundliche Bedienung steckte ihr Handy in die Schürzentasche und kam an ihren Tisch. Sie wollte einen Augenblick mit Rutherford reden, ihn um einen Gefallen bitten. Ihre Stimme sagte, es gehe um einen Computer. Ihre Körpersprache meinte, es gehe um etwas anderes. Reacher lächelte. Seiner Erfahrung nach gab es zwei Methoden, mit denen Leute auf Krisen reagierten: Manche machten sich daran, das Problem zu lösen. Andere versuchten zu beweisen, dass es nicht ihre Schuld war. Reacher bevorzugte die erste Kategorie. Rutherford schien ihr anzugehören. Es war nett, zur Abwechslung jemanden zu erleben, der es nicht darauf anlegte, Hilfe von ihm zu erwarten.

Reacher verließ den Diner. Er entfernte sich etwas vom Fenster, damit Rutherford sich nicht beobachtet fühlen musste. Aus den Schatten trat ein Kerl auf ihn zu. Bestimmt zwei Meter groß. Blasses, unrasiertes Gesicht mit tief in den Höhlen liegenden Augen. Abgetragene Arbeitsstiefel mit Rissen im Leder, unter denen Stahlkappen sichtbar waren. Schmuddelige Jeans. Ein schwarzes T-Shirt unter einer olivgrünen Jacke. Aus Militärbeständen, dachte Reacher. Dem Farbton nach vermutlich eine italienische Jacke.

Der Kerl steckte eine Hand in seine Jackentasche und zielte mit etwas Hartem und Zylindrischem auf Reachers Brust. »Bewegung!«, befahl er. »Los, in die Gasse.«

5

Speranski war wieder oben im Wohnzimmer, las seine Zeitung, als sein abhörsicheres Handy klingelte.

»Gute Nachrichten«, sagte die Stimme am anderen Ende. »Die Zentrale ist einverstanden. Das Team ist wieder losgeschickt worden. Und es hat sofort Kontakt aufgenommen.«

»Ausgezeichnet«, sagte Speranski. »Wo?«

»Beim Betreten eines Diners. Gegenüber von Rutherfords Wohnhaus.«

»Können sie ihn sich dort schnappen? Was haben sie vor?«

»Nicht drinnen. Sie werden warten müssen. Bis die beiden rauskommen.«

»Die beiden?«

»Korrekt. Rutherford und der Landstreicher.«

Speranski schwieg einen Augenblick. Hatte sein Verbindungsmann im Police Department ihn belogen? Oder hatte die Vernehmung nicht den gewünschten Erfolg gehabt?

»Sie sind zusammen aufgekreuzt«, erklärte die Stimme, »aus dem Gerichtsgebäude. Anscheinend waren sie dabei, sich näher kennenzulernen. Vermutlich sind sie gleichzeitig entlassen worden und dabei ins Gespräch gekommen.«

Das klang wie eine Vermutung, dachte Speranski. Er mochte keine Vermutungen. Vielleicht wurde es Zeit, die Loyalität seines Kontaktmanns auf die Probe zu stellen. Oder seine Kompetenz. Oder beides. Aber alles zu seiner Zeit. Erst musste die gegenwärtige Krise gelöst werden. Gelang das nicht, war alles andere ohnehin unwichtig.

»Sie schnappen sich die beiden also auf offener Straße?«, fragte Speranski.

»In einer Gasse«, antwortete die Stimme. »Gleich neben dem Diner, habe ich mir sagen lassen. Sie kennen sie vermutlich. Die beiden werden reingelockt. Dann blockiert der Suburban die Gasse, damit es keine Zeugen gibt. Die Männer werden mit Tasern außer Gefecht gesetzt.«

Speranski kannte die Gasse nicht. Er stellte sich die Szene vor. Das könnte klappen, fand er. Der Plan war simpel, aber manchmal war das Einfachste am besten. Und wenn sie sich außer Rutherford auch den Landstreicher schnappten, konnte das ein Vorteil sein. Weil er Rutherford nicht anrühren durfte. Er konnte es sich nicht leisten, Spuren zu hinterlassen, die bei einer Autopsie Verdacht erregt hätten. Sie mussten sich damit begnügen, ihm Angst einzujagen. Aber mit dem Landstreicher konnte er tun, was er wollte. Was zweifellos dazu beitragen würde, Rutherford gesprächiger zu machen.

Und es würde Vergnügen bereiten.

Er würde seine Haushälterin rufen müssen. Sie anweisen, den Generatorraum herzurichten. Wenigstens die Instrumente zu reinigen. Wand und Boden konnten vorerst so bleiben.

Reacher schaute den Mann an, der mit einer Hand in der Jackentasche vor ihm stand, und sagte nichts.

»In die Gasse.« Der Kerl deutete mit seiner freien Hand hinein. »Los, los! Rückwärts. Ich sag Ihnen, wann Sie sich umdrehen können.«

»Was soll die Eile?«, fragte Reacher. »Das ist eine Entscheidung, die gut überlegt sein will. Ich brauche mehr Informationen. Fangen wir damit an, dass Sie mir erklären, wieso ich in die Gasse gehen wollen sollte.«

»Weil ich's Ihnen sage.«

Reacher schüttelte den Kopf. »Sehen Sie, das ist kein zwingender Grund. Tatsächlich sogar das Gegenteil. Bevor Sie den Mund aufgemacht haben, hat es eine winzige Möglichkeit gegeben, dass ich rein zufällig dort reingehe. Das wäre nicht sehr wahrscheinlich gewesen. Wäre zufällig eine erstklassige Mathematikerin vorbeigekommen, hätte sie die sehr geringe Wahrscheinlichkeit dafür berechnen können. Anders sieht's mit Ihnen aus: Selbst wenn Sie eine ganz neue Mathematik erfinden würden, könnten Sie keine Zahl errechnen, die klein genug wäre.«

Der Kerl trat von einem Fuß auf den anderen. »Okay, versuchen Sie mal, dies zu berechnen: In die Gasse mit Ihnen, sofort, sonst erschieße ich Sie!«

»Wieder nicht zwingend. Dass Sie mich in der Gasse haben wollen, suggeriert einen Grund, der ein Erschießen auf offener Straße ausschließt, denn sonst hätten Sie's schon getan. Und um mich erschießen zu können, müssten Sie außerdem eine Waffe haben.«

»Ich habe eine.« Der Kerl bewegte seine Hand in der Jackentasche. »Sie zielt genau auf Sie.«

»Das ist eine Waffe in Ihrer Tasche? Oh, okay, das wusste ich nicht. Was für eine Art Waffe?«

Der Kerl öffnete den Mund, brachte aber kein Wort heraus.

»Revolver oder Pistole?«

Der Kerl gab keine Antwort.

»Kaliber achtunddreißig oder fünfundvierzig?«

Der Kerl schwieg weiter.

»Lassen Sie sie sehen. Zeigen Sie sie mir. Vielleicht lernen Sie dann was dazu.«

Der Mann machte keine Bewegung.

»Sie haben keine Waffe. Das ist okay, das können Sie ruhig eingestehen. Aber ist Ihnen klar, dass Ihr Spiel aus ist? Ihr wahres Problem ist ein anderes. Sie wissen bereits, dass Sie mich allein zu nichts zwingen können. Deshalb haben Sie vorgegeben, bewaffnet zu sein. Nur sind Sie's nicht. Die Entscheidung liegt also bei mir, und ich habe beschlossen, Ihre Aufforderung abzulehnen und Ihnen die Wahl zu lassen. Wenn Sie mir sagen, wer Sie geschickt hat und wozu ich die Gasse betreten soll, lasse ich Sie laufen. Wenn nicht ... haben Sie ein Handy?«

Der Kerl gab keine Antwort.

»Haben Sie eines und ziehen es vor, mir nicht zu sagen, was ich wissen möchte, sollten Sie's rausholen. Wählen Sie die 911. Sofort. Weil ich Sie durch diese Fenster werfen werde und Sie nicht riskieren wollen, auf dem Fußboden zu verbluten.«

»Hier ruft niemand die 911 an«, sagte eine Männerstimme irgendwo hinter Reacher.

»Und wenn jemand durchs Fenster geworfen wird, sind das Sie.« Eine weitere Stimme.

Reacher drehte sich um und erblickte zwei Männer, die aus der Gasse stolziert kamen. Beide waren über einsachtzig groß, breitschultrig, glatzköpfig und vollbärtig. Sie trugen ölverschmierte Overalls und hatten muskulöse Affenarme. Reacher stellte sie sich in einer Lkw-Werkstatt vor, in der sie den ganzen Tag riesige Reifen herumschleppten.

»Seht ihr, deswegen mag ich keine Gassen«, sagte Reacher. »Sie ziehen Ratten an. Halten sich dort noch andere versteckt? Dann sollen sie lieber gleich rauskommen. Ich weiß nicht, was ihr vorhabt, aber zwei Fettsäcke werden dafür nicht ausreichen.«

»Wir sind zu dritt!« Der erste Kerl hatte die Hand aus der Tasche gezogen und machte nun eine Faust.

Reacher packte ihn am Ohr, drehte sich mit ihm um und stieß ihn von sich weg, sodass er gegen die Bäuche der anderen Kerle prallte und vor ihren Füßen landete. »Sie sind nicht ganz in der gleichen Gewichtsklasse, aber bleiben Sie trotzdem dort, wo ich Sie sehen kann.« Reacher wartete, bis die Bärtigen ihm aufstehen halfen. Sie stellten ihn auf die Beine, blieben dicht rechts und links neben ihm. Ein unbewusster Impuls, den Schwächsten ihrer Gruppe zu verteidigen? Oder Dummheit? Reacher wusste es nicht. Jedenfalls war das die denkbar schlechteste Formation. Sie hätten sich aufteilen, ein Dreieck bilden sollen. Die von ihnen ausgehende Gefahr vervielfachen. Die beiden Schwergewichte an den Flanken. Gemeinsam vorgehen, gleichzeitig angreifen. Selbst wenn es Reacher gelang, die beiden Bärtigen zu blockieren, würde er vorübergehend abgelenkt sein. Der hagere Typ würde mittig vor ihm stehen. Seine Chance, ein Held zu sein.

»Ich vermute, dass ihr irgendeine Art Botschaft überbringen solltet«, sagte Reacher. »Wollt ihr sie schnell noch loswerden?«

Die beiden wechselten einen Blick, dann trat der Mann, der als Erster aus der Gasse gekommen war, einen halben Schritt vor. »Wir wissen, was Sie hier machen«, sagte er. »Hören Sie auf damit. Verschwinden Sie aus der Stadt. Und nehmen Sie Ihren Boss mit.«

»Meinen Boss?«

»Den Mann, mit dem Sie gekommen sind.«

»Okay. Jetzt haben wir ein echtes Problem. Wisst ihr, weshalb? Wenn ihr glaubt, dass der Mann mein Boss ist, müsst ihr glauben, dass ich hier arbeite. Tue ich das, bekomme ich Geld dafür. Höre ich mit der Arbeit auf und reise ab, gibt's kein Geld mehr. Ich erleide einen Verlust. Ihr versucht also praktisch, mir Geld zu stehlen. Wisst ihr, was mit Leuten passiert, die das versuchen?«

Der Kerl sah seinen Kumpel an, gab aber keine Antwort.

»Die Einzelheiten variieren, aber das Ergebnis ist immer gleich: ein langer Krankenhausaufenthalt. Aber heute ist euer Glückstag. Ich gebe euch eine Chance, der üblichen Strafe zu entgehen. Sagt mir, wer euch geschickt hat, und wir sind quitt.«

»Das geht nicht.«

»Versucht ihr, mich zu ärgern?«, fragte Reacher. »Ich kann's nicht leiden, wenn Leute sich nicht klar ausdrücken. Ihr wollt es nicht sagen, meint ihr. Obwohl ihr's natürlich könntet. Und ihr werdet es tun. Bisher fehlt nur der nötige Anreiz.«

Reacher griff sich den hageren Kerl, zog ihn zu sich heran. Das veränderte ihre Geometrie. Verringerte die Zahl ihrer Optionen.

»Also noch mal!«, sagte er. »Ich will wissen, wer euch geschickt hat.«

Keiner der Männer antwortete.

Reacher drehte einen Arm des hageren Kerls hinter seinem Rücken nach oben und packte ihn am Handgelenk. »Sie wissen, dass der Knochen von Kindern, die sich den Arm brechen, oft nicht ganz durchbricht? Das ist eine sogenannte Grünholzfraktur. Der Knochen ist nur durchgebogen, weil junge Leute beweglicher sind. Aber mit zunehmendem Alter werden die Knochen spröder. Sie biegen sich nicht mehr. Sie zersplittern. Dieser Kerl hier ist kein Kind mehr, aber auch nicht sehr alt. Wie weit sein Knochen sich wohl biegen lässt, bevor er bricht?«

Er bog den Arm höher. Der Kerl begann zu kreischen. Mehr aus Angst als aus Schmerz, vermutete Reacher, weil der ausgeübte Druck noch beschränkt war. Gleichzeitig behielt er die beiden anderen Männer im Auge. Denen lief die Zeit davon.

Die beste Möglichkeit hätte sich geboten, wenn der hagere Kerl zu Boden gegangen wäre, während sie Reacher zu zweit angriffen, ihn rückwärts an die Mauer drängten und seine Arme fixierten. Und mit etwas Glück auch seine Beine.

Sie blieben stehen.

Reacher bog den Arm noch höher. Der Kerl kreischte lauter und stellte sich auf die Zehenspitzen. Auch wenn er nicht mehr zu Boden gehen konnte, hatten die beiden anderen noch immer die Möglichkeit anzugreifen. Das Chaos würde größer sein, und ihr Kumpel würde dabei einiges abbekommen, aber das war weiter ihre beste Option.

Sie rührten sich nicht vom Fleck.

Reacher bog den Arm höher. Der Kerl kreischte lauter. Er stellte sich noch höher auf die Zehenspitzen. Der Mann rechts vor Reacher setzte sich in Bewegung. Langsam. Und allein. Reacher legte seine freie Hand in den Nacken des hageren Mannes und drehte ihn so, dass er die Bewegungen des größeren Kerls verfolgen konnte. Er wartete, bis ihre Köpfe nur noch eine Handbreit Abstand hatten. Justierte etwas nach, bis ihre Schläfen parallel waren. Dann traf seine linke Faust den hageren Kerl seitlich am Kopf und benutzte ihn wie einen Billardball, um den größeren Mann einzulochen. Er warf sich sofort wieder herum und riss einen Ellbogen für den Fall hoch, dass der andere Typ angriff. Aber der hatte sich nicht bewegt. Er stand mit offenem Mund und nutzlos herabhängenden Affenarmen weiter stumm da.

»Jetzt sind wir nur noch zu zweit«, meinte Reacher. »Worüber sollen wir reden?«

Der Mann gab keine Antwort.

»Wie wär's damit? Sagen Sie mir, wer Sie hergeschickt hat, dann können Sie Ihre Freunde ins Krankenhaus bringen.

Andernfalls enden Sie wie die beiden. Die Entscheidung liegt bei Ihnen.«

Der Mann machte einen Schritt zurück, als gäbe er auf, aber er achtete zu sorgfältig darauf, einen guten Stand zu haben. Er sammelte sich kurz, dann sprang er mit ausgebreiteten Armen los und versuchte, Reachers Oberkörper zu umfassen. Ein an sich brauchbarer Versuch, wenn er ihn besser getarnt hätte. So traf Reacher eine Halsseite mit einem Handkantenschlag, packte ihn vorn an seinem Overall, riss ihn herum und knallte ihn an die Mauer. Die Augen des Mannes wurden glasig, und er bekam kaum noch Luft. Reachers Faust traf seinen Solarplexus, aber nur gebremst. Er wollte den Kerl nicht k.o. schlagen – zumindest nicht, bevor er einen Namen ausgespuckt hatte. Der Mann klappte zusammen, seine Beine gaben nach, und er hockte zuletzt vor Reachers Füßen. Aber bevor er wieder sprechen konnte, hörte Reacher eine Sirene. Wenig später füllte pulsierendes rotes und blaues Licht die Straße.

»Stopp! Hände, wo ich sie sehen kann.« Die Lautsprecherstimme klang leicht verzerrt, aber Reacher erkannte sie trotzdem. »Und diesmal legen Sie sich auf den Gehsteig.«

6

Während Reacher zum zweiten Mal ins Gerichtsgebäude gebracht wurde, hielt sich Speranski wieder unten im Generatorraum auf. Zum Teil, um die Fortschritte zu kontrollieren. Und auch, weil er wegen der Aussicht auf eine ereignisreiche Nacht aufgeregt war. Vielleicht mehrere ereignisreiche Nächte, wenn der Landstreicher so gut durchhielt, wie die Journalistin es getan hatte. Während er im Untergrund weilte, versäumte er zwei Anrufe. Von denselben Leuten wie zuvor. Ein Anruf auf seinem Wegwerfhandy. Einer auf dem abhörsicheren Telefon. Aber als er diesmal nach oben kam, klingelte das sichere Telefon zuerst.

»Auftrag ausgeführt?«, fragte Speranski.

»Negativ«, antwortete die Stimme. »Das Team musste abbrechen.«

Speranski hätte am liebsten das Telefon zertrümmert. »Wieso? Welcher Scheiß ist diesmal passiert.«

»Keiner. Das war die richtige Entscheidung. Der Landstreicher ist vor Rutherford aus dem Diner gekommen. Weil er anscheinend warten wollte, ist das Team in Position geblieben und hat abgewartet, ob Rutherford sich zu ihm gesellen oder ob der Landstreicher allein weitergehen würde. Dann ist etwas Unerwartetes passiert: Der Landstreicher ist in eine Schlägerei geraten. Die ist auf dem Gehsteig vor dem Diner aus dem Nichts entstanden. Das hat niemand voraussehen können.«

»Okay. Wer war daran beteiligt?«

»Drei Männer. Zwei große Kerle, ein hagerer. Vermutlich Einheimische. Niemand, den wir kennen.«

»Wie schlimm ist er verletzt, liegt er im Krankenhaus?«

»Nein. Er ist nicht verletzt. Er hat gewonnen. Mühelos. Er hat alle drei Kerle k.o. geschlagen. Aber als er mit dem dritten fertig war, ist ein Streifenwagen gekommen. Die Cops haben ihn sofort verhaftet.«

»Und Rutherford? Ist er verletzt?«

»Nein. Er hatte nichts damit zu tun. Er hat sich ganz rausgehalten. Er ist in dem Diner geblieben, bis alles vorbei war, und dann durch den Hinterausgang verschwunden. Er ist gesehen worden, als er über die Straße zu seinem Apartmentgebäude rannte.«

»Gesehen? Wieso hat niemand was unternommen?«

»Die Cops waren noch da. Das Team musste ihn laufen lassen. Es hatte keine andere Wahl.«

»Wo befindet sich Rutherford also jetzt?«

»Weiter in seinem Gebäude. Ich glaube nicht, dass er sich bald wieder rauswagen wird.«

Speranski überlegte kurz. »Also waren nur der Landstreicher und die Polizei beteiligt? Keiner unserer Leute?«

»Korrekt«, antwortete die Stimme.

»Kein Aufsehen? Ohne Aufmerksamkeit zu erregen? Nichts, was die Zentrale aufregen könnte?«

»Nichts.«

»Gut. Wo ist das Team jetzt?«

»Es beobachtet Rutherfords Gebäude.«

»Sehr gut. Diese Entwicklung kann sogar vorteilhaft sein. Es ist leichter, sie sich einzeln vorzunehmen. Wir wissen, wo sie sich aufhalten, und der Landstreicher ist bis mindestens morgen früh sicher untergebracht. Okay, ich schlage Folgendes vor:

Zwei Mann bleiben zurück, um Rutherfords Gebäude zu überwachen. Das übrige Team sollte sich ausruhen. Lässt Rutherford sich bis sechs Uhr morgens nicht blicken, fahren alle zu einem Ort, den ich rechtzeitig angeben werde. Dort verstecken sie sich und warten. Der Landstreicher wird ihnen gebracht. Das arrangiere ich persönlich. Sie überwältigen ihn mit allen Mitteln, die nötig sind, und bringen ihn hierher. Danach kann das Team sich auf Rutherford konzentrieren. Weil der Landstreicher dann ausgeschaltet ist, dürfte es keine Probleme mehr geben.«

Der nächste Anruf kam auf dem Wegwerfhandy. Das Gespräch war sehr kurz. Der Anrufer war ein Kerl ganz in der Nähe. Ein Bericht. Erst die Tatsachen. Dann Schlussfolgerungen. Knapp und präzise, wie Speranski es mochte. Nur reagierte er dieses Mal auf die erhaltenen Informationen mit genauen Anweisungen. So wusste Speranski bereits, was der Anrufer sagen würde, als sein Wegwerfhandy wenig später erneut klingelte: »Hier ist Marty. Ich habe etwas, das Sie vielleicht interessieren wird.«

Im Keller des Gerichtsgebäudes gab es vier Haftzellen, in denen in dieser Nacht außer Reacher niemand untergebracht war. Er wusste nicht, welche Belegung normal gewesen wäre. Vielleicht passierten in dieser Stadt nicht viele Verbrechen. Vielleicht war die hiesige Polizei nicht gut darin, Straftaten aufzuklären. Oder vielleicht verleitete die gegenwärtige Situation die Cops dazu, das Ausfüllen von Vordrucken mit der Hand möglichst zu vermeiden. Jedenfalls war Reacher mit dem Ergebnis zufrieden. Er musste irgendwo schlafen, und dies war eine Lösung, für die er kein Geld ausgeben musste. Er zog seine Jacke aus und rollte sie als Kopfkissen zusammen. Legte sich auf die Metallbank. Schloss die Augen und ließ in seinem Kopf Howlin' Wolf von der Leine. Als Nächster war Magic Slim an der Reihe. Er billigte jedem ein paar Songs zu. Dann zählte er bis drei und schlief sofort ein.

Reacher weckte sich um sieben Uhr, daher lag er schon eine Stunde wach und wog seine Prioritäten an diesem Tag ab, als er Schritte näher kommen hörte. Rasche, leichte Schritte. Er öffnete die Augen und sah eine uniformierte Beamtin, die er nicht kannte. Sie war ungefähr eins siebzig groß und wirkte, als könnte sie einen Marathon vor dem Frühstück laufen, ohne sich dabei zu verausgaben. Sie trug ihr glänzend schwarzes Haar zu einem dicken Nackenknoten gefasst und lächelte freundlich. Auf ihrem Namensschild stand *Rule.* Reacher mochte sich nicht vorstellen, wie sie deswegen auf der Akademie gehänselt worden war

»Raus aus den Federn!« Officer Rule sperrte die Zellentür auf und winkte Reacher zu sich heran. »Ein Kriminalbeamter möchte Sie sprechen.«

»Goodyear?« Reacher blieb sitzen.

»Nein, ein Neuer.« Officer Rule zuckte mit den Schultern. »Keine Ahnung, um wen es sich handelt. Er ist erst vorhin angekommen. Muss von einem anderen Gerichtsbezirk sein.«

»Nehmen wir mal an, dass ich mit ihm rede.« Reacher stand auf. »Was dann?«

»Das hängt von ihm ab. Und von Detective Goodyear.«

»Gibt's was Neues von den Idioten, die mich überfallen haben?«

»Die sind … Der neue Kriminalbeamte müsste die letzten Informationen haben.«

»Irgendeine Idee, warum sie's getan haben?«

»Das haben Sie gerade selber schon gesagt.« Officer Rule lächelte. »Weil sie Idioten sind.«

»Wer sind sie wirklich?«

»Nur ein paar Hinterwäldler aus der Umgebung. Kein Grund, sich ihretwegen Sorgen zu machen.« Officer Rule musterte ihn. »Allerdings glaube ich, dass es nicht viele Leute gibt, derentwegen Sie sich Sorgen machen.«

»Nein, das stimmt nicht.« Reacher nahm seine Jacke mit und trat aus der Zelle. »Erst neulich habe ich mit anderen Leuten über das Wohlergehen einer Gruppe aufstrebender junger Musiker debattiert.«

»Das habe ich nicht gemeint.« Officer Rule fasste Reacher am Ellbogen und dirigierte ihn in Richtung Korridor. »Und ich denke, dass Sie das wissen.«

Der neue Kriminalbeamte ließ Reacher exakt eine halbe Stunde warten. Eine Minute mehr als eine Primzahl. Eine Minute weniger als die nächste. Reacher war enttäuscht.

Der Mann trug einen schwarzen Anzug mit weißem Oberhemd und schmaler burgunderroter Krawatte. Er war älter als Goodyear. Aber wie viel älter, konnte er nicht beurteilen. Reacher tippte auf mindestens zehn Jahre, aber der Mann hatte ein fleischiges Gesicht, das gegen Falten und Hängebacken resistent war. Sein Kopf war kahl, aber frisch rasiert, sodass man den Haaransatz nicht erkennen konnte. Er war schlank. Und er wirkte fit, auf unauffällige, durchschnittliche Weise sportlich.

Der Mann setzte sich an den Tisch und zog ein schwarzes Notizbuch aus der Jackentasche. Dann bedeutete er Reacher, vom Boden aufzustehen und sich zu ihm zu setzen. »Mein Name ist Wallwork. Es ist noch früh, und ich bin kein Morgenmensch, deshalb wollen wir gleich zur Sache kommen. Wieso haben Sie gestern diese Männer angegriffen?«

»Wo ist Detective Goodyear?«, fragte Reacher.

»Irgendwo hier im Haus«, antwortete Wallwork. »Aber ich bin jetzt für diesen Fall zuständig. Erzählen Sie mir von der Schlägerei vor dem Diner. Wer hat angefangen?«

»Diese Kretins.« Reacher verschränkte die Arme. »Sie haben sich mit mir angelegt. Ich habe ihnen die Chance gegeben, sich zu verpissen. Ich kann nichts dafür, dass sie sie nicht genutzt haben.«

»Warum haben die drei Sie angegriffen?«

»Sie sind hier der Detective. Das müssen *Sie* rauskriegen.«

»Ihnen fällt kein Grund dafür ein?«

»Außer Dummheit?«

»Okay. Dann soll ich das als zufälligen, nicht provozierten Angriff bewerten?«

»Nicht provoziert, ja. Zufällig, nein. Die Kerle haben mich für einen Mitarbeiter eines Versicherungsvertreters gehalten. Sie haben versucht, mich einzuschüchtern.«

»Weshalb sollten sie das tun?«

»Sie sind hier der Detektiv.«

»Schön. Dann helfen Sie mir eben nicht. Aber Sie sollten versuchen, sich selbst zu helfen. Ich komme gerade aus dem Krankenhaus. Sie haben diese Kerle übel zugerichtet. Sie werden längere Zeit nicht arbeiten können, überhaupt wenig tun können. Darüber sind sie nicht glücklich. Sie wollen irgendeine Art Revanche und überlegen, ob sie Anzeige erstatten sollen.«

»Sollen sie doch. Mir können sie nichts anhängen.«

Wallwork zuckte mit den Schultern. »Vielleicht, vielleicht auch nicht. Aber dann käme es zu einer Verhandlung. Die hiesigen Gerichte sind ziemlich überlastet. Könnte länger dauern, bis Ihr Fall aufgerufen wird. Bis dahin müssten wir

Sie natürlich einsperren. Und dann stellt sich die Frage nach den Geschworenen. Die wären alle von hier. Glauben Sie, dass ihnen ein Rowdy sympathisch wäre, der hier aufkreuzt und die eigenen Leute krankenhausreif schlägt? Dazu kommt noch etwas anderes: Die Kerle haben sich bereits von einem Profi fotografieren lassen. Mehrfach. Sie weisen jede Menge Prellungen, Platzwunden und Blutergüsse auf. Sie sehen schlimm aus.«

»Sie haben von Anfang an nicht besonders ausgesehen.«

»Das bestreite ich nicht. Aber wenn ein paar Mütter auf die Geschworenenbank gesetzt würden? Denen man suggeriert, die Opfer könnten ihre eigenen Söhne sein? Damit würden Sie einiges riskieren.«

Reacher schwieg.

»Es gäbe natürlich einen anderen Weg, den Sie gehen könnten. Diese drei sind nicht übermäßig clever. Ich könnte sie vermutlich dazu bringen, ihre Meinung zu ändern. Die Sache mit der Anzeige zu vergessen. Aber wenn ich das für Sie täte, müsste ich etwas dafür bekommen.«

»Nämlich?«

»Ich denke an den vorherigen Zwischenfall. Den mit Rusty Rutherford. Detective Goodyear hatte den Eindruck, Sie seien nicht ganz offen gewesen. Erzählen Sie mir, wie's wirklich war, dann sorge ich dafür, dass Sie diesen Raum als freier Mann verlassen können.«

»Was gibt's da zu erzählen? Ein paar Leute wollten Rutherford entführen. Ich habe sie daran gehindert. Das war alles.«

»Sie sind auf dem Gehsteig ein Stück weit hinter Rutherford hergegangen, korrekt?«

Reacher nickte.

»Haben Sie gesehen, dass er irgendwas weggeworfen hat? Vielleicht in einen Abfallkorb oder einen Gully?«

»Nein.«

»Hat er nach Ihrer Intervention versucht, irgendwas zu verstecken, bevor die Polizeibeamten gekommen sind?«

»Nein.«

»Es könnte sehr klein gewesen sein. Ein Schlüssel oder USB-Stick?«

»Er hat nichts versteckt.«

»Haben Sie gesehen, wie er einen Brief eingeworfen hat?«

»Nein.«

»Beim Essen müssen Sie sich mit ihm unterhalten haben. Hat er irgendwas über einen angemieteten Lagerraum geäußert? Oder über ein Bankschließfach?«

»Nein.«

»Hat er erzählt, dass er in letzter Zeit mal verreist war?«

»Nein. Aber er hat erwähnt, dass er in einigen Tagen zu der Fischerhütte fahren will, die er in Nova Scotia besitzt. Aber als er seine Brieftasche gezogen hat, um unser Essen zu bezahlen, habe ich darin einen mexikanischen Reisepass gesehen. Außerdem ein Flugticket. Und ein Bündel Pesos.«

Wallwork klappte sein Notizbuch zu, schob es von sich weg. »Wollen Sie mich auf den Arm nehmen, Mr. Reacher?«

»Wieso denn nicht? Sie nehmen mich auf den Arm, Detective. Oder sollte ich Agent sagen?«

Wallwork gab keine Antwort.

»Ihr Anzug ist ein bisschen verräterisch«, erklärte Reacher. »Und Ihre Fragen. Aber vor allem Ihre Schuhe.«

Wallwork warf instinktiv einen Blick auf seine Füße.

»Ich wette, dass sie das Dreifache von dem gekostet haben, was Detective Goodyear für seine Schuhe ausgegeben hat«, sagte Reacher. »Und ich setze tausend Dollar darauf, dass er nicht tauschen wollen würde. Nicht mal wenn sie genau seine

Größe hätten und brandneu wären. Sehen Sie sich Ihre Schuhe an. Die Sohle ist nicht gepolstert. Nicht genug Platz für die Zehen. Kein haltbares starkes Leder. Solche Schuhe würde kein Cop der Welt tragen.«

Wallwork atmete langsam aus. »Ich wusste, dass das ein Fehler war. Ich habe Ihre Personalakte gelesen. Ich wollte Ihnen von Anfang an reinen Wein einschenken, aber das hat meine Chefin abgelehnt und auf Geheimhaltung bestanden. Ich weiß, dass es viel verlangt ist, wenn ich Sie jetzt bitte, mir zu vertrauen, aber überlegen Sie sich Folgendes: Ich könnte einfach gehen. Alles abstreiten. Dieses Gespräch mit Ihnen leugnen. Aber das werde ich nicht tun. Ich werde Ihnen die Wahrheit sagen.«

Aus seiner Geldbörse zog er eine laminierte Karte, die er neben das Notizbuch legte. In ihrer Mitte prangte ein blau-weißer Adler, der in einer Kralle ein Bündel aus dreizehn Pfeilen hielt und in der anderen einen Olivenzweig mit dreizehn Blättern und Beeren. Auf seinem zweigeteilten Brustschild waren links Berge und rechts Wasser zu sehen. Die Worte U.S. DEPARTMENT OF HOMELAND SECURITY füllten einen Doppelkreis aus. Und darunter stand: *Jefferson Wallwork, Special Agent, Infrastructure Safety Agency.*

»Das bin ich wirklich«, sagte er.

»Und was wollen Sie wirklich wissen?«, fragte Reacher.

»Mir geht's um den Angriff mit Erpressersoftware auf die Stadt. Sie haben davon gehört?«

Reacher nickte.

»Es gibt zwei Möglichkeiten, wie Erpressersoftware in ein Netzwerk gelangen kann. Über das Internet. Oder über ein physisch angeschlossenes Gerät. Ein USB-Stick. Eine externe Festplatte. Irgendwas in dieser Art.«

»Rutherford war's nicht.«

»Wissen Sie das bestimmt?«

»Sie haben meine Personalakte gelesen. Ich war Ermittler. Und als Ermittler erwirbt man Menschenkenntnis. Ich habe mit Rutherford gesprochen. Nicht nur ein paar Minuten lang. Er war's nicht.«

»Vielleicht haben Sie recht. Das hoffe ich sogar. Aber ohne handfeste Beweise bleibt das eine Möglichkeit, die ich einkalkulieren oder ausschließen muss.«

»Reden Sie also mit Rutherford. Konfrontieren Sie ihn mit dem Verdacht gegen ihn. Ertappen Sie ihn bei einer Lüge oder geben Sie ihm eine Chance, seine Unschuld zu beweisen.«

»Das täte ich gern, aber …«

»Wieso können Sie's nicht?«

»Was ist, wenn er daran beteiligt war? Wir holen ihn zur Vernehmung, er benachrichtigt seine Kumpel, sie brechen die Verhandlungen mit der Versicherung ab. Die Daten der Stadt bleiben auf ewig verschlüsselt, und die Täter verkriechen sich wieder in ihrem Schlupfwinkel. Dort bekommen wir sie nie zu fassen. Oder seine Kumpel überwachen ihn und sehen, wie wir ihn abholen. Gleiches Ergebnis.«

»Was haben Sie also vor?«

»Die andere Möglichkeit ist eine Online-Übertragung. Wir ermitteln auch in diese Richtung. Mit Glück könnte sich etwas ergeben. Unterdessen muss ich Sie bitten, Rutherford nichts von alledem zu erzählen. Auch sonst niemandem. Das könnte extrem ernste Konsequenzen für Sie haben.«

»Rutherford hat seinen Job verloren. Die ganze Stadt hasst ihn. Er wäre beinahe entführt worden. Ich denke nicht daran, ihn noch mehr zu belasten.«

»Gut. Ich danke Ihnen. Bevor Sie gehen, soll ich Ihnen noch

etwas von Detective Goodyear ausrichten. Ihre Gegenleistung dafür, dass die drei Männer keine Anzeige wegen Körperverletzung stellen? Das war seine Idee. Ich bin sozusagen nur auf den Zug aufgesprungen. Es gibt etwas, das Sie für ihn tun müssen.«

»Was denn?«

»Die Stadt verlassen. Heute Morgen. Tatsächlich sofort. Er hat dafür gesorgt, dass draußen ein Wagen bereitsteht, der Sie zum Highway bringt. Und er will Ihr Wort, dass Sie nicht zurückkommen.«

»Was ist, wenn ich die Stadt nicht verlassen will?«

»Kommen Sie, Reacher. Stellen Sie sich nicht quer. Gestern sollte er Sie noch hinfahren.«

»Das war gestern. Seither habe ich diese Stadt lieben gelernt.«

»Er macht Ihnen ein faires Angebot, Reacher. Sie sind noch keine vierundzwanzig Stunden in der Stadt und waren schon in zwei große Schlägereien verwickelt.«

Reacher ließ sich einen Augenblick Zeit, um Goodyears Angebot abzuwägen. Er musste an Rutherfords Wohlergehen denken. Und in einer idealen Welt würde er auch herausbekommen, wer ihm die drei Kerle vor dem Diner auf den Hals gehetzt hatte. Es war nicht fair, dass die kleinen Söldner allein für ihren Auftrag büßen mussten. Andererseits gab es in dieser Stadt keinen Busbahnhof. Auch nicht viel Fernlastverkehr, der Anhaltern die besten Chancen bot. Heutzutage schreckten immer mehr Autofahrer davor zurück, Unbekannte bei sich einsteigen zu lassen. Vor allem Kerle, die wie er aussahen.

»Okay«, sagte Reacher. »Ich verlasse die Stadt. Heute Morgen. Unter zwei Bedingungen.«

»Auf Geld dürfen Sie nicht hoffen. Das steht fest.«

»Ich rede nicht von Geld. Hier geht's um etwas anderes. Diese Idioten haben mich überfallen, weil sie mich für einen Mitarbeiter eines Versicherungsvertreters hielten. Das scheint der Mann gewesen zu sein, der mich gestern als Anhalter mitgenommen hat. Er muss in einem der hiesigen Hotels eingecheckt sein. New Yorker, ziemlich jung, Mitte zwanzig. Er kann nicht schwer zu finden sein. Sie müssen mir versprechen, dafür zu sorgen, dass die Kerle sich nicht auf ihn einschießen, wenn ich weg bin. Das bedeutet, dass sie gewarnt werden müssen, damit sie ihn in Ruhe lassen. In einer Sprache, die sie verstehen. Sie wissen, was ich meine?«

Wallwork lächelte. »Ich denke schon.«

»Und Sie müssen ihn warnen, damit er sich für den Fall vorsieht, dass der Auftraggeber der drei Komiker andere Kerle schickt. Bessere Leute.«

Wallwork nickte. »Das lässt sich machen.«

»Außerdem geht's mir um Rutherford. Müssen Sie gegen ihn ermitteln, tun Sie's in Gottes Namen. Aber Sie müssen auch für seine Sicherheit sorgen. Das kann er garantiert nicht selbst.«

Das Auto, für das Goodyear gesorgt hatte, wartete auf dem Parkplatz des Gerichtsgebäudes, als Reacher oben an der Treppe aus der Stahltür trat. Ein eleganter deutscher Luxuswagen, metallicschwarz und in der Morgensonne wie frisch ausgeliefert glänzend. Äußerlich wirkte er wie eine normale Limousine mit vier Türen und einem Kofferraum, aber Reacher kam er tiefergelegt vor, sodass er auf dem Asphalt zu kauern schien, statt auf seinen Rädern zu stehen.

Der Fahrer sah Reacher die Treppe herunterkommen. Er öffnete den Kofferraum durch Knopfdruck, stieg aus und ging steifbeinig zum Wagenheck. Mitte bis Ende fünfzig, schätzte

Reacher, mit silbernem Bürstenhaarschnitt und der von Wind und Wetter gegerbten Haut eines Mannes, der viel Zeit im Freien verbringt. Er war nicht groß – nur knapp eins fünfundsiebzig – und trug ein weißes Hemd zu beigen Chinos. Das Hemd spannte über Bauch und Schultern. Offenbar war er früher fit gewesen, kämpfte noch jetzt, um in Form zu bleiben, und wollte sich seinen Misserfolg nicht eingestehen. Er musterte Reacher angewidert und machte deutlich, wie wenig ihm die Idee gefiel, einen so ungepflegten Kerl in seinem makellosen Wagen befördern zu müssen.

»Ich bin Marty. Sie sind Jack Reacher?«

Reacher nickte. »Sie können den Kofferraum zumachen, Marty. Kein Gepäck. Nur was ich auf dem Leib trage.«

Diese Mitteilung steigerte Martys Begeisterung keineswegs. Er schüttelte den Kopf, drückte auf einen Knopf am Rand des Kofferraumdeckels, der sich daraufhin langsam schloss, und stakste zur Beifahrerseite. Er öffnete die hintere Tür und trat beiseite, als Reacher auf den geräumigen Rücksitz glitt. Dann ging er um den Wagen herum und stieg vorn ein. Er legte seinen Sicherheitsgurt an, ließ den Motor an und verließ den Parkplatz. Nach mehrmaligem Abbiegen führte die Fahrt über Straßen mit Einfamilienhäusern, die größer wurden und auf größeren Grundstücken standen, bis sie eine von dunkelgrünen Hecken gesäumte Ausfallstraße erreichten. Die Position der Sonne zeigte Reacher, dass sie nach Süden unterwegs waren.

»Wohin fahren wir, Marty?« Reacher rutschte unauffällig mehr in Richtung Sitzmitte.

»Zum Highway.« Marty sah kurz in den Innenspiegel, bevor er sich wieder auf die Straße konzentrierte. »Dort wollen Sie hin, stimmt's?«

»Ich bin auf dem Highway angekommen.« Reacher rutschte weiter nach links. »Der verläuft nördlich der Stadt.«

»Wir fahren zu einem anderen Highway.«

»Zu welchem anderen? Und warum?«

»Jetzt hören Sie mal zu. Detective Goodyear ist mein Freund. Er hat mich gebeten, jemanden zum Highway zu fahren. Er hat nicht gesagt, zu welchem. Dieser passt mir besser. Ich habe in der dortigen Gegend nachmittags geschäftlich zu tun. Welchen Unterschied macht Nord oder Süd für Sie? Bittsteller dürfen nicht wählerisch sein. Möchten Sie lieber aussteigen und zu Fuß weitergehen? In dieser Hitze?«

»Gute Idee«, entgegnete Reacher. »Ich bewege mich gern. Und die Hitze stört mich nicht. Lassen Sie mich gleich hier aussteigen.«

Marty fuhr weiter.

»Goodyear wollte sicher sein, dass ich die Stadt verlasse?«, fragte Reacher. »Das hat er betont?«

»Richtig.«

»Hat er gesagt, warum ich zur unerwünschten Person geworden bin?«

»Beteiligung an Schlägereien. Generelles Unruhestiften. Umgang mit Unerwünschten. Solches Zeug.«

»Und falls ich weiter Schwierigkeiten machen will, soll ich sie woanders machen?«

»Korrekt.«

»Ihm ist durchaus in den Sinn gekommen, dass ich unterwegs mit Ihnen Schwierigkeiten machen könnte?«

»Er hat sich überlegt, dass Sie's versuchen könnten. Aber ich war selbst zwanzig Jahre bei der Polizei. Er kann darauf vertrauen, dass ich mir zu helfen weiß, falls Sie Dummheiten versuchen.« Marty streckte die rechte Hüfte vor, um eine kleine

Pistole und ein abgewetztes Paar Handschellen sehen zu lassen, die auf dem erhöhten Sitzrand lagen.

Die Waffe war ein wertloses Requisit, das wusste Reacher. Er konnte sie unmöglich einsetzen. Um eine Chance zu haben, hätte er einen zweiten Mann mitnehmen müssen. Einen hinten sitzenden Bewacher, der Reacher mit vorgehaltener Pistole zwang, auf seinem Platz zu bleiben. Marty konnte das unmöglich schaffen. Nicht während er fuhr. Er konnte nicht auf die Straße schauen und gleichzeitig nach hinten zielen. Dazu würde er sich halb umdrehen und die Kopfstützen vermeiden müssen. Mehr oder weniger blind schießen. Woraufhin Reacher ihm einfach die Waffe abnehmen würde.

»Überlegen Sie selbst«, sagte Marty. »Die Cops haben ihre Gründe, Sie aus der Stadt zu expedieren. Glauben Sie, dass es irgendwem nicht scheißegal wäre, wenn Sie mit Kugeln aus einer nicht registrierten Pistole durchlöchert in einem Straßengraben aufgefunden würden?«

»Ich wäre jedenfalls nicht glücklich darüber.«

»Wen kümmert's, ob Sie glücklich sind?«

Reacher rutschte noch etwas weiter nach links. »Irgendwie sind wir ins falsche Fahrwasser geraten, Marty. Fangen wir noch mal von vorn an. Mit einem Waffenstillstand. Was halten Sie von meinem Vorschlag? Ich randaliere nicht in Ihrem schönen Wagen. Und Sie erzählen mir, wohin Sie mich fahren. Und sagen Sie nicht zum Highway, denn ich weiß, dass das nicht stimmt.«

»Okay, nicht zum Highway. Sie haben recht.«

»Wohin sonst?«

»Das sehen Sie, wenn wir dort sind.«

»Sie kennen mich kaum, Marty, deshalb will ich Ihnen das nicht verübeln, aber ich bin kein Typ, der vage Antworten mag.

Präzision ist mir wichtig. Deshalb gebe ich Ihnen eine weitere Chance. Wohin bringen Sie mich?«

Marty bewegte erneut die Hüfte und klopfte mit seiner Rechten auf die Pistole. »Wie kommen Sie darauf, dass Sie anderen Chancen geben können?«

»Ist Ihnen in Ihren zwanzig Dienstjahren als Cop jemals aufgefallen, dass Streifenwagen zwischen den Vorder- und Rücksitzen eine Trennwand aus Plexiglas haben?«

»Klar doch. Und sie hat mir nie gefallen. Diese Trennwände sind schussfest. Sie haben mich daran gehindert, Klugscheißer abzuknallen, wenn ich sie wo hinfahren musste.«

»Eine unter gewissen Umständen verständliche Haltung.« Reacher schob sich ganz nach links. »Aber eine, die Sie jetzt vielleicht revidieren sollten.«

Reacher löste Martys Sicherheitsgurt, behielt das Schloss in der linken Hand, führte es über seinen Kopf hinweg und klemmte es zwischen Knie und Tür ein. Im nächsten Augenblick bedeckte seine linke Hand Martys Stirn, zog den Kopf zurück und fixierte ihn an seiner Kopfstütze. Dann griff er mit der rechten Hand nach vorn und drückte seine Faust unter dem Kinn an Martys Kehle. Der Wagen fuhr Schlangenlinien. Marty kämpfte einen Augenblick mit dem Lenkrad. Dann zog er seine Pistole, fuchtelte damit herum und versuchte, auf Reacher zu zielen, der an die Rückenlehne des Fahrersitzes gepresst hinter ihm saß.

Reacher erhöhte den Druck auf Martys Luftröhre, bis sie nachzugeben begann. »Weg mit der Pistole!«

Marty fuchtelte weiter damit herum, bevor er die Sachlage erkannte und die Waffe fallen ließ. Sie prallte vom Beifahrersitz ab und fiel scheppernd in den Fußraum.

Reacher verminderte den Druck etwas. »Gut. Jetzt anhalten.«

Marty gab Gas.

»Nicht clever, Marty. Wenn Sie nicht halten, passiert alles Mögliche. Als Erstes drücke ich Ihnen den Hals zu. Im Hals eines Menschen gibt es alle möglichen Venen und Arterien. Die werden zusammengequetscht. Dann bekommt Ihr Gehirn keinen Sauerstoff mehr, und Sie werden bewusstlos. Fahren wir dann noch, gibt's einen Crash. Aus meiner Sicht ist das in Ordnung. Ich bin hier hinten geschützt. Sie dagegen hätten ein Problem, sogar ein großes. Ich weiß nicht, wie gut Ihre Physikkenntnisse sind, aber hier käme vor allem ein Prinzip zum Tagen: das Trägheitsmoment. Wissen Sie, was man darunter versteht?«

Er spürte, wie Marty leicht den Kopf schüttelte.

»Trägheit ist die Tendenz von Körpern, ihren gegenwärtigen Zustand beizubehalten. Ist etwas stationär, bleibt es stationär, bis es bewegt wird. Ist etwas in Bewegung, bleibt es in Bewegung, bis es gestoppt wird. Das gilt auch für den menschlichen Körper. Daher sind Autos mit Sicherheitsgurten ausgestattet. Bei einem Unfall kommt der Wagen abrupt zum Stehen, aber die nicht angeschnallten Insassen bewegen sich weiter. Sie krachen durch die Frontscheibe. Spießen sich auf spitzen Gegenständen auf. Dabei können alle möglichen schmerzhaften Dinge geschehen. Vielleicht sogar tödliche. Und Sie sind nicht angeschnallt, stimmt's, Marty? Nicht mehr.«

Die Limousine wurde langsamer, aber sie bewegte sich noch immer.

»Und Sie haben ein weiteres Problem. Die Trägheit arbeitet doppelt gegen Sie. Spüren Sie, wie fest ich Ihren Kopf halte? Er bewegt sich nicht nach vorn, wenn das Auto gestoppt wird. Im Gegensatz zu Ihrem Körper, der nicht fixiert ist. Seine Vorwärtsbewegung wird allein durch Ihren Hals aufgehalten, in dem es nicht nur Venen und Arterien gibt, sondern auch Nerven.«

Marty nahm den Fuß vom Gas, lenkte den Wagen an den Straßenrand und hielt endlich. Reacher spürte seinen Körper leicht zusammensacken.

»Ich soll Sie zu einer Tankstelle bringen«, sagte Marty. »Zu einer aufgegebenen.«

»Und?«, fragte Reacher.

»Keine Ahnung. Das hat niemand gesagt, und ich habe nicht danach gefragt. Wie Sie jetzt wissen, sehne ich mich nicht gerade nach dem Tod.«

»Wo liegt diese Tankstelle?«

»Vor uns, ungefähr eine halbe Meile. Auf der rechten Straßenseite. Neben dem ehemaligen Showroom eines Autohändlers. Er hat Studebaker verkauft. Wenn Sie das Schild sehen, wissen Sie, dass Sie richtig sind.«

»Wie viel zahlt Goodyear Ihnen?«

Marty versuchte den Kopf zu schütteln.

»Was hat er gegen Sie in der Hand, wenn's nicht um Geld geht?«

»John hat nichts damit zu tun«, antwortete Marty. »Er ist ein geradliniger Kerl. Er hat gesagt, dass er Sie aus der Stadt haben will, weil Sie ein Unruhestifter sind, und das nehme ich ihm sofort ab. Er hat mich gebeten, Sie zum Highway zu fahren. Dazu war ich bereit, um einem Freund einen Gefallen zu tun. Die Sache mit der Tankstelle ist ein anderer Deal, von dem er nichts weiß.«

»Goodyear ist ein geradliniger Kerl? So geradlinig, dass er wegsehen würde, wenn Sie mich mit einer illegalen Pistole durchlöchert im Straßengraben liegen lassen?«

Marty versuchte wieder, den Kopf zu schütteln.

»Nein, das geht alles auf meine Kappe. Und es stimmt sowieso nicht. Ich hab's nur gesagt, um Sie unter Kontrolle zu halten. Die Pistole ist nicht mal geladen. Das habe ich als Cop gelernt. Die bösen Kerle müssen glauben, dass man bereit ist, Gewalt anzuwenden. Dann muss man's nicht tun.«

»Okay, lassen wir Goodyear vorerst beiseite. Mit wem haben Sie diese Nebenvereinbarung getroffen?«

»Da wird die Sache schwierig. Ich kann's Ihnen nicht sagen. Nicht weil ich nicht will, sondern weil ich's nicht weiß. Er ist nur eine Stimme am Telefon.«

»Also ein Mann, keine Frau?«

»Richtig.«

»Ein Unbekannter ruft Sie aus heiterem Himmel an und fordert Sie zur Komplizenschaft auf? Wobei? Entführung? Mord? Und Sie sagen: Okay, klar?«

»So einfach ist das Ganze nicht. Angefangen hat es noch in meiner Zeit als Cop. Ich habe mal versucht, einem Kerl einen Gefallen zu erweisen, weil ich dachte, er habe Pech gehabt. Ich habe etwas bewusst übersehen, und das war ein Fehler, denn sobald er davongekommen war, hat er weitere Gefälligkeiten dafür gefordert, dass er mich nicht anzeigt. Das ist jahrelang so weitergegangen. Deshalb habe ich letztlich den Polizeidienst quittiert. Ich dachte, dass er mich dann in Ruhe lassen würde, weil ich ihm nicht mehr von Nutzen sein könnte. Aber das war ein Irrtum. Er hat mich hier ein Paket ausliefern, dort etwas Geld abholen lassen. Solche Sachen. Ich dachte, das würde niemals aufhören. Dann ist der Kerl eines Tages gestorben. Beim Überqueren einer Straße von einem Betrunkenen überfahren worden. Ich weiß, dass es unrecht ist, sich über den Tod eines Mitmenschen zu freuen, aber ich konnte nicht anders. Endlich frei! Ich dachte, ich hätte mein Leben zurückbekommen.

Das dauerte eine Woche. Dann klingelte eines Abends das Telefon. Irgendein Unbekannter sagte, er habe von dem Toten bestimmte Unterlagen geerbt. Wenn ich nicht wollte, dass sie der Polizei übergeben würden, sollte es bei der bisherigen Vereinbarung bleiben. Er versprach, nicht allzu viel zu verlangen. Nur ab und zu eine kleine Gefälligkeit.«

»Und Sie haben ihm geglaubt?«

»Ehrlich? Ich wusste nicht, was ich denken sollte. Er hat irgendwie ernsthaft geklungen. Aber ich war müde und verzweifelt, deshalb beschloss ich, etwas zu riskieren. Ich weigerte mich. Er solle mich in Ruhe lassen oder in Gottes Namen tun, was er nicht lassen könne. Das hätte ich nicht sagen sollen. Am folgenden Morgen klingelte jemand bei mir. Bis ich aufgemacht habe, hatte mir jemand zwei Päckchen vor die Haustür gestellt. Gleiche Größe, gleiche Verpackung. Nummer eins und Nummer zwei. Als Erstes machte ich die Nummer eins auf. Sie enthielt die … Geschlechtsteile eines Mannes. Alle, wenn Sie wissen, was ich meine. Die beiden folgenden Stunden verbrachte ich im Bad. Dann machte ich das zweite Päckchen auf. Es war leer bis auf einen Zettel in altmodischer Handschrift. Wenn meine Männlichkeit auch so enden sollte, brauchte ich nichts zu tun. Ansonsten solle ich mich abends um neun am Telefon melden und alle Anweisungen genau befolgen.«

»Sie haben sich gemeldet?«

»Teufel, ja. Was hätten Sie gemacht?«

»Was mussten Sie danach tun?«

»Etwas ablegen. Vier Koffer an verschiedenen Orten.«

»Die Überreste des Kerls aus dem Karton?«

»Vermutlich. Aber ich habe nicht reingesehen.«

»Okay. Nun zurück in die Gegenwart. Woher wusste dieser geheimnisvolle Kerl, dass Goodyear Sie gebeten hat, mich zum Highway zu bringen? Dann muss er auch gegen Goodyear etwas in der Hand haben.«

»Nein, das war ich. Der Kerl hat Anweisung erteilt, Rutherfords Bewegungen zu melden. Und alles, was irgendwie mit ihm zusammenhängt. Goodyear hat mir erzählt, Rutherford habe etwas mit den Schlägereien, in die Sie verwickelt waren, zu tun gehabt. Ich habe darin einen Zusammenhang gesehen und die Information weitergegeben.«

»Hat er noch andere Leute auf Rutherford angesetzt?«

»Das weiß ich nicht sicher. Aber dies ist kein unbedeutender kleiner Kerl. Ich wette, dass er über ein ganzes Netzwerk verfügt, das für ihn arbeitet.«

»Was will er von Rutherford?«

»Glauben Sie denn, dass ich ihm solche Fragen stellen kann? Klingt er wie ein Typ, den man ohne große Bedenken gegen sich aufbringen möchte?«

»Genauso klingt er.«

»Das ist vermutlich der Grund dafür, weshalb Sie aus der Stadt gejagt werden und ich am Steuer sitze.«

»Ich nehme das als Kompliment.«

»Das bleibt Ihnen überlassen. Wie geht's also weiter? Vermutlich wollen Sie den Wagen. Gut, den können Sie haben. Aber Sie müssen mir einen Gefallen tun. Die Sache muss aussehen, als wären Sie entkommen. Glaubt er, dass ich Sie habe laufen lassen, bin ich erledigt. Schlimmer als erledigt. Also müssen Sie mich zusammenschlagen, und das muss überzeugend aussehen. Ich weiß, dass Sie gestern drei Männer krankenhausreif geprügelt haben, also halten Sie sich nicht zurück.«

»Ich werde Sie nicht zusammenschlagen. Und ich will Ihr Auto nicht. Zumindest nicht gleich. Ich ziehe zu Fuß zur Erkundung los und mache dann einen Plan.«

»Was gibt's da zu erkunden? Der Highway liegt im Norden, das wissen Sie. Also marschieren Sie los. Sehen Sie zu, dass Sie den Staat verlassen, bevor ich aufgefunden werde.«

»Der Highway interessiert mich im Augenblick nicht. Das war Goodyears Idee. Hier ist einiges unerledigt, und der Schlüssel dazu könnte in der Tankstelle liegen. Diese Leute haben sich viel Mühe gegeben, um ein Treffen zu arrangieren. Da wär's unhöflich, nicht aufzukreuzen.«

»Hierzubleiben ist eine schlechte Idee. Denken Sie an das erste Päckchen. Es zeigt, wozu diese Leute fähig sind. Und an die Koffer. Ich will nicht, dass mein nächster Job daraus besteht, Ihre sterblichen Überreste im ganzen County zu verteilen. Und ich will nicht, dass jemand *meine* Überreste verteilt. Deshalb sollten Sie …«

»Geben Sie mir die Pistole.«

»Sie ist nicht geladen. Das habe ich Ihnen doch gesagt.«

»Geben Sie sie mir trotzdem.«

Marty beugte sich nach rechts, hob sie auf und reichte sie nach hinten weiter. Die Waffe war eine hübsche kleine Pistole Kaliber .22. Eine Smith & Wesson 2213. Reacher kontrollierte sie. Sie brauchte Öl. Und ihr Magazin war leer. Marty hatte die Wahrheit gesagt.

»Und Ihr Handy«, sagte Reacher.

Marty zog sein Smartphone aus der Halterung am Instrumentenbrett.

»Jetzt Ihr Wegwerfhandy.«

»Ich habe keins.«

»Erzählen Sie keinen Unsinn. Mit einem Kerl, der Mordbefehle erteilt, kommuniziert man nicht über ein Handy, das sich zurückverfolgen lässt.«

Marty zog ein kleines Klapphandy aus der Hemdtasche.

»Und Ihre Schlüssel.«

Marty seufzte, dann übergab er Reacher eine Fernbedienung von der Größe einer Zündholzschachtel mit vier Knöpfen und einem Firmenlogo. An einem Ring hingen ein halbes Dutzend Schlüssel. Die meisten schienen für gewöhnliche Schlösser bestimmt zu sein. Aber einer davon war auffällig kleiner. Reacher hielt ihn hoch.

»Für Ihre Handschellen?«

Marty nickte.

»Fesseln Sie sich ans Lenkrad. Ein Handgelenk genügt.«

Marty tat wie geheißen.

»Okay.« Reacher stieß seine Tür auf. »Sie bleiben hier. Versuchen Sie, sich zu entspannen. Ich bin dann mal eine Zeit lang weg.«

7

Reacher marschierte los und erreichte schon nach zwanzig Metern die Zufahrt zu einem rechts der Straße liegenden Feld. Dort wuchs nicht sonderlich viel. Er tippte auf Tabakanbau, aber diese Annahme basierte mehr auf halb vergessenem Wissen aus Schulen in Übersee als auf wirklicher Vertrautheit mit den braunen Pflanzenstängeln, die aus dem krümeligen roten Boden ragten. Er wechselte auf die andere Straßenseite, an die ein Wäldchen mit dünnen Bäumen angrenzte, quetschte sich durch eine Lücke und ging parallel zur Straße weiter.

Nach einer Viertelmeile machte Reacher die Rückseite zweier Gebäude aus. Das nähere war breiter und höher. Zeitungsgroße weiße Farbflocken lösten sich von seiner grauen Fassade. Jenseits des Gebäudes ragte eine fast doppelt so hohe Betonsäule auf. Auf einem Querträger prangten große rote Buchstaben, und die Rückseiten von S, T, U, D und E waren sichtbar, bevor die Betonmauer den Rest des Namens verdeckte.

Das zweite Gebäude wirkte kleiner: bloß ein Kassenhäuschen am Rand einer überdachten Fläche, auf der keine Zapfsäulen mehr standen. Reacher vermutete, sie seien abgebaut, aufgehübscht und in Galerien reicher Städte verkauft worden. Er hatte schon mal eine ausgestellt gesehen, die mehr kosten sollte als ein Neuwagen. Ein Zeichen der Zeit, fand er. Wie die verbarrikadierte Tankstelle selbst. Einst vor allem wegen des Autohändlers nebenan florierend. Dann ein einsamer Überlebenskampf, während die Zahl der Tankkunden stetig abnahm, bis der Strom zuletzt ganz versiegte.

Heutzutage wäre die Straße ein hoffnungsloser Standort für eine Tankstelle gewesen. Das stand verdammt fest. Seit Reacher das Tabakfeld rechts der Straße betreten hatte, war kein einziges Auto vorbeigefahren. Insgesamt waren nur zwei Fahrzeuge in Sicht, beide hinter dem größeren Gebäude abgestellt. Ein Suburban und ein Toyota. Schwarz und blau. Genau wie am Vortag. Die Frage war jedoch: Waren sie mit ebenso vielen Personen besetzt?

Reacher vermutete, dass auf dem Dach ein Posten stand, der Martys Wagen entdecken und die anderen warnen sollte. Die Limousine würde auf den Vorplatz abbiegen und zwischen den Gebäuden weiterfahren, bis sie halb zwischen ihnen heraus war. Eine Person würde aus der Deckung kommen, die hintere linke Tür aufreißen und zurückflitzen. Eine weitere würde mit einem Betäubungsgewehr folgen und die Zielperson außer Gefecht setzen, bevor sie eine Chance hatte, aus dem beengten Rückraum auszusteigen. Also mindestens drei Leute. Mehr als genug für diesen Job.

Aber wenn sie vorsichtig waren, würden sie zwei Leute einsetzen, die die Türen aufrissen, und zwei weitere mit Betäubungsgewehren. Das erforderte mehr Disziplin, damit die Kerle mit den Gewehren sich nicht gegenseitig trafen, aber es bot mehr Sicherheit für den Fall, dass die Zielperson sich das Gewehr schnappte, bevor sie von dem Betäubungspfeil getroffen wurde. Also eher fünf Leute. Und wenn sie noch vorsichtiger waren, würden sie für den Fall, dass irgendwas schiefging, jemanden als Reserve in petto haben. Sechs Personen. Zwei Paare, zwei einzelne Personen. Die gleiche Anzahl wie gestern.

Reacher beschloss, sich den Ausguck auf dem Dach später vorzunehmen. Er war zu weit entfernt, um gefährlich zu sein, und der Mann dort würde nicht schießen können, weil er sonst möglicherweise die eigenen Leute traf. Die Paare würden an den rückwärtigen Ecken der Gebäude in Stellung gegangen sein. Die Reserve stellte den unbekannten Faktor dar. Er oder sie musste zuerst außer Gefecht gesetzt werden.

Falls es eine gab.

Reacher richtete sich aufs Beobachten ein. Er konnte den ganzen Tag lang warten, aber seine Gegner würden bald nervös werden. Sie wussten mit Sicherheit, dass Marty vom Gerichtsgebäude weggefahren war. Unterdessen würden sie anfangen, sich Sorgen zu machen, und würden befürchten, irgendwas sei schiefgegangen. Je länger er ausblieb, desto größer würde der Stress sein. Je größer der Stress, desto höher die Wahrscheinlichkeit, einen Fehler zu machen.

Zwölf Minuten vergingen. Nichts bewegte sich. Nichts machte ein Geräusch. Dann hörte Reacher ein aus Norden kommendes Fahrzeug. Im nächsten Augenblick war auf dem Dach in der Nähe der Betonsäule mit den Buchstaben eine Bewegung zu erkennen. Ein Kopf erschien, reckte sich langsam höher. Eine Frau in Schwarz. Mit rotem Haar. Er hatte sie erst gesehen. Auf der anderen Seite der Gasse, bevor sie mitgeholfen hatte, ihren bewusstlosen Kumpel in den Toyota zu zerren. Sie blieb fünf oder sechs Sekunden oben, bevor sie wieder zusammensank, wobei sie eine Hand hob. Ein Auto näherte sich. Ziemlich schnell. Ein dunkelblaues Mustang Cabrio mit offenem Dach. Am Steuer saß ein Mann. Neben ihm eine lächelnde Frau auf dem Beifahrersitz. Der Sportwagen röhrte in einem Hagel aus aufgewirbelten Steinchen vorbei.

Das nächste Auto, das Reacher hörte, kam aus der falschen Richtung, also blieb er liegen, flach auf die Erde gepresst, unsichtbar. Das Motorengeräusch klang gleich, deshalb vermutete er, dies sei der Mustang, der zurückfuhr. Der Kerl gab mit seinem Wagen an, weil er auf nächtliche Action hoffte. Oder er raste nach einem früheren Schäferstündchen nach Hause. Weitere fünf Minuten verstrichen. Zehn. Dann hörte er ein Fahrzeug, das von der richtigen Seite kam. Langsamer und mit gedämpftem Motorengeräusch. Reacher richtete sich kniend auf, um sofort aufspringen und losrennen zu können.

Auf dem Dach war wieder eine Bewegung zu sehen. Der Kopf der Rothaarigen erschien. Diesmal kam er schneller hoch. Sie stand ganz auf, berührte ihr linkes Ohr mit einer Hand und lief dann zur Mitte des Gebäudes. Wäre sie nicht so auf das Flachdach unter ihren Füßen konzentriert gewesen, hätte sie Reacher entdecken müssen. Als der nach Süden fahrende Wagen vorbeirollte, drehte sie nicht mal den Kopf zur Seite. Dann war sie verschwunden. Durch eine Dachluke gesprungen, vermutete Reacher. Er warf sich wieder zu Boden. Neunzig Sekunden später schlängelte die Frau sich durch eine Lücke am Rand eines mit Brettern verschalten Tores einer Ladebucht in der Rückwand des Gebäudes. Der Kerl, den Reacher k.o. geschlagen hatte, zwängte sich nach ihr ins Freie, und die beiden rannten zu dem Toyota. Die zwei drahtigen Kerle, die Reacher abzuwimmeln versucht hatte, stürzten aus dem Kassenhäuschen und spurteten zu dem Suburban. Motoren heulten auf, Räder drehten im Splitt auf dem Asphalt durch, dann rasten die Wagen davon.

8

Speranski saß in seinem Speisezimmer beim Frühstück, als das abhörsichere Telefon erneut klingelte.

»Wir haben ein Problem«, meldete sich die Stimme am anderen Ende. »Wir haben Rutherford aus den Augen verloren.«

»Wie, zum Teufel, konnte das passieren?« Speranski schleuderte seine Zeitung durch den Raum. »Jeweils zwei Leute sollten sein Wohngebäude überwachen. Waren meine Anweisungen etwa nicht klar?«

»Sie waren klar. Zwei unserer Leute haben das Gebäude überwacht. Die leitende Agentin hat eine SMS von Rutherfords Portier erhalten. Rutherford hatte ihn gebeten, ihm ein Taxi zu rufen.«

»Wieso hat das zu Rutherfords Verschwinden geführt?«

»Die Agentin hat den Portier aufgefordert, den Auftrag auszuführen und dann ein weiteres Taxi zu bestellen, das gleichzeitig eintreffen sollte. Damit sie ihn verfolgen konnten. Unsere beiden Fahrzeuge befanden sich im Einsatz, dort wo der Hinterhalt geplant war. Sie hat sich ausgerechnet, dass Rutherford aus dem Haus kommen und selbst ein Taxi anhalten würde, wenn der Portier ihm keines rief, oder sein eigenes Auto benutzt hätte. Beides genauso schlimm. Vielleicht schlimmer.«

»Was ist also schiefgegangen?«

»Keine Ahnung. Der Portier hat Mist gebaut. Oder das Taxiunternehmen. Jedenfalls ist nur ein Taxi eingetroffen, und Rutherford hat es genommen.«

»Haben wir wenigstens das Kennzeichen?«

»Natürlich. Kennzeichen, Beschreibung und Foto.«

»Hat Rutherford sein Fahrziel genannt?«

»Das hat er. Es wird Ihnen nicht gefallen. Flughafen Nashville.«

»Nein!« Speranski stand auf. »Rutherford darf unter keinen Umständen an Bord irgendeines Flugzeugs gehen. Das wäre eine absolute Katastrophe! Wo sind die Agenten, die ihn überwacht haben?«

»Unterwegs zum Flughafen. Auch die übrigen Mitglieder des Teams. Wegen der Dringlichkeit dieses Einsatzes habe ich sie angewiesen, den Hinterhalt aufzugeben.«

»Gut. Halten Sie mich auf dem Laufenden. Ich will sofort benachrichtigt werden, wenn Rutherford abgefangen wird.« Speranski machte eine Pause. »Augenblick! Was ist mit dem Landstreicher? Wo treibt er sich herum?«

»Das ist unklar. Nach der Abfahrt vom Gerichtsgebäude muss es irgendeine Verzögerung gegeben haben. Er war noch nicht angekommen, als das Team losgefahren ist. Meiner Ansicht nach war die Fahndung nach Rutherford im Augenblick wichtiger.«

»Aber wo steckt er?«

Eine verlegene Pause am anderen Ende. »Auch das wissen wir leider nicht.«

Reacher blieb, wo er war: stumm und unbeweglich. Er wollte sich nicht zeigen, nur um es mit einem halben Dutzend weiterer Kerle zu tun zu bekommen, die hier schon länger auf der Lauer lagen, deshalb gab er noch eine Viertelstunde zu, bevor er riskierte, sich in Bewegung zu setzen. Er kroch auf demselben Weg zurück, bis er den Waldstreifen entlang der Straße erreichte. Dort stand er auf und lief schneller. Nach ungefähr einer Viertelmeile spürte er etwas in seiner Tasche vibrieren.

Er zog Martys Telefone heraus. Das Wegwerfhandy summte. Reacher klappte es auf und hielt es ans Ohr.

»Ja«, sagte er.

»Wo, zum Teufel, stecken Sie?« Eine Männerstimme, die verzerrt und unterbrochen ankam.

Die Verbindung war schlecht. Vermutlich weil es hier draußen kaum Netz gab. Was er sagte, kam wahrscheinlich nicht sehr klar rüber. Trotzdem zog er vorsichtshalber sein Hemd hoch, legte zwei Lagen Stoff übereinander und bedeckte damit das kleine Mikrofon.

»Zwei Minuten entfernt«, sagte Reacher.

»Warum brauchen Sie so lange?« Die Worte des anderen Mannes gingen fast in dem Knistern und Knacken der schlechten Verbindung unter.

»Der Mann, den ich abliefern sollte? Ein ganz übler Typ. Ich musste ihn k.o. schlagen.«

»Er ist bewusstlos?«

»So ziemlich.«

»Das ist gut, weil sich der Plan geändert hat. Das Team, das ihn in Empfang nehmen sollte, ist vorübergehend abgezogen worden. Wegen einer anderen Sache, die dringender ist. Aber das braucht Sie nicht zu kümmern. Haben Sie ein Seil im Wagen? Oder Kabelbinder?«

»Ich habe echte Handschellen aus Stahl. Wie die Polizei sie verwendet.«

»Sehr gut. Also passen Sie auf: Wenn Sie die Tankstelle erreichen, schaffen Sie den Kerl ins Kassenhäuschen und fesseln ihn an eine Wasserleitung oder dergleichen. Wenn Sie sicher sind, dass er sich nicht befreien kann, fahren Sie weg, nachdem Sie alle Spuren verwischt haben. Und lassen Sie Ihr Handy eingeschaltet. Ich habe später vielleicht einen weiteren Auftrag für Sie.«

Marty saß hoch aufgerichtet am Steuer, als Reacher zurückkam. Steif, stolz. Um den Eindruck von Würde zu erwecken. Reacher stieg rechts ein und gab ihm seine Schlüssel, die Handys und die Pistole zurück.

»Haben Sie die Tankstelle gefunden?« Marty schloss die Handschellen auf.

»Kein Problem«, sagte Reacher. »Fahren Sie los.«

»Wohin?« Er ließ den Motor an. »Bitte sagen Sie zum Highway.«

»Zur Tankstelle. Eine halbe Meile, wie Sie gesagt haben.«

Marty runzelte die Stirn. »Ist das sicher?«

»Völlig. Dort ist niemand.«

»Warum fahren wir dann hin?«

»Weil ich beschlossen habe, Ihnen eine Chance zu geben.«

»Wie? Was haben Sie vor?«

»Ich fessle Sie an etwas Solides und leihe mir Ihren Wagen aus. Die Schlüssel hinterlege ich im Gerichtsgebäude.«

»Sie wollen mich von der Polizei befreien lassen?«

»Nein. Der Kerl am Telefon schickt jemanden. Er glaubt, dass Sie mich abholen.«

»Das kapiere ich nicht.«

»Dieser Kerl hat vorhin auf dem Wegwerfhandy angerufen. Bei ihm gibt's irgendein Problem, irgendeine Verzögerung. Erzählen Sie seinen Leuten, dass Sie mich wie angewiesen fesseln wollten -- aber dass ich doch nicht so bewusstlos war, wie Sie dachten. Ich habe Sie überrumpelt und an meiner Stelle gefesselt zurückgelassen.«

»Das glauben die mir nie!«

»Ich könnte Sie k.o. schlagen, wenn das helfen würde.«

Marty überlegte, als würde er ernsthaft über diese Möglichkeit nachdenken.

»Ich habe eine bessere Idee«, sagte Reacher. »Ich fessle Sie mit hinter dem Rücken hochgezogenen Armen in einer Haltung, die Sie niemals selbst hingekriegt hätten. Das ist unbequem, aber es müsste Ihren Arsch retten.«

Marty gab keine Antwort. Er bog lediglich ab, parkte auf dem Gelände der ehemaligen Tankstelle und marschierte schweigend zu dem Kassenhäuschen. Reacher folgte ihm hinein.

»Wieso helfen Sie mir?« Marty stöhnte leise, als Reacher ihm die Arme hochzog. »Ich habe mal versucht, jemandem zu helfen. Sie sehen ja, in welche Schwierigkeiten mich das gebracht hat.«

»Schwierigkeiten hatte ich schon oft«, erklärte Reacher. »Ich habe trotzdem überlebt. Und im Augenblick habe ich Wichtigeres zu tun.«

Was das Autofahren betraf, versuchte Reacher im Allgemeinen, jemanden zu finden, der es für ihn übernahm. Technisch gesehen war er imstande, ein Fahrzeug zu führen. Die Army hatte ihn gründlich ausgebildet. Er hatte nie jemanden totgefahren. Zumindest nicht versehentlich. Er hatte nie einen Unfall gehabt. Zumindest nicht unabsichtlich. Sein Problem war hauptsächlich eine Frage des Temperaments. Gutes Fahren erforderte eine Balance aus Aktion und Reaktion, Schnelligkeit und Zurückhaltung, Abwägung und Kontrolle. Eine mittlere Position, stabil und nachhaltig. Im Gegensatz dazu war Reacher ein Mann der Extreme, der sich sehr langsam oder sehr schnell bewegte. Er konnte träge, faul, fast komatös wirken, im nächsten Augenblick jedoch förmlich explodieren, mit Brachialgewalt agieren, solange es nötig war, um dann in heitere Ruhe zurückzusinken, bis die nächste Gefahr auftauchte. Aber nachdem er den einzigen anderen Menschen in weitem

Umkreis an ein Wasserrohr gefesselt hatte, bot sich ihm keine Alternative. Auf der Straße verkehrten keine Busse. Auch keine Autos, die ihn hätten mitnehmen können. Und selbst wenn er darauf gehofft hätte, war Eile geboten.

Eine andere Sache, hatte der Kerl am Wegwerfhandy gesagt, *die dringender ist.*

Derselbe Kerl, der seine Leute angewiesen hatte, ihm jede Bewegung Rutherfords zu melden.

Derselbe Kerl, dessen Opfer zerstückelt in Koffern endeten.

Reacher lief zu dem Wagen, riss die Tür auf und zwängte sich hinters Steuer. Er ließ den Motor an, stellte den Schalthebel auf D und gab Gas. Den Sicherheitsgurt schloss er mit der rechten Hand, während er mit der anderen lenkte. Der Wagen beschrieb eine enge Kurve und schoss Splitt aufwirbelnd auf die Straße hinaus. Reacher brauste in Richtung Stadt nach Norden. So schnell er sich traute. Kein Problem auf den Geraden, ziemlich ruppig in den Kurven. Auf beiden Seiten verschwammen Felder, Pflanzen und grünes Laub, bis die Straße sich verengte und die Häuser begannen. Er fuhr kreuz und quer durch Wohnstraßen. Kam an dem Gerichtsgebäude vorbei. Nahm einem roten Camaro, der scharf bremsen musste, an der Kreuzung mit der defekten Ampel die Vorfahrt. Und hielt zuletzt mit quietschenden Reifen vor dem Coffeeshop. Leute gafften ihn an. Er parkte im Halteverbot, aber das machte ihm keine Sorgen. Er würde nicht lange hier stehen.

Reacher riss die Tür auf und sah sich in dem Café um. Die Barista ließ sich Zeit bei der Zubereitung von Kaffee für zwei Männer in Anzügen. Hinter den beiden warteten vier weitere Gäste. Zwei Frauen, zwei Männer. In der einzigen Sitznische an der Rückwand steckten zwei Teenager die Köpfe zusammen und tuschelten. Auch drei weitere Tische waren besetzt. An einem saß ein grauhaariger Mann, runzliges Gesicht, über seinen Becher gebeugt. Am nächsten eine junge Frau Anfang zwanzig, die an einem dünnen silbernen Notebook arbeitete. Am dritten Tisch ein langhaariger Mann, der die Wand vor sich anstarrte und die Hände bewegte, als spielte er Schlagzeug.

Keine Spur von Rutherford.

Reacher trat über die Schwelle. »Entschuldigung«, sagte er laut.

Sofort herrschte Stille. Alle wandten sich ihm zu. Alle außer dem Schlagzeuger.

»Ich suche Rusty Rutherford«, erklärte Reacher. »Den kennen Sie wohl alle?«

Sie nickten. Stimmen brummten und murmelten, alle bejahend.

»War er heute schon hier? Oder hat ihn jemand anderswo gesehen?«

Köpfe wurden geschüttelt. Stimmen brummten und murmelten, alle verneinend.

»Weiß jemand, wo er wohnt?«

Köpfe wurden geschüttelt.

»Okay«, fuhr Reacher fort. »Falls Sie Rutherford sehen, müssen Sie ihm etwas ausrichten. Bestellen Sie ihm, dass Jack Reacher gesagt hat, er solle nach Hause gehen. Oder zur Polizei. Was gerade näher ist. Ohne zu zögern. Er soll dort warten, bis ich mich melde.«

Reacher fuhr drei Blocks weit und stellte Martys Wagen vor dem Diner ab. Drinnen war nur eine Sitznische besetzt – die unter einem rosa Cadillac. Ein Paar im Ruhestand, alt genug, um diesen Caddy besessen zu haben, hockte nebeneinander.

Die beiden frühstückten entspannt. Steak mit Spiegelei für ihn. Ein kleiner Stapel Pfannkuchen mit Konfitüre für sie. Und reichlich Kaffee für beide. Die Bedienung hatte die Kanne dagelassen.

An den mittleren Tischen saß niemand. Niemand benutzte das Telefon an der Rückwand des Raums. In der Küche war niemand zu sehen.

Nirgends eine Spur von Rutherford.

Reacher machte einen Schritt auf das alte Paar zu.

»Entschuldigt die Störung, Leute«, sagte er. »Aber kennt jemand von Ihnen zufällig Rusty Rutherford?«

»Wir kennen ihn«, antwortete der Mann nach kurzer Pause.

Seine Frau stieß ihn mit dem Ellbogen in die Rippen.

»Na ja, wir wissen, wer er ist«, fügte der Mann hinzu. »Er ist kein Freund oder so was. Wir haben noch kein Wort miteinander geredet, glaube ich.«

»Er ist ein Idiot, das ist er«, sagte die Frau. »Wieso fragen Sie nach ihm?«

»Ich muss ihn finden«, antwortete Reacher.

»Um ihn in den Hintern zu treten?«

»Das steht nicht ganz oben auf meiner Liste, nein.«

»Das sollte es aber.« Die Frau legte ihre Gabel auf den Teller. »Er braucht jemanden, der ihn in den Hintern tritt. Ordentlich. Das hat er verdient. Er ist ein Trottel.«

»Vielleicht hat er's verdient«, sagte Reacher. »Vielleicht auch nicht. Jedenfalls muss ich ihn finden. Und das möglichst schnell. Richten Sie ihm etwas von mir aus, wenn Sie ihn sehen?«

Als der Mann zuletzt nickte, wiederholte Reacher, was er im Coffeeshop gesagt hatte. Dann drehte er sich um, weil er eine Bewegung wahrnahm. Aus der Küche kam eine Bedienung – die erste, die er am Abend zuvor kennengelernt hatte.

»Sie wollen nicht etwa wieder Ärger machen?«, fragte sie unfreundlich.

»Wieder?«, sagte Reacher. »Ich kann mich nicht erinnern, Ärger gemacht zu haben.«

Die Bedienung musterte ihn abweisend, dann griff sie nach der Kanne auf dem Tisch des alten Paars. »Also gut. Tisch für einen? Setzen Sie sich hin, wo Sie wollen. Ich hole Ihnen einen Becher.«

»Danke, ich bleibe nicht«, entgegnete Reacher. »Ich suche Rutherford. Der Mann, mit dem ich gestern hier war.«

»Ich weiß, wer Rutherford ist. In dieser Stadt weiß das jeder.«

»War er heute schon hier?«

»Nein. Hab ihn nicht gesehen. Er kommt nie vormittags. Immer nur zum Abendessen.«

»Wissen Sie, wo er wohnt?«

»Nicht genau. Irgendwo in der Stadt, denke ich. Nicht allzu weit entfernt, weil er immer zu Fuß kommt. Hab noch nie gesehen, dass er aus einem Auto gestiegen ist.«

»Danke«, sagte Reacher und setzte sich in Bewegung, um zur Rückwand des Raums zu gehen.

»Hey, wo wollen Sie hin?«, fragte die Bedienung.

»Zum Telefon.«

»Das ist nicht angeschlossen. Wen wollen Sie anrufen?«

»Niemanden. Ich will nur im Telefonbuch nachschlagen, ob Rutherfords Adresse drinsteht.«

»Es gibt auch kein Telefonbuch. Das Gerät dient nur als Deko. Der Innenarchitekt hat's aufgehängt. Weil es authentisch wirkt.«

»Tatsächlich?«, fragte Reacher. »Okay, dann muss ich was anderes versuchen.« Er wandte sich ab, um zu gehen.

»Warum suchen Sie ihn nicht einfach auf dem Handy?«,

fragte die Bedienung. »Wer benutzt denn heute noch gedruckte Telefonbücher?«

Reacher zögerte. Er hatte sie ebenso benutzt wie militärische Funkverbindungen, das normale Festnetz und den United States Postal Service. Diese Dinge verstand er. Früher hatte er auch Fernschreiben und Faxe gesendet und erhalten. Aber mit Mobiltelefonen hatte er sich nie richtig anfreunden können. Das war nicht nötig gewesen. Selbst wenn sie wirklich nur als Telefone dienten.

»Könnten Sie das für mich machen?« Reacher zog seine Geldrolle aus der Tasche. »Rutherfords Adresse mit Ihrem Handy ermitteln? Was würde das kosten?«

Die Bedienung winkte ab, zog ihr Smartphone aus der Schürzentasche. »Ich verfüge über eine Flatrate. Ich habe den alten Vertrag meines Exmannes übernommen. Lachen Sie nicht, aber das war das einzig Gute an unserer Ehe.« Sie tippte ein paar Sekunden lang herum, dann schüttelte sie den Kopf. »Sorry, kein Eintrag. Aber das ist vielleicht nur gut, wenn man bedenkt, wie unbeliebt er im Augenblick ist.«

Reacher zwängte sich wieder in Martys Limousine, ließ den Motor an und wendete mit quietschenden Reifen. Er raste über die Ampelkreuzung. Verpasste nur knapp einen uralten Chevy Pick-up. Bog danach zweimal links ab. Parkte auf der Parkverbotsfläche vor dem Eingang des Gerichtsgebäudes. Stieg aus und hastete hinein.

Officer Rule hatte Dienst, als Reacher den Empfangsbereich im Keller betrat. Sie hatte anscheinend nichts dagegen, dass er die Haupttreppe benutzte. Und sie schien nicht überrascht zu sein, ihn zu sehen, was Reacher freute.

»Was kann ich für Sie tun, Mr. Reacher?«

»Ich brauche Informationen.«

»Worüber?«

»Rusty Rutherford. Gibt es irgendwelche Meldungen, die ihn betreffen? Seit gestern Abend? Dass er vermisst wird oder in irgendein Auto gezerrt worden ist?«

»Mr. Reacher, benehmen Sie sich. Ich habe gehört, dass Sie bei der Militärpolizei waren. Also wissen Sie, dass wir Ihnen über eingegangene Meldungen …«, Officer Rule machte eine kurze Pause, »… keine Auskunft geben dürfen.«

»Danke. Wie wär's dann mit seiner Adresse? Wissen Sie, wo er wohnt?«

»Natürlich. Aber auch das darf ich Ihnen nicht sagen.«

»Bitte. Diese Sache ist äußerst wichtig. Ich mache mir Sorgen um ihn.«

»Wieso machen Sie sich Sorgen?«

»Er ist verschwunden. Ich muss ihn finden.«

»Da gibt's bestimmt keinen Grund zur Sorge. Ist Rutherford nicht anzutreffen, hat er vermutlich die Stadt verlassen. Nach dem, was gestern passiert ist, war er bestimmt ziemlich verängstigt. Er ist kein robuster Typ, deshalb waren zwei Schlägereien an einem Tag vielleicht etwas zu viel für ihn. Ich wette, dass er zu irgendwelchen Verwandten gefahren ist. Das wäre clever von ihm, finde ich.«

»Ich habe versucht, ihn dazu zu überreden, die Stadt zu verlassen. Er hat sich kategorisch geweigert. Er wollte unbedingt bleiben.«

»Dann hat er sich bestimmt wieder eingeigelt. Als er gefeuert wurde, ist er heimgegangen und hat sich eine Woche lang nicht mehr sehen lassen.«

»Deshalb brauche ich seine Adresse. Um mich davon überzeugen zu können, dass mit ihm alles in Ordnung ist.«

»Wieso denn nicht? Gibt es irgendwas, das Sie mir verheimlichen?«

»Der Mann, mit dem ich heute Morgen gesprochen habe, bevor Detective Goodyears Freund mich mitgenommen hat. Ist er noch hier?«

»Nein. Er ist gleich nach Ihnen weggefahren. Warum?«

»Hat er Anweisung hinterlassen, dass Sie auf Rutherford achten sollen?«

»Nicht dass ich wüsste. Hätte er's tun sollen?«

»Ich brauche diese Adresse.« Reacher überlegte. »Was wäre, wenn ich einen anonymen Hinweis bekommen hätte?«

»In dem ausdrücklich Gewalt angedroht wurde? Gegen Rutherford?«

»Nicht ausdrücklich. Nennen wir's eine Ahnung eines alten Ermittlers.«

»Ich bräuchte mehr als das. Und ich müsste selbst hinfahren. Die Sache offiziell machen. Würde er das nach all der unerwünschten Aufmerksamkeit wollen?«

»Sagen Sie mir wenigstens, wo ich ungefähr suchen muss. Sie wissen, dass ich ihm nichts tun will. Schließlich habe ich ihn gestern gerettet.«

»Richtig, so hat's ausgesehen. Aber vielleicht waren zwei Teams hinter Rutherford her, und Sie haben die Konkurrenz in Schach gehalten, bis Verstärkung kommen würde.«

»Nehmen wir mal an, ich wollte einen Mann wie Rutherford entführen. Sehe ich wie jemand aus, der dazu Verstärkung braucht?«

»Äh, nein. Aber Sie könnten auf Befehl gehandelt haben.«

»Früher habe ich Befehle ausgeführt. Meistens. Sehe ich wie jemand aus, der das jetzt tut?«

Officer Rule gab keine Antwort.

»Okay«, sagte Reacher, »ich verstehe. Behalten Sie Rutherfords Adresse meinetwegen für sich. Aber sagen Sie mir eines: Wonach würde ich Ausschau halten, wenn ich ein alter Freund wäre, der ihm einen Überraschungsbesuch abstatten will? Nach einem Cottage auf dem Land? Einem Loft mitten in der Stadt? Einem Einfamilienhaus in der Nähe seiner Arbeitsstätte?«

»Das klingt nicht sehr plausibel. Rutherford ist kaum der Typ, der massenhaft Freunde hat, die unangemeldet bei ihm aufkreuzen.«

»Trotzdem. Tun Sie mir den Gefallen.«

Officer Rule schwieg einen Augenblick. »Eine Sache verstehe ich nicht. Wieso wenden Sie so viel Mühe auf? Warum machen Sie sich solche Sorgen um Rusty Rutherford? Das tut sonst niemand. Was bedeutet er Ihnen?«

Reacher zuckte mit den Schultern. »Anscheinend hat er sich bemüht, das Richtige zu tun, und ist von seinen Vorgesetzten gelinkt worden. Etwas Ähnliches ist mir auch passiert. Das fühlt sich nicht gut an. Und jetzt sind irgendwelche Arschlöcher scheinbar grundlos hinter ihm her, und Ihre Leute haben es nicht eilig, ihm zu helfen. Irgendjemand muss es tun.«

»Und dieser Irgendjemand sind Sie?«

»So ist es.«

»Wie kommt das?«

Reacher zuckte erneut mit den Schultern. »Weil ich gerade da bin.«

»Also gut. Hören Sie, offiziell darf ich Ihnen keine Auskunft geben, aber privat würde ich Rutherford als einen Mann einstufen, der in einem Apartment lebt. Und wenn ein alter Freund zufällig aus dem Diner käme, in dem Sie gestern waren, und direkt über die Straße sehen würde, wäre das nicht der falscheste Teil der Stadt.«

9

Reacher wusste, dass Smartphones Karten darstellen konnten. Das hatte er selbst schon gesehen. Die Detailtreue reichte für einfache Navigation aus, vermutete er. Seines Wissens ließen sich auch aktuelle Verkehrsinformationen und Wettermeldungen einspielen, was nützlich sein konnte, wenn man mit dem Auto unterwegs war. Oder als Wanderer. Ebenso wusste er, dass man Satellitenbilder aufrufen konnte, wenn man Dächer oder Baumwipfel sehen wollte. Aber wenn er die Wahl hatte, würde er sich immer für eine Karte auf Papier entscheiden. Die Sorte, die er aus seiner Ausbildung in West Point kannte. Groß und detailliert genug, um die Geländestruktur genau zu erkennen. Ein wichtiger Faktor für einen Soldaten. Der Unterschied zwischen Sieg und Vernichtung. Oder ob man eine Falle stellte oder in eine geriet.

Ein wichtiger Faktor für einen Soldaten. Manchmal genauso wichtig für einen Zivilisten.

Reacher stand alles deutlich vor Augen. Der Diner. Das Apartmentgebäude. Der Coffeeshop. Ein nicht sehr großes Dreieck. Rutherfords gesamtes Operationsgebiet, wenn man von seinem Abstecher zur Polizeistation absah. Er hatte es Leuten, die ihn entführen wollten, verdammt leicht gemacht. Falls Rutherford sich wieder aus dem Haus wagte, konnte Reacher sich gut vorstellen, dass er sofort entdeckt werden würde. Und diesmal wäre niemand in der Nähe, der ihn rettete.

Blieb Rutherford in seinem Apartment, würde ihm vielleicht nichts passieren. Zumindest für einige Zeit. Jemanden auf offener Straße zu entführen, ist vergleichsweise einfach. Seinem Wesen nach ein fließender Prozess. Schnell. Leicht zu tarnen. Leicht abzubrechen, sollte irgendetwas schiefgehen. Jemanden aus einem Gebäude herauszuholen, ist eine ganz andere Nummer. Vor allem, wenn es heimlich geschehen soll. Man kann nicht einfach die Wohnungstür aufbrechen. Viel zu laut. Irgendjemand würde es hören. Ein Nachbar oder eine Person, die in dem Gebäude arbeitet. Also muss man eine List anwenden. Das erfordert zusätzliche Planung. Größere Ressourcen. Vielleicht Kostüme und Requisiten. Und selbst wenn man es schafft, in die Wohnung zu gelangen, muss man die Zielperson noch aus dem Haus schaffen – wenn Rutherford sich wirklich in seinem Apartment eingeigelt hatte.

Reacher bedankte sich bei Officer Rule für ihre Auskunft, nahm auf der Treppe nach oben je zwei Stufen auf einmal und hätte beinahe einen Mann über den Haufen gerannt, der eben hereinkam. Der andere war schmächtig. Er trug Chinos und ein Polohemd. Mit einem Logo. Damit jeder sah, dass er beruflich unterwegs war.

Rusty Rutherford in Person. Nicht eingeigelt. Nicht entführt. Noch nicht.

Reacher packte Rutherford an den Schultern, drehte ihn um und schob ihn wieder auf die Straße hinaus.

»Lassen Sie mich los!« Rutherford wand sich in seinem Griff. »Scheiße, was soll das, Reacher?«

»Die Polizei sollten Sie eine Zeit lang meiden.« Reacher ließ ihn los. »Ich habe ihr gerade erzählt, dass Sie wieder in Schwierigkeiten stecken. Vielleicht vermisst werden. Sie hätte vielleicht Fragen.«

»Schwierigkeiten hätte es beinahe wieder gegeben.« Rutherford zog sein Hemd glatt.

»Was ist passiert?«

»Ich bin heute Morgen in meinem Gebäude nach unten gefahren, war auf dem Weg in den Coffeeshop. An der Tür ist mir einer meiner Nachbarn begegnet. Er ist ein alter Herr, deshalb habe ich gewartet, um ihn vorbeizulassen. Dabei habe ich auf der anderen Straßenseite ein bekanntes Gesicht entdeckt: die Frau, die den Toyota gefahren hat, in den diese Arschlöcher mich gestern stoßen wollten.«

»Was haben Sie gemacht?«

»Ich bin ausgeflippt. Rannte zum Portier und habe laut gerufen, er soll mir ein Taxi zum Flughafen bestellen. Dann habe ich oben versucht, einen kleinen Koffer zu packen. Aber ich konnte nicht richtig denken, konnte mich nicht entscheiden, was in den Koffer sollte. Ich wusste, dass ich meine Geldbörse mit Ausweis und Kreditkarten hatte – damit konnte ich irgendwohin fliegen und mir dort alles Notwendige besorgen. Also bin ich wieder runtergefahren und ins Taxi gestiegen, als es endlich da war. Das hat eine Ewigkeit gedauert.«

»Wieso sind Sie dann jetzt hier?«

»Auf halber Strecke nach Nashville habe ich mich gefragt: Hey, was mache ich eigentlich? Ich weiß nicht, wie man sich auf der Flucht verhält. Ich will nicht auf der Flucht sein. Ich will hierbleiben und meinen guten Ruf wiederherstellen. Und dann musste ich an Sie denken.«

»Wieso das?«

»Sie waren im Gefängnis, weil Sie meinen Arsch gerettet hatten. Zum zweiten Mal. Ich konnte Sie nicht hinter Gittern lassen, also wollte ich wenigstens dafür sorgen, dass Sie gegen Kaution freikommen.«

»Das ehrt Sie, Rusty, aber bei der Schlägerei vor dem Diner ist's nicht um Sie gegangen.«

»Doch, doch! Diese Kerle hatten es auf mich abgesehen. Das hat Holly – die Bedienung – auch geglaubt. Deshalb hat sie mir geholfen, durch den Hinterausgang zu entkommen.«

Reacher schüttelte den Kopf. »Die drei Idioten waren meinetwegen da. Sie haben mich für einen Mitarbeiter des Versicherungsvertreters gehalten, der mit den Hackern verhandelt, damit die städtischen Computer bald wieder laufen. Dahinter hat Holly gesteckt. Erinnern Sie sich an die Fragen, die sie mir gestellt hat? Vor allem mit wem ich in die Stadt gekommen bin?«

»Das verstehe ich nicht. Glauben diese Leute, dass Verhandler einer Versicherung schneller arbeiten, wenn man sie verprügelt?«

»Ich sollte nicht schneller arbeiten«, sagte Reacher, »sondern ganz aufhören.«

»Das verstehe ich noch weniger. Die ganze Stadt möchte, dass der Normalzustand schnellstens wiederhergestellt wird.«

»Irgendjemand will das aber nicht. Unabhängig von dem Grund dafür glaube ich nicht, dass diese beiden Fälle zusammenhängen. Ich denke, das sollten wir herausfinden. Und ich denke, wir sollten damit anfangen, dass wir essen gehen.«

»Was soll das bringen?«

»Man muss immer essen, wenn man kann. Dann ist man satt, wenn man nicht essen kann. Und damit können wir zwei Fliegen mit einer Klappe schlagen. Jedenfalls wenn Holly da ist. Es wird Zeit, dass sie auspackt.«

Reacher ging um das Gerichtsgebäude herum voraus. Als sie den Parkplatz erreichten, warf er Rutherford Martys Autoschlüssel zu. »Hier«, sagte er, »Sie fahren.«

Rutherford blieb stehen. »Augenblick! Wem gehört dieser Wagen? Haben Sie ihn gestohlen?«

»Er gehört einem Mann, den ich heute Morgen kennengelernt habe. Er hat ihn mir geliehen. Er wird ihn längere Zeit nicht brauchen.«

»Ach, ich weiß nicht ... Ich habe selbst ein Auto. Warum fahren wir nicht damit?«

»Dieses ist hier. Ihres nicht.«

Rutherford legte vorsichtig eine Hand auf den Türgriff, als fürchtete er, einen elektrischen Schlag zu bekommen. Dann öffnete er die Fahrertür und setzte sich ans Steuer. »Ich dachte, wir wollten im Diner essen?« Er tastete nach dem Knopf für die Sitzverstellung. »Es ist nicht weit. Wir hätten zu Fuß hingehen können.«

Reacher schüttelte den Kopf. »Wir dürfen den Wagen nicht hier parken lassen. Vielleicht brauchen wir ihn später. Und wir fahren nicht direkt zu dem Diner. Ich möchte, dass Sie mich erst ein bisschen herumkutschieren.«

»Herumkutschieren?«

»Kreuz und quer. Zeigen Sie mir Ihre alte Schule. Das Haus Ihrer ersten Freundin.«

»Wozu?«

»Weil ich hoffe, dass uns jemand verfolgen wird.«

Rutherford bog rechts ab, als er den Parkplatz verließ, und fuhr einige Minuten lang unsicher ruckelig wie ein nervöser Teenager in der Fahrprüfung, für die er eigentlich noch nicht bereit ist. Er verbrachte mehr Zeit damit, in den Rückspiegel zu schauen, als durch die Frontscheibe nach vorn zu sehen. Zweimal streifte er den Randstein. Nach einiger Zeit beruhigte er sich jedoch und fuhr als Erstes an dem Haus vorbei, in dem er auf die Welt gekommen war. Als Nächstes besichtigten sie seine alte Grundschule. Dann das Haus, in dem ein irisches Mädchen namens Siobhan gewohnt hatte, das er als Sechsjähriger hatte heiraten wollen, bis sie ihm den Laufpass gab, weil er seinen Traum, Rennfahrer zu werden, nicht hatte aufgeben wollen. Als Nächstes kam das Haus, in das seine Familie umgezogen war, als er zehn Jahre alt war. Dann seine Highschool.

Und so ging es von einem Stadtviertel zum anderen weiter: manche proper und wohlhabend, andere schäbig und heruntergekommen, jedes mit irgendeiner Verbindung zu seiner Vergangenheit. Ihre Fahrt glich einer Architektur-Enzyklopädie seines bisherigen Lebens. Jede neue Sehenswürdigkeit schien ihn zu entspannen oder zu verjüngen. Reacher dagegen fühlte sich von Etappe zu Etappe eingeengter, konnte schließlich kaum noch atmen. Die Idee, sein gesamtes Leben an einem einzigen Ort zu verbringen, wurde vor seinen Augen steinerne Wirklichkeit.

Die Strecke, die sie abfuhren, war für Reachers Zwecke perfekt geeignet. Zu verwinkelt, als dass irgendjemand ihnen hätte folgen können, ohne sich zu verraten. Ganz zufällig, sodass niemand vorausfahren und ihnen irgendwo auflauern konnte. Enttäuschend war nur, dass niemand sie zu beschatten schien. Reacher war an sich geduldig. Er hatte Rutherfords Gesellschaft nicht satt, fand seine Kommentare nicht irritierend. Aber weil er seinen Aufenthalt in dieser Stadt auch nicht verlängern wollte, bat er Rutherford zuletzt, die Nostalgietour abzubrechen und zu der Gasse neben dem Diner zu fahren.

»Sie wohnen gleich gegenüber?«, fragte Reacher, als sie ausstiegen.

Rutherford nickte.

»Die Frau, die Sie von gestern wiedererkannt haben. Die Sie beobachtet hat. Wo war sie?«

»Ich komme mir jetzt dumm vor.« Rutherford blieb etwas zurück. »Vielleicht habe ich mir nur eingebildet, sie erkannt zu haben. Vielleicht war das Ganze eine Überreaktion. Ich konnte letzte Nacht nicht sehr gut schlafen und …«

»Nein.« Reacher drehte sich zu ihm um. »Wenn Ihr Instinkt Sie warnt, dass irgendwas nicht stimmt, dann stimmt irgendwas nicht. Achten Sie immer auf Ihr Bauchgefühl. Das bewahrt Sie davor, ins Auto irgendeines Gangsters gestoßen zu werden.«

»Die Frau hat so getan, als interessierte sie sich für ein Schaufenster. Schräg gegenüber dem Eingang meines Apartmentgebäudes. Eigentlich ist das ein Drugstore, der aber allen möglichen Krimskrams verkauft. Die Regale sind voller Kerzen, Plüschtiere und Haushaltsartikel. Und das Schaufenster wird jede Woche umdekoriert. Jetzt ist's ein Dschungel. Letzte Woche war es ein Strand. Davor war's irgendwas mit Giraffen.«

Reacher spähte um die Ecke und identifizierte den Drugstore, den Rutherford beschrieben hatte. In seiner Nähe trieb sich niemand herum. Er blickte nach links und rechts den Gehsteig entlang. Von den Leuten, die so hastig von der Tankstelle weggefahren waren, war keiner zu sehen. Von den Leuten, die an der Tankstelle im Hinterhalt gelegen hatten, war ebenfalls keiner zu sehen.

»Sie ist weg«, sagte Reacher. »Von den gestrigen Leuten ist keiner mehr hier. Schauen Sie sich jetzt mal um. Sagen Sie mir, ob Sie irgendeinen Unbekannten sehen. Jemand, der in letzter Zeit ein bisschen zu viel auf Sie geachtet hat. Im Coffeeshop. Im Supermarkt. Irgendwo auf der Straße, selbst wenn

Sie sich nicht hundertprozentig sicher sind. Auch wenn's nur ein Bauchgefühl ist.«

Rutherford lugte auf die Straße hinaus, wobei er möglichst weit in Deckung blieb und schildkrötenhaft einen langen Hals machte. Dann zog er sich zurück und schüttelte den Kopf. »Niemand.«

Als Reacher zum Eingang des Diners gehen wollte, begann Rutherfords Smartphone einen Synthrock-Song zu plärren.

»Entschuldigung, ich muss rangehen«, sagte Rutherford nach einem Blick aufs Display. »Meine Anwältin.«

Er entfernte sich ein paar Meter weit und telefonierte weniger als eine Minute.

»Arschlöcher!«, schimpfte er, als er zurückkam. »Sie erinnern sich, dass ich auf Herausgabe meines Arbeitslaptops geklagt habe? Mein Boss weiß natürlich, dass er erledigt ist, wenn ich ihn in die Hände bekomme. Jetzt sagt die Stadt plötzlich, dass ich ihn gern haben kann. Aber erst in acht Wochen. Und nur, wenn ich vierzehnhundert Dollar dafür zahle, dass sie vertrauliche Informationen löschen, zu denen ich keinen Zugang mehr haben darf, weil ich nicht mehr bei der Stadt arbeite.«

»Können die das?«, fragte Reacher.

»Meine Anwältin sagt, dass sie's können. Sie sagt, dass sie mich in der Hand haben.«

»Gibt es keine andere Möglichkeit, an Ihren Laptop zu gelangen? Irgendeinen legalen Trick, den sie versuchen könnte?«

»Außer einem Einbruch, nein.«

»Was haben Sie also vor?«

»Zustimmen, denke ich. Ich brauche diesen Computer. Ich habe das Geld. Ich kann warten. Und aufgeschobene Rache ist umso süßer, heißt es.«

Das alte Ehepaar war gegangen, als Reacher und Rutherford den Diner betraten, in dem sie um diese Zeit die einzigen Gäste waren. Sie entschieden sich für die Sitznische vom Abend zuvor: unter dem türkisgrünen Chevy, mit Blick auf beide Türen. Nach zwei, drei Minuten erschien eine Bedienung mit zwei Bechern und einer Kaffeekanne aus der Küche. Sie war die Frau, die Reacher mit der Online-Telefonauskunft geholfen hatte.

»Sie haben ihn also gefunden«, sagte sie und nickte zu Rutherford hinüber, als sie Reacher Kaffee einschenkte.

»Richtig«, sagte Reacher. »Jetzt suche ich jemand anders.«

»Wer ist's diesmal?«

»Ihre Kollegin Holly. Hat sie heute eine Schicht?«

»Dies ist ihre Schicht.« Die Bedienung machte ein böses Gesicht. »Jedenfalls sollte es ihre sein. Aber sie ist nicht hier. Sie hat sich telefonisch krankgemeldet. Wieder mal. Also bin ich für sie eingesprungen. Wieder mal. Statt wie geplant mit meiner Tochter zum Shoppen nach Nashville zu fahren.«

»Ist Holly häufig krank?«

»Sie kommt oft nicht zur Arbeit. Und sagt dann, dass sie krank ist.«

»Aber Sie glauben ihr nicht?«

»So weit würde ich nicht gehen. Das hängt davon ab, wie man krank definiert, denke ich. Ich glaube, dass sie oft nicht zur Arbeit kommen kann. Armes Mädchen. Oder dummes Mädchen. Suchen Sie sich was aus.«

»Sie glauben, dass es dafür andere Gründe gibt? Vielleicht die Flasche?«

»Nicht die Flasche. Versuchen Sie's mit der Faust.«

»Sie hat einen gewalttätigen Ehemann? Oder Freund?«

»Ihrer Aussage nach nicht. Sie behauptet, dass sie ledig ist, und ich will sie nicht als Lügnerin bezeichnen. Aber das Make-up um ihre Augen spricht eine andere Sprache. An manchen Tagen trägt sie's mit einem Spachtel auf. Und die langärmeligen Blusen, die sie bei achtunddreißig Grad im Schatten trägt? Auch die sagen etwas anderes. Nein, Sir. Sie ist mit irgendeinem Arschloch zusammen oder die unbeholfenste Person, die man sich denken kann. Okay, was soll's also sein?«

Reacher bestellte einen Stapel Pfannkuchen mit extra viel Schinken und fügte zwei Stück Apfelkuchen hinzu, während Rutherford versuchte, sich zwischen Waffeln und Crêpes zu entscheiden. Er nahm schließlich die Waffeln, und während die Bedienung sich ihre Bestellung notierte, fragte Reacher, ob es hier Zeitungen gebe. Er sah Rutherford süffisant grinsen. »Was?«, fragte er, als die Bedienung gegangen war. »Versuchen Sie nicht, auf dem Laufenden zu bleiben?«

»Klar doch.« Rutherford zog sein Smartphone heraus. »Darauf kommt's an. Nachrichten. Nicht Geschichten.«

Die Bedienung kehrte zurück und klatschte einen Packen lokaler und überregionaler Zeitungen auf den Tisch.

»Die hätte sie ins Altpapier geben sollen«, sagte Rutherford. »In denen steht nichts, was Sie nicht schon hier hätten lesen können.« Er hielt sein Handy hoch. »Noch dazu detaillierter. Oh, Augenblick!« Er griff nach der obersten Zeitung. »Das habe ich übersehen. Seltsam.«

»Was denn?«

»Eine Journalistin ist ermordet worden. Ich habe die Schlagzeilen online gesehen, aber nicht auf den Namen geachtet. Sehen Sie, hier steht er.« Er legte die Zeitung auf den Tisch, tippte auf eine Stelle knapp oberhalb des Falzes. »Er ist mir aufgefallen, weil sie sich ein paarmal bei mir gemeldet hat. Es kommt einem gruseliger vor, wenn das Opfer jemand ist, den man gekannt hat. Wenn auch nicht so richtig.« Als er weiterlas, wich alle Farbe aus seinem Gesicht. »O Gott, das ist so krass! Hier steht, dass sie entführt, vermutlich tagelang gefangen gehalten und gefoltert wurde. Anschließend ist ihre Leiche zerstückelt und an drei verschiedenen Orten abgelegt worden.«

»Zeigen Sie her.« Reacher nahm sich die Zeitung und las die Meldung.

Rutherford griff nach seinem Handy, drückte auf einige Icons und wischte mit einem Finger übers Display. »Ich kann sonst nichts über den Mord finden. Es gibt ein Foto, aber nur vor ihrem Verschwinden.«

»Sie hat sich bei Ihnen gemeldet, sagen Sie?« Reacher ließ die Zeitung sinken. »Weswegen?«

Rutherford zuckte mit den Schultern. »Das erste Mal war vor ein paar Wochen. Sie hat mir eine E-Mail geschickt, recherchierte wegen eines Artikels, der irgendwas mit dem Grundbuch zu tun hatte. Das war ungefähr zu dem Zeitpunkt, als das Lagerhaus mit dem Stadtarchiv abgebrannt ist. Alle Unterlagen und Dokumente bis zurück zum Bürgerkrieg sind in Flammen aufgegangen. Sie wollte wissen, ob es digitale Kopien gab, deshalb hat sie sich wohl an mich gewandt, weil ich der IT-Manager war.«

»Konnten Sie ihr helfen?«

»Ich weiß noch, dass ich dachte, sie habe Glück. Die Stadt hatte gerade ein Riesenprojekt abgeschlossen, um ihr Archiv zu digitalisieren und online zu stellen. Die Freischaltung stand bevor, aber ich habe ihr den Namen der Sachbearbeiterin gegeben, falls sie versuchen wollte, ein paar Vorabinformationen zu bekommen. Ein paar Tage nach dem Angriff mit Erpressersoftware hat sie auf meinen Anrufbeantworter gesprochen.

Sie wollte wissen, ob es eine andere Möglichkeit gebe, die nun von Hackern verschlüsselten Dokumente einzusehen. Es gab natürlich keine, und weil ich andere Sorgen hatte, habe ich die Sache nicht weiter verfolgt.«

Die Bedienung servierte ihr Essen, aber Reacher machte sich nicht gleich darüber her. Er dachte nach. Eine Frau, die Verbindung zu Rutherford gehabt hatte, war entführt und ermordet worden. Ein Team hatte versucht, Rutherford zu entführen. Eine Gruppe, die ihre Opfer folterte, zerstückelte und in Koffern in der Landschaft verteilte, wenn er Marty glauben wollte. Diese Situation gefiel Reacher ganz und gar nicht.

»Rusty, ich rechne Ihnen hoch an, dass Sie heute Morgen zurückgekommen sind, um mich gegen Kaution aus dem Knast zu holen«, sagte er, als sie beide aufgegessen hatten. »Obwohl ich schon zuvor freigekommen war. Als ich die Stadt verlassen wollte, haben ein paar Männer versucht, mich in einen Hinterhalt zu locken. Darunter vier der Kerle von gestern. Ich glaube, dass das die Leute sind, die die Journalistin ermordet haben. *Sie* müssen diese Sache ernst nehmen. Sehr ernst, sonst handelt die nächste Zeitungsmeldung davon, dass Ihre zerstückelte Leiche an verschiedenen Orten aufgefunden worden ist. Sie sollten die Stadt verlassen. Am besten sofort. Gehen Sie nicht mal mehr in Ihre Wohnung zurück.«

»Ich soll die Stadt verlassen? Und wohin gehen? Und wann zurückkommen? Und was soll ich bis dahin tun?« Rutherford fuhr sich mit seiner Serviette übers Gesicht. »Wenn es stimmt, dass die Leute, die hinter mir her sind, die Journalistin ermordet haben, ist das eine für unsere kleine Stadt unerhörte Sache. Sie müssen von außerhalb sein. Und wenn sie mich hier aufspüren können, können sie es überall. Was ist, wenn ich abhaue und an einem mir unbekannten Ort lande, wo sie mich noch leichter hoppnehmen können? Also nein. Ich bleibe. Und ich werde kämpfen.«

»Wissen Sie, wie man kämpft?«, fragte Reacher.

»Nein. Ich nicht, aber Sie. Bisher haben Sie sich gegen diese Kerle gut behauptet.«

»Rusty, ich habe Ihnen gern geholfen. Aber ich bin nicht ewig hier.«

»Bleiben Sie noch etwas länger. Bitte. Ich kann Sie bezahlen. Ich habe Ersparnisse.«

»Ich brauche kein Geld. Und Ihre Ersparnisse würde ich erst recht nicht nehmen.«

»Also gut. Vergessen wir Geld. Ich zahle damit, dass ich Ihnen Computer beibringe. Damit Sie im einundzwanzigsten Jahrhundert ankommen. Oder wenigstens im zwanzigsten, damit Sie ein Smartphone benutzen können.«

Rutherford hatte recht, wenn er sagte, auch im Weglaufen liege keine Garantie für seine Sicherheit. Und auch hier war er nicht sicher. Nicht in dieser Stadt. Nicht auf sich allein gestellt. Nicht mit Agenten der Heimatschutzbehörde, die nicht zu ihrem Versprechen standen, ihn zu beschützen. Und nicht mit Spähern wie Marty, die Anweisung hatten, seine Bewegungen zu melden.

»Was ist, wenn ich bleibe?«, fragte Reacher. »Zwei, drei Tage länger. Und Sie mir dafür in dieser Zeit etwas über Computer beibringen?«

»Abgemacht.« Rutherford streckte ihm die Hand hin. »Was tun wir jetzt? Unter dem Radar bleiben? Hoffen, dass sie's nicht noch mal versuchen?«

»Nein«, antwortete Reacher. »Wir gehen in die Offensive. Sagen Sie, wann endet der Dienst des Portiers Ihres Apartmentgebäudes?«

»Er hat gesagt, dass er heute eine Doppelschicht hat. Das heißt Dienst bis zehn Uhr abends.«

»Gut. Wir müssen noch einige Vorbereitungen treffen. Aber als Erstes will ich jemandem einen Besuch abstatten. Schnappen Sie sich Ihr Handy. Rufen Sie das Telefonbuch auf. Ich muss eine Adresse finden.«

10

Im Lauf der Jahre hatte Reacher immer wieder Geschichten von Leuten gehört, die betrunken oder bekifft heimkamen und im falschen Haus landeten. Manchmal wurden sie später in einem Bett schlafend oder bewusstlos auf dem Fußboden liegend aufgefunden. Manchmal wurden sie von dem Hausbesitzer erschossen. Manchmal schossen sie selbst, weil sie glaubten, ein Fremder sei in ihr Haus eingedrungen. In seiner Dienstzeit hatte Reacher viele solche Ausreden gehört. Die Sache mit dem verwechselten Haus war ihm immer sehr unglaubwürdig vorgekommen. Das änderte sich, als er Hollys Wohnviertel erreichte.

Er konnte es sich als Neubausiedlung vorstellen. Zwei Meilen westlich der Stadt. Ein niedriges rechteckiges Haus wie das andere. Ein rechteckiges Grundstück wie das andere. Alle an Wohnstraßen, die senkrecht aufeinanderstießen. Alles durch die Geldflut staatlicher Förderprogramme der Nachkriegszeit aus den umliegenden Feldern herausgeschnitten. Im Neuzustand waren sie bestimmt leicht zu verwechseln gewesen. Und noch jetzt wäre eine Verwechslung trotz kleiner Veränderungen, die sich im Lauf der Zeit ergeben hatten, ein nachvollziehbarer Irrtum gewesen. Hier gab es ein neueres Dach, das in Tennessees Sonnenglut weniger ausgebleicht war. Dort stand ein Anbau, der den gleichförmigen Hauszuschnitt modifizierte. Manche Häuser waren frisch gestrichen, andere wiesen einen grüneren Rasen auf. Und wieder andere hatten Besitzer, denen Haus- und Gartenpflege gänzlich egal waren.

Reacher ging den Weg zur Tür des Nachbarhauses entlang, was kein Irrtum war. Sondern Absicht – wegen Hollys Eingangstür. Aus der Sicht eines Cops hatte sie die schlimmste Art überhaupt. Ohne Glaseinsatz, sodass man nicht in die Diele sehen konnte, mit einem Spion, sodass man von drinnen nach draußen spähen konnte. Und sie bestand aus dünnen Holzpaneelen, die keinerlei Sicherheit boten, weil sie leicht einzutreten waren. Aber diese Art Tür bot Vorteile für jemanden, der das Haus verteidigen wollte. Dazu brauchte er nicht einmal die Tür zu öffnen, sondern konnte glatt hindurchschießen. Dafür wäre eine Schrotflinte am besten geeignet. Nicht dass Reacher erwartete, dass hinter der Tür die Bedienung mit einer geladenen Doppelflinte lauern würde. Aber gerade das Unerwartete konnte tödlich sein.

Niemand kam an die Tür des Nachbarhauses. Reacher klingelte nochmals, wartete und rechnete genügend Zeit für alte Beine oder kleine Kinder ein. Als er ziemlich sicher wusste, dass niemand zu Hause war, ging er um die Garage herum. Wo der Zaun nicht einsehbar war und am stabilsten zu sein schien, setzte er mit einer Flanke in Hollys Garten hinüber.

Dort sah es aus, als hätte jemand sich große Mühe bei der Anlage des Gartens gegeben. Einst. Vor langer Zeit. Etwa die Hälfte der Fläche wurde von Rasen eingenommen. Seine Kante in Form einer Sinuskurve wurde von halb eingegrabenen Klinkersteinen markiert. Nur bröckelte jetzt der Mörtel zwischen den Steinen, und das verdorrte Gras war tot. In der hintersten Ecke stand das Holzgerüst einer Laube. Reacher vermutete, dass sie zur Erholung hatte dienen sollen. Vielleicht mit einer Flasche Wein. Vielleicht für ein Schäferstündchen. Aber die Ranken, die sie überwandert hatten, waren längst vertrocknet. Die Rankgitter sahen an mehreren Stellen zertrümmert aus.

Und die Kette, an der die Hollywoodschaukel hing, war auf einer Seite ausgerissen.

Den nicht mit Gras bewachsenen Teil hatte man mit Natursteinplatten belegt und allem Anschein nach nicht gekehrt. Dort stand ein grün gestrichener runder Metalltisch mit zwei Stühlen und einem überquellenden Aschenbecher. Die Schiebetür dahinter bestand aus Glas. Viel besser, dachte Reacher.

Reacher blieb dicht an der Hausmauer und schob sich weiter vor, bis er durch die Tür blicken konnte. Er sah eine einzelne Person. Eine Frau. Sie saß in einem rosa Morgenrock an einem kleinen Tisch, eine unberührte Tasse Kaffee vor sich, mit dem Kopf in den Händen leicht nach vorn gebeugt, sodass ihr das blond gefärbte Haar übers Gesicht fiel. Reacher klopfte leicht an die Scheibe. Die Frau setzte sich erschrocken auf und wandte sich der Schiebetür zu. Nun konnte Reacher sie deutlich als Holly erkennen. Ihr Gesicht war vor Schock und vor Angst verzerrt. Und sie hatte links ein geschwollenes blaues Auge. Sie senkte den Kopf, sodass ihr das Haar wieder ins Gesicht fiel, und bedeutete Reacher mit einer Handbewegung, er solle verschwinden.

Reacher schüttelte den Kopf.

Holly wiederholte ihre Handbewegung.

Reacher tat so, als wollte er erneut klopfen. Dazu holte er weit aus. Machte klar, dass er beim nächsten Mal an die Tür hämmern würde.

Holly sprang auf, kam zur Tür gehastet, zog sie auf, schob Reacher zurück und trat ins Freie. Sie schloss die Tür hinter sich, bemühte sich, kein Geräusch zu machen, und vergewisserte sich, dass sie ganz geschlossen war.

»Was machen Sie hier?«, fauchte sie ihn an. »Sie bringen mich in Schwierigkeiten!«

»Das schaffen Sie offenbar auch ohne mich«, entgegnete Reacher. »Wer hat Ihnen das Veilchen verpasst?«

Holly zupfte an einer Haarsträhne. »Niemand. Ich hatte es gestern eilig, zur Arbeit zu kommen, und als ich spät zurückgekehrt bin, war ich müde und hab vergessen, dass der Kleiderschrank offen stand, und bin gegen die Tür gerannt. Aber meine Ungeschicklichkeit geht Sie nichts an. Was wollen Sie? Und was haben Sie in meinem Garten zu suchen?«

»Ich bin als Vertreter der Internationalen Bruderschaft der Ludditen hier. Wir werben gerade Mitglieder, und nach gestern Abend hatte ich den Eindruck, Sie seien eine ideale Kandidatin.«

Hollys rechtes Auge verengte sich, und sie machte einen halben Schritt rückwärts. »Was ist ein Luddit?«

»Jemand, der fortschrittsfeindlich ist. Vor allem wenn der Fortschritt auf neuen Technologien beruht. Nach einem Engländer benannt. Ned Ludd. Er hat Anfang des neunzehnten Jahrhunderts jede Menge Maschinen zertrümmert.«

»Sind Sie übergeschnappt? Irgendein alter Engländer ist mir scheißegal. Und ich bin nicht gegen den Fortschritt.«

»Warum wollen Sie dann nicht, dass die städtischen Computer wieder funktionieren? Wieso könnten Sie sonst wollen, dass sie blockiert bleiben?«

Holly schüttelte den Kopf. »Nein, nein, Sie irren sich. Ich arbeite im Diner. Unser Computer funktioniert ohne Macken. Was gehen mich die städtischen Computer an?«

»Die Clowns, die Sie mir gestern Abend auf den Hals gehetzt haben, machen sich etwas aus ihnen. Ich habe angenommen, Sie dächten ähnlich.«

»Welche Clowns? Diese Kerle haben nichts mit mir zu tun.«

»Klar haben sie das. Sie sind Ihre Freunde. Oder die Kumpel Ihres Freundes.«

»Ich habe keinen Freund.«

»Gut, dann eben Ihre Kumpel.«

»Nein.«

»Okay, meinetwegen. Aber beantworten Sie mir eine Frage. Wissen Sie, wie oft ich vor gestern Abend in meinem Leben für einen Versicherungsvertreter gehalten worden bin?«

Holly gab keine Antwort.

»Null Male«, sagte Reacher. »In meinem ganzen Leben. Und dann zweimal in einer halben Stunde. Erst von Ihnen. Dann von den Kerlen. *Sie* hatten wenigstens einen Grund. Sie haben mich mit dem echten Versicherungsvertreter gesehen.«

Holly äußerte sich nicht dazu.

»Die Clowns hatten auch einen Grund«, fuhr Reacher fort. »Einen anderen.«

Holly schwieg weiter.

»Die drei dachten, ich sei ein Versicherungsvertreter, weil Sie's ihnen gesagt haben«, erklärte Reacher. »Die haben nicht gesehen, wie ich aus dem Wagen des echten Kerls gestiegen bin, und sind ehrlich gesagt nicht clever genug, um selbst solche Schlüsse zu ziehen. Nicht mal die falschen Schlüsse. Können wir uns wenigstens darauf einigen?«

»Ich denke schon«, meinte Holly.

»Die ganze Stadt weiß, dass die Versicherung das Lösegeld zahlen will, damit die städtischen Computer wieder funktionieren. Die Clowns wollten, dass die Versicherung das nicht tut. Also wollen Sie, dass die Computer blockiert bleiben. Wieso?«

Holly gab keine Antwort.

»Okay«, sagte Reacher. »Betrachten wir die Sache mal aus

einem anderen Blickwinkel. Wann ist Ihr Freund zum letzten Mal verhaftet worden?«

Hollys rechtes Auge funkelte. »Ich hab Ihnen gesagt, dass ich keinen Freund habe!«

»Doch, Sie haben einen.«

Sie schüttelte den Kopf, wich seinem Blick aus.

»Rauchen Sie, Holly?«

Sie sah zu dem Aschenbecher auf dem Tisch. »Manchmal. Nach der Arbeit. Nach einem anstrengenden Tag.«

»Tragen Sie bei der Arbeit Make-up?«

Holly nickte.

»Wie kommt's dann, dass an keinem Filter Lippenstiftspuren zu sehen sind?«

Holly biss sich kurz auf die Unterlippe. »Das liegt daran, wann ich sie rauche. Ich komme von der Arbeit heim, schminke mich ab, ziehe Pyjama und Morgenrock an und gehe auf eine Zigarette vor dem Einschlafen auf die Terrasse hinaus. Das entspannt mich.«

»Das nehme ich Ihnen nicht ab. Ich glaube, dass das die Kippen Ihres Freundes sind. Er sitzt hier draußen in der frischen Luft und raucht, während Sie im Diner schuften, um seine Nikotinsucht zu finanzieren.«

»Nein, das stimmt nicht.« Sie schüttelte den Kopf. »Ich hab Ihnen doch gesagt, dass ich keinen …«

Die Schiebetür wurde geöffnet, und ein Mann trat aus dem Haus und stieß Holly beiseite. Er war über einsachtzig groß, hager, mit blassem Teint und spärlichem rötlichem Bartwuchs. Sein fettiges Haar hatte er zu einem Pferdeschwanz gebunden, der zwischen den Schulterblättern herabhing. Er trug eine mit Cartoonhelden bedruckte Jogginghose, sackartig und formlos, und ein T-Shirt, das vielleicht einmal weiß gewesen war.

»Hör auf, sie auszufragen!« Der Kerl stolperte auf Reacher zu. Seine Augen waren im hellen Tageslicht zusammengekniffen. Er machte einen weiteren Schritt, schnappte sich einen der Metallstühle und hielt ihn wie ein Löwenbändiger. »Halt die Klappe! Und verpiss dich!«

»Wie heißen Sie?«, fragte Reacher.

Der Mann gab keine Antwort.

»Das ist eine simple Frage. Die meisten Leute kennen ihren Namen lange vor dem Kindergartenalter. Manche können ihn dann sogar schreiben. Aber wenn Sie mehr Zeit brauchen, könnten Holly und ich reingehen. Sie könnte mir einen Kaffee machen. Wir könnten uns unterhalten.«

»Ich heiße Bob.«

»Gut«, sagte Reacher. »Ich setze voraus, dass Sie lügen, aber meinetwegen sollen Sie Bob heißen. Hören Sie, Bob, wollen wir hier draußen weiterdiskutieren? Ich dachte, wir könnten nach oben gehen. Nachsehen, ob weitere Kleiderschranktüren offen stehen.«

Der Kerl funkelte Holly an.

»Allerdings sehen Sie so aus, als könnten Sie etwas Sonne vertragen, deshalb habe ich einen Deal für Sie. Beantworten Sie mir eine Frage ehrlich, dann lasse ich Ihren Stuhl heil.«

Der Kerl gab keine Antwort.

»Als Sie letztes Mal verhaftet wurden«, sagte Reacher, »wann war das?«

Keine Antwort.

»Das ist nicht schwierig«, meinte Reacher. »Fangen Sie mit dem Wochentag an. Von denen gibt's nur sieben.«

Keine Antwort.

»Werden Ihre Arme schon müde?«, fragte Reacher. »Sie dürfen den Stuhl jederzeit abstellen.«

Als Waffe stellte der Stuhl keine sonderlich gute Wahl dar. Er war zu leicht, um als Keule benutzt zu werden, vor allem gegen einen Hünen wie Reacher. Und er war zu sperrig, als dass man ihn als Speer hätte einsetzen können. Der Typ hätte ihn höchstens werfen – am besten mit Spin – und versuchen können, Reachers natürlichen Abwehrreflex auszunützen. Seine Arme würden für einen Augenblick nicht in Position und er würde kurzzeitig abgelenkt sein. Dann konnte der Kerl vielleicht einen Schlag anbringen. Wenn er schnell genug war.

Der Kerl warf den Stuhl nicht, sondern machte einen halben Schritt und wollte ihn gegen Reachers Oberkörper stoßen. Er machte einen weiteren halben Schritt und wiederholte dieses Manöver. Dann hob er den Stuhl höher und versuchte Reachers Gesicht zu treffen. Reacher packte ein Stuhlbein mit der linken Hand und drückte den Stuhl zur Seite. Der Kerl ließ nicht los. Er zerrte mit aller Kraft daran, bemühte sich verzweifelt, ihn zurückzubekommen. Der Stuhl war seine letzte Chance. Sein Schild, den er nicht aufgeben durfte. Er zerrte mit beiden Händen daran, sodass Kopf und Oberkörper völlig ungeschützt waren. Reacher hätte dieses Tauziehen den ganzen Nachmittag lang fortsetzen können, aber er hatte eine Regel, was Schlägereien betraf: Rasch Schluss machen. Also holte er mit der Rechten zu einem gewaltigen Rundumschlag aus. Seine Faust traf die Schläfe des Mannes wie ein Vorschlaghammer. Bobs Füße verließen den Boden, und er flog zur Seite und landete, wo Gras hätte wachsen sollen, sodass er eine kleine Staubwolke aufwirbelte.

Holly lief zu ihm, kniete nieder und tastete am Hals nach dem Puls. »Was ist mit ihm?«, fragte sie besorgt. »Lebt er noch?«

»Vermutlich.« Reacher stellte den Stuhl an den Tisch zurück. »Zumindest körperlich. Gehen Sie rein. Ziehen Sie sich an. Nehmen Sie Ihre Handtasche mit.«

»Wieso? Wo bringen Sie mich hin?«

»Nirgends. Sie fahren allein weg. Sie müssen für ein paar Stunden außer Haus bleiben. Die Polizei wird bald hier sein. Danach können Sie zurückkommen. Oder auch nicht. Das bleibt Ihnen überlassen.«

Holly brauchte zehn Minuten, um sich zurechtzumachen, damit sie unter Leute gehen konnte. Reacher nutzte diese Zeit dazu, den benommenen Kerl auf die Terrasse zu tragen und auf den Stuhl zu setzen, den er als Waffe hatte gebrauchen wollen, und mit der über die Terrasse gespannten Wäscheleine zu fesseln. Holly erschien in der Küche in einem geblümten ärmellosen Kleid, weißen Sneakers und einer Basecap aus Jeansstoff. Sie funkelte Reacher an, dann wandte sie sich wortlos ab. Er ging um die Garage herum und beobachtete, wie sie mit einem alten Mazda-Cabrio mit geschlossenem Verdeck wegfuhr. Dann ging er in die Küche zurück und goss sich den restlichen Kaffee aus der Kanne ein. Für den Fall, dass Holly zurückkehrte, wartete er noch zehn Minuten. Dann ging er zu Martys Wagen und wies Rutherford an, ihn zur Polizeistation zu fahren.

»Wird Zeit, dass Sie auspacken, Rusty«, erklärte Reacher, als sie die erste rechtwinklige Kurve nahmen. »Was verschweigen Sie mir?«

»Nichts.« Rutherford blickte kurz zu Reacher hinüber. »Ich meine, was denn?«

»Diese Männer, die hinter Ihnen her sind. Wir müssen herausbekommen, was sie wollen. Ermorden wollen sie Sie nicht – wenigstens nicht gleich –, sonst hätten sie's längst getan. Sie wollen auch keine Vergeltung, sonst hätten sie nicht so billige Clowns wie gestern Abend geschickt. Dafür ist ihr Unternehmen zu hochwertig. Und zu teuer. Also müssen sie etwas wollen. Etwas Wertvolles.«

»Ich besitze nichts Wertvolles.«

»Wie steht's mit Informationen? Irgendetwas, das nur Sie wissen.«

»Ich weiß nichts. Jedenfalls nichts Wichtiges.«

»Oder vielleicht doch. Es könnte etwas sein, das Sie für trivial hielten, als Sie's erfahren haben. Etwas, auf das Sie bei der Arbeit gestoßen sind, ohne gleich seine Bedeutung zu erkennen. Sie waren der IT-Manager der Stadt, stimmt's? Also hatten Sie Zugang zu allen städtischen Computern. Zu allen Datenbanken. Haben Sie jemals aus Langeweile in vertraulichen Unterlagen gestöbert? Anderer Leute E-Mails gelesen?«

»Natürlich habe ich das gemacht. Das machen alle.«

»Was für Geheimnisse haben Sie entdeckt?«

»Nichts Interessantes.«

»Irgendjemand, der eine Affäre hatte?«

»Nein.«

»Irgendwer, der unter Druck gesetzt wurde, damit er ›richtig‹ abstimmt?«

»Nichts von irgendeiner Abstimmung.«

»Irgendjemand, der sich hat bestechen lassen?«

»Nein.«

»Geld, das verschwunden ist?«

»Nichts dergleichen.« Rutherford gab kurz Gas und überholte einen Müllwagen.

»Vielleicht sind Sie an Informationen gelangt, ohne es zu ahnen. Nehmen wir beispielsweise die E-Mail der ermordeten Journalistin. Könnte sie eine verdeckte Botschaft enthalten haben?«

»Nein.« Rutherford bremste, als vor ihnen ein Lieferwagen aus einer Einfahrt kam. »Sie hat auch nichts angehängt. Und in ihren Mails hat sie nur einfache Fragen nach Grundbucheinträgen gestellt. Aus den Vierziger- und Fünfzigerjahren, glaube ich. Also nichts, wovon ich etwas hätte wissen können.«

»Was ist mit der normalen Post? Haben Sie etwas Ungewöhnliches zugeschickt bekommen? Zu Hause oder im Dienst?«

»Nein, ich bekomme kaum Post. Außer Rechnungen. Und Werbemüll.«

»Haben Sie in letzter Zeit irgendwas gekauft? Ein altes Buch? Ein Gemälde? Ein Möbelstück? Ein Auto? Kleidung im Retrochic? Irgendetwas, in dem ein Dokument oder ein USB-Stick versteckt sein könnte.«

»Ich habe ein paar Blu-Rays bestellt und erhalten. Aber die meisten sind noch original eingeschweißt.«

»Hat es sonst irgendwelche Zufälle gegeben? Wie die Journalistin, die sich an Sie gewandt hat und dann ermordet wurde?«

»Mir fällt echt nichts ein. Mein Leben ist wirklich nicht sehr aufregend. Ich war bloß ein kleiner städtischer Angestellter.«

»Ich glaube Ihnen, Rusty. Aber wenn ich rauskriege, dass Sie nebenbei für die NSA oder die CIA gearbeitet haben, bin ich stinksauer.«

»Schön wär's! Aber können Sie sich wirklich vorstellen, dass Atomwissenschaftler oder Spione an meine Tür klopfen? Mich um Hilfe bitten? Ich habe Ihnen von meiner einzigen Nebentätigkeit erzählt: das Projekt, an dem ich mit meiner Freundin gearbeitet habe. Leider vergeblich. Es hat nicht funktioniert. Niemand will es haben. Nicht mal ich selbst.«

11

Reacher ließ Rutherford im Auto warten wie ein Kind. Oder wie einen Hund.

Das war keine Entscheidung, die Reacher zufriedenstellte. Er wusste, dass es Risiken gab. Er hatte gehört, es sei verboten, Kinder in Autos zurückzulassen. Vielleicht galt das auch für Hunde. Aber die Risiken, die Reacher Sorgen machten, waren ohnehin anderer Art. Er war nicht besorgt wegen Überhitzung oder Dehydrierung und fürchtete auch nicht, der Wagen könnte mit dem darin angeschnallten Rutherford gestohlen werden. Ihm machte Sorgen, ein Kerl wie Marty könnte vorbeikommen. Rutherford entdecken. Sein Wegwerfhandy herausziehen. Die Kavallerie anfordern. Oder Detective Goodyear könnte das Auto seines Freundes erkennen und Reacher mit Fragen nerven, die Reacher vorerst nicht beantworten konnte. Noch nicht. Schließlich war das der springende Punkt in Bezug auf sein Kommen. Risiko gegen Belohnung. Gelegenheit, eine Theorie auf den Prüfstand zu stellen. Ein paar wichtige Informationen zu erhalten. Oder festzustellen, dass er sich geirrt hatte.

Beides war gleich wertvoll.

In beiden Fällen musste er sich beeilen.

Officer Rule saß immer noch hinter der Theke, als Reacher die Treppe herunterkam. Sie sah von dem Vordruck auf, den sie ausfüllte, und Reacher hätte schwören können, dass sie strahlte, als sie seiner ansichtig wurde. Oder vielleicht hoffte er das nur.

»Mr. Reacher«, sagte sie. »Nun, haben Sie Rusty Rutherford gefunden?«

»Fehlalarm«, antwortete Reacher. »Tatsächlich fehlt ihm nichts. Aber ich könnte Ihre Hilfe wegen einer anderen Sache brauchen.«

Die Polizeibeamtin verschränkte die Arme. »Wer wird diesmal vermisst?«

»Niemand. Es geht um einen Fall aus letzter Zeit. Um einen Mord. Um eine Journalistin, die zerstückelt aufgefunden wurde. Ich habe davon in der Zeitung gelesen. Mich interessiert vor allem ein Aspekt. Sind die Leichenteile in Koffer verpackt aufgefunden worden?«

Officer Rules Lächeln verschwand schlagartig. »Das ist ein schrecklicher Fall. Über den darf ich nicht sprechen. Das wissen Sie. Detective Goodyear ermittelt in dieser Sache. Ihn müssten Sie fragen. Aber von ihm erfahren Sie bestimmt auch nichts.«

»Ist er hier?«

»Nicht im Augenblick.«

»Ich habe nur diese eine Frage. Ja oder Nein genügt mir als Antwort. Bitte?«

»Sie wissen, dass ich das nicht darf.«

»Würden Sie's tun, wenn Sie's dürften?«

»Vielleicht.«

»Was halten Sie von einem Tausch? Ich tue Ihnen einen Gefallen. Sie tun mir einen Gefallen.«

Officer Rule zögerte. »Was haben Sie zu bieten?«

»In dem Diner gegenüber von Rutherfords Apartmentgebäude arbeitet eine Frau. Holly. Sie hat einen Freund …«

»Der ein solcher Tagedieb ist, der ihr so peinlich ist, dass sie nicht mal ihren Kolleginnen gegenüber zugibt, dass er überhaupt existiert?« Officer Rule schüttelte den Kopf. »Die wissen natürlich trotzdem von ihm. Auch mit Make-up lassen sich nicht alle blauen Stellen verdecken. Aber geben Sie sich keine Mühe, mich mit einer Story von häuslicher Gewalt zu ködern. Darüber habe ich mit Holly schon gesprochen. Aber das bringt nichts. Sie kooperiert nicht.«

»Was wäre, wenn Sie die häusliche Gewalt beenden könnten, ohne auf Holly angewiesen zu sein? Und gleichzeitig einen schönen Erfolg zu verbuchen hätten?«

»Wie soll das gehen?«

»Wie lange hängt Hollys Freund schon bei ihr herum?«

»Oh, schon ein paar Jahre.« Die Polizeibeamtin runzelte die Stirn. »Ich weiß nicht mehr genau, wann er aufgekreuzt ist. Schätze, als ich die ersten blauen Flecken gesehen und angefangen habe, Fragen zu stellen.«

»Haben Sie den Namen des Kerls im Fahndungscomputer eingegeben?«

»Natürlich. Er ist clean.«

»Steht fest, dass das sein richtiger Name war?«

Officer Rule zuckte mit den Schultern.

»Haben Sie seine Fingerabdrücke überprüfen lassen?«, fragte Reacher weiter.

»Nein. Ich konnte ihn nicht festnehmen. Holly wollte keine Anzeige erstatten, und es gab keinen anderen Beweis dafür, dass er sie geschlagen hatte.«

»Ist er in den letzten paar Wochen wegen irgendeiner anderen Sache verhaftet worden? Seit die städtischen Computer ausgefallen sind?«

»Das weiß ich nicht. Ohne Computer ist's nicht so leicht, auf dem Laufenden zu bleiben, was bestimmte Leute machen. Warum?«

»Ich denke, das sollten Sie kontrollieren«, sagte Reacher. »Sie werden feststellen, dass er in letzter Zeit festgenommen worden ist, denke ich. Und ich vermute, dass es einen weiteren Grund dafür gibt, dass Holly ihn versteckt.«

»Zum Beispiel?«

»Könnten Sie herausfinden, ob er Ihnen seinen richtigen Namen genannt hat? Und ob er unter irgendwelchen Aliasnamen aufgetreten ist?«

»Vielleicht. Wenn ich einen guten Grund dafür hätte.«

»Haben Sie Freunde bei anderen Polizeien, die Sie anrufen könnten? Mit funktionierenden Computern, um verschiedene Namen für Sie zu überprüfen?«

»Vielleicht. Wenn Sie mir sagen, weshalb.«

»Der Mann, der mich gestern als Anhalter hierher mitgenommen hat, kommt von einer Versicherung. Er soll wegen des Lösegelds verhandeln, das gezahlt werden muss, damit Ihre Computer wieder laufen. Holly hat mich aus seinem Wagen steigen sehen und dann zum Teil mitbekommen, worüber ich in dem Diner mit Rutherford gesprochen habe. Doch sie hat es falsch verstanden und hat geglaubt, ich käme auch von der Versicherung, worauf sie die drei Kerle alarmierte, die dafür sorgen sollten, dass ich aus der Stadt verschwinde. Die Frage ist nun: Wieso hat sie das getan? Wer würde davon profitieren, dass die städtischen Computer offline bleiben?«

Officer Rule runzelte die Stirn. Dann lächelte sie strahlend. »Jemand, nach dem anderswo gefahndet wird.«

»Ich setze noch einen drauf«, erklärte Reacher. »Ich tippe auf jemanden, nach dem anderswo wegen einer schweren Straftat gefahndet wird und dessen Bewährungsfrist ziemlich bald ablaufen dürfte.«

»Deshalb hat er sich so lange hier verkrochen und von der

armen Holly durchfüttern lassen. Einmal ist er auffällig geworden, aber da hatte er Glück, weil unsere gewöhnlichen Computerüberprüfungen nicht möglich waren. Wieso haben immer die Arschlöcher solches Glück?«

»Vielleicht nicht mehr lange.«

»Dazu würde ich gern beitragen. Wenn diese Anrufe zu etwas führen. Und wenn ich ihn finden könnte.«

»Vielleicht sollten Sie auf Verdacht im Garten hinter Hollys Haus nachsehen. Irgendwann in den nächsten anderthalb Stunden wäre gut.«

»Ist das Ihr Ernst?«

Reacher nickte.

»Na gut, vielleicht schaue ich mich dort mal um. Vielleicht stimmt das auch mit den Koffern. Aber das haben Sie nicht von mir gehört. Wir haben es den Medien vorenthalten, um keine Nachahmungstäter zu ermutigen. Und als Test für jeden, der sich als Zeuge meldet.«

»Danke, Officer Rule. Und viel Erfolg bei Ihrer Telefonkampagne.«

»Augenblick, Reacher! Ich muss Sie noch etwas fragen. Woher wussten Sie das?«

»Das mit Hollys Freund?«

»Nein, das mit den Koffern.«

»Es gehört zu etwas, an dem ich arbeite. Vielleicht. Ich bin noch dabei, das Puzzle zu lösen.«

»Seien Sie bloß vorsichtig. Dies sind aktive Ermittlungen, um die Sie einen weiten Bogen machen sollten. Wenn Sie etwas wissen, müssen Sie's mir sagen.«

»Keine Sorge, das tue ich. Sobald ich mir meiner Sache sicher bin.«

Als Reacher zum Auto zurückkam, schlief Rutherford. Wie ein Kind. Oder ein Hund.

»Haben Sie bekommen, was Sie wollten?«, fragte Rutherford und rieb sich die Augen, als Reacher einstieg.

»Ein weiteres Puzzleteilchen«, antwortete Reacher. »Vielleicht.«

»Was steht als Nächstes auf der Liste?«

»Unterkunft.«

»Sie könnten bei mir wohnen.«

»Vielen Dank, nein. Und Sie können dort auch nicht bleiben. Sie haben gesehen, dass die Frau von gestern Ihr Gebäude beobachtet hat. Wir müssen etwas anderes finden. Anonym und diskret. Wo wir kommen und gehen können, ohne Aufsehen zu erregen. Außerdem verkehrsgünstig gelegen. Vielleicht ein Motel außerhalb der Stadt? Oder in Highwaynähe?«

Rutherford hatte eben den Motor anlassen wollen, nun ließ er die Hand sinken und zog sein Smartphone heraus. »Das muss ich googeln. Ich lebe schon immer hier, deshalb kenne ich keine Hotels in der Stadt.« Er drückte, wischte und scrollte einige Minuten lang, dann blickte er wieder hoch. »Und es gibt ein weiteres Problem. Nichts für ungut, Reacher, aber sind Sie wirklich ein Typ, der kommen und gehen kann, ohne Aufsehen zu erregen? Unabhängig davon, wie anonym oder diskret ein Motel ist?«

Reacher äußerte sich nicht dazu.

»Wie wär's mit folgender Alternative?«, fragte Rutherford. »Ich habe den Schlüssel der Nachbarswohnung mir gegenüber. Der Mann, dem sie gehört, befindet sich auf einer Kreuzfahrt. Er hasst die Hitze, deshalb ist er die meiste Zeit des Jahres auf Reisen. Außer im Winter. Ich passe ein bisschen auf seine Wohnung auf. Gieße die Pflanzen. Wir könnten beide dort unterkommen. Mein Freund hätte nichts dagegen, und im Gebäude wüsste niemand davon. Das wäre möglicherweise sogar nützlich, denn falls jemand uns aus dem Gebäude holen wollte, würde er die falsche Wohnung stürmen. Und wenn Besuch käme, würde der Portier mich auf dem Handy anrufen. Dann könnten wir sie beobachten, wie sie uns beobachten.«

»Das könnte funktionieren.« Reacher überlegte. »Gehört zu Ihrem Gebäude eine Garage?«

»Ja, eine Tiefgarage mit Zufahrt von der nächsten Straße aus.«

»Steht Ihr Wagen darin?«

Rutherford nickte. »Zu jeder Wohnung gehört ein Stellplatz. Man kann auch welche dazumieten. Und es gibt Plätze für Besucher.«

»Dieser Wagen kann auf der Straße parken«, sagte Reacher. »Haben Sie eine Rolle Gewebeband in Ihrer Wohnung?«

»Wozu sollte ich Gewebeband benötigen?«

»Wie steht's mit einem scharfen Messer?«

»Ich besitze ein paar Küchenmesser. Aber die sind nicht superscharf. Ich bin kein großer Koch.«

»Wo ist das nächste Eisenwarengeschäft?«

»Da bin ich überfragt. Aber am Highway gibt's einen Truckstop, der solche Dinge verkauft.«

Die Raststätte war nicht die größte, die Reacher jemals gesehen hatte, aber beinahe. Eher ein kleines Dorf als eine Großtankstelle. Hier gab es Pizzalokale, Burgerrestaurants und Hühnerbrater. Zwei Motels. Einen Coffeeshop. Sogar einen Souvenirladen. Die überdachte Fläche mit den Zapfsäulen hatte die Größe eines Footballfelds, schien aber trotzdem nicht recht dazuzugehören. Die Säulen waren in zwei Gruppen unterteilt. Vier Fahrspuren mit normalen Säulen für Pkws und SUVs, sowie sechs breitere Spuren mit größeren Säulen in größeren Abständen für Lkws und Sattelschlepper.

Sie ließen ihr Auto an einer Zapfsäule stehen und betraten den Tankstellenshop. Rutherford brauchte einen Augenblick, um sich zu orientieren, dann führte er Reacher zu einer Vitrine voller Messer. Reacher suchte zwei aus. Ein großes und ein kleineres. Das große Messer gefiel ihm nicht besonders, weil es aus billigem Stahl bestand, aber er nahm es trotzdem, weil es bedrohlich wirkte, was von Nutzen sein könnte. Das kleinere Springmesser war befriedigender. Seine scharfe Klinge ließ sich einklappen, sodass es in jede Tasche passte, und schnellte auf Knopfdruck heraus. Reacher bezahlte die Messer bar und legte noch zwei Rollen Gewebeband und eine Dose Pfefferspray für Rutherford in seinen Einkaufskorb.

Auf dem Weg zur Kasse entdeckte er eine Art Textilabteilung, mit beschränkter Auswahl. Er suchte herum, bis er eine Kakihose und ein blassgrünes T-Shirt fand, die vermutlich passen würden. Dann legte er ein Jeanshemd darauf, das notfalls als leichte Jacke dienen konnte. Mit alledem ging er zur Kasse und zahlte im Voraus für etwas Benzin. Er ließ Rutherford die Tüte mit den sonstigen Einkäufen halten und verschwand mit den Klamotten auf der Toilette, um sich umzuziehen. Dann transferierte er Zahnbürste, Reisepass und Bankkarte in seine neuen Taschen und stopfte die alten Sachen in einen Abfallkorb. Als er wieder herauskam, stand Rutherford zwischen zwei beheizten Automaten, die Würstchen für Hotdogs in Selbstbedienung ausgaben.

»Hier, das habe ich für Sie gekauft«, sagte Rutherford und hielt ihm eine andere Tüte hin.

Reacher nahm sie entgegen und warf einen Blick hinein. Er sah zwei bunt bedruckte Schachteln. Eine enthielt ein Mobiltelefon, die andere einen Bluetooth-Kopfhörer. Er gab Rutherford die Tüte zurück. »Danke, Rusty. Ich weiß Ihre Geste zu schätzen, aber ich bin kein Smartphone-Typ.«

»Nehmen Sie das Zeug bitte«, sagte Rutherford. »Es ist eigentlich für mich. Sie können nicht Tag und Nacht an meiner Seite sein, und mir wär's wohler, wenn ich wüsste, dass ich Sie im Notfall anrufen könnte. Sogar das Warten hier hat mich so nervös gemacht, dass ich Ihnen beinahe auf die Toilette gefolgt wäre. Und sehen Sie hier …«

»Rutherford griff in die Tüte, zog das Handy heraus. »Ich habe das altmodischste Gerät genommen, das sie hatten. Das absolut Letzte. Es ist nicht mal internetfähig. Damit kann man telefonieren und SMS schreiben. Das ist alles. Ich richte es für Sie ein und sorge dafür, dass es immer geladen ist. Und falls Sie's nicht mehr wollen, wenn alles vorbei ist, geben Sie's mir zurück. Irgendwo gibt's bestimmt ein Museum, das es nehmen würde.«

Reacher schwieg.

Aber er ließ sich von Rutherford die Tüte geben.

Während Reacher sich auf der Toilette umzog, begann Speranskis Wegwerfhandy zu klingeln. Er meldete sich sofort. Das Gespräch war sehr kurz. Der Anruf kam von einem Mann, der sich ganz in der Nähe befand. Ein Bericht. Als Erstes eine Tatsache. Dann eine Beurteilung. Kurz und präzise. Das Gespräch ließ Speranski sehr erleichtert zurück. Er nahm einen Schluck Eistee, dann wählte er eine Nummer auf seinem abhörsicheren Telefon.

»Sie können das Team zurückrufen«, sagte Speranski, sobald abgenommen wurde. »Rutherford und der Landstreicher sind wieder in der Stadt.«

»Haben Sie sie gesehen?«

»Nein. Das hat mir mein Informant im Police Department gemeldet.«

»Er hat sie nicht verhaftet?«

»Er war nicht selbst mit ihnen in Kontakt. Nicht direkt. Den hatte eine Kollegin. Sie hat ihn erwähnt, ohne die Bedeutung zu erkennen.«

»Wieso sind sie zurückgekommen?«

»Keine Ahnung. Vielleicht hatte Rutherford plötzlich Flugangst. Vielleicht hat der Landstreicher ihn angerufen und zurückbeordert. Das werden wir rauskriegen.«

»Haben wir einen Hinweis darauf, wohin sie wollen?«

»Nichts Konkretes.«

»Okay, dann überwachen wir Rutherfords Gebäude, den Coffeeshop und den Diner. Er ist ein Gewohnheitsmensch.«

»Gut. Und noch etwas. Das Team soll auf der Rückfahrt bei der alten Tankstelle vorbeischauen. Oder zumindest zwei Leute. Mein Mann hätte den Landstreicher dort abliefern sollen. Offenbar ist ihm irgendwas zugestoßen.«

»Ich lasse sie nachsehen. Wir können dort sauber machen, wenn's notwendig ist. Und wenn's nicht notwendig ist?«

»Sorgen Sie dafür, dass es notwendig ist. Der Mann hat versagt. Oder er hat uns verraten. So oder so hat er für uns keinen Wert mehr.«

Draußen tankte Reacher auf, dann wies er Rutherford an, zur Straße hinter seinem Apartment zu fahren und zwanzig Meter vor der Tiefgarageneinfahrt zu halten.

»Gibt es dort drinnen eine Überwachungskamera?«, fragte er, als sie ankamen.

»Ja.« Rutherford zeigte nach vorn. »Hat in einer Regennacht ein netter Portier Dienst, kann man kurz aufblenden, damit er einem das Tor öffnet. Auf diese Weise spart man sich das Aussteigen.«

»Wie öffnet man es sonst?«

»Mit einer Fernbedienung, die aber nicht sehr weit reicht. Man muss damit auf den Sensor zielen. Außerdem gibt's als Back-up ein Tastenfeld.«

»Wird der Code häufig gewechselt?«

»Nein.« Rutherford verdrehte die Augen. »Seit ich eingezogen bin, lautet er unverändert 1–2–3–4.«

»Wie sieht der Grundriss der Garage aus?«

»Man fährt in einer Linkskurve die Rampe hinunter. Eigentlich sollte man warnend hupen, aber das tut niemand. Die Parkfläche ist nur ein großes Rechteck. Nach jedem dritten Stellplatz kommt ein massiver Betonpfeiler. Die Plätze sind entlang der Seiten und als Doppelreihe in der Mitte angeordnet.«

»Kameras?«

Rutherford überlegte kurz. »Ja. An der Decke sind einige dieser kleinen Halbkugeln angebracht. Aber ich weiß nicht, wie viele.«

»Wo liegt der Ausgang nach oben ins Gebäude?«

»An der Rückwand der Stellfläche. Dort führt eine Treppe in den Eingangsbereich hinauf. Man braucht seine Fernbedienung, um die Tür zu öffnen, oder kann alternativ ein weiteres Tastenfeld benutzen.«

»Gut. Wir riskieren eine Vorbeifahrt, und dann möchte ich, dass Sie um das Gebäude herumfahren und irgendwo parken, wo wir den Haupteingang im Auge behalten können.«

Rutherford fuhr langsam an der Garagenzufahrt vorbei, bog auf eine schmale Durchfahrt ab, hatte Mühe, einige Abfallcontainer zu passieren, und hielt zuletzt schräg gegenüber. Er ließ den Motor laufen, um notfalls sofort wegfahren zu können. Reacher suchte die Straße vor ihnen systematisch ab, indem er über Fahrbahn, Gehsteige und Ladenfronten ein Gitternetz legte, dessen Felder er dann absuchte. Nirgends lungerte jemand herum. Niemand saß in einem der geparkten Wagen. Kein Auto fuhr mehr als einmal vorbei. Auf den Gehsteigen war niemand zu Fuß unterwegs. Rutherford nahm das neue Handy aus seiner Schachtel. Reacher wiederholte seine systematische Suche – diesmal im Bereich hinter ihnen. Rutherford bog ein kreditkartengroßes Stück Plastik hin und her, bis er ein kleineres Teil mit einem goldenen Chip herausgelöst hatte. Er setzte den Handyakku ein und aktivierte das Gerät. Reacher suchte noch mal den Bereich vor ihnen ab. Sah weiter niemanden. Das Display leuchtete auf, wobei das Handy eine blecherne elektronische Melodie ertönen ließ. Reacher wiederholte seine Suche im Bereich hinter ihnen. Entdeckte weiterhin niemanden.

»Der Akku ist ein bisschen geladen«, erklärte Rutherford, als er Reacher das Handy gab. »Bleiben wir noch eine Weile im Auto? Dann könnte ich ihn ganz laden.«

»Nein«, sagte Reacher. »Die Luft ist rein. Ich möchte, dass Sie Folgendes tun: Sie gehen in Ihr Gebäude und erzählen dem Portier, dass Sie zurückgekommen sind, weil Sie etwas vergessen haben. Sagen Sie, dass Sie Ihren Flug für heute Nachmittag umgebucht haben, aber diesmal mit dem eigenen Auto zum Flughafen fahren werden. Bitten Sie ihn um seinen Rat, wann Sie losfahren sollen, wenn Sie um Viertel nach vier dort sein wollen. Unabhängig davon, welche Zeit er Ihnen empfiehlt, bedanken Sie sich dafür und sagen, dass Sie ihn bei Ihrer Rückkehr in ein paar Wochen wiedersehen werden. Dann fahren Sie nach oben. Aber Sie gehen nicht in Ihre eigene Wohnung, sondern in die des Nachbarn. Warten Sie dort auf mich, okay?«

»Okay.« Rutherford reichte Reacher den Autoschlüssel und öffnete seine Tür. »Sobald ich dort bin, schicke ich Ihnen eine SMS. Sie haben jetzt ein Handy. Das sollten Sie auch nutzen.«

12

Rutherfords SMS kam nach fünf Minuten. Sie bestand aus nur zwei Wörtern: *Sicher angekommen.* Reacher las sie, wartete weitere fünf Minuten. Dann nahm er die Einkaufstüte aus der Raststätte vom Rücksitz, stieg aus und machte sich auf den Weg zum Eingang des Apartmentgebäudes.

Der Glaskasten des Portiers ragte gegenüber den Aufzügen aus der Seitenwand, gleich weit vom Eingang und einer weiteren Tür entfernt, hinter der vermutlich die Garagentreppe nach unten führte. Er war im unteren Drittel mit Mahagoni verkleidet, das zu den Wänden des Foyers passte, und seine grün geäderte Marmortheke schien zu dem Bodenbelag zu passen. Mindestens die Hälfte des kleinen Pults verschwand unter Ringbüchern mit Verzeichnissen, Bestimmungen und Vorschriften. Den Rest nahmen ein Computermonitor, eine Tastatur, ein Telefon mit allen möglichen bunten Knöpfen und ein Smartphone mit großem Display ein. Der Portier schien den beschränkten Raum völlig auszufüllen. Er schien Ende zwanzig zu sein, mit rasiertem Schädel, breitem Gesicht, kleinen Augen und viel Übergewicht. Mit erheblichem Übergewicht. Vermutlich ein Typ, der in der Highschool ein Footballstar gewesen war, dachte Reacher, aber in dessen Leben es seither nur bergab gegangen war.

»Was kann ich für Sie tun?«, fragte der Mann.

In seinen Jahren bei der Militärpolizei hatte Reacher gelernt, dass die meisten Ermittlungen nach Schema F abliefen. Wird eine Ehefrau tot aufgefunden, ist im Allgemeinen ihr Mann der

Täter. Fehlt etwas aus einem Lager, ist meist der Zahlmeister der Dieb. Verrät jemand Geheimnisse, tut er's in der Regel für Geld. Außer er wird erpresst, was seltener vorkommt. Oder er wurde ausgetrickst. Oder er handelt aus Überzeugung, was der seltenste Grund ist.

»Nennen Sie Ihren Preis«, sagte Reacher.

Der Kerl starrte ihn verständnislos an. »Wofür?«

»Sie haben gerade jemanden angerufen. Oder ihm eine SMS geschickt. Oder eine E-Mail. Nennen Sie Ihren Preis dafür, dass solche Nachrichten in Zukunft an mich gehen.«

Der Kerl streckte eine Hand aus und bedeckte damit sein Mobiltelefon. Das Display verschwand völlig unter seiner Pranke. »Ich hab keine SMS geschickt. Ich weiß überhaupt nicht, wovon Sie reden.«

»Klar tun Sie das«, widersprach Reacher. »Sie haben gerade mit Mr. Rutherford gesprochen. Dann haben Sie jemandem gemeldet, wann er zum Flughafen fahren wird. Genau wie Sie's heute Morgen getan haben, als er ein Taxi bestellt hat.«

Der Kerl erhob sich plötzlich. Er war so groß wie Reacher. So breit wie Reacher. Vermutlich schneller als Reacher. »Sie wollen Mr. Rutherford was tun? Versuchen Sie's nur! Sie werden schon sehen, was dann passiert.«

Reacher überlegte. Ermittlungen verliefen nach Schema F. Was motivierte den Mann, wenn es nicht Geld war? Statistisch gesehen war Erpressung an der Reihe, aber daran glaubte er eher nicht. Und Überzeugung war der seltenste aller Gründe.

»Ausgezeichnet.« Reacher streckte ihm die Hand hin. »Ich wusste, dass Sie den Test bestehen würden. Aber wir können nicht vorsichtig genug sein. Nicht wenn's um Mr. Rutherfords Sicherheit geht. Freut mich, dass Sie zum Team gehören.«

»Wir gehören zu einem Team?«

»Natürlich. Um Mr. Rutherfords Sicherheit zu garantieren. Sie wissen, dass er gestern auf offener Straße überfallen worden ist?«

Der Mann nickte.

»Ich habe ihn davor gerettet, entführt zu werden«, erklärte Reacher.

»Das waren Sie?« Der Kerl schüttelte Reacher die Hand. »Vielen Dank! Ich mag Mr. Rutherford. Er ist immer nett zum Hauspersonal. Nicht wie manche der Arschlöcher, die hier wohnen. Ich könnte Ihnen Geschichten erzählen …«

»Das glaube ich«, sagte Reacher. »Aber nach gestern müssen wir besonders vorsichtig sein. Vielleicht gibt es irgendwo eine undichte Stelle. Deswegen haben sie mich hergeschickt. Um zu kontrollieren, ob jemand zur anderen Seite übergelaufen ist.«

»Nicht ich.«

»Offenbar. Aber was ist mit den anderen Portiers? Können wir denen trauen?«

»Ich denke schon. Zumindest denen, die tagsüber Dienst haben. Die anderen kenne ich nicht so gut. Aber Mr. Rutherford geht ohnehin nicht viel nachts aus. Außer er muss arbeiten. Dann ist er oft ganze Nächte lang weg, um die Systeme zu warten oder was Computerleute sonst so tun.«

»Okay, gut.« Reacher beugte sich etwas nach vorn und winkte den Mann näher zu sich heran. »Unter uns gesagt geht es um Folgendes: Wir glauben, dass die Leute, die Mr. Rutherford gestern überfallen haben, heute noch mal etwas versuchen werden. Ich bin hier, um sie zu stoppen, aber dafür brauche ich Ihre Hilfe. Sie müssen zwei Dinge tun. Kann ich mich auf Sie verlassen?«

»Welche zwei Dinge?«

»Als Erstes müssen Sie mir zeigen, wo ich die Aufnahmen

der Überwachungskameras in der Tiefgarage sehen kann. Und danach müssen Sie mir für einige Zeit Ihren Platz überlassen.«

»Die Kamerabilder sehen Sie hier.« Als der Kerl die Leertaste seiner Tastatur drückte, leuchtete der Monitor auf. Er war in neun Rechtecke unterteilt. Das Feld links oben zeigte die Straße vor der Garageneinfahrt; die übrigen zeigten in satten Farben Innenansichten der Tiefgarage. »Die Aufnahmen werden gespeichert, sodass ich sie mir nicht dauernd anschauen muss, aber das tue ich, wenn ich mich langweile.«

»Klingt gut«, meinte Reacher. »Gibt's hier eine Besenkammer oder so was?«

»Klar.« Der Kerl zeigte auf eine fast unsichtbar in die Wandtäfelung eingesetzte Tür. »Gleich hier. Warum?«

»Dies ist der Part, bei dem Sie mir wirklich vertrauen müssen.« Reacher stellte seine Einkaufstüte auf die Theke. »Für den Fall, dass etwas schiefgeht, muss es so aussehen, als hätte ich Sie überwältigt. Wir müssen sicherstellen, dass niemand Sie verdächtigt. Sie müssen einige Zeit in Deckung bleiben, und ich muss Sie warnen, dass das ein paar Stunden dauern kann. Ich weiß natürlich nicht genau, wann diese Leute zuschlagen wollen. Und ich muss dafür sorgen, dass alles überzeugend wirkt. Das sind Bestien, mit denen wir's hier zu tun haben. Deshalb werde ich ein bisschen Klebeband verwenden. Nur um Ihre Handgelenke. Und um Ihre Knöchel. Am besten auch einen Streifen über den Mund. Sorry, ich weiß, dass das unangenehm ist. Aber nur so können wir Mr. Rutherfords Sicherheit garantieren.«

Speranski brütete über einer Landkarte in kleinem Maßstab, dachte über Parkmöglichkeiten und Personalstärken für sein nächstes Projekt nach, als sein abhörsicheres Telefon klingelte.

»Zwei Dinge«, sagte die Stimme am anderen Ende. »Erstens hat das Team Ihren Mann gefunden. An dem Ort, an dem er den Landstreicher abliefern sollte, mit seinen eigenen Handschellen gefesselt. Wie Sie verlangt haben, steht er nicht mehr auf Ihrer Lohnliste.«

Speranski äußerte sich nicht dazu.

»Zweitens ist Rutherford ausfindig gemacht worden.«

»Wo?«, fragte Speranski.

»In seinem Apartment.«

»Verdammt! Wenn er sich dort eingeigelt hat, geht er vielleicht wochenlang nicht mehr aus dem Haus.«

»Nein. Er fährt heute Nachmittag weg. Wieder zum Flughafen. Mit dem eigenen Auto. Weil er jemanden mitnimmt.«

»Wissen wir das von dem Portier?«

»Korrekt. Der arme Trottel glaubt, dass er so dazu beiträgt, Rutherfords Sicherheit zu garantieren.«

»Wo ist der Landstreicher?«

»Unbekannt.«

»Wo steht Rutherfords Wagen?«

»In der Tiefgarage. Wir haben Marke, Modell und Kennzeichen.«

»Ich kenne diese Tiefgarage. Sie ist ziemlich eng und abgeschlossen. Das gefällt mir nicht.«

»Hinterhalt?«

»Genau daran denke ich.«

»Diese Idee hatte ich auch schon.«

»Weisen Sie das Team an, besonders vorsichtig zu sein. Wir können uns kein weiteres Spektakel leisten.«

Reacher saß vierzig Minuten lang auf dem Stuhl des Portiers, dann erregte der Monitor seine Aufmerksamkeit. Genauer gesagt das Rechteck links oben mit dem Bild der Kamera über der Garageneinfahrt. Das Weitwinkelobjektiv verzerrte alle geraden Linien, aber der schwarze Suburban blieb trotzdem unverwechselbar. Er blieb ungefähr zehn Meter vor der Einfahrt am Straßenrand stehen – nah genug, dass Reacher erkennen konnte, dass Fahrer und Beifahrer blond waren. Ein blauer Toyota fuhr an dem Van vorbei und hielt vor der Einfahrtsschranke. Eindeutig ein Minuspunkt, dachte Reacher. Auch wenn sie sehr in Eile gewesen wären, hätten sie die Fahrzeuge wechseln sollen.

Reacher beobachtete, wie eine Frau hinten aus dem Toyota stieg. Sie war die Rothaarige, die er vom Tag zuvor kannte. Er sah, wie sie auf dem Tastenfeld vier Ziffern eingab: 1, 2, 3, 4. Noch derselbe Code wie bei Rutherfords Einzug. Das Auto fuhr etwas vor, und die Frau stieg wieder ein. Es verschwand kurz, dann erschien es auf dem nächsten Rechteck, als es von der Rampe kommend auf einem der freien Mittelplätze parkte. Die Fahrerin stieg aus. Sie war die Frau, die schon am Tag zuvor am Steuer gesessen hatte. Die zweite Frau gesellte sich zu ihr. Danach der Kerl, den Reacher k.o. geschlagen hatte. Dann der andere, den er durchs offene Fenster in den Toyota gestoßen hatte.

Die vier verteilten sich in der Tiefgarage. Sie kontrollierten die beiden offiziellen Zugänge und suchten nach alternativen Ein- und Ausgängen. Dann versammelten sie sich um Rutherfords Auto. Ein cremeweißer VW-Käfer, Baujahr 1970, der ziemlich genau in der Mitte vor der linken Wand stand. Die beiden Plätze rechts und links von ihm waren frei. Der übernächste Wagen links war ein Jeep Grand Cherokee. Rechts war es ein Ford F150. Eine gute Verteilung, wenn man einen Hinterhalt plante. Bei beiden handelte es sich um große Fahrzeuge, hinter denen man sich gut verstecken konnte. Der Kerl, den Reacher k.o. geschlagen hatte, deutete nacheinander auf jeden seiner Begleiter und zuletzt auf einen weiteren freien Platz an der Wand genau gegenüber von Rutherfords VW-Käfer.

Reacher wusste, was der Mann dachte. Sein Plan ergab sich fast zwangsläufig. Die Fahrerin würde den Toyota an der Wand gegenüber abstellen. Ein Kerl konnte sich hinter dem Jeep verstecken, der andere hinter dem Ford. Für den Fall, dass Rutherford umzukehren versuchte, würde die zweite Frau sich in der Nähe des Treppenaufgangs verstecken. Ansonsten würden sie warten, bis er seinen Wagen erreichte. Dann würde der Toyota ein Stück weit vorfahren. Wie gestern lautlos elektrisch. Die beiden Kerle würden heranstürmen. Einer würde die hintere Tür des Toyotas aufreißen, der andere Rutherford in den Wagen stoßen. Ein Kinderspiel.

Die Tiefgarage stellte auch im weiteren Sinn einen guten Ort für einen Hinterhalt dar. Ihr Grundriss war bekannt. Es gab keine Ungewissheit darüber, welche Strecke Rutherford nehmen würde, falls sie versuchten, ihm zum Flughafen zu folgen. Kein Stress mit Verkehr oder Parkmöglichkeiten. Ein weit geringeres Risiko, dass Passanten zu Augenzeugen wurden, als wenn sie versucht hätten, ihn auf offener Straße zu entführen. Und kein Grund, sich Sorgen wegen der Überwachungskameras zu machen, weil oben vor dem Monitor ein Verbündeter saß. Wenigstens glaubten sie das.

Die Garage war ein gut geeigneter Ort, aber nicht perfekt. Die Gefahr, dass Außenstehende hereinkamen, war gemindert, aber nicht ganz eliminiert. Folglich konnte es Augenzeugen geben. Und vielleicht auch Kollateralschäden. Nach Reachers

Einschätzung war das Risiko zu hoch. Aber er war nicht der Planer dieses Hinterhalts. Die dafür Verantwortlichen standen noch eine Minute beisammen. Deuteten. Schwenkten die Arme. Diskutierten.

Reacher hätte sich ein größeres Bild gewünscht, aber soviel er sehen konnte, hatte der Mann, den er k.o. geschlagen hatte, eine Meinungsverschiedenheit mit der Fahrerin. Die beiden anderen hielten sich zurück, mischten sich nicht in die Debatte ein. Zuletzt schüttelte die Fahrerin den Kopf und zeigte auf Rutherfords Käfer. Sie stemmte die Arme in die Hüften und wartete, bis der Mann von dem Toyota zurückkam. Er öffnete den Kofferraum, nahm etwas heraus und kam damit zu dem VW zurück. Ging zu seinem Heck, kniete dort nieder und streckte eine Hand unter den Wagen. Bombe, war Reachers erster Gedanke. Aber die Box war zu klein, um viel Sprengstoff enthalten zu können. Der Mann versuchte es nicht weiter mit der Unterseite, sondern schob die Box in die hohle hintere Stoßstange des Käfers. Die Fahrerin zog ihr Smartphone heraus, schaute aufs Display und nickte. Ein GPS-Tracker, erkannte Reacher. Eine clevere Taktik. Dafür gab es einen Pluspunkt.

Reacher verfolgte, wie der Toyota aus der Garage fuhr, dann konzentrierte er seine Aufmerksamkeit auf den Suburban. Er konnte sich nicht entscheiden, ob der Wagen als Reserve gedacht war und nun wegfuhr oder ob er Rutherford für den Fall verfolgte, dass der GPS-Tracker versagte. Zehn Minuten verstrichen ohne irgendeine Bewegung. Reacher hatte es darauf angelegt, seine Gegner in Aktion zu sehen, um ihre Kompetenz und Entschlussfreudigkeit beurteilen zu können. Nun verschaffte ihre Vorsicht ihm eine weitere Gelegenheit. Eine Chance, etwas Unruhe zu stiften.

Unter den Papieren neben dem Monitor ragte ein Schild mit der Aufschrift *Bin in 5 Minuten wieder da* ein Stück weit heraus. Reacher stellte es auf die Theke, dann nahm er seine Einkaufstüte und verließ das Gebäude durch den Hauptausgang. Er ging die Straße entlang, passierte Martys Wagen, betrat die Gasse, durch die Rutherford gefahren war, und kam dann frontal auf den Suburban zu. Er war noch dreißig Meter entfernt, als die beiden Kerle ihn entdeckten. Der Fahrer wurde zuerst auf ihn aufmerksam. Er weckte den Beifahrer mit einem Rippenstoß. Reacher sah, wie beide sich aufsetzten. Er schlenderte ruhig und gelassen weiter. Ließ die Arme hängen und hielt die Hände vom Körper weg. Er wollte keine Missverständnisse. Auf Höhe des rechten Fensters blieb er stehen und versuchte, freundlich und keineswegs bedrohlich zu lächeln. Der Beifahrer musterte ihn einige Sekunden lang, bevor er sein Fenster herunterfuhr.

»Was woll'n Sie?«, fragte der Kerl.

»Als Erstes möchte ich mich für gestern entschuldigen«, antwortete Reacher. »Ich bin in etwas reingestolpert, das ich nicht verstanden habe. Ich hatte keine Ahnung, was vor sich ging, und habe rein instinktiv gehandelt. Hoffentlich geht es Ihren Freunden wieder gut. Jedenfalls habe ich seitdem lange mit einem sehr interessanten Mann gesprochen. Er hat mir ein paar Dinge erklärt. Zum Beispiel, was ich tun muss, wenn ich diese Stadt mit heiler Haut verlassen will. Hier ist mein Vorschlag: Ich weiß, wo Rutherford ist, und bin bereit, ihn Ihnen auf einem Silbertablett zu präsentieren. Aber dazu müssen Sie sich beeilen. Viel Zeit bleibt nicht mehr. Er hat seinen Portier dazu gebracht zu verbreiten, dass er zum Flughafen will, aber in Wirklichkeit hat er mit einem Kerl vereinbart, dass er ihn außer Landes schmuggeln soll. Ein Sportflugzeug.

Falsche Papiere. Verkleidungen. Alles, was dazugehört. Seien Sie in fünf Minuten im Coffeeshop, dann erkläre ich Ihnen alles. Aber kommen Sie ja nicht zu spät! Dies ist eine einmalige Gelegenheit. Zögern Sie, geht er Ihnen durch die Lappen. Aber das ist dann nicht wieder meine Schuld.«

Reacher schlenderte zur nächsten Querstraße weiter, bog ab und rannte los, sobald er außer Sicht war. Er lief zum Eingang von Rutherfords Gebäude zurück, verschwand in der Gasse, schob die beiden Abfallbehälter etwas auseinander und versteckte sich zwischen ihnen. Die Kerle aus dem Suburban würden bestimmt nicht gleich melden, was sie erfahren hatten. Es klang zu verrückt. Sie würden es erst untereinander besprechen wollen. Mindestens eine Minute lang. Wahrscheinlich glaubten sie ihm nicht – aber konnten sie es sich leisten, es zu ignorieren? Sicher nicht. Sie würden beschließen, sich seine Story anzuhören. Aber das würden sie vorher dem großen Drahtzieher melden müssen. Danach stand der entscheidende Augenblick bevor.

Hatte Reacher zu gut gelogen, würden sie ihren Platz an der Garageneinfahrt aufgeben, um das Gebäude herumfahren und vor dem Coffeeshop parken. Er konnte nur hoffen, dass er nicht so überzeugend gewirkt hatte. In diesem Fall mussten die Kerle vernünftigerweise allein agieren. Einer von ihnen würde im Suburban bleiben, weil Reacher ihnen vermutlich Lügen aufgetischt hatte und der zweite Kerl würde jedoch zu dem Coffeeshop hasten, weil nicht auszuschließen war, dass Reacher die Wahrheit gesagt hatte. Nach ihrer Diskussion würde die Zeit drängen. Den Coffeeshop rechtzeitig zu erreichen, würde schwierig sein. Deshalb musste der zweite Kerl die schnellste Route wählen. Die zugleich die kürzeste war. Die durch diese Gasse führte.

Die Uhr in Reachers Kopf zeigte vier Minuten an, seit er von dem Suburban weggegangen war. Niemand betrat die Gasse. Viereinhalb Minuten. Noch immer niemand. Vierdreiviertel Minuten. Dann hörte Reacher Schritte. Dort kam jemand gerannt. Leichtfüßig. In seine Richtung. Er wartete noch einen Herzschlag lang, dann trat er zwischen den Behältern hervor. Der Beifahrer aus dem Suburban war in der Gasse, kaum drei Meter entfernt. Er machte ruckartig halt und nahm die gleiche merkwürdige Abwehrhaltung ein wie am Tag zuvor. Dann überlegte er sich die Sache anders. Das mochte am Größenunterschied zwischen ihnen liegen. Vielleicht an Reachers Gesichtsausdruck, oder vielleicht dachte er daran, wie es seinen beiden Kumpels ergangen war. Jedenfalls richtete er sich auf, griff hinter seinen Rücken und brachte eine Pistole zum Vorschein. Eine Beretta M9.

»Sie wollen uns Rutherford nicht ausliefern, stimmt's?«, fragte er.

»Vielleicht«, antwortete Reacher. »Unter einer Bedingung.«

»Nämlich?«

»Ich will wissen, warum Sie hinter ihm her sind.«

Der Kerl überlegte. »Er hat etwas, das wir wollen.«

»Ohne Scheiß, Sherlock?«, fragte Reacher. »Das müssen Sie mir genauer erklären.«

»Das glaube ich nicht. Und ich muss es auch nicht tun. Weil Sie sehr bald darum betteln werden, uns sagen zu dürfen, wo Rutherford steckt.«

»Uns?«, fragte Reacher. »Wer ist ›uns‹?«

»Das erfahren Sie rechtzeitig genug.« Der Kerl machte eine kreisförmige Bewegung mit der Pistole. »Umdrehen! Hände an die Mauer. Beine weit gespreizt. Mit dieser Routine kennen Sie sich bestimmt aus.«

Der Kerl stand etwa zwei Meter von ihm entfernt. Reacher befand sich außerhalb seiner Reichweite, war aber mehr als einen Kopf größer als er.

»Na gut, Sie haben gewonnen«, lenkte Reacher ein. Er begann sich umzudrehen. Im Uhrzeigersinn, auf dem rechten Fuß stehend. Dabei kam er mit dem linken Fuß näher an den Kerl. Halbierte die Entfernung zwischen ihnen. Er drehte sich weiter, bis seine linke Schulter auf den Kerl wies. Dann setzte er den Fuß auf, streckte blitzschnell die Hand aus und bekam den Pistolenlauf von unten zu fassen. Er riss die Beretta mit einem Ruck an sich, brach dem Kerl dabei den Zeigefinger im Abzugbügel und zerrte ihm sämtliche Sehnen im Handgelenk. Der Kerl heulte auf und wich zurück. Die Beretta fiel scheppernd auf den Asphalt. Als die Platzwunde über seinem Fingerknöchel zu bluten begann, nahm er sie zwischen die Lippen und saugte daran.

Dann konzentrierte er sich wieder auf Reacher, er trat einen halben Schritt zurück und schien nach ihm treten zu wollen. Tatsächlich warf er sich jedoch nach vorn und versuchte einen Fausthieb gegen seine Schläfe. Reacher blockierte den Schlag mit seinem Unterarm. Durch seinen Schwung drehte der Kerl sich weiter nach links, sodass die rechte Körperhälfte exponiert war. Diesmal traf Reacher ihn mit einem Nierenhaken. Er setzte zu einem gewaltigen Tritt an, milderte ihn aber im letzten Augenblick ab und stieß ihn praktisch nur mit dem Fuß an der Hüfte an. Der Kerl torkelte rückwärts, fiel über die eigenen Beine, brach zusammen und blieb am Fuß der Mauer hinter ihm liegen.

Reacher trat an ihn heran und wartete, bis er seinen Blick erwiderte. »Was hat Rutherford, das Sie wollen?«

Der Mann rappelte sich auf Händen und Knien auf, kam

auf die Beine und blieb leicht schwankend mit hängendem Kopf stehen. Er wirkte besiegt. Doch dann explodierte er förmlich, schlug ansatzlos zwei kurze Gerade, vor denen Reacher zurückweichen sollte, und versuchte dann wie ein Kickboxer, seinen Kopf mit dem Fuß zu treffen. Das wäre ein Problem gewesen, wenn der Tritt getroffen hätte. Davon wäre Reacher bestimmt nicht zu Boden gegangen, aber er hätte desorientiert sein können. Was dem Kerl eine Chance gegeben hätte, erfolgreich weiterzukämpfen. Nur wich Reacher nicht zurück, sondern reagierte wie immer: Er trat der Gefahr resolut entgegen und bekam den Fuß des Kerls schon in Hüfthöhe zu fassen. Er klemmte sein Schienbein zwischen Arm und Körper ein und ließ seine Hand nach hinten gleiten, bis sie den Knöchel umfasste. Dann riss er den Fuß hoch, sodass der Kerl, dessen Gesicht vor Wut verzerrt war, auf dem linken Bein hüpfend versuchen musste, das Gleichgewicht zu halten.

»Solche Moves sollten Sie sich fürs Fitnessstudio aufheben«, meinte Reacher. »Wo es Regeln gibt. Hier draußen existieren nur Entscheidungen und Konsequenzen. Na ja, eine Entscheidung, die Sie treffen müssen. Ob Sie mir erzählen, was ich wissen will. Sollten Sie bei Ihrer Weigerung bleiben, werden Sie nie wieder gehen, ohne zu hinken.«

Der Kerl äußerte sich nicht dazu.

»Überlegen Sie sich die Sache gut«, erklärte Reacher. »Haben Sie schon mal eine Röntgenaufnahme eines Knies gesehen? Wegen der Knochen brauchen Sie sich keine Sorgen zu machen, die wachsen schnell wieder zusammen. Schlimmer sind Verletzungen der Bänder, Sehnen und Knorpel, vor allem der Bänder. Würden Sie als reicher Spitzensportler mit einem leichten Schaden sofort ins Krankenhaus gehen, könnten Sie auf eine erfolgreiche Reparatur hoffen. Nur sind Sie kein Spitzensportler, und ich vermute, dass Sie nicht reich sind. Und ich kann Ihnen garantieren, dass der Schaden erheblich ist, wenn ich mit meinem Gewicht auf Ihr Knie trete. Das steht verdammt fest.«

Der Kerl wich zurück, wollte so seinen Fuß befreien. Mit der linken Hand versuchte er, Reachers Gesicht zu treffen oder ihm die Augen auszukratzen, wurde aber durch den eingeklemmten Fuß behindert. »Okay«, keuchte er, als er endlich aufgab. »Machen Sie meinetwegen, was Sie wollen. Ich sage kein Wort.«

Reacher verharrte, ohne sich zu bewegen.

»Na los! Worauf warten Sie noch? Tun Sie's einfach.«

»Dies ist Ihre letzte Chance«, sagte Reacher. »Was hat Rutherford, das Sie von ihm wollen?«

»Mir ist's egal, was Sie mir antun. Von mir erfahren Sie kein Wort.«

»Gut, wenn Sie's so wollen«, sagte Reacher. Er hob den rechten Fuß und blickte dem Kerl in die Augen. Dann trat er ihn leicht vors Knie. Sein Stiefel war schwer und solide. Der Kerl warf den Kopf zurück, schloss die Augen und wimmerte, ohne aber ein Wort zu sagen. Reacher hielt inne, bevor er seinen Fuß wieder auf den Boden stellte. Er ließ das Bein los und traf den Kerl gleichzeitig mit einer Geraden knapp über dem Ohr. Der Mann ging mit weiter ausgestrecktem rechten Bein, als hätte er eben einen Ball getreten, seitlich zu Boden und bewegte sich nicht mehr.

Reacher überzeugte sich davon, dass der Typ gleichmäßig atmete, und hob seine Beretta auf. Sie war gepflegt und im Gegensatz zu Martys Pistole geladen. In der Geldbörse hatte er reichlich Geld, das Reacher als Kriegsbeute konfiszierte, aber keinen Ausweis, keine Kreditkarten oder sonst etwas mit einem

Namen oder einer Adresse. Auch Reservemunition besaß er keine. Und außer einem Smartphone befand sich nichts mehr in den Taschen. Als Reacher seinen Daumen auf den Fingerprintsensor legte, erschien die Aufforderung, es noch mal zu versuchen oder einen Zahlencode einzugeben. Mit dem Daumen des bewusstlosen Kerls funktionierte die Fingerabdruckerkennung und ließ das Display aufleuchten.

Als Reacher ein Bildschirmsymbol berührte, erschien eine Anrufliste, die aber nur bis zum Vortag reichte. Keine Text- oder Sprachnachrichten. Und das Adressbuch enthielt ganze fünf Einträge – lauter Zahlen, keine Namen. Reacher steckte das Handy ein, schob die Pistole in seinen Hosenbund und zog seine Einkaufstüte zwischen den Müllbehältern hervor. Er holte das Gewebeband heraus. Fesselte damit die Knöchel des Kerls aneinander. Fesselte ihm die Hände auf dem Rücken. Dann nahm er den Mann über die Schulter und hievte ihn mit gewaltigem Schwung in einen der Müllbehälter.

13

Der Suburban parkte noch an derselben Stelle, als Reacher aus der Gasse trat. Er schwenkte beide Arme, um den Fahrer auf sich aufmerksam zu machen, und winkte ihn dann zu sich heran. Aber der Kerl schüttelte den Kopf und bedeutete ihm, er solle zu ihm kommen. Reacher warf scheinbar angewidert die Hände hoch und hastete auf dem Gehsteig weiter bis zur Beifahrertür. Als das Fenster surrend herunterfuhr, konnte er sehen, dass der Fahrer eine Pistole in der Hand hielt. Eine weitere Beretta. Vermutlich ebenfalls gepflegt. Vermutlich ebenfalls geladen. Der Kerl hielt sie in der linken Hand, die fast auf seinen Knien ruhte. Nicht die ideale Schussposition. Dafür war sein Ziel – Reachers Brust – umso größer.

»Kommen Sie schnell«, drängte Reacher, ohne die Pistole zu beachten. »In die Gasse. Ihr Freund braucht Hilfe. Bringen Sie den Wagen mit.«

»Was, zum Teufel, soll das heißen?«, fragte der Kerl.

»Ich hab im Coffeeshop auf Sie gewartet, und als Sie nicht aufgetaucht sind, bin ich auf die Suche nach Ihnen zurückgegangen. Um Zeit zu sparen, hab ich den Weg durch die Gasse genommen und hab dort Ihren Freund gefunden. In schlechter Verfassung. Er blutet stark. Hat eine große Platzwunde an der Stirn. Er war bewusstlos. Hat mit knapper Not noch geatmet. Anscheinend ist er überfallen worden. Er hat keine Geldbörse mehr. Auch kein Handy.«

»Haben Sie die 911 angerufen?«

»Das konnte ich nicht. Ich besitze kein Handy. Deshalb bin

ich hier, um Sie zu holen. Weil ich mir ausgerechnet habe, dass es bei der jetzigen Computermisere besser wäre, wenn Sie ihn gleich selbst ins Krankenhaus bringen würden.«

Der Fahrer zögerte, dann legte er seine Pistole weg. »All right, zeigen Sie ihn mir.«

»Also los! Fahren Sie hinter mir her. In die Gasse hinein. Dann sehen Sie ihn.« Reacher trabte los und hörte eine Sekunde später, wie hinter ihm ein Motor ansprang. Reifen quietschten, dann schoss der Suburban an ihm vorbei. Der Van beschleunigte weiter und bog auf die Gasse ab, ohne zu blinken. Reacher holte ihn ein und zwängte sich auf seiner rechten Seite nach vorn. Der Fahrer stieg mit seiner Pistole in der Hand aus, traf vor dem Wagen mit Reacher zusammen.

»Wo ist er?«, fragte der Kerl. »Ich sehe ihn nirgends.«

»Sorry, das hatte ich vergessen«, entgegnete Reacher. »Ich hab ihn in einen Behälter gelegt. Damit ihm nichts zustößt. Ich wusste nicht, ob ich Sie noch antreffen würde.«

Der Fahrer zielte mit der Beretta auf seine Brust. »Sie haben's *vergessen?*«

»Was?«, fragte Reacher. »Haben Sie noch nie etwas vergessen?«

»All right.« Der Kerl zielte jetzt auf Reachers Kopf. »Rückwärts an die Wand. Hände hoch, damit ich sie sehen kann.« Er wartete, bis Reacher seine Befehle ausgeführt hatte, dann wandte er sich dem Müllbehälter zu. »Keine Bewegung!« Er stemmte den Deckel mit der freien Hand hoch und sah hinein. Reacher wartete noch einen Augenblick, damit der Mann begriff, in welcher Verfassung sein Kumpel war, dann trat er vor und zog dabei die Beretta aus dem Hosenbund. Er drehte sie um, sodass er sie am Lauf hielt, und schwang sie in weitem Bogen. Der Griff traf den rechten Ellbogen des Fahrers.

Mit einem Aufschrei ließ der Mann seine Waffe und den Behälterdeckel fallen und sank auf ein Knie. Reacher nahm die Beretta in die linke Hand und knallte mit seiner Rechten den Kopf des Fahrers an den Müllbehälter. Dann packte er den Kerl vorn am Hemd, riss ihn halb hoch und lehnte ihn in sitzender Position mit dem Rücken an den Behälter. Sein Körper war schlaff wie eine Stoffpuppe. Um sicherzugehen, dass er bei Bewusstsein war, wartete Reacher noch einen Moment, bevor er ihm die Pistolenmündung in den Mund rammte.

»Ich werde Ihnen jetzt eine Frage stellen«, begann Reacher. »Anschließend bekommen Sie fünf Sekunden Bedenkzeit, bevor ich die Waffe aus Ihrem Mund nehme. Geben Sie die korrekte Antwort, lasse ich Sie Ihren Kumpel aus dem Abfall ziehen und mit ihm wegfahren. Versuchen Sie Ausflüchte, stecke ich die Mündung wieder in Ihren Mund und blase Ihnen die Schädeldecke weg. Haben Sie verstanden?«

Der Fahrer riss die Augen auf und versuchte zu nicken.

»Was hat Rutherford, das Sie wollen?« Reacher benutzte den Daumen und die Finger seiner rechten Hand, um die Sekunden anzuzeigen, bevor er die Pistolenmündung herauszog.

»Los, machen Sie schon!« Der Kerl reckte das Kinn hoch. »Erschießen Sie mich. Vergeuden Sie keine Zeit mehr. Sie können nichts sagen oder tun, um mich zu zwingen, Ihre Frage zu beantworten.«

»Sie opfern lieber Ihr Leben, als eine kleine Information preiszugeben?«, fragte Reacher. »Das halte ich für eine schlechte Entscheidung.«

»Hier geht's nicht nur um mein Leben. Ich bin verheiratet. Ich habe einen Bruder. Ich weiß, was ihnen passieren würde. Los jetzt!« Er öffnete den Mund, beugte sich nach vorn und nahm die Pistolenmündung zwischen die Zähne. »Drücken Sie ab!«

Reacher zog die Waffe zurück und traf die Schläfe des Kerls mit der rechten Faust, sodass er bewusstlos zusammensackte. Er hob die heruntergefallene Pistole auf, kontrollierte sie und steckte beide Waffen in seinen Hosenbund, bevor er die Taschen des Kerls untersuchte. Da war so wenig wie bei dem Beifahrer. Er besaß keine Kreditkarten. Nichts mit einem Namen oder einer Adresse. Auch keine Reservemunition. Sein Smartphone war erst vor Kurzem benutzt worden, enthielt aber keine Namen oder persönliche Informationen. Reacher steckte auch sein Bargeld als Kriegsbeute ein, dann fesselte er den Fahrer mit Gewebeband an Armen und Beinen und warf ihn in den zweiten Abfallbehälter. Anschließend wandte er sich dem Suburban zu. Er kontrollierte das Ablagefach und die Mittelkonsole. Die Rückseite der Sonnenblenden. Die Fächer in den Türen. Unter den Sitzen. Unter den Fußmatten. Das Fach mit dem Reserverad, dem Wagenheber und der kleinen Werkzeugtasche. Unter der Motorhaube. In den Radkästen. Und fand nichts, absolut nichts. Nicht mal eine verlorene Münze oder ein weggeworfenes Bonbonpapier. Unabhängig davon, wer diese Leute waren, arbeiteten sie sehr penibel. Das stand jedenfalls fest.

Reacher schloss die Motorhaube, die Heckklappe und alle Türen bis auf die der Fahrerseite. Er war versucht, sich ans Steuer zu setzen. Den Chevy einzukassieren. Teils weil er nützlich sein könnte, und teils, um dem Gegner einen materiellen Verlust zuzufügen. Aber er hatte selbst gesehen, wie dieses Team an Rutherfords VW-Käfer einen GPS-Tracker angebracht hatte. Das bedeutete, dass er damit rechnen musste, dass es das eigene Fahrzeug ebenso präpariert hatte. Also vergewisserte er sich, dass der Zündschlüssel steckte, und überließ den Suburban seinem Schicksal.

Jemand hatte einen Stapel Flyer eines Pizzadienstes auf der Theke zurückgelassen, aber ansonsten sah der Eingangsbereich von Rutherfords Apartmentgebäude unverändert aus, als Reacher zurückkehrte. Weil er allmählich wieder Hunger hatte, steckte er einen davon in seine Gesäßtasche, bevor er zur Tür der Besenkammer ging. Er machte sich darauf gefasst, dass der Portier die Zeit genutzt hatte, um nachzudenken. Um seine List zu durchschauen. Dann öffnete er die Tür und fand den Mann mit angezogenen Knien auf dem Fußboden hockend vor. Er blinzelte mit seinen kleinen Augen ins Licht und versuchte etwas zu sagen, das aber wegen des Gewebebands über seinem Mund unverständlich war.

»Gute Nachrichten«, sagte Reacher. Er fasste den Portier an den Händen, zog ihn hoch und machte sich daran, ihn von dem Klebeband zu befreien. »Fehlalarm. Mr. Rutherford ist nicht in Gefahr. Nicht heute. Er ist völlig sicher. Vorläufig. Allerdings fühlt er sich nicht ganz wohl. Er hat gerade angerufen und hat seinen Trip nochmals verschoben. Er will ein paar Tage in seiner Wohnung bleiben, bis es ihm wieder besser geht. Er möchte keinen Besuch oder sonstige Störungen. Ich fahre nur kurz rauf, um zu fragen, ob er etwas braucht, dann bin ich wieder unterwegs nach Nashville. War mir ein Vergnügen, Sie kennenzulernen. Weiter so!«

Wenn Rutherfords Nachbar es sich leisten konnte, eine Hälfte des Jahres auf Kreuzfahrten zu verbringen, musste er ein älterer Mann sein, dachte Reacher. Im Ruhestand lebend. Mit reichlich Freizeit. Ein Mann, der sein Leben lang Zeug angesammelt hatte. Reacher stellte sich eine Wohnung mit Stilmöbeln vor. Mit geblümten Vorhängen und Kinderbildern, wahrscheinlich von Enkeln.

Als Rutherford ihm die Tür öffnete, fand er jedoch einen großen, fast leeren Raum vor. Alle Trennwände hatte man herausgebrochen, und die Außenwände waren leuchtend weiß gestrichen. Der versiegelte graue Estrich wirkte poliert, sodass er zu den Granitarbeitsflächen in der Küche passte. Schräggestellte Aluminiumjalousien ließen die Nachmittagssonne ein. Die rautenförmige Glasplatte des Couchtisches ruhte auf einem gebogenen Teakholzsockel. Alle Sitzmöbel waren aus Leder und verchromtem Stahl.

Solche Einrichtungen kannte Reacher aus einem Zeitschriftenartikel über Möbeldesigner aus den Fünfzigerjahren. Eine Schrankwand aus poliertem Walnussholz trennte etwa ein Drittel des Raums ab. Etwas, das wie ein riesiges Ei aus zusammengenieteten Platten aussah, lag auf einem dreibeinigen Ständer aus Ebenholz. Dahinter ein Wandregal aus hellem Holz. Jedes Brett war unterschiedlich lang, und Reacher vermutete, dass damit ein bestimmter Effekt erzielt werden sollte. Statt auf Trägern zu liegen, schienen sie vor der Wand zu schweben und trugen eine spärliche Auswahl willkürlich angeordneter Kunstgegenstände. Lauter Objekte, die von Leuten, die mit ihnen handelten, bestimmt als *Objets* angepriesen wurden.

»Na, was halten Sie davon?«, fragte Rutherford.

»Weiß nicht so recht«, antwortete Reacher. »Ist das eine Wohnung? Oder ein Ausstellungsraum?«

»Eine Wohnung. Sie gehört Mitch seit Jahren, aber sie schaute nicht schon immer so aus. Er hat sie letztes Jahr komplett umgestalten lassen. Hier gibt's ein paar echt coole Dinge. Sehen Sie das hier?« Rutherford deutete auf das Ei. »Es stammt aus einer Glühbirnenfabrik in Deutschland. Darin wurde das Vakuum in Glühbirnen getestet. Mitch benutzt es jetzt als

Hausbar.« Rutherford trat darauf zu und durch ein in das Ei eingelassene Türchen. Dahinter standen vier Kristallkaraffen mit einer goldgelben Flüssigkeit und vier Whiskygläser. »Aber schenken Sie sich nicht zu viel ein. Die billigste Sorte kostet zwanzig Mille die Flasche.«

»Ich bleibe lieber bei Kaffee«, meinte Reacher »Falls Ihr Freund etwas so Gewöhnliches im Haus hat.«

»Ich auch«, stimmte Rutherford zu. Er ging zur Küche und öffnete eine Schranktür, hinter der eine chromblitzende Kaffeemaschine mit Knöpfen, Schaltern und Anzeigen sichtbar wurde. »Falls ich rauskriegen kann, wie dieses Ding funktioniert.«

Reacher blieb in der Mitte des großen Raums stehen. »Ich dachte, Ihr Freund hätte Ihnen die Schlüssel gegeben, damit Sie seine Pflanzen gießen können?«

»Stimmt.« Rutherford nickte.

»Was ist passiert? Haben Sie's vergessen. Sind sie eingegangen?«

»Nein, natürlich nicht. Mitch würde mir den Hals umdrehen. Sie stehen dort drüben im Regal. So gut wie neu.« Rutherford zeigte auf drei kleine Blumentöpfe in dem Regal links neben dem Wohnzimmerfenster. In jedem wuchs ein winziges verkrüppeltes Bäumchen.

»Die leben noch?«, fragte Reacher.

»Die beiden äußeren sind über hundert Jahre alt. Der in der Mitte ist jünger. Ungefähr sechzig, sagte Mitch. Sie wachsen in einem Wald am Fuß des japanischen Vulkans Fujiyama. Sonst nirgends auf der Welt. Eine Familie kümmert sich seit Generationen um sie.«

»Ihr Freund hat einen interessanten Geschmack. Was macht er beruflich?«

»Er ist auch in der IT-Branche.« Rutherfords Miene wurde

traurig. »Nur hat seine Millionen-Dollar-Idee tatsächlich funktioniert. Im Gegensatz zu dem Schrott, auf den ich meine Hoffnungen gesetzt habe.«

Reacher setzte sich auf eines der Sofas und wartete darauf, dass Rutherford die Funktionsweise der Kaffeemaschine enträtselte. »Rusty, wir müssen über eine ernste Sache sprechen. Die Leute, die Sie kidnappen wollen, haben den Köder geschluckt, dass Sie zum Flughafen fahren. Sie sind in Ihrer Garage aufgekreuzt. Aber sie haben die Gelegenheit, Sie zu entführen, nicht genutzt. Stattdessen brachten sie an Ihrem VW einen GPS-Tracker an.«

»Aber ich fahre nicht zum Flughafen.« Rutherford stellte zwei Kaffeebecher auf den Couchtisch und nahm Reacher gegenüber Platz. »Was machen die Kerle, wenn mein Auto sich nicht bewegt?«

»Keine Ahnung. Das hängt davon ab, wie geduldig sie sind. Und davon, wie dringend das Problem ist, das sie zu lösen versuchen. Ich vermute, dass es nicht mehr lange dauern wird, bis sie kommen, um Sie zu holen. Aber das könnten wir verhindern, wenn wir herausbekämen, auf was sie's abgesehen haben. Ich möchte, dass Sie sich jetzt ganz auf die Beantwortung dieser Frage konzentrieren.«

Rutherford schüttelte den Kopf. »Ich habe Ihnen schon alles erzählt. Ich besitze nichts, was für irgendwen interessant sein könnte.«

»In diesem Fall sind zwei Szenarios möglich«, erklärte Reacher. »Sie haben dieses Ding, ohne es zu ahnen. Oder diese Kerle glauben irrtümlich, dass Sie's haben. Mit Option eins können wir arbeiten. Option zwei ist eine größere Herausforderung. Deshalb möchte ich, dass Sie Folgendes tun. Trinken Sie Ihren Kaffee aus. Dann legen Sie sich aufs Sofa. Schließen

Sie die Augen und suchen Sie sich einen Tag aus. Zum Beispiel den Montag der Woche, bevor die Sache mit der Erpressersoftware angefangen hat. Erzählen Sie mir alles, was Sie an diesem Tag vom Aufwachen bis zum Einschlafen gemacht haben. Jedes kleinste Detail, so trivial es auch erscheint. Man weiß nie, woraus sich eine Querverbindung ergibt.«

»Okay.« Rutherford nahm noch einen großen Schluck Kaffee, dann streifte er seine Schuhe ab und streckte sich auf dem Sofa aus. »Ich werd's versuchen. Aber ich weiß nicht, was das bringen soll. Ach und übrigens: Wollen wir nicht endlich Du sagen?«

»Okay, warum nicht? Du musst dich konzentrieren«, mahnte ihn Reacher. »Keine Ablenkungen. Schalte dein Handy aus.«

Rutherfords Smartphone begann zu klingeln.

»Nicht rangehen!«, befahl Reacher.

Aber Rutherford zog es bereits aus der Tasche. Er schaute aufs Display und hielt es Reacher hin. Auf dem Bildschirm stand *Portier.*

»Ich habe ihm gesagt, dass er dich nicht stören darf«, sagte Reacher. »Ignorier ihn.«

»Das kann ich nicht. Was ist, wenn diese Männer raufkommen, um mich zu holen? Was ist, wenn er mich warnen will? Ich muss mich melden.«

Rutherford schaltete den Lautsprecher ein und legte sein Handy auf den Couchtisch.

»Mr. Rutherford? Entschuldigen Sie die Störung, Sir. Ich weiß, dass Sie sich nicht wohlfühlen. Aber ich muss Sie warnen. Jemand ist nach oben zu Ihnen unterwegs. Ich wollte sie aufhalten, aber sie ist an mir vorbeimarschiert. Jetzt befindet sie sich im Aufzug nach oben. Und Mann, war die sauer, weil ich sie aufhalten wollte!«

Rutherford hastete zur Wohnungstür, sah durch den Spion

nach draußen. »Dort ist niemand. Noch nicht. Sie muss eine der Frauen von gestern sein. Die Rothaarige, die das Gebäude beobachtet hat. Sie muss rausgekriegt haben, in welchem Apartment ich wohne. Jetzt kommt sie, um mich zu kriegen. Was sollen wir bloß tun?«

»Wir brauchen überhaupt nichts zu tun«, antwortete Reacher. »Kein Mensch weiß, dass wir hier sind.«

»Ja, das stimmt.« Rutherford holte tief Luft. »Wir könnten uns ruhig verhalten. Darauf warten, dass sie wieder geht.«

»Ja, das könnten wir. Eine Konfrontation an einem öffentlichen Ort vermeiden. Und ihren Entscheidungsprozess durch etwas Desinformation behindern. Zwei positive Ergebnisse, ohne dass wir uns anstrengen müssten.«

»Klar, das machen wir.« Als Rutherford sich von der Tür abwandte, wirkte er plötzlich besorgt. »Augenblick! Was ist, wenn sie bei mir einbricht? Sie könnte die Schlösser mit einem Dietrich öffnen.«

»Auch gut. Wir könnten ihr hineinfolgen. Ihr ein paar Fragen stellen. Und anschließend hätten wir ein erstklassiges Alibi. Du bist vom Müllschlucker zurückgekommen und hast eine Unbekannte in deiner Wohnung angetroffen. Sie wollte flüchten. Sie ist ausgerutscht. Sie hat sich den Kopf angeschlagen. Tragisch, aber so was passiert eben, wenn man eine Verbrecherlaufbahn einschlägt.«

»Wir können nicht … Pst, da kommt jemand.« Rutherford trat wieder an den Spion. »Das ist … großer Gott!«

Er riss die Wohnungstür auf und trat in Strumpfsocken auf den Flur hinaus. Reacher sah eine Frau auf der anderen Seite des Korridors stehen. Sie kehrte ihm den Rücken zu, weil sie gerade bei Rutherford klingeln wollte. Haarfarbe und -länge entsprachen genau der Toyotafahrerin. Auch die Größe stimmte.

Aber sie war anders gekleidet. Sie trug ein hellgraues Kostüm. Und Reacher hatte sie noch nie gesehen.

»Sarah!« Rutherford breitete die Arme aus. »Wie schön, dich zu sehen! Was führt dich hierher?«

»Ich habe mir Sorgen um dich gemacht.« Sie umarmte Rutherford so fest, als wollte sie ihm die Rippen brechen. »Du hast nicht mehr angerufen. Du bist nicht ans Telefon gegangen. Ich habe dir alle möglichen Nachrichten geschickt. Dann habe ich von der Sache mit deinem Job gehört.«

»Ich habe nie irgendeine Nachricht bekommen. Wahrscheinlich hast du mein Diensthandy angerufen. Das wurde mir von den Arschlöchern abgenommen, als sie mich entlassen haben. Sorry, das hätte ich dir sagen müssen. Ich hätte dich anrufen sollen.«

»Alles in Ordnung mit dir?«

»Jetzt schon. Ich war ziemlich down, aber inzwischen geht's mir wieder viel besser.«

»Gut. Weil wir dringend etwas besprechen müssen. Vielleicht eine ganz große Sache.« Die riesige Umhängetasche der Frau rutschte ihr von der Schulter. Als sie den Trageriemen wieder hochzog, sah sie Reacher in der Wohnungstür gegenüberstehen. »Oh. Hallo! Sie müssen Mitch sein. Ich habe schon viel von Ihnen gehört.«

»Nein, das ist er nicht«, sagte Rutherford. »Mitch ist verreist. Das hier ist Jack Reacher. Reacher, dies ist meine Freundin Sarah Sands, von der ich dir erzählt habe. Sie hat Cerberus gemeinsam mit mir entwickelt.«

Rutherford machte noch mal Kaffee, während Sands ihren Laptop einschaltete und sich Reachers Zusammenfassung der Ereignisse seit seiner Ankunft in dieser Stadt anhörte.

»Das gefällt mir nicht.« Sands ergriff Rutherfords Hand, als er ihr eine Kaffeetasse hinstellte, und sah zu ihm auf. »Das gefällt mir ganz und gar nicht. Jemand hat versucht, dich zu entführen. Das ist nicht okay. Das ist ein Fall fürs FBI! Wir müssen dafür sorgen, dass dir nichts passiert.«

»Das hat Reacher gestern den Cops mitgeteilt, aber es hat sie wenig beeindruckt.« Rutherford setzte sich neben sie. »Ich bin hier noch immer ziemlich *persona non grata.*«

»Wie steht's mit Ihnen, Sarah?«, fragte Reacher. »Haben Sie noch Kontakte aus Ihrer Zeit beim FBI? Kennen Sie jemanden, der den Cops Feuer unter dem Hintern machen könnte?«

»Schon möglich«, sagte Sands. »Klar kenne ich noch ein paar Leute. Ich müsste einige anrufen. Wenigstens kräftig Funken schlagen lassen. Haben Sie irgendeine Idee, was Rusty besitzt, das diese Kerle wollen?«

»Das versuchen wir noch rauszukriegen.«

»Vielleicht kann ich dabei helfen. Ich wette, dass sie genau das haben wollen, weswegen ich hier bin: das System, das Rusty und ich entwickelt haben. Oder zumindest einen Teil davon.«

»Wieso sollte jemand diesen Schrott wollen?« Rutherford ließ sich zurücksinken. »Es hat nicht funktioniert.«

»Das Programm hat nicht wie erhofft funktioniert. Das ist wahr. Aber das heißt nicht, dass es ein völliger Fehlschlag war. Als der Hackerangriff passiert ist, hast du etwas gesagt, das ich nicht ganz verstanden habe. Es hat mir keine Ruhe gelassen. Also habe ich's mit einigen Simulationen versucht und bin auf etwas gestoßen, denke ich.«

»Dass die Sache eine gigantische Zeitvergeudung war?«, fragte Rutherford. »Dass wir lieber eine App für Leute, die Suaheli lernen, hätten entwickeln sollen?«

»Ich kann nicht glauben, dass du das nicht selbst gesehen

hast«, erklärte Sands. »Dabei liefert dein eigener Back-up den entscheidenden Hinweis.«

»Nein. Der Back-up gibt nichts her. Was schon auf den billigen Servern aus zweiter Hand war, mit denen ich alles zusammengestöpselt habe, ist durch nichts überschrieben worden.«

»Genau das ist der springende Punkt.«

»Großer Gott!« Rutherford sprang auf und drückte eine Hand an die Stirn. »Sarah, ich liebe dich.«

»Euer System hat also funktioniert?« Reacher nahm noch einen Schluck Kaffee. »Du hast gesagt, es sei wertlos.«

»Stimmt«, sagte Rutherford. »Es hat nicht funktioniert.«

»Wieso sollte es dann jemand wollen?«, fragte Reacher weiter.

»Das hängt damit zusammen, wie Erpressersoftware funktioniert«, antwortete Sands. »Hackerangriffe sind nicht immer sofort erfolgreich. Sie müssen sich ein Computernetzwerk wie eine belagerte Festung vorstellen. Wer sie erobern will, kann nicht einfach eine Granate hineinwerfen und hoffen, dass sie die Verteidiger auf einen Schlag erledigt. Man beginnt damit, dass man seinen besten Mann einschleust. Man schmuggelt ihn an den Wachposten vorbei und lässt ihn die Festung erkunden. Einen Plan zeichnen, an dem sich die Hauptstreitmacht orientieren kann. Feststellen, wo all die guten Dinger versteckt sind und wo es Fallgruben zu vermeiden gilt. In unserem Fall wären das Sicherheitskopien. Back-ups wirken auf Erpressersoftware wie Kryptonit. Es hat keinen Sinn, den Zugriff auf Datenbanken zu blockieren, wenn das potenzielle Opfer eine exakte Kopie besitzt. Es würde einen nur auslachen. Und das ist ein großes Problem, weil es manchen dieser Gruppen bei ihren Angriffen nicht nur um Geld, sondern auch um Prestige geht.

Entdecken sie also eine Sicherheitskopie – die meist nur kurz aktualisiert wird und dann offline geht oder sogar außer Haus gespeichert wird –, setzen sie sofort ein spezielles Programm ein. Ein besonders raffiniertes Programm, das wir Dreizack nennen, weil es drei Dinge auf einmal tut. Erstens macht es alle gesicherten Daten unbrauchbar. Sie werden gelöscht oder mit Pornografie, spöttischen Mitteilungen oder dergleichen überschrieben. Zweitens verhindert es das Abspeichern neuer Sicherheitskopien. Und drittens meldet es dem Systemmanager fälschlicherweise, dass alles einwandfrei funktioniert. So verhindert es, dass jemand ahnt, was passiert, und verstärkt die Wirkung, wenn alle Hauptsysteme blockiert werden und ein Lösegeld gefordert wird.«

»Aber eure Back-ups sind nicht gelöscht worden«, warf Reacher ein. »Oder mit Pornografie überschrieben worden. Oder etwa doch?«

»Nein«, entgegnete Rutherford, »das wurde durch irgendwas verhindert. Allerdings ist nichts Neues mehr gespeichert worden. Und die Falschmeldungen sind wirklich eingegangen. Deshalb dachte ich, wir hätten den Angriff einigermaßen schadlos überstanden, und war dann echt schockiert, als sich diese Annahme als falsch entpuppt hat.«

»Das hat Cerberus verhindert«, sagte Sands. »Unser Programm hat eine Spitze des Dreizacks abgebrochen. Das ist die einzig mögliche Erklärung. Bei Simulationen mit neuester Erpressersoftware habe ich festgestellt, was die Leute, die's auf Rusty abgesehen haben, interessieren dürfte. Bei acht von neun Tests sind nicht nur die Daten unangetastet geblieben, sondern das Backup-System hat auch einen Teil des Schadcodes gespeichert. Cerberus konnte ihn irgendwie zurückbehalten, als er das Löschen der Daten verhindert hat.«

»Ein genügend großes Fragment, um die städtischen Computer zu entsperren?«, fragte Reacher.

»Nein«, antwortete Sands, »so funktioniert das nicht. Aber es könnte die Angreifer enttarnen. Als ob eine Überwachungskamera die Tätowierungen eines maskierten Bankräubers zeigen würde.«

»Das muss der Grund dafür sein, dass diese Kerle versuchen, an Cerberus ranzukommen«, sagte Rutherford. »Sie müssen die von ihrer Schadsoftware übermittelte Systemarchitektur studiert, etwas Unbekanntes entdeckt haben und festgestellt haben, was es kann. Vielleicht haben sie das mit Pressemeldungen kombiniert, sodass nur die alten Daten überlebt haben. Du hättest die Schlagzeilen sehen sollen! *Rutherfords rostige Ransom-Abwehr* war mein Favorit. Aber wir haben einen anderen Grund, Cerberus behalten zu wollen. Vielleicht Millionen von Gründen. Stimmt's, Sarah?«

»Darum bin ich hier«, sagte Sands. »Der alte Wachhund lebt noch. Unser Programm ist nicht das Produkt, das uns vorgeschwebt hat. Es kann offenbar keine Angriffe mit Erpressersoftware verhindern. Aber es macht Sicherheitskopien unangreifbar, was fast genauso gut ist. Dafür würden viele Organisationen einen Haufen Geld bezahlen. Wir brauchen nur noch die Server, die du genutzt hast. Laborversuche sind schön und gut, aber wir müssen uns vergewissern, dass die alten Daten wirklich durch unser Programm gerettet wurden. Nicht durch irgendeinen Systemfehler. Am besten ziehen wir gleich los und holen die Server.«

»Das geht nicht.« Rutherford ließ sich wieder aufs Sofa fallen. »Als ich dachte, das Programm sei Mist, habe ich den ganzen Krempel als Elektroschrott entsorgt.«

14

Speranski saß in seinem Arbeitszimmer, blätterte Kataloge von Elektrogroßhändlern durch und versuchte einen Scheinwerfer zu finden, der einem Flakscheinwerfer aus dem Zweiten Weltkrieg glich, als sein abhörsicheres Telefon erneut klingelte.

»Wir hatten recht«, sagte die Stimme am anderen Ende. »Es war ein Hinterhalt.«

»Wie schlimm?«, fragte Speranski.

»Hätte schlimmer sein können. Das Hauptteam, vier Personen, befand sich in der Tiefgarage. Es hat die Situation erkannt, einen GPS-Tracker an Rutherfords Käfer angebracht und ist heil rausgekommen. Der Landstreicher hat die beiden Kerle erwischt, die draußen Wache gehalten haben.«

»Sind sie tot?«

»Nein, aber für einige Zeit außer Gefecht. Er hat sie brutal zusammengeschlagen. Einer von ihnen ist von Ratten gebissen worden, bevor er gefunden wurde. Er hat die beiden in großen Müllbehältern zurückgelassen.«

»Weiß die Zentrale davon?«

»Ja. Aber keine Sorge, die Polizei ist nicht hinzugezogen worden. Es gibt auch keine Augenzeugen. Der Fall hat keine Aufmerksamkeit erregt. Die Zentrale will, dass wir weitermachen – allerdings mit einer Änderung.«

»Mit welcher Änderung?«

»Sie entsendet einen neuen Mann. Denisow. Bis zu seiner Ankunft soll das restliche Team sich lediglich auf bloße Überwachung beschränken.«

Speranski machte eine nachdenkliche Pause. Mit Denisow hatte er noch nie zusammengearbeitet, jedoch von ihm gehört. Denisow hatte als Vernehmer angefangen. Der menschliche Lügendetektor – das war sein Spitzname. Wegen seiner Erscheinung. Wegen seines Naturells. Und wegen seiner Fähigkeit, Leute zum Reden zu bringen.

»Ich dachte, Denisow würde nicht mehr im Feld eingesetzt«, sagte Speranski. »Zu viele unglücklich ausgegangene Verhöre.«

»Nein, er ist weiter aktiv«, sagte die Stimme. »Seit etwa fünf Jahren in Tschetschenien. Um sein Repertoire zu erweitern. Um seine Selbstdisziplin zu verbessern. Er ist jetzt rehabilitiert. Bei den Leuten, die zählen, wieder hoch im Kurs.«

»Und sie setzen ihn auf Rutherford an? Ist das nicht ein Overkill?«

»Auf den Landstreicher. Das restliche Team kann sich wie bisher mit Rutherford befassen.«

»Moment mal!« Sands trat ans Fenster, dann drehte sie sich zu Rutherford um. »Du kannst unmöglich eine ganze Servergruppe verschrottet haben. Wie viele hast du benutzt?«

»Acht.« Rutherford blickte verlegen zu Boden. »Verschrottet habe ich sie eigentlich nicht, aber ziemlich demoliert.«

»Was hast du mit ihnen gemacht?«

»Nun, als Erstes ist die Glastür des Serverschranks zu Bruch gegangen, als ich sie zuknallte. Das habe ich getan, weil ich dachte, Cerberus habe nicht funktioniert. Dann habe ich alle Kabel rausgerissen. Ich wollte das Ding in den Abfallbehälter vor dem Gebäude werfen, aber es war zu schwer und hat sich in den PVC-Boden eingegraben. Ich musste aufgeben und habe eine Haftnotiz angebracht, der Schrank solle samt Inhalt entsorgt werden.«

»Das war, bevor dir gekündigt wurde?«

»Richtig. Am Tag des Hackerangriffs.«

»Hat der Schrank noch dagestanden, als du endgültig gegangen bist?«

Rutherford zuckte mit den Schultern. »Keine Ahnung. Nach dem ersten Tag bin ich nicht mehr im Computerraum gewesen. Das wäre sinnlos gewesen, weil nichts funktioniert hat. Am letzten Tag wollte ich nachsehen, aber da hatte ich schon nach zehn Minuten die Kündigung in der Hand.«

»Du bist nicht ersetzt worden?«

»Bisher nicht.« Rutherford ließ den Kopf hängen. »Der Job ist nicht gerade ein Hauptgewinn. Nichts funktioniert. Man ist Abteilungsleiter, aber es gibt praktisch keine Abteilung zu leiten. Ich hatte nur zwei Mitarbeiter. Einen in Teilzeit. Und beide sind freigestellt, bis die Computer wieder laufen.«

»Wie wahrscheinlich ist's also, dass jemand deine Haftnotiz gelesen hat und wirklich etwas zum Abtransport unternommen hat?«

»Nicht sehr wahrscheinlich.«

»Der Schrank steht also vielleicht noch dort?«

»Könnte sein.«

»Dann komm jetzt. Worauf warten wir noch? Wir müssen sofort nachsehen.«

»Das können wir nicht. Wir kommen nicht rein. Ich musste meinen Schlüssel abgeben.«

»Rusty! Denk doch mal nach. Was habe ich fast zehn Jahre lang gemacht? Für FBI-Agenten gibt es keine abgeschlossenen Türen. Und dort ist bestimmt niemand. Alle Alarmanlagen sind ausgeschaltet. Der Schrank könnte genauso gut auf dem Gehsteig abgestellt darauf warten, dass wir ihn mitnehmen.«

»Wie wollen wir ihn abtransportieren?«

»Zu dritt ist das sicher kein Problem. Im Vorraum muss es Möbelroller geben. Wie wäre der Schrank sonst reingekommen, als er geliefert wurde?«

»Ich meine, wie wollen wir ihn hierherbringen? In meinen VW passt er garantiert nicht.«

»Deshalb habe ich einen Minivan gemietet. Aber wir bringen ihn nicht hierher. Nicht in ein Gebäude, das observiert wird und einen Portier hat, der jede deiner Bewegungen meldet. Für heute Nacht mieten wir einen Lagerraum. Verstecken ihn dort. Und morgen sehen wir uns nach einem Büro um. Oder nehmen uns ein Motelzimmer. Wir brauchen nur Strom. Und Platz, damit wir ungestört arbeiten können.«

Ihr Plan war unkompliziert. Sands sollte als Erste reingehen und im Foyer haltmachen. Sie würde sich bei dem Portier für ihre Unhöflichkeit entschuldigen und erwähnen, ihrem Freund gehe es wieder so gut, dass er an eine Spazierfahrt denke. Reacher und Rutherford würden ihm Zeit lassen, seine Textnachricht abzusenden, bevor sie in die Garage hinunterfuhren. Sie würden Rutherfords VW-Käfer nehmen – mit Reacher am Steuer. Er würde so langsam durch die Gasse fahren, dass Rutherford aussteigen und hinter den Müllbehältern versteckt auf Sands warten konnte. Reacher würde weiter herumfahren und den Toyota wie an einem unsichtbaren Abschleppseil hinter sich herziehen, sodass Rutherford und Sands ungehindert in das städtische Rechenzentrum eindringen konnten.

Kein Plan überlebt die erste Feindberührung.

Oder in diesem Fall Reachers Bestreben, bald Feindberührung zu bekommen.

Er begann damit, dass er scheinbar ziellos kreuz und quer durch die Stadt fuhr, als ahnte er nichts von dem GPS-Tracker, und versuchte festzustellen, ob er beschattet wurde. Obwohl er den Sitz ganz zurückgestellt hatte, saß er schlecht. Die aus dem Bodenblech ragenden Pedale waren zu betätigen. Seine Füße hatten kaum genug Platz. Die Schaltung hakte. Am wenigsten gefiel Reacher jedoch, dass er glauben musste, jemand verfolge ihn tatsächlich. Er mochte es, Verfolger spüren zu können. Sie im Kopf wie wandernde Lichtpunkte auf einem Stadtplan zu sehen. Er fühlte sich von allem abgeschnitten. Als wäre das Seil nicht nur unsichtbar, sondern hätte nie existiert.

Reacher sah auf die Benzinuhr des Käfers. Der Tank war fast leer. Ihn überraschte immer wieder, wie oft Zivilisten das Tanken vor dem Abstellen vergaßen. Was nützten Geräte, wenn sie nicht gepflegt und gebrauchsfähig erhalten wurden? Er fuhr kopfschüttelnd zu der Raststätte, die er schon mit Rutherford aufgesucht hatte, und steuerte eine Zapfsäule in der Nähe des Eingangs von rechts an, damit niemand von der Straße aus den Beifahrersitz deutlich erkennen konnte. Dann sperrte er den Wagen ab und ging hinein.

Als Erstes besuchte er die Textilabteilung. Normalerweise zog er sich nicht zweimal am Tag um, aber man musste beweglich sein. Ein nächtlicher Einsatz war jetzt denkbar, also kam es auf Tarnung an. Er wählte schwarze Jeans und ein schwarzes Hoodie aus, zahlte und ging auf die Toilette, um sich umzuziehen. Dann kehrte er zurück und nahm einen Dreierpack T-Shirts mit. Bei Autozubehör besorgte er sich eine Straßenkarte, eine Stablampe und einen Reservekanister. In der Getränkeabteilung zwölf Flaschen Mineralwasser und einen großen Becher starken Fernfahrerkaffee. An der Kasse legte er zwei Gasfeuerzeuge dazu und zahlte im Voraus für reichlich Benzin.

Draußen verstaute Reacher seine Einkäufe. Außer Kaffeebecher und Reservekanister kam alles – auch das früher erworbene größere Messer und das Gewebeband – in den Fußraum vor dem rechten Sitz. Das kleinere Messer und die Feuerzeuge steckten in der Tasche, die erbeuteten Pistolen in seinem Hosenbund. Er füllte den Tank des Käfers und den Reservekanister, den er in den Kofferraum legte. Dann sah er auf der Straßenkarte nach, ob es eine Möglichkeit gab, die von Marty benützte Straße zu erreichen, ohne die Stadt durchqueren zu müssen. Tatsächlich gab es eine Umgehung westlich der Stadt. Er zwängte sich wieder in den kleinen Wagen und fuhr auf die Straße hinaus.

Auf der Karte war die Straße als dicke schwarze Linie eingezeichnet. Sie ließ solide Breite vermuten. Nicht viel anders als die Straße, auf der Reacher die Raststätte erreicht hatte. Leider war sie kein gutes Beispiel für die Kunst des Kartografen. Tatsächlich war sie kaum mehr als eine asphaltierte Fahrspur. Reacher stellte sich vor, wie Farmer sie mit Pferdefuhrwerken angelegt und später mit Traktoren und Anhängern befestigt hatten, bis das County sie schließlich übernahm. Sie etwas begradigte und verbreiterte und mit einer dünnen Asphaltschicht befestigte. Und jetzt ab und zu eine Straßenbaukolonne vorbeischickte, um die größten Schlaglöcher in dem rauen, rissigen Asphalt flicken zu lassen. Reacher ließ sich absichtlich Zeit. Er wollte möglichst wenig schalten. Und er hatte keine Lust, die Nacht in einem Straßengraben verbringen zu müssen.

Zuletzt stieß die Fahrspur doch auf die nach Süden führende Straße, die Marty benutzt hatte. Es wurde rasch dunkel, und der tagsüber schwache Verkehr kam ganz zum Erliegen. Reacher schaute alle halbe Minute in den Rückspiegel, ohne Scheinwerfer hinter sich entdecken zu können. Auf einer langen Geraden gab er Vollgas. Der Heckmotor röhrte und schepperte hinter ihm. Das Lenkrad zitterte und ruckelte in seinen Händen. Er behielt sein Tempo bei, solange er sich traute, und bremste erst beim Einfahren in die nächste Kurve. Gefährlich spät. Das Wagenheck brach aus. Die schmalen Reifen quietschten. Er verließ die Kurve auf der falschen Straßenseite, korrigierte seinen Kurs und fuhr mit Schrittgeschwindigkeit weiter.

Wieder ein Blick in seinen Rückspiegel. Keine Scheinwerfer hinter ihm. Reacher kam an der Stelle vorbei, an der Marty gehalten hatte. Im Rückspiegel war weiter nichts zu sehen. Er passierte die Zufahrt zu dem Feld, das er überquert hatte. Nach wie vor keine Scheinwerfer. Er beschleunigte unter einer Brücke, über die früher eine Leitung zur Feldbewässerung geführt hatte. Noch immer keine Scheinwerfer. Dann erhellte das schwache Licht des Käfers die hohe Studebaker-Werbung. Reacher wurde langsamer. Seine Verfolger sollten genau sehen, was er machte. Falls ihn überhaupt jemand verfolgte.

Reacher lenkte den Käfer in die Lücke zwischen dem ehemaligen Ausstellungsraum und dem verlassenen Kassenhäuschen. Er stellte ihn nachlässig geparkt ab, stieg aus und ließ die Fahrertür offen. Nachdem er sich vergewissert hatte, dass Marty nicht mehr an der Wasserleitung hing, holte er den Benzinkanister aus dem Kofferraum und nahm Wasserflaschen, T-Shirts und Stablampe aus dem vorderen rechten Fußraum mit. Er ließ auch die rechte Tür offen und ging zu der Stelle hinter dem Ausstellungsraum, wo die Frau und der Kerl auf der Flucht aufgetaucht waren. Die Sperrholzverschalung ließ sich leicht lockern, sodass er hindurchschlüpfen konnte. Nun stand er in einem großen Raum, der zur Straße hin halbrund verglast war. Alle Fenster waren mit Brettern vernagelt. An der rechten Wand standen Glasvitrinen mit eingeschlagenen Türen und leeren Fächern.

Der Lichtstrahl seiner Stablampe zeigte ihm Fußabdrücke in dem Staub, der den Boden bedeckte. Er folgte ihnen zu einer Tür in der linken Wand. Sie führte zu einer Holztreppe, die schon bessere Tage gesehen hatte. Das stand fest. Die Stufen knarrten, und das Geländer gab nach, als Reacher es anfasste. Er überlegte, ob er den Aufstieg riskieren sollte. Was er plante, ließ sich auch von unten machen, wenn man genügend Deckung hatte. Aber ihm stand der Sinn nach etwas Theatralischem, das übers rein Funktionale hinausging.

Reacher blieb dicht an der Wand, wo das Holz noch am stabilsten war. Er nahm die Stufen langsam, prüfte jede einzeln, bevor er sie ganz belastete. So kroch er nach oben, wo eine Falltür aufs Dach hinausführte. Er stemmte die Wasserflaschen und den Benzinkanister ins Freie und kletterte hinterher. Zur Abdichtung und als Wärmeschutz war das Flachdach silbern beschichtet gewesen, doch inzwischen war die Oberfläche stumpf und blätterte an vielen Stellen ab. Sie war mit Laub, Zweigen und Abfällen bedeckt, die der Wind irgendwie heraufgeweht hatte. Das meiste davon lag am Fuß der fast hüfthohen Mauer, die das ganze Dach umgab. Wie der Wall einer kleinen Burg, dachte Reacher. Und genauso wollte er sie nutzen.

Er ging zu der Ecke, die dem Kassenhäuschen am nächsten war, und löste sechs Wasserflaschen aus ihrer Folienumhüllung. Das Wasser kippte er weg, ersetzte es zur Hälfte durch Benzin. Dann schnitt er zwei T-Shirts in Streifen, stopfte sie in die Flaschen und ließ mit Benzin getränkte lange Stücke heraushängen. Er stellte die fertigen Molotowcocktails entlang der Mauer auf und zog eines der Feuerzeuge aus der Tasche.

Reachers Plan fehlte nur eine Komponente: ein Ziel. Er saß da und wartete, aber in der Lücke unter ihm erschien kein Fahrzeug. Allmählich fürchtete er, einem Phantom nachzujagen. Er ging zu der Säule des Werbeschilds hinüber, um die Straße im Auge zu behalten. Nirgends eine Bewegung. Dann glaubte er, eine Viertelmeile entfernt einen schwachen Lichtschein auszumachen. Aber er war sich seiner Sache nicht sicher. Er beobachtete weiter, als ließe sich der Lichtschein durch bloße Willenskraft verstärken, und hörte dann ein Fahrzeug. Es kam aus der Gegenrichtung. Ein Lieferwagen, der auf der unebenen Fahrbahn hüpfte und schwankte. Rasant unterwegs. Vielleicht ein Klempner, der es nach einem langen Arbeitstag eilig hatte, nach Hause zu kommen. Oder ein Elektriker. Oder ein Betrunkener.

Dann wurde der Lieferwagen geringfügig langsamer, und seine Scheinwerfer erfassten vertraute Umrisse unter der Brücke für die Wasserleitung. Der blaue Toyota. Er war ihm also gefolgt. Aber er suchte keine Auseinandersetzung, sondern beobachtete nur. Sollte herausfinden, wohin Reacher unterwegs war. Nahe genug, um festzustellen, ob er das Auto wechselte oder bei jemandem einstieg. Zu weit entfernt, als dass Reacher ihn hätte abfackeln können. Er hielt den Toyota weiterhin im Blick und hoffte, er werde doch noch näher kommen. So verstrichen fünf Minuten, ohne dass sich etwas ereignete. Dann vibrierte Reachers Handy. Eine weitere Textnachricht. Eine Meldung von Rutherford, die wie die erste besagte: *Bin in Sicherheit.* Das bedeutete, dass auch Reacher zurückfahren konnte. Er durfte sich von dem Toyota beschatten lassen. Ihn an seiner elektronischen Longe hinter sich herziehen. Die Kerle in dem Toyota würden einen harmlosen Bericht erstatten. Ihre Bosse in allen Einzelheiten über Reachers Abend informieren. Aber diese Vorstellung gefiel ihm nicht. Wenn er eine Botschaft übermittelte, sollte sie klar und unmissverständlich sein. Jemand hatte ihm sechs Kerle auf den Hals gehetzt. Es wäre falsch gewesen, den Tag mit nur zwei Typen im Krankenhaus enden zu lassen.

Reacher steckte das Feuerzeug wieder ein und schüttete das Benzin in den Flaschen aus. Er stieg vorsichtig die Treppe hinunter, durchquerte den Ausstellungsraum und öffnete die Tür in der Mitte der Rückwand. Dahinter lag ein Korridor mit einer Tür am Ende, einer Tür links und zwei Türen in gleichen Abständen rechts. Die linke Tür führte in ein Büro mit Vorzimmer. Weil das Gebäude schon älter war, vermutete Reacher, das Vorzimmer sei für eine Sekretärin und das Chefbüro für den Geschäftsführer bestimmt gewesen. Oder den Inhaber des Autohauses. Beide Büros waren leer. Hinter der ersten Tür rechts befand sich eine Teeküche, allerdings ohne Besteck oder Geschirr. Auch ohne Herd oder Kühlschrank. Nur ein Ausguss, dazu eine Resopalplatte als Arbeitsfläche.

Als Nächstes folgten zwei Toiletten, zwischen denen eine Besenkammer lag. Dort war ein Besen zurückgeblieben. Und ein Mopp. Und ein Putzeimer. Eine Rolle Küchenpapier. Eine Flasche WC-Reiniger. Und etwas Bohnerwachs. Reacher ging zu der Tür am Ende des Korridors weiter. Sie führte in den letzten Teil des Gebäudes: eine Art Werkstatt mit einem Sektionaltor, aber ohne Montagegrube, Hebebühne oder Platz für komplettes Werkzeug. Eine Art Wartungsraum. Er stellte sich vor, hier seien Fahrzeuge überprüft worden, bevor sie präsentiert wurden. Oder für die Auslieferung an Kunden vorbereitet. An einer Wand stand ein Metallschrank, in dem Reacher eine längst ausgetrocknete Tube Handwaschpaste fand. Eine Dose Autowachs. Etwas Kreidepaste für Weißwandreifen. Eine Flasche Allzweckreiniger. Eine Tube Teerentferner. Und eine Flasche Glasreiniger. Reacher öffnete sie, roch daran und nickte zufrieden. Und ging zurück, um den chlorhaltigen WC-Reiniger zu holen. Er wollte ausprobieren, was er vom Chemieunterricht in der Highschool behalten hatte.

Reacher zwängte sich durch die Lücke in der Holzverschalung ins Freie und machte einen Rundgang um den VW Käfer. Er tastete die Innenseiten der Stoßstangen ab, bis er den magnetisch haftenden GPS-Tracker fand, den er loslöste und unter den Wagen legte. Er trank einen letzten Schluck Kaffee, nahm den Deckel ab und leerte den Rest aus. Band sich das letzte T-Shirt so um, dass es Mund und Nase bedeckte. Mit ausgestreckten Armen arbeitend, die bei ihm länger als bei anderen waren, füllte er den Kaffeebecher halb mit WC-Reiniger, auf den er Glasreiniger goss. Dann drückte er den Deckel wieder drauf, schloss die Beifahrertür und kurbelte das Fahrerfenster herunter, bevor er einstieg und den Motor anließ. Damit er schalten konnte, hielt er den Becher in der linken Hand, als er langsam auf die Straße hinausrollte. So fuhr er mit wenig Gas und ohne Licht in Richtung Stadt zurück.

Der Toyota parkte weiter unter der Brücke. Seine rechte Seite berührte fast einen der massiven gemauerten Pfeiler, die mindestens hundert Jahre alt sein mussten. Reacher brachte den Käfer so zum Stehen, dass er fast die linke Seite des anderen Wagens berührte. Er zog das T-Shirt herunter. Die Fahrerin starrte ihn an. Anfangs wirkte sie überrascht. Dann misstrauisch. Reacher machte ihr ein Zeichen, ihr Fenster herunterzufahren.

»Wie geht's so, Leute?« Reacher versuchte freundlich zu lächeln. »Überwachungsjobs können ziemlich langweilig sein, stimmt's? Deshalb habe ich etwas mitgebracht, das euch ein bisschen aufmuntern soll.«

Reacher nahm den Deckel ab, streckte seinen linken Arm ins Wageninnere und kippte den Becherinhalt über die Mittelkonsole. Dann kurbelte er sein eigenes Fenster hoch und beobachtete einige Sekunden lang, wie in dem anderen Wagen dünne grüne Rauchfinger aufzusteigen begannen. Chemie aus der Highschool. Er hatte sich ziemlich gut daran erinnert. Die vier Personen in dem Toyota kreischten, rieben sich die Augen und tasteten nach den Türgriffen. Die rechten Türen knallten ans Mauerwerk, aber der Spalt war viel zu schmal für einen Menschen. Und die Türen auf der linken Seite wurden vom Trittbrett des Käfers blockiert. Reacher blieb noch einen Augenblick stehen, bevor er wegfuhr. Im Rückspiegel konnte er sehen, wie das erste Paar heraustorkelte. Dann folgte das zweite, das mit ausgestreckten Armen umhertaumelte wie Zombies in einem Horrorfilm.

Reacher hatte das Gefühl, einen Blick in die Zukunft werfen zu können, als er in Mitchs Apartment zurückkehrte. Rutherford wirkte gebeugt. Bucklig. Er schlurfte durch den Raum. Seine Augen waren trüb und unfokussiert, als wäre er an einem einzigen Abend um fünfzig Jahre gealtert.

»Hast du getrunken?«, fragte Reacher.

Rutherford gab keine Antwort.

»Wo ist Sarah?«, fragte Reacher.

»Im Bad.« Rutherford schaffte es bis zum Sofa und ließ sich fallen.

»Wie hat's geklappt?«

»Wir haben eine gute Nachricht«, erklärte Rutherford. »Auch ein paar mittelgute. Und eine absolut katastrophale Nachricht. Welche willst du zuerst hören?«

»Fang mit der guten an.«

Rutherford deutete zur Küche hinüber. Auf der Arbeitsplatte stand ein silbergrauer Laptop, der über ein verdrehtes Kabel an einer Steckdose hing.

»Ein Computer«, sagte Reacher.

»Nicht bloß irgendein Computer«, stellte Rutherford leicht trotzig fest. »Das ist der, für dessen Rückgabe die Anwaltsarschlöcher der Stadtverwaltung vierzehnhundert Dollar verlangt haben. Womit wir bei den mittelguten Nachrichten wären. Kann ich meinen Job nicht zurückbekommen, habe ich wenigstens eine Zukunft als Einbrecher. Wir sind reingekommen. Wir sind rausgekommen. Niemand hat gemerkt, dass wir drinnen waren.«

»Und die Server-Dinger?«

»Das ist die schlechte Nachricht. Sie sind weg. Wir haben sie überall gesucht. Sogar die Scherben der Glastür waren entsorgt.«

»Aber wir geben nicht auf, stimmt's, Rusty?« Sarah kam aus der Tür links der Küche. Ihr Haar verschwand unter einem zu einem Turban geschlungenen Handtuch, und sie trug einen viel zu großen Morgenmantel aus schwarzem Satin. »Wir werden diese gottverdammten Dinger finden. Gleich morgen früh geht's los. Wir suchen den ganzen Staat ab. Notfalls das ganze Land. Irgendwo müssen sie sein.«

»Wie sehen sie überhaupt aus?«, fragte Reacher. »Kannst du sie mir beschreiben?«

»Ich könnte dir Abbildungen besorgen«, sagte Rutherford. »Mit Modell- und Seriennummern. Wozu?«

»Überlass die Suche nach ihnen lieber mir. Sarah und du, ihr solltet die Stadt verlassen.«

»Niemals!« Rutherford verschränkte die Arme. »Darüber haben wir schon diskutiert.«

»Wir sollten die Server finden und mitnehmen.« Sands setzte sich neben Rutherford aufs Sofa. »Sie sind transportabel. Mit ihnen arbeiten können wir überall. Sich unnötigen Gefahren auszusetzen, bringt nichts.«

»Ihr solltet sofort abhauen«, meinte Reacher. »Irgendwelche Leute sind so scharf auf diese Dinger, dass sie sechs Leute auf Rusty angesetzt haben. Die ersten sechs haben versagt. Glaubt ihr, dass sie aufgeben werden? Nein. Sie werden zwölf Kerle schicken. Achtzehn. Wer weiß, wie viele? Und wie weit werdet ihr mit *Ich weiß nicht, wo die Server sind* kommen, wenn sie denen in die Hände fallen?«

Sands rückte ihren Turban zurecht. Rutherford äußerte sich nicht dazu.

»Ihr solltet abreisen«, insistierte Reacher. »Finde ich die Server, schicke ich sie dem FBI. Das Bureau kann die Sache mit dem digitalen Fingerabdruck, den einer von ihnen enthält, aufgreifen und weiterverfolgen. Sobald keine Gefahr mehr besteht, könntet ihr wieder zurückkommen.«

»Nein.« Rutherford schüttelte den Kopf. »Mir ist's egal, wie viele Leute sie schicken. Ich lasse mich nicht aus meinem Heim vertreiben. Und ich überlasse diese Server niemandem. Noch nicht. Nicht solange eine Chance besteht, dass wir Cerberus zu etwas entwickeln, das echt wirklich Geld bringt. Ich will nicht oberflächlich oder geldgierig klingen, aber schau dir dieses Apartment an. Mitch ist zehn Jahre jünger als ich. Er hat eine einzige gute Idee gehabt. Ich hab mir mein Leben lang den Arsch aufgerissen. Ich habe eine Chance verdient.«

»Das ist nur fair.« Sands steckte eine Haarsträhne unter den Turban zurück. »Du hast wirklich eine Chance verdient. Du solltest davon profitieren, wenn Cerberus ein Erfolg wird. Das sollten wir beide. Aber du kannst nicht profitieren, wenn du tot bist. Sieh die Sache also nicht als Vertreibung, sondern als Sabbatical. Findet Reacher die Server, könnten wir dem FBI eine Kopie zur Verfügung stellen. Nachdem er sich dazu verpflichtet hat, aus den Inhalten keine Produkte zu entwickeln. Das tut das Bureau ohnehin nicht. Und bis dahin könnten wir mit den Modellen weiterarbeiten. In meiner Wohnung. Dort sind wir sicher, und stell dir vor, wie's wär, wenn wir hier mit einem fabrikneuen Rolls-Royce aufkreuzen. Wenn dein alter Boss dich anfleht zurückzukommen. Und du ihn aufforderst, sich seinen miesen Job hinten reinzustecken.«

Rutherford stand auf, als aus der Küche ein Klingelton ertönte. »Das ist mein Laptop. Er hat seine Updates heruntergeladen. Endlich. Mal sehen, was …« Sein Handy klingelte. Er sah aufs Display. »Eine hiesige Nummer, die ich nicht kenne. Soll ich das Gespräch annehmen?«

»Deine Entscheidung«, meinte Reacher.

Rutherford wischte über das Telefonsymbol und hob das Handy ans Ohr. »Hallo?« Er hörte kurz zu, dann gab er das Telefon Reacher. »Officer Rule. Sie will dich sprechen.«

»Hier Reacher.« Er stand auf und trat ans Fenster.

»Wir müssen miteinander reden«, sagte Officer Rule. »Ich gebe Ihnen eine Adresse. Kommen Sie allein. Das Garagentor steht offen. Fahren Sie hinein und bleiben Sie im Auto.«

Reacher fand die Adresse, die Officer Rule ihm gegeben hatte, ohne Probleme. Dort stand ein Einfamilienhaus in einem gepflegten, aber einfachen Garten an einer netten, aber einfachen Straße in einem stillen Wohnviertel etwa eine halbe Meile von dem Gerichtsgebäude entfernt. Der Asphalt war anscheinend erst dieses Jahr erneuert worden, weil er noch schwarz wirkte und keine größeren Risse aufwies, doch Reacher fand es merkwürdig, dass es hier keine Gehsteige gab. Die Fahrbahn reichte bis an die Grundstücksgrenzen. Bis zu ihrem Rasen, ihren Einfahrten oder Hecken. Reacher fragte sich, ob das mit der Hitze zusammenhing. Oder mit der Luftfeuchtigkeit. Oder ob die Bewohner dieser Kleinstadt eine besondere Abneigung gegen jegliche Art von Bewegung hatten, die sie dazu zwang, das eigene Grundstück zu verlassen.

Das richtige Haus war leicht zu erkennen, weil davor neben einem fast neuen Honda Civic ein Streifenwagen parkte. Reacher vermutete, das sei Officer Rules persönlicher Dienstwagen. Er fuhr langsamer, sah noch mal in den Rückspiegel, um sich zu vergewissern, dass ihm niemand folgte, und bog in die Einfahrt ab. Das Garagentor begann sofort klappernd und scheppernd nach oben zu rollen, und als es ganz oben war, fuhr Reacher in die Garage. Nachdem er den Motor abgestellt hatte, ratterte das Tor wieder nach unten. An einer Wand hing eine Aluminiumleiter an zwei Haken, ihr gegenüber ein Rennrad. Ein stabiles Regal enthielt Düngemittel, Unkrautvernichter und alle möglichen Gartengeräte. Reacher hatte keine Ahnung, wozu sie gut waren.

Sobald das Tor ganz heruntergefahren war, öffnete sich links von Reacher die Verbindungstür ins Haus, und Officer Rule betrat die Garage. Sie trug marineblaue Sweatpants und ein T-Shirt in gleicher Farbe. Ihr Haar wurde von einer goldenen Spange zusammengefasst. Und sie hielt einen großen Umschlag in der Hand. Reacher öffnete seine Tür, um auszusteigen, aber sie schüttelte den Kopf und bedeutete ihm, er solle sitzen bleiben.

»Wir müssen uns beeilen. Meine Nachbarin kommt gleich nach Hause, und ich möchte nicht, dass sie Sie wegfahren sieht.«

»Sie glauben, dass sie Sie bespitzelt?«

»Sie haben nie in einer Kleinstadt gelebt, was?« Über ihr Gesicht huschte ein flüchtiges Lächeln. »Natürlich bespitzelt sie mich. Das tun alle. Vielleicht nicht so, wie Sie denken, aber ich will trotzdem nichts damit zu tun haben. Hier.« Sie reichte ihm den Umschlag. »Der ist für Sie.«

»Was ist da drin?«, fragte Reacher. Der Umschlag war nicht beschriftet.

»Die Kopie einer Akte. Über den Fall der Journalistin, nach der Sie gefragt haben.«

»Warum geben Sie sie mir jetzt?«

»Weil ich die Verschleppungstaktik satthabe. Sie hat einen schrecklichen Tod erlitten, aber bei uns ermittelt niemand ernsthaft. Sie waren bei der Militärpolizei. Sie haben gute Instinkte bewiesen, als es um Hollys widerlichen Freund ging. Vielleicht können Sie etwas anstoßen, damit dieser Frau Gerechtigkeit widerfährt. Sie hat Toni Garza geheißen. In meiner Gegenwart hat Detective Goodyear den Namen kein einziges Mal laut ausgesprochen.«

Die Fotos der ermordeten Journalistin steckten sicher in dem Umschlag, und der Umschlag lag sicher unter der Fußmatte vor dem Beifahrersitz von Martys Wagen. Man konnte immer in eine zufällige Verkehrskontrolle geraten, und Reacher wollte nicht riskieren, dass ein neugieriger Cop sich für den Umschlag interessierte, falls er angehalten wurde. Obwohl die

Fotos versteckt waren, standen sie Reacher unterwegs noch deutlich vor Augen. Für Toni Garza machte es keinen Unterschied, dass er sie gesehen hatte. Sie blieb weiter tot. Aber für Reacher machten sie einen Unterschied. Er musste annehmen, Garzas Mörder sei auch hinter Rutherford her. Und seit er gesehen hatte, mit welcher Brutalität der Unbekannte vorging, konnte er Rutherford unmöglich allein lassen.

Sands öffnete Mitchs Wohnungstür, als Reacher klingelte. Sie hatte ihr Haar geföhnt und frisiert und trug jetzt zu einer Yogahose eine bequem geschnittene blassblaue Seidenbluse. »Alles okay?«, fragte sie. »Was wollte Officer Rule von Ihnen?«

»Sie hatte Informationen für mich. Inoffiziell. Sozusagen von Cop zu Ex-Cop. Wegen eines Falls, auf den ich sie schon früher angesprochen hatte.«

»Sind sie nützlich, diese Informationen?«

»Als nützlich würde ich sie nicht gerade bezeichnen. Aber sie eröffnen eine neue Perspektive.«

Rutherford saß in der Küche an seinem Laptop. Das Gerät ließ sein Alter erkennen, indem es sich anscheinend weigerte, ohne Netzkabel zu arbeiten.

»Funktioniert dieses Ding?«, fragte Reacher. »Ich brauche die E-Mail, die Toni Garza dir geschickt hat. Die Journalistin.«

Rutherford gab klappernd einige Tastenbefehle ein, berührte das Touchpad und winkte Reacher nach einer halben Minute zu sich heran.

»Das ist sie.« Er zeigte auf den Bildschirm. »Sie hat sich wie gesagt nach Grundbucheintragungen erkundigt. Für eine bestimmte Adresse. Ohne Nennung des Eigentümers.«

»Und ihre zweite Nachricht?«, fragte Reacher.

Rutherford schüttelte den Kopf. »Die war eine Sprachnachricht. Ich habe sie gelöscht, gleich nachdem ich sie mir angehört hatte.«

»Hast du die Adresse des Grundstücks?«, wollte Reacher wissen. »Ist es bebaut? Falls dort jemand lebt, möchte ich ihn aufsuchen. Oder sie. Morgen früh als Erstes.«

»Morgen früh müssen wir die Server aufspüren«, warf Sands ein.

»Mal sehen, was ich finden kann«, meinte Rutherford. »Lasst mir zwei Minuten Zeit.« Seine Finger klapperten über die Tastatur. Er rief einen Stadtplan auf, konsultierte Datenbanken und nickte dann. »O ja, es ist bebaut. Es ist sogar berühmt. Oder berüchtigt. Seine Adresse habe ich noch nie gesehen. Ich kenne es wie jeder nur als das Spy House, Haus der Spione. Dort haben mal zwei sowjetische Agenten gewohnt. Das war in den fünfziger Jahren. Jetzt gehört das Haus einem Geschäftsmann. Henry Klostermann.«

15

In Mitchs Apartment gab es zwei Schlafzimmer, die sich drei Personen teilen mussten. Reacher fand es allerdings etwas übertrieben, von Zimmern zu sprechen. Sie hatten weder Türen noch Fenster und als Wände nur Raumteiler aus Holz, die ihm kaum bis unters Kinn reichten. Weil die Betten todsicher zu kurz für ihn wären, würde er sie Sands und Rutherford überlassen. Er konnte auf dem Sofa schlafen, musste dann jedoch darauf verzichten, seine Hose unter der Matratze zu »bügeln«. Aber vom Sicherheitsstandpunkt aus gesehen war das ohnehin besser. Falls jemand herausfand, wo sie Unterschlupf gefunden hatten, würden Eindringlinge als Erstes auf ihn stoßen.

Reacher weckte sich um sieben Uhr. Weil hinter den Raumteilern nur gleichmäßiges Atmen und manchmal leises Schnarchen zu hören war, blieb er noch eine halbe Stunde liegen und spielte sich in Gedanken einige seiner liebsten Gitarrenriffs vor. Dann stand er auf und schaffte es, Mitchs komplizierte Kaffeemaschine in Gang zu setzen. Während sie brodelte und zischte, ging er unter die Dusche. Als er vierzehn Minuten später aus dem Bad kam – weiter unrasiert und mit noch feuchten Haaren –, saß Sands auf einem Hocker an der Esstheke. Sie trug denselben viel zu großen Morgenmantel und trank Kaffee aus einem weißen Porzellanbecher. Reacher goss sich ebenfalls Kaffee ein und füllte einen weiteren Becher, als Rutherford, der sich die Augen rieb, hinter einem Raumteiler auftauchte.

Sands plädierte dafür, telefonisch einen Besuchstermin im

Spy House zu vereinbaren. Das sei höflich, fand sie. Und auch zweckmäßig. So konnten sie sicherstellen, dass jemand zu Hause war. Das Risiko einer vergeblichen Fahrt vermeiden. Und das Risiko, dass ein verängstigter Hausbesitzer die Polizei rief, wenn er Reacher sah. Doch Reacher war anderer Meinung. Aus Erfahrung wusste er, dass die Überraschung sein Freund war. Am liebsten hätte er morgens um vier an die Haustür gehämmert, wie's der KGB früher getan hatte. Und wenn sich niemand dort aufhielt, war nichts verloren. Ein Haus ließ sich leichter durchsuchen, wenn der Besitzer abwesend war.

Rutherford wirkte noch zu verschlafen, um vernünftig argumentieren zu können, deshalb wurde beschlossen, Reacher solle unangemeldet hinfahren, während Sands in der Wohnung bliebe und herauszufinden versuchte, was die Stadt mit ausgemusterten Computern tat. Sie klammerte sich an die Hoffnung, die von Rutherford entsorgten Server doch noch zu finden und so ihren Millionentraum zu retten. Nach einem weiteren Becher Kaffee stand Reacher auf, um sich auf den Weg zu machen.

»Augenblick!« Rutherford glitt von seinem Hocker. »Ich komme mit. Bin in zwei Minuten fertig.«

»Willst du nicht dableiben und Sarah helfen?«, fragte Reacher.

Rutherford schüttelte den Kopf. »Das wäre zwecklos. Mit mir würde niemand reden. Außerdem kann Sarah viel überzeugender argumentieren. Und ich wollte das Spy House schon immer mal von innen sehen.«

»Wieso? Es ist garantiert nicht voller verkleideter Spione, die üben, Geheimcodes mit unsichtbarer Tinte zu schreiben, sondern ist bestimmt ein ganz normales Haus.«

»Ja, ich weiß. Aber ich möchte es trotzdem sehen.«

Reacher setzte sich und trank einen weiteren Becher Kaffee, während Rutherford erst ins Bad ging und dann hinter dem Raumteiler herumkramte. Als er wieder zum Vorschein kam, trug er zur Hose vom Tag zuvor ein frisches Polohemd. Reacher stand auf und griff nach dem Schlüssel von Martys Wagen.

»Hey, weißt du was?«, sagte Rutherford. »Wollen wir nicht meinen VW nehmen?«

Reacher grinste. »Ah, ich verstehe. Das Spy House interessiert dich nicht wirklich. Du willst nur sehen, ob ich deinen Käfer heil zurückgebracht habe.«

»Kannst du mir das verübeln?«, fragte Rutherford. »Ich liebe dieses Auto. Es ist unersetzlich.«

In der Tiefgarage wartete Reacher, während Rutherford langsam um den VW herumtrottete und den Lack gründlich inspizierte. Dann ging Reacher auf der Beifahrerseite in die Hocke und sah unter den Wagen.

»Was ist passiert?«, fragte Rutherford. »Bist du über etwas gefahren? Sag mir bitte, dass du keinen Wildunfall gehabt hast.«

»Ich suche GPS-Tracker«, antwortete Reacher. »Du suchst auf deiner Seite. Unter dem Wagen. Entlang der Trittbretter. In den Stoßstangen. Überall, wo ein Magnet haften kann.«

»Aber du hast gestern alles kontrolliert. Du hast einen Tracker gefunden und gesagt, dass du ihn entsorgt hast.«

»Ich war dreizehn Jahre lang in der Army, Rusty. Wir kontrollieren. Und dann kontrollieren wir noch mal. Das ist unsere Art.«

Rutherford zuckte mit den Schultern, dann suchte er seine Wagenseite von vorn bis hinten ab. Erfolglos. »Nichts auf meiner Seite. Hast du was gefunden?«

Reacher beugte sich über die Motorhaube und streckte eine Hand aus. »Noch ein GPS-Tracker. An derselben Stelle wie der vorige. Und dazu eine Nachricht.« Er zeigte Rutherford einen Zettel. »Mit dem Magneten befestigt.«

Rutherford griff danach, las den Text laut vor. »Romeo, Juliett. Dann zwei Zahlengruppen. Acht Glasen. Was soll das bedeuten?«

»Romeo Juliett bedeutet RJ im NATO-Alphabet. Meine Initialen in militärischer Schreibweise. Reacher, Jack.«

»Verstanden«, sagte Rutherford. »Und die Zahlengruppen, die könnten Koordinaten sein. Was ist mit acht Glasen?«

»Bei der Navy ist das mittags.«

»Vielleicht sollst du mittags an diesen Ort kommen? Aber warum ist das so ausgedrückt?«

»Um zu zeigen, dass sie meinen militärischen Hintergrund kennen? Um mein Vertrauen zu gewinnen? Oder vielleicht, um mich neugierig zu machen?«

»Was ist, wenn das eine Falle ist? Du solltest nicht hingehen.«

»Hast du dein Smartphone? Kannst du feststellen, wo dieser Ort liegt?«

Rutherford beschäftigte sich mit seinem Smartphone, tippte und wischte und hob dann den Kopf. »Reacher? Fahr lieber nicht hin.«

»Warum nicht?«

»Diesen Ort kenne ich. Das ist eine alte Fabrik. Knapp innerhalb der Stadtgrenze. Sie ist seit Jahren außer Betrieb. In meiner Kindheit haben sich alle möglichen Schauermärchen um sie gerankt. Wer dort reingegangen ist, ist nie wieder aufgetaucht. Ich habe mich niemals reingetraut.«

Das Spy House lag hinter einer Mauer versteckt. Diese Natursteinmauer war zweieinhalb Meter hoch und hatte eine mit Glasscherben gesicherte Krone. Die Einfahrt war mit einem Tor gesichert. Schmiedeeisen, ebenfalls zweieinhalb Meter hoch. Ein zur Seite rollendes Schiebetor, das keine Angeln hatte. Es war auch nicht zweigeteilt. Nirgends eine schwache Stelle. Dieses spezielle Tor wirkte sehr schlicht, kam ganz ohne Ornamente aus. Nur dicke senkrechte Eisenstäbe. Es erinnerte Reacher an ein riesiges Gullygitter. Man hätte einen Panzer gebraucht, um es aufzusprengen. Der Abstand zwischen den Stäben war so klein, dass nicht mal ein Kind hindurchgepasst hätte. Kein erfreuliches Bild. Und das in Augenhöhe montierte Schild vervollständigte den Effekt: *Fotografieren verboten. Betreten verboten. Interviews nur mit Termin.*

Rutherford deutete auf das Schild. »Vielleicht hatte Sarah recht und wir hätten vorher anrufen sollen.« Dann kurbelte er sein Fenster herunter und drückte auf den Klingelknopf eines Tastenfelds, das auf einer niedrigen Säule neben dem Tor montiert war.

»Guten Morgen. Mein Name ist Rusty Rutherford. Ist Mr. Klostermann zu sprechen?«

»Können Sie lesen, Mr. Rutherford?«

»Ja.«

»Haben Sie einen Termin?«

»Nein.«

»Dann sollten Sie bereits wissen, dass Mr. Klostermann nicht zu sprechen ist.«

Reacher beugte sich zu dem offenen Fenster hinüber. »Tatsächlich wissen wir das nicht. Auf Ihrem Schild steht, dass man für ein Interview einen Termin braucht. Wir sind nicht zu einem Interview hier. Also brauchen wir keinen Termin.«

Am anderen Ende entstand eine Pause. »Wozu sind Sie also hier? Für heute sind keine Wartungsarbeiten geplant.«

»Wir versuchen etwas aufzuklären, das Mr. Klostermann interessieren wird. Sehr interessieren wird. Es hat mit der Korrespondenz einer Journalistin zu tun. Wegen Grundbucheintragungen, die sein Haus betreffen.«

»Augenblick bitte.« Ein leises elektronisches Summen zeigte ihnen, dass die Verbindung unterbrochen war, aber nach etwa drei Minuten meldete die Frauenstimme sich wieder: »Mr. Klostermann wird Sie empfangen. Wenn das Tor aufgeht, fahren Sie bitte direkt vors Haus.«

Hinter dem Tor wurde das Grundstück durch eine Doppelreihe aus alten Bäumen zweigeteilt. Zypressen und Platanen. Die Fläche links von ihnen sah ungepflegt aus. Naturbelassen. Dort gab es keine Gebäude, auch keine Pflanzen, die höher waren als das grobe, struppige Gras. Rechts befand sich das Haus mit umlaufender verglaster Veranda und angebauter Doppelgarage. Es stand auf einem Steinfundament, aus dem einfache weiße Pfeiler aufragten, die das Dach trugen. Der Rest des Gebäudes war mit Holz verkleidet – mit olivgrün gestrichenen waagrechten Brettern. Im Erdgeschoss gab es vier große Sprossenfenster. Ebenso im ersten Stock. Alle hatten Fensterläden in einem dunkleren Grün, die geöffnet waren und an der Hauswand anlagen. Das Dach war mit cremeweißen Holzschindeln gedeckt. In seiner linken Hälfte ragte ein Kamin einen Meter über dem First auf.

Rutherford nahm die Zufahrt in Richtung Garage, parkte auf einem der markierten Plätze vor dem Haus und stellte den Motor ab. Reacher stieg als Erster aus. Rutherford folgte ihm, und sie gingen gemeinsam drei Stufen hinauf und überquerten die Veranda. Reacher klopfte an die Haustür. Eine Frau öffnete ihnen. Sie war Ende zwanzig und trug ein knielanges schwarzes Kleid mit weißer Schürze. Ihr blondes Haar war zu einem strengen Nackenknoten gefasst. Sie wirkte mager, fast unterernährt, bewegte sich aber mit der Grazie einer Ballerina.

»Bitte treten Sie ein«, sagte sie. Ihr gehörte die Stimme, die aus der Sprechanlage gekommen war. Ruhig und kalt. Das stand außer Frage. »Darf ich Ihnen eine Erfrischung anbieten, Gentlemen? Eistee?«

Als sie dankend ablehnten, führte die Frau sie durch einen engen Korridor. Der Boden schwarz-weiß gefliest. An den Wänden Familienporträts. Vier Türen, auf beiden Seiten je zwei. Schmucklos, helles Holz. Glatte Oberflächen, schmale Zargen. Die Frau blieb vor der zweiten Tür rechts stehen, klopfte an, öffnete sie und machte Platz, um Rutherford und Reacher eintreten zu lassen. Sie selbst blieb draußen.

In dem Zimmer befand sich bereits jemand. Ein Mann, groß, schlank, mit weißer Mähne. Wie Einstein, wenn er ein Banker gewesen wäre, dachte Reacher. Er schien ungefähr siebzig zu sein. Wahrscheinlich so alt wie dieses Haus. Vielleicht sogar in diesem Haus geboren. Der Mann legte seine Zeitung weg, stemmte sich aus dem Sessel hoch und streckte ihnen die Hand entgegen.

»Mr. Rutherford, ich bin Henry Klostermann. Freut mich, Sie kennenzulernen. Ich habe natürlich schon von Ihnen gehört. Und ich beneide Sie nicht um Ihre jetzige Situation. Ich habe früher manchmal für die Stadt gearbeitet. Jetzt lebe ich im Ruhestand, aber ich achte darauf, dass meine Firma sich an keinen städtischen Ausschreibungen beteiligt. Das Feilschen. Die endlosen Schuldzuweisungen. Das hat mich zermürbt. Unter solchen Bedingungen kann niemand gute Arbeit leisten. Ich mag mir gar nicht vorstellen, wie es war, ständig bei der Stadt zu arbeiten. Und Ihr Freund?«

»Reacher.« Reacher schüttelte ihm nicht die Hand. »Jack. Ich bin Mr. Rutherfords Überlebenstrainer.«

»Tatsächlich?«, fragte Klostermann. »Wie interessant. Aber nehmen Sie doch Platz, Gentlemen.«

Klostermann ließ sich wieder in seinen Sessel sinken. Rutherford hockte am Rand einer Couch mit dünnen Tweedkissen und schmalem Holzrahmen. Reacher setzte sich neben ihn und hoffte, die Couch werde nicht unter ihm zusammenbrechen.

»Wie können wir einander helfen, nachdem Sie nun mal hier sind?«, fragte Klostermann.

»Nun«, antwortete Rutherford, »wie Sie sich denken können, habe ich im Augenblick reichlich Freizeit. Ich versuche, sie gut zu nutzen, und arbeite Dinge auf, die liegen geblieben sind, als ich nach dem Hackerangriff Tag und Nacht gearbeitet habe. Dazu gehört eine E-Mail. Tatsächlich eine E-Mail und eine Sprachnachricht, die ich von einer Journalistin bekommen habe. Sie wollte Auskunft über Grundbucheintragungen, die Ihren Besitz betreffen.«

Klostermann legte die Hände flach aneinander. »Die Journalistin. Das wäre Toni Garza, nehme ich an. Sie haben gehört, dass sie ermordet wurde? Eine Tragödie.«

»Wir haben davon gehört.« Rutherford machte eine Pause. »Was ihr zugestoßen ist, klingt schrecklich.«

»Das war es auch. Toni war eine reizende junge Frau. Sie hatte so viel Talent. Und so viel Integrität.«

»Sie haben sie gekannt?«

»Natürlich habe ich sie gekannt. Sie hat für mich gearbeitet. Tatsächlich habe ich ihr vorgeschlagen, sich an Sie zu wenden, weil ich gehofft habe, Sie würden ihr bei ihren Recherchen behilflich sein können.«

»Im Zusammenhang mit Ihrem Haus?«, fragte Reacher. »Seine ungewöhnliche Geschichte?«

»Meine Güte, nein.« Klostermann runzelte die Stirn. »Das wäre überflüssig. Diese dumme kleine Geschichte ist längst zu Tode geschrieben worden.«

»In einem Nest von Spionen aus dem Kalten Krieg leben? Das klingt wie eine großartige Story. Wozu nicht jemanden engagieren, der ein Buch darüber schreibt, wenn das Problem darin besteht, dass Sie's satthaben, sie selbst zu erzählen? Eine Journalistin wäre dafür erste Wahl. Vor allem eine mit Talent und Integrität.«

»Das würde kein Buch, eher ein Haiku. Es gibt nicht genügend Material. Und dieses Haus war kein Nest. Die Spione waren nur zu zweit, Brüder. Das Haus hat ihnen nur eineinhalb Jahre gehört. Und sie haben von hier aus nicht mal spioniert, sondern ein Schulbuch geschrieben. Ein Mathematikbuch für die Oberstufe. Ich wollte, das wäre der Aspekt, auf den die Öffentlichkeit abfährt. Stellen Sie sich vor, dieses Haus wäre als das Math House bekannt. Dann würde es nicht jedes Mal von Touristen belagert werden, wenn ein neuer Bond-Film herauskommt.«

»Das Thema ihrer Recherche war also nicht Ihr Haus?«

»Ein Teil meiner Familiengeschichte. Mein Vater ist in den Dreißigerjahren vor den Nazis in die Staaten geflüchtet. Er hat vorausgesehen, wie die Dinge sich politisch entwickeln würden, und sich ausgerechnet hier in Tennessee niedergelassen. Er hat eine Firma aufgebaut. Eine Familie gegründet. Alles Mögliche gemacht. Aber die Einzelheiten seiner ersten Jahre in den Staaten sind unklar. Ich fühle mich verpflichtet, möglichst viel in Erfahrung zu bringen, bevor's zu spät ist. Wo er lebte, bevor er herzog. Wann er dieses Haus kaufte. Ich glaube, dass es nach den Spionen noch einen weiteren Besitzer vor ihm gab, aber das möchte ich sicher wissen.

Ich will so viele Details wie möglich erfahren. Auch über den menschlichen Aspekt, wissen Sie? Als er noch kein Geld besaß und keinen Kredit bekam, soll er sein erstes Haus Gerüchten zufolge durch den Verkauf eines aus Deutschland mitgebrachten Gemäldes finanziert haben. Das sind die kleinen Besonderheiten, die so leicht in Vergessenheit geraten. Ich möchte sie alle in Erfahrung bringen. Ich will, dass mein Sohn sie kennt. Und *sein* Sohn, falls er jemals einen hat.«

»Das klingt wie ein ehrenwertes Familienprojekt«, sagte Reacher. »Aber nicht wie etwas, weswegen man ermordet werden kann. Wissen Sie bestimmt, dass dahinter nicht mehr steckt? Ein vergrabener Schatz? Die Auffindung der Arche Noah?«

Klostermanns Miene blieb ausdruckslos. »Jemand ist wegen meines Projekts ermordet worden? Wer?«

»Toni Garza.«

»Nein. Das ist verrückt. Was sollte ihr Tod mit meinem Projekt zu tun haben können? Toni war unglaublich fleißig. Sie hat wie besessen gearbeitet, aber nicht exklusiv für mich. Sie hatte ein Dutzend Projekte gleichzeitig laufen. Für manche hat sie Geld bekommen wie für meines. Andere hat sie aus eigenem Antrieb verfolgt. Sie hat alle möglichen unappetitlichen Dinge ausgegraben und hat davon geträumt, Investigativ-Journalistin bei einer großen Zeitung zu werden, obwohl das immer unrealistisch war. Wie viele große Blätter gibt es schließlich noch?«

»Was für unappetitliche Dinge? Hat sie Ihnen davon erzählt?«

»Nicht explizit. Aber Toni hat mir einiges anvertraut. Sie wollte Korruption und Verbrechen bekämpfen. Ich glaube, dass ich für sie eine Art Vatergestalt war. Sie hat mich von Zeit zu Zeit um Rat gefragt. Ich habe immer zur Vorsicht gemahnt. Mehr als nur einmal.«

»Dies scheint eine nette Kleinstadt zu sein. Sind Korruption und Verbrechen denn hier ein Problem?«

»Nein. Aber sie war in Nashville zu Hause. Sie hat vor allem dort gearbeitet.«

»Wie sind Sie auf sie gekommen, wenn sie nicht von hier war?«

»Auf ihren Namen bin ich online gestoßen. Sie ist von jemandem empfohlen worden, der Ahnenforschung betreibt.«

»Müssen Sie jetzt eine Nachfolgerin für sie suchen? Oder war sie mit ihrer Arbeit fertig?«

»Ich werde sie wohl ersetzen müssen, konnte mich nur noch nicht dazu durchringen. Toni hat die groben Umrisse skizziert, aber es gibt noch viel zu tun. Das größte Problem liegt in der Verifizierung der Daten. Deshalb wollte sie Zugang zu städtischen Unterlagen. Und daher hat sie sich an Sie gewandt, Mr. Rutherford.«

»Ich verstehe, warum Sie Zugang wollten«, sagte Rutherford. »Aber nicht, warum Toni sich an mich gewandt hat. Wieso hat sie geglaubt, ich könnte ihr die gewünschten Unterlagen beschaffen? Ich war der städtische IT-Manager, nicht der Archivar.«

»Meines Wissens ist die Sache folgendermaßen gelaufen«, sagte Klostermann. »Toni stand in Verbindung mit dem Archivar – wegen eines Projekts, alle Aufzeichnungen zu digitalisieren. Der Archivar erklärte ihr, es habe eine Art Fehlstart gegeben. Das vorgesehene Speichermedium war zu klein, daher haben sie mitten im Projekt zusätzliches Geld aufgetrieben und ein größeres angeschafft. Nachdem sie alles kopiert hatten, haben Sie als IT-Manager das Gerät eingelagert, um es später anders zu nutzen. Also ist's denkbar, dass die alten Unterlagen noch darauf gespeichert sind.«

Rutherford überlegte kurz. »Ich weiß, von welchem Gerät Sie sprechen. Ich habe es eingelagert, weil ich dachte, es ließe sich … für etwas anderes nutzen.«

»Wissen Sie, wo es jetzt ist?«

»Nicht genau. Aber ich versuche es zu finden. Ich brauche es … für etwas.«

»Würden Sie mich dann nachsehen lassen, ob die meinen Vater betreffenden Unterlagen darauf gespeichert sind?«

»Ich weiß nicht, ob ich das dürfte«, meinte Rutherford. »Es gehört der Stadt. Ich weiß nicht, ob ich …«

»Hier geht's um siebzig Jahre alte Dokumente«, unterbrach Klostermann ihn. »Manche sind vielleicht älter. Welche Vertraulichkeit muss da noch gewahrt werden? Und das ganze Zeug ist theoretisch ohnehin öffentlich zugänglich. Vor dem Brand hat es im Archiv gestanden. Also, kommen Sie, was sagen Sie dazu?«

Rutherford gab keine Antwort.

»Ich bin gern bereit, Sie für Ihren Aufwand zu entschädigen«, führte Klostermann fort. »Sogar sehr großzügig, wenn Sie mir den ersten Blick gestatten. Geduld gehört leider nicht zu meinen Tugenden. Und ich werde schließlich nicht jünger.«

Rutherford wand sich sichtlich verlegen. »Es geht nicht so sehr um …«

»Das Ganze ist eine Zeitfrage«, sagte Reacher. »Rusty ist mit den Vorbereitungen für das nächste Kapitel seines Lebens beschäftigt, und wie Sie sicher wissen, ist die Arbeitszeit von IT-Managern teuer.«

»Wie teuer?«

»Zehntausend Dollar dürften reichen. Cash.«

Klostermann stemmte sich aus dem Sessel hoch und streckte ihm die Hand hin. »Sie sind Überlebenscoach, nicht wahr, Mr. Reacher? Ich glaube fast, ich könnte auch einen brauchen. Wie lange wird es dauern, die Unterlagen zu finden?«

»Schwer zu sagen. Wir arbeiten daran. Sie hören wieder von mir.«

Als sie zu ihrem Wagen hinausgingen, schwieg Reacher nachdenklich. Sein Bauchgefühl sagte ihm, dass er Klostermann schon einmal begegnet war. In Kasernen. Bars. Gefängniszellen. Dienstzimmern. Auf dunklen Gassen. An allen möglichen Orten. Oder jedenfalls Männern genau wie Klostermann: Kerle, die etwas zu verbergen hatten, aber sich für clever genug hielten, um improvisieren zu können. Um ihre Spuren zu verwischen. Reacher glaubte nicht, jedes Wort, das Klostermann gesagt hatte, sei gelogen gewesen. Zum Beispiel die Einwanderung seines Vaters. Oder die Gründung seiner Firma. Es gab zu viele Dinge, die man leicht überprüfen konnte, und nur ein Idiot würde in Bezug auf Einzelheiten, die sich sekundenschnell verifizieren ließen, unehrlich sein. Aber an der Sache mit der Familiengeschichte war etwas faul. Dass er sie für seinen Sohn aufschreiben wollte. Ihm mit einer goldenen Schleife überreichen. Nein. Viel wahrscheinlicher war, dass die Familie eine Leiche im Keller hatte. Etwas Illegales. Etwas Peinliches. Etwas, das Klostermann vergraben wollte. Oder umdeuten. Etwas, das zehntausend Dollar wert war, bloß damit er's sehen durfte. War es auch Toni Garzas Leben wert? Oder das von Rutherford?

16

Außer Reacher saßen zwei Personen an der Esstheke in Mitchs Apartment, und beide waren auf ihn wütend.

»Ich kann nicht glauben, dass du angeboten hast, ihm den Server zu verkaufen!« Rutherfords Hände waren zu Fäusten geballt. »Dazu hattest du kein Recht. Er gehört nicht dir. Wir wissen nicht, wo er ist. Und kümmerliche zehn Mille? Irgendwann ist Cerberus das Hundertfache wert. Das Tausendfache!«

»Und ich kann nicht glauben, dass du auch nur daran denken würdest, dort hinzufahren.« Sarah war wie Rutherford auf das Du übergegangen und warf den Zettel auf die Theke. »Das ist eine Falle. Das liegt auf der Hand. Wie kann es keine sein?«

Reacher trank einen Schluck Kaffee. »Okay, fangen wir mit Rusty an. Keine Sorge, ich habe nicht vor, dein Computerding zu verkaufen. Und Sarah, ja. Das ist fast todsicher eine Falle. Aber manchmal kann man nur feststellen, ob der Ofen heiß ist, indem man ihn berührt.«

Sands funkelte ihn an.

»Das habe ich mal von einem cleveren Typen gehört«, sagte er.

»Aber du bist nicht clever, wenn du auch nur daran denkst, in eine Falle zu gehen.«

»Ich habe nie behauptet, clever zu sein. Vielleicht stur. Gelegentlich sogar halsstarrig.«

»Wozu das Verkaufsangebot, wenn du nicht dazu stehen willst?«, fragte Rutherford. »Hast du vor, Klostermann abzuzocken? Das können wir nicht. Ich will weiter hier leben. Mein Ruf ist schon ramponiert genug.«

»Wir zocken niemanden ab«, sagte Reacher. »Das war nur ein Test. Um ein Gefühl dafür zu bekommen, wie wichtig ihm diese Unterlagen sind. Oder delikat. Oder peinlich. Ich habe eine hohe Summe genannt, und er hat mit keiner Wimper gezuckt. Das sagt uns etwas. Und es gibt einen weiteren Grund. Nehmen wir mal an, Klostermann sei anders als das Bild, das er von sich präsentiert. Nehmen wir mal an, er steckt hinter der Ermordung Garzas und dem Versuch, dich zu entführen. Soll er glauben, dass du nicht daran denkst, mit ihm zu kooperieren? Auf diese Weise liegt es in seinem eigenen Interesse, uns am Leben zu lassen.«

»Warum willst du freiwillig in einen Hinterhalt gehen, wenn dir so viel daran liegt, frei und gesund zu leben?«, fragte Sands. »Bist du übergeschnappt?«

»Nicht im Geringsten«, entgegnete Reacher. »Und ich habe nicht die Absicht, in eine Falle zu tappen. Einem Hinterhalt entgeht man am besten, indem man als Erster erscheint. Was ich tun werde. Aber Logistik ist nicht die Hauptsache. Der eigentliche Schwerpunkt liegt woanders. Sieh dir den Zettel noch mal an.«

Sands griff danach. Sie las den Text langsam durch und begutachtete das Stück Papier von beiden Seiten. »Was? Ich sehe nichts.«

»Die beiden ersten Wörter. Was bedeuten die?«

»Romeo. Juliett. R. J.. Reacher, Jack. Dein Name.«

»Genau. Jemand spricht mich persönlich an. Ich bin kein gesichtsloser Kerl mehr, der ihnen in die Quere gekommen ist. Sie haben's speziell auf mich abgesehen. Sie müssen begreifen, dass das keine gute Idee ist.«

Reacher stellte Martys Wagen eine halbe Meile südlich der ehemaligen Fabrik ab und legte die restliche Strecke zu Fuß zurück. Er bewegte sich langsam und machte mehrmals halt, aber nie in gleichmäßigen Abständen. Jedes Mal ging er erst weiter, wenn er sicher wusste, dass er nicht beschattet wurde. Und dass ihn niemand aus der Ferne beobachtete. Die Uhr in seinem Kopf zeigte 10.45 Uhr an – eineinviertel Stunden vor dem Mittagstreff. Mehr Zeit wäre besser gewesen, aber aus Erfahrung wusste er, dass eine gute Stunde reichen würde. In neun von zehn Fällen.

Sobald die verlassenen Gebäude in Sicht kamen, war Reacher klar, dass keine Geistergeschichte der Welt ihn in seiner Jugend davon hätte abhalten können. Oder seinen Bruder Joe. Hier gab es zu viele Eisenträger, die als Klettergerüst dienen konnten. Zu viele Winkel und Nischen, um sich darin zu verstecken. Zu viele Frontalangriffe, verrückte Endkämpfe und waghalsige Fluchten, die sich inszenieren ließen. Und ein zu großes Immobilienreich, das man gegen andere Jugendliche verteidigen musste.

Plus ça change …, hatte seine französische Mutter oft gesagt. Je mehr sich die Dinge ändern, desto mehr bleiben sie gleich.

Sobald Reacher in die Lücke trat, die einst das Fabriktor geschlossen hatte, wusste er, dass eineinviertel Stunden nicht reichen würden. Nicht dieses Mal. Er hatte den einen von zehn Fällen erwischt. Die Leute, die ihm auflauern wollten, waren bereits da. Er konnte sie noch nicht sehen. Oder hören. Oder riechen. Aber er wusste, dass er beobachtet wurde. Er konnte ihre Blicke auf sich spüren. Er merkte, dass seine Nackenhaare sich leicht sträubten. Ein urzeitlicher Reflex, weil er überwacht wurde. Ein in seinem Echsengehirn fest verdrahteter Warnmechanismus, der noch so empfindlich reagierte wie vor Zehntausenden von Jahren bei seinen Vorfahren. Damals in dichten Urwäldern. Heute in einer Fabrikruine. Um Raubtiere zu meiden. Um nicht gefressen oder erschossen zu werden. Überleben, um ein andermal weiterkämpfen zu können.

Plus ça change …

Reacher marschierte weiter. In gleichem Tempo in die gleiche Richtung. Wer ihn observierte, sollte nicht merken, dass er seine Gegenwart spürte. Nicht bevor er genau wusste, wo die anderen steckten. Und wie viele es waren. Er blieb stehen und strengte sein Gehör an, ohne einen Laut wahrzunehmen. Suchte die mit Unkraut überwucherten Trümmerhaufen ab. Kontrollierte die lange Reihe eingeworfener Fenster. Sah zu den großen Löchern im Dach auf. Achtete auf Bewegungen. Schatten. Umrisse. Lichtreflexe.

Er sah nichts.

Beim nächsten Schritt hörte er hinter sich ein Geräusch wie von Metall auf Stein. Aber das war niemand, der es darauf anlegte, ihn zu erschießen. Das hätte er längst getan. Ein Ablenkungsmanöver? Reacher suchte den Boden vor sich ab. Dann hinter sich und auf beiden Seiten. Er erweiterte seinen Suchradius. Hielt Ausschau nach frischen Spuren. Nach einem Versteck für jemanden, der einen Überraschungsangriff plante, wenn er abgelenkt war. Der aus nächster Nähe blitzschnell angreifen würde, um seine überlegene Größe und Stärke zu neutralisieren.

Er sah nichts.

»Wir sind nur zu zweit, Major.« Das war eine Frauenstimme. Hinter ihm. Ruhig und selbstbewusst. »Und Sie brauchen sich keine Sorgen zu machen. Niemand muss etwas tun, das wir morgen bedauern würden. Ich will nur mit Ihnen reden.«

Reacher drehte sich um. Die Frau, die er zuletzt am Steuer des Toyotas gesehen hatte, stand neben einer an einer Wand lehnenden Wellblechtafel. Sie musste dahinter versteckt gewesen sein. Sie war ganz in Schwarz gekleidet, hatte einen kleinen Kampfrucksack über der linken Schulter hängen und trug ihr Haar zu einem Pferdeschwanz gefasst. In der rechten Hand hielt sie eine Pistole, eine Glock 19. Eine gute Wahl, fand Reacher. Sie war kompakt und leicht zu verbergen. Und zuverlässig. Ladehemmungen kamen bei ihr praktisch nicht vor. Ihre Hand schien ruhig zu sein. Er stellte ein beträchtliches Ziel dar. Sie waren sechs, sieben Meter voneinander entfernt. Stürmte er auf sie los, hatte sie fünfzehn Chancen, ihn zu treffen, wenn das Magazin voll war. Sechzehn, wenn schon eine Patrone im Lauf steckte. Mehr als eine Chance pro halber Meter. Kein Chancenverhältnis, das Reacher gefiel.

»Konversation war nie meine Stärke«, sagte er.

»Dann hören Sie einfach nur zu. Ich weiß viel über Sie. Genug, um zu glauben, dass ich Ihnen trauen kann. Mir geht's darum, Ihr Informationsdefizit auszugleichen. Und das möglichst schnell. Deshalb werde ich Ihnen eine Geschichte aus meiner Vergangenheit erzählen. Mein Vater war Stanford-Absolvent. Ich sollte ebenfalls dort studieren, aber ich hatte andere Ideen. Ich wollte in England studieren und habe mich bei einer der großen alten Unis beworben. Als Ausländerin musste ich durch ein paar zusätzliche Reifen springen. Dazu gehörte die Aufgabe, einen Essay über das Thema *Was ist ein Risiko?* zu schreiben. Ohne Zeitlimit, ohne vorgeschriebenen Umfang. Wissen Sie, was ich geschrieben habe?«

Reacher sagte nichts.

»Vier Wörter. *Dies ist ein Risiko*. Das hat funktioniert. Ich wurde genommen. Und es war das größte Risiko, das ich bis dahin eingegangen war. Nun bin ich dabei, ein noch viel größeres einzugehen. Das größte Risiko meines Lebens.«

Sie ließ den Rucksack von ihrer Schulter gleiten und warf ihn Reacher zu. Er landete vor seinen Füßen, wirbelte eine kleine Staubwolke auf.

»Heben Sie ihn auf«, sagte sie. »Sehen Sie hinein.«

Der Rucksack bestand aus starkem Nylongewebe. Er war nicht mehr neu. Einer der Tragriemen begann auszufransen, Boden und untere Ecken waren abgewetzt. Ein bewährter Ausrüstungsgegenstand. Die beste Marke. Die beiden Außentaschen links und rechts waren leer. An den drei MOLLE-Gewebebändern auf der Vorderseite hing nichts. Reacher zog den Reißverschluss des Innenfachs auf und sah hinein. Drei Reservemagazine für die Glock. Autoschlüssel, vermutlich für den Toyota. Eine Haarbürste mit zwei Gummibändern für Pferdeschwänze um den Griff. Und ein Buch.

»Sehen Sie die Bibel?«, fragte sie. »Nehmen Sie sie heraus.«

Reacher stellte den Rucksack ab, zog das Buch heraus. Es war eine King-James-Bibel. In dunkelrotem Leinen, mit Goldschrift auf dem Rücken. Sie war abgestoßen und abgewetzt, als hätte die Frau sie überall dabei. Die Seiten waren im Schnitt dunkel verfärbt, als wäre mal etwas darüber geschüttet worden. Vielleicht Fruchtsaft. Jedenfalls etwas Klebriges, denn die Seiten klebten fest aneinander.

»Nur zu«, sagte sie. »Sie müssen etwas Kraft aufwenden. Sie lässt sich aufschlagen.«

»Nicht nötig.« Reacher ließ das Buch wieder in den Rucksack gleiten. »Ich habe schon mal eine gesehen. Sie sind beim FBI?«

»Special Agent Fisher«, sagte sie und steckte ihre Pistole weg. »Margaret. Sie dürfen Mags zu mir sagen. Wenn Sie mir helfen.«

»Welche Art Hilfe brauchen Sie? Die gleiche, die Sie von Toni Garza bekommen haben? Wussten Sie genug über sie, um ihr zu vertrauen? Und hat sie *Ihnen* vertraut?«

»Wer ist Toni Garza?«

Reacher sagte nichts.

»Im Ernst«, erklärte Fisher. »Ich weiß nicht, wer Toni Garza ist. Ich habe ein völlig anderes Problem.«

»Toni Garza war eine Journalistin. Sie ist tot. Ermordet von den Leuten, für die Sie arbeiten. Auf sehr hässliche Weise umgebracht.«

»Das glaube ich«, meinte Fisher nach kurzer Pause. »Ich arbeite für einige sehr unangenehme Leute. Aber ich habe sie nicht ermordet. Meine Zelle hat sie nicht ermordet. Ich weiß nichts über sie. Aber ich weiß etwas anderes: Wenn Sie mir nicht helfen, sind weitere Leute in großer Gefahr. Unter Umständen werden sie umgebracht. Ebenfalls auf sehr hässliche Weise.«

Reacher sagte nichts.

»Die Zelle, die ich infiltriert habe, ist hergeschickt worden, um einen gewissen Rusty Rutherford zu entführen. Aber das wissen Sie vermutlich, weil Sie in unsere Operation geraten sind und sie haben platzen lassen.«

»Ich helfe Ihnen nicht, Rutherford zu entführen. Auch dann nicht, wenn Sie mich in Bezug auf Garza überzeugen.«

Fisher hob abwehrend eine Hand. »Das sollen Sie auch nicht. Von Ihnen brauche ich nur Informationen. Rutherford sollte entführt werden, weil er etwas hat, das eine ausländische Macht unbedingt an sich bringen will. Er besitzt dieses Ding oder weiß, wo es sich befindet. Nur wenn ich an ihn herankomme, bevor der nächste Entführungsversuch startet, kann ich für seine Sicherheit garantieren.«

»Von welcher ausländischen Macht reden wir?«

»Das darf ich nicht sagen.«

»Wollen Sie meine Hilfe, müssen Sie Ihre Karten auf den Tisch legen.«

Fisher seufzte. »Russland.«

»Okay. Und was ist dieses Ding, das die Russen wollen?«

»Das weiß ich nicht. Nicht genau. Die Zelle hat nur erfahren, dass es sich um einen Gegenstand handelt. Ein physisches Objekt. Weil es Daten oder Informationen enthält, könnte es eine Akte oder ein Foto sein. Aber ich glaube, dass es wegen Rutherfords Beruf irgendwas mit Computern zu tun hat.«

»Was für Informationen?«

»Das weiß ich nicht genau. Vielleicht etwas, das einen Namen oder eine Identität preisgibt. Oder eine Spur, die wir verfolgen könnten.«

»Eines Agenten?«

Fischer nickte.

»Von uns oder von ihnen?«

»Ihnen.«

»Ein aktiver Agent?«

»Sehr aktiv. Und das ist eine Situation, die bereinigt werden muss.«

»Wieso gibt es in einem verschlafenen Nest wie diesem einen Agenten?«

Fisher schüttelte den Kopf. »Die Informationen sind hier. Nicht der Agent. Der ist anderswo.«

»Wo?«

»Erzählen Sie auch nur ein Wort, erschieße ich Sie. Wahrscheinlich müsste auch ich Selbstmord begehen. Sie haben schon von dem Oak Ridge National Laboratory gehört?«

»In der Nähe von Knoxville. Wo die Supercomputer entwickelt werden?«

»Dort wird auf allen möglichen Gebieten geforscht. Supercomputer sind nur eines davon. Ein anderes ist Cybersicherheit. Den Vereinigten Staaten drohen eine Menge Gefahren. Wir haben viele Abwehrprogramme laufen. Und die Russen haben einen Agenten eingeschleust, der das wichtigste Programm zu stehlen versucht. Offiziell heißt es Projekt C02WW06BHH21.«

»Prägnanter Name.«

»So nennen es nur die Nerds. Alle anderen kennen es als Sentinel.«

»Was macht es?«

»Es schützt die Integrität der Software des Wahlsystems in achtundvierzig Bundesstaaten. Das ist seine einzige Aufgabe.«

»Warum nicht in allen fünfzig?«

»Das hat politische Gründe, die ich jetzt nicht erläutern kann.«

»Und die Russen versuchen, diese Software zu stehlen. Na und? Was könnten sie damit machen, wenn sie Erfolg hätten? Wahlergebnisse fälschen? Gibt es keine Sicherungsmaßnahmen? Listen auf Papier?«

»In manchen Staaten. Aber ihnen geht's nicht darum, Wahlergebnisse zu fälschen. Das wäre zu plump. Wir reden hier von den Russen, die eine langfristige Strategie verfolgen. Sie versuchen, unsere Gesellschaft mit Gräben zu durchziehen, die zu breit sind, um noch überbrückt werden zu können. Das gehört alles zu einer groß angelegten Kampagne, die Zwietracht und Streit säen soll. Sie läuft schon seit Jahren. In den sozialen Medien. Unterstützt durch Verschwörungstheorien. Und Versuche, die Mainstream-Medien zu unterminieren.«

»Fake News? Von denen habe ich schon gehört.«

»Dieses Mal versuchen sie gezielt, das Vertrauen der Bürger in unser Wahlsystem zu untergraben. Wir wissen, dass sie's ernst meinen. Den ersten Versuch haben sie vor vier Jahren in Kentucky gemacht, indem sie am Wahltag eine Phishing-Mail verschickt haben. Sie wissen, was das ist?«

»Keine Ahnung«, sagte Reacher.

»Das ist eine echt wirkende E-Mail, die angeblich von einem vertrauenswürdigen Absender stammt. Zum Beispiel von einer Bank oder einer Versicherung.«

»Die Leute vertrauen Banken und Versicherungen?«

»Manche schon. Jedenfalls sehen die Mitteilungen echt aus und haben im Allgemeinen eine Betreffzeile, die irgendwie verlockend ist. Oder etwas Dringendes ankündigt. Wie einen hohen Prämiennachlass, wenn man sein Auto binnen zwölf Stunden versichert.«

»Und wenn Leichtgläubige diese Nachrichten öffnen, passiert etwas? Wie bei einer altmodischen Briefbombe?«

»Richtig. Wer die Nachricht öffnet, einen Link anklickt oder einen Anhang herunterlädt, infiziert seinen Computer. Ein Schadprogramm erhält Zugang zu den gespeicherten Dateien, selbst wenn sie mit Passwörtern gesichert sind, und dringt auch in Netzwerke ein, falls man in einem ist. In Kentucky haben die Russen allen Funktionären, die mit der Wahl zu tun hatten, eine angebliche Mail des Vizepräsidenten des Unternehmens geschickt, das die Wahlsoftware geliefert hat. Angeblich enthielt sie ein sehr wichtiges Update mit Bezug zur Stimmenauszählung.«

»Ich kann mir gut vorstellen, dass Leute darauf reingefallen sind.«

»Das hätten sie nicht tun dürfen. Dafür waren sie speziell ausgebildet. Aber die E-Mail ist an zweihundert Personen gegangen. Sechs davon haben sie geöffnet.«

»Die Russen hatten also Zugang?«

»Ja.«

»Was haben sie gemacht?«

»Dieses Mal noch nichts. Das war nur ein Probelauf für einen größeren Angriff im Herbst dieses Jahres. Stellen Sie sich die Szenen am Wahltag vor, wenn jeder Wähler, der zum richtigen Wahllokal kommt, dort erfährt, dass er ohne sein Wissen in einem ganz anderen registriert ist. Oder seine Registrierung annulliert worden ist. Oder dass in umkämpften Bezirken Micky Maus und Daisy Duck registriert wurden. Oder dass eine Menge Leute ohne ihr Zutun in mehreren Bezirken registriert sind.«

»Das Ergebnis wäre Chaos.«

»Totales Chaos. Nur Sentinel kann es verhindern.«

»Ihren Probelauf hat es nicht verhindert.«

»Damals hat es noch nicht existiert. Daher ist es entwickelt worden.«

»Wissen Sie bestimmt, dass es funktioniert? Schließlich reden wir hier von Russen. Vielleicht haben sie schon einige lokale Wahlen manipuliert und geben nur vor, die Software stehlen zu wollen, um Sie glauben zu machen, sie fürchteten sich vor ihr.«

Fisher schüttelte den Kopf. »Nein. Wir wissen, dass Sentinel funktioniert. Es hat schon zwölf Versuche in sieben Bundesstaaten abgewehrt. Außerdem wissen wir aus sicherer Quelle, dass die Russen sich nicht zutrauen, es zu überlisten. Trotzdem waren sie relativ unbesorgt, weil sie vor Ort einen Agenten haben, der es stehlen soll. Aber dann hat Panik eingesetzt, weil irgendwas aufgetaucht ist, das zu seiner Enttarnung führen könnte.«

»Ich habe gehört, dass das Archiv verbrannt ist.«

»Das war Brandstiftung. Die Russen haben es angezündet.

Sie stecken auch hinter dem Hackerangriff, der Rutherford seinen Job gekostet hat. Anscheinend wollten sie das neue digitale Archiv vernichten, bevor es online gehen konnte.«

»Die Stadt wird Lösegeld zahlen, um die Sperre aufzuheben. Sie ist dagegen versichert. Wieso warten Sie nicht, bis alles wieder läuft, und durchsuchen dann sämtliche Datenbanken?«

»Die Stadt zahlt vielleicht, aber das Archiv taucht nie mehr auf, das garantiere ich Ihnen. Jedenfalls nicht vollständig. Nicht mit dem Teil, den wir brauchen.«

»Rutherford vermutet, dass seine Software vielleicht die Identität der Hacker hinter dem Angriff mit Erpressersoftware festgehalten hat. Er glaubt, jemand könnte es auf diese Informationen abgesehen haben.«

»Ausgeschlossen. Wir wissen, dass es die Russen waren. Die Russen wissen, dass wir es wissen. Und wir sollen es sogar wissen. Mit jedem erfolgreichen Angriff zeigen sie uns den Finger.«

»Gestern habe ich im Gerichtsgebäude mit einem Mann gesprochen. Er war vom Ministerium für Heimatschutz. Zuständig für Infrastruktursicherheit. Seiner Theorie nach hat Rutherford mit den Angreifern kollaboriert.«

»Agent Wallwork? Er ist mein Partner. Entschuldigen Sie das Täuschungsmanöver. Wir haben gehofft, Rutherford hätte Ihnen anvertraut, worum es sich handelt. Oder wo sich dieser Gegenstand befindet. Nein, die Panik betrifft die drohende Enttarnung ihres Agenten. Das steht fest.«

»Wie viel wissen Sie dann über einen Mann namens Henry Klostermann?«

»Der in dem sogenannten Spy House lebt? Den können Sie vergessen. Das ist natürlich ein Zufall, aber wir haben ihn trotzdem überprüft. Diese beiden Kerle in den Fünfzigerjahren waren keine richtigen KGB-Agenten. Nur irregeleitete Bürger, die angeblichen Freunden Geheimnisse verraten haben. Sie haben großen Schaden angerichtet, als sie noch in Los Alamos waren, aber keinen mehr, als sie hier lebten. Nach zwei Jahren sind sie weitergezogen und wenig später zu den Russen übergelaufen, als ihnen der Boden unter den Füßen zu heiß wurde. Die beiden sind längst tot. Unseres Wissens existieren auch keine Angehörigen mehr. Und sie waren keine Mitglieder einer Partei oder Gruppierung, die versuchen könnte, ihre Arbeit fortzusetzen.«

»Zu Klostermann gibt es also keine Verbindung außer seiner Adresse?«

»Nein. Keine. Warum?«

»Ich war heute Vormittag bei ihm. Ich vermute, dass er das gleiche Ding sucht wie Sie.«

»Sie wissen, was das Ding ist?«

»Vielleicht. Ein Computerding. Ein Server, auf dem ein erster Teil des digitalisierten Stadtarchivs gespeichert ist.«

»Jesus! Warum haben Sie das nicht gleich gesagt?«

»Weil ich nichts von Sentinel und dem Agenten wusste. Klostermann hat behauptet, die gespeicherten Daten aus einem anderen Grund zu wollen.«

»Aus welchem?«

»Angeblich wegen eines Stammbaumprojekts. Aber das hat nicht gerade überzeugend geklungen. Er verheimlicht etwas, glaube ich.«

»Woher weiß er von diesem Server?«

»Er hat Toni Garza, die später ermordete Journalistin, engagiert, um Unterlagen über Immobiliengeschäfte seines in den Dreißigerjahren eingewanderten Vaters ausgraben zu lassen. Sie hat festgestellt, dass die Stadt diesen Server benutzte, als deren Archiv digitalisiert werden sollte. Er hat sich als zu klein erwiesen, also wurde ein größerer gekauft, und Rutherford hat ihn als IT-Manager zur späteren Verwendung eingelagert.«

»Wann hat Garza angefangen, für Klostermann zu arbeiten?«, fragte Fisher.

»Das weiß ich nicht genau.«

»Aber schon vor dem Archivbrand?«

»Ja. Sie hat anfangs in Papier gewühlt, dann wollte sie das Onlinearchiv benutzen und hat sich an Rutherford gewandt, weil sie hoffte, er hätte den Server noch.«

»Jetzt passt so einiges zusammen. Sie muss im Archiv etwas gefunden haben. Vielleicht hat sie die Bedeutung erkannt und versucht, ihren Fund zu melden. Oder sie hat ihn dem Falschen gegenüber erwähnt, ohne sich über seine Bedeutung im Klaren zu sein.«

»Oder die Russen hatten eine Art Stolperdraht installiert«, erklärte Reacher. »Einen Mechanismus, der warnte, dass jemand kurz davorstand, ihr großes Geheimnis zu entdecken. Sie gehen nicht rücksichtslos vor. Sie wussten, dass ein einzelnes Dokument, das zwischen Zehntausenden von Schriftstücken in einem staubigen alten Archiv liegt, weniger Aufmerksamkeit erregt als ein Brand.«

»Jedenfalls muss Rutherford diesen Server rausrücken«, sagte Fisher. »Am besten schon gestern.«

»Das ist eine logische Forderung. Nur leider unerfüllbar.«

»Warum?«

»Rutherford weiß nicht, wo der Server ist.«

»Verdammt!« Fisher schlug mit der flachen Hand auf die Wellblechplatte. »Wissen Sie das bestimmt?«

Reacher nickte. »Er hat schon versucht, ihn zurückzubekommen.«

»Wie hat Klostermann erklärt, dass bei seinem Projekt jemand ermordet wurde?«

»Er hat behauptet, Garza habe nicht ausschließlich für ihn gearbeitet. Angeblich hatte sie ein weiteres halbes Dutzend Projekte in Arbeit. Für ihre Ermordung hat er Gangster aus Nashville verantwortlich gemacht, die sie als Investigativjournalistin fürchteten.«

»Aber Sie haben ihm nicht geglaubt.«

»Ich sage nicht, dass er sie ermordet hat. Ich sage nicht, dass er für die Russen arbeitet. Aber ich erkenne, wenn jemand etwas verbirgt.«

»Ich sorge dafür, dass meine Leute ihn noch mal überprüfen. Die Organisation ist so strikt unterteilt, dass man mit dem hiesigen russischen Verbindungsmann verheiratet sein könnte, ohne es zu ahnen.«

»Ja, ich verstehe.«

»Und dass Rutherford nicht weiß, wo der Server sich befindet? Glauben Sie, dass er die Wahrheit sagt?«

»Unbedingt. Tatsächlich hat er den Server für ein privates Projekt benutzt und …«

»Sagen Sie bloß nicht, dass er die alten Dateien gelöscht hat!«

»Nein. Keine Sorge, das ist nicht passiert. Vor dem Hackerangriff hat er der Stadt vorgeschlagen, ein Back-up-System für ihre Computer anzuschaffen. Als kein Geld dafür bewilligt wurde, hat er versucht, aus übrigen Teilen selbst eines zu basteln. Es sollte überschreiben, was auf dem Server war, aber das ist nicht geschehen. Da wusste er, dass es nichts taugte. In seinem Zorn hat er sämtliche Geräte entsorgt.«

»Er muss sie zurückholen.«

»Das versucht er schon.«

»Wozu? Um sie Klostermann zu geben?«

»Nein. Er glaubt, dass der Server ihm bei einem anderen Projekt helfen kann, an dem er arbeitet. Er will ihn für sich selbst zurückhaben.«

»Können Sie ihm bei der Suche helfen?«

»Warum nicht lieber Sie? Mit allen Ressourcen, die das Bureau hat?«

»Nein.« Fisher schüttelte den Kopf. »Bekommen die Russen mit, dass eine Gruppe von FBI-Agenten die hiesigen Müllkippen durchsucht, wissen sie, wo sie ansetzen müssen. Diese Sache muss unter dem Radar bleiben. Helfen Sie ihm noch ein paar Tage. Bitte.«

»Welchen Unterschied machen ein paar Tage? Die Wahlen finden erst im Herbst statt. Rutherford kann den Server auch allein finden und seinen Inhalt für Sie kopieren. Er ist ein cleverer Typ.«

»So einfach ist das alles nicht. Nehmen wir zum Beispiel die Wahlen. Ja, sie sind noch weit entfernt. Aber in den dreißig Tagen davor werden alle Computersysteme eingefroren, was jegliche Änderungen ausschließt. So gehen auch Kreditkartenfirmen und Onlinehändler vor dem Black Friday oder Weihnachten vor. Um sicherzugehen, dass niemand neue Software hochlädt, die dann fehlerhaft arbeitet und in der umsatzstärksten Zeit ein Chaos verursacht. Wenn wir bis dahin nicht bestätigen können, dass Sentinel nicht ferngesteuert wird, haben wir ein echtes Problem. Und wenn – falls – wir Rutherfords Server in die Hände bekommen, wissen wir nicht einmal, was wir suchen sollen. Darauf sind bestimmt Tausende von Dokumenten gespeichert, und ich glaube nicht, dass eines mit *Identität des russischen Spions* bezeichnet ist. Also müssen alle möglichen Querverweise berücksichtigt werden. Querdenken. Vermutlich müssen auch Teeblätter gelesen und Hühnerknochen geworfen werden. Und letzten Endes trifft zu, was ich vorhin gesagt habe: Wir brauchen dieses Ding möglichst schon gestern.«

»Ich werde Rutherford auffordern, schneller zu suchen. Wie viele Müllhalden kann es in einer Stadt dieser Größe überhaupt geben?«

»Den Server aufzuspüren, ist nicht das einzige Problem. Sie haben gesagt, dass Ihnen Rutherfords Sicherheit am Herzen liegt …«

»Und?«

»Nach dem ursprünglichen Plan sollten wir Rutherford entführen. Er würde uns das Ding übergeben – den Server, wie wir jetzt glauben – oder uns beschreiben, wo es zu finden ist. Danach würde er aus Scham und Niedergeschlagenheit, weil er seinen Job verloren hat und für den Hackerangriff verantwortlich gemacht wird, Selbstmord verüben. Weil ich dieses Unternehmen leite, hätte ich dafür gesorgt, dass ihm die Flucht gelingt. Aber bevor es dazu kommen konnte, sind Sie aufgetaucht und haben das halbe Team ins Krankenhaus geschickt. Wir anderen haben nur noch einen Überwachungsauftrag. Moskau entsendet einen neuen Mann, einen Spezialisten, der die Sache zu Ende bringen soll. Er hat einen höheren Dienstgrad als ich. Bekommt er Rutherford zu fassen, weil Sie die Stadt verlassen, kann ich nichts dagegen tun.«

17

Auf der sechs Meilen langen Rückfahrt in die Stadt gingen Reacher sechs Wörter durch den Kopf: Achtundvierzig Stunden. Informationen nur bei Bedarf.

Die Terminfrage war begrifflich unkomplizierter. Ihnen blieb ein Zweitagefenster, in dem sie relativ ungestört operieren konnten, während Fishers Zelle sich auf Überwachungsaufgaben beschränken sollte. Danach würde alles schwieriger werden, die Offensive weitergehen. Verstärkungen würden eintreffen. Ein Spezialist. Aus Moskau. Ranghöher als Fisher. Mit unbekannten Fähigkeiten, aber Rutherford gegenüber sicher feindselig eingestellt. Wollten sie den Server aufspüren und dem FBI übergeben, konnten sie folglich nichts Besseres tun, als damit Erfolg zu haben, bevor der neue Mann in das Geschehen eingriff.

Die Geheimhaltungsfrage war weit schwieriger zu lösen. Dabei spielten praktische Erwägungen eine Rolle. In seiner Zeit als Kommandeur der 110th MP Special Investigation Unit hatte Reacher dazu tendiert, seinen Leuten gegenüber offen zu sein. Manchmal offener, als ratsam gewesen wäre. Jedenfalls offener, als seinen Vorgesetzten gefallen hätte, es ihnen bewusst gewesen wäre. Aber Reacher hatte seinem Team vertraut. Er hatte jeden Einzelnen selbst ausgesucht. Er hatte mit ihnen zusammmengearbeitet. Er konnte vorhersagen, wie jeder in einer bestimmten Situation reagierte. Arbeitete man mit Leuten wie Frances Neagley zusammen, war es ohnehin zwecklos, irgendetwas geheim halten zu wollen.

Reacher mochte Rusty Rutherford. Ihm widerstrebte es, ihm etwas vorzuenthalten. Aber er kannte ihn vielleicht nicht gut genug. Rutherford hatte bereits signalisiert, dass er ohne Weiteres damit einverstanden sein würde, den Server den Behörden zu übergeben. Ihm ging es vor allem um den finanziellen Erfolg, den er sich von seinem Cerberus-System versprach. Reacher war sich jedoch ziemlich sicher, dass er einlenken würde, sobald ihm die gesamten Auswirkungen erklärt wurden. Die Integrität der Wahlen, die Russen. Zwietracht und Spaltung. Aber es war unmöglich, ihn zu informieren, ohne preiszugeben, dass es in einer der russischen Zellen eine FBI-Agentin gab. Oder diese Tatsache zumindest anzudeuten. Ging dann etwas schief, sodass Rutherford den Russen in die Hände fiel, würde er unweigerlich auspacken. Sofort oder wenn sie später zurückkamen, um festzustellen, was bei ihrer Operation schiefgegangen war. Reacher würde dann nicht mehr da sein, um ihn zu beschützen.

Bei seiner Rückkehr in Mitchs Apartment erkannte Reacher, dass er sich unnütz Gedanken darüber gemacht hatte, wie er die beiden anderen zur Eile antreiben könnte. Diese Arbeit hatte ihm die Verlockung des allmächtigen Dollars abgenommen. Sands hatte gleich nach dem Frühstück zu suchen begonnen, und als sie nichts Nützliches entdecken konnte, hatte Rutherford den Stab übernommen. Auf seinem Laptop hatte er das Protokoll einer Abteilungsleiterbesprechung gefunden, bei der er im vergangenen Monat gedöst haben musste. Ein Tagesordnungspunkt war die Verlängerung des Entsorgungsvertrags der Stadtverwaltung mit der hiesigen Firma Warhurst's Waste-Away Express gewesen. Er googelte ihre Kontaktinformationen, und Sands rief dort an. Sie gab sich als Journalistin aus, die für *The Tennessean* einen Artikel über nachhaltige Abfallentsorgung schrieb. So gelang es ihr, an die benötigten Informationen zu gelangen. Der städtische Elektroschrott wurde von dem übrigen Abfall getrennt und in eine Recyclinganlage elf Meilen westlich der Stadt geschickt. Rutherford und sie wollten gerade wegfahren, um sich diesen Betrieb anzusehen, als Reacher zurückkehrte.

Das Wort »Recyclinganlage« gefiel Reacher nicht. Er stellte sich vor, wie elektronische Geräte zerlegt und ausgeschlachtet wurden. Oder eingeschmolzen. Oder geschreddert. Oder anderweitig unbrauchbar gemacht. Er ahnte, dass die Aussichten, den Server in brauchbarem Zustand aufzufinden, gegen null tendierten, was ihm immerhin die zweite Entscheidung erleichterte. Er rechnete sich aus, dass er nicht zu berichten brauchte, was er über die gespeicherten Daten erfahren hatte und wer sie sehen wollte. Noch nicht jetzt. Nicht bevor sie wussten, ob das Ding noch existierte.

»Du hast Schmutz an den Stiefeln«, sagte Sands im Aufzug nach unten. »Und an den Hosenbeinen. Also musst du in der Fabrik gewesen sein. Aber es ist noch nicht Mittag. Du hast also nicht gewartet. Was ist passiert? Was hat dich zur Vernunft gebracht?«

»Nichts ist passiert«, antwortete Reacher. »Ich war wie geplant frühzeitig dort. Die Opposition ist wie erwartet aufgekreuzt. Diesmal jedoch nur durch eine Frau vertreten. Und sie ist nicht sehr lange geblieben.«

»Wieso ist sie allein gekommen?«, fragte Sands. »Und warum hat sie nicht gewartet? Wenigstens bis zur vereinbarten Zeit, um zu sehen, ob du überhaupt angebissen hast. Das ergibt keinen Sinn.«

»Vielleicht hat sie eine Nachricht erhalten und ist fortgerufen worden«, warf Rutherford ein. »Genau wie gestern. Vielleicht hat der Portier geglaubt, mich gesehen zu haben, und eine Falschmeldung abgesetzt.«

»Klingt plausibel«, meinte Reacher. »Aber wer weiß wirklich, weshalb irgendwas passiert?«

Reduzieren. Wiederverwerten. Recyceln – ein Mantra, das Reacher gut kannte. Die beiden ersten Begriffe waren ihm wegen seiner Mutter persönlich vertraut. Sie war im Zweiten Weltkrieg als Kind in Frankreich aufgewachsen. Essen und alle möglichen wichtigen Güter waren Mangelware gewesen. Kleidung. Schuhe. Treibstoff. Ging etwas kaputt oder wurde beschädigt, verloren oder gestohlen, konnte es vielleicht nie ersetzt werden. Recycling war jedoch eine andere Sache. Auf den Militärstützpunkten in aller Welt, auf denen Reacher seine Kindheit verbrachte, hatte es seines Wissens nie eine große Rolle gespielt. Vielleicht unauffällig hinter den Kulissen in West Point, wo er vier Jahre gewesen war. Daher war dieser Vorgang für ihn vor allem ein Produkt seiner Fantasie. Er stellte sich ihn als High-Tech-Prozess vor, der in blitzblanken Fabriken mit modernsten Maschinen und hohem Automatisierungsgrad ablief. Vielleicht sogar mit Robotern.

Die Realität sah ganz anders aus. Zumindest in der Anlage, die den städtischen Elektroschrott verarbeitete. Sie war von einem drei Meter hohen Streckmetallzaun umgeben, der mit Bandstacheldrahtrollen gekrönt war. Typisch alte Schule. Der Betrieb hinter dem Tor wirkte eher improvisiert als fortschrittlich. Der Asphalt ging in planiertes Erdreich über, das einen breiten, erhöhten Halbkreis bildete, der wieder zum Tor hinunterführte. Auf seiner Innenseite standen wie Radspeichen sechs extragroße oben offene Abfallcontainer – jeweils einer für bestimmte Materialien. Riesige Schilder bezeichneten die Kategorien. Papier und Karton gehörten in den ersten. Dann Glas. Eisenmetalle. Nichteisenmetalle. Kunststoff. Und zuletzt ein Universalbehälter für allen möglichen Müll, der nebenbei abfiel. Reacher stellte sich vor, wie Mülllaster zum Abladen rückwärts an den jeweiligen Container heranstießen. Breite und Steigung der halbkreisförmigen Rampe waren vermutlich genau dafür ausgelegt. Soviel er sehen konnte, hatte die Sache nur einen Haken: Hier gab es keinen Container für Elektroschrott.

Sands hielt mit dem Minivan zwischen dem dritten und vierten Behälter, und Reacher stieg aus, um sich umzuschauen. Er ignorierte Papier und Glas und fragte sich, ob Computer wegen ihrer Gehäuse als Kunststoff oder wegen ihrer Innereien als Metall eingeordnet werden konnten, als er eine Stimme hörte. Eine Männerstimme, die ihn anschrie.

»Hey!«, rief der Kerl. »Was, zum Teufel, machen Sie hier? Kein Zutritt für Unbefugte! Wo ist Ihre Erlaubnis?«

Der Kerl war aus einem Bürocontainer gekommen, der von der Einfahrt aus hinter einem Erdwall nicht zu sehen war. Er schien Mitte sechzig zu sein. Sein von Wind und Wetter gegerbtes Gesicht wirkte runzlig wie eine Walnuss. Er hatte Hände wie Krallen mit überdeutlich hervortretenden Adern und Sehnen. Sein dünnes, verfilztes graues Haar hing ihm bis über die Schultern. Er trug einen ausgebleichten blauen Overall mit einem Firmenlogo auf der linken Brust, aber er war so hager und das Gewebe vom Waschen so steif, dass es aussah, als hätte der Overall ihn verschluckt.

»Computer«, sagte Reacher, »in welchem Container sind die?«

»Steigen Sie wieder ein«, sagte der Mann. »Verschwinden Sie. Sofort. Sonst rufe ich die 911 an.«

»Die 911 können Sie nicht anrufen. Alle Telefone der Polizei sind außer Betrieb. Haben Sie das nicht gehört? Und das ist auch nicht nötig. Wir fahren gleich wieder weg. Sobald wir etwas gefunden haben, das aus Versehen hier gelandet ist. Etwas, das uns gehört.«

»Ist's hier, gehört es uns. Das steht in unserem Vertrag mit der Stadt. Nehmen Sie was mit, stehlen Sie's. Das darf ich nicht zulassen.« Der Kerl verschwand in dem Bürocontainer und kam wenig später mit einer Schrotflinte zurück. Mit einer italienischen Benelli M1 Tactical, einer erstklassigen Waffe. Mit sechs 12-Gauge-Patronen im Magazin. Sie sah fabrikneu aus. »Dafür stellt die Firma uns diese Flinte zur Verfügung. Und lässt uns daran ausbilden.«

Reacher war nicht völlig davon überzeugt, dass ein Abfallverwerter seine Angestellten mit dieser hochwertigen Waffe ausrüsten würde. Und er vermutete, dass dieser Angestellte keine Ausbildung gemacht hatte. Wenigstens in den letzten dreißig Jahren nicht. In seinem Zustand würde der Rückstoß der Schrotflinte ihn auf dem Hintern landen lassen. Ihm das Schlüsselbein oder gleich die Schulter brechen. Aber wenn er aus dieser kurzen Entfernung schoss, würden Verletzungen, die er sich selbst zufügte, Reachers kleinste Sorge sein. Er dachte an die in seinem Hosenbund steckende Beretta. Bisher hatte der alte Kerl sich ziemlich langsam bewegt. Ihn auszuschalten, bevor er die Schrotflinte gebrauchen konnte, würde nicht allzu schwierig sein. Aber vielleicht etwas voreilig. Es war noch ein wenig zu früh, ganz auf Diplomatie zu verzichten.

Reacher entfernte sich etwas von dem Minivan. Sehr langsam. Für den Fall, dass die Verhandlungen scheiterten.

»Stopp!«, sagte der Mann. Er hob die Flinte an die Schulter. »Sie sollen einsteigen, nicht vom Auto weggehen.«

Die Fahrertür wurde geöffnet, und Sands stieg aus. Sie hielt ein aufgeklapptes schwarzes Lederetui in der Hand und zeigte dem Mann die goldglänzende Plakette, die es enthielt. »Federal Agents«, erklärte sie. »Weg mit der Waffe.«

Diplomatie, dachte Reacher. *Oder Lügen.* Manchmal kaum zu unterscheiden.

Der Alte ließ die Flinte sinken, behielt sie aber in der Hand.

»Wie heißen Sie?«, fragte Sands.

Der Mann zögerte einen Augenblick. »Sie können mich Polk nennen.«

»All right, *General.* Wir machen jetzt Folgendes. Als Erstes beantworten Sie uns eine Frage. Was passiert mit von der Stadt ausgemusterten elektronischen Geräten, die hier angeliefert werden?«

»Die werden eingelagert. Mit den Geräten anderer Kunden. Dann werden sie abgeholt.«

»Von wem?«

Der Mann zuckte mit den Schultern. »Von den jeweiligen Käufern. In einem Jahr ist's dieser Kerl, im nächsten ein anderer. Ich kann sie mir nicht aussuchen.«

»Wann werden die Geräte abgeholt? Wie häufig?«

»Einmal im Monat. Im Allgemeinen am ersten Montag. Außer der Kerl verspätet sich. Das kommt vor.«

»Was in den letzten drei Wochen reingekommen ist, liegt also noch hier?«

»Richtig. Warum auch nicht?«

»Wo?«

Der Mann deutete über eine Schulter auf den Bürocontainer. »Dort drinnen. Unter Verschluss.«

»Zeigen Sie's mir.« Sands ging die Rampe entlang auf ihn zu.

»Stopp!«, sagte der Mann. »Haben Sie einen Durchsuchungsbefehl? Ohne den gibt's keinen Zutritt. Ich kenne meine Rechte. Wir mussten einen Kurs absolvieren.«

Sands ging unbeirrbar weiter, bis sie direkt vor ihm stand. Reacher, der zwei Meter Abstand hielt, bewegte sich parallel zu ihr.

»Sie wollen Papierkram, was?« Sands legte den Kopf leicht schief. »Das wundert mich. Sie sehen nicht wie ein Mann aus, der auf Papierkram steht. Aber das ist kein Problem. Jedenfalls nicht für mich. Haben Sie dort drinnen einen Computer? Ich kann Durchsuchungsbefehle anfordern, Vorladungen. Auszüge aus Vorstrafenregistern. Alles, was ich will. Wenn Ihnen das lieber ist?«

Der Mann gab keine Antwort.

»Gibt es Vereinbarungen, von denen Ihr Boss nichts weiß«, fragte Sands. »Noch nicht?«

»Arschlöcher«, schimpfte der Kerl. Er verschwand kurz in dem Bürocontainer, um die Benelli wieder an die Wand zu hängen, dann ging er zum anderen Ende des Containers voraus. Er öffnete ein Zahlenschloss. Drückte einen Griff nach unten, wofür er seine ganze Kraft aufwenden musste. Zog eine zweiflüglige Stahltür auf. Beugte sich hinein und betätigte einen Schalter, der vier Neonröhren aufleuchten ließ. Dann trat er beiseite.

»Okay, sehen Sie selbst nach«, sagte er. »Dort drinnen ist alles.«

Der Lagerraum nahm eine Hälfte des Containers ein. An allen drei Wänden standen hohe graue Stahlregale. In den Fächern am Eingang befanden sich kleinere Geräte. Reacher sah Handys, Kameras und DVD-Spieler und ein paar Laptops. Aber die Masse der Geräte lag in der Mitte des Raums auf dem Fußboden aufgetürmt: Dutzende von Computern und

Tastaturen, Bildschirmen, Druckern, Fernsehern und weiteren Geräten, deren Verwendungszweck Reacher nicht kannte. Alle aufeinandergestapelt. Alle mit einem chaotischen Kabelgewirr umwickelt, als wären sie einer riesigen elektronischen Spinne ins Netz gegangen.

»Welche sind es?« Reacher trat zur Seite, damit Sands einen besseren Blick hatte. »Weißt du, wie sie ausschauen?«

»Keine Ahnung«, sagte Sands. »Der Schrank, in dem sie aufbewahrt wurden, ist nirgends zu sehen. Aber der hatte eine zersplitterte Tür. Vermutlich haben sie die Server rausgenommen und den Rest in einem der Behälter entsorgt. Schickst du mir bitte Rusty? Ich brauche Hilfe, um sie in diesem ganzen Schrott zu finden.«

»Bin schon da.« Rutherford kam um die Ecke des Containers. Er sah in den Lagerraum, dann nickte er. »All right, sie müssen mitten in diesem Haufen liegen. Komm, wir fangen sofort an. Damit nichts schiefgeht, will ich alle acht.«

Rutherford stieg über den Haufen hinweg auf die andere Seite, weil jede neue Lieferung offenbar draufgepackt wurde und die Server schon ein paar Wochen hier liegen konnten. Sands gab Reacher ihre Umhängetasche und ging zu Rutherford hinein. Drinnen war es brütend heiß, weil Dach und Wände aus Stahl bestanden. Es gab ein Klimagerät, das aber nicht den ganzen Container, sondern nur das Büro kühlte. Die beiden mussten sich fühlen wie Schatzgräber in einem Backofen.

Reacher blieb draußen, obwohl es in der Sonne nicht viel kühler war. Aber er wollte den Kerl mit den grauen Haaren im Auge behalten. Er wusste, dass der Mann, der Marty in der Hand hatte, seine Leute aufgefordert hatte, Ausschau nach Rutherford zu halten. Der Typ mit einer Vorliebe für Koffer und Knochensägen. An sich gab es keinen Grund, den Grauhaarigen zu verdächtigen. Oder für die Annahme, Fishers Handy würde eingeschaltet sein, wenn er telefonisch Meldung erstattete. Aber Pläne konnten sich ändern. Gelegenheiten boten sich. Manche waren einfach zu verlockend. Sie befanden sich an einem abgelegenen Ort. Zwei von ihnen wühlten sich durch den heißen Lagerraum. Und der Alte hatte eine Schrotflinte.

Sands und Rutherford durchsuchten weiter den aufgetürmten Elektronikschrott. Der grauhaarige Kerl lehnte an einer Stahlwand und verfolgte sie mit dem Blick. Er griff nicht nach seinem Handy. Drückte keinen Alarm- oder Notrufknopf. Die Sonne brannte weiter herab. Reacher beobachtete weiter alle drei Personen, bis Rutherford und Sands endlich wieder auftauchten. Sie blinzelten im hellen Sonnenschein. Ihre Kleidung wirkte durchgeschwitzt, ihre Haut staubig. Und ihre Hände waren leer.

Sands ließ sich ihre Umhängetasche zurückgeben.

Rutherford trat vor den Grauhaarigen hin. »Wo ist alles andere?«

Der Mann straffte die Schultern. »Was denn? Das hier ist alles.«

»Unmöglich! Etliche Geräte fehlen. Mindestens acht. Von der städtischen IT-Abteilung.«

Der Mann zuckte mit den Schultern.

»Wo könnten sie sonst sein?«

»Wollen Sie mir etwas vorwerfen?«

»Was? Nein. Ich frage nur, ob es einen weiteren Lagerort gibt. Für Geräte, für die kein Platz mehr ist?«

»Nein. Alles landet hier.«

»Wer arbeitet noch an dieser Stelle?«, fragte Reacher.

»Niemand außer mir.«

»Was ist, wenn Sie mal krank sind?«

»Dann würde der Boss jemand schicken, der mich vertritt.«

»Wann war das zum letzten Mal der Fall?«

Der Mann biss sich auf die Unterlippe, während er überlegte. »Mal sehen. Zuletzt krank war ich 1986. Im Sommer. Musste mir den Blinddarm rausnehmen lassen. In Vanderbilt. Klasse Krankenhaus. Und mein letzter Urlaub? Zur Jahrtausendwende war ich bei meinem Bruder in Kanada. Bin immer zu Silvester hingefahren. Aber jetzt ist er tot.«

»Ich kapier's nicht«, sagte Rutherford. »Was kann mit diesen Geräten passiert sein? Sie können sich nicht in Luft aufgelöst haben.«

Der Mann zuckte mit den Schultern. »Sind sie nicht hier, sind sie nie angeliefert worden. Außer man hat sie schon abtransportiert.«

»Was ist mit Listen?«, fragte Sands, die sich neben Rutherford gestellt hatte. »Sie schreiben doch auf, was reinkommt und was rausgeht?«

»Einlieferungen und Abholungen«, antwortete der Mann. »Klar.«

»Die will ich sehen.«

Der Mann seufzte, dann ging er zum Büroeingang voraus. Er ließ sie draußen warten, betrat den Raum und kam sofort mit zwei Kladden zurück. Die erste gab er Sands. Reacher las über ihre Schulter hinweg mit. In der Kladde waren für den jetzigen Monat acht Abholungen verzeichnet. Aber nur eine für elektronische Geräte – am Monatszweiten. Vor dem Hackerangriff mit Erpressersoftware. Bevor Rutherford die Server geschrottet hatte. Also bevor sie hier angekommen oder gar abtransportiert worden sein konnten.

Sands tauschte die Kladden. Einlieferungen hatte es in diesem Monat bisher zweiunddreißig gegeben. Die häufigsten

Kategorien waren Glas und Nichteisenmetalle. Glas und Dosen aus hiesigen Bars und Restaurants, vermutete Reacher. Dahinter Papier. Wegen der blockierten Computer bestimmt mehr als früher. Elektronische Geräte standen ganz unten. Es hatten nur zwei Einlieferungen stattgefunden – beide von der städtischen IT-Abteilung. Und beide nach dem Tag, an dem Rutherford erkannt hatte, dass sein Back-up versagt hatte.

»Diese Einlieferungen hier«, sagte Sands und deutete auf die beiden. »Zeigen Sie mir die Aufgliederung für beide.«

Der Alte starrte sie einen Augenblick lang verständnislos an. »Welche Aufgliederung? Wir machen keine Listen von dem Zeug, das eingeliefert wird. Wie denn auch? Es sind zu viele Sachen. Und wozu auch? *Computermaus, schwarz, defekt. Computermaus, schwarz defekt. Computermaus, schwarz, defekt.* Wie könnte man sie voneinander unterscheiden?«

»Okay.« Sands wies auf einen Eintrag neben dem Kennzeichen des Lieferfahrzeugs. »Fahrernummer. Beide Male die Nummer 083. Wessen Nummer ist das?«

Der Mann warf einen Blick auf die Unterschrift. »Dave. Dave Thomassino.«

»Wo können wir ihn finden?«, fragte Sands.

»Woher soll ich das wissen? Er liefert Zeug ab. Er kommt an, lädt aus und fährt wieder weg. Wir hängen nicht gemeinsam ab, wenn Sie das meinen.«

»Welche Route fährt er heute?«

»Woher soll ich das wissen? Ich bin nicht sein Boss.«

»Wann ist seine nächste Lieferung fällig?«

»Keine Ahnung. Diese Kerle kreuzen nur auf, wenn ihre Trucks voll sind und sie etwas abladen müssen.«

»Wo wohnt er?«

»Weiß ich nicht. Er ist wie gesagt nicht mein Kumpel.«

»Was ist mit seinem Truck?«, fragte Reacher. »Nimmt er den abends mit nach Hause?«

»Nein.« Der Alte schüttelte den Kopf. »Das dürfen sie nicht. Sie lassen ihre Trucks im Depot. Fahren mit ihren eigenen Autos heim.«

»Arbeiten sie allein?«, fragte Reacher. »Oder zu zweit? Oder in Teams?«

»Bei den größeren Sachen sind's zwei Mann pro Truck«, antwortete der Mann. »Thomassinos ist kleiner. Er arbeitet allein. Man braucht keine zwei Männer, um ein paar iPhones oder dergleichen einzuladen.«

»Wo liegt das Depot?«, fragte Sands.

»Neben dem Büro«, erwiderte der Mann.

»Wo ist das Büro? Und sagen Sie nicht *neben dem Depot*, sonst bekommen wir ein Problem.«

»Ich schreibe Ihnen die Adresse auf.«

»Und seine Handynummer.«

»Das kann ich nicht. Ich weiß sie nicht.«

»Gut«, sagte Sands. »Sorgen Sie dafür, dass das so bleibt. Erscheint Thomassino aus irgendeinem Grund nicht im Depot, komme ich hierher zurück. Und dann verbringen Sie den traurigen Rest Ihres Lebens in einem Bundesgefängnis.«

18

Reacher, Rutherford und Sands ließen den Alten mit seinen Listen stehen und gingen wieder die Rampe entlang. Sie stiegen in den Minivan. Sands startete den Motor, drehte die Klimaanlage bis zum Anschlag auf und fuhr langsam an, folgte der Kurve nach unten, schaukelte über das unbefestigte Wegstück und erreichte das Tor, wo der Asphalt begann. Reacher hatte den Rücksitz für sich allein. Er dachte über die Server nach. Und darüber, was aus ihnen geworden sein konnte. Er hatte zwei plausible Theorien.

Option A war, dass sie verschrottet worden waren. Er stellte sich vor, wie der Kerl sie abholen wollte. Thomassino arbeitete allein. Was vermutlich in Ordnung war, wenn man kleine Dinge wie Mobiltelefone abholte. Aber in diesem Fall waren es acht Server. In einem ungefähr zwei Meter hohen Schrank. Schwer und unhandlich. Und seine Tür war eingeschlagen, sodass überall Glassplitter herausragten. Wodurch er noch schwieriger zu bewältigen war. Die Eintragungen in der Kladde zeigten, dass Thomassinos Anlieferungen erst nach 17 Uhr erfolgt waren. Vermutlich am Ende seines Arbeitstags. Hätte er sich bei Schichtende noch mit einem schweren Schrank abgemüht oder den Kollegen von der regulären Müllabfuhr einen Zwanziger zugesteckt, damit sie das Problem für ihn lösten?

Option B setzte voraus, dass Thomassino versucht hatte, den Schrank abzutransportieren. Oder zumindest seinen Inhalt. Versagt hatte nur Rutherfords experimentelle Software. Die Server selbst funktionierten einwandfrei. Vielleicht achtete

Thomassino auf solche Dinge. Vielleicht hatte er einen Käufer für sie. Reacher wusste nicht, was Gebrauchtgeräte wert waren. Vielleicht viel. Vielleicht nicht sehr viel. Der Profit war vielleicht nicht sehr hoch, aber dafür gab es praktisch kein Risiko. Wie sollte der Diebstahl unter normalen Umständen jemals ans Tageslicht kommen? Die Leute bei der Stadt würden froh sein, weil der Krempel weg war. Und die Recyclingfirma würde nie mit ihm rechnen, weil sie keine detaillierten Listen führte.

Also Faulheit oder Geldgier? Fifty-fifty, wie Reacher aus Erfahrung wusste. Das ließ sich unmöglich herausfinden, ohne Thomassino näher zu kennen. Und es war vermutlich unnötig. Die Server konnten in eine Müllverbrennungsanlage gekommen oder auf einer Müllhalde vergraben worden sein. Ihr Inhalt konnte vor dem Weiterverkauf gelöscht worden sein. In beiden Fällen waren die Daten verloren. Die Identität des russischen Spions würde geheim bleiben. Und Rutherford würde weiter gefährdet sein. Reacher würde überlegen müssen, wie er damit umgehen wollte. In der Stadt zu bleiben, um auf ihn aufzupassen, kam definitiv nicht infrage. Andererseits durfte er ihn auch nicht allein und angreifbar zurücklassen. Am besten wäre es gewesen, ihn dazu zu überreden, die Stadt zu verlassen, aber das hatte Reacher schon versucht. Er hatte wenig Hoffnung, Rutherford umstimmen zu können. Nicht ohne gefährliche Informationen preiszugeben.

Vielleicht kann Sands dir dabei helfen, dachte er. Sie war eine ehemalige FBI-Agentin. Mit ihr konnte er reden. Andeutungen über die Ursache des Problems machen. Indirekt genug, um Fisher nicht zu kompromittieren. Direkt genug, um die Dringlichkeit der Sache zu betonen. Das würde vielleicht funktionieren. Wenn Thomassino nicht dafür gesorgt hatte, dass dieses Problem nicht existierte. Vielleicht würde er ihnen ein Wunder präsentieren. Vielleicht standen die Server in seinem Haus: unberührt, ihr Inhalt vollständig.

Das Beste hoffen.

Hätte die Entscheidung bei Reacher gelegen, wäre er geradewegs zum Depot gefahren. Dass Thomassino an zwei Tagen bis nach siebzehn Uhr gearbeitet hatte, bot keine Garantie dafür, dass er das immer tat. Am besten wäre es gewesen, die Privatwagen der Lkw-Fahrer möglichst schnell zu finden und dort zu warten. Eine Stunde lang. Zwei Stunden. Fünf. Bis der Kerl auftauchte. Reacher wäre das egal gewesen. Er konnte den ganzen Tag lang warten. Aber er spürte, dass das nichts für Sands und Rutherford war. Die beiden waren sauer, weil sie ihre Geräte nicht gefunden hatten. Machten sich vermutlich Sorgen, ob die gespeicherten Daten noch existierten. Und waren von ihrer anstrengenden Suche sichtlich mitgenommen. Er musste nachsichtig mit ihnen sein. Außer er zog allein los, um Thomassino zu finden. Was eine Möglichkeit war. Das Risiko wäre minimal gewesen. Fishers Zelle hatte den Auftrag, sich auf bloße Überwachung zu beschränken.

Letztlich fand Reacher, sie sollten zusammenbleiben. Dafür sprach auch ein weiterer Faktor. Er stellte sich vor, sie hätten Glück und Thomassino gestand alles. Gab zu, brauchbare Geräte unterschlagen zu haben, und führte Reacher zu dem Versteck. Aber Reacher wusste nicht, wie ein Server aussah. Er brauchte Rutherford, der sie identifizieren konnte. Und Sands hatte sich als äußerst wertvoll erwiesen: Sie hatte den Recyclingbetrieb ausfindig gemacht und den Mann mit der Schrotflinte eingeschüchtert. Eine Ruhepause konnte nicht schaden, rechnete Reacher sich aus. Solange sie um 16 Uhr vor dem Depot waren.

Sands beugte sich nach rechts und drückte einige Knöpfe

des Navis, das daraufhin die fünf nächsten Tankstellen anzeigte. Am nächsten lag die Raststätte, die Reacher schon zweimal aufgesucht hatte. Sie fuhren schweigend weiter, bis Sands an der Zapfsäule hielt, an der Reacher auch schon gestanden hatte. Rutherford blieb im Wagen. Sands stieg aus und tankte. Um nicht den Verkaufsraum betreten zu müssen, benutzte sie ihre Kreditkarte. Reacher ging trotzdem hinein, weil er hungrig war. Er kaufte vier Hotdogs, eine Zeitung, einen billigen Rasierer, eine Dose Rasierschaum und einen Sechserpack Mineralwasser, weil die anderen bestimmt durstig waren.

Sands setzte Rutherford und ihn zwei Blocks vor dem Apartmentgebäude ab und machte sich auf die Suche nach einem Straßenparkplatz. Als sie zehn Minuten später Mitchs Wohnung erreichte, stellte sie die Kaffeemaschine an und verschwand ins Bad, um zu duschen. Rutherford blieb über seinen Laptop gebeugt an der Esstheke sitzen. Reacher streckte sich auf dem Sofa aus und begann die Zeitung zu lesen. Eine Viertelstunde lang bewegte sich keiner von ihnen. Keiner sagte ein Wort. Dann kam Sands aus dem Bad, und Rutherford ging hinein. Sie füllte zwei Kaffeebecher, kam damit ins Wohnzimmer und setzte sich Reacher gegenüber in einen Sessel.

»Kann ich dich was fragen?«, begann sie. »Du warst in der Army. Du warst bei der Militärpolizei. Du hast wegen Straftaten gegen Leute ermittelt. Ja?«

»Das war der Plan«, sagte Reacher.

»Du musst Ressourcen gehabt haben. Unterlagen. Datenbanken. Untergebene, die für dich telefoniert, Informationen verifiziert haben und festgestellt haben, ob Leute die Wahrheit sagen?«

»Stimmt alles.«

»Fehlt dir das, seit du auf dich allein gestellt bist?«

»Das Leben in der Army war ziemlich gut«, erklärte Reacher. »Ich habe mit einigen hervorragenden Leuten gearbeitet. Außer in der Zeit, die ich dafür aufwenden musste, mir Bullshit von Vorgesetzten anzuhören. Ansonsten habe ich bei meinem Ausscheiden nur sehr wenig bedauert.«

»Nein«, sagte Sands. »Ich meine die Unterstützung, die du hattest. Die Möglichkeit, Fakten checken zu lassen. Nehmen wir mal an, du befändest dich in einer heiklen Situation, die dir plausibel erklärt wird. Aber dann erkennst du, dass es eine alternative Erklärung geben könnte. Eine aus deiner Sicht weit ungünstigere Erklärung. Was tätest du dann?«

»Ich würde auf mein Bauchgefühl vertrauen. Und abhauen, wenn ich im Zweifel bin.«

»Auch wenn du damit einen Freund in Gefahr zurückließest?«

»Okay, Sarah. Komm endlich zur Sache. Was willst du wirklich fragen?«

»Vorhin unter der Dusche habe ich mir überlegt: Was wäre, wenn ich etwas von Rusty wollte? Etwas entscheidend Wichtiges. Und ich würde es wollen, ohne dass jemand etwas davon merkt. Ich würde es nicht stehlen, weil er das merken und den Verlust anzeigen würde. Ich würde nicht versuchen, es ihm abzukaufen oder abzuluchsen, weil er mich durchschauen könnte. Er könnte scheinbar mitmachen und den Versuch anzeigen. Oder die Flucht ergreifen. Ich könnte ihn natürlich entführen und ihm das Geheimnis abpressen. Aber dann müsste ich ihn liquidieren, um es zu bewahren. Vielleicht täte ich lieber etwas anderes. Ich würde eine Entführung vortäuschen. Sehr professionell, sehr überzeugend. Eine Entführung, die todsicher geklappt hätte, wenn sich nicht jemand eingemischt hätte. Jemand mit einschlägigen Erfahrungen, der zufällig vorbeigekommen ist. Jemand, zu dem Rusty sofort Vertrauen gefasst hätte und der sich erbieten würde, dazubleiben und ihm zu helfen.«

»Und dieser Jemand wäre ich?«, fragte Reacher.

»Ich versuche nicht, ein Arschloch zu sein. Aber du musst zugeben, dass das eine Möglichkeit ist.«

»Das ist absolut eine. Dies wäre nicht das erste Mal, dass so was passiert.«

»Soll ich mich jetzt besser fühlen? Übrigens könnte nicht nur die Entführung verdächtig sein. Du warst bei sämtlichen Kontakten mit der Gegenseite allein. Eine Serie von Zufällen? Oder heimliche Treffen?«

Reacher lächelte nur.

»Was?«, fragte Sands. »Das findest du komisch?«

»Nein. Mich amüsiert nur diese Stadt. Das muss am hiesigen Wasser liegen. Zuerst werde ich für einen Versicherungsvertreter gehalten. Und nun hältst du mich – wofür? Wenn ich mit den Entführern zusammenarbeite, muss ich ein Söldner sein. Ein guter Mann, denn das Unternehmen ist nicht hastig zusammengeschustert worden. Folglich ein teurer Mann. Also muss ich insgeheim reich sein. Wie lautet deine Theorie? Dass mein projiziertes Image ein Schwindel ist? Dass ich in Wirklichkeit in einem Stadthaus in Manhattan lebe – mit Kleiderschränken voller Seidenanzüge und einer Garage voller Ferraris?«

»Ist das weniger wahrscheinlich als ein pensionierter Major, der obdachlos ist?«

»Ich bin nicht obdachlos.«

»Dann hast du also gelogen.«

»Wann?«

»Du hast Rusty erzählt, dass du kein Haus besitzt. Du lässt dich nur treiben. Eine Nacht hier, zwei Nächte dort. Keine feste Bleibe.«

»Ja, das stimmt.«

»Also bist du obdachlos.«

»Nein. Meine Situation ist ganz anders. Du kannst sie dir wie den Unterschied zwischen allein und einsam vorstellen. Auch das sind zwei verschiedene Dinge.«

»Also gut, gehen wir zurück. Nehmen wir mal an, du seist als Söldner reich geworden. Daraus folgt nicht, dass du dein Geld für ein Haus und Kleidung und Luxuswagen ausgibst. Das wäre ein Trugschluss. Vielleicht hast du das Geld gar nicht ausgegeben. Vielleicht liegt es auf einer Bank auf den Kaimaninseln. Oder es ist in einem hohlen Baumstamm versteckt. Oder du hast es einem Tierheim gespendet.«

»Richtig, das könnte ich getan haben. Aber ich hab's nicht getan.«

»Kannst du das beweisen?«

»Wie? Etwas Negatives lässt sich nicht beweisen. Das kann niemand.«

Sands sank in ihren Sessel zurück.

»Versuch's anders«, sagte Reacher. »Stell die Sache auf den Kopf. Ich hatte die Mittel und die Gelegenheit, klar. Aber wo ist mein Motiv?«

»Geld«, antwortete Sands.

»Geld interessiert mich nicht. Ich hab schon genug. Wozu sollte ich noch mehr wollen?«

»Geld kann man nie genug haben.«

»Du bist auf der falschen Fährte, Sarah. Tatsächlich habe ich ein Motiv: Ich will Rusty beschützen. Aber das kannst du ebenso gut. Willst du mich nicht ablösen? Bringst du ihn noch heute an einen sicheren Ort, verschwinde ich und komme nie mehr in seine Nähe.«

»Oder du fährst zum Depot, sobald wir weg sind, und knöpfst dir Thomassino vor.«

»Hör zu, wenn du mir nicht vertraust, kannst du mit deinen Freunden im Bureau reden. Sie sollen mich überprüfen.«

»Das habe ich schon getan. Fünf Minuten nachdem wir uns kennengelernt hatten. Sie haben nichts gefunden. Aber was heißt das? Dass du die Wahrheit sagst? Oder gut darin bist, deine Fährte zu verwischen?«

»Hier gibt's anscheinend zwei Möglichkeiten«, entgegnete Reacher. »Vielleicht helfe ich Rusty. Vielleicht will ich ihn reinlegen. Das muss sich erweisen. Im Augenblick geht's darum, was du glaubst. Und du glaubst offenbar nicht, dass ich mit dem Teufel gemeinsame Sache mache.«

»Wie kommst du darauf?«

»Du bist eine clevere Frau, das steht fest. Würdest du mich wirklich für einen Auftragsmörder halten, würdest du mir das nicht ins Gesicht sagen. Du würdest meinen Kaffee mit K.o.-Tropfen versetzen und die Gelegenheit zur Flucht nutzen. Oder mich erschießen, bevor ich deinem Freund etwas antun kann.«

»Das ist eine interessante Theorie. Die eine weitere Frage aufwirft. Wer hat vorhin deinen Kaffee gemacht?«

Reacher griff nach seinem Kaffeebecher. Der große Becher fasste ungefähr einen Viertelliter, war nur noch zu einem Viertel voll. Genügten zweihundert Milliliter für eine effektive Dosis eines Betäubungsmittels? Für einen Mann seiner Größe? Er fühlte sich nicht benommen. Oder schwindlig. Oder müde. Er roch am restlichen Kaffee. Der Geruch erschien ihm normal. Und der Kaffee hatte gut geschmeckt. Andererseits war er nicht der größte Kenner, wenn es um Geschmack ging. Ihm kam es mehr auf Stärke an.

»Hier«, sagte Sands. »Gib mir den Becher.«

Reacher schob ihn über den Couchtisch. Sands griff danach und nahm einen Schluck.

»Das mit dem Kaffee war ein Scherz«, sagte sie, dann zeigte sie ihm, warum ihr Bademantel an diesem Tag rechts etwas herabhing. Sie hatte etwas Schweres in der Tasche. Nun griff sie hinein und zog eine Pistole heraus. Eine Colt Government Model .380. Klein. Leicht. Zuverlässig. Sie entsicherte die Waffe mit dem rechten Daumen. »Dies ist mein Ernst. Und denk daran: Du bist größer, aber ich bin schneller. Sieh mir also in die Augen und sag mir, dass du's ehrlich meinst.«

»Ich mein's ehrlich.«

Sands ließ den Colt auf ihrem Schoß liegen. Ihre Fingerspitzen berührten den Griff.

»Also«, sagte Reacher nach einer endlos langen Minute, »was hast du vor?«

»Was bleibt mir anderes übrig, als meinem Bauchgefühl zu folgen?« Sands sicherte die Pistole, steckte sie weg. »Und zu beten, dass du mir keinen Anlass gibst, das zu bereuen.«

19

Rutherford kam mit einem um die Hüften geschlungenen Handtuch aus dem Bad und hastete zu seinem Schlafbereich hinter der hölzernen Trennwand. Sands stand auf und folgte ihm zu ihrem Bereich. Reacher blieb auf dem Sofa. Er konnte die beiden rascheln hören, dann begannen fast gleichzeitig zwei Haarföne zu brummen. Sie blieben ungefähr gleich lang eingeschaltet. Danach war wieder ein Rascheln zu vernehmen, bevor Sands zuerst erschien. Zu einer locker sitzenden Leinenhose trug sie ein hellblaues T-Shirt. Sie benutzte ihre Sonnenbrille dazu, ihr Haar zurückzuhalten, und von der linken Schulter baumelte ihre Umhängetasche. Um leicht mit der rechten Hand hineingreifen zu können, vermutete Reacher. Zweifellos mit der Pistole obenauf. Vielleicht in einem speziellen Holster, damit sie sich nicht verhakte oder unter andere Sachen geriet.

Rutherford gesellte sich zu ihnen. Er trug neue Chinos und ein frisch gewaschenes T-Shirt. Dunkelgrau mit einem Firmenlogo. Um zu zeigen, dass er's weiterhin ernst meinte.

Um nicht mit den beiden Männern gesehen zu werden, verließ Sands das Apartment als Erste. Sie holte den Minivan, ließ Reacher und Rutherford in der Gasse mit den Müllbehältern einsteigen und gab die Adresse des Entsorgungsunternehmens in ihr Navi ein. Das Gerät errechnete eine Fahrzeit von zehn Minuten, was sich als zutreffend erwies. Es führte sie zu einer kleinen Ansammlung von Gebäuden am Ende einer langen geraden Straße mit niedrigen, etwas heruntergekommenen Lagerhäusern auf beiden Seiten. Das Firmengelände war mit einem starken Maschendrahtzaun gesichert. Zweieinhalb Meter hoch. Die einzige Zufahrt war durch eine rot-weiße Schranke abgesperrt. Sands fuhr näher heran und hielt neben einer hohen Metallsäule mit zwei Tastenfeldern. Das obere war für Lkws, das untere für Pkws.

Sands fuhr ihr Fenster herunter und drückte auf die Sprechtaste neben dem unteren Zahlenfeld. Keine Antwort. Sie drückte die Taste erneut. Aus dem Kasten drang kein Laut, nicht mal ein Knistern oder Knacken. Sie reckte sich hoch, um die obere Sprechtaste zu erreichen, sank aber zurück, als sich auf dem Firmengelände etwas bewegte. Ein glänzend schwarzer Pick-up kam aufs Tor zu. Er sah wie ein gewöhnlicher F150 aus. Ohne Zusatzscheinwerfer auf dem Dach. Ohne ein Firmenlogo auf den vorderen Türen. Für alle Fälle holte Sands das Lederetui mit der gefälschten FBI-Plakette aus ihrer Umhängetasche.

Der Ford wurde langsamer, als er näher kam, fuhr kaum mehr als Fußgängergeschwindigkeit. Die Schranke zuckte, als erwachte sie aus einem Tiefschlaf, und schnellte dann in die Senkrechte hoch. Der Pick-up beschleunigte und verschwand. Sein Fahrer würdigte sie keines Blickes. Die Schranke blieb vorerst oben. Vermutlich war ihre Öffnungszeit für Lastwagen berechnet: lang und schwer und langsam. Sands sah sich um. Niemand war in der Nähe, um zu verfolgen, wie sie aufs Firmengelände fuhr, lange bevor die Schranke sich wieder senkte.

Auf dem Gelände standen zwei Gebäude – vom Tor aus gesehen bei vier und acht Uhr. Das bei acht Uhr war kleiner. Das Bürogebäude, vermutete Reacher. Es war ein ebenerdiger Ziegelbau, unverputzt, mit Flachdach, sechs quadratischen

Fenstern und einer Betonplatte als Sonnenschutz über der Eingangstür. Vor dem Gebäude waren Parkplätze für etwa dreißig Fahrzeuge ausgewiesen. Auf den besten Plätzen in Eingangsnähe standen zwei silberne deutsche Limousinen. Bei den anderen handelte es sich um gewöhnliche amerikanische und japanische Klein- und Kompaktwagen in verschiedenen hellen Farben, die wahrscheinlich dem Büropersonal gehörten.

Nicht die Autos, die sie suchten.

Das Gebäude bei vier Uhr musste das Depot sein, von dem der Kerl mit der Schrotflinte gesprochen hatte. Es war ein schlichter rechteckiger Bau aus weiß gestrichenen Hohlblocksteinen. Es hatte ein Wellblechdach und an einer Längsseite vier Sektionaltore. Alle waren hoch genug für einen Müllwagen in Standardgröße. Alle waren breit genug. Alle waren geschlossen. Links von ihnen gab es neben der Eingangstür eine Reihe von Parkplätzen. Vier waren mit Pick-ups besetzt: drei F150 und ein Dodge Ram. Nicht neu, aber gepflegt und sauber. Die Fahrzeuge der Mechaniker, dachte Reacher.

Nicht die Autos, die sie suchten.

Rechts neben dem Depot erstreckte sich eine asphaltierte Fläche fast bis zum Zaun. Dort wurden die Lkws nachts abgestellt. Der Platz reichte für mindestens ein halbes Dutzend aus. An seinem Rand standen wieder Privatwagen. Insgesamt sieben. Ein alter Jeep Wrangler mit mattem Lack. Ein viertüriger Chrysler 300 in Schwarz mit verchromten Felgen und stark getönten Scheiben. Ein Porsche 911, dunkelblau und in der Nachmittagssonne glänzend. Ein Cadillac aus den Sechzigern mit burgunderrotem Erstlack, der jetzt kreidig und stumpf wirkte. Ein senfgelber Volvo-Kombi. Ein winziger Fiat 500 in Himmelblau. Und ein weißes SUV von Hyundai.

Vielleicht die Autos, die sie suchten.

Ein am Zaun angebrachtes Schild warnte: UNBERECHTIGT PARKENDE FAHRZEUGE WERDEN KOSTENPFLICHTIG ABGESCHLEPPT! Sands parkte rückwärts direkt neben dem Hyundai genau darunter rückwärts ein. Sie ließ den Motor laufen und drehte die Klimaanlage etwas höher. Draußen flirrte die Hitze über dem Asphalt. Die Umrisse der Gebäude flimmerten und schwankten. Sands löste ihren Sicherheitsgurt und lehnte sich entspannt, aber wachsam zurück. Rutherford auf dem Beifahrersitz neben ihr war nervös und zappelig. Hinter den beiden saß Reacher so still, als schliefe er.

Eine halbe Stunde verging, ohne dass Lkws auftauchten. Eine Viertelstunde verstrich genauso. Nach weiteren fünf Minuten war Motorengeräusch zu hören. Ein großer Dieselmotor, der näher kam. Sands und Reacher setzten sich ruckartig auf. Am Ende der Straße kam ein Müllwagen in Sicht. Ein Fahrzeug in Standardgröße, also nicht Thomassinos. Sie beobachteten, wie es sich näherte, kurz an der Schranke hielt, zur Parkfläche weiterrollte und dort mit langem Zischen seiner Druckluftbremse zum Stehen kam. Aus dem Fahrerhaus sprangen zwei Männer – beide in blauen Overalls wie der Kerl in dem Recyclingbetrieb. Sie gingen zu den geparkten Privatwagen. Der erste Mann stieg in den Jeep, der zweite in den Chrysler. Dann fuhren sie bis fast zum Tor nebeneinander her, bevor der Jeep die Führung übernahm. Sie passierten die vor ihnen hochgehende Schranke, beschleunigten stark und kamen bald außer Sicht.

Sieben Minuten später traf der nächste Müllwagen ein. Ebenfalls in Standardgröße. Also nicht Thomassinos. Der Ablauf blieb gleich. Die Männer fuhren mit dem Cadillac und dem Volvo weg. Also blieben drei Privatwagen übrig: der Hyundai, der Fiat und der Porsche.

Der dritte ankommende Truck wirkte kleiner. Sein Kennzeichen stimmte mit dem überein, das in der Kladde des Recyclingbetriebs neben Thomassinos Personennummer eingetragen gewesen war. Er parkte neben den Müllwagen, die ihn ganz verdeckten. Eine halbe Minute später tauchte der Fahrer auf. Er war ungefähr eins achtzig groß, trug sein braunes Haar sehr kurz. Verspiegelte Pilotenbrille. Auf Hochglanz polierte Springerstiefel. Und der gleiche blaue Overall, nur dunkler und frischer, als stellte er sich gern vor, er trage eine Fliegerkombi. Er kam auf sie zu. Anscheinend zu dem Porsche unterwegs. Sands wollte ihre Tür öffnen, zögerte aber noch. Der Kerl befand sich auf der falschen Seite ihres Minivans. Er trat an die rechte Tür des Porsches. Beugte sich nach vorn und hob eine Hand, um Schatten zu erzeugen. Sah zehn Sekunden lang hinein. Dann richtete er sich auf, schüttelte den Kopf, ging an dem Fiat vorbei und benutzte die Lücke zwischen dem Minivan und dem Hyundai. Sands sprang aus dem Wagen, stellte sich ihm in den Weg und hielt das schwarze Lederetui mit der Plakette hoch.

»David Thomassino?«, fragte sie.

»Der bin ich.« Der Kerl zog die Augenbrauen hoch. »Wer will das wissen?«

»Federal Agents. Wir müssen mit Ihnen reden.«

»Worüber?«

»Steigen Sie einen Augenblick bei uns ein. Dann erkläre ich Ihnen alles.«

Rutherford drehte sich halb um und drückte den Knopf, der die Seitentür öffnete, sodass Reacher wie ein Gorilla in seinem Käfig zu sehen war.

»Nein, lieber nicht.« Thomassino trat einen Schritt zurück. »Zu ihm steige ich nicht ein. Ich rede mit Ihnen – aber auf der Polizeistation. Ich fahre voraus. Sie können mir folgen.«

»Nein, das machen wir anders.« Reacher beugte sich aus dem Van, packte Thomassinos Overall und zog ihn herein. Sands stieg nach ihm ein und dirigierte den Kerl auf die hintersten Sitze. Sie entriegelte ihren Mittelsitz, sodass er sich nach hinten drehen ließ, danach schloss sie die Schiebetür wieder. Reacher drehte seinen Sitz ebenfalls um, und Rutherford sah vom Vordersitz aus zwischen den beiden anderen hindurch.

»Bevor wir anfangen, möchte ich eines klarstellen«, begann Sands. »Wir sind nicht Ihretwegen hier. Wir haben es nicht auf Sie abgesehen, wollen Ihnen keine Schwierigkeiten bereiten. Sie sind uns völlig gleichgültig. Wir wollen nur eine einzige Information. Sobald wir die haben, können Sie Ihrer Wege gehen. Sie sehen uns nie wieder. Und niemand erfährt jemals, dass Sie uns geholfen haben.«

Thomassino schluckte trocken, dann nickte er.

»Gut«, fuhr Sands fort. »Ihr Job ist es, ausgemusterte elektronische Geräte einzusammeln und zu der Recyclinganlage außerhalb der Stadt zu bringen, richtig?«

»Das ist nur ein Sortierbetrieb. Das eigentliche Recycling findet woanders statt.«

»Aber Sie liefern die Geräte dort ab?«

»Richtig.«

»In diesem Monat haben Sie zweimal von der IT-Abteilung der Stadt ausgemusterte Geräte abgeholt.«

»Wenn Sie das sagen …«

»So steht's in der Liste für Anlieferungen.«

»Dann muss es wohl stimmen.«

»Bei einer dieser Gelegenheiten haben Sie acht Hardware-Server mitgenommen.«

»Ich weiß nicht, was Server sind.«

»Langweilig aussehende schwarze Kästen«, erklärte Rutherford. »Aber sie haben in einem Schrank gestanden. Mitten im Computerraum. Mit einer zertrümmerten Glastür.«

»Wissen Sie, wie viele Geräte ich pro Woche transportiere?«, fragte Thomassino. »An einzelne kann ich mich wirklich nicht erinnern.«

»Wie ich sehe, tragen Sie einen Ehering, Dave«, sagte Reacher. »Haben Sie Kinder? Oder leben Sie mit Ihrer Frau allein?«

»Ein Kind. Unterwegs«, sagte Thomassino. »Wieso?«

»Mädchen oder Junge?«

»Ein Mädchen. Wieso?«

»Weil ich mir die Szene vorstellen kann«, sagte Reacher. »Ihr erster Tag im Kindergarten. Ihre Mutter holt sie ab, und die Kleine fragt: ›Mommy, wie kommt's, dass ich keinen Daddy habe? Alle anderen Kinder haben einen.‹ Und Ihre Frau sagt: ›Auch du hast einen Daddy, Sweetheart. Nur sitzt er in einem Bundesgefängnis. Weil er zu dumm war, um sich selbst zu helfen, als er die Chance dazu hatte.‹«

»All right.« Thomassino schloss kurz die Augen. »Ich habe sie abgeholt. Beim zweiten Mal. Sie waren schon beim ersten Mal da, aber ich habe sie bewusst übersehen. Sie wären schwierig zu transportieren gewesen, daher habe ich gehofft, die normale Müllabfuhr würde sie mitnehmen.«

»Was haben Sie mit ihnen gemacht?«, fragte Sands.

»Auf meinen Truck geladen und am Spätnachmittag im Sortierbetrieb abgeliefert.«

»Versuchen Sie's noch mal.«

»Was? Glauben Sie mir etwa nicht?«

»Ich glaube Ihnen, dass Sie die Geräte eingeladen haben, aber sie haben den Sortierbetrieb nie erreicht. Was ist mit ihnen passiert?«

»Ich habe sie nicht unterschlagen, falls Sie das andeuten wollen«, antwortete Thomassino. »Ich habe sie nicht unterwegs beiseitegeschafft. Was auf dem Truck war, habe ich alles in dem Betrieb abgeliefert.«

»Aber dort sind sie nicht«, erwiderte Sands. »Wir haben selbst nachgesehen. Was ist also mit ihnen passiert?«

»Keine Ahnung. Durchsuchen Sie mein Haus, wenn Sie mir nicht glauben. Sprechen Sie mit meiner Frau. Mit meinen Freunden. Kontrollieren Sie mein Bankkonto. Ich mache einen Lügendetektortest. Aber ich habe sie nicht gestohlen. Ich habe sie nicht verkauft. Und ich weiß nicht, wo sie sind.«

Reacher und Sands wechselten einen Blick. Sie reagierte mit einem kaum sichtbaren Schulterzucken. Dies war nicht die Antwort, die sie hatten hören wollen. Auch wenn sie ihnen nicht weiterhalf, neigte Reacher dazu, ihm zu glauben. In der Army hatte er über Jahre hinweg ungezählte Verdächtige vernommen. Er hatte ein feines Gespür dafür, ob jemand log, und Thomassinos Antwort hatte ehrlich geklungen.

»Also gut.« Sands zog einen Stift und einen kleinen Notizblock aus ihrer Umhängetasche. »Ich gebe Ihnen meine Nummer, und wenn Sie …«

»Noch eine Frage«, sagte Rutherford. »Sarah, ist dir in dem Recyclingbetrieb irgendetwas seltsam erschienen?«

»Nein. Dort hat nur ein Haufen Schrott gelegen.«

»Genau. Und der komische alte Kauz? Als du ihn nach Einlieferungslisten gefragt hast, hat er gesagt, die seien zwecklos. *Computermaus, schwarz, defekt.* Wieder und wieder.«

»Ja. Und?«

»Wie wahrscheinlich ist's, dass alle elektronischen Geräte, die von Leuten in der Stadt weggeworfen werden, defekt sind? Manche funktionieren bestimmt noch, auch wenn sie alt und langsam sind. Wie die Server. Denen hat nichts gefehlt. Man könnte glauben, alle noch brauchbaren Geräte seien irgendwie abgeschöpft worden.«

Thomassino sah zu Boden. Ein erstes verräterisches Anzeichen.

»Dave?«, fragte Reacher. »Gibt's was zu ergänzen?«

Der Fahrer gab keine Antwort.

»Ob Ihre Tochter wohl eines Tages heiratet, Dave? Ich wette, dass sie's tut. Das machen die meisten Leute irgendwann. Die Frage ist nur: Wer führt die Braut zum Altar? Wer ist für sie da, wenn sie selbst ein Kind bekommt?«

Thomassino stützte die Ellbogen auf, hielt seinen Kopf in beiden Händen. »Angefangen hat es in der zweiten Woche nach meiner Anstellung. Mein Boss hat mich zum Lunch eingeladen. Er wollte mich über einige interne Betriebsabläufe informieren. Also habe ich mich mit ihm verabredet, in einem Schnellrestaurant, dem Fat Freddie's.«

»Das kenne ich«, sagte Rutherford. »Dort soll es die besten Milchshakes der Stadt geben.«

»Ich war als Erster dort«, fuhr Thomassino fort. »Also habe ich mir einen Platz gesucht und gewartet. Dann hat der Boss mir eine Textnachricht gesendet. Er werde sich leider verspäten, aber ich sollte schon mal bestellen. Das habe ich getan, und als mein Essen serviert wurde, kam die nächste Nachricht. Er werde es doch nicht schaffen, hat der Boss geschrieben. Als ich nach dem Lunch die Rechnung bezahlen wollte, hat die Bedienung mir erklärt, das Essen gehe aufs Haus. Auf meine erstaunte Frage hin hat sie mich gebeten, einen Augenblick zu warten. Jemand würde kommen und mir alles erklären. Dann ist ein großer Fettsack erschienen und hat sich an meinen Tisch gesetzt. Das war der Besitzer, glaube ich. Als ich mich bedankt habe, hat er abgewinkt. Er hat gesagt, bei ihm könne ich immer umsonst essen. Als Gegenleistung verlange er nur eine Kleinigkeit. Ich solle auf jeder Fahrt zu dem Sortierbetrieb bei ihm einkehren. Und immer dafür sorgen, dass die Hecktüren meines Trucks nicht abgesperrt sind.«

»Wie haben Sie reagiert?«, fragte Sands.

»Ich habe versucht, mich rauszureden. Habe gesagt, dass meine Routen sich ändern, dass ein Halt nicht immer praktisch wäre, dass es spät werden könne … solches Zeug.«

»Aber er ist nicht darauf eingegangen.«

»Er hat mir ein Foto gezeigt. Von meiner Frau. Durch die Frontscheibe eines Autos gemacht. Sie hat vor ihrem Büro die Straße überquert. Der Wagen hat sie beinahe angefahren. Ist nur einen halben Meter vor ihr zum Stehen gekommen. Sie hat ihm zugewandt dagestanden. Ihren Gesichtsausdruck werde ich nie vergessen. Schiere Angst und Entsetzen. Als fürchtete sie, überfahren zu werden.«

»Hat er sich dazu geäußert?«

»Das brauchte er nicht. Die Message war klar.«

»Auf Fahrten zum Sortierbetrieb schauen Sie also immer dort vorbei«, sagte Reacher. »Können Sie einfach aufkreuzen? Oder müssen Sie vorher anrufen? Sich anmelden?«

»Ich kann unangemeldet kommen. Aber ich soll mindestens eine halbe Stunde bleiben. Und den Truck immer an einer bestimmten Stelle parken.«

»An welcher?«

»Am Rand des Personalparkplatzes hinter dem Diner steht ein großer Lagerschuppen. Für Mülltonnen und die Fässer mit verbrauchtem Frittieröl. Dort ist eine Fläche gelb markiert, auf der ich den Truck abstellen muss.«

»Wie viele Tore hat der Schuppen?«

»Nur eins. Gegenüber den Türen meines Trucks.«

»Und Fenster?«

»Keine.«

»Ist das Tor abgesperrt?«

Thomassino dachte kurz nach. »Ja, mit einem Vorhängeschloss. Ein Riesending.«

»Während Sie umsonst essen, durchsucht also jemand Ihre Ladung, holt alles raus, was wertvoll zu sein scheint, und lagert es in dem Schuppen?«

Der Fahrer zuckte mit den Schultern.

»Was?«, fragte Reacher. »Geht die Story vielleicht noch weiter?«

»Das weiß ich wirklich nicht. Ich stecke hier in einer beschissenen Situation fest. Will ich das Leben meiner Frau wirklich für abgenutzte Elektronik aufs Spiel setzen? Für Zeug, das Leute schon in den Müll geworfen haben? Auf das eine Bande scharf ist, der sogar mein Boss angehört? Nein, echt nicht! Also sehe ich nichts Böses, höre nichts Böses. Ich gehe rein und esse. Ich komme wieder raus. Ich liefere meine Ladung im Betrieb ab. Hat sich jemand in meiner Abwesenheit an Sachen bedient, weiß ich nichts davon.«

»Glaubwürdige Bestreitbarkeit«, sagte Rutherford. »Ja, ich verstehe.«

»Halb glaubwürdig«, meinte Sands.

»Glaubwürdig oder nicht, Sie waren an dem Tag, an dem Sie die Server abgeholt haben, in dem Schnellrestaurant?«, fragte Reacher.

Thomassino nickte.

»Und die Server waren weg, als Sie in dem Betrieb ausgeladen haben?«

»Ich denke schon«, antwortete der Fahrer. »Ich meine, wir

führen natürlich keine Listen. Aber ich erinnere mich an den Schrank. War verdammt schwierig, ihn in den Truck zu bugsieren. Ich kann mich nicht daran erinnern, ihn wieder ausgeladen zu haben.«

»All right«, sagte Reacher. »Noch eine Frage. Der Kerl in dem Diner. Der Besitzer. Der das Foto von Ihrer Frau hatte. Wie heißt er?«

»Ich habe gehört, wie jemand ihn Bud genannt hat«, sagte Thomassino. »Aber ich glaube, dass er in Wirklichkeit Budnick heißt. Bill Budnick. In der Zeitung hat mal ein Artikel über das Fat Freddie's gestanden, in dem er erwähnt wurde. Vor ungefähr einem Jahr. Gleich nachdem er den Diner gekauft hatte.«

»Gut«, sagte Reacher. »Hat dieser Budnick Ihnen jemals Anweisungen gegeben, was Sie tun sollen, wenn jemand kommt und Sie nach ihm ausfragt?«

»Nein. Das war nie ein Thema. Ich habe nur dieses eine Mal mit ihm gesprochen.«

»Wenn wir zufällig ins Fat Freddie's kämen – vielleicht um die berühmten Milchshakes zu versuchen –, würde Budnick uns also nicht erwarten?«

»Ob ich ihm einen Tipp geben würde, meinen Sie? Hören Sie, das Arschloch hat meine Frau bedroht. Von mir hat er nichts zu erwarten! Ich fänd's klasse, wenn Sie ihn aufsuchen würden. Ich fänd's klasse, wenn Sie ihn verhaften und ins Gefängnis stecken würden. Aber bitte halten Sie meinen Namen aus der Sache raus.«

»Wie könnten wir Ihren Namen ins Spiel bringen?«, fragte Reacher. »Wir kennen Sie überhaupt nicht.«

Sands betätigte den Türöffner, stieg aus und machte dem Fahrer ein Zeichen, ihr zu folgen. Er stemmte sich halb hoch, sank dann aber wieder zurück.

»Es gibt noch etwas, das Sie wissen sollten«, sagte Thomassino. »Die Mahlzeiten, die ich im Fat Freddie's esse, zahle ich immer selbst. Außer beim ersten Mal, als sie mich überrascht haben. Was ich tue, tue ich für meine Frau. Damit ihr nichts zustößt. Nicht etwa, um irgendwas umsonst zu kriegen. Was mich betrifft, rauben sie vielleicht meinen Truck aus. Vielleicht tun sie's auch nicht. Aber ich bin keiner von ihnen.«

20

Also war es nicht Faulheit. Es war Geldgier. Jedoch nicht Thomassinos, der in dieser Partie nur ein Bauer war. Er hätte standhaft bleiben können, vermutete Reacher. Dann befänden die Server sich schon wieder in ihrem Besitz. Aber er konnte den Mann nicht dafür tadeln, dass er weggesehen hatte, während sein Truck ausgeraubt wurde. Nicht wenn das Leben seiner Frau auf dem Spiel stand. Und nicht wegen Elektronikschrott, den andere Leute bereits weggeworfen hatten. Reacher wäre glücklicher gewesen, wenn sie mit den Servern, sicher im Laderaum des Minivans verstaut, weggefahren wären. Aber eine weitere Brotkrume, der man folgen konnte, war besser als nichts.

Das Navi errechnete zweiundzwanzig Minuten Fahrzeit bis zum Fat Freddie's, aber daraus wurden sechsundvierzig Minuten, weil Sands auf Reachers Bitte hin an der Raststätte vorbeifuhr. Er wollte zwei weitere Dinge besorgen. Einen Bolzenschneider. Den größten, den es gab. Und ein Vorhängeschloss. Das stärkste, das er finden konnte. Sands nutzte die Gelegenheit, um vollzutanken, und erwartete ihn dann mit laufendem Motor und auf dem Navi dargestellter Route zu dem Diner. Sie fuhr jetzt schneller als zuvor. Von der Aussicht, die Server zu finden, angeregt, vermutete Reacher. Sie nahm den Minivan hart ran und driftete durch Kurven, bis die Roboterstimme des Navis verkündete, ihr Ziel befinde sich vor ihnen auf der linken Straßenseite.

Sie befanden sich noch nördlich der Stadt. Einige wenige Häuser standen auf Feldern und unter Bäumen, aber die geschlossene Bebauung war noch mindestens eine Meile entfernt. Auf beiden Seiten der Einfahrt thronten Oldtimer aus der Vorkriegszeit wie verrostete Gegenstücke zu den Statuen, die Reacher an den Einfahrten großer Landsitze gesehen hatte. Das Diner selbst stand von der Straße zurückgesetzt. Es war ein großes rechteckiges Gebäude mit einer imitierten Blockhausfassade. Unter einem grünen Metalldach lag eine umlaufende Veranda, in deren Mitte eine Neonreklame leuchtete. Neben dem rot blinkenden Schriftzug *Fat Freddie's* hob ein Cartoon-Cowboy immer wieder einen riesigen Cheeseburger von seinem Teller an den Mund.

Die Gästeparkplätze lagen vor dem Haus. Fast alle waren belegt. Der abendliche Andrang war noch ungebrochen. Sands schlängelte sich durch die teilweise wild geparkten Autos und Trucks, um zur Rückseite des Gebäudes zu gelangen. Dort gab es weitere Parkplätze unter einem Schild *Nur für Personal.* Auch sie waren alle belegt. Dahinter erhob sich der Lagerschuppen, genau wie Thomassino ihn beschrieben hatte. Er war niedrig und quadratisch, aus Kalksandstein gemauert, mit flachem Dach und eingezäuntem Vorplatz für die Mülltonnen. Sands parkte daneben. Reacher stieg aus. Er hielt den Bolzenschneider ans rechte Bein gepresst. Überzeugte sich davon, dass ihn niemand beobachtete. Hob das Werkzeug. Nahm den Schlossbügel zwischen die Schneidbacken. Drückte die Griffe mit aller Kraft zusammen. Durchtrennte den Stahlbügel. Er hakte das Schloss aus, steckte es ein. Sands sprang aus dem Minivan und kam zu ihm gelaufen. Rutherford hastete hinten ums Wagenheck herum.

»Kann's losgehen?«, fragte Reacher.

Sands und Rutherford wechselten einen Blick, dann nickten beide.

Reacher zog das Tor auf. Seine Angeln quietschten. Einfallendes Tageslicht erhellte den Lagerraum bis fast zur Rückwand. Auf dem Betonboden befanden sich mehrere Stapel elektronischer Geräte. Eine ähnliche Mischung wie im Lagerraum des Sortierbetriebs. Nur war hier alles säuberlich nach Kategorien geordnet: Computer auf einer Palette. Monitore auf der nächsten. Dann Mäuse, Tastaturen und Drucker. Und Fernseher. Und DVD-Spieler. Vermutlich alle funktionsfähig, obwohl Reacher nicht wusste, wie er das hätte feststellen können. Jedenfalls war der Lagerbestand systematisch geordnet. Und hier gab es nur einen Gegenstand, der nicht elektronisch war: ein fast zwei Meter hoher Schrank, der ganz hinten im Raum im Schatten stand. Er kehrte ihnen die rechte Seite zu, und die zertrümmerte Glastür hing halb offen heraus.

»Da ist er!« Rutherford drängte sich an Reacher vorbei. Er durchquerte den Raum und zog währenddessen dabei sein Handy heraus. Schaltete die Taschenlampe ein. Erreichte die Vorderseite des Schranks. Leuchtete hinein. Dann sank er kraftlos zur Seite und blieb mit der rechten Schulter an die Wand gelehnt stehen.

»Was ist los?«, fragte Sands besorgt.

Rutherford brachte kein Wort heraus. Er machte nur eine vage Bewegung mit der linken Hand.

Sands ging zu ihm, schaute in den Schrank und wandte sich Reacher zu. Schon bevor sie den Mund öffnete, wusste er, was sie sagen würde. »Er ist leer. Sie sind weg.«

Fast glaubte Reacher zu sehen, wie die Server noch weiter in die Ferne rückten. Und der neue Mann aus Moskau war in Gegenrichtung unterwegs. Mit dem Flugzeug, das ihn rasch herbrachte.

»Könnten sie in einem der Stapel sein?«, fragte Reacher.

Rutherford richtete sich müde auf und schüttelte den Kopf. »Nein. Hier gibt's nur eine Palette mit Computern, und das sind alles Laptops. Die Server sind nicht hier. Wir sind zu spät dran.«

»Das ist die falsche Sichtweise«, erklärte Reacher. »Wir sind nicht zu spät dran. Sondern einen Schritt weiter. Jetzt wissen wir bestimmt, dass sie hier waren. Folglich sind wir auf der richtigen Fährte.«

»Ja, das stimmt«, sagte Sands. Sie fasste Rutherford am Ellbogen und führte ihn zum Tor. »Komm schon! Wir geben nicht auf!«

»Was können wir noch tun?«, fragte er. »Das hier ist eine Sackgasse.«

»Es ist keine«, widersprach Sands. »Die Server waren hier. Irgendjemand weiß, was aus ihnen geworden ist.«

»Schon möglich«, meinte Rutherford. »Aber wer?«

»Das wissen wir bereits«, sagte Sands. »Bill Budnick. Der Mann, der Thomassino erpresst hat. Dem der Diner gehört. Wir reden mit ihm. Lassen nicht locker, bis er uns verrät, wem er sie verkauft hat.«

»Glaubst du, dass er noch da ist?«, fragte Rutherford. »Was ist, wenn er abends nicht arbeitet?«

»Wir gehen rein«, antwortete Sands. »Ob er da ist, dürfte sich leicht feststellen lassen. Und wenn nicht, weiß jemand, wie man ihn erreichen kann.«

»Wir brauchen ihn nicht zu suchen«, sagte Reacher. »Warten wir noch fünf Minuten. Vielleicht weniger. Dann kommt er zu uns.«

Reacher beugte sich in den Minivan und schob den Bolzenschneider unter seinen Sitz. Dann kam er zurück und schloss das Tor des Lagerschuppens.

»Genau«, sagte Sands. »Die Sache mit der halben Stunde.«

»Das kapiere ich nicht«, entgegnete Rutherford.

»Thomassino hat gesagt, während der Öffnungszeiten könne er hier jederzeit aufkreuzen.« Reacher hakte das neue Schloss ein und ließ es zuschnappen. »Ohne Voranmeldung. Er sollte nur immer eine halbe Stunde bleiben.«

»Folglich ist der Kerl, der seinen Truck durchsucht, ständig hier«, sagte Sands. »Er braucht Zeit, um die ganze Ladung zu begutachten. Um zu entscheiden, was noch wertvoll ist, und es ins Lager zu schaffen. Und zu verschwinden, bevor Thomassino wieder rauskommt. Eine halbe Stunde ist schon ziemlich knapp. Alles andere, zum Beispiel ein weiterer Kerl, der signalisiert, dass Thomassino angekommen ist, würde den Gewinn schmälern.«

»Mag sein«, sagte Rutherford, »aber daraus folgt nicht zwingend, dass Budnick diese Arbeit selbst erledigt.«

»Stimmt.« Reacher lehnte sich ans Tor. »Berufsverbrecher wollen im Allgemeinen zwei Dinge: möglichst hohe Gewinne. Und möglichst wenig Risiko. Übernimmt Budnick die Trucks nicht selbst, muss er jemanden einstellen, der das für ihn erledigt. Mindestens einen Mann. Vielleicht sogar zwei, um die ganze Woche abzudecken. Diese Leute müssten bezahlt werden, was den Gewinn schmälert. Außerdem könnten sie ihn verpfeifen. Und sie müssten ihren Arbeitsplatz als Küchenhelfer oder Geschirrspüler, den sie zur Tarnung haben, häufig verlassen, was verdächtig wäre – und das Risiko erhöhen würde.« Er zeigte auf den Hinterausgang des Gebäudes. »Ich gehe jede Wette ein, dass der nächste Typ, der dort rauskommt, Budnick ist.« Er nickte Rutherford zu. »Rusty, du setzt dich lieber in den Van. Lass dein Gesicht nicht sehen. Du bist von hier. Du warst in der Zeitung. Er könnte dich erkennen.«

Drei Minuten später wurde die Brandschutztür geöffnet, und ein Mann trat ins Freie. Zu einem hellgrauen Anzug trug er ein weißes Oberhemd und eine Krawatte mit floralem Muster. Sein Haar war sorgfältig gescheitelt. Und er war riesig. Fast einen Meter neunzig groß, mindestens hundertsechzig Kilo schwer. Das kommt davon, wenn ein Vielfraß tagein, tagaus von kostenlosem Essen umgeben ist, dachte Reacher. Der Mann blieb einen Augenblick lang mit leicht zur Seite geneigtem Kopf stehen, während er versuchte, die Situation einzuschätzen.

Der Mann gelangte zu einem Schluss und kam auf den Lagerschuppen zu. Er bewegte sich leichtfüßig und schnell. Reacher musste seinen ersten Eindruck korrigieren. Dieser Typ war doch kein Vielfraß. Vielleicht ein ehemaliger Ringer. Oder ein Footballprofi. Allerdings würde seine Vergangenheit keine Rolle spielen. Außer er bekam einen Herzinfarkt, bevor er Reacher das Gewünschte übergab.

»Tut mir echt leid, Leute«, sagte der Mann. »Aber ihr könnt hier nicht parken, ich werde euch bitten müssen wegzufahren.«

»Das ist falsch, stimmt's, Mr. Budnick?«, sagte Reacher. »Wir können hier parken. Eindeutig. Weil wir's schon getan haben. Und Sie müssen uns nicht bitten wegzufahren. Sie wollen es.«

»Wer zum Teufel sind Sie?«, fragte Budnick. »Und woher kennen Sie meinen Namen?«

»Ich weiß viel über Sie«, antwortete Reacher. »Ich weiß, dass Ihnen dieses Restaurant gehört. Und ich weiß auch, dass Ihnen der damit erzielbare Gewinn nicht reicht, sodass Sie ein kleines Nebengeschäft betreiben. Deshalb bin ich hier, um Ihnen einen Vorschlag zu machen. Es geht um eine ganz einfache Sache. Wir bekommen beide, was wir wollen, und gehen unserer Wege. Klingt das gut?«

»Erstens habe ich keine Ahnung, wovon Sie reden. Ich führe meinen Diner. Das ist alles. Punktum. Ich habe keine Nebeneinnahmen. Und was könnten Sie zweitens haben, das mich interessieren würde?«

»Nichts. Ich will nichts verkaufen. Sondern etwas kaufen. Oder eintauschen, weil kein Geld den Besitzer wechseln wird. Sie werden mir etwas geben. Und ich werde als Gegenleistung etwas für Sie tun.«

»Sie sind verdammt selbstsicher.«

Reacher sagte nichts.

»All right«, sagte Budnick. »Ich beiße an. Was wollen Sie?«

»Informationen.«

»Nämlich?«

»Hier sind ein paar elektronische Geräte angeliefert worden. Jetzt sind sie weg. Sie gehören uns. Und wir wollen sie zurückhaben. Also werden Sie uns sagen, an wen Sie sie verkauft haben.«

Budnick schwieg.

»Und dafür breche ich Ihnen nicht die Beine«, fügte Reacher hinzu.

»Fuck you!« Budnick trat einen Schritt zurück, zog ein Handy aus der Tasche und begann eine Nummer zu wählen.

Reacher nahm es ihm weg und warf es Sands zu.

»Sie haben offenbar nicht die 911 gewählt, weil wir von Diebesgut reden«, erklärte Reacher. »Folglich wollten Sie jemanden anrufen, dem Sie Schutzgeld zahlen. Damit er was tut? Drei oder vier Leute herschickt? Normalerweise wäre mir das nur recht. Ich habe den ganzen Tag nur gesessen, gewartet und geredet. Ein kleiner Workout käme mir sehr gelegen. Aber leider habe ich nicht viel Zeit. Erzählen Sie mir also, was ich wissen will, oder ich lasse meine Frustration an Ihnen aus.«

»Echt jetzt?« Budnick reckte das Kinn. »Versuchen Sie's doch! Mal sehen, wie Ihnen das bekommt.«

Ein Ringer, dachte Reacher wieder. Oder ein Footballprofi. Was bedeutete, dass er's vermutlich mit einem Klammergriff versuchen oder seinen Gegner niederwalzen würde. Etwas anderes blieb ihm kaum übrig. Er konnte nicht hoffen, einen Boxhieb oder Tritt auszuführen. Das wusste Reacher ziemlich sicher. Budnick war eine Handbreit kleiner als er. Und Reacher hatte ungewöhnlich lange Arme. Er konnte einfach warten, bis Budnick angriff, und ihm ins Gesicht boxen, sobald er sich in Reichweite befand. Aber nicht zu fest. Reacher wollte ihn nicht k.o. schlagen. Nicht bevor er einen Namen ausgespuckt hatte.

Budnick schlurfte nach rechts zur Seite, kam dadurch dem Lagerschuppen näher. Er wollte Raum in Richtung Parkplatz haben. Das bedeutete, dass er anstürmen, nicht klammern würde. Er war ein riesiger Kerl. Bei seinem Gewicht benötigte jede Bewegung viel Energie. Reacher änderte seinen Plan. Rechts und links gab es reichlich Platz. Er konnte Budnick ausweichen, den Kerl ins Leere laufen lassen. Ihn systematisch ermüden, bis er sich selbst besiegte.

Budnick machte einen halben Schritt auf Reacher zu, war zum Losstürmen bereit. Dann trat Sands vor. Ihr Fußtritt mit dem Innenrist traf sein Knie, sodass er mit einem Aufschrei wie ein gefällter Baum zur Seite fiel, bevor er sich auf den Rücken wälzte und sein verletztes Knie umklammerte.

»Was?« Sands wandte sich an Reacher. »Wieso soll ich euch Jungs den ganzen Spaß lassen?«

Budnick rappelte sich in eine sitzende Position auf, ließ das verletzte Bein angewinkelt.

»Dieser Tritt?« Sands baute sich vor ihm auf. »Mit halber

Kraft. Der nächste Tritt? Mit voller Kraft zwischen die Beine. Und ich treffe immer.«

Budnick wimmerte, während er versuchte, sich etwas von ihr zu entfernen.

»Außer Sie nennen uns einen Namen«, sagte Sands. »Wem Sie die Geräte verkauft haben. Sofort!«

»Das kann ich nicht«, erwiderte Budnick. »Ich habe sie nicht verkauft.«

»Also los«, meinte Reacher. »Tritt zu.«

»Nein«, widersprach Budnick. »Bitte. Sie verstehen nicht richtig. Ich verkaufe das Zeug nicht. Dies ist nicht mein Unternehmen. Ich vermiete nur den Raum, in dem es zwischengelagert wird.«

»Wem vermieten Sie ihn?«, fragte Reacher.

»Dem Kerl, dem ich Schutzgeld zahle.«

»Okay. Wie heißt er? Wo finden wir ihn?«

»Nein. Bitte. Ich kann nicht. Hören Sie, der Kerl bezahlt mich nicht mal dafür. Er betrachtet die Sache als ein Entgegenkommen, einen Gefallen.«

Reacher und Sands wechselten einen Blick.

»Das ist wahr.« Budnick hob die Hände. »Ich schwör's Ihnen. Hören Sie, ich kenne mich in der Gastronomie aus. Ich wusste, dass Schutzgeldzahlungen fällig sein würden. Ich habe sie sogar in meinen Geschäftsplan aufgenommen. Natürlich unter falscher Bezeichnung. Jedenfalls hatte ich Bargeld bereitgelegt. Der Kerl ist pünktlich am ersten Abend bei mir aufgekreuzt. Hat mir gesagt, wie viel ich zu zahlen habe. Eine Menge Geld, aber was hätte ich tun sollen? Ich habe zugestimmt. Dann hat er mir von den elektronischen Geräten erzählt, mit denen er nebenbei handelt. Anscheinend schon seit fünf Jahren. Das hatte der Verkäufer zu erwähnen vergessen. Das Arschloch.

Jedenfalls hat der Kerl gemeint, er sei mit diesem Arrangement sehr zufrieden, und vorgeschlagen, dass ich es fortführe. Meiner Gesundheit zuliebe. Was hätte ich tun sollen? Ich bin doch nicht blöd.«

»Vielleicht sind Sie blöd«, sagte Reacher. »Vielleicht auch nicht. Aber was Sie alles erzählen, interessiert mich nicht. Ich will nur zwei Dinge von Ihnen: den Namen dieses Kerls. Und wo wir ihn finden können.«

»Das kann ich Ihnen nicht sagen. Er würde mich umbringen.«

»Und wenn Sie's mir nicht sagen, tritt meine Freundin noch mal zu. Ich kann mir nicht vorstellen, dass das angenehm wäre. Sie müssen also über einiges nachdenken. Über Ihre Prioritäten. Über aktuelle Gewissheiten versus künftige Möglichkeiten. Und das sollten Sie rasch tun, weil ich allmählich die Geduld verliere.«

Budnick schwieg eine Weile. Dann rappelte er sich vom Asphalt auf. »Sie haben von Prioritäten gesprochen. Okay, wie sehen Ihre aus? Wollen Sie Ihr Zeug zurück? Oder geht es Ihnen um den Kerl, der es hat? Wie ich die Sache sehe, muss Ihr Zeug irgendwann auf den Müll geworfen worden sein, bevor es hier landen konnte. Vielleicht war das ein Irrtum. Vielleicht wollte jemand Ihnen einen Streich spielen. Aber dass es überhaupt hier angekommen ist, war nicht die Schuld des Kerls. Wie wär's also, wenn ich Ihnen helfen könnte, Ihre Sachen wiederzukriegen, ohne dass er involviert wäre?«

Reacher dachte kurz nach. Schutzgelderpressung ließ auf organisierte Kriminalität schließen. Organisierte Kriminalität bedeutete Prostitution, Drogen, Glücksspiel, Kredite zu Wucherzinsen. Lauter Dinge, für die er keine Zeit hatte. Lauter Dinge, die er in einer idealen Welt abschaffen würde. Aber er lebte in keiner idealen Welt. Und er befasste sich nicht mit dem Hypothetischen. Ihm lag an greifbaren Ergebnissen. Zum einen die Identität des Spions, der die Sentinel-Software zu stehlen versuchte, und zum anderen Rutherfords Sicherheit.

Eindeutige Prioritäten.

»All right«, sagte Reacher. »Nehmen wir mal an, ich vergäße Ihren Mann. Nehmen wir mal an, mir ginge es nur darum, unser Zeug wiederzubekommen. Wie ließe sich das machen?«

»Ich weiß, wo er's aufbewahrt«, erklärte Budnick. »Die guten Sachen. Kann ich annehmen, dass Ihr Zeug gut ist?«

Reacher nickte.

»Einer seiner Kerle hat es mal erwähnt. Wohin er das Zeug bringt. Er hat nicht darauf geachtet, was er sagt. Und das liegt schon Monate zurück. Er würde sich nicht daran erinnern. Sie könnten also dort hingehen. Einen gewöhnlichen Einbruch vortäuschen. Den würde kein Mensch mit mir in Verbindung bringen. Zuletzt wären alle glücklich. Alle außer dem Typen, dem ich Schutzgeld zahle. Aber hey, zum Teufel mit ihm!«

Reacher blickte zu Sands hinüber. Sie nickte.

»Okay«, sagte Reacher. »Wo liegt das Zeug?«

»In Norm's Self Storage, einem Mietlager. Er hat Einheit E4. Die Adresse können Sie googeln. Den Code fürs Tor kann ich Ihnen geben. Den habe ich, weil ich während der Renovierung angefangen habe, selbst einen Raum zu mieten. Er besteht aus der Nummer – ich habe A6 – und den letzten sieben Ziffern meiner Handynummer.« Er leierte sie herunter.

»Gut«, sagte Reacher. »Aber bevor wir durch die ganze Stadt rasen, sollten wir uns vielleicht davon überzeugen, dass unsere Sachen nicht hier sind. Das Tor ist mit einem Vorhängeschloss gesichert, und durch den Spalt ist kaum etwas zu erkennen. Können Sie uns aufsperren?«

»Sie haben nicht drinnen nachgesehen?«

»Wie hätte das gehen sollen?«

Budnick zuckte mit den Schultern, dann zog er einen Schlüsselanhänger der Tennessee Titans mit einem einzelnen Schlüssel aus der Tasche. Er gab ihn Reacher. »Klingt logisch, denke ich. Hier. Sperren Sie selbst auf.«

Reacher trat in den Raum zwischen Schuppen und Minivan. Während er Budnick den Rücken zukehrte, vertauschte er die Schlüssel. Sperrte das neue Vorhängeschloss auf und öffnete das Tor.

»Wieso sind wir nicht früher darauf gekommen?« Reacher tat so, als schlüge er sich mit der flachen Hand an die Stirn. »Es war natürlich die ganze Zeit hier. Budnick, kommen Sie her. Sie müssen mir helfen, es rauszuschaffen.«

Budnick hinkte vorwärts. »Das Teil gehört Ihnen?«

»Es steht ganz hinten«, erklärte Reacher. »Sehen Sie den hohen Schrank mit der kaputten Glastür? Den suchen wir.«

»Kommt nicht infrage!« Budnick schüttelte den Kopf. »Ich weiß noch, wie ich ihn reingeschleift habe. Er wiegt 'ne verdammte Tonne. Hören Sie, nehmen Sie ihn von mir aus mit. Aber Sie müssen ihn allein transportieren.«

»Okay«, sagte Reacher. »Wie Sie wollen.« Er stemmte einen Fuß gegen den Minivan, stieß sich ab und warf sich mit seinem ganzen Gewicht an Budnicks Rücken, genau zwischen die Schulterblätter.

Budnick stolperte durchs Tor. Er schwenkte die Arme wie die Schwingen eines flugunfähigen Riesenvogels, er torkelte weiter. Konnte der ersten Palette mit Geräten ausweichen. Vermied mit Glück auch eine zweite. Aber dann trat er in den Haufen Computermäuse. Seine Füße verwickelten sich in Kabeln, sodass er der Länge nach hinschlug und neben den Großbildfernsehern landete.

Reacher warf ihm den Schlüsselanhänger der Tennessee Titans nach. »Keine Sorge, irgendwann kommt jemand vorbei und lässt Sie raus. Außer Sie haben in Bezug auf das Mietlager gelogen. Oder es ist eine Falle. Dann hat nicht der Kerl mit dem Schutzgeld die Arschkarte, sondern Sie.«

Sands bedeutete Reacher, das Tor noch nicht zu schließen, und flitzte auf die andere Seite des Minivans. Im nächsten Augenblick kam sie mit zwei Flaschen Mineralwasser aus der Raststätte zurück. Stellte sie gleich am Eingang ab. Wartete ab, bis er das Tor zugemacht und mit dem Vorhängeschloss gesichert hatte. Dann legte sie ihm eine Hand auf den Arm. »Du kommst zurück und lässt Budnick raus, nicht wahr?«

»Wenn wir uns noch mal unterhalten müssen«, antwortete Reacher.

»Und wenn das nicht nötig ist? Wenn wir die Server finden? Du kannst ihn nicht einfach hier eingesperrt lassen!«

»Er bleibt nicht eingesperrt. Jedenfalls nicht lange. Ich rufe Officer Rule an. Sag ihr, wo er zu finden ist. Wieder ein Pluspunkt für sie.«

»Ist das nicht zu hart gegenüber Budnick. Dies ist nicht sein Unternehmen. Er macht damit keinen Gewinn. Genau wie Thomassino, den wir aus diesem Grund haben laufen lassen. Sollten wir der Polizei nicht lieber einen Tipp wegen des Schutzgelderpressers geben? Schließlich hat er Budnick dazu gezwungen.«

»Der Kerl geht mit ihm unter, verlass dich drauf. Aber er hat Budnick nur dazu gezwungen, ihm den Lagerschuppen zu überlassen. Budnick hat sich dafür entschieden, Thomassinos Familie zu bedrohen. Aus eigenem Entschluss. Und das war eine rote Linie, die er nicht hätte überschreiten dürfen.«

21

Das Navi schickte sie auf die Seite der Stadt mit dem Recyclingbetrieb zurück. Die Fahrt dauerte weitere vierundzwanzig Minuten. Und sie endete bei einer Ansammlung kleiner Lagerhallen am Ende einer weiteren geraden Straße zwischen weiteren eingezäunten Grundstücken. Nur unterschied Norm's Self Storage sich gewaltig von den anderen Betrieben. Das Mietlager hatte keinen Maschendrahtzaun, sondern imitierte ein altes Fort. Es besaß hölzerne Palisaden. Wachtürme. Aufgereihte Kanonen. Ein Fahnenmast mit der Old Glory. Ein weiterer mit der Flagge von Tennessee. Und ein dritter mit einer Flagge voller Musketen, Säbel und Pistolen. Vielleicht von Norm selbst entworfen, dachte Reacher. Vielleicht war Norm ein Geschichtsfan. Oder er glaubte, dieses Design würde Sicherheit und Verlässlichkeit suggerieren. In seiner Branche konnte das vorteilhaft sein.

Sands hielt vor dem Tor. Daneben war ein rustikaler Holzpfosten in den Asphalt gerammt, aber nirgends befand sich eine Sprechanlage, ein Tastenfeld oder ein Kartenleser. An dem Pfosten hing nur die Reproduktion einer Pony Express Mailbox. Sands schob die Unterlippe vor, fuhr ihr Fenster herunter und stieß den Kasten mit dem Zeigefinger an. Seine Front öffnete sich und ließ einen kleinen Bildschirm sehen. Das Display war schwarz. Als sie es berührte, erschien ein Tastenfeld für Buchstaben und Ziffern. Sie holte tief Luft, dann gab sie den Code ein, den sie von Budnick bekommen hatten.

Nichts passierte.

»Bin ich verhext?«, fragte Sands. »Oder hassen mich einfach alle Schließsysteme?«

Sie tippte den Code nochmals ein.

Wieder nichts.

»Vielleicht haben sie den Code umgestellt?«, meinte Rutherford.

»Oder Budnick hat uns verarscht«, sagte Reacher.

»Vielleicht hat er sich nur versprochen«, entgegnete Sands. »Sehen wir lieber nach, bevor wir voreilige Schlüsse ziehen.«

Sie griff in ihre Umhängetasche, wühlte kurz darin herum und brachte Budnicks Handy zum Vorschein. »Er hat von den letzten sieben Ziffern seiner Handynummer gesprochen. Das werden wir gleich kontrollieren.«

Das Smartphone erwachte zum Leben, als Sands es viermal berührte.

»Moment mal!«, sagte Rutherford. »Wie hast du das gemacht? Hat das FBI eine Art Universalcode? Ich dachte immer, das sei ein Mythos.«

»Klar hat das Bureau einen. Damit kann es auf jedes Handy zugreifen. Über Satellit auch aus der Ferne. Wusstest du das nicht?«

»Tatsächlich?«

»Natürlich nicht. Ich habe Budnick über die Schulter geschaut, als er den Schutzgeldkerl anrufen wollte, und ich habe mitgekriegt, was er eingegeben hat. Sehen wir also nach … Hier ist seine Nummer. Verdammt! Sie stimmt mit seiner Angabe überein.«

»Ich wette, dass sie den Code umgestellt haben«, sagte Rutherford.

»Und ich wette, dass Budnick uns verarscht hat«, meinte Reacher.

»Wartet«, sagte Sands. »Die Handynummer ist nur ein Teil des Codes. Vielleicht hat er sich bei der Nummer des Lagerraums geirrt, weil er ziemlich gestresst war.«

»Wie sollen wir das herausfinden?«, fragte Rutherford. »Wir müssten zurückfahren und ihn fragen.«

»Wir könnten noch etwas anderes versuchen«, warf Reacher ein. Er deutete auf die Nummer der 24-Stunden-Hotline über dem Bildschirm. »Gib mir Budnicks Handy.«

Sands tippte die Nummer ein, drückte auf *Anrufen,* dann auf *Lautsprecher* und gab das Smartphone Reacher.

Nach dem siebten Klingeln meldete sich ein Mann, ein gewisser Steve. Er klang verschlafen.

»Steve, hier ist Bill Budnick«, sagte Reacher. »Hören Sie, ich bin irgendwie in Verlegenheit. Ich stehe am Tor des Mietlagers und kann es nicht öffnen. Da ich schon länger nicht mehr hier war, fürchte ich, dass ich meinen Lagerraum falsch im Gedächtnis habe. Könnten Sie ihn mir bestätigen?«

»Sorry, Mr. Budnick. Das darf ich nicht. Das wäre gegen die Vorschriften.«

»Ach, kommen Sie. Tun Sie mir den Gefallen. Ich habe kein gutes Gedächtnis für Zahlen. Und ich bin im Fat Freddy's zu beschäftigt, um oft herkommen zu können. Mir gehört der Laden.«

»Ja, ich weiß. Ihr Bild war in der Zeitung.«

»Als ich ihn gekauft habe. Genau. Hören Sie, ich mache Ihnen einen Vorschlag. Sie bestätigen mir die Nummer, nur dieses eine Mal, und ich schreibe sie mir gleich auf, damit das nie wieder vorkommt. Und Sie kommen dann bei mir im Diner vorbei und essen auf Kosten des Hauses, was Sie wollen. Na, wie finden Sie das?«

»Ich weiß nicht recht. Ich sollte es nicht tun.«

»Okay, Dinner für zwei. Bringen Sie Ihre Bezugsperson mit. Oder kommen Sie zweimal allein. Sie werden's nicht bereuen.«

»Ich sollte es nicht tun.«

»Wir haben die besten Milchshakes der Stadt, Steve. Von allem das Beste, wenn Sie mich fragen. Ich mag voreingenommen sein, aber das heißt nicht, dass ich mich irre.«

»Ich weiß nicht recht. Können Sie mir wenigstens sagen, in welchem Block Sie sind?«

Budnick hatte A6 gesagt. *Aufs Beste hoffen.* »Klar. Block A.«

»Okay, Augenblick.«

Reacher hörte Papier rascheln, dann meldete Steve sich wieder. »Alles auf der Speisekarte, richtig? Und ich kann zweimal kommen?«

»Versprochen.«

»Sie haben A4, Mr. Budnick. Erzählen Sie bloß niemand, dass ich Ihnen geholfen habe.«

Sands streckte eine Hand aus dem Fenster. Sie gab die A und die 4 ein, dann die letzten sieben Ziffern von Budnicks Handynummer.

Nichts passierte. Einige Sekunden lang. Dann begann das Tor sich zu öffnen.

Im Inneren des nachgebauten Forts war nichts mehr auf alt gemacht. Hier gab es nur sechs solide Zweckbauten. Der kleinste davon war das Büro gleich neben dem Tor. Seine Neonreklame war ausgeschaltet, und drinnen brannte nirgends Licht. Die anderen fünf Gebäude standen etwas zurückgesetzt nebeneinander. Man hatte sie mit Wellblech beplankt und schlachtschiffgrau gestrichen. Jedes maß fünfzehn mal dreißig Meter. Ihre Schmalseiten waren dem Tor zugekehrt. Neben jedem stand ein riesiges Klimagerät. Und jedes war unter dem Dachgiebel mit einem großen roten Buchstaben bezeichnet. Der Block *E* stand ganz links. Das störte Reacher einen Augenblick lang. Ihm wäre A bis *E* lieber gewesen. Nicht *E* bis *A*. Dann rechnete er sich aus, dass Norm mit einem Lagerhaus angefangen haben musste, an das je nach Bedarf weitere Blocks nach links angebaut worden waren.

Reacher bat Sands, als Erstes zu Budnicks Lagerraum zu fahren. Er vermutete, dass der Mann am Telefon, Steve, das Gelände per Kamera überwachen konnte. Sie würden Misstrauen erwecken, wenn sie gleich zum falschen Block fuhren. Und er wollte ein Gefühl für die Sicherheitsmaßnahmen bekommen, mit denen sie zu rechnen hatten. Ihm hatte Sorgen bereitet, ob es hier Wachpersonal gab. Fußstreifen mit Hunden. Leute, die der Schutzgeldkerl herschickte, damit sie sein Zeug im Auge behielten.

Wie sich rasch herausstellte, war das Mietlager unbemannt. Hier existierten nur zwei Schutzmechanismen: Schlösser und Kameras. Die Schlösser waren von Lagerraum zu Lagerraum verschieden, sodass Reacher vermutete, sie seien Sache der Mieter. Mit den Überwachungskameras sah es anders aus. Sie waren alle identisch und an den Ecken der Gebäude angebracht. In fünf Meter Höhe, damit sie nicht zufällig beschädigt oder sabotiert werden konnten. Sie waren auf den Bereich vor den Gebäuden gerichtet, was bedeutete, dass jeder Zugang der äußeren Blocks von zwei Kameras überwacht wurde. Bei den inneren waren es je nach Erfassungsbereich vermutlich sogar vier.

An den Längsseiten jedes Gebäudes gab es zehn Lagerräume. Die ungeraden Nummern befanden sich rechts, die geraden links. Der Schutzgeldtyp hatte E4 auf der linken äußeren Seite seines Blocks. Nur von zwei Überwachungskameras erfasst. Sands fuhr von Budnicks Gebäude weg und zum Block E. Dort wendete sie, stieß zurück und blieb möglichst dicht an der Außenwand. Sie fuhr weiter, bis das Heck des Minivans unter der äußeren Kamera stand. Reacher schnitt ein zwanzig Zentimeter langes Stück Gewebeband von der Rolle ab. Er kletterte aufs Dach des Vans. Machte vorsichtig einen Schritt nach hinten. Der feuchte Lack war rutschig. Der Van schwankte unter seinem Gewicht. Reacher stützte sich mit einer Hand am Wellblech ab. Bewegte sich weiter nach hinten. Reckte sich hoch und klebte das Objektiv zu.

Sands fuhr um die Lagerhallen herum, und sie wiederholten diesen Vorgang mit der Kamera an der anderen Ecke des Blocks E. Das bedeutete, dass es Aufnahmen gab, auf denen sie sich Budnicks Lagerraum näherten. Und sich davon entfernten. Und an den ungeraden Lagerräumen des Blocks A vorbeikamen. Nicht ideal. Aber auch nicht katastrophal. Wichtig war nur, dass niemand beobachten konnte, wie sie sich der geraden Seite des Blocks E näherten. Weil sie unsichtbar waren, konnte sie auch niemand der Polizei melden. Oder sonst jemandem.

Sands fuhr direkt zu dem Lagerraum des Schutzgelderpressers weiter. Sie stieß rückwärts an die breite Tür heran, blieb am Steuer sitzen und ließ den Motor laufen. Reacher stieg mit dem Bolzenschneider aus. Rutherford begleitete ihn. Nachdem sie die auf beiden Seiten des Türrahmens stehende Nummer kontrolliert hatten, nahm Reacher den Schlossbügel zwischen die Schneidkanten seines Bolzenschneiders. Er war überraschend dünn, und Reacher durchtrennte ihn fast mühelos. Dann hakte er das Schloss aus, drückte den Verschlusshebel der Stahltür hoch, zog sie auf und sah … Möbelstücke.

Vor ihm standen ein Esstisch mit acht dazu passenden Stühlen. Ein Sofa. Zwei Sessel. Ein Sideboard. Eine Hausbar.

Ein Schreibtisch und eine Stehlampe. Aber keine elektronischen Geräte. Nichts, was in den letzten fünfzig Jahren hergestellt worden war. Vielleicht in den letzten fünfundsiebzig. Reacher vermutete, dies sei der Nachlass eines Verwandten. Von Eltern oder Großeltern. Das Ergebnis einer Wohnungsauflösung. Alles andere verkauft, verschenkt oder weiterbenutzt. Der Rest zu altmodisch, um Verwendung zu finden. Aber auch zu wertvoll oder von zu hohem Erinnerungswert für eine Entsorgung. Also war er hierher transportiert worden. Eine praktische Lösung für irgendjemanden. Aber absolut wertlos für sie.

Sands deutete ihre Körpersprache richtig, stieg aus und kam nach hinten.

»Budnick ist ein Arschloch«, schimpfte Rutherford. »Reacher hatte recht. Er hat gelogen.«

»Nicht unbedingt«, widersprach Sands. »Er wusste nicht mal die Nummer seines eigenen Lagerraums richtig. Vielleicht hat er sich mit dieser auch getäuscht. Wir sollten es mit anderen versuchen.«

»Reicht die Zeit dafür?«, fragte Rutherford. »Hier gibt's hundert Lagerräume. Jemand könnte vorbeikommen und herausfinden, was wir machen. Und was ist mit den Kameras? Wir können unmöglich alle zukleben. Sogar dass zwei außer Betrieb sind, könnte Probleme machen. Falls jemand sie überwacht. Fallen reihenweise Kameras aus, wird bestimmt jemand alarmiert, der nach dem Rechten sieht.«

»Wir müssten nicht in allen nachschauen«, sagte Reacher. »Budnick kann uns verarscht haben. Hat er's nicht getan und der Schutzgelderpresser bunkert sein Diebesgut hier, bevorzugt er eine der beiden Außenflanken. Das sind die einzigen Seiten ohne Gegenüber. Und die hier ist wahrscheinlicher als

Block A, weil sie weiter von der Einfahrt entfernt ist. Da sehen weniger Leute seine Trucks ankommen und wegfahren.«

»Also müssen wir neun weitere Schlösser knacken«, stellte Sands fest. »Im schlimmsten Fall neunzehn.«

»Vielleicht nur noch eines«, meinte Reacher. »Budnick sagte, er habe Unit A6 und der Schutzgeldkerl E4. Tatsächlich hat er jedoch A4 und vielleicht die Ziffern vertauscht. Vielleicht hat der andere Kerl E6.«

Er ging zur nächsten Tür weiter. Auch dieses Vorhängeschloss war klein und unauffällig. Aber der Bügel bestand wohl aus speziell gehärtetem Stahl, denn Reacher musste sich gewaltig anstrengen, um ihn zu knacken. Er kämpfte eine halbe Minute lang mit dem Bolzenschneider, bis der Stahlbügel endlich nachgab. Dann hakte er das Schloss aus. Steckte es in die Jackentasche, in der sich schon zwei geknackte Schlösser befanden. Legte eine Hand auf den Verschlusshebel – und erstarrte. Geräusche drangen an sein Ohr. Sie waren zu weit vom Tor entfernt, als dass deren Verursacher gemerkt haben konnten, dass es aufgegangen war, aber das Brummen eines starken Motors war unüberhörbar. Und das Abrollgeräusch von Reifen auf Beton. Ein Auto, das in ihre Richtung unterwegs war.

Reacher nickte zu dem Minivan hinüber. Sands und Rutherford stiegen hastig ein. Er knallte die Tür des Möbellagers zu, bevor er ihnen folgte. Ein Pick-up bog um die Ecke des Gebäudes. Ein Toyota. Bronzefarben, frisch poliert. Ohne Zusatzscheinwerfer auf dem Dach. Ohne Logo eines Wachdienstes. Keine bewaffneten Möchtegern-Gangster. Nur der Fahrer, ein Mann Anfang fünfzig. Er hatte es nicht eilig. Er rollte vorbei, winkte freundlich und fuhr zur vorletzten Tür weiter. E18. Stieg aus, sperrte auf, holte einen Karton aus dem Wagen und trug ihn hinein. In weniger als einer Minute saß er wieder am

Steuer. Er winkte nochmals. Dann ließ er den Motor wieder an und verschwand um die entfernte Ecke des Gebäudes.

»Los jetzt!«, drängte Sands. »Ich habe ein schlechtes Gefühl bei dieser Sache. Bringen wir sie hinter uns, bevor noch jemand aufkreuzt.«

Sie stiegen gemeinsam aus, und Reacher zog die Tür von E6 auf. Dahinter lag kein Lagerraum, wie sie ihn schon gesehen hatten. Hier waren vier Units zu einem großen zusammengelegt worden: zwei auf der geraden, zwei auf der ungeraden Seite von Block E.

Rutherford betätigte einen Wandschalter, der ein Dutzend Leuchtstoffröhren flackernd zum Leben erweckte. »Heiliger Strohsack!«

Der Lagerraum stand voller Stahlregale, jeweils zwei Meter voneinander entfernt. Sie enthielten so ziemlich alle elektronischen Geräte, von denen Reacher jemals gehört hatte – für Haushalt, Handel und Industrie. Sogar einige für militärische Zwecke. Aber ob sich die Server ebenfalls hier befanden, wusste er nicht zu sagen.

»Hier könnte ich den Rest meines Lebens verbringen.« Rutherford trat über die Schwelle, ging langsam das erste Regal entlang, begutachtete alles und murmelte dabei vor sich hin. Dann fiel sein Blick auf etwas anderes. Er machte drei, vier große Schritte, sank auf die Knie und umarmte einen Stapel schwarzer Boxen im untersten Regalfach. »Ich kann's nicht glauben! Das sind sie! Wir haben sie gefunden!«

»Funktionieren sie?«, fragte Reacher. »Ist das alte Zeug noch gespeichert? Können wir sie testen?«

»Nicht hier«, antwortete Rutherford. »Das sind keine Laptops. Man kann sie nicht einfach einschalten und nachsehen. Man muss sie mit einem Netzwerk verbinden. Dann kann man den Inhalt mit einem Computer auslesen. Stell dir die Dinger als gigantische externe Festplatten vor.«

»Das hat alles Zeit bis später«, sagte Sandra. »Als Erstes müssen wir sie in den Van schaffen. An einen sicheren Ort bringen. Dort in Ruhe auswerten.«

Rutherford und Sands trugen je zwei Server. Reacher schleppte vier. Sie stellten sie in den schmalen Laderaum hinter den Rücksitz. Sands überzeugte sich davon, dass sie nicht verrutschen konnten, dann ging sie nach vorn.

»Augenblick«, sagte Reacher. »Was braucht man, um den Inhalt eines Servers zu kopieren? Einen weiteren Server?«

Rutherford nickte. »Und ein Netzwerk und die richtige Software. Aber im Prinzip ja.«

»Stehen hier weitere geeignete Server herum?«

»Klar, jede Menge.«

»Du hast acht Server verwendet. Aber nur einen von dem Archivprojekt?«

»Korrekt. Die anderen habe ich mir hier und dort zusammengesucht.«

»Okay. Nehmen wir ein paar mit, auf die wir kopieren können. Am besten vier.«

»Wozu? Was willst du kopieren?«

»Vielleicht nichts. Das erkläre ich euch, wenn wir hier raus sind.«

22

Auf der Rückfahrt in die Stadt gingen Reacher sechs Wörter durch den Kopf.

Informationen nur bei Bedarf. Und *vierzig Stunden.*

Statt achtundvierzig nur mehr vierzig Stunden. Aber beide Aspekte blieben wichtig. Und eine einzelne Frage, die sich mit Ja oder Nein beantworten ließ. Waren die Daten auf den Servern gelöscht worden? Ja oder nein? In beiden Fällen musste Reacher zweierlei tun. Waren die Daten intakt, musste er Rutherford dazu überreden, sie zu kopieren und dem FBI eine Kopie zu überlassen. Waren sie gelöscht, würde er das Special Agent Fisher schonend mitteilen und Rutherford dazu überreden müssen, die Stadt zu verlassen. Was vorzuziehen war, wusste er. Aber er hatte keine Ahnung, was leichter sein würde.

Reacher betrachtete Sands und Rutherford auf den Vordersitzen. Sie waren wie ausgewechselt im Vergleich zu den Leuten, die das Mietlager betreten hatten. Ihre Müdigkeit war verflogen. Und ihre Sorgen. Er konnte jetzt ihre Aufregung spüren. Und ihren Enthusiasmus. Ihre Gewissheit, dass sich alles zum Guten wenden würde, seit sie die Server zurückgeholt hatten. Er selbst war weniger zuversichtlich. Nur er wusste, was wirklich auf dem Spiel stand. Und er war der Einzige, der keine Erfahrung mit Computern besaß. Er hatte keine Ahnung, wie man ihnen ihre Geheimnisse entlockte. Oder wie man herausbekam, ob sie überhaupt Geheimnisse enthielten. Er gab sich jederzeit lieber mit Menschen ab.

Ihr erstes Etappenziel war das Apartmentgebäude, damit

Rutherford und Sands etwas Kleidung, Toilettenartikel, ihre Laptops und alle Kabel, Verbindungsstecker, Kleinmaterial und Werkzeuge mitnehmen konnten, die sie für das Zusammenschließen der Server brauchten. Als Nächstes holten sie Martys Wagen ab, den Reacher fuhr. Dann machten sie sich im Tandem nach Norden auf den Weg zurück zu der Raststätte. Diesmal nicht, um zu tanken oder einzukaufen, sondern wegen der zwei Motels, die es dort gab.

Vor allem eines der beiden war Reacher aufgefallen, vermutlich das älteste Gebäude der gesamten Rastanlage. Sein Design war sehr traditionell. Ähnliche Motels hatte er schon im ganzen Land gesehen. Allen gemeinsam war eine blau-rote Leuchtreklame, die irgendeinen mythischen Vogel darstellte. Das ebenerdige Gebäude war mit dunklem Holz verkleidet. Es begann in der Südwestecke mit einem Büro, unter dessen Vordach Getränke- und Eisautomaten standen, und setzte sich U-förmig mit Tür und Fenster, Tür und Fenster fort. Insgesamt sechsunddreißig Paare. Jedes mit einem Parkplatz davor. Das verkürzte den Weg ins Zimmer, erleichterte den Gepäcktransport, und verhinderte, dass jemand genau sah, was man mitbrachte. Zum Beispiel drei nicht zueinander passende Koffer und ein Dutzend glatter schwarzer Boxen.

Der Grundriss gefiel Reacher sehr gut. Ebenso wie die Tatsache, dass von den sechsunddreißig Parkplätzen nur vier belegt waren. Vor drei Türen standen uralte Limousinen, deren Lack nach vielen Jahren in der Sonne matt und blasig wirkte. Den vierten Platz nahm ein kanariengelber SUV von Toyota ein, der rote Schlammspritzer bis zum Dach aufwies. Zwei Limousinen parkten auf der Büroseite des Innenhofs. Die dritte und der Toyota standen ihnen gegenüber, sodass eine Seite ganz frei war.

Sands hielt neben den Getränkeautomaten, stieg aus und ging ins Büro. Reacher stellte den Wagen neben dem Minivan ab und folgte ihr hinein. Der Empfangsbereich war lang und schmal. Die Theke der Rezeption befand sich gleich rechts vor einem großen Kühlschrank mit Glastüren und einem Tisch mit einer Mikrowelle und einer Filterkaffeemaschine. An der linken Wand standen drei weiße Plastiktische, zu denen je vier weiße Plastikstühle gehörten. Und eine Vase mit einer roten Plastikblume.

Reacher klopfte auf die Theke. Nach kurzer Wartezeit ging eine Tür auf, und ein Mann erschien. Er war schätzungsweise neunzehn, sein Haar schulterlang. Seine Brille hatte runde Gläser, und er trug zu verwaschenen sackartigen Jeans ein ausgebeultes weißes T-Shirt. Er ließ sich auf den Bürostuhl hinter der Rezeption fallen und schaute mit leicht zusammengekniffenen Augen zu Reacher auf.

»Wir müssen über Ihre Zimmerpreise reden«, begann Reacher.

Der Kerl wies mit dem Daumen auf das Schild an der Wand hinter ihm: *Zimmer $95+/Nacht.*

»Das ist Ihr Standardpreis, denke ich«, sagte Reacher. »Aber der interessiert mich nicht.«

»Kein Rabatt«, entgegnete der Kerl. »Fünfundneunzig plus Steuer. Nur zu diesen Konditionen.«

»Ich will keinen Rabatt. Ich brauche etwas anderes. Ein spezielles Arrangement.«

»Auch keine speziellen Arrangements. Wie immer die auch aussehen.«

»Nicht so hastig! Sie haben noch gar nicht gehört, woran ich denke. Wollen Sie eine gute Sache verpassen?«

Der Kerl zögerte. »Okay, weiter.«

»Zwei Zimmer«, erklärte Reacher. »Eine Woche im Voraus.

Eines zu fünfundneunzig pro Nacht, ganz normal mit Kreditkarte. Das andere zu hundertfünfzig pro Nacht – in bar, direkt in Ihre Tasche.«

»Bitte weiter«, sagte der Kerl.

»Drei Bedingungen. Erstens müssen die Zimmer in der Mitte des nicht belegten Flügels liegen und eine Verbindungstür haben.«

»Lässt sich machen.«

»Zweitens melden wir uns ganz normal für ein Zimmer an. Das andere markieren Sie in Ihrem System als vorübergehend nicht vermietbar.«

»Ich weiß nicht, was das ist. Ich glaube nicht, dass wir so was haben.«

»Natürlich haben Sie das. Das haben alle Hotels. Oder etwas Vergleichbares. Falls ein Gast stirbt und Sie auf den Coroner warten müssen. Oder falls jemand als Drogenhändler geschnappt wird und Sie darauf warten müssen, dass die Polizei das Zimmer freigibt. Oder sogar, wenn der Abfluss verstopft ist und Sie auf den Klempner warten müssen. Sehen Sie in Ihrem Handbuch nach. Es steht irgendwo.«

»Handbuch? Aus welchem Jahrhundert sind Sie?« Der Kerl weckte seinen Computer und rief die Hilfefunktion auf. »Oh … okay, haben wir auch. Kein Problem. Was noch?«

»Dieses Arrangement ist absolut vertraulich. Sie sprechen mit keinem Menschen darüber. Nicht mit Ihrem Boss. Nicht mit Arbeitskollegen. Nicht mit den Zimmermädchen. Nicht mit Ihren Freunden. Nicht mit Ihren Eltern. Nicht mal mit Ihrer Katze oder Ihrem Hund.«

»Ich habe keine Katze, auch keinen Hund. Aber ich weiß, was Sie meinen. Ist gebongt. Und nur, damit wir uns richtig verstehen: Beide Zimmer eine Woche lang? Sieben Nächte?«

»Sieben Nächte. Tausendfünfzig Bucks, falls Sie das meinen.«

»All right, dann sind wir uns einig.«

»Klasse. Meine Freundin hier checkt ein und zahlt mit ihrer Kreditkarte. Ich übernehme die Barzahlung. Die Hälfte jetzt, die andere bei unserer Abreise. Wenn Sie dichtgehalten haben.«

Reacher und Sands verließen das Büro mit den Schlüsseln für die Zimmer 18 und 19. Die Achtzehn war offiziell angemietet. Die Neunzehn gehörte ihnen inoffiziell. Darin waren sie für jeden unsichtbar, der auf der Suche nach ihnen hier vorbeikommen konnte.

Reacher stellte Martys Wagen vor Zimmer 18 ab. Sands stieß mit dem Minivan rückwärts an die Tür der Nummer 19. Gemeinsam trugen sie die Server hinein. Dann ihr Gepäck. Dann den Bolzenschneider, das Gewebeband und die übrigen Sachen, die Reacher besorgt hatte. Dabei waren sie vier Minuten lang sichtbar. Ein akzeptables Risiko. Danach parkte Reacher den Minivan in einer Seitenstraße in der Nähe des Motels. Sands würde ihn am Flughafen zurückgeben können, sobald keine Gefahr mehr bestand, aber vorerst war er zu heiß, um benutzt zu werden. Thomassino hatte ihn gesehen. Budnick hatte ihn gesehen. Ein Kunde von Norm's Self Storage hatte ihn gesehen. Und er war dort bestimmt von einem halben Dutzend Überwachungskameras erfasst worden.

Aus dem Schnellimbiss um die Ecke nahm Reacher drei Pizzen und drei Cokes ins Motel mit. Er sperrte die Nummer 18 auf und schaltete das Licht ein. Dieses Zimmer hatte früher vermutlich als luxuriös gegolten. Heute würden die meisten Leute ihm bestenfalls zwei Sterne geben. Zur Einrichtung gehörten zwei Queensize-Betten mit floralen Tagesdecken und ein paar Kissen. Ein Sessel. Ein Fernseher. Ein Kühlschrank. Eine Filterkaffeemaschine. Ein Schreibtisch. Ein Kleiderschrank. Und ein Bad. Der Fußboden bestand aus Laminat. Die Wände waren hellbeige gestrichen. Alles war auf Haltbarkeit statt Komfort ausgelegt. Selbst die schwachen Glühbirnen sollten Strom sparen, nicht Gemütlichkeit verbreiten. Aber das störte ihn alles nicht. Hier gab es ein Bett. Und eine Dusche. Und vor allem eine Kaffeemaschine.

Reacher öffnete seine Hälfte der Verbindungstür und klopfte an. Sands machte ihm auf, und er trat über die Schwelle von Zimmer 19. Es war ein Spiegelbild der Nummer 18. Identisch bis auf die von Sands und Rutherford bereits vorgenommenen Veränderungen. Sie hatten die Tagesdecke von einem der Betten abgezogen und als Verdunklungsvorhang ans Fenster geklebt. Auch die Tür hatten sie rundum verklebt, damit kein Licht nach außen dringen konnte. Die acht originalen Server standen auf allen ebenen Flächen, die zu finden gewesen waren. Und sie hatten ein Labyrinth aus Stromkabeln und dicken gelben Kabeln geschaffen, die alle Geräte miteinander verbanden. Bis auf Rutherfords Laptop, der aufgeklappt auf dem Bett ohne Tagesdecke und mit einem dicken blauen Kabel an das übrige Equipment angeschlossen war. Rutherford hockte mit untergeschlagenen Beinen davor und starrte so konzentriert auf den Bildschirm, dass er Reachers Rückkehr nicht bemerkte.

»Wie sieht's aus?« Reacher stellte erst Sands, dann Rutherford eine Pizza und ein Coke hin.

»Gut, glaube ich«, sagte Sands. »Rusty?«

»Was?«, fragte Rutherford. »Oh, vielen Dank.«

»Wie sieht's aus?«, wiederholte Reacher. »Mit den Servern. Mit den Daten. Ist alles noch da?«

»Oh. Ja, anscheinend schon. Aber Cerberus ist ziemlich beeinträchtigt. Die Erpressersoftware scheint versucht zu haben, es teilweise zu überschreiben. Dürfte einige Zeit dauern, das alles rückgängig zu machen, und unser endgültiges Produkt gegen Manipulationen zu sichern. Aber ich muss sagen, dass dies besser ist, als ich zu hoffen gewagt habe. Letzten Endes ist Cerberus beschädigt, aber nicht demoliert. Und das sehe ich als Erfolg.«

»Freut mich«, sagte Reacher. »Aber was ist mit den Daten des Archivprojekts? Sind die noch da? Und vollständig?«

»Die Festplatte ist voll. Nichts scheint verändert zu sein. Also würde ich Ja sagen.«

»Kannst du das eindeutig feststellen?«

»Das könnte ich, aber …«

»Dann tu's bitte jetzt.«

»Aber ich muss rauskriegen, wie Cerberus …«

»Rusty, dies ist wichtig. Sieh bitte nach. Sofort.«

Rutherford seufzte, dann arbeitete er einige Minuten lang mit Tastatur und Touchpad. »Okay, pass auf. Ich habe nicht alle der vielen Tausend Bilder – im Prinzip Fotos von Dokumenten – geöffnet, aber meiner Überzeugung nach sind die Archivunterlagen alle intakt und unbeschädigt.«

»Dann möchte ich dich bitten, eine Kopie davon zu machen«, erklärte Reacher. »Nein, zwei Kopien.«

»Ausgeschlossen! Vergiss es. Wie ich schon gesagt habe, bekommt niemand eine Kopie von irgendwas. Nicht bevor Cerberus überarbeitet ist. Davon hängt meine Zukunft ab. Und auch Sarahs.«

»Ja, ich weiß. Aber es gibt noch andere Erwägungen. Als ich heute Morgen in Mitchs Apartment zurückgekehrt bin, habe ich wahrheitsgemäß berichtet, was ich erlebt hatte. Aber ich habe nicht die ganze Wahrheit erzählt.«

23

»Was wisst ihr über eine Software namens Sentinel, Leute?«, fragte Reacher.

»Null«, antwortete Rutherford. »Nie davon gehört.«

»Ich habe ein bisschen darüber gehört«, sagte Sands. »Vor allem Gerüchte aus dem Bureau. Vor ungefähr vier Jahren hat die Abteilung Cyberkriminalität eine Menge Personal verloren. Viele der besten Leute waren über Nacht weg. Erst hieß es, eine der großen Firmen im Silicon Valley habe sie abgeworben. Dann sollte ein Start-up ihnen fantastische Gehälter geboten haben. Aber zuletzt hat jemand rausgekriegt, dass dahinter die Regierung steckte, die unsere besten Kräfte für eine Notfallmaßnahme rekrutiert hatte. Es ging um unsere Reaktion auf eine neue Waffe, mit der die Russen alle unsere Wahlsysteme aushebeln konnten. Das ganze Land war gefährdet. Keinem Ergebnis wäre mehr zu trauen gewesen. Die Jungs in Quantico haben ein paar Modelle durchgerechnet. Sie sind zu dem Schluss gelangt, die Folgen manipulierter Wahlen könnten von bürgerlichem Ungehorsam über gewalttätige Unruhen bis hin zu bewaffneten Aufständen reichen. Man braucht sich nur vorzustellen, einige dieser Aluhut-Milizen hätten eindeutige Beweise für einen Wahlbetrug. Manche von ihnen sind schwer bewaffnet und konnten schon bisher nur mühsam gebremst werden.«

»Stimmt ziemlich genau«, sagte Reacher. »Sentinel ist das einzige Abwehrmittel gegen diese Waffe. Die Russen können es nicht überwinden. Also versuchen sie, es zu stehlen.«

»Wie?«, fragte Rutherford.

»Sie haben einen Spion im Oak Ridge Laboratory. Wo Sentinel entwickelt wurde.«

»Warum wird er nicht verhaftet?«

»Weil nur bekannt ist, dass ein Spion existiert. Niemand weiß, wer er ist. Das FBI tippt auf einen Schläfer. Mit irgendeiner Verbindung zu dieser Stadt oder ihrer Umgebung. Damit wird die Sache interessant. Im Stadtarchiv ist ein Dokument aufgetaucht, aus dem sich die Identität des Spions ergeben hätte.«

»Das Archiv ist abgebrannt.«

»Nicht aus Zufall.«

»Im Onlinearchiv waren dieselben Dokumente gespeichert. Es ist durch den Hackerangriff blockiert worden.«

»Auch nicht aus Zufall.«

»Und auf meinem Server ist ein Teil dieser Dokumente gespeichert. Weil Cerberus sie geschützt hat.«

»Deswegen wärst du beinahe entführt worden. Die Russen wollen diese Unterlagen. Um die zu vernichten, die ihren Mann enttarnen würden.«

»Woher weißt du das alles, Reacher?«, fragte Sands.

»Du hast geglaubt, der vorgeschlagene Treff in der alten Fabrik sei eine Falle. Die Wirklichkeit hat anders ausgesehen. Die Frau, die dort aufgekreuzt ist? Eine verdeckt arbeitende FBI-Agentin. Sie hat die russische Zelle infiltriert, die den Server erbeuten soll. Jetzt hat sie zwei Jobs: eine Kopie für das Bureau zu beschaffen, damit es den Spion enttarnen kann. Und Rusty zu beschützen. Sie hat mich dorthin gelockt, um mich um Hilfe zu bitten.«

»Und das erzählst du uns erst jetzt?«

Reacher zuckte mit den Schultern. »Das war überflüssig,

bevor wir den Server hatten. Was, wenn er defekt gewesen wäre? Dann hätte ich die Existenz der Agentin unnötigerweise preisgegeben. Und je weniger Leute von ihr wissen, desto besser.«

»Das stimmt wohl«, bestätigte Sands.

»Noch etwas«, sagte Reacher. »Vollständige Offenlegung. Weil sie's am Montag nicht geschafft haben, Rusty zu entführen, lassen die Russen einen neuen Mann kommen. Aus Moskau. Er soll's noch mal versuchen. Daraus ergibt sich Folgendes: Wollen wir die schlimmen Folgen einer gefälschten Wahl vermeiden und diesen neuen Russen daran hindern, sich Rusty zu schnappen, bleibt uns nur eine Möglichkeit: Wir müssen dem Bureau eine Kopie des Servers übergeben.«

Rutherford sprang vom Bett und griff nach zwei überzähligen Servern aus dem Mietlager des Schutzgelderpressers. »Sarah, worauf wartest du noch? Hilf mir, diese beiden anzuschließen.«

Rutherford brauchte zehn Minuten, um die zusätzlichen Server seinen Bedürfnissen entsprechend einzurichten. Reacher nutzte diese Zeit, um Wallwork unter der Nummer anzurufen, die Special Agent Fisher ihm für Notfälle oder wichtige Durchbrüche gegeben hatte. Er fand, dieser Fall sei jetzt eingetreten. Wallwork meldete sich nach dem ersten Klingeln, und Reacher kam sofort zur Sache: der Server war gefunden, die Daten waren intakt. Wallwork reagierte seinerseits nüchtern geschäftsmäßig. Kein Dank. Kein Glückwunsch. Nur zwei schnelle Fragen: »Wo sind Sie? Und wie bald können wir uns treffen?« Reacher schlug vor, sich in einer Stunde in der Nähe der Raststätte zu treffen. Und er würde bald noch mal anrufen, um den genauen Treffpunkt durchzugeben.

Als Nächstes verließ Reacher das Zimmer und hastete zur Rezeption. Er klopfte laut auf die Theke. Der langhaarige Jüngling erschien. Dieses Mal wirkte er überrascht und besorgt. Vermutlich stellte er sich vor, wie die zweite Hälfte seines Tausenders verdunstete, bevor sie in seine Tasche gelangte.

»Reden wir noch mal über Ihre Zimmerpreise«, sagte Reacher. »Ihr Standardpreis ist fünfundneunzig Dollar pro Tag. Das sind ungefähr vier Dollar pro Stunde. Nehmen wir mal an, ich bräuchte für zwei Stunden ein weiteres Zimmer – ohne Fragen, ohne Eintrag ins Gästebuch. Was würde mich das kosten?«

»Fünfzig Bucks. Cash. Im Voraus.«

»Wie heißen Sie, Sohn?«

»Carmichael.«

»Nun, Carmichael, ich glaube an die illustrative Kraft von Geschichten. Sie auch?«

»Ich denke schon.«

»Nehmen Sie beispielsweise die von dem Mann, der die Gans schlachtet, die goldene Eier legt. Kennen Sie die?«

»Vierzig Bucks. Für weniger kann ich's nicht machen. Denken Sie daran, dass ich mit dem Zimmermädchen teilen muss.«

»Das ist nicht nötig. Ich mache keine Unordnung. Ich setze mich nicht mal aufs Bett.«

»Wozu brauchen Sie das Zimmer dann überhaupt?«

Reacher gab keine Antwort.

»Dreißig Bucks«, bot Carmichael an.

Reacher sagte nichts.

»Zwanzig.«

»Schon besser.« Reacher legte ihm zwei Zehner hin. »Geben Sie mir einen Schlüssel. Für ein Zimmer im selben Flügel wie die anderen. In ihrer Nähe, aber nicht benachbart.«

Reacher trat ins Freie und rief Wallwork nochmals an. Er gab ihm Namen und Adresse des Motels und benannte Zimmer 14 als Treffpunkt. Dann kehrte er in Zimmer 18 zurück. Sands saß in dem einzigen Sessel. Reacher lächelte ihr zu, bevor er sich auf einem der Betten ausstreckte.

»Deine Pizza ist kalt«, sagte Sands nach kurzem Schweigen. »Soll ich zum Empfang gehen? Sie für dich aufwärmen?«

»Nein, danke«, sagte Reacher. »Kalte Pizza stört mich nicht. Oder soll ich deine aufwärmen?«

»Mich stört kalte Pizza auch nicht. Außerdem habe ich meine schon gegessen.«

Reacher biss von seiner Pizza ab. Sands lächelte.

»Kalte Pizza«, sagte sie. »Billiges Motel. Fast wie früher beim Bureau.«

»Bedauerst du, dass du nicht mehr dabei bist?«

»Die Rückenschmerzen von all den klumpigen Matratzen, auf denen ich im Einsatz schlafen musste, vermisse ich bestimmt nicht. Aber wenn ich höre, was du von der Agentin erzählst, die sich mit dir getroffen hat … Was sie macht. Wie sie unsere Wahlen schützt. Die Sabotage der Russen stoppt. Da kann man schon nachdenklich werden.«

»Hast du viel als verdeckte Ermittlerin gearbeitet?«

»Nein. Ich habe ein paar kleinere Unternehmen mitgemacht, wenn zusätzliche Leute gebraucht wurden. Ansonsten war ich zu spezialisiert. Bin meistens an irgendwelche Außenstellen verliehen worden. Wo es Cyberkriminalität gab. Ein anderer Schreibtisch, aber der gleiche Scheiß. Auf einen Bildschirm starren.«

»Bist du deswegen gegangen?«

»Nein, nicht wegen der Arbeit. Die hat mir sogar recht gut gefallen. Aber im Lauf der Jahre ist mir klar geworden, dass das FBI mir nie den größten Wunsch meines Lebens erfüllen würde.«

»Nämlich. Eine eigene Firma?«

Sie schüttelte den Kopf. »Nein, die ist nur ein Mittel zum Zweck. Um höhere Gewinne zu erzielen. Deswegen ist Cerberus so wichtig. Zahlt es sich richtig aus, mache ich die Fliege. Dann sieht mich keiner mehr.«

»Wozu brauchst du das Geld?«

»Kann ich dir nicht sagen. Du würdest mich auslachen.«

»Versuch's mal.«

Sands schloss die Augen und atmete tief durch. »Ich möchte genügend Geld auf der Bank haben, um nicht mehr arbeiten zu müssen. Mein Haus verkaufen. Und fast alles, was ich besitze. Und ein Hausboot anschaffen.« Sie öffnete die Augen. »Jetzt hältst du mich für verrückt, stimmt's?«

»Kommt darauf an«, antwortete Reacher. »Dieses Hausboot … denkst du an einen festen Liegeplatz dafür?«

»Natürlich nicht. Das wäre widersinnig. Ich würde fahren, wohin ich will. Wann ich will.«

»Ich bin der Letzte, der denkt, dass Bewegungsfreiheit verrückt ist. Ich halte sie sogar für lebenswichtig.«

Reacher wollte hinzufügen, weniger sei er allerdings von der Idee begeistert, ein richtiges Haus an Land gegen ein Boot auf dem Wasser einzutauschen. Obwohl er nie mit Hausbooten zu tun gehabt hatte, vermutete er, ein Boot könnte noch mehr Probleme machen als ein Haus. Außer dass es beweglich war, besaß es die gleichen Nachteile. Es würde Reparaturen geben. Wartungsintervalle, die eingehalten werden mussten. Alle möglichen zusätzlichen Ausgaben. Und außerdem konnte es sinken, vielleicht auch von einem größeren Boot gerammt werden. Oder sein Rumpf setzte Muscheln an. Aber bevor er etwas sagen konnte, wurde die Verbindungstür geöffnet, und Rutherford erschien.

»All right«, sagte Rutherford. »Alles fertig. Zwei Kopien wie bestellt.«

Rutherford hatte die geklonten Server neben seinem Laptop auf dem Bett zurückgelassen. Reacher nahm sie in Zimmer 18 mit. Einen stellte er in den Kleiderschrank, den anderen nahm er mit nach draußen. Er hielt ihn mit der rechten Hand an seine Brust gedrückt, winkelte den linken Arm an und wandte sich halb von dem Innenhof ab. Aus der Nähe hätte er niemanden täuschen können, aber aus einiger Entfernung konnte niemand erkennen, dass er etwas trug. Er hatte reichlich Zeit, bevor Wallwork kam, aber er wollte sich in Zimmer 14 aufhalten, bevor der Agent eintraf. Er wollte den Eindruck erwecken, nicht aus Zimmer 18, sondern eigens von einem unbekannten Ort hergekommen zu sein. Natürlich hatte er keinen Grund, Wallwork zu misstrauen. Erfahrung hatte ihn jedoch gelehrt, dass Vorsicht der Schlüssel zu einem langen, gesunden Leben war.

Reacher stellte den Server auf den Schreibtisch und ließ sich in den Sessel fallen. Die Vorhänge waren aufgezogen, das Licht ausgeschaltet. Er beobachtete den Innenhof und wartete. Zehn Minuten vergingen. Kein Wagen kam an, keiner fuhr weg. Niemand war zu Fuß zwischen den Zimmern unterwegs. Weitere fünf Minuten verstrichen. Dann erhellte Scheinwerferlicht den Innenhof. Ein Auto tauchte auf und hielt kurz mitten auf dem Hof, als müsste der Fahrer sich orientieren. Dann fuhr es zu Zimmer 14 weiter, bremste kurz vorher und stieß rückwärts an die Zimmertür heran.

Reacher öffnete die Tür, bevor Wallwork anklopfen konnte. Er trat zur Seite, damit der Agent eintreten konnte. Dann zog er die Vorhänge zu und machte Licht.

»Ist er das?« Wallwork trat an den Schreibtisch und beugte sich über den Server.

Reacher nickte.

»Ich danke Ihnen, Major«, sagte Wallwork. »Sie haben uns einen großen Gefallen erwiesen, den ich zu würdigen weiß. Sie haben meine Nummer. Wenn ich mich mal irgendwie revanchieren kann, rufen Sie mich bitte an. Und ich möchte mich für gestern bei Ihnen entschuldigen. Dass ich meine Identität verschleiert habe. Aber ich konnte unter den Umständen nicht anders. Das verstehen Sie hoffentlich.«

»Sie brauchen sich nicht zu entschuldigen«, sagte Reacher. »Ihre Partnerin ist im Einsatz. Ihr Schutz steht an erster, zweiter und dritter Stelle. Bedanken sollten Sie sich allerdings bei Rusty Rutherford. Dass die Unterlagen noch existieren, ist allein ihm zu verdanken.«

»Das ist gut zu wissen.« Wallwork griff nach dem Server und setzte sich in Bewegung. »Richten Sie ihm bitte meinen Dank aus, wenn Sie ihn sehen. Ich muss jetzt weiter. Die Zeit arbeitet in dieser Sache leider nicht für uns.«

Reacher vertrat ihm den Weg. »Noch zwei Fragen, bevor Sie gehen.«

»Okay. Aber machen Sie schnell.«

»Klostermann. Der Kerl, den ich heute Morgen im Haus der Spione kennengelernt habe. Agent Fisher meinte, sie würde ihn noch mal überprüfen lassen. Gibt es da schon ein Ergebnis?«

»Sie hat's mir gesagt. Wir arbeiten daran. Bisher hat sich nichts ergeben. Was noch?«

»Ich vermute, dass Sie den Server zu einer Außenstelle bringen. Wahrscheinlich nach Nashville. Wo ein Haufen Eierköpfe versuchen wird, ihm sein Geheimnis zu entlocken.«

»Richtig vermutet.«

»Wie lange wird es dauern?«

»Nach Nashville zu fahren?«

»Das Geheimnis zu lüften.«

»Das lässt sich unmöglich vorhersagen. Vielleicht müssen sie Tausende von Dokumenten durchsuchen. Als ob man eine Nadel in einem Heuhaufen sucht. Nur ist dies keine Nadel. Wir suchen etwas, ohne zu wissen, was. Wir können nur hoffen, dass wir's erkennen, wenn wir's sehen.«

»Sie werden also voraussichtlich nicht in, sagen wir mal, siebenunddreißig Stunden fertig?«

»Das weiß ich nicht. Die Suche könnte zwei Sekunden dauern. Oder zwei Monate. Das wissen wir erst, wenn wir loslegen. Das ist nicht Ihr Problem, Major, aber der Grund dafür, dass ich's eilig habe.«

»Nicht Major, einfach nur Reacher. Und dies ist auch mein Problem. Zumindest teilweise. Aber vor allem ist es Rutherfords Problem.«

»Wie meinen Sie das?«

»Von Agent Fisher weiß ich, dass ihre Zelle den Auftrag hat, sich bis etwa übermorgen Mittag auf reine Überwachung zu beschränken. Dann wird Verstärkung erwartet. Aus Moskau soll ein bewährter neuer Mann kommen. Wissen Sie bis dahin nicht, wer der Spion in Oak Ridge ist, können Sie ihn nicht festgenommen haben. Die Russen wissen ihrerseits nicht, dass Sie im Besitz des Servers sind, also werden sie weiter glauben, sie könnten ihn erbeuten und so ihren Spion beschützen. Folglich werden sie wieder Jagd auf Rutherford machen. Und Fisher schafft's vielleicht nicht, ihn vor dem neuen Mann in Schutz zu nehmen.«

Wallwork zuckte mit den Schultern. »Ja, das stimmt wohl. Pech für Rutherford. Vor allem, nachdem er uns geholfen hat.

Sehen Sie eine Chance, ihn zu überreden, die Stadt zu verlassen?«

»Das bezweifle ich. Ich hab's schon versucht. Er hat sich geweigert. Und ich kann's ihm nicht verübeln. Er hat nichts Unrechtes getan, sondern ganz im Gegenteil alles richtig gemacht. Er sollte nicht aus seinem Heim vertrieben werden.«

»Ganz Ihrer Meinung. Aber unsere Optionen sind hier beschränkt. Könnten Sie noch eine Zeit lang bleiben? Ihn im Auge behalten?«

»Vielleicht vorübergehend. Nicht für immer.«

»Wir werden nicht ewig lange brauchen, um den Spion aufzuspüren.«

»Sie haben gesagt, das könne zwei Monate dauern. Ich bleibe selten mehr als zwei Tage an einem Ort.«

»Tut mir leid, Reacher. Wir haben's hier mit dem Unbekannten zu tun. Sogar mit etwas, das niemand wissen kann. Glauben Sie mir, ich würde Rutherford gern helfen, aber ich muss ans große Ganze denken. Ich sehe nicht, was wir noch für ihn tun könnten.«

»Ich weiß, was ich tun kann.«

»Was denn?«

»Klostermann hat mir zehn Mille für den Server geboten. Ich werde sein Angebot annehmen.«

»Ausgeschlossen! Ich kann nicht zulassen, dass Sie ...«

»Ich bitte Sie nicht um Erlaubnis, Wallwork. Ich informiere Sie nur im Voraus. Rein aus Höflichkeit. Mit Klostermann ist irgendwas faul. Das habe ich deutlich gespürt. Die Russen haben hier jemanden, der ständig vor Ort ist. Ich werde feststellen, ob es sich dabei um ihn handelt.«

»Nein.«

»Das passiert auf jeden Fall. Finden Sie sich damit ab.

Gefahr oder Nachteile gibt's dabei nicht. Täusche ich mich, bekommt ein alter Kerl ein paar Dokumente zu sehen, die ohnehin öffentlich zugänglich waren. Behalte ich recht, glauben die Russen, ihr Auftrag sei ausgeführt. Sie halten ihren Spion in Oak Ride für ungefährdet und belassen ihn dort, sodass Sie Zeit haben, ihn zu enttarnen. Außerdem ziehen sie Fishers Team ab, nehmen sie aus der Schusslinie. Und Rutherford hat auch nichts mehr zu befürchten.«

»Kommt nicht infrage.«

»Hören Sie mir jetzt mal zu. Ohne mich wüssten Sie nichts von dem Server. Ohne mich hätten Sie keine Kopie davon. Sie würden weiter im Dunklen tappen. Also könnten Sie mir mehr Freiheit lassen, verdammt noch mal!«

Der FBI-Agent gab keine Antwort.

»Vernünftigerweise sollten Sie abwarten, wie die Sache sich entwickelt. Klappt sie, können Sie den Erfolg für sich beanspruchen. Von mir hört kein Mensch etwas anderes.«

Wallwork schwieg eine weitere Minute lang. Dann drängte er sich an Reacher vorbei zur Tür. »Ich muss dieses Ding nach Nashville schaffen. Dort warten schon Leute. Und ich warne Sie: Offiziell kann ich Ihr Vorhaben nicht billigen.«

»Und inoffiziell?«

»Rufen Sie mich an, wenn's vorbei ist. Aber das bleibt unter uns.«

24

Am folgenden Morgen weckte Reacher sich um Punkt 7.30 Uhr. Er duschte, zog sich an und holte Kaffee und Zimtrollen vom Empfang, während Sands das Bad benutzte. Rutherford war in Zimmer 19, hockte noch immer vor seinem Laptop und arbeitete zu konzentriert, um ansprechbar zu sein. Also stellte Reacher ihm sein Frühstück hin und ging durch die Verbindungstür zurück. Er bekam ein Bett, Sands den Sessel. Er breitete sich aus. Sie hockte auf der Vorderkante. Beim Frühstück erzählte Reacher ihr von seinem Treff mit Wallwork.

»Dann könnte also heute Abend alles vorbei sein?«, fragte sie, als er fertig war. »Wenn du Klostermann richtig eingeschätzt hast. Arbeitet er für die Russen und übergibt ihnen den Server, brauchen sie nicht mehr zu versuchen, ihn von Rusty zu erbeuten.«

»Wenn ich Klostermann richtig einschätze.«

Sands runzelte die Stirn. »Ich glaube, dass du etwas übersiehst. Hast du recht in Bezug auf Klostermann, muss er die Journalistin ermordet oder ihre Ermordung in Auftrag gegeben haben. Was ist, wenn er Rusty und dich als lästige Zeugen betrachtet, sobald er den Server hat? Und beschließt, euch ebenfalls beseitigen zu lassen?«

»Die Situation der Journalistin war anders. Sie stellte mehr als nur eine lästige Zeugin dar. Sie wusste etwas. Wegen ihrer Arbeit im Archiv. Sie hat herausbekommen, wie der russische Spion enttarnt werden konnte. Deshalb ist sie ermordet worden. Um sie zum Schweigen zu bringen. Rusty und ich dagegen sind aus Klostermanns Sicht nur geldgierige Tölpel. Er glaubt, dass wir ihm den Bullshit mit der Familienforschung abgenommen haben. Aus der Tatsache, dass wir ihm bereitwillig den Server verkaufen, wird er schließen, dass wir nicht ahnen, was er enthält. Folglich braucht er uns nicht ermorden zu lassen. Darüber hinaus wäre es gefährlich. Es könnte unerwünschte Aufmerksamkeit erregen. Und wenn es etwas gibt, das die Russen unbedingt meiden, sind das unnötige Risiken.«

»Was wäre, wenn Rusty eine Kopie des Servers behielte? Sodass er jederzeit über ihr Geheimnis stolpern könnte – genau wie die Journalistin? Würde Klostermann das als notwendiges Risiko betrachten?«

»Schon möglich. Wenn er wüsste, dass Rusty eine Kopie hat.«

»Wird er nicht vermuten, dass du lügst, wenn du etwas anderes behauptest?«

»Ich lüge nicht. Ich lasse ihn allein zu diesem Schluss gelangen.«

»Wie?«

»Kannst du mir seine Nummer raussuchen?«

Sands griff nach ihrem Smartphone und klickte und wischte einige Sekunden lang.

»Hier«, sagte sie dann. »Soll ich für dich wählen?«

»Nein, danke«, sagte Reacher. Er zog sein Handy heraus, das Rutherford ihm besorgt hatte. »Lies mir einfach die Nummer vor.«

»Warum nimmst du nicht meins? Seine Nummer ist schon angezeigt.«

»Dann hätte Klostermann deine Nummer. Anrufe lassen sich zurückverfolgen.«

»Wie kann er mir gefährlich werden, wenn er keine Gefahr für Rusty und dich darstellt?«

»Vermutlich kann er das nicht. Aber die Russen sind nicht die Einzigen, die unnötige Risiken meiden.«

Klostermanns abweisende Haushälterin meldete sich nach dem ersten Klingeln. Sie behauptete, ihr Boss sei nicht zu sprechen, aber als Reacher andeutete, es gehe um etwas Wertvolles, erst vor Kurzem entdeckt, war Klostermann zwei Minuten später am Apparat.

»Das nenne ich erfreuliche Nachrichten«, sagte Klostermann. »Sie waren schnell. Wann haben Sie den Server gefunden?«

»Vor ungefähr fünf Minuten«, antwortete Reacher. »Wir haben zu suchen begonnen, gleich nachdem wir Ihr Haus verlassen hatten. Sind ihm die ganze Nacht lang auf der Fährte geblieben.«

»Wo war er?«

»In einem Lagerraum. Zum Verkauf bereitgestellt.«

»Ist er unbeschädigt?«

»Anscheinend schon. Ich bin natürlich kein Fachmann, aber Mr. Rutherford, der einer ist, glaubt, dass er einwandfrei funktioniert.«

»Das ist Musik in meinen Ohren. Wo kann ich ihn abholen?«

»Ich bringe ihn Ihnen.«

»Oh. Okay, wann? Wie schnell können Sie hier sein?«

»Wie schnell können Sie unser Geld beschaffen?«

»Es ist schon hier. Es liegt in meinem Safe.«

»Was halten Sie von morgen? Oder von Samstag, spätestens Sonntag?«

»Was spricht gegen heute? Heute Morgen? Gleich jetzt?«

»Heute geht's nicht. Das ist zu früh. Wir müssen noch rauskriegen, wie wir eine Kopie anfertigen können. Dafür braucht man spezielle Geräte. Server sind nicht wie Laptops, wissen Sie. Man kann sie nicht einfach einschalten. Sie haben mehr Ähnlichkeit mit riesigen externen Festplatten. Man braucht Computer, ein Netzwerk und Software. Und seit Mr. Rutherford nicht mehr bei der Stadt arbeitet, hat er keinen Zugang mehr zu solchen Geräten. Er muss einen Freund um diesen Gefallen bitten. In Nashville gibt es jemanden, der das vielleicht kann. Sonst müssen wir nach Knoxville fahren.«

»Wozu müssen Sie eine Kopie machen?«

»Na ja, müssen stimmt nicht ganz. Wir wollen eher. Auf dem Server ist ein Teil des Stadtarchivs gespeichert. Der könnte interessant sein. Und sollte es Schwierigkeiten mit dem digitalisierten Archiv geben, nachdem die Stadt das Lösegeld gezahlt hat, könnte Mr. Rutherford ihr die Kopie zur Verfügung stellen. Um zu beweisen, dass er nicht nachtragend ist.«

»Das ist sehr großzügig von ihm. Aber ich will ganz offen sein, Mr. Reacher. Wie ich Ihnen gestern gesagt habe, bin ich kein geduldiger Mann. Ich hasse es, auf etwas warten zu müssen. Deshalb mache ich Ihnen einen Vorschlag: Sie bringen mir den Server sofort vorbei. Oder lassen mich ihn abholen. Beides ist gleich gut. Und falls es in Zukunft irgendein Problem mit dem digitalisierten Archiv gibt, spende ich der Stadt den Server in Mr. Rutherfords Namen. Also, was sagen Sie dazu?«

»Ich weiß nicht recht. Mr. Rutherford freut sich schon darauf, die gespeicherten Informationen zu sehen. Mehr über die Geschichte seiner Stadt zu erfahren, nachdem er jetzt reichlich Freizeit hat.«

»Haben Sie jemals solche Archivunterlagen gesehen?«

»Nein, noch nie.«

»Glauben Sie mir, die sind stinklangweilig. Hat man kein bestimmtes Interesse daran wie ich wegen meines Vaters, ist die Lektüre tödlich langweilig. In allen Einzelheiten wiedergegebene Debatten darüber, wie viele Hühner pro Haushalt zulässig sind. Ob Leute von ihrem Haus aus lebende Fische verkaufen dürfen. Solche Sachen. Mr. Rutherford würde wirklich nichts versäumen, wenn Sie mir den Server gleich brächten. Und ich wäre Ihnen sehr dankbar.«

»Wie dankbar?«

»Sagen wir tausend Dollar extra?«

Reacher schwieg.

»Zweitausend extra?«, fragte Klostermann.

»Sagen wir fünftausend extra«, schlug Reacher vor, »dann bin ich in weniger als einer halben Stunde bei Ihnen.«

Reacher nahm den zweiten geklonten Server aus dem Kleiderschrank, lud ihn in Martys Wagen und fuhr allein zu Klostermanns Haus. Er fühlte sich wie ein Baseballspieler als Batter gegen Ende des neunten Innings: Spielstand unentschieden, zwei Outs, zwei Strikes gegen ihn. Noch eine Chance, das Spiel ohne zusätzliche Innings zu gewinnen. Worauf das andere Team einen Pinch Hitter bringen würde. Einen neuen Kerl, von auswärts verpflichtet. Erst nach Spielbeginn im Stadion eingetroffen. Unbekannt. Unerprobt. Aber mit einem großen Namen.

Reacher hielt vor der Einfahrt. Er drückte die Sprechtaste, meldete sich an, wartete, bis das Tor zur Seite rollte, fuhr weiter und parkte an derselben Stelle wie am Tag zuvor. Er stieg die Stufen zur Veranda hinauf. Die Haushälterin erwartete ihn an der offenen Tür. Sie trug dasselbe schwarze Kleid mit weißer Schürze, hatte ihr Haar zu einem Nackenknoten gefasst. Sie begrüßte ihn mit ihrer ruhigen, kalten Stimme, führte ihn den Korridor entlang, vorbei an den Porträts bis zur letzten Tür rechts. Sie klopfte an, öffnete die Tür und trat zur Seite, um Reacher eintreten zu lassen. Klostermann saß wieder in seinem Sessel. Er trug einen schwarzen Anzug mit weißem Hemd und schmaler schwarzer Krawatte. Seine Frisur war etwas ordentlicher. Er sah aus, als wollte er zu einem Begräbnis.

Klostermann legte seine Zeitung beiseite und stand auf. »Ist er das?« Sein Nicken galt der schwarzen Box unter dem Arm des Besuchers.

»Wie versprochen«, antwortete Reacher.

»Ausgezeichnet. Stellen Sie ihn bitte auf den Tisch.«

Reacher platzierte den Server auf dem Tisch neben eine kleine Vase mit weißen Blumen. Er wusste, wie sie hießen, hatte jedoch noch nie welche gesehen. Nur auf einer Abbildung in einem Buch, das er im Leistungskurs Geschichte lesen musste, vor vielen Jahren.

Klostermann griff nach dem dicken braunen Umschlag, der neben seinem Oberschenkel steckte. Der Umschlag war oben wie eine Tüte aus einem Schnellimbiss zusammengefaltet. »Ihr Honorar«, erklärte Klostermann. »Alles da, auch Ihr Bonus.«

Reacher sah hinein. Die Tüte enthielt drei Bündel Banknoten. Jedes etwa drei Zentimeter dick. Lauter druckfrische Zwanziger. Jeweils zweihundertfünfzig Stück, sodass jedes Bündel fünftausend Dollar wert war. Und ungefähr so viel wog wie ein anständiger Hamburger. Reacher nahm das Geld heraus, verstaute es in drei Taschen und gab Klostermann die leere Tüte zurück.

»Denken Sie an Ihr Versprechen«, sagte Reacher. »Gibt es

mit dem digitalisierten Archiv Schwierigkeiten, spenden Sie den Server der Stadt. In Mr. Rutherfords Namen.«

»Ich gebe Ihnen mein Wort«, entgegnete Klostermann. »Wenn Sie mich jetzt bitte entschuldigen … ich muss mich auf eine wichtige Besprechung vorbereiten.« Er zog ein graues Kästchen wie eine Fernbedienung aus der Jackentasche. Drückte auf einen Knopf. Wartete. Aber nichts passierte.

Klostermann wirkte irritiert. Er drückte den Knopf noch mal. Wartete. Wieder passierte nichts.

»Entschuldigung«, sagte Klostermann. »Anja ist anscheinend beschäftigt. Bitte kommen Sie mit.«

Klostermann ging durch den Korridor voraus. Kurz vor der Tür konnte Reacher die Haushälterin reden hören. Sie telefonierte offenbar. Ihre Stimme war lauter als zuvor, ihr Tonfall noch kälter.

»Nein«, sagte sie, »das können Sie nicht. Sie sind eine Stunde zu früh dran. Sie müssen wegfahren und zur richtigen Zeit wiederkommen … Das ist mir egal. Das interessiert mich nicht. Das ist nicht Mr. Klostermanns Problem … Wenn Sie nicht mal einfache Anweisungen befolgen können, braucht er Ihre Dienste vielleicht gar nicht.«

Als hätte er das einseitige Gespräch gar nicht wahrgenommen, ging Klostermann weiter, bis er die Haustür erreichte. Er öffnete sie, wartete, bis Reacher ins Freie getreten war, und schloss sie ohne ein weiteres Wort hinter ihm.

Reacher wusste, dass er das Haus verlassen musste, damit der Plan weitergehen konnte, aber er wollte trotzdem herausfinden, was Klostermann machte. Hoffentlich kommunizierte er. Schickte eine Meldung nach oben: *Server erhalten. Überprüfung läuft.* Danach ein Befehl an das Team im Feld: *Auftrag ausgeführt. Einsatz beendet.* Und zuletzt eine Anweisung an den Spezialisten aus Moskau: *Kommen nicht mehr nötig. In die Zentrale zurückkehren.*

Reacher fuhr bis zum Tor. Während er darauf wartete, dass es sich öffnete, zog er sein Handy heraus. Er wählte Wallworks Nummer, berichtete, der Server sei ausgeliefert, und fragte nach einem Update für Klostermann. Wallwork hatte keine neuen Informationen. Er versprach Reacher, sich zu melden, sobald er etwas Neues erfuhr. Oder sobald er hörte, dass Fishers Zelle den Rückzugsbefehl erhalten hatte. Reacher fuhr weiter. Der langsame Ball war genau auf ihn zugekommen, dachte er. Er hatte ihn gut getroffen. Jetzt war er in der Luft, und Reacher konnte nur noch abwarten, ob er über den Zaun gehen würde.

Oder vielleicht konnte er doch noch etwas tun. Klostermann hatte eine Besprechung erwähnt, aber nicht gesagt, dass sie in seinem Haus stattfinden würde, doch Reacher hatte diesen Eindruck gewonnen. Er hatte »auf eine vorbereiten« gesagt. Nicht »zu einer fahren«. Und jemand war eine Stunde zu früh erschienen. Da brauchte es keinerlei Verbindung zu geben. Oder würden mehrere von Klostermanns Kontaktpersonen aufkreuzen. Vielleicht um über Blumenarrangements in der hiesigen Kirche zu reden. Oder vielleicht über etwas anderes. Aber nicht über den Server, vermutete Reacher. Der zu früh Gekommene war entbehrlich. Das hatte die Haushälterin deutlich gemacht. Und die Russen würden nur zuverlässigen Leuten aus dem inneren Führungszirkel gestatten, sich mit etwas so Wertvollem zu befassen. Unabhängig von dem Gesprächsthema würde es sich bestimmt lohnen, eine Stunde zu investieren, um herauszufinden, wer den Hausherrn besuchte.

Wallwork hatte Mühe, neue Erkenntnisse über Klostermann zu gewinnen. Vielleicht wurde es Zeit, dass Reacher sich eigene beschaffte.

Weil es in der näheren Umgebung keine Möglichkeit gab, den Wagen und sich selbst zu verstecken, hielt er am Straßenrand und schaltete die Warnblinkanlage ein. Diese Stelle hatte er sorgfältig ausgesucht. Menschen neigen unbewusst dazu, aus räumlicher Nähe Schlüsse zu ziehen. Steht eine Person an einem Zebrastreifen, nimmt man an, sie habe vor, die Straße zu überqueren. Reacher wollte Klostermanns Haus nicht so nahe sein, dass der Eindruck entstand, er warte davor. Er wollte jenseits der unsichtbaren Grenze bleiben, die ihn mit dem Haus verbunden hätte. Aber die Entfernung sollte auch nicht allzu groß sein. Ihm war nicht geholfen, wenn er Klostermanns Gäste nicht mehr erkennen konnte.

Falls welche kamen.

Reacher tastete unter dem Armaturenbrett nach dem Hebel, der die Motorhaube entriegelte. Er rief Sands an, um sie auf dem Laufenden zu halten. Dann lehnte er sich zurück und wartete.

Eine halbe Stunde lang ereignete sich nichts. Dann fuhr ein Postauto vorbei, eine Minute später ein silbergrauer SUV mit einer Frau am Steuer. Beide Fahrer würdigten Reacher keines Blicks. Danach herrschte wieder Stille. Reacher blieb sitzen, bis die Uhr in seinem Kopf ihm sagte, dass in fünf Minuten Leute zu der Besprechung bei Klostermann eintreffen würden. Also stieg er aus, öffnete die Motorhaube und gab vor, den Motor zu inspizieren. So waren Kopf und Gesicht versteckt, und er konnte Klostermanns Einfahrt an seinem Wagen vorbei im Auge behalten.

Sieben Minuten vergingen, ohne dass etwas passierte. Dann tauchte ein Mercedes auf. Eine Limousine, lang und schwarz und glänzend poliert. Reacher merkte sich ihr Kennzeichen und beobachtete, wie sie vor Klostermanns Tor hielt. Ein Arm in einem weißen Hemd wurde aus dem Fenster gestreckt. Um die Sprechanlage zu aktivieren, dachte Reacher. Aber der Mann drückte nicht die Sprechtaste, sondern gab einen vierstelligen Code ein. Das Tor glitt zur Seite, und der Mercedes fuhr weiter und parkte auf der vor dem Haus ausgewiesenen Fläche. Das nächste eintreffende Fahrzeug war ein Pick-up, ein Dodge Ram. Er war blutrot lackiert und glänzte noch mehr. Sein Fahrer benutzte die Sprechanlage, wartete, bis das Tor sich öffnete, und fuhr hindurch. Danach kam ein weiterer Pick-up: ein blauer Ford F150. Dann ein weißer Lieferwagen mit der Werbeaufschrift *Gerrard's Generators – Power 2 U* in seltsam ausgefransten Lettern. Auch seine Insassen benutzten die Sprechanlage.

Zuletzt röhrte ein Motorrad heran. Ein individuell gestaltetes Bike mit Flammen auf dem Tank, einem hohen, breiten Lenker und weit nach vorn versetzten Fußrasten für den Fahrer. Der Kerl im Sattel war ganz in Leder gekleidet: schwarze Stiefel, schwarze Lederhose und schwarze Lederweste, deren Rücken mit einer riesigen Spinne geschmückt war. Dazu eine Sonnenbrille mit runden verspiegelten Gläsern. Und statt eines Helms ein Stirnband mit Stars-and-Stripes-Muster. Er hielt vor dem Tor und zog ein Handy aus seiner Weste. Das musste der Mann sein, der zu früh dran gewesen war, dachte Reacher. Jetzt kam er zu spät. Der Kerl drückte auf ein Icon und hob das Smartphone ans Ohr. Ließ es nach einer halben Minute sinken. Drückte ein Icon und steckte sein Handy wieder ein. Er wendete so eng wie möglich, ließ den Motor ein paarmal aufheulen und die Kupplung kommen und raste mit rauchendem

Hinterrad davon. Auf dem Asphalt blieb eine lange Gummispur zurück.

Er war entbehrlich. Das hatte die Haushälterin ihm unmissverständlich klargemacht.

Reacher wartete noch fünf Minuten, um zu sehen, ob noch jemand kam. Dann schloss er die Motorhaube und setzte sich ans Steuer. Er ließ den Motor an, damit die Klimaanlage arbeitete, und Wallwork rief ihn an, bevor er den Wählhebel auf D stellen konnte.

»Neuigkeiten?«, fragte Reacher.

»Ein paar«, antwortete Wallwork. »Aber nichts von Fisher. Hier geht's um Klostermann. Hintergrundinformationen über seine Familie. Über seinen Vater. Henry senior. Oder Heinrich, wie er ursprünglich geheißen hat. Er ist aus Deutschland eingewandert, das steht fest. Nach Unterlagen der Einwanderungsbehörde ist er 1946 in New York angekommen und in Tennessee sesshaft geworden. Im Jahr 1950 hat er geheiratet, und der kleine Henry wurde im selben Jahr geboren. Zwei Jahre später hat Heinrich das Haus direkt von den Spionen gekauft und bis zu seinem Tod im Jahr 1960 bewohnt. Alles nicht sonderlich aufregend. Auf den ersten Blick nichts, was zehn Mille wert sein könnte.«

»Letztlich hat er fünfzehn bezahlt.«

»Was haben Sie gemacht? Ihm angedroht, ihm die Beine zu brechen?«

»Ich habe ihm erklärt, die einzige Kopie gebe es nur gegen Aufpreis.«

»Gut gemacht, Reacher. Was würden ihn weitere Kopien stören, wenn es ihm wirklich nur um seine Familiengeschichte ginge? Und wozu sollte er Geld dafür ausgeben, dass keine weiteren Kopien gemacht werden?«

»Richtig. Das lässt sich nur damit erklären, dass er glaubt, auf dem Server sei ein Geheimnis gespeichert. Etwas, das nie das Tageslicht erblicken soll.«

»Was bedeutet, dass er für die Russen arbeitet. Hoffentlich!«

»Ja«, sagte Reacher. »Aber noch etwas anderes. Nachdem ich das Haus verlassen hatte, sind dort ein paar Leute zu einer Besprechung eingetroffen. Könnten Sie ihre Autokennzeichen überprüfen lassen? Vielleicht ergibt sich eine Gemeinsamkeit.«

Er ratterte die vier Autokennzeichen herunter, die er sich gemerkt hatte. Und das Kennzeichen des Bikes.

»Das darf ich eigentlich nicht«, entgegnete Wallwork. »Aber ich tu's trotzdem. Sollte sich etwas ergeben, rufe ich Sie zurück.«

25

Reacher fühlte sich ziemlich gut, als er das Gespräch beendete und sich auf die Rückfahrt ins Motel machte. Er rechnete sich aus, dass der Server in die richtigen Hände gelangt war. Die russischen Techniker würden anfangen, daran zu arbeiten, und alles Weitere würde sich von selbst ergeben. Der Anfang vom Ende war eindeutig in Sicht. Aber je länger er fuhr, desto unruhiger wurde er. Im hintersten Winkel seines Gehirns spürte er ein Kratzen. Es ließ ihn nicht zur Ruhe kommen. Sagte ihm, irgendetwas sei nicht in Ordnung. Sogar zwei Dinge. Das erste konnte er nicht genau definieren. Aber es hing mit etwas zusammen, das er in Klostermanns Haus gesehen hatte. Wallwork hatte eine Verbindung suggeriert, als er vorhin mit ihm telefonierte. Sie war da, aber vorläufig noch unscharf. Wie eine Aufnahme einer alten Polaroidkamera. Anfangs vage und undeutlich, aber definitiv vorhanden. Reacher konnte nicht mehr tun, als geduldig abzuwarten. Das Bild würde deutlicher werden. Sein Gehirn brauchte nur mehr Zeit, um alle Punkte miteinander zu verbinden.

Das zweite Ding war bereits klar. Es erinnerte Reacher an ein französisches Märchen, das seine Mutter ihm oft erzählt hatte. Es handelte von einem alten Wahrsager, der die Wörter eines Menschen sammelte und auf seinen Zauberteich streute. Anfangs sahen alle gleich aus. Alle dümpelten auf der Oberfläche vor sich hin. Dann saugten die wahren Wörter sich mit Wasser voll, versanken und ließen nur die unwahren für jedermann sichtbar zurück. In diesem Fall gehörten die unwahren Wörter Klostermann. Er hatte sie bei ihrer ersten Begegnung ausgesprochen, und Reacher erinnerte sich noch deutlich an sie. *Mein Vater ist in den Dreißigerjahren vor den Nazis in die Staaten geflüchtet.* Aber Wallwork hatte in den Akten der Einwanderungsbehörde nachgesehen. Heinrich Klostermann war erst 1946 in die Vereinigten Staaten gekommen. Nach dem Zweiten Weltkrieg. Nicht vorher. Bestimmt kein Detail, das man leicht vergaß. Also musste sich Henry Klostermann versprochen, falsch erinnert oder ganz anderes zu verbergen gesucht haben.

Reacher hatte die Raststätte fast erreicht, als sein Handy klingelte. Der Anrufer war wieder Wallwork.

»Gibt's was Neues?«, fragte Reacher.

»Nicht von Fisher«, antwortete Wallwork. »Ich rufe wegen der Autokennzeichen zurück. Das war eine interessante Gruppe, mit der Klostermann sich getroffen hat. Der Kerl in der Mercedes-Benz S-Klasse ist ein Nachbar. Ihm gehören viele Häuser und massenhaft Baugrundstücke in der Stadt. Einer der anderen Männer ist ein Lichtdesigner, wieder ein anderer vermietet Lautsprecheranlagen. Und der Kerl mit den Stromaggregaten spricht eigentlich für sich. Wenn Sie mich fragen, organisiert Klostermann ein Outdoor-Konzert. Vielleicht ist das ein neues Hobby von ihm. Oder eine einmalige Veranstaltung zur Feier irgendeines Ereignisses oder Jahrestags.«

»Was ist mit dem Biker?«

»Der scheint ein wandelndes Katastrophengebiet zu sein. Kein Mensch weiß, wovon er lebt. Ich kann mir keine nützliche Arbeit für ihn vorstellen. Vielleicht Plakate kleben? Oder Verkehrslenkung vor dem Konzert?«

Reacher schwieg einen Augenblick. »Haben Sie seine Adresse?«

»Klar. Warum?«

»Klostermann hat ihn eiskalt abservieren lassen. Vermutlich ist er der Redseligste der ganzen Bande. Bis Fisher sich wieder meldet, habe ich nichts zu tun. Ich denke, ich sollte mal mit dem Mann reden. Bin gespannt, was dabei rauskommt, wenn man Klostermann aus einem anderen Blickwinkel betrachtet.«

»Könnte nützlich sein, denke ich. Aber ich darf Ihnen seine Adresse natürlich nicht verraten. Also haben Sie sie nicht von mir, okay?«

Reacher bedankte sich, legte auf und rief dann noch mal Sands an, um ihr mitzuteilen, was er vorhatte. Sie antwortete nicht gleich.

»Alles okay?«, fragte er.

»Ja«, antwortete Sands. »Aber Rusty macht mir Sorgen.«

»Was ist mit ihm?«

»Er hat seine Migräne. Ich wusste, dass er sie bekommen würde. Das passiert immer, wenn er zu verbissen arbeitet. Er macht keine Pausen. Er isst nicht, trinkt nicht. Und dann liegt er plötzlich flach!«

»Ich bin in fünf Minuten da.«

»Nein. Knöpf dir diesen Kerl vor. Das ist etwas, was ich im Bureau gelernt habe: Niemals einen Hinweis ignorieren. Das ist dann der, der einen in den Hintern beißt.«

Die Adresse des Bikers, die Reacher von Wallwork bekommen hatte, lag in dem Siedlungsgebiet, in dem auch die Bedienung Holly wohnte. Um nicht die Stadt durchqueren zu müssen, fuhr Reacher von der Raststätte aus ungefähr nach Südwesten und schlängelte sich zwischen rechteckigen Häusern auf rechteckigen Grundstücken hindurch, bis er bei dem letzten Haus in der letzten Straße anlangte. Anscheinend eines der neuesten Häuser. Einige Jahre früher erbaut als die ersten. Was ein Vorteil sein konnte, wenn alle kleinen Macken ausgebügelt worden waren. Oder ein Nachteil, wenn der ursprüngliche Enthusiasmus des Bauunternehmers abgeklungen war und die besten Monteure der Baukolonne längst anderswo arbeiteten. Aber wohin die Waage sich ursprünglich geneigt hatte, war nicht länger relevant. Das Haus sah aus, als wäre es von einem Schrottplatz hergebeamt worden. Vom Dach hatten sich Ziegel gelöst. Die Fenster starrten vor Schmutz. Überall blätterte Farbe ab. Der Vorgarten lag voller Schrott. Und mittendrin, glänzend und deplatziert, stand ein Motorrad. Flammen am Tank. Hoher, breiter Lenker. Weit nach vorn versetzte Fußrasten.

Wie Hollys Haus besaß dieses eine massive Haustür ohne Glaseinsatz. Weil Reacher noch weniger Lust hatte, hier anzuklopfen, fuhr er am Haus vorbei und parkte auf dem Wendehammer. Kam zu Fuß auf der anderen Seite zurück, wo es keinen Nachbarn gab. Stellte fest, dass er nicht über den Zaun zu klettern brauchte, weil dieser bereits umgefallen war. Reacher stieg über die Reste hinweg und begutachtete den Garten hinter dem Haus. Falls hier jemals Gartenbau betrieben worden war, existierten davon längst keine Spuren mehr. Hier wuchs nichts. Der mattbraune Erdboden wirkte unfruchtbar. Reacher wäre nicht überrascht gewesen, hier Männer in ABC-Schutzanzügen zu sehen, die Erdproben entnahmen.

Hinter dem Haus lag eine Terrasse. Auch hier gab es eine Glasschiebetür. Sie wies einen langen diagonalen, mit durchsichtigem Klebeband reparierten Sprung auf. Es war vergilbt, und an seinen abgelösten Rändern klebten tote Insekten. Reacher schaute in die Küche hinein. Die Schranktüren wirkten schäbig. Einige schlossen nicht richtig, andere waren offen. Auf dem Gasherd standen Töpfe. Im Ausguss türmte sich schmutziges Geschirr. Der Abfalleimer quoll von Flaschen und Dosen über. Auf dem kleinen runden Tisch befand sich ein übervoller Aschenbecher. Aber von dem Biker war nichts zu sehen. Oder von sonst einem Menschen.

Reacher klopfte an die Scheibe. Er hörte ein Scharren über sich. Dort wurde ein Fenster geöffnet. Er trat näher an die Wand.

»Wer Sie auch sind, sie sind nicht da«, blaffte eine vom Rauchen heisere Frauenstimme. »Verschwinden Sie aus meinem Garten!«

»Ich muss mit Zach reden«, sagte Reacher.

»Ich hab Ihnen gesagt, dass er nicht da ist.«

»Sein Bike steht vor dem Haus.«

»Dann reden Sie mit seinem Bike. Zach ist nicht da. Keiner von ihnen ist da. Sehen Sie meinetwegen selbst nach, wenn Sie mir nicht glauben. Wenn Sie doppelt geimpft sind.«

»Wo sind sie also?«

»Natürlich in der Werkstatt. Sie versuchen, das Scheißauto zum Laufen zu bringen.«

»Wo liegt die Werkstatt?«

»Wenn Sie das nicht wissen, kennen Sie Zach nicht. Was wollen Sie von ihm?«

»Ich will mit ihm über einen Job reden.«

Die Frau lachte auf. »Wenn Sie glauben, dass Zach einen Job will, kennen Sie ihn echt nicht!«

»Diesen will er. Verlassen Sie sich drauf.«

Die Frau machte eine Pause. »Gibt's dabei Geld zu verdienen? Cash, das man im Laden ausgeben kann?«

»Reichlich.«

»Okay, hier ist der Deal. Ich sage Ihnen, wo Sie Zach finden. Sie sagen Zach, dass die Hälfte von seinem Verdienst mir gehört. Sonst fliegt er mit einem Tritt in den Hintern raus. Wieder mal.«

Reacher folgte der Wegbeschreibung der Frau. So gelangte er auf eine lange gerade Straße, die, von Telefonmasten flankiert, manchmal breit, manchmal eng zwischen Feldern nach Westen führte. Die Flächen jenseits der Straßengräben waren mit spärlichem Grün bedeckt. Ob dort etwas angebaut wurde, ließ sich nicht genau feststellen. Vielleicht waren sie als Bauland für weitere Siedlungen ausgewiesen worden. Aber was immer man dort geplant hatte, war längst in Vergessenheit geraten, sodass sie jetzt brachlagen.

Nach neunzehn Meilen erreichte Reacher eine Kreuzung. Die Frau hatte zwanzig gesagt, aber er vertraute darauf, dass dies die richtige war. Die meisten Leute rundeten gern auf oder ab. Jenseits der Kreuzung stand rechts ein einzelnes Gebäude. Die Werkstatt. Von Osten oder Norden gleich günstig zu erreichen. Vielleicht zufällig dort erbaut. Vielleicht als Ergebnis gründlicher Analyse von Verkehrsströmen und zu erwartenden demografischen Entwicklungen. Trotzdem kein Ort, der auf lange Sicht eine Zukunft garantierte.

Der Bau war so schlicht wie es nur ging. An den vier Ecken und in der Mitte jeder Wand stand eine Säule, vermutlich aus Stahlbeton. Die Seitenwände und die Rückwand wiesen keine Fenster auf. Das Dach war ein schwach geneigtes Pultdach mit mehreren Oberlichtern. Und die Vorderfront bestand aus zwei großen Sektionaltoren, beide hochgefahren. Ursprünglich hatten sie zu zwei Arbeitsplätzen geführt. Der rechte war noch in Betrieb. Dort gab es eine Hebebühne, zwei Werkzeugwagen, eine Druckluftleitung und weiteres Zubehör. Auf der Hebebühne befand sich ein Wagen mit den Rädern in Kopfhöhe. Ein zweisitziges Coupé mit lang gezogener Motorhaube, vielleicht aus den späten Sechziger- oder frühen Siebzigerjahren. Es war hellorange lackiert. Unter dem Wagen schraubte ein Kerl an etwas herum. Umringt war er von vier weiteren Kerlen, die ihm anscheinend Ratschläge erteilten. Der zweite Arbeitsplatz neben ihnen war zu einer Art Clubraum umgebaut worden. Dort standen drei Ledersofas, die nicht zueinander passten. Dazu ein Kühlschrank. Und ein Tisch aus drei aufgestapelten Reifen mit einer Glasplatte. An den Wänden hingen Plakate. Einige mit Autos. Einige mit Frauen. Einige mit Autos und Frauen.

Auf dem Vorplatz der Werkstatt parkten fünf Pick-ups. Ausschließlich amerikanische Marken. Alle schwarz mit Chromfelgen und grobstolligen Reifen. Und alle mit vom Motorraum ausgehenden orangeroten Flammen an den Seiten. Reacher hielt am Ende der Reihe, stieg aus und begutachtete die Typen in der Werkstatt. Ihr Alter schätzte er auf Ende zwanzig bis Anfang vierzig. Zwei trugen schwarze Lederhosen und -westen. Zwei Jeans und T-Shirts. Der fünfte Mann – der Kerl unter dem Wagen – hatte einen schwarzen Overall an. Alle waren auffällig blass. Alle waren blond. Alle waren stämmig und untersetzt. Reacher konnte sich vorstellen, wie sie gemeinsam Sport trieben. Vielleicht an improvisierten Fitnessgeräten. Vielleicht auch mal auf einem Gefängnishof. Vielleicht mehr als nur einmal.

Was sie noch gemeinsam hatten, war die Tatsache, dass keiner von ihnen Zach war.

»Problem mit dem Auto, Freund?« Der Kerl im Overall trat einen Schritt auf ihn zu. »Da kann ich Ihnen nicht helfen. Sorry. Dies ist ein Privatclub, keine Reparaturwerkstatt.«

»Ich bin wegen Zach hier«, erklärte Reacher.

Der Kerl wechselte einen Blick mit den anderen. »Kenne keinen Zach. Sorry.«

Hinter dem Clubraum öffnete sich eine Tür. Vielleicht zu den Toiletten. Zach kam heraus. Er trug noch immer sein Kopfband und seine Sonnenbrille.

»Echt nicht?«, fragte Reacher. »Da kommt er gerade. Soll ich euch bekanntmachen?«

»Witzbold«, knurrte Zach. Er baute sich vor Reacher auf. »Was wollen Sie?«

»Mit Ihnen reden.«

»Worüber?«

»Henry Klostermann.«

»Wir kennen keinen Henry Klostermann, stimmt's, Jungs?«

Die anderen schüttelten den Kopf, grunzten Zustimmmung.

»Klar kennen Sie ihn«, entgegnete Reacher. »Er hat einen lohnenden Auftrag zu vergeben. Leider ist da ein Missverständnis passiert. Sie sind nicht zum Zug gekommen, das weiß ich. Aber Mr. Klostermann mag keine Leute, die vorschnell aufgeben. Sie sollten es noch mal versuchen. Und ich kann Ihnen dabei helfen. Wenn Sie vorher mir helfen.«

»Bullshit«, sagte Zach.

»Nein, das ist die reine Wahrheit. Aber wenn Sie nicht mit Mr. Klostermann zusammenarbeiten wollen …«

»Wenn Sie Mr. Klostermann kennen, müssen Sie Mitglied der Bruderschaft sein. Wie kommt's dann, dass ich Sie bei keinem unserer Treffen gesehen habe?«

Reacher zuckte mit den Schultern. »Ich bin viel unterwegs.«

»Sie sind also in der Bruderschaft? Beweisen Sie's mir!«

»Ihnen brauche ich nichts zu beweisen. Ich bin Mr. Klostermanns Geschäftspartner. Tatsächlich haben wir erst heute einen Deal vereinbart. Bei ihm zu Hause. Ich war schon öfter dort. Bei dieser Gelegenheit habe ich Sie gesehen. Und mitbekommen, was passiert ist. Bestätigen Sie mir nur ein paar Details, dann kann ich dafür sorgen, dass Sie bald wieder mit ihm ins Geschäft kommen.«

»Ihre großartigen Deals können Sie sich hinten reinstecken. Die Bruderschaft … sind Sie Mitglied oder nicht? Wir sind's nämlich alle. Zeigt's ihm, Jungs.«

Die Kerle in T-Shirts hoben Shirts hoch. Die Kerle in Westen öffneten die Westen. Und der Kerl in dem schwarzen Overall zog den Reißverschluss halb auf. Alle wiesen die gleiche Tätowierung auf. Auf der linken Brustseite. Ein Weißkopf-Seeadler. Mit Pfeilen in beiden Krallen, nicht nur in einer. Und auf seiner Brust statt der Stars and Stripes ein rundes Medaillon mit einem schwarzen Hakenkreuz auf rotem Grund.

Das verschwommene Bild, das Reacher im Kopf herumspukte, seit er mit Wallwork gesprochen hatte, wurde plötzlich scharf. Die weißen Blumen in Klostermanns Bibliothek: Edelweiße, Adolf Hitlers Lieblingsblume. Nun war klar, was Klostermann verbarg: Sein Vater war erst im Jahr 1946 in die Vereinigten Staaten gekommen. Mit mindestens einem wertvollen Gemälde als Startkapital für ein neues Leben. Er war ein Nazi, ein Kriegsverbrecher gewesen. Und Henry führte das Familienunternehmen fort.

»Nun, das macht alles einfacher«, meinte Reacher. »Ich dachte, es gäbe zwei Möglichkeiten. Jetzt sehe ich, dass es doch nur eine gibt.«

»Los, das Hemd aufknöpfen!«, verlangte Zach. »Zeigen Sie uns Ihres.«

Reacher machte keine Bewegung.

Zach zog seinen Reißverschluss hoch und wandte sich an

seine Kumpel. »Er muss von der Antifa sein. Mr. Klostermann hat gesagt, dass sie hinter uns her ist. Deshalb sollten wir ihm helfen.«

»Wobei helfen?«, fragte Reacher. »Seine Schnürsenkel zu binden? Ich glaube, das könntet ihr schaffen, wenn ihr ein paar Tage Zeit habt. Und einen Ruheraum, in dem ihr euch danach erholen könnt.«

Auf diese Beleidigung hin kamen die sechs Männer drohend auf ihn zu.

»Nicht so eilig, Jungs«, sagte Reacher. »Wollt ihr die euch zur Verfügung stehenden Ressourcen nicht nutzen? Seht euch doch um. Hier liegen Schraubenschlüssel. Hammer. Montiereisen. Alle möglichen scharfen Dinge.«

Die Kerle sahen einander an. Sie wirkten etwas verwirrt. Wieso versuchte ihr Gegner, ihnen zu helfen. Dann gewann ihre Frustration die Oberhand. Weil Reacher vorgeschlagen hatte, Werkzeuge als Waffen zu benutzen, durften sie das auf keinen Fall tun. Damit würden sie ihr Gesicht verlieren.

Reacher betrachtete sie. Sie standen vor Aggression bebend dicht beieinander. Ideologische Wut hatte sie fest im Griff. Das Rudel gegen den Ungläubigen. Der Ungläubige war er. Und er hatte herausbekommen, was er wissen musste. Zumindest den Kern der Sache. Er besaß ein Auto. Er konnte wegfahren. Das wäre clever gewesen. Aber … Nazis. Er dachte an seine Mutter. Im Zweiten Weltkrieg noch ein Kind. Oft hungrig. Oft frierend. Manchmal in Gefahr. Dies war nicht der richtige Zeitpunkt für einen Rückzug.

Die sechs Männer standen drei Meter von Reacher entfernt in einer lockeren Reihe und rückten langsam gegen ihn vor. Im Prinzip eine unschwierige Aufgabe. Das Ziel musste sein, ihre Zahl so rasch wie möglich zu verringern. Reachers übliche Taktik bestand darin, seine Gegner zu provozieren, wenn sie in der Überzahl waren, damit sie schnell zur Sache kamen. Hatten sie ihn fast erreicht, stürmte er vorwärts, durchbrach ihre Linie und setzte dabei den Kerl rechts von ihm mit einem Ellbogenstoß außer Gefecht.

So wäre die gegnerische Streitmacht augenblicklich dezimiert. Und vorübergehend irritiert, weil sich Reacher hinter ihr befand. Außer Sicht. Die Kerle mussten erst ihre Überraschung verdauen und sich herumwerfen. Bis dahin hätte Reacher längst kehrtgemacht und wäre erneut herangestürmt. Hätte den Kerl niedergeschlagen, der links von ihm stand, aber nun rechts von ihm war. Passte Reacher den richtigen Augenblick ab, würde der Kerl in seinen Schlag hineinlaufen wie ein Geisterfahrer, der auf der Autobahn mit einem Lkw zusammenstieß. Den richtigen Zeitpunkt kannte er aus Erfahrung, aber diesmal gab es ein Problem. Der nächste Mann wäre Zach gewesen. Und er wollte nicht, dass der frühzeitig zu Boden ging. Zach sollte bis zuletzt übrig bleiben.

Reacher wartete und beobachtete. Der Kerl links außen setzte sich etwas von den anderen ab. Bewegte sich diagonal, um hinter Reacher zu gelangen, während die anderen ihn ablenkten. Das brachte Reacher auf eine Idee. Um diesen Typen zu ermutigen, gab er vor, nach rechts zu blicken. Wartete, bis die Linie noch etwas näher herangekommen war. Dann machte er einen halben Schritt nach rechts. Aber er behielt seine Richtung nicht bei, sondern stieß sich mit dem Fuß ab und zielte auf die Lücke zwischen den beiden Kerlen am Ende der Linie.

Auch dieses Manöver gelang. Im richtigen Augenblick riss er beide Ellbogen hoch. Traf einen Typen unter dem Kinn. Den anderen voll ins Gesicht. Beide klappten zusammen. Reacher warf sich bereits auf die andere Seite. Seine rechte Gerade verfehlte den nächsten Mann, aber sein Schwung verstärkte den Rundumschlag seiner linken Faust und traf den Kerl an der Schläfe. Drei ausgeschaltet.

Die Hälfte seiner Gegner war jetzt außer Gefecht. Und die noch Stehenden bildeten keine Linie, die bei einer Überzahl zweckmäßig gewesen wäre. Stattdessen standen sie in einer Reihe hintereinander, als wollten sie nacheinander k.o. geschlagen werden. Eine wuchtige Gerade ins Gesicht des vordersten Kerls hätte vielleicht auch seinen Hintermann flachgelegt. Doch hier gab es ein Problem. Ganz vorn stand Zach, der anders behandelt werden musste. Reacher täuschte einen Kinnhaken an und trat Zach ans Knie, als er die Fäuste hochriss. Zach klappte zusammen, und Reachers Stiefel traf sein Sonnengeflecht, sodass er sich nach Atem ringend auf dem Boden wand.

Die beiden letzten Männer wichen zurück, vergrößerten den Abstand zwischen sich. Reacher konnte praktisch sehen, wie sich die Zahnräder in ihren Köpfen drehten. Wie war das passiert? Was sollten sie jetzt tun? Flüchten? Kämpfen? Wie? Er nutzte die Kampfpause dazu, Zach für den Fall, dass er ein Messer oder eine Pistole hatte, kräftig auf die Hände zu treten.

»Ich habe eine Nachricht für euch, auch wenn ich sie später bereuen werde«, erklärte er dann. »Der Kampf ist vorbei, Jungs. Ihr habt verloren. Haut ab, verpisst euch! Erspart euch die Schmerzen.«

Die Kerle wechselten einen Blick. Keiner sagte ein Wort. Dann vergrößerten sie den Abstand zwischen sich, sodass ein Dreieck mit Reacher an der Spitze entstand. Reacher berechnete die Winkel. Stellte sich die Geometrie vor. Die nächste Formation würde voraussichtlich eine gerade Linie sein – mit ihm in der Mitte. Damit beide Kerle gleichzeitig angreifen konnten, während sie selbst zwei Ziele bildeten. Ließ er das zu, bestand die Gefahr, dass er getroffen wurde. Und Reacher hatte etwas dagegen, Treffer einstecken zu müssen. Nicht aus Eitelkeit. Nicht wegen der Schmerzen. Sondern weil seine Effizienz darunter litt.

Normalerweise hätte er zwei Angreifer auf sich zukommen lassen. Am liebsten schwungvoll. Dann hätte er sich nach links geworfen. Sein Gegner wäre überrascht zurückgewichen. Der zweite Kerl vorgerückt wie ein Jäger, der seine Beute verfolgt. Im nächsten Augenblick wäre Reacher umgekehrt. Und nochmals umgekehrt, um beide Angreifer zu überraschen. Aber diesmal gab es ein Problem: Die Kerle bewegten sich zu langsam. Sie krochen vorsichtig vorwärts. Sein Plan erforderte Schwung. Bewegungsenergie. Also änderte er ihn.

Reacher machte einen Ausfallschritt zur Seite und packte den größeren Kerl am rechten Arm. Er drehte sich weiter, riss den Kerl mit und wirbelte ihn in einem Vollkreis herum. Während er mit beiden Füßen auf dem Boden blieb, befanden sich die Stiefel des Kerls nach einem Dreiviertelkreis in Kniehöhe. Sie krachten gegen seinen Kumpel, als hätte ihn ein Pferd getreten, und holten ihn von den Beinen. Reacher stellte seinen Mann wieder ab. Wartete einen Augenblick, um sich zu vergewissern, dass er fest auf den Beinen stand. Dann traf er ihn mit einer Geraden ins Gesicht. Das war ein massiver Schlag wie mit einem Vorschlaghammer, der alle möglichen Knochen, Knorpel und Zähne zertrümmerte.

Der andere Mann versuchte wegzukriechen, aber Reacher war mit ein paar großen Schritten bei ihm und trat ihn gegen den Kopf. Normalerweise hätte er in dieser Situation, wenn der andere schon zu Boden gegangen war, den linken Fuß benutzt. Seinen schwächeren Fuß. Aber dieser Kerl war ein Nazi. Daher benutzte er den rechten Fuß und holte kräftig aus.

Reacher ging zu Zach hinüber, der sich wimmernd auf dem Boden wälzte. Er packte ihn an den Schultern, schleifte ihn zu dem nächsten Pick-up, setzte ihn auf und lehnte ihn mit dem Rücken an ein Hinterrad.

»Mann, Sie haben mir das Bein gebrochen.« Zachs Stimme klang eine halbe Oktave höher. »Und alle Finger!«

»Schon möglich«, sagte Reacher. »Vielleicht ein paar der kleineren Knochen. Trotzdem sind noch viele übrig. Die Frage ist nun: Soll ich Ihnen die anderen auch noch brechen? Oder sind Sie bereit, mir ein paar Auskünfte zu geben?«

»Ich erzähle Ihnen alles, was Sie wissen wollen.«

»Die Veranstaltung, die Klostermann organisieren will …«

»Irgendeine Art Kundgebung. Eine dämliche Idee, wenn Sie mich fragen. Ich bin froh, dass ich ausgeladen worden bin. Er hat nicht mal einen richtigen Versammlungsort. Nur die verrückte Idee, Scheinwerfer in die Höhe strahlen zu lassen, damit sie Wände aus Licht bilden. Echt verrückt!«

»Nicht unbedingt. In Nürnberg ist das schon mal ausprobiert worden. Scheint ziemlich wirkungsvoll gewesen zu sein.«

»Ha?«

»Machen Sie sich deswegen keine Sorgen. Wo soll diese Kundgebung stattfinden?«

»Auf irgendeinem Feld. Einem Freund von ihm gehören mehrere. Ich weiß nicht, auf welchem.«

»Wann?«

»Erst nächstes Jahr. Am zwanzigsten April. Noch weit entfernt, aber er hat auf diesem Datum bestanden. Warum, weiß ich nicht.«

»Sie sind wirklich ein Schwachkopf, stimmt's, Zach?«

»Ha?«

»Wer hat Zutritt zu der Kundgebung?«

»Nur auf Einladung. Zwei Personen pro Bundesstaat, dazu ein paar Dutzend Einheimische.«

»Wie entscheidet Klostermann, wer eingeladen wird?«

»Keine Ahnung. Aber ich habe gehört, dass die Veranstaltung von Jahr zu Jahr größer werden soll. Beim ersten Mal zwei Teilnehmer pro Bundesstaat. Dann vier. Dann acht. Und so weiter.«

»Okay. Und welche Rolle sollten Sie dabei spielen?«

»Sicherheitsdienst. Ich sollte ein Team zusammenstellen. Um unsere Kundgebung zu schützen, falls die Antifa Wind davon bekommt und sie zu sprengen versucht.«

»Sie findet auf keinen Fall statt, Zach. Darauf können Sie Gift nehmen. Aber sie wird nicht von der Antifa gesprengt. Ich kenne andere Leute, die das mit Vergnügen tun werden. Leute, die für Onkel Sam arbeiten.«

Reacher ließ den Biker sitzen und machte sich daran, die Bewusstlosen über den Vorplatz an die Straße zu schleifen und dort zu stapeln. Dann schnappte er sich Zach, der sich kreischend wand, und legte ihn auf den Stapel aus Menschenleibern. Als Nächstes kontrollierte er die Pick-ups. Da alle Schlüssel steckten, reihte er sie hintereinander und möglichst dicht an der Längsseite des Gebäudes auf. Danach ging er zu Zach zurück.

»Haben Sie ein Handy?«

»Ja.«

»Können Sie damit ein Video aufnehmen?«

»Klar. Warum? Was haben Sie vor?«

Reacher riss einem der Kerle, der nur leise stöhnte, das T-Shirt vom Leib.

»Los, fangen Sie an«, forderte er Zach auf. »Nehmen Sie alles auf. Weil Sie offiziell aus Ihrer Bruderschaft austreten. Sollten

Sie mit dem Gedanken spielen, wieder einzutreten, sehen Sie sich am besten diesen Film an. Und denken Sie daran: Nächstes Mal ist Ihr Haus dran. Mit Ihnen drin. Erzählen Sie das Ihren Freunden, wenn sie wieder aufwachen. Das Gleiche gilt für sie. Und für jeden anderen, den Sie kennen.«

Reacher ging in die Werkstatt zurück. Er stopfte das T-Shirt zusammengedreht in den Tankstutzen des orangeroten Sportwagens. Drückte es mit einem langen Schraubendreher noch tiefer hinein. Wartete, bis das Gewebe sich mit Benzin vollgesogen hatte. Zündete es an. Und ging davon.

26

Reacher brachte rasch einige Meilen zwischen sich und die in Flammen stehende Werkstatt, dann hielt er am Straßenrand und wählte Wallworks Nummer.

»Nichts Neues von Fisher, richtig?«, fragte Reacher, als der Agent sich meldete.

»Noch nicht«, antwortete Wallwork.

»Da kommt auch nichts.«

»Sie dürfen nicht vorschnell aufgeben, Reacher. Schlagen Sie noch ein paar Stunden drauf. Sie wissen, wie übervorsichtig die Russen sind.«

»Klostermann ist kein Russe, sondern ein Nazi.«

»Mit dieser Verbindung stimmt etwas nicht. Mir kommt's so vor, als hätten Sie gesagt: ›Klostermann ist ein Nazi.‹«

»Richtig.«

»Das müssen Sie mir erklären.«

»Ich habe vorhin mit dem Biker gesprochen. Klostermanns Vater war offenbar ein Kriegsverbrecher. Deshalb wollte Klostermann den Server, auf dem etwas Belastendes gespeichert sein muss. Und die Veranstaltung, die er organisiert? Mit den Leuten, die heute Morgen bei ihm waren? Machen Sie sich auf einiges gefasst! Sie werden für Schlagzeilen sorgen, wenn Sie das unterbinden. Er will die Nürnberger Reichsparteitage nachstellen – sogar mit einem eigenen Lichtdom.«

»Schluss mit den Witzen, Reacher.«

»Das ist kein Witz!«

»Welche Rolle spielt der Biker dabei?«

»Klostermann will, dass er den Sicherheitsdienst organisiert. Für den Fall, dass die Antifa aufkreuzt.«

»Okay. Klostermann organisiert also ein bisschen Gewalt gegen Andersdenkende.«

»Das vermute ich. Sie wissen, wie diese Menschen auf Gewalt stehen. Vor allem wenn's ›wir gegen sie‹ heißt. Sie brauchen ihre Dämonen.«

»Danke, Reacher. Ich setze ein paar Leute darauf an.«

»Der Biker und seine Kumpels haben Tätowierungen auf der Brust. Adler mit Hakenkreuzen. Sie gehören einer *Bruderschaft* an, sagen sie. Vielleicht hilft das, die übrigen Arschlöcher zu identifizieren. Aber das hat keine Eile. Die Kundgebung findet erst am zwanzigsten April statt. Hitlers Geburtstag.«

»Sie lieben Symbolismus.«

»Im Augenblick hat Sentinel Priorität. Klostermann ist kein Russe, also haben die Russen keine Kopie des Servers. Das bedeutet, dass sie weiter hinter Rutherford her sind. Und sie könnten noch immer in Panik geraten und ihren Spion aus Oak Ridge abziehen.«

»Wenigstens haben wir den Server.«

»Sind die Eierköpfe damit schon weitergekommen?«

»Nein.«

»Dann brauchen wir einen Plan B. Der neue Mann aus Moskau ist in weniger als vierundzwanzig Stunden hier.«

»Ja, ich weiß. Überlassen Sie das mir. Mir wird schon etwas einfallen. Sollten Sie einen Geistesblitz haben, melden Sie sich bitte.«

»Wird gemacht. Und inzwischen soll Rutherford rauszukriegen versuchen, was für Klostermann im Stadtarchiv peinlich sein könnte.«

»Da fällt mir noch etwas ein. Wir wissen jetzt, wer Klostermanns Mutter war. Natalia Matusak. Allerdings kennen wir kaum Details. Sie war vielleicht schon früher in erster Ehe verheiratet. Wir sind noch dabei, sie zu überprüfen. Aber das spielt jetzt wohl keine Rolle mehr.«

Sands schlief, als Reacher ins Motel zurückkehrte. Sie lag auf dem Bett, das er nicht benutzt hatte. Er konnte sehen, wie ihre Augen sich hinter den Lidern bewegten. Sie träumte. Von Hausbooten, hoffte er. Er verließ leise das Zimmer und ging zum Empfang, um Kaffee und Zimtrollen zu holen. Sands wachte nicht auf, als er zurückkam. Aber sie setzte sich auf, als er Teller und Tasse auf den Nachttisch stellte.

Beim Frühstück berichtete Reacher ihr, was er herausgefunden hatte. Sands fiel es schwer, alles zu verarbeiten. Als ehemalige FBI-Agentin war sie von der Vorstellung begeistert, eine Organisation von Neonazis zerschlagen zu können. Vor allem eine, die versuchen wollte, Albert Speers Lichtdom im ländlichen Tennessee nachzustellen. Aber sie machte sich auch Sorgen darüber, was es bedeuten würde, wenn die Russen Sentinel an sich brachten. Und sie hatte Angst um Rutherford. Und um Fisher, die ihr als FBI-Agentin am Herzen lag, auch wenn sie sich nicht persönlich kannten. Zuletzt glitt sie vom Bett und ging zur Verbindungstür.

»Komm«, sagte sie. »Durch Herumsitzen erreichen wir nichts. Wir müssen uns den Server vornehmen. Vielleicht kriegen wir raus, was Klostermann unbedingt geheim halten will.«

In Zimmer 19 schlief Rutherford noch fest. Er lag unter der Bettdecke zusammengerollt. Sein Laptop lag mit anderen Geräten verbunden am Fußende. Sands setzte sich mit untergeschlagenen Beinen daran und fuhr ihn hoch. Rutherford bewegte sich nicht. Selbst dann nicht, als die Tastatur unter ihren Fingern zu klappern begann. Reacher blickte ihr über die Schulter. Nacheinander erschienen Dokumente aus dem Archiv. Einige waren andeutungsweise interessant, die meisten nur langweilig. Keines bezog sich auf Klostermanns Vater. Und keines lieferte Hinweise auf russische Spione, sosehr Reacher sich auch bemühte, lateral zu denken.

»Okay«, sagte Sands nach einigen Minuten. »Jetzt habe ich eine ungefähre Vorstellung davon, wie alles aufgebaut ist. Die Scans sind mit nur wenigen Ausnahmen locker chronologisch geordnet. Und sie gehören zu verschiedenen festen Kategorien. Grundbuchauszüge. Sitzungsprotokolle. Solche Sachen. Sie scheinen aus der richtigen Zeit zu stammen. 1946 bis 1952, korrekt? Zwischen der Ankunft von Klostermann senior und seinem Hauskauf von den Spionen.«

»Das sind die wichtigen Jahre«, bestätigte Reacher.

»Gut, dann suche ich weiter. Allerdings sind hier Hunderte von Dokumenten gespeichert. Fühle dich bitte nicht verpflichtet, mir Gesellschaft zu leisten. Mir gefällt diese Arbeit, auch wenn das verrückt klingt.«

Reacher blieb anstandshalber noch zehn Minuten stehen, bevor er sich entschuldigte und in Zimmer 18 zurückging. Er duschte heiß und lange. Dann legte er Hemd und Hose unter seine Matratze und kroch unter die Decke. Er hörte sich ein paar seiner Lieblingssongs im Kopf an. Zählte bis drei. Und konnte trotzdem nicht gleich einschlafen. Etwas beunruhigte ihn. Die verdammten Blumen, dachte er. Edelweiße. Irgendwas an seiner Erinnerung an die Blumen stimmte nicht.

Zuletzt schlief Reacher doch ein. Um drei Uhr morgens wachte er jedoch auf. Oder wurde vielmehr von etwas geweckt. Als wäre ein Schalter umgelegt worden. Aus tiefem Schlaf sekundenschnell hellwach. Eine instinktive Reaktion. Irgendetwas hatte ihn alarmiert. Ein Geräusch. Jetzt hörte er es noch mal. Ein metallisches Klirren. Von der Tür her. Von der nach draußen, nicht der Verbindungstür. Jemand versuchte, das Schloss mit einem Dietrich zu öffnen. Reacher zog eine der erbeuteten Berettas unter dem Kopfkissen hervor und hielt sie unter der Bettdecke schussbereit. Dann schloss er die Augen und blieb still liegen.

Die Tür öffnete sich zu einem Drittel. Eine schlanke Gestalt huschte herein. Die Tür wurde wieder geschlossen. Nur eine Person war hereingekommen. Schlank. Ganz in Schwarz. Mit einem kleinen Kampfrucksack auf dem Rücken.

»Reacher?«, flüsterte eine Frauenstimme. »Sind Sie hier, Reacher? Bitte sagen Sie Ja, sonst gerate ich böse in Verlegenheit.«

»Fisher?«, fragte Reacher.

»Gott sei Dank. Ihr dummes altes Handy ist schwierig zu orten. Wallwork konnte mir nicht sagen, ob Sie hier oder nebenan sind.«

»Ich bin hier.« Reacher setzte sich auf und knipste seine Nachttischlampe an. »Das steht mir zu. Dies ist mein Zimmer. Die Frage ist nur: Was machen *Sie* hier?«

»Es gibt ein Problem. Ich habe neue Anweisungen. Der Mann aus Moskau ist bereits im Land. Er will gleich richtig loslegen. Die Suche nach dem Server intensivieren.«

»Das ist keine große Überraschung.«

»Nein, aber vielleicht die neue Entwicklung. Um den Server zu finden, muss man erst Rutherford aufspüren. Und weil die Russen nicht wissen, wo Rutherford steckt, will der neue Mann ihn aus der Reserve locken. Indem er seine Mutter als Geisel nimmt.«

Reacher äußerte sich nicht dazu.

»Sie sehen, in welcher Zwickmühle wir stecken«, fuhr Fisher fort. »Wir dürfen nichts tun, um sie zu beschützen. Täten wir das, wüssten die Russen, dass es eine undichte Stelle gibt. Und außer dem, was das für mich persönlich bedeuten würde – einen langsamen und qualvollen Tod, den ich lieber vermeiden möchte –, würden sie ihren Spion aus Oak Ridge abziehen. Wir würden nie erfahren, ob sie sich eine Kopie von Sentinel verschafft haben. Das wäre rundum eine Katastrophe.«

»Sie müssen etwas unternehmen«, sagte Reacher.

»Deshalb bin ich hier. Vermute ich richtig, dass Sie wissen, wo Rutherford sich aufhält?«

»Schon möglich.«

»Gut. Dann müssen Sie zwei Dinge tun. Erstens, sich von Rutherford eine weitere Kopie des Servers anfertigen lassen, zweitens ihn in den Diner gegenüber seinem Apartmentgebäude bringen. Ich brauche ihn heute Morgen um sechs Uhr dort, und der Server muss in einem draußen geparkten Auto liegen.«

»Sie lassen die Idee einer Entführung wiederaufleben?«

»Ich passe sie an. Ich kenne jetzt die Zielsetzung. Und wo alles stattfinden soll. Aber ich muss den Zeitablauf verkürzen. Alles, auch Rutherfords vermeintlicher Selbstmord, muss bis Mittag abgeschlossen sein. Spätestens dann soll der Kerl aus Moskau hier eintreffen.«

»Das funktioniert nie.«

»Es muss aber klappen. Natürlich ist der Zeitplan ehrgeizig und die Sache nicht risikolos. Vor allem für mich nicht. Ich muss gegen klare Anweisungen verstoßen. Das muss nach Eigeninitiative aussehen – und nach dem Wunsch, mich in den Augen meiner Vorgesetzten zu rehabilitieren. Die Tatsache, dass ich diesmal den Server beschafft habe, dürfte meine Rettung sein. Das hoffe ich zumindest. Rutherford braucht nur mitzuspielen. Ihm passiert nichts, dafür garantiere ich. Und diese Lösung ist besser als die Alternative.«

»Nein, das ist ausgeschlossen. Rutherford hat einen Migräneanfall. Er könnte keine Einkaufsliste kopieren, erst recht keinen Server. Er kann sich nicht mal bewegen.«

»Das ist nicht witzig, Reacher. Sagen Sie mir, dass das ein Scherz ist.«

»Das ist mein Ernst.«

»Dann sind wir erledigt. Das ganze Unternehmen ist beim Teufel. Es lässt sich nicht mehr retten.«

»Nur keine Panik. Die dicke Lady hat noch nicht gesungen. Ich weiß eine andere Möglichkeit, den Server kopieren zu lassen.«

»Wie?«

»Unwichtig. Jedenfalls besteht kein Sicherheitsrisiko. Mehr brauchen Sie nicht zu wissen.«

»Wie bekomme ich das Teil in die Hände? Und so, dass die Sache überzeugend wirkt?«

»Ich übergebe es Ihnen persönlich. An Rutherfords Stelle.«

»Reacher, Sie haben schon mal eine Entführung durch mich und fünf andere Leute verhindert. Ich könnte Sie jetzt nicht mit den dreien überwältigen, die ich noch habe. Das wäre nicht glaubwürdig.«

»Sie haben recht. Wegnehmen können Sie mir den Server nicht. Aber Sie könnten ihn mir abkaufen.«

»Wie soll das gehen?«

»Dazu gibt es eine Story. Alles hat mit der Journalistin begonnen. Überzeugen Sie Ihre Leute davon, dass ich mit ihr zusammengearbeitet habe. Sie hat mir von dem Server erzählt. Nichts über die gespeicherten Daten, sondern nur, dass er wertvoll ist.

Ich bin aus Geldgier hergekommen, um ihn Rutherford abzunehmen. Ich habe ihn davor bewahrt, entführt zu werden. Habe sein Vertrauen gewonnen, bis er mal das Serverversteck erwähnt hat. Ich habe den Server gestohlen, weil ich dachte, ich könnte ihn der Zeitung verkaufen. Aber die wollte, dass ich der Allgemeinheit einen Dienst erweise und ihr den Server kostenlos überlasse. Also habe ich ihn im Darknet zum Verkauf angeboten. Das Sie überwachen, weil Sie so gründlich arbeiten. Wir haben einen Treff im Diner verabredet, weil ich auf einem öffentlichen Ort bestanden habe. Sagen wir um acht Uhr morgens. Vier Stunden vor Ankunft des neuen Kerls. Dann sind Sie die Heldin, und er sitzt im nächsten Flugzeug nach Moskau.«

»Ich sehe nicht, wie das klappen soll. Sie haben nicht nur unsere Entführung vereitelt, sondern zwei meiner Männer in einen Müllbehälter gestopft und den Rest von uns mit improvisierten chemischen Waffen angegriffen. Niemand nimmt Ihnen ab, dass Sie der Assistent einer Journalistin sind.«

»Dann würzen Sie das Ganze mit ein bisschen Wahrheit. Sagen Sie, dass ich ein ehemaliger Soldat bin, der jetzt manchmal als Bodyguard arbeitet. Sagen Sie, dass die Journalistin mich als Leibwächter für Nashville engagiert hat. Wo sie in Gangsterkreisen recherchierte. Bei den Kerlen, vor denen Klostermann sie gewarnt hatte.«

»Das könnte funktionieren, denke ich. Vielleicht muss ich die Story noch etwas ausschmücken. Aber nachdem sich keine bessere anbietet, müssen wir's damit versuchen. Sie lassen inzwischen den Serverinhalt kopieren, okay? Wallwork ruft mich um sechs Uhr an, ob der Plan genehmigt ist.«

»Klingt gut. Dann sehen wir uns hoffentlich in dem Diner.«

»Davon gehe ich aus. Und noch etwas, Reacher: Laden Sie Ihr verdammtes Handy vor acht Uhr, okay?«

Fisher verschwand wieder. Reacher knipste die Lampe aus und streckte sich im Bett aus. Er ärgerte sich über sich selbst, weil er gegen die Grundregel aller Soldaten verstoßen hatte. Niemals freiwillig melden! Das hätte er nicht tun dürfen. Aber was war ihm anderes übrig geblieben? Er konnte selbst hingehen – oder Rutherfords Mutter in der Schusslinie lassen. Dabei wusste er nichts über sie. Vielleicht konnte sie sich selbst wehren. Vielleicht war sie eine frühere Marineinfanteristin, die dem Kerl aus Moskau zeigte, was jeden erwartete, der sich mit ihrem Sohn anlegte. Das war möglich, aber er wusste es nicht. Deshalb war es am sichersten, diese Sache selbst in die Hand zu nehmen.

Reacher knipste die Lampe wieder an, stand auf und ging nach nebenan in Zimmer 19, um die Reisetasche mit dem Ladegerät für sein Handy zu suchen. Obwohl er leise zu sein versuchte, wachte Sands auf. Er berichtete ihr von den neuen Entwicklungen, und sie erklärte sich bereit, den Serverinhalt zu kopieren. Sie machte sich sofort an die Arbeit. Reacher überlegte sich, dass er gleich in den Diner gehen könnte, sobald der neue Server fertig war. Aber dann änderte er seine Meinung. Zu früh hinzukommen, wäre sinnlos gewesen. Er musste das Gerät unter allen Umständen persönlich übergeben. Selbst wenn die Russen das gesamte Personal durch Fallschirmjäger ersetzt und alle anderen Gäste in den Keller gesperrt hatten, musste er sicherstellen, dass sie den Server erhielten. Sonst war zu befürchten, dass sie ihre Aufmerksamkeit wieder auf Rutherfords Mutter konzentrieren würden. Diesen Weg hatte er bereits ausgeschlossen. Und er hatte einen weiteren Grund, sich dumm zu stellen. Fisher wusste, wer er war. Die übrigen Mitglieder ihrer Zelle jedoch nicht. Sie mussten einen nicht allzu hellen Teilzeit-Bodyguard sehen auf der Jagd nach leicht verdientem Geld. Jeder Hinweis darauf, dass er etwas anderes war, konnte das ganze Kartenhaus einstürzen lassen. Also ging er wieder ins Bett. Schloss sein Handy ans Ladegerät an. Atmete dreimal tief durch. Und schlief wieder ein.

Dreißig Sekunden bevor sein Handy klingelte, öffnete Reacher die Augen. Der Anrufer war Wallwork, der sich wie vereinbart meldete.

»Wir können loslegen«, sagte er. »Fisher hat sie davon überzeugt. Müsste ein Kinderspiel sein. Letztlich besser als der Hinterhalt. Weniger kompliziert, weil kein Selbstmord vorgetäuscht werden muss.«

»Okay. Ich plädiere für Funkstille – außer in Notfällen. Ich rufe Sie an, sobald die Übergabe geklappt hat.«

Reacher beendete das Gespräch. Als er die Beine aus dem Bett schwang, kam Sands durch die Verbindungstür herein.

»Wie geht's Rusty?«, fragte Reacher.

»Unverändert«, antwortete sie. »Er scheint überhaupt nicht ansprechbar zu sein. Aber die gute Nachricht ist, dass das Kopieren einwandfrei geklappt hat. Der Klon liegt auf dem Bett neben Rustys Laptop.«

»Vielen Dank, Sarah.«

»Du brauchst mir nicht zu danken. Sei einfach nur vorsichtig. Und komm heil zurück.«

Nachdem Reacher das Motel verlassen hatte, machte er noch einen Abstecher in den Verkaufsraum der Tankstelle. Für die letzte Wegstrecke, die er zu Fuß zurücklegen würde, wollte er eine Tasche für den Server. Das Beste, das er finden konnte, war eine riesige Sporttasche. Sie bestand aus grobem, lebhaft bunt gestreiftem Nylongewebe mit gelb fluoreszierenden

Griffen. Nicht gerade Reachers Vorstellung von unauffällig. Auf dem Hinausweg nahm er einen Becher des extrastarken Trucker-Kaffees mit, fuhr in die Stadt weiter und parkte vier Blocks von Rutherfords Apartmentgebäude entfernt.

Reacher richtete es so ein, dass er zu Fuß den Diner um 8.02 Uhr erreichte. Auf der Straße entdeckte er einen der Russen, der vorgab, sich für ein Schaufenster jenseits der Gasse zu interessieren. Reacher gab vor, ihn nicht zu sehen, und ging hinein. Vier der Sitznischen waren besetzt. Agent Fisher hockte an ihrem Lieblingstisch. In der Mitte der rechten Seitenwand unter dem türkisgrünen Chevrolet. In einer anderen Nische saß die zweite russische Agentin, offenbar von ihrer Chlorvergiftung genesen, allein, in einer Zeitschrift blätternd. Ein Mann in einem Anzug, der sich über eine Portion Rührei mit Schinken hermachte. Und eine Gruppe von drei Frauen. Sie sahen einander sehr ähnlich, auch wenn der Altersunterschied zwischen ihnen jeweils etwa fünfundzwanzig Jahre betrug. Drei Generationen einer Familie, dachte Reacher. Vielleicht zu einem Familientreffen in der Stadt. Oder zu einer Hochzeit.

Reacher wartete, bis Fisher ihn zu sich heranwinkte, dann nahm er ihr gegenüber Platz.

»Reacher?«, fragte sie.

Er nickte. »Dragon Tattoo 99?«

»Mein Nickname«, sagte Fisher. »Ist er da drin?« Sie zeigte auf die Sporttasche.

»Wie versprochen«, sagte Reacher. »Jetzt will ich nur noch mein Geld.«

»Kein Problem. Das Geld befindet sich in meinem Wagen. Auf dem rückwärtigen Parkplatz. Kommen Sie mit.« Fisher begann einen Zehner aus ihrer Geldbörse zu ziehen. Als er zu einem Viertel heraus war, hielt sie inne und achtete darauf, dass die Russin in der Nische nebenan nichts davon mitbekam. Auf dem Rand des Geldscheins standen zwei mit Bleistift geschriebene Wörter: HINTERHALT. MITSPIELEN! Sie zog den Schein ganz heraus, wollte ihn auf dem Tisch liegen lassen und schaffte es irgendwie, ihn in ihrem Wasserglas zu versenken. »Verdammt! Ich bin heute so ungeschickt. Augenblick, bitte.« Sie zog mehrere Papierservietten aus dem Spender, angelte den Zehner heraus und tupfte ihn ab, bis er fast trocken war – und frei von jeglicher Beschriftung.

Fisher ging zu der Tür voraus, die auf die Gasse führte. Sie drückte den Bügelgriff herunter und trat dann zur Seite, um Reacher den Vortritt zu lassen. Drei Meter entfernt wartete ein Auto. Ein schwarzer Lincoln Town Car. Das alte kantige Modell. Eigens gemietet, dachte Reacher. Oder gestohlen. Der Fahrer stieg jetzt aus. Zweifellos der Spezialist aus Moskau. Früher eingetroffen als erwartet. Ein Hüne in einem zu engen schwarzen Anzug mit Krawatte. Eine holzschnittartige Gestalt. Fast zwei Meter groß, bestimmt hundertdreißig Kilo schwer. Sein Quadratschädel wirkte umso grobschlächtiger, weil er völlig kahl war. Seine abstehenden kleinen Ohren sahen aus, als wären sie nachträglich angeklebt worden. Augenbrauen hatte er keine. Hellblaue Augen. Eine schiefe Boxernase, mehrfach gebrochen. Ein Mund, der grausam lächelte und dabei schlechte gelbliche Zähne sehen ließ. Muskelbepackte Arme, die von massiven Schultern herabhingen. Und Oberschenkel, die dicker waren als die Taille mancher Leute.

Der primitive Teil von Reachers Gehirn registrierte alle unterschwelligen Hinweise. Er verarbeitete sie augenblicklich und ließ ein Warnsignal blinken. Gelb, nicht rot. Der Kerl stellte eine Herausforderung dar, das stand fest. Aber nicht unüberwindbar. Normalerweise hätte diese Art Einschätzung beruhigend gewirkt. Aber nicht an diesem Tag. Wegen einer Realität aus dem 21. Jahrhundert, die sein altes Echsengehirn nicht verarbeiten konnte. Dies war kein Kampf auf Leben und Tod, sondern eine Kriegslist. Und sie würde nur funktionieren, wenn Reachers Tarnung nicht aufflog. Was bedeutete, dass er niemanden umbringen durfte. Oder auch nur schwer verletzen. Wodurch die Situation tatsächlich sehr schwierig wurde. Vor allem wenn er vermeiden wollte, selbst umgebracht zu werden.

Der Russe, den Reacher k.o. geschlagen hatte, erschien links von ihm an der Einmündung der Gasse. Der Kerl, den er ins Seitenfenster des Toyotas gestopft hatte, tauchte rechts von ihm auf. Fisher stand hinter ihm. Jetzt spürte er, dass sich jemand zu ihr gesellte. Die Russin vom Nebentisch. Und vor ihm kam der Kerl aus Moskau einen Schritt auf ihn zu. Reacher war umzingelt. Der Hüne zog eine Fernbedienung aus der Tasche, drückte auf einen Knopf. Der Kofferraumdeckel des Lincolns ging langsam auf, bis er senkrecht stand. Der Kofferraum war innen mit glänzend schwarzer Plastikfolie ausgeschlagen.

Der Kerl aus Moskau steckte die Fernbedienung ein und zog eine Pistole aus der Jackentasche. Eine SOCOM Mark 23. Aus der USP von Heckler & Koch für das US Special Operations Command entwickelt. Vermutlich nicht aus Russland mitgebracht, sondern hier beschafft. In gewisser Weise ein Statussymbol. Als Nächstes zog der Kerl einen Schalldämpfer heraus und schraubte ihn an den Lauf. Unnötige Angeberei, dachte Reacher. Er hätte seine Waffe rechtzeitig vorbereiten sollen. Dann wurde Reacher klar, dass diese Show für die russischen Agenten bestimmt war. Der neue Mann erteilte ihnen eine Lektion, also sagte er: *Das Problem, das ihr nicht lösen konntet? Nicht weiter schwierig. Seht her, so wird's gemacht.*

Es wäre eine gute Demonstration gewesen, wenn der Typ

nicht einen Fehler gemacht hätte. Er hatte Reacher nicht dazu gezwungen, die Tasche abzustellen. Mit dem Server. Ihrer wertvollen Trophäe. So eröffneten sich Reacher mehrere Optionen. Er konnte die Tasche hoch in die Luft werfen und davongehen, während die Russen sich bemühten, sie aufzufangen und ihren Inhalt zu schützen. Er konnte sie als Schutzschild an seine Brust drücken. Oder damit drohen, den Server auf dem Asphalt zu zertrümmern, wenn sie nicht zurückwichen und ihn gehen ließen. Alle diese Dinge hätte er an einem normalen Tag tun können. Aber dies war kein normaler Tag. Weil sein Bedürfnis, ihnen den Server unbeschädigt zu übergeben, mindestens so groß war wie ihr Wunsch nach dieser Übergabe.

Die Kerle auf der Gasse rückten näher heran. Auch die beiden Frauen traten von hinten auf ihn zu. Der Typ aus Moskau bedeutete Reacher mit seiner Pistole, sich ihm zu nähern. Reacher gingen die Optionen aus. Sein Gehirn durchsuchte Szenarien wie die Glasplatten einer Laterna magica. Er sah Möglichkeiten zur Flucht. Er sah Möglichkeiten, den Server zu übergeben. Aber beides schien sich nicht kombinieren zu lassen. Und seine Zeit lief rasch ab.

Die Finger einer weiteren Hand schlossen sich um die Griffe der Sporttasche. Einer viel kleineren Hand. Fisher trat an ihm vorbei, entriss ihm die Tasche und übergab sie dem Mann aus Moskau. Nahm ihm die Pistole aus der Hand. Und zielte damit auf Reachers Brust.

»In den Kofferraum, Blödmann!«, forderte sie ihn auf. »Oder du stirbst gleich hier.«

Reacher bewegte sich nicht. Sein Verstand arbeitete auf Hochtouren. Hatte sie ihn die ganze Zeit getäuscht? Oder rettete sie ihm jetzt das Leben? Dann griff der primitive Teil seines Gehirns ein. Bewertete die Hinweise. Und fällte blitzschnell sein Urteil. Grün. Keine Gefahr. Reacher trat vor. Und blieb wieder stehen. Hier gab es einen weiteren Faktor aus dem 21. Jahrhundert, den sein Echsengehirn nicht in Betracht ziehen konnte. Dieser Faktor betraf den Kofferraum. Der Lincoln war kein kleines Auto und sein Kofferraum ziemlich groß. Aber trotzdem fast zu klein für Reacher. Und er hasste es, in engen Räumen eingesperrt zu sein. Schon immer. Gegen diese Urangst war er machtlos.

Also bog er rechts ab. Ging seitlich die Limousine entlang. Zur Beifahrertür. Öffnete sie. Und glitt auf den Sitz.

27

Reacher hatte in seinem bisherigen Leben reichlich Zeit an Orten verbracht, an denen er nicht sein wollte. Vor allem in seiner Militärdienstzeit. An Orten, die zu heiß waren. Oder zu kalt. Wo alles, was sich bewegte, ihn beißen würde. Oder wo jeder, dem er begegnete, ihn umbringen wollte. Aber damals konnte er sich nicht aussuchen, wohin es ging. Er hatte Befehlen gehorcht. Und er war wenigstens dafür bezahlt worden.

In dem Lincoln wollte er nicht sein. Dafür wurde er nicht bezahlt. Und er hatte die Wahl. Der Mann aus Moskau hatte ihm die Hände mit einem Kabelbinder gefesselt, bevor er den Motor anließ, aber das war nicht weiter hinderlich. Für Reacher wäre es kinderleicht gewesen, den Augenblick abzupassen, wenn die Limousine an der Einmündung der Gasse langsamer wurde. Dann seine Tür zu öffnen. Einfach auszusteigen und davonzugehen.

Befriedigender wäre es gewesen, zuvor den Hünen mit einem Ellbogenstoß gegen den Kopf auszuschalten. Aber wegen der Rolle, die er spielen müsste – die eines nicht besonders hellen Teilzeit-Bodyguards –, wäre es klüger gewesen, aus dem Wagen zu springen, seine Flucht etwas dramatischer zu gestalten. Indem er Panik simulierte. Im Zickzack über den Gehsteig lief und im nächsten Laden verschwand oder sich scheinbar kopflos in den Verkehr stürzte. Reacher wusste, wie man damit überzeugte. Das machte ihm keine Sorgen. Er lehnte sich auf seinem Sitz zurück. Der Wagen fuhr an.

Nur noch ein paar Sekunden. Noch ein paar Meter, dann war das Spiel gewonnen.

Reacher machte sich keine Sorgen. Nicht, bis Fisher sich nach vorn beugte und die Mündung des Schalldämpfers der SOCOM in seinen Nacken drückte.

»Ich weiß, was Sie denken«, sagte sie.

Fishers Hand schien leicht zu zucken. Nicht genug, um die Mündung weit von Reachers Haut zu entfernen. Nichts, was der anderen Frau auf dem Rücksitz hätte auffallen können. Oder dem Kerl aus Moskau am Steuer. Aber doch so deutlich, dass Reacher die leichten Druckveränderungen spürte. Ein langer und drei kurze Impulse.

Ein leichtes Zucken.

Oder ein *B* im Morsealphabet.

»Sie fragen sich, ob Sie flüchten könnten«, sagte Fisher.

Ihre Hand zuckte wieder. *Dit-dah-dit-dit*. Ein *L*.

»Nun, das können Sie nicht.«

Diesmal nur ein kurzer Impuls. Ein *E*.

»Das wäre ein Fehler«, sagte sie.

Dann zwei kurze Impulse. *Dit-dit*. Ein *I*.

»Sie könnten verletzt werden.«

Dah-dit-dit-dit. Noch ein *B*.

»Und es wäre ohnehin überflüssig«, behauptete sie.

Vier kurze Impulse nacheinander. Ein *H*.

»Wir müssen nur verifizieren, was auf dem Server gespeichert ist«, sagte sie.

Zwei kurze Impulse. *Dit-dit*. Ein *I*.

»Das dauert nicht lange. Dann bekommen Sie Ihr Geld.«

Dit-dah-dit-dit. Wieder ein *L*.

»Und danach, glauben Sie mir, können Sie gehen«, schloss sie.

Dit-dah-dit-dit. Ein *F.*

Reacher fügte die Buchstaben zusammen. BLEIB HILF.

»Ich?«, fragte er. »Ich gehe nirgends hin. Nicht ohne mein Geld.«

Der Mann aus Moskau fuhr acht Meilen weit nach Westen, nicht zu schnell, nicht zu langsam, und hielt nach zwölf Minuten vor dem abgelegensten Zimmer eines Motels, das anscheinend etwa so alt war wie das von Reacher. Seine Leuchtreklame stellte einen ähnlichen mythischen Vogel dar. Das Gebäude war ebenfalls mit Holz verkleidet. Die Verkaufsautomaten waren ähnlich aufgestellt. Auch hier der vertraute Wechsel von Tür und Fenster, Tür und Fenster. Der einzige Unterschied bestand darin, dass die Zimmer eine gerade Linie bildeten, statt um einen U-förmigen Innenhof gruppiert zu sein. Außerdem wies dieses Motel nur halb so viele Zimmer auf.

Als der Mann aus Moskau ihn in Zimmer 18 führte, sah Reacher, dass dort jemand auf sie wartete. Eine Frau Ende dreißig. Zu einem knielangen hellgrauen Rock trug sie ein pfirsichfarbenes Polohemd mit kyrillischem Aufdruck. Ihr strenger Pagenschnitt umrahmte ein blasses, ernstes Gesicht. Sie saß an einem großen Tisch mit einem aufgeklappten Laptop. Ein dickes blaues Kabel führte zu einer hüfthohen Gerätebox mit verstärkten Kanten und hochfesten Rollen, die neben ihrem Stuhl geparkt war. Reacher hielt sie für die russische Version von Rusty Rutherford. Sie sollte den Serverinhalt verifizieren. Und sie wartete hier darauf, loslegen zu können. Solche Effizienz erkannte Reacher neidlos an.

Der Raum jenseits der Frau am Tisch mit ihrem Computer wirkte viel größer als Reachers Motelzimmer. Er glich mehr einer Suite. Zwei Türen führten in getrennte Schlafzimmer.

Und es gab hier eine kleine Küche und einen Wohnbereich mit einem Fernseher und einer Sitzgruppe. Der Typ aus Moskau stieß Reacher einige Meter weiter. Die Russin aus dem Team folgte ihnen und verschwand in einem der Schlafzimmer. Fisher kam als Letzte. Sie stellte die gestreifte Sporttasche mit dem Server auf den Tisch und zog einen Stuhl heraus. Dann fasste sie Reacher am Arm und bedeutete ihm, er solle sich setzen.

»Vorsichtig«, ermahnte sie ihn. »Nicht kaputt machen!«

Als Reacher saß, zog Fisher ein Meterstück Fallschirmleine aus der aufgesetzten Seitentasche ihrer schwarzen Hose. Die blaue Leine war rot gepunktet und ziemlich dünn. Kaum dicker als ein kräftiger Schnürsenkel. Reacher wusste jedoch, dass der Anschein trog. Die Leine war reißfest genug, um mehr als das Gewicht eines Menschen zu tragen. Jeder Versuch, sie zu zerreißen, wäre aussichtslos gewesen.

Fisher benutzte sie, um Reachers rechten Knöchel ans rechte Stuhlbein zu fesseln. Sie zog die Knoten fest an. Zwischen Bein und Holz blieb nicht viel Raum. Diese Fesselung würde sich unmöglich lösen lassen. Fisher zog eine weitere Leine heraus und wiederholte den Vorgang mit dem linken Knöchel. Dann packte sie den kleinen Finger seiner rechten Hand. Bog ihn so weit wie möglich zur Seite. Zog ein Klappmesser aus ihrer Jackentasche und entriegelte die Klinge.

»Ich zerschneide jetzt den Kabelbinder«, sagte sie und schob die Klinge zwischen Reachers Handgelenke. »Machen Sie Dummheiten, breche ich Ihnen den Finger.«

»Eine Dummheit habe ich schon gemacht«, entgegnete Reacher. »Ich bin mit Ihnen hierhergekommen.«

Fisher zerschnitt den Kabelbinder und fesselte seine Handgelenke einzeln an die Hinterbeine des Stuhls. Als sie fertig war, trat sie beiseite. Der Kerl aus Moskau trat an ihre Stelle. Er prüfte die Knoten. Jeden einzeln und gründlich. Als er zufrieden war, ging er wieder zu der Frau am Tisch. Der Server stand neben ihrem Laptop und war durch weitere Kabel mit ihm und der Gerätebox verbunden.

»Wie sieht's aus?«, fragte er, und Fisher übersetzte halblaut für Reacher.

Die Frau nickte. »Echt. Ohne Zweifel.«

»Gut. Rufen Sie mich, sobald Sie das Dokument gefunden haben. Oder sobald Sie sicher wissen, dass es nicht da ist.« Er wandte sich erneut an Fisher. »Und Sie bewachen Mr. Reacher. Aufmerksam. Er und ich werden uns später unterhalten müssen. Ganz egal, wie die Suche ausgeht.«

Fisher wartete, bis die Tür sich hinter dem Mann aus Moskau geschlossen hatte, dann setzte sie sich neben die Frau am Tisch. Von Reacher aus gesehen befand der Bildschirm des Laptops sich genau zwischen ihren Köpfen. Das erinnerte ihn daran, wie Sands in ihrem Motel den originalen Server durchsucht hatte. Eine endlose Folge von Bildern, Dokumenten und Protokollen aller Art. Viele Schriftstücke wirkten amtlich oder trugen sogar Dienstsiegel, während andere wie handgeschriebene Briefe aussahen. Die meisten Wörter konnte man nicht entziffern. Die Schriften waren zu klein. Zu dünn und zu krakelig. Außerdem war die Entfernung einfach zu groß. Reacher bezweifelte allerdings, dass sie ihn persönlich interessiert hätten, wenn er sie hätte lesen können.

Bei den Russen war das etwas anderes: Sie hatten offenbar einen Grund, die Dokumente zu lesen. Sie wollten nicht nur bestätigt haben, dass der Server echt war, sondern auch feststellen, ob sich das belastende Detail darauf befand. Wenn nicht, waren sie aller Sorgen ledig. Dann gab es nichts, was dem FBI helfen konnte, den Spion zu enttarnen. Und sie würden keine weitere Verwendung für Reacher haben. Wurde es jedoch gefunden, sah die Geschichte anders aus. Dann hatte Fisher eine Chance, Sentinel zu retten. Und es würde sich die Frage stellen, ob Reacher den Serverinhalt kopiert hatte. Das musste der Grund dafür sein, dass der Mann aus Moskau den ursprünglichen Plan geändert hatte und Reacher in dieses Motel mitgenommen hatte. Vor allem auch weil er dem Team seine Autorität demonstrieren wollte. Beides aus Reachers Sicht keine verlockenden Alternativen.

Fisher schwatzte unaufhörlich mit der Russin, die natürlich fließend Englisch sprach. Sie redete über Fernsehshows. Mode. Klatsch aus Promikreisen. Um das Vertrauen der Computerfrau zu gewinnen, vermutete Reacher. Um freundlich zu wirken. Ungefährlich. Oder im Ungewissen gelassen werden musste. Nicht die Art, die ein wichtiges Geheimnis stehlen würde. Die Frau achtete nicht auf Fisher. Sie war zu sehr auf ihren Bildschirm und ihre Maus konzentriert und arbeitete in gleichmäßigem Rhythmus. Sie klickte einen Eintrag in einer Liste an. Ein Bild erschien. Sie studierte es eine Sekunde. Schloss es wieder. Klickte. Studierte. Schloss. Und so weiter. Wieder und wieder. Das Ganze machte Reacher nervös und langweilte ihn zugleich.

Die andere Frau erschien an der Tür ihres Schlafzimmers. Sie holte sich eine Flasche Wasser aus dem Kühlschrank, trat an den Tisch, verfolgte ein paar Minuten lang, wie ein Dokument nach dem anderen aufgerufen wurde, und ging dann in ihr Zimmer zurück. Die Computerfrau arbeitete wie ein Roboter weiter. Anklicken. Studieren. Schließen. Anklicken. Studieren. Schließen. Das machte sie weitere zehn Minuten.

Über fünfhundert Dokumente. Fisher schwatzte weiter. Dann änderte die Computerfrau ihren Rhythmus. Sie ließ ein Bild drei Sekunden lang geöffnet, bevor sie fünf weitere anklickte, die jeweils nur eine Sekunde geöffnet blieben.

»Zeit für eine Pinkelpause.« Die Computerfrau klappte ihren Laptop zu, stand auf und ging zur Tür des zweiten Schlafzimmers. »Bin gleich wieder da.«

Fisher stützte ihr Kinn in die Hände, als wäre sie im Begriff, vor Langeweile einzuschlafen. Aber sowie die Zimmertür sich schloss, setzte sie sich plötzlich hellwach auf. Sie klappte den Laptop auf. Auf dem Monitor stand ein Bild. Eine Kirche in bunten Farben und mit verschnörkelten Zwiebeltürmen. Eindeutig eine russische Kathedrale. Reacher erkannte sie sofort wieder. Die Christi-Auferstehungs-Kathedrale. In St. Petersburg. Nach dem Zerfall der Sowjetunion war Reacher als Tourist dort gewesen. Er erinnerte sich an die Kathedrale, weil sie als erste große Kirche mit elektrischer Beleuchtung gebaut worden war.

Mitten auf dem Bildschirm erschien eine Dialogbox mit kyrillischem Text. Reacher vermutete, dass sie ein Kennwort anforderte. Als Fisher etwas tippte, wurde jeder Buchstabe durch ein Sternchen dargestellt. Aber ihre Eingabe funktionierte. Die Kathedrale machte einem Verzeichnis von Ordnern Platz. Fisher klickte den fünften Eintrag von oben mit der Maus an. Als ein neues Bild erschien, zog sie ein kleines Klapphandy aus der Tasche und machte zwei Screenshots. Sie klappte ihr Smartphone zu. Schloss das Bild und das Verzeichnis und den Laptop. Dann kam sie zu Reacher. Sie steckte ihm das Handy in die Tasche, schob einen Autoschlüssel hinterher und beugte sich zu seinem Ohr hinunter.

»Hab's gefunden«, flüsterte sie. »Es hat einen dritten Bruder gegeben. Sorgen Sie dafür, dass Wallwork die Aufnahme bekommt. Warten Sie, bis die Technikerin wieder da ist. Dann befreien Sie sich. Das müsste einfach sein. Ich habe die meisten Schrauben rausgedreht. Sie müssen beide von uns k.o. schlagen. Mich zuerst, damit sie's sieht. Sonja auch, falls sie rauskommt. Der Wagen steht draußen. Chevy Malibu. Weiß.«

Fisher drückte kurz Reachers Schulter, dann hastete sie an ihren Platz am Tisch zurück. Sie stützte ihr Kinn wieder in die Hände. Die Technikerin betrat den Raum. Setzte sich. Klappte den Laptop auf. Gab das Passwort ein. Und machte weiter, wo sie aufgehört hatte. Anklicken. Studieren. Schließen. Anklicken. Studieren. Schließen. Reacher ließ ihr zwei Minuten Zeit. Über hundert weitere Dokumente. Dann beugte er sich nach vorn, hob die hinteren Stuhlbeine an und ließ sich auf die Sitzfläche fallen. Der Stuhl brach krachend zusammen. Reacher landete von Holzfragmenten umgeben auf dem Fußboden. Manche waren zersplittert, andere weitgehend intakt. Die mit Fallschirmleinen festgebundenen Stuhlbeine hingen noch an seinen Knöcheln und Handgelenken. Er ignorierte sie und marschierte Richtung Tür ins Freie.

Fisher vertrat ihm den Weg. Sie hielt die SOCOM in der Hand. Der Schalldämpfer war noch aufgeschraubt. »Stopp! Hände hinter den Kopf! Sofort!«

Reacher sah zu der Technikerin hinüber. Sie saß still, wie erstarrt, kein Anzeichen von einer Waffe. Er kontrollierte die Schlafzimmertür. Sie blieb geschlossen. Das vereinfachte die Geometrie. Er schlug Fisher die Pistole aus der Hand, dann machte er einen halben Schritt nach rechts, um genau zwischen die beiden Frauen zu gelangen. So konnte die Technikerin verfolgen, wie er den Arm zurückzog. Zu einer Geraden, die Fisher von den Beinen holen würde. Aber sie konnte nicht erkennen, wie viel – oder wie wenig – Kraft er in seinen Schlag legte. Sie sah nur, dass Fisher zur Seite fiel, auf den Fußboden knallte und bewegungslos liegen blieb.

Noch ein Blick zur Schlafzimmertür. Sie blieb weiter geschlossen. Aber die Technikerin erinnerte sich endlich daran, was sie in der Ausbildung gelernt hatte. Sie griff hastig nach ihrer Umhängetasche. Wollte ihre Glock herausziehen. Reacher war mit zwei Schritten bei ihr und traf sie mit einer linken Geraden am Kopf. Nicht sehr kräftig. Genug, um sie außer Gefecht zu setzen. Aber nicht stark genug, um einen bleibenden Gedächtnisverlust zu bewirken.

Reacher hob die SOCOM vom Boden auf. Er schaute zur Schlafzimmertür. Ihr Türknopf begann sich zu drehen. Die Tür ging langsam auf. In dem Spalt erschien die Mündung einer mit zwei Händen gehaltenen Glock. Die Frau ließ Vorsicht walten. Zu ihrem Glück, denn so war sie nicht in Gefahr, als Reacher mit zwei Schüssen den Türrahmen traf. Sonja wich erschrocken zurück und knallte die Tür zu. Reacher hastete weiter. Wegen des Schalldämpfers waren die Schüsse nicht sehr laut gewesen. Als schlüge man mit einer zusammengerollten Zeitung auf einen Tisch. Aber das Geräusch konnte im Zimmer nebenan zu hören gewesen sein. In dem vielleicht andere Mitglieder des russischen Teams wohnten. Vielleicht auch unbeteiligte andere Gäste. Jedenfalls wurde es höchste Zeit, von hier zu verschwinden. Er rannte ins Freie. Identifizierte den Chevrolet. Stieg ein. Ließ den Motor an. Stellte den Wahlhebel auf D und trat das Gaspedal ganz durch.

Nach einer schnell zurückgelegten Meile hielt Reacher am Straßenrand. Er schob die SOCOM unter den Fahrersitz und zog das Klapphandy, das Fisher ihm zugesteckt hatte, aus der Tasche. Er musste die von ihr gemachten Fotos aufrufen und

Wallwork schicken. Er drückte das Menü-Icon. Dann klappte er das Smartphone wieder zu.

Irgendetwas beunruhigte ihn. An der gegenwärtigen Situation stimmte etwas nicht. Er steckte das Klapphandy ein. Und fuhr so schnell er konnte zu der Raststätte mit dem Motel weiter, in dem er Sands und Rutherford zurückgelassen hatte.

Als Reacher die Raststätte schon fast erreicht hatte, begann Speranskis Telefon zu klingeln.

»Der Köder hat Interesse geweckt«, sagte die Stimme am anderen Ende.

Speranski grinste befriedigt. »Wie bald wird sie zu mir gebracht?«

»Ich habe nicht gesagt, dass er geschluckt worden ist. Sie hat das Telefon dem Landstreicher gegeben. Er ist damit weggefahren. Aber er hat noch keine Nachricht verschickt.«

»Warum nicht?«

»Das weiß ich nicht. Vielleicht will er mehr Geld rausholen. Vielleicht kennt er sich mit dem Smartphone nicht aus. Oder er hat kalte Füße bekommen. Das finden wir noch heraus. Und wir überwachen es Tag und Nacht. Sobald er das Foto verschickt, werden Sie benachrichtigt.«

Reacher parkte den Chevy vor Zimmer 18 und hastete hinein. Sands war da. Sie stand am Fußende des zweiten Betts. Mit weit aufgerissenen Augen. Füße schulterbreit auseinander. Arme ausgestreckt. Ihre Colt-Pistole in beiden Händen. Die klassische Schussposition. Ein gleichschenkliges Dreieck aus Rücken und Armen. Eine gute Haltung, um präzise zielen zu können. Was für Reacher ein Problem hätte darstellen können, weil Sands auf seine Brust zielte.

»Reacher!« Sands ließ die Waffe sinken und lief auf ihn zu. »Wo hast du gesteckt? Ich war krank vor Sorge! Ich habe dich immer wieder angerufen, aber du hast dich nicht gemeldet.«

»Lange Geschichte«, sagte Reacher. »Wichtige Entwicklungen. Ich erkläre dir alles, aber erst mal brauche ich deine Hilfe.« Er zog Fishers Smartphone aus der Tasche. »Auf dem ist ein Foto gespeichert. Von einem Dokument auf dem Server, den ich den Russen gebracht habe. Fisher glaubt, dass es dazu dienen kann, den Spion zu identifizieren. Sie will, dass ich es Wallwork schicke.«

»Das ist ganz einfach. Gib mir das Handy. Ich schicke es ihm sofort.«

»Nein. Daran ist etwas faul, glaube ich. Ich fürchte, dass Fisher eine Falle gestellt wird.«

»Wieso?«

»Aus mehreren Gründen. Fangen wir mit den Blumen an. Klostermanns Edelweißen. Sie waren nicht da, als Rusty und ich ihn zu Hause aufsuchten. Aber einen Tag später standen sie auf dem Tisch. Als er sich mit den Nazis getroffen hat. Ein merkwürdiger Zufall, finde ich.«

»Nicht unbedingt. Es kann viele Gründe dafür geben, nicht jeden Tag Blumen auf dem Tisch stehen zu haben.«

»Dann die Sache mit dem Geld. Wozu fünfzehntausend Dollar für den Server zahlen, wenn Klostermann nur eine Woche zu warten brauchte? Bis das Lösegeld gezahlt und das digitale Archiv wieder zugänglich ist? Das hätte jeder normale Mensch getan. Und wozu Toni Garza mit der Suche nach dem Server beauftragen, nachdem der Hackerangriff geschehen war? Man könnte glauben, dass er weiß, dass das Archiv nicht wieder zugänglich sein wird.«

»Agent Fisher vermutet, dass es keinen Zugriff mehr geben wird.«

»Genau! Woher konnte Klostermann das wissen? Das ist nur den Russen bekannt, weil sie hinter dem Hackerangriff stehen.«

»Aber Klostermann gehört zu der Nazi-Gruppe. Du bist diesen Leuten begegnet. Hast ihre Tätowierungen gesehen. Sie sind dabei, eine Kundgebung zu organisieren. Das sind alles Tatsachen.«

»Die Gruppe ist real. Die geplante Kundgebung ist real. Das heißt noch lange nicht, dass auch Klostermann real ist. Diese Nazis halten ihn für einen der ihren. Aber das beweist nichts. Sie sind wahrscheinlich nicht besonders hell. Klostermann könnte auch ein Russe sein. Zwietracht und Spaltung. Darauf basiert ihre Strategie. Rivalisierende Gruppen fördern und gegeneinander aufhetzen. Überall Hass und Gewalt säen.«

»Gut, nehmen wir mal an, Klostermann sei ein Russe … wieso ist Fishers Team nicht abgezogen worden, als er den Server hatte?«

»Hier ist die günstige Erklärung: Sie haben mir nicht geglaubt, als ich sagte, dies sei das Original. Sie wollten abwarten, ob weitere Exemplare auftauchen. Um sie alle auf einmal aus dem Verkehr ziehen zu können.«

»Das klingt vernünftig. Und wie lautet die ungünstige Version?«

»Ich will's kurz machen. Vom Hotel aus bin ich ins Motel der Russen gelangt. Sie hatten dort eine Computerexpertin, die gleich loslegte. Sie ist geradewegs zu diesem einen Ordner gegangen. Obwohl das FBI ihn in fast achtundvierzig Stunden nicht hat finden können.«

»Sie wusste, wonach sie suchen musste. Bei den FBI-Leuten war das nicht der Fall.«

»Schon möglich. Aber diese Expertin hat Fisher praktisch signalisiert, dass sie auf den Ordner gestoßen ist. Dann hat sie das Zimmer verlassen, wodurch es sehr einfach war, den Bildschirm zu fotografieren. Und meine anschließende Flucht war geradezu ein Spaziergang. Ich will dir sagen, was ich befürchte: Sie haben ihr Team absichtlich im Einsatz gelassen, damit Fisher das Dokument sehen würde.«

»Sie haben es ihr untergeschoben? Wozu?«

»Um das FBI auf eine falsche Fährte zu locken. Um den eigenen Spion zu schützen, indem eine entbehrliche Person geopfert wird.«

»Dir ist klar, was das bedeutet. Sie wissen, dass Fisher ein Maulwurf ist. Sie spielen Katz und Maus mit ihr. Reacher, das Bureau muss sie sofort abziehen!«

»Wenn ich recht habe, ja. Aber wir müssen uns unserer Sache ganz sicher sein. Lässt sich feststellen, ob das Dokument, das Fisher gefunden hat, auf unserem Server gespeichert ist? Ist es nicht da, ist es gefälscht. Ist es da, können wir die beiden vergleichen.«

»Theoretisch. Aber auf dem Server sind Tausende von Dokumenten gespeichert. Sie zu durchsuchen, könnte Wochen dauern. Wir brauchen etwas, das den Suchbereich verkleinert. Genauer definiert.«

»Zum Beispiel?«

»Ein Dateiname wäre großartig.«

»Wo könnten wir den herbekommen?«

»Vermutlich stünde er in einem Feld über dem Bild. Wie eine Titelzeile. Hier … gib mir das Handy.« Sands begutachtete das Display, dann schüttelte sie den Kopf. »Das Bild ist zu klein und das Handy zu einfach, um eine E-Mail-Funktion zu haben. Ich schicke das Bild als Textnachricht an mein Smartphone und von dort aus zum Computer.«

Sands beschäftigte sich kurz mit Fishers Handy, dann mit ihrem eigenen Smartphone, bevor sie durch die Verbindungstür in Zimmer 19 vorausging. Dort trafen sie Rutherford neben seinem Bett stehend an. Er war auffällig blass, sein Haar wirkte zerzaust. Aber er war wieder auf den Beinen, was als Fortschritt gelten musste.

»Was läuft?«, fragte er.

Reacher brachte ihn auf den neuesten Stand, während Sands ihren Laptop weckte und die E-Mail aufrief, die sie sich selbst geschickt hatte. Auf dem Bildschirm erschien ein Dokument, das auf einem anderen gestanden hatte. Obwohl das Bild leicht verschwommen aussah, zeigte sich, dass das Papier ursprünglich blassgrün gewesen war. In der Mitte irgendein großes Wasserzeichen mit einem schwarzen Mäandermuster als Umrahmung. Auch alle Überschriften, Felder und Anweisungen waren schwarz gedruckt. Schwarz war auch der große Stempel ENTWURF. Im Jahr 1949 hatte jemand die notwendigen Eintragungen mit königsblauer Tinte in gut leserlicher Handschrift vorgenommen. Als Erstes die Adresse, die bekannt war. Und die Namen der drei Besitzer. Artur Klich und Kamil Klich, die spionierenden Brüder. Und Krystian Klich, offenbar der dritte Bruder, dessen Identität bisher geheim gehalten worden war. Der nach Fishers Ansicht zu dem Spion in Oak Ridge führen konnte.

»Hier, siehst du?« Sands zeigte auf den weißen Text in dem blauen Band am oberen Bildrand. *Scan00001968.jpg.* »Diese Angabe brauchen wir.« Sie ließ die Tastatur klappern, berührte das Touchpad und fügte den Dateinamen in das erscheinende

Kästchen ein. Als sie die Eingabetaste drückte, erschien sofort eine deutlichere Version des Schriftstücks auf ihrem Bildschirm.

»Moment mal!«, rief Sands aus. Sie deutete auf den Kasten mit den Namen der Eigentümer. Handschrift und Tintenfarbe wirkten unverändert. Auch hier standen drei Namen. Artur Klich. Kamil Klich. Und Natalia Matusak. »Hier steht was anderes. Und wer zum Teufel ist Natalia Matusak?«

»Natalia Matusak ist Henry Klostermanns Mutter«, antwortete Reacher. »Heinrich Klostermann war ihr zweiter Ehemann. Ich gehe jede Wette ein, dass ihr Mädchenname Klich lautete. Der dritte Agent war kein Bruder, sondern eine Agentin. Arturs und Kamils Schwester.«

»Dieses Dokument stellt einen Entwurf dar«, sagte Sands. »Sie haben es vernichtet, um Natalias Existenz geheim zu halten. Sie dachten, das sei ihnen gelungen. Aber dies ist die Originalversion. Die andere, die Fisher gesehen hat, war verändert worden.«

»Wie sollen sie das geschafft haben?«, fragte Rutherford. »Wir hatten den Server ständig im Blick. Nur dann nicht, als er im Kofferraum lag.«

»Sie müssen eine Kopie des Dokuments von dem Server erhalten haben, den wir Klostermann verkauft haben. So hatten sie reichlich Zeit, es zu bearbeiten. Ihre Expertin hat es hochgeladen, während Fisher mich fesselte. Dann hat sie dafür gesorgt, dass Fisher es zu sehen bekam, weil zu erwarten war, dass sie es an das FBI weiterleiten würde. Das nichts von der Verbindung zu Klostermann ahnen ließ und zu dem falschen Schluss führen würde, was die Identität des Spions in Oak Ridge betrifft.«

»Aber wie würde ihnen das nützen? Ist der dritte Bruder

nur erfunden, kann es keine Spur geben, die zu irgendjemandem führt.«

»Natürlich kann es eine geben. Die Russen werden alles sorgfältig geplant haben. Es wird eine perfekte Fährte geben. Komplex genug, um real zu erscheinen. Aber nicht so verschlungen, dass ein gewöhnlicher Agent ihr nicht mehr folgen kann. Sie führt dann zu einem Sündenbock. Zu jemandem, der in Knoxville lebt. Wahrscheinlich mit einer Kopie von Sentinel im Schuh. Der nur darauf wartet zu flüchten, sich schnappen zu lassen und zu gestehen.«

»Warum würde das jemand tun?«

»Vielleicht um ein persönliches Opfer für die große Sache zu bringen. Oder dafür, dass seine Familie in der Heimat fürstlich belohnt wird. Oder nicht nach Sibirien deportiert wird.«

»Aber wie kann das Bureau die richtige Identität herausfinden, wenn die Beweise gefälscht sind?«, fragte Rutherford. »Dann steht alles wieder auf *Los.*«

»Stimmt nicht«, entgegnete Reacher. »Es kann mit Klostermann beginnen. Er hat erwähnt, dass er einen Sohn hat. Vielleicht gibt es jetzt auch schon Enkel. Dieser Aspekt ist nie in Betracht gezogen worden, weil niemand wusste, dass seine Mutter eine Spionin war.«

»Das klingt logisch«, bestätigte Sands. »Das Bureau wollte den Server, weil die Russen wissen, dass er den Spion enttarnen könnte. Der Link in diesem Dokument führt zu Klostermann. Folglich muss es eine Verbindung zwischen Klostermann und dem Spion geben.«

»Aber natürlich nicht unter dem Namen Klostermann«, erklärte Reacher. »Der hätte jemandem auffallen können. Vielleicht unter dem Namen Matusak, den sie unbedingt geheim halten wollen.«

»Okay«, sagte Rutherford. »So weit ist alles klar. Aber gehen wir mal einen Schritt zurück. Die Journalistin hat dieses Dokument im Archiv gefunden. Das Dokument zeigt, dass es *drei* spionierende Geschwister gegeben hat. Die Russen wollten verhindern, dass jemand davon erfährt, weil es zu Klostermann führen würde. Und zu seinem Sohn. Und vielleicht zu seinen Enkeln. Also brennen sie das physische Archiv nieder. Blockieren das digitale. Und verschaffen sich den Server. Die Wildcard. Wieso geben sie sich damit nicht zufrieden? Alle Spuren sind verwischt. Wozu müssen sie Agent Fisher auf eine falsche Fährte locken?«

»Das FBI weiß, dass die Russen einen Spion in Oak Ridge haben«, sagte Reacher. »Hätten die Russen sich damit begnügt, die Dokumente zu vernichten, hätte das FBI weiter ermittelt. Und vielleicht einen anderen Hinweis gefunden. Wäre der Plan der Russen aufgegangen, hätte das FBI geglaubt, den Spion geschnappt zu haben. Also hätte es die Ermittlungen eingestellt. Nach einem Spion, den man hat, braucht man nicht länger zu suchen.«

Speranski tigerte in seinem Wohnzimmer auf und ab, als sein abhörsicheres Telefon klingelte.

»Der Köder ist geschluckt«, sagte die Stimme am anderen Ende. »Die Nachricht ist geschickt worden. Aber nicht ans Bureau selbst. An eine ehemalige Agentin, die jetzt auf Cybersicherheit spezialisiert ist. Die Amerikaner müssen sie für echt halten.«

»Und Natascha?«

»Für uns hat sie keinen Wert mehr. Die Zentrale sagt, dass Sie mit ihr machen können, was Sie wollen.«

Reacher überließ es Sands und Rutherford, die Dokumente auf dem Server weiter stichprobenartig zu sichten, und ging nach nebenan, um Wallwork anzurufen. Er unterrichtete ihn darüber, dass Fisher enttarnt sei. Und über die beiden möglicherweise nach Oak Ridge führenden Spuren. Eine vermutlich gefälscht. Die andere wahrscheinlich real. Dieser Unterschied störte Wallwork nicht sonderlich.

»Wir gehen beiden nach«, sagte er. »Selbst wenn eine uns nur ablenken soll. Wir nageln sie beide fest. Dann ziehen wir Fisher ab. Bevor ihr etwas zustößt.«

»Nein, Wallwork«, sagte Reacher. »Sie müssen sie sofort abziehen.«

»Das können wir nicht. Verschwindet Fisher gleich nachdem sie das Dokument auf dem Server gesehen hat, werden die Russen misstrauisch. Und ziehen ihren Spion aus Oak Ridge ab. Dann erfahren wir nie, ob Sentinel verraten ist. Wir müssen ihren Abzug genau mit den Verhaftungen koordinieren.«

»Das stimmt so nicht. Sie betrachten das Unternehmen noch aus Ihrer ursprünglichen Position – dass Fishers wahre Identität den Russen unbekannt ist. Aber sie wissen bereits von ihr. Sie benutzen sie, um Desinformationen zu verbreiten. Und sie werden sie nicht leben lassen, bis ihr Sündenbock verhaftet wird. Vorerst glaubt Fisher noch, etwas Authentisches übermittelt zu haben. Sie war monatelang darauf fokussiert, es zu finden, und als ihr der Köder hingehalten wurde, hat sie angebissen. Das war ein Reflex. Aber wenn die Hitze des Gefechts sich gelegt hat? Und sie Zeit gehabt hat, über alle seltsamen Zufälle nachzudenken? Das dürfen die Russen auf keinen Fall riskieren. Sie werden sie beseitigen, sobald sie sicher sind, dass Sie ihre Informationen erhalten haben. Mit anderen Worten: jetzt. Also müssen Sie handeln. Sofort!«

Wallwork antwortete nicht gleich. Reacher konnte hören, wie er mit einem Stift spielte. Er stellte sich den Mann vor. In seinem Kopf fügten sich Puzzleteile zu einem Bild zusammen.

Das Ergebnis gefiel ihm nicht.

»Okay«, sagte Wallwork nach einer weiteren Minute, »vermutlich haben Sie recht. Uns bleibt nur ein kleines Zeitfenster. Aber in gewisser Beziehung haben wir Glück. Weil es sich so gefügt hat, dass Fisher das Telefon Ihnen gegeben hat.«

»Was ist daran glücklich?«, fragte Reacher.

»Ich glaube auch, dass die Russen sie liquidieren werden, sobald sie wissen, dass ihre Informationen gesendet worden sind. Aber woher wollen sie das wissen? Indem sie ihr Telefon überwachen.«

»Fisher würde kein Smartphone aus russischer Produktion benutzen.«

»Natürlich nicht. Sie hat sich eigens für diesen Zweck ein fabrikneues Handy gekauft. Die Russen haben es manipuliert. Das hätte ich an ihrer Stelle auch getan. Dann meldet es sich, sobald eine Nachricht gesendet wird. Oder damit telefoniert wird. Aber dieses Problem stellt sich hier nicht. Sie haben mir das Bild nicht geschickt, und Sie haben mich mit Ihrem eigenen Handy angerufen.«

»Aber mit ihrem Telefon ist vorhin eine Nachricht gesendet worden.«

»Wieso? An wen?«

»Wir brauchten einen Dateinamen, um das Originaldokument zu finden. Das Bild auf dem Telefondisplay war zu klein. Wir mussten es auf dem Computer sehen.«

Nun folgte eine weitere Pause. Reacher hörte, wie Wallwork wieder mit seinem Stift spielte. Dann klirrte etwas wie zerbrechendes Glas.

»Gratuliere, Reacher«, sagte Wallwork dann. »Sie haben gerade Margaret Fisher umgebracht.«

Sands fuhr Reacher zum Motel der Russen. Wallwork hatte ihn gewarnt und aufgefordert, nicht hinzufahren. Er hatte versprochen, selbst die Kavallerie zu schicken. Aber dann hatte er Regularien erwähnt. Geheimhaltungsstufen. Genehmigungen. Reacher wusste, was solche Wörter letztlich bewirkten. Verzögerungen. Er rechnete sich nur eine kleine Chance aus, aber falls Fisher sich dort noch aufhielt und noch lebte, konnte er vielleicht etwas Direkteres unternehmen. Etwas, das ohne Durchsuchungsbefehle auskam. Oder Unterschriften von Vorgesetzten. Genehmigungen irgendwelcher Art.

Vor dem Ende des Motelgebäudes parkten keine Autos mehr. Im Vorbeifahren sahen sie, dass die Vorhänge von Zimmer 18 offen waren. Dahinter war niemand zu erkennen. Also fuhr Sands mit dem Chevy bis vors Büro und ging mit Reacher hinein. Hinter der Empfangstheke saß ein Kerl von ungefähr dreißig Jahren. Er trug ein Basecap ohne Aufdruck und ein graues Polohemd mit roter Paspelierung und dem auf der linken Brustseite eingestickten Namen *Chuck*, ebenfalls in Rot.

Sands zog ihr abgewetztes Lederetui heraus, wies ihre Plakette vor. »Federal Agents«, sagte sie knapp. »Wir kommen wegen der Leute, die Zimmer achtzehn gemietet haben. Sind sie da?«

»Sie waren hier«, antwortete Chuck. »Dieselbe Gruppe hatte auch die Nummern fünfzehn, sechzehn und siebzehn. Alles Zimmer am hinteren Ende. Aber jetzt sind sie fort. Haben vor ein paar Minuten ausgecheckt.«

»Haben sie gesagt, wohin sie wollten?«

»Nein, Ma'am. Einer der Frauen war es anscheinend nicht gut. Ich glaube, ihr war schlecht. Oder sie war betrunken.«

Fisher, dachte Reacher. »Unter Drogen gesetzt, damit sie leichter zu manipulieren ist.«

»Okay«, sagte Sands. »Schon gut. Wir müssen uns die Zimmer ansehen.«

»Kein Problem.« Chuck nahm die Schlüssel von ihren Haken und reichte sie Sands. »Bringen Sie sie einfach wieder, wenn Sie fertig sind.«

Sie begannen mit Zimmer 18, weil das Fishers Zimmer gewesen war. Anschließend nahmen sie sich die anderen vor. Alle Zimmer sahen makellos aus. Reacher hatte sich schon in vielen Motelzimmern aufgehalten, die nicht so sauber gewesen waren. Sogar die Einschusslöcher im Türrahmen des einen Schlafzimmers waren zugespachtelt worden. Es gab keinen Müll. Nirgends war etwas zurückgeblieben. Nicht versehentlich. Nicht von Fisher versteckt. Reacher schaute unter den Matratzen, zwischen den zusammengelegten Handtüchern, in den Klopapierrollen und in allen Schränken, Kommoden und Schubläden nach. Er suchte an allen Stellen, die in seiner langen Dienstzeit bei der Militärpolizei jemals als Verstecke gedient hatten. Für den Fall, dass Fisher etwas auf einen der Spiegel geschrieben hatte, ließ er in den Bädern sogar heißes Wasser in die Waschbecken laufen. Er fand nicht einmal ein Haar.

»*Nada*«, sagte Sands, als sie mit der 15 fertig waren. »Was nun?«

»Ich rufe Wallwork noch mal an«, erklärte Reacher. »Vielleicht hat er etwas Neues erfahren.«

Als sie ins Büro zurückkamen, um die Schlüssel abzugeben, winkte Chuck sie zu sich heran.

»Ich hab noch mal nachgedacht, Ma'am«, sagte er. »Ich weiß nicht, wohin diese Leute gefahren sind. Aber ich weiß, was sie vorhatten. Würde Ihnen das vielleicht weiterhelfen?«

»Schon möglich«, antwortete Sands. »Was denn?«

»Sie sind Golfen gefahren.«

Sands verschränkte die Arme. »Golfen? Wissen Sie das bestimmt?«

»Ziemlich sicher. Ich hab gehört, wie zwei von ihnen miteinander geredet haben. Auf Russisch. Das kann ich ein bisschen, weil meine Großeltern aus St. Petersburg stammen. Jedenfalls hat einer von ihnen das Wort *бункер* benützt. Es bedeutet Bunker. Und wo gib es Bunker? Auf Golfplätzen. Von denen haben wir hier etliche. Der zweite Typ hat gesagt, dass es ihn schon ewig gibt, also muss es ein alter Golfplatz sein.«

»Golf?«, fragte Reacher, als sie wieder im Auto saßen. »Was für ein Idiot!«

»Mit dem Golfen hat er sich geirrt«, meinte Sands. »Das steht fest. Aber ich denke, dass er uns eben gesagt hat, wohin die Russen Fisher verschleppt haben.«

»Tatsächlich? Wohin?«

»Während du mit Wallwork telefoniert hast, haben Rusty und ich ein paar alte Unterlagen ausgegraben und einige für das Grundstück neben dem Haus der Spione gefunden. Die Brüder Klich haben es ungefähr gleichzeitig mit dem Grundstück für ihr Haus gekauft. Sie haben einige Baugenehmigungen dafür beantragt. Manche mehr als einmal. Und in der Bauakte steht auch, dass Nachbarn sich über den Baulärm beschwert haben. Über Bagger und Betonmischer. Das ist Rusty seltsam erschienen, weil das Haus ziemlich einsam liegt. Er hat gesagt, dass auf dem Nachbargrundstück nichts zu stehen scheint. Jedenfalls nicht oberirdisch. Deshalb überlege ich jetzt, für welches Bauwerk man Bagger und jede Menge Beton braucht?«

»Für einen Bunker«, antwortete Reacher.

»Richtig!«, bestätigte Sands. »Ein Bunker aus dem Kalten Krieg. Keiner, der voller Sand und Golfbälle ist.«

»Fisher hat geglaubt, die Brüder hätten in ihrer Zeit in Tennessee nichts getan«, erklärte Reacher. »Aber das stimmt nicht. Sie haben den Bunkerbau überwacht.«

»Und als sie sich absetzten, hat ihre Schwester den Laden übernommen«, sagte Sands. »Klostermanns Mutter. Sie ist aus den Unterlagen gelöscht worden, damit niemand eine Verbindung herstellen konnte. Dann hat sie Heinrich Klostermann geheiratet, und das Haus ist auf seinen Namen eingetragen worden. Das war praktisch wie Geldwaschen. Nur eben mit Grundstücken.«

»Und nach dem Tod seiner Eltern hat ihr Sohn Henry das Haus übernommen.«

»Deswegen wohnt er noch heute dort. Man kann kein Haus mit einem Bunker aus dem Kalten Krieg verkaufen, ohne dass ein paar Augenbrauen hochgezogen werden. Für den Bunker dürfte es allerdings nicht mehr viel Verwendung geben.«

»Bis jetzt nicht. Komm, wir haben's eilig. Wir müssen hin und die Anlage erkunden.«

»Damit anfangen können wir schon hier.« Sands griff nach ihrem Smartphone, rief Google Earth auf und ließ sich ein Satellitenbild des Grundstücks neben dem Haus der Spione zeigen. Auch bei höchster möglicher Vergrößerung war dort nicht viel zu erkennen. Nur eine spärlich mit Gras bewachsene Fläche jenseits einer Baumreihe. Eine Weide von der Art, auf die man einen Esel schickte, den man nicht besonders mochte. Auffällig war lediglich eine Betontreppe, die am Ende der unbefestigten Zufahrt direkt in die Erde hinabzuführen schien. »Da ist nicht viel zu sehen. Ich dachte, es müsste Luken und Lüftungsschächte und Wassertanks geben. Potenzielle Zugänge, die wir nutzen könnten.«

Reacher schüttelte den Kopf. »Der Bunker sollte Menschen nach einem Atomschlag Schutz bieten. Deshalb ist er völlig autark. Die Luft, das Wasser … alles wird gereinigt und zirkuliert neu. Dafür sorgen Maschinen tief im Untergrund. Es dürfte eine Art Nabelschnur zum Haus geben, denke ich. Für Strom, vielleicht auch Wasser. Damit selbst in Friedenszeiten alles betriebsbereit bleibt. Oder zu Wartungszwecken. Aber ansonsten gibt es vermutlich keinen Kontakt zur Außenwelt.«

»Das müssen wir Wallwork melden. Er braucht Sprengladungen. Bagger und Presslufthämmer. Tunnelbohrmaschinen.«

»Korrekt. Falls der Bunker von innen verriegelt ist. Ich rufe ihn deswegen später an. Aber erst möchte ich diese Anlage selbst in Augenschein nehmen. Zum Glück haben wir einen Vorteil auf unserer Seite.«

»Welchen?«

»Sie wissen nicht, dass wir kommen.«

28

Sands hielt vor Klostermanns massivem Tor. Sie sah zu Reacher hinüber und zeigte ihm kurz, dass sie ihm die Daumen drückte, bevor sie die linke Hand ausstreckte und den Rufknopf der Sprechanlage betätigte.

Keine Antwort.

Aufs Beste hoffen.

Sie versuchte es noch mal.

Wieder geschah nichts.

Das Gittertor bestand aus Stahl. Es war zweieinhalb Meter hoch und ein Schiebetor, das zur Seite rollte und keine Angeln hatte. Keinen Spalt in der Mitte. Nirgends eine schwache Stelle. Also keine Chance, es mit Gewalt aufzubrechen. Oder aufzusprengen. Falls ihnen niemand öffnete, kamen sie nur durchs Tor, wenn sie den korrekten Zugangscode eingaben.

Bei einem vierstelligen Code gab es zehntausend Zahlenkombinationen. Die mussten sich verringern, deshalb stieg Reacher aus und suchte am Fuß des Pflocks mit dem Tastenfeld etwas Schmutz zusammen. Er zerrieb ihn zwischen Daumen und Zeigefinger zu feinem Staub, den er behutsam über die Tasten blies. Dann blies er nochmals, um den überschüssigen Staub zu entfernen. Und stellte fest, dass an drei Tasten etwas von dem grauen Staub haftete. An der Null, der Zwei und der Vier.

Nun gab es noch einunddreißig Kombinationen.

Aus Erfahrung wusste Reacher, dass Menschen dazu neigten, Daten als Codes zu verwenden. Weil sie leicht zu merken waren und weil sie oft irgendeine sentimentale Bedeutung besaßen. In diesem Fall würde die erste Ziffer eine Null, die zweite die Zwei oder Vier sein müssen. Und das letzte Paar konnte nicht aus zwei Nullen bestehen. Damit war er bei zehn Kombinationen angelangt. Oder vielleicht bei nur einer. Reacher dachte an den schwarzen Mercedes. Den Wagen des Nachbarn, auf dessen Land die Kundgebung stattfinden sollte. Des Nachbarn, der Klostermann ebenfalls für einen Nazi hielt. Reacher gab 0420 ein. Hitlers Geburtstag in englischer Schreibweise.

Das Tor begann zur Seite zu rollen.

Reacher stieg hastig wieder ein, und Sands fuhr durch das Tor. Sie ignorierte das Haus und folgte der unbefestigten Zufahrt auf das Brachfeld, zu der Betontreppe, die sie auf dem Satellitenbild gesehen hatten. Dort parkten bereits zwei Autos. Ein schwarzer Lincoln Town Car. Den der Mann aus Moskau gefahren hatte. Und ein weiterer Chevy Malibu. Dieser in Rot. Sands hielt gleich daneben.

Reacher sprang aus dem Wagen und lief die Treppe hinunter. Sie hatte sechsundzwanzig Stufen. Aus altem Beton. Vom Wetter verblasst und schuppig abblätternd. Mit einem Höhenunterschied von ungefähr sechs Metern. Vor einer Stahltür endend. Sie war mattgrau gestrichen. Formlos. Solid. Reacher packte die Klinke mit beiden Händen und riss daran. Die Tür bewegte sich nicht. Er stemmte einen Fuß gegen den Türrahmen und strengte sich noch mehr an. Die Bunkertür bewegte sich keinen Millimeter.

Er hastete wieder nach oben, stieg ins Auto. Sands fuhr quer übers Feld und parkte vor dem Haus. Sie gingen über die Veranda, blieben vor der Haustür stehen, und Reacher klopfte. Als ihnen niemand öffnete, rechnete er sich aus, dass es zwecklos war, einen versteckten Schlüssel zu suchen, und trat mit voller Kraft gegen eine Stelle knapp unterhalb der Türklinke. Die Haustür sprang auf, während Splitter des Türrahmens auf den gefliesten Boden prasselten. Reacher stieg darüber hinweg und wandte sich parallel zur Treppe in den ersten Stock nach rechts. Sands blieb dicht hinter ihm. Am Ende des kurzen Korridors erreichten sie eine Tür, hinter der eine steile Treppe nach unten in den Keller führte. Reacher fand den Lichtschalter. Auf Holzregalen entlang der linken Wand stapelten sich Koffer, Putzmittel und alle möglichen Kartons und Kunststoffboxen. Rechts befand sich die Ölheizung, von der rechteckige Warmluftkanäle durch die Kellerdecke nach oben führten. Im Anschluss daran waren zwei Sicherungskästen aus grauem Stahlblech halb in die Wand eingelassen.

Reacher, der wegen der niedrigen Kellerdecke den Kopf einziehen musste, ging zu ihnen hinüber. Er öffnete die erste Tür. Über dem FI-Schalter hing ein gedrucktes Schild mit dem Wort *HAUS*. Auf dem Schild in dem zweiten Kasten stand lediglich *NETZ 2*.

»Ein Haus dieser Größe braucht keine zwei Netze«, sagte Reacher. »Das zweite muss zu dem Bunker gehören. Wenn die eigene Notstromversorgung nicht läuft.« Er deutete auf den FI-Schalter. »Lass mir drei Minuten Zeit, dann legst du diesen Schalter um. Das müsste die Stromversorgung unterbrechen. Dann schicken sie jemanden, der nachsehen soll.«

»Was ist, wenn sie's nicht tun?«, fragte Sands. »Wenn ihr Generator arbeitet oder sie ihren Strom aus einer Batterie kriegen? Oder wenn der Schaltkasten zu etwas ganz anderem gehört?«

»Dann müssen wir auf Wallworks Leute warten. Aber wir haben nichts zu verlieren, wenn wir's versuchen. Leg den

Schalter um und überlass mir den Rest. Sobald dein Handy zweimal klingelt, schaltest du den Strom wieder ein. Danach suchst du dir einen Platz, an dem du sicher bist.«

Reacher verließ das Haus und trabte über das Brachfeld zum Bunkereingang. Er blieb oben, machte einen Bogen um den Treppenabgang und postierte sich genau über der Stahltür, wo er für jemanden, der unten ins Freie trat, nicht zu sehen war. Er zog die SOCOM aus seinem Hosenbund. Schraubte den Schalldämpfer wieder auf. Und wartete.

Die Uhr in seinem Kopf sagte ihm, dass die drei Minuten verstrichen waren. Vorerst passierte nichts. Eine weitere Minute verging. Und noch eine. Dann hörte Reacher das Kreischen von Metall auf Metall, dem das Klatschen schwerer Schritte auf der Betontreppe folgte. Unter ihm erschien ein Hinterkopf. Er war völlig kahl. Die abstehenden kleinen Ohren sahen wie nachträglich angeklebt aus.

Der Mann aus Moskau. Der versucht hatte, Reacher zu zwingen, sich in den Kofferraum des Town Cars zu legen.

Reacher wartete, bis der Kerl oben an der Treppe war, dann hob er die Pistole.

»He!«, sagte er laut.

Der Kerl blieb stehen, drehte sich um. Reacher kam um die Treppe herum auf ihn zu und hielt dabei die SOCOM schussbereit.

»Die Frau, die Sie Natascha nennen«, sagte Reacher. »Haben Sie sie hierhergebracht?«

Der Kerl gab keine Antwort.

»Beschreiben Sie mir den Plan des Bunkers.«

Der Kerl erwiderte seinen Blick, sagte aber kein Wort.

»Wer ist dort unten? Wie viele Leute?«

Der Kerl schwieg weiter.

»Ihre Zeit ist abgelaufen.« Reacher nickte zu dem Town Car hinüber. »Machen Sie den Kofferraum auf.«

Der Kerl verzog die Lippen zu einem Grinsen, das gelbliche schiefe Zähne entblößte.

»Sie glauben, dass Ihre Weste Sie retten kann?« Reacher hob die Pistole, zielte auf seinen Nasensattel. »Irrtum. Öffnen Sie den Kofferraum.«

»Sie erschießen mich nicht«, sagte der Mann. Er sprach deutlich, aber mit starkem russischem Akzent. »Das FBI hat Vorschriften.«

»Stimmt«, entgegnete Reacher. Er zielte etwas tiefer. »Aber ich bin nicht beim FBI.« Dann betätigte er den Abzug.

Das Geschoss traf den Mann aus Moskau am Brustbein. Es zerfetzte den Stoff seines Hemds und bohrte sich in die Kevlarweste, die er darunter trug. Der Kerl stolperte rückwärts. Nur einen Schritt weit. Ein Treffer aus solcher Nähe hätte die meisten Männer umgeworfen. Vielleicht mit gebrochenen Rippen. Vielleicht mit inneren Verletzungen. Das Gewebe aus Polymerfasern war zu fest und zu dicht, als dass die Kugel es hätte durchdringen können. Aber seine gesamte Bewegungsenergie musste irgendwie aufgefangen werden.

Reacher zielte wieder etwas höher. »Letzte Chance.«

Der Mann nahm die Hände hoch. Nickte. Dann zog er langsam seinen Autoschlüssel aus einer Hosentasche. Er fummelte mit einer Hand an der Fernbedienung herum und bemühte sich, mit dem Daumen den richtigen Knopf zu treffen. Der Schlüsselring glitt ihm aus den Fingern, fiel vor seinen Füßen zu Boden. Der Kerl bückte sich, um ihn aufzuheben. Griff sich eine Handvoll Staub und Steinchen. Riss den Arm hoch und warf Reacher den Staub ins Gesicht. Reacher wich der Wolke aus.

Der Kerl warf eine weitere Handvoll, dann stürmte er heran. Für eine so massige Gestalt war er überraschend schnell. Und beweglich. Sein Knie kam hoch. Sein Fuß trat blitzschnell zu, beschrieb einen Halbkreis und traf den langen Schalldämpfer. Schlug Reacher die Pistole aus der Hand. Und ließ sie sich wie in Zeitlupe überschlagend in weitem Bogen wegfliegen. Reacher hörte sie metallisch klirrend die Betontreppe hinunterscheppern.

Der Mann senkte den Kopf, betrachtete das Loch in seinem Hemd und sah dann grinsend auf. Er holte zu einem gewaltigen Rundumschlag gegen Reachers Kopf aus. Reacher duckte sich, wich seinem Arm wie einem Dreschflegel aus und traf die Rippen des Kerls mit einer Geraden. Ein wertloser Schlag, den die Kevlarweste weitgehend abfing. Reines Muskelgedächtnis von seiner Seite. Der Kerl warf sich herum und versuchte es erneut. Diesmal blieb Reacher stehen. Der Kerl drückte die Knie durch, kam zurück und schlug nach Reachers Kopf. Als Reacher sich wegduckte, konnte er den Luftzug von der riesigen Faust des Mannes in seinem Haar spüren.

Weil Reacher wegen der Kevlarweste auf einige Ziele verzichten musste, konzentrierte er sich auf das Gesicht des Kerls. Seine Nase sah eingedrückt und schief aus. Sie war offensichtlich schon einmal gebrochen worden. Vielleicht mehr als nur einmal. Das ließ auf gewisse Verwundbarkeit schließen. Reacher ging zum Angriff über. Er täuschte einen Rundumschlag mit dem linken Arm an und traf das Gesicht des Mannes mit einer rechten Geraden. Ein klasse Boxhieb. Ein Volltreffer, der den Kopf des Kerls zurückwarf und seine Halssehnen zerrte. Einen gewöhnlichen Mann hätte er flachgelegt. Vielleicht sogar für längere Zeit. Der Kerl aus Moskau schüttelte lediglich den Kopf und richtete sich wieder auf. Er blutete nicht. War nicht mal außer Atem. Also traf Reacher ihn noch zweimal. Mit derselben Faust. An derselben Stelle. Mit aller Kraft, die er aufbieten konnte. Dann wich er etwas zurück, um die angerichteten Schäden zu begutachten.

Es gab kein Anzeichen für irgendwelche Schäden. Der Kerl aus Moskau stand auf den Fußballen wippend da und grinste, als amüsiere er sich köstlich. Dann sprang er vorwärts und hämmerte mit beiden Fäusten gleichzeitig auf seinen Gegner ein. Den ersten Schlag konnte Reacher noch abwehren. Er begann zu kontern. Wieder durch sein Muskelgedächtnis bedingt. Eine Reaktion darauf, dass Gesicht und Körper des anderen völlig ungeschützt waren. Dann erkannte er die Gefahr. Versuchte den zweiten Schlag zu parieren. Aber dieser Versuch kam um Bruchteile einer Sekunde zu spät. Die Faust des Kerls zischte an Reachers hochgerissenem Unterarm vorbei und traf ihn unterhalb der linken Schulter. Der wuchtige Schlag warf ihn halb herum. Er sank auf ein Knie und kam mit knapper Not wieder hoch, bevor der Kerl ihn in den Bauch treten konnte. Reacher wich dem Tritt aus und traf seine Schläfe mit einer rechten Geraden. Der Mann torkelte nach links. Fand sein Gleichgewicht wieder. Machte vier weitere Schritte rückwärts. Änderte dann plötzlich seine Richtung. Kam auf Reacher zugestürmt, um ihn umzurennen. Ein Angriff wie auf dem Schulhof. Brutal effektiv, wenn der andere ahnungslos war. Aber nicht bei jemandem mit Reachers Erfahrung.

Der Kerl kam mit der rechten Schulter voraus angewalzt. Reacher trat nach links. Um hinter den Kerl zu gelangen, wenn er an ihm vorbei war. Um nicht von einer kurz geschlagenen Rechten getroffen zu werden. Oder einem linken Haken. Nur stürmte der Kerl nicht an ihm vorbei, sondern bremste ruckartig ab, warf sich herum und rammte den linken Ellbogen gegen Reachers Brust.

Der wuchtige Schlag holte Reacher von den Beinen. Er knallte auf den Rücken, blieb keuchend und außer Atem liegen. Der Mann aus Moskau ragte über ihm auf. Hob seinen rechten Fuß. Hielt ihn hoch erhoben, um damit auf Reachers Kopf zu stampfen. Oder auf seine Kehle. Oder den Unterleib. Die Genitalien. Dieser Tritt, wo immer er traf, würde das Ende bedeuten. Oder den Anfang vom Ende. Aber der Kerl zögerte noch. Vielleicht konnte er sich für keine der Möglichkeiten entscheiden. Oder er wollte sein Opfer schwitzen lassen. Jedenfalls hatte Reacher auf diese Weise Zeit, sich auf den Bauch zu wälzen, sich mit den Händen abzustützen. Die Knie nach vorn zu ziehen. Die Füße flach auf den Boden zu stellen. Und mit geschlossenen Knien so aufzuspringen, dass er seine Schädeldecke unter das Kinn des Kerls rammte.

Der Mann aus Moskau wurde hochgehoben, knallte auf den Rücken und blieb sekundenlang außer Atem liegen. Mit Reacher über sich. Und Reacher zögerte nicht. Als geborener Straßenkämpfer kannte er die Regel Nummer eins: Ist der Gegner am Boden, erledigt man ihn. Sofort. Auf der Stelle. Also trat er den Kerl mit voller Wucht an den Kopf. Dann noch mal. Und ein drittes Mal. Anschließend kniete er sich auf seine Brust und bearbeitete mit seinem ganzen Gewicht und aller Kraft seine Kehle.

Reacher stand auf und begutachtete die Schäden. Er brauchte einige Minuten, um wieder Luft zu bekommen. Dann schleifte er den Bewusstlosen zu dem Town Car. Er durchsuchte seine Taschen nach Reservemunition für die SOCOM. Als er keine fand, öffnete er den Kofferraum mit der Fernbedienung. Er hievte den Kerl hinein, faltete ihn zusammen und knallte den Deckel zu. Als Nächstes öffnete er die Fahrertür. Er beugte sich in den Wagen, riss den Innenspiegel ab und steckte ihn ein. Nachdem er Sands signalisiert hatte, den Strom wieder einzuschalten, machte er sich auf den Weg zu der Bunkertreppe. Er befand sich auf der dritten Stufe von oben, als sein Handy klingelte.

Der Anrufer war Wallwork.

»Neuigkeiten«, verkündete er. »Aus Oak Ridge. Sie haben richtig vermutet, dass Klostermann ein Kind hat, das dort arbeitet. Aber es ist kein Sohn, sondern eine Tochter. Diane. Und sie nennt sich nicht Matusak. Sie ist verheiratet. Benutzt den Namen ihres Mannes. Smith. Den häufigsten Nachnamen Amerikas. Nützlich für eine Spionin, was? Jedenfalls beobachten wir sie jetzt. Sobald sich eine gute Gelegenheit bietet, schnappen wir sie uns. Bei Verhandlungen ist sie bestimmt ein gutes Faustpfand.«

Reacher beendete das Gespräch und ging weiter die Treppe hinunter. Er hob die SOCOM auf, machte kurz halt und öffnete die Stahltür. Und ging hindurch.

Der Vorraum wirkte winzig. Und niedrig. Wie eine Umkleidekabine in einem Modegeschäft. Für normal große Menschen vielleicht ausreichend, für Reacher jedoch sehr eng. Boden und Wände waren aus Beton. Die Decke bildeten massive Stahlträger. Vor ihm befand sich eine weitere Tür. Ebenfalls stahlgrau. Mit einem großen Rad in der Mitte, das ein Schloss ersetzte. Als Reacher daran zog, ging die Tür auf. Dahinter lag ein weiterer Raum, der etwas größer, aber noch immer unbehaglich eng war. Auch seine Decke bestand aus Stahlträgern, die Wände aus glattem Beton. In den Boden war eine Luke eingelassen. Etwas in dieser Art hatte Reacher erwartet: einen senkrecht in die Tiefe führenden Schacht. Erwartete ihn unten jemand mit einer Waffe in der Hand, war das Spiel aus. Aber an diesem Schacht führte kein Weg vorbei. Wollte er Fisher finden, würde er dort hinuntermüssen.

Mit der Pistole in der Rechten öffnete er die Luke mit der linken Hand. Als der Deckel an der Wand lehnte, zog er den Spiegel heraus, den er aus dem Town Car mitgenommen hatte. Er hielt ihn schräg über die Öffnung, sodass er in die Tiefe sehen konnte. Der zylindrische Schacht bestand aus Betonsegmenten, die eine fast fugenlose Röhre bildeten. Reacher schätzte ihre Tiefe auf sechs bis sieben Meter. In die Wand eingelassene D-förmige Metallklammern dienten als Tritte. Die Beleuchtung bestand aus vier trüben Glühbirnen in Drahtkäfigen. Unten schien niemand zu lauern. Reacher steckte den Spiegel wieder ein und schob die SOCOM hinten in seinen Hosenbund. Er rechnete sich aus, dass es unten ebenso beengt zugehen würde. Mit massiven Betonwänden. Keine gute Umgebung für Querschläger.

Der Raum am Fuß des Schachts wirkte doppelt so groß wie der obere. An der rechten Wand war eine weitere Luke in den Boden eingelassen, die vermutlich zu einer tieferen Ebene führte. Vor sich hatte Reacher wieder eine graue Stahltür. Er öffnete sie einen Spalt weit und benutzte den Spiegel, um zu sehen, was dahinter lag. Die Tür führte auf einen schwach beleuchteten Korridor. Dort gab es weitere graue Betonflächen. Jede Menge exakter rechter Winkel. Aber keine Personen. Reacher stieß die leise quietschende Tür ganz auf und trat über die Schwelle.

Fisher kämpfte darum, sich zu konzentrieren. Ihr Kopf fühlte sich an, als wäre er voller Sand. Sie fror plötzlich. Weil sie nass war. Sie stand aufrecht, aber nicht richtig. Mit beiden Armen hoch über dem Kopf. Sie wollte sie herunternehmen, aber das konnte sie nicht. Ihr wurde klar, dass sie an ihnen hing. Ihre Schultern begannen zu protestieren. Ihre Handgelenke schmerzten. Etwas schnitt in sie ein. Etwas Metallisches. Und ihre Füße waren nackt. Nur die Zehen berührten den Boden. Seine Oberfläche fühlte sich rau an.

Als sie den Kopf schüttelte, wurde ein Mann sichtbar. Er war alt und hatte weißes Haar. Eine wilde Mähne, lockig und ungebärdig. Er stellte etwas ab. Einen Eimer. Dann griff er neben sich. Auf einem Metalltisch waren Gegenstände aufgereiht. Instrumente. Mit Klingen. Und Backen. Er nahm eines in die Hand. Eine Art Schere, nur größer. Vielleicht schärfer. Er hielt es ihr mit der rechten Hand vors Gesicht, während er mit seiner Linken den Saum ihrer Bluse zu sich heranzog.

»Also, meine Liebe«, sagte er. »Dann wollen wir Sie von Ihren nassen Sachen befreien.«

Geradeaus vor sich konnte Reacher am anderen Ende des Korridors eine weitere Tür erkennen. Außerdem sah er drei Türen links und zwei Türen rechts. Er öffnete die erste Tür links. Sie führte in einen Schlafraum. Er war klein. Spärlich möbliert. An einer Wand stand ein Metallspind. Außerdem gab es ein Feldbett. Das war die gesamte Einrichtung. Hinter der ersten Tür rechts lag ein Gemeinschaftsbad mit Dusche, WC und zwei Waschbecken. Edelstahl und schlichte weiße Sanitärkeramik. Weiß gefliester Fußboden. Die zweite Tür links führte in einen weiteren Schlafraum, der mit dem ersten identisch war. Metallspind, Feldbett, sonst nichts. Hinter der zweiten Tür rechts lag ein kleiner Schlafsaal mit drei Stockbetten. Sie hatten Metallrahmen und dünne gestreifte Matratzen. Vor jedem standen zwei billige Holztruhen. Die letzte Tür links führte in eine

Küche. Hier gab es eine Kühl-Gefrier-Kombination, Hänge- und Unterschränke, einen Herd, Tische und Stühle. Zwei Ausgüsse. Und an einer Wand ein Gemälde: ein Fenster mit wehenden Vorhängen und Blick auf eine Frühlingslandschaft.

Hinter der letzten Tür links lag ein quadratischer Raum, der so groß war wie alle anderen zusammen. In der rechten Ecke befand sich ein Essbereich mit einem Tisch aus hellem Holz und acht Stühlen. Links stand eine Sitzgruppe mit zwei großen Sofas und zwei Sesseln. Die Betonwände verschwanden hinter Regalen. Viele Fächer standen voller Bücher. Andere waren leer oder enthielten gestapelte Brettspiele. Aber hier unten gab es keine Menschen. Und keine Spur von Fisher. Genau das hatte Reacher befürchtet. Es bedeutete, dass er zur untersten Bunkerebene würde vordringen müssen.

Fishers mentaler Nebel begann sich zu lichten. Sie hatte weiter Kopfschmerzen, war nun aber imstande, ihre Umgebung genauer wahrzunehmen. Sie trug nur Unterwäsche, das merkte sie jetzt. Sie begann vor Kälte zu zittern. Ihre Hände befanden sich über ihrem Kopf, weil sie mit Handschellen gefesselt waren, von denen eine dünne Kette zu einem Metallring an der Deckenmitte führte. Der kleine Raum maß nicht mehr als drei mal viereinhalb Meter. Er hatte nur eine Tür, die offen stand. Die Wände bestanden aus weiß gestrichenen Hohlblocksteinen. Das ursprüngliche Weiß war vergilbt und an vielen Stellen mit rotbraunen Flecken und Spritzern bedeckt. In den rauen Betonboden waren scheinbar willkürlich verteilt massive Gewindebolzen eingelassen. Fisher vermutete, hier habe einmal eine schwere Maschine gestanden.

Außer ihr waren fünf Personen in dem Raum. Der alte Mann mit der weißen Mähne hielt noch die Schere, mit der er ihre Kleidung aufgeschnitten hatte. Dazu kamen die drei verbliebenen Angehörigen ihres Teams. Und eine Frau, die sie nicht kannte. Sie war außergewöhnlich hager, trug ein schwarzes Kleid mit weißer Schürze wie eine Art Uniform und hatte ihr blondes Haar hochgesteckt.

Fishers zerschnittene Kleidung lag vor ihren Füßen auf dem Boden. Daneben stand ein Eimer, mit dem der Mann vermutlich das Wasser geholt hatte und dann über ihr ausgekippt hatte. Und nun sah sie, dass der Metalltisch zwei Ebenen aufwies. Das an ein altes Radio erinnernde Gerät im unteren Fach zog ihren Blick an. Es bestand aus einem polierten Holzgehäuse, in dessen schräge Front ein Messinstrument eingelassen war. Ein Spiralkabel verband es mit einer Steckdose in der Wand. Und es hatte zwei weitere aufgerollte Kabel. Eines endete mit einem Knäuel Stahlwolle. Das andere mit einem Isoliergriff, aus dem zwei lange Messingspitzen ragten.

»Wie ich sehe, bewundern Sie das Gerät«, sagte der alte Mann. »Es ist eine Antiquität. Aus Moskau. Es hat meiner Mutter gehört. Nach allem, was man hört, war sie eine erfahrene Vernehmerin. Vielleicht benutzen wir es heute. Diese Jungs hier haben so etwas noch nie im Einsatz gesehen. Hohe Spannung, niedrige Stromstärke. Das ist das Geheimnis. So kann es stärker Schmerzen verursachen. Über längere Zeit hinweg. Die Stahlwolle wird in den Körper eingeführt … wo, können Sie sich bestimmt vorstellen. Und mit der Sonde arbeite ich ganz nach Belieben.«

Reacher ging durch den Korridor in den Vorraum zurück. Er hob den Lukendeckel an und benutzte erneut den Spiegel, um nach unten zu blicken. Auch dieser röhrenförmige Schacht war sechs, sieben Meter tief. Das gefiel Reacher nicht. Er war schon zu tief unter der Erde. Seine Nackenhaare begannen sich zu sträuben. Aus guten Gründen hatten seine Vorfahren von unter Brücken hausenden Trollen, von in Höhlen lebenden Drachen erzählt. Diese Orte waren dunkel. Beengt. Unnatürlich. Menschen hatten dort nichts zu suchen.

Auf der unteren Ebene gab es fünf Räume. Je zwei links und rechts und einen am Ende des Korridors. An den Türen klebten Schilder. *Heizung* und *Lüftung* links. *Schaltzentrale* und *Generator* rechts. Und *Wasserreinigung* geradeaus. Diese Räume brauchte Reacher nicht einzeln zu durchsuchen. Vier der Türen waren geschlossen. Eine schien nur angelehnt zu sein. Die des Generatorraums. Der Spalt war breit genug, dass Reacher eine Stimme hören konnte. Die Stimme, die er kannte.

Klostermann schob eine Spitze seiner Schere unter den Steg zwischen den Körbchen von Fishers Büstenhalter. Zentrierte sie, um die kleine Zierschleife genau in der Mitte zu durchtrennen. Und begann die Griffe zusammenzudrücken.

»Dies dient mehr zu meiner Belustigung, denn ich weiß schon alles über Sie, Natascha. Oder sollte ich Sie Margaret nennen?« Er wartete keine Antwort ab. »Allerdings habe ich noch eine Frage. Der Landstreicher … wo finde ich ihn?«

»Einfach nur umdrehen«, sagte Reacher von der Tür aus.

Fünf Personen wandten sich zu ihm um. Zwei wichen an die Wand zurück. Klostermann und seine Haushälterin. Drei zogen ihre Pistolen. Russische Agenten. Sie standen rechts von Reacher, ungefähr bis zur Mitte des Raums. In einer Linie, sodass ihre Schultern sich fast berührten. Die Männer außen, die Frau zwischen ihnen. Reacher trat auf sie zu. Sie hoben ihre Waffen. Reacher hob die Hände. Langsam, bis sie sich mit nach außen gekehrten Handflächen und gespreizten Fingern in Augenhöhe befanden.

»Ich sehe die Sache folgendermaßen«, sagte Reacher. »Ihr seid alle Profis. Mit einem Auftrag hier. Ohne persönliches Interesse. Legt ihr die Waffen weg, legt euch auf den Boden und legt die Hände hinter den Kopf, lasse ich euch leben. Ich übergebe euch den Behörden. Die stellen euch einen Haufen dummer Fragen. Sperren euch ein paar Monate ein. Und tauschen euch dann gegen die nächsten Amerikaner aus, die in eurem Land geschnappt werden. Wahrscheinlich seid ihr Ende des Jahres wieder zu Hause. Was haltet ihr davon?«

Keiner der Russen sagte etwas.

»Mein Angebot ist zeitlich begrenzt«, sagte Reacher warnend. »Es läuft in drei Sekunden ab. Seid ihr so weit? Drei. Zwo …«

Reachers Hände schossen nach vorn, wurden zu Fäusten geballt und trafen die beiden Männer unter dem Kinn. Sie ließen ihre Pistolen fallen, gingen rückwärts zu Boden und strengten sich verzweifelt an, durch ihre zertrümmerten Luftröhren zu atmen. Sein hochgerissenes rechtes Knie traf den Unterleib der Frau. Als sie mit einem Aufschrei zusammenklappte, traf seine rechte Faust ihr Genick. Sie brach zusammen, als wäre ein Schalter umgelegt worden, und blieb vor Reachers Füßen liegen.

Nicht übel, dachte er. Schnell. Effektiv. Aber nicht ganz symmetrisch. Keine gute B-Note.

Die Haushälterin flitzte nach vorn. Reacher bemerkte kaum, wie ihr Bein sich bewegte, aber er spürte, wie ihre Schuhsohle seine Wange traf. Er wollte sich auf sie stürzen, aber sie wich zurück, tänzelte in die Ecke und war zu schnell, als dass er sie hätte festhalten können. Reacher näherte sich ihr mit ausgebreiteten Armen und wollte sie in die Enge treiben, sie in der Ecke festnageln. Während sie sich seitlich wegduckte, zog sie etwas aus ihrem Haar. Eine Haarnadel. Mehr eine Klinge. Fünfzehn Zentimeter lang. Schmal. Scharf wie ein Rasiermesser. Damit stach sie im Vorbeistürmen nach ihm. Traf seine Brust. Zerschnitt ihm das Hemd und die Haut. Nicht sehr tief, aber doch so, dass er blutete.

Die Blondine stach erneut zu. Verfehlte ihn und rannte zur Tür hinaus. Reacher folgte ihr. Sah den Korridor entlang und stellte fest, dass sie schon halb am anderen Ende angelangt war. Er riss die SOCOM aus dem Hosenbund, zielte und gab drei Schüsse ab. Er wollte ihre Körpermitte treffen, aber die Geschosse schlugen links oben neben der Tür zum Schacht ein. Der Schalldämpfer musste sich verbogen haben, als die Pistole die Treppe hinuntergefallen war. Sein Instinkt kreischte: *Hinterher!* Seine Vernunft sagte: *Sie ist zu schnell. Lass sie laufen. Sie ist weg.*

Reacher kam in den Raum zurück und stieß gleich hinter der Tür auf Klostermann. Er trat ihn zwischen die Beine. Klostermann krümmte sich zusammen, sank auf alle viere, würgte, keuchte und stöhnte. Reacher ging zu Fisher, reckte sich hoch und befreite sie von den Handschellen. Sie schwankte sekundenlang, stützte sich mit einer Hand an Reachers Brust ab. Dann schlug sie die Arme um ihren Oberkörper.

»Mir ist kalt«, sagte sie. »Mir ist schwindlig.«

Reacher stellte sich über die russische Agentin, brachte sie in Sitzposition, zog ihr die Bluse aus und gab sie Fisher. Dann machte er sich daran, der Toten Stiefel, Socken und Hose auszuziehen. Während Fisher sich anzog, ging er zu Klostermann und zerrte ihn hoch, bis er sitzend an der Wand lehnte.

»Sie müssen mir zwei Fragen beantworten«, sagte Reacher.

»Ich habe gesehen, wie Sie Leute zum Reden bringen. Muss ich Ihr Werkzeug benutzen? Sie an den Armen aufhängen? Ihr elektrisches Spielzeug verwenden?«

»Nein.« Klostermanns Stimme war kaum lauter als ein Flüstern.

»Gut. Diese Dinge weiß ich bereits, aber ich will hören, wie Sie sie sagen. Fangen wir mit Toni Garza an. Mit der Journalistin. Sie haben sie ermordet?«

»Ja.«

»Und zuvor gefoltert?«

Klostermann nickte.

»Und Marty. Der Mann, der mich gefahren hat?«

»Er ist tot.«

»Sie haben auch ihn ermordet?«

»Nein. Das habe ich sie machen lassen.« Klostermann nickte zu den toten Russen hinüber.

»Okay. Freut mich, dass Sie so ehrlich sind. Und weil wir gerade dabei sind, Geheimnisse zu teilen, habe ich Ihnen auch einiges zu berichten. Vor allem, dass Ihr Plan, dem FBI durch Fisher falsche Informationen zuzuspielen, gescheitert ist.«

»Ich habe keine Ahnung, wovon Sie reden.«

»Erreicht haben Sie damit nur, das FBI auf die Fährte der Agentin in Oak Ridge zu setzen.«

Klostermann erstarrte.

»Sie dürfte jeden Augenblick verhaftet werden.«

»Das glaube ich Ihnen nicht.«

»Es stimmt aber. Woher wüsste ich sonst ihren Namen? Diane Smith, geborene Klostermann.«

Klostermann ließ keine Reaktion erkennen. Er saß weiter unbeweglich da. Zehn Sekunden lang. Fünfzehn. Dann beugte er sich nach vorn, griff nach seinem linken Knöchel. Seine Finger schlossen sich um den Perlmuttgriff einer kleinen Pistole Kaliber .22. Aber er kam nicht mehr dazu, die Waffe aus dem Holster zu ziehen. Weil Reacher in seine wilde Mähne griff. Seinen Kopf nach vorn zog. Und ihn mit Wucht an die Wand knallte.

Nur einmal.

Mehr war nicht nötig.

Aus Klostermanns Taschen zog Reacher zwei Smartphones. Eines war ein billiges Wegwerfhandy, das andere hatte alle möglichen zusätzlichen Knöpfe und Symbole. Dieses gab er Fisher, weil er vermutete, dass das FBI sich dafür interessieren würde. Dann verließ er den Raum, ging den Korridor entlang voraus und durch die Tür in den Vorraum. Fisher machte einen Schritt auf die Leiter zu, blieb dann aber stehen und sank kraftlos in die Hocke.

»Mir ist nicht gut«, klagte sie. »Ich weiß nicht, welche Droge sie mir gespritzt haben, aber sie wirkt noch nach. Ich glaube nicht, dass ich da raufklettern kann.«

»Ich lasse Sie nicht hier unten zurück«, sagte Reacher. »Das steht verdammt fest.« Er nahm sie über eine Schulter, stieg zur nächsten Ebene hinauf und quetschte sich mit ihr durch die Luke. »Sehen Sie, kein Problem. Noch ein Stockwerk höher, dann haben wir's geschafft.«

Reacher kletterte die nächsten fünf Sprossen hinauf und machte eine Pause. Mit dem Abschluss des Schachts über ihm stimmte irgendetwas nicht. Dort oben war es zu dunkel. Er stieg ganz hinauf, ließ Fisher in dem kleinen Raum von seiner Schulter gleiten und lehnte sie sitzend an die Wand. Dann schloss er die Augen und versuchte die Tür ins Freie zu öffnen.

Sie ließ sich nicht bewegen. Keinen Millimeter weit.

Reacher war gefangen. Unter der Erde. In einem engen Raum. Der einzige Zustand, der ihm seit seiner Kindheit Albträume bescheren konnte. Seine schlimmste Angst. Die einzige, gegen die er machtlos war.

»Das verstehe ich nicht«, sagte Fisher. »Wieso gibt es hier keine Klinke?«

»Die ist auf der anderen Seite«, antwortete Reacher. Er musste sich darauf konzentrieren, gleichmäßig zu atmen. »Dies ist eine Art Luftschleuse. Mit zwei Türen.« Er machte eine Pause. »Sie sollten nie gleichzeitig offen sein. Daher sind die beiden Klinken auf einer Seite. Damit ein Kerl sie beide kontrollieren kann.«

»Jemand hat sie auf der anderen Seite verriegelt? Wer?«

»Ich vermute Klostermanns Haushälterin.« Reacher rutschte mit dem Rücken an die Tür gelehnt tiefer, bis er auf dem Boden saß. Die Haut zwischen seinen Schulterblättern begann zu prickeln. Und er fing an zu schwitzen.

»Die hagere Frau? Die weggelaufen ist? Aber Sie haben sie erschossen. Ich habe die Schüsse gehört ... Nein. Warten Sie!« Fisher schüttelte den Kopf, um wieder klar denken zu können. Sie drückte ihre Finger an die Schläfen. »Auf dem Korridor hat keine Tote gelegen. Sie ist entkommen?«

Reacher zuckte mit den Schultern.

»Sie erinnern sich, wie sie gekämpft hat?«, fragte Fisher. »Und dass sie Klostermann assistiert hat? Sie ist keine gewöhnliche Haushälterin, sondern eine von ihnen. Sie meldet, was passiert ist. Dann ziehen die Russen ihre Agentin ab. Wir müssen Wallwork warnen.«

»Er ist hierher unterwegs«, sagte Reacher. »Hoffentlich. Ich habe ihm gesagt, dass Sie hier sind.«

»So lange dürfen wir nicht warten. Wir müssen ihn sofort warnen.«

Reacher zog sein Handy aus der Tasche. Es hatte keinen Empfang. Sie waren dicht unter der Erdoberfläche, aber durch dicke Stahlbetonschichten abgeschirmt. Das Material, das sie einschloss, sperrte Funkwellen aus. Reacher versuchte es mit Klostermanns Handys. Auch die beiden Smartphones hatten kein Netz.

»Okay«, sagte Fisher. »Dann müssen wir sie stoppen.«

»Wie?«, fragte Reacher. »Diese Tür ist der einzige Ausgang. Aber sie lässt sich unmöglich öffnen.«

»Es muss noch einen weiteren Zugang geben. Wie kommt herein, was man zum Leben braucht? Durch irgendwelche Rohre? Oder Schächte?«

Reacher schüttelte den Kopf. »Solche Bauten sind autark. Das Wasser wird aufbereitet und umgewälzt. Die Luft auch.«

»Was ist mit Strom? Mit dem Generator? Unten muss mal einer gestanden haben. Dieser Bunker ist … wann gebaut worden? In den Fünfzigerjahren?«

Reacher nickte.

»Was für Generatoren hat es damals gegeben?«, fragte sie weiter.

»Vermutlich mit Dieselmotoren«, antwortete Reacher.

»Und ein Diesel braucht Luft, um arbeiten zu können. Die von außerhalb kommen muss. Los jetzt!« Fisher rappelte sich auf. »Zurück in den Generatorenraum. Unsere Suche muss dort beginnen.«

Reacher schaute zu der in den Schacht führenden Luke. Für ihn gab es keine schrecklichere Vorstellung, als dort hinabsteigen zu müssen. Aber da, wo er sich jetzt befand, hinter einer massiven Stahltür gefangen, wollte er auf keinen Fall bleiben. Und er musste an die russische Agentin denken. Klostermanns Tochter. Die Sentinel vielleicht schon an sich gebracht hatte.

Die vielleicht schon Anweisung hatte, aus Oak Ride zu verschwinden. Reacher wusste, dass Sands Alarm schlagen würde, wenn sie nichts mehr von ihm hörte. Auch Wallwork wäre hierher unterwegs. Aber wie lange konnte es dauern, bis Hilfe eintraf?

»Ich gehe allein.« Reacher gab Fisher die SOCOM. »Vielleicht kommt jemand und öffnet die Tür. Dann sorgen Sie bitte dafür, dass er sie nicht wieder schließt.«

Reacher stieg die erste Leiter hinunter. Eine Sprosse nach der anderen. Ruhig und gelassen. Dann die zweite Leiter. Dann folgte er dem Korridor zu dem Generatorenraum. Trat über die Schwelle. Hielt sich nicht mit den Leichen auf, sondern konzentrierte sich auf die Decke. Er suchte sie Zentimeter für Zentimeter ab, ohne etwas zu entdecken, das man als Rohr oder Luftschacht hätte bezeichnen können. Also nahm er sich die Wände vor. Hinter zwei verspachtelten runden Öffnungen hätten Rohre liegen können. In diesem Fall waren sie geliefert. Die Kreise wiesen nur gut zwanzig Zentimeter Durchmesser auf. Jetzt blieben nur noch zwei quadratische Paneele in der gegenüberliegenden Wand übrig. Reacher ging zu ihnen und klopfte an das erste. Es klang solide. Er versuchte es mit dem zweiten.

Dieses klang hohl.

Reacher wollte es abreißen, aber seine Finger fanden keinen Halt. Der bündige Rand der Holzplatte war mehrfach dick überstrichen, sodass er nicht einmal die Fingernägel darunterschieben konnte. Er trat an den Metalltisch. Suchte die aufgereihten grässlichen Instrumente ab. Fand einen Meißel. Und einen Hammer. Versuchte, nicht darüber nachzudenken, wofür Klostermann Hammer und Meißel bereitgelegt haben mochte. Er begann mit der oberen linken Ecke und trieb den Meißel mit kräftigen Hammerschlägen in den Spalt zwischen Holz und Beton. Nachdem er ihn ringsum freigelegt hatte, schlug er den Meißel tiefer hinein. Drei Finger weit. Eine Handbreit. Dann ruckte er mit aller Kraft daran. Als er spürte, wie die Platte sich bewegte, stemmte er einen Fuß gegen die Wand und konnte sie nun ganz herausreißen.

Die Pressspanplatte hatte eine ungefähr einen mal einen Meter große Öffnung in der Wand abgedeckt. Der kleine Raum dahinter erstreckte sich einen Meter tief, bildete einen Würfel. Reacher tastete ihn innen ab. Der Boden war massiv. Die Wände auch. Nicht jedoch die Decke. Aus ihr stieg ein runder Schacht mit knapp einem Meter Durchmesser auf. Er versuchte hineinzusehen, aber sein Inneres war pechschwarz.

Reacher kroch in den Würfel, streckte die Arme über dem Kopf aus, zog die Schultern hoch und richtete sich auf. Nichts hinderte ihn daran. Er tastete die Schachtwand ab. Sie war kalt und glatt. Edelstahl, dachte er. Als seine Hände nach unten tasteten, fand er einen ringförmigen Vorsprung. Ungefähr zwei Zentimeter tief. Das Verbindungsstück zwischen zwei Sektionen der Stahlauskleidung. Nicht viel, aber immerhin etwas. Er suchte weiter und entdeckte einen Meter über dem ersten Vorsprung einen weiteren. Wie winzige Leitersprossen, die in einen engen, finsteren Raum führten. Vielleicht an die Oberfläche. Vielleicht ins Nichts.

Das ließ sich nur ausprobieren.

Reacher begann zu klettern. Er zog sich zum nächsten Vorsprung hoch. Fand den Ring unter sich mit den Füßen. Drückte seinen Rücken an die glatte Oberfläche hinter ihm. Atmete tief durch. Zog sich zum nächsten Vorsprung hinauf. Holte erneut tief Luft. Er schwitzte noch immer. Er zog sich weiter hoch. Seine Haut prickelte nach wie vor. Dann begann der Schacht enger zu werden. Er drängte von allen Seiten heran. Rückte ihm auf den Leib. Bald würde er feststecken. Der Schacht glich Schwarzen Löchern im Universum, von denen er gelesen hatte. Die Materie ansaugten und zerquetschten. Und nie wieder freigaben.

Nein, das stimmte nicht. Sein Verstand gaukelte ihm etwas vor. Er zwang sich dazu weiterzuklettern und schaffte es bis zum achtzehnten Ring. Bis zum neunzehnten. Er reckte sich empor. Seine Fingerspitzen berührten etwas, das sich fest und rau anfühlte. Holz, dachte Reacher. Er war oben angelangt, aber der Schacht war mit irgendwas abgedeckt.

Reacher drückte mit beiden Händen dagegen. Zog den Kopf ein und stellte seine Füße auf den zwanzigsten Ring. Streckte den Rücken, bis Nacken und Schultern ebenfalls Kontakt hatten. Begann wieder zu drücken – und rutschte mit dem linken Fuß aus. Er kippte zur Seite. Sein Kopf schlug an die Stahlauskleidung, sodass er im Dunkeln desorientiert war. Er stabilisierte sich mit den Händen, richtete sich auf und atmete tief durch. Und versuchte es noch mal. Drückte mit Nacken und Schultern nach oben. Verstärkte den Druck noch mehr. Und spürte, dass die Abdeckung nachgab. Vorerst nur wenig. Er drückte noch fester. Sie gab etwas mehr nach. Er drehte und wand sich und schaffte es, sie zur Seite zu schieben. Zwei Fingerbreit. Eine Handbreit. Genug, um ihn Licht sehen zu lassen. Frische Luft zu atmen. Er machte weiter, bis die Öffnung groß genug für ihn war. Er stemmte sich hoch, wälzte sich über den Rand ins spärliche Gras, blieb in Schweiß gebadet liegen und starrte in den Himmel hinauf.

Reacher setzte sich auf und zog sein Handy heraus. Es vibrierte in seiner Hand, und auf dem Display erschienen zwei Wörter:

Neue Nachricht. Er drückte auf das Symbol, um die Sprachnachricht abzuhören, und hob das Handy ans Ohr. Sie kam von Wallwork. Mit Neuigkeiten aus Oak Ridge. Knapp wie immer. Er berichtete, Klostermanns Tochter habe zu flüchten versucht. Das FBI habe sie geschnappt. Aber sie rede nicht. Noch nicht.

Er steckte das Handy ein, stand auf und begutachtete rasch das obere Ende des Schachts. Es war von einem niedrigen Betonsockel umgeben, aus dem massive Gewindebolzen ragten, als wäre hier eine Art Reflektor montiert gewesen, um den Schacht vor nuklearem Fallout, der den Kalten Kriegern Sorgen bereitete, zu schützen. Der war vermutlich entfernt worden, als der Generator außer Betrieb ging. Denkbar war sogar, dass seine Teile durch diesen Schacht heraufgezogen worden waren. Das wäre einfacher als ein Transport über die Leitern gewesen. Anschließend hatte jemand einfach ein Schaltbrett über die Öffnung gelegt. Im Lauf der Zeit hatte sich darauf Erde angesammelt. Und in dieser Erde war dann wie überall spärliches Gras gewachsen. Daher war auf Satellitenbildern nichts zu erkennen gewesen.

Reacher trabte zur Bunkertreppe. Als er ganz unten anlangte, sah er jenseits der ersten Tür eine Gestalt, die an der zweiten Tür horchte. Klostermanns Haushälterin, die zurückgekommen war, nachdem sie Alarm geschlagen hatte. Vermutlich fragte sie sich, was mit ihren Genossen geschehen war.

»Sie vergeuden Ihre Zeit.« Reacher trat durch die Tür. »Sie sind alle tot. Ihre Agentin ist geschnappt worden. Seien Sie also vernünftig. Geben Sie auf.«

Die Haushälterin warf sich herum. Ihr Gesicht war zu einer Grimasse verzerrt, die Augen unnatürlich geweitet. Sie wich zurück und zog dabei die Nadel aus ihrem Haar. Als Reacher sich ihr näherte, versuchte sie zuzustechen. Er schlug ihren

Arm zur Seite, sodass sie die Nadel verlor. Dann packte er sie mit der linken Hand im Nacken, drehte mit seiner Rechten das Rad und öffnete die Tür. Er wartete, bis Fisher herauskam und an ihm vorbei war. Dann stieß er die Haushälterin durch die offene Tür.

Vielleicht fiel sie in den Schacht. Vielleicht auch nicht. Reacher fühlte sich nicht verpflichtet, nach ihr zu sehen. Er knallte die Tür zu und drehte das Rad.

Reacher und Fisher saßen auf der Motorhaube des roten Chevys und warteten darauf, dass Sands auftauchte. Sie erschien nach ungefähr drei Minuten und parkte neben ihnen. Sie stieg aus. Umarmte Fisher. Half ihr auf den Beifahrersitz. Dann kam sie zurück, um mit Reacher zu reden.

»Ich sollte Agent Fisher ins Krankenhaus fahren«, sagte sie. »Kommst du mit?«

»Nein«, entgegnete Reacher. »Ich habe hier noch etwas zu erledigen.«

»Und danach? Sehen wir uns noch mal?«

Reacher schwieg.

»Sollten unsere Wege sich nicht wieder kreuzen, wünsche ich dir alles Gute, Reacher.«

»Das wünsche ich dir auch«, sagte Reacher. »Hoffentlich zahlt Cerberus sich für euch aus. Und hoffentlich kriegst du dein Boot.«

»Danke. Ich hoffe, dass du auch bekommst, was du brauchst.« Sands trat einen Schritt näher, stellte sich auf die Zehenspitzen und küsste Reacher auf die Wange. Dann wandte sie sich ab, um zu ihrem Wagen zu gehen.

»Sarah?« Reacher zog sein Handy aus der Tasche und reichte es ihr. »Gibst du das Rusty von mir? Ich brauch's nicht mehr.«

29

Dies ist die Ruhe vor dem Sturm, dachte Reacher. Das Tor hatte sich scheppernd hinter Sands und Fisher geschlossen, sodass hier Ruhe und Frieden herrschten. Aber so würde es nicht lange bleiben. Bald würden Schwärme von FBI-Agenten einfallen, um das Haus auseinanderzunehmen. Und ein weiteres Team würde man unter die Erde schicken In den Bunker. Um die Leichen zu bergen, die alle möglichen Fragen aufwerfen würden. Fragen, denen Reacher lieber aus dem Weg ging. Daher musste er sich beeilen.

Er zog Klostermanns Wegwerfhandy aus der Tasche. Ein sehr schlichtes Modell. Veraltet. Bestimmt billig. Was nur vernünftig war, weil es ja nicht lange benutzt werden sollte. Deshalb hatte es keinen Fingerabdrucksensor. Keine Gesichtserkennung. Nur eine altmodische vierstellige PIN. Mit zehntausend Kombinationen. Keine Zeit, sie alle durchzuprobieren. Also hob Reacher etwas trockene Erde auf. Zerrieb sie zu Staub, den er auf die Tastatur rieseln ließ. Blies das überschüssige Material weg. Hielt das Handy schräg ins Licht und erkannte, dass an den Tasten kein Staub haftete. Auch ein zweiter Versuch mit mehr Staub blieb erfolglos.

Mit dieser Technik hatte er bei der Einfahrt am Tor jedoch etwas erfahren. Klostermann hatte den Code 0420 benutzt – Adolf Hitlers Geburtstag in englischer Schreibweise. Eine subtile Botschaft für Leute, die glauben sollten, er sei ein Nazi. Der er jedoch nicht gewesen war. Aber seine Wahl ließ vermuten, dass er eine Vorliebe für historische Daten besaß. Was hätte

Klostermann also genommen? Das Gegenteil eines Nazis? Reacher versuchte es mit 0505, Karl Marx. Das Handy summte zornig und blieb gesperrt. Dann mit 0422, Lenin. Das Handy blieb gesperrt. Er gab 1107 für Trotzki ein. Wieder nichts. Zuletzt überlegte er noch mal. Klostermann war 1950 geboren. Mitten im Kalten Krieg hier aufgewachsen. Seine Eltern waren sowjetische Agenten gewesen, seine Onkel auch. Wer hätte damals lebenslängliche Loyalität einfordern können? Reacher versuchte es mit 1218, Josef Stalins Geburtstag.

Das Display leuchtete auf.

Reacher ging das Menü durch, bis er das Verzeichnis eingegangener Anrufe fand. Die Liste enthielt vier verschiedene Nummern. Drei davon tauchten nur einmal auf. Die andere viermal. Reacher begann mit ihr. Er markierte sie und drückte auf das Telefonsymbol. Am anderen Ende wurde nach dem dritten Klingeln abgehoben.

»Ja?«, fragte eine Männerstimme, die Reacher ziemlich sicher erkannte. Er glaubte auch zu hören, dass im Hintergrund eine Tür geschlossen wurde.

»Ein guter Rat«, sagte Reacher. »Henry Klostermann ist tot. FBI-Agenten sind unterwegs, um sein Haus zu durchsuchen. Geschätzte Ankunftszeit: zwanzig Minuten.«

Reacher beendete das Gespräch und ging zum Haus hinüber. Er stapfte über die Veranda. Betrat das Haus. Hörte Teile des zersplitterten Türrahmens unter seinen Stiefeln knirschen. Lief den Korridor mit den Porträtfotos bis zum Ende entlang. Er wusste, dass die letzte Tür rechts ins Wohnzimmer führte, sodass ihm drei zur Auswahl blieben. Er versuchte die letzte Tür links. Und fand gleich, was er suchte: Klostermanns Arbeitszimmer.

Der quadratische Raum wies zwei Fensterwände auf. Vor

dem rechten Fenster stand ein zum Raum hin orientierter Schreibtisch. Ein großes, protziges Möbel aus poliertem Mahagoni und einer Schreibunterlage aus grünem Leder. Dahinter ein Kapitänssessel mit grünem Lederbezug, der mit Messingnägeln fixiert war. Neben der Tür befand sich ein Bücherschrank, und an der vierten Wand waren hüfthohe Karteischränke aufgereiht. Über ihnen hing ein gerahmtes Ölgemälde: Stalin in seiner Uniform aus dem Zweiten Weltkrieg. Reacher nahm es ab. Auf der Rückseite entdeckte er ein anderes Porträt: Adolf Hitler in Uniform. Reacher hängte den Rahmen wieder so auf, dass der Nazi in den Raum blickte.

Als Nächstes kontrollierte Reacher den Schreibtisch und die Karteischränke. Alles abgeschlossen. Er überlegte, ob er die Schubladen aufbrechen solle, verwarf jedoch den Gedanken. Historische Artefakte aus Klostermanns Leben hätten ihn interessiert, aber das langweilige Sichten von Dokumenten überließ er gern dem FBI. Aus reiner Gewohnheit sah er hinter den Büchern nach, ohne etwas zu finden, und postierte sich dann neben dem Bücherschrank.

Fünf Minuten verstrichen ohne einen Laut, dann vernahm Reacher Schritte auf dem Korridor. Ein mittelgroßer Mann, dachte er. Mit festen Schuhen. Der diskret zu sein versuchte, obwohl er es eilig hatte. Er blieb draußen vor der Tür stehen. Der Türknopf drehte sich, die Tür begann langsam aufzugehen. Ihre Vorderkante bewegte sich einen Viertelmeter weit, dann stoppte sie. In dem Spalt erschien die Mündung einer Schusswaffe. Dann der ganze Lauf. Er gehörte zu einem Revolver. Einem Smith & Wesson Model 60. Dem ersten jemals hergestellten Revolver aus rostfreiem Stahl. Um Korrosion zu verhindern, wenn die Waffe eng am Körper getragen wurde. Kein Polizeimodell. Die Hand, die ihn hielt, kam in Sicht. Dann folgte das Handgelenk. Es ragte aus einer weißen Manschette unter einem grauen Anzugärmel.

Reacher trat gegen die Tür. Sie knallte zu, quetschte das Handgelenk ein. Der Mann schrie auf. Er ließ den Revolver fallen, zog seine Hand weg und wich einen Schritt zurück. Reacher riss die Tür ganz auf. Und erblickte Detective Goodyear, der an der Wand gegenüber lehnte und sich den Unterarm hielt. Reacher trat auf den Korridor. Packte Goodyear an den Aufschlägen seines Jacketts. Schleppte ihn ins Arbeitszimmer. Und rammte ihn mit dem Kopf voraus an die Wand unter dem Fenster. Dann wartete er an der Schreibtischkante lehnend, bis der Mann sich auf den Rücken wälzte und dann halb aufsetzte.

»Damit haben Sie eine Frage beantwortet, denke ich«, sagte Reacher, »die ich Ihnen bei unserer ersten Begegnung im Gerichtsgebäude gestellt habe. Warum Sie so verzweifelt bemüht waren, die versuchte Entführung Rutherfords unter den Teppich zu kehren.«

Goodyear äußerte sich nicht dazu.

»Das bedeutet, dass nur mehr eine Frage offen ist«, fuhr Reacher fort. »Wieso haben Sie Klostermann geholfen? Geld? Erpressung? Was?«

»Aus Prinzip«, fauchte Goodyear. »Mr. Klostermann hat versucht, unser Land zu retten. Unsere Rasse. Ich war stolz darauf, ihm helfen zu dürfen.«

»Aufstehen!«

Goodyear blieb sitzen.

Reacher stieß sich vom Schreibtisch ab.

Goodyear rappelte sich auf.

»Jackett ausziehen!«, befahl Reacher.

Goodyear schlüpfte aus den Ärmeln, ließ das Jackett zu Boden fallen.

»Hemd aufknöpfen.«

Goodyear knöpfte es auf, arbeitete sich von oben nach unten vor.

»Ganz öffnen«, sagte Reacher.

Goodyear zog es langsam auseinander. Reacher konzentrierte sich auf die linke Brustseite. Auf seine Tätowierung. Ein Adler mit Hakenkreuz.

»Sie haben vielleicht gehört, dass ich neulich einige Ihrer sogenannten Brüder kennengelernt habe«, sagte Reacher. »Alle sind aus Ihrem kleinen Verein ausgetreten. Mit der Anweisung, jeden zu warnen, der's nicht tut, dass sein Haus niedergebrannt wird. Mit ihm drin.«

»Nein«, sagte Goodyear. »Bitte nicht. Ich trete aus.«

»Das tun Sie. Aber nicht gleich jetzt. Ihre Kumpels haben mir erzählt, Klostermann wolle Hitlers Lichtdom nachstellen. Sie waren zu dumm, um zu wissen, was das war. Ich nehme an, dass Ihre Geschichtskenntnisse besser sind.«

»Das ist verdammt richtig. Ich habe Mr. Klostermann in jedem Stadium der Planung geholfen.«

»Sie wissen also, dass Leute aus allen Bundesstaaten eingeladen werden sollten.«

»Verdammt richtig.«

»Also haben Sie Kontakte. Zu ähnlich erbärmlichen Gruppen an anderen Orten.«

»Sie brauchen gar nicht weiterzureden. Bevor ich meine Brüder verrate, gehe ich ins Gefängnis.«

»Weigern Sie sich, dürfte eine Haftstrafe Ihre kleinste Sorge sein. Aber ich möchte Sie etwas fragen, das Ihre gemeinsame Sache betrifft. Klostermann hat Ihre Ideale geteilt?«

»Korrekt.«

»Henry Klostermann war Ihr Bruder?«

Goodyear nickte.

»Er war nicht Ihr Bruder«, erklärte Reacher. »Er war ein russischer Agent. Er hat Sie als nützlichen Idioten missbraucht. Hat Sie die ganze Zeit nur ausgenützt. Ich wette, dass er sich jeden Abend in den Schlaf gelacht hat, weil er daran dachte, wie dämlich Sie sind.«

»Netter Versuch, Reacher. Aber das nehme ich Ihnen nicht ab.«

»Dieses Porträt …«, Reacher zeigte auf das Ölgemälde über den Karteischränken, »… hat das immer dort gehangen, wenn Sie zu Besuch waren?«

Goodyear richtete sich auf, nahm unwillkürlich die Schultern zurück. »Immer.«

»Nehmen Sie's von der Wand. Sehen Sie sich die Rückseite an.«

Goodyear blieb, wo er war. »Jede Berührung wäre ein Sakrileg.«

»Gut, dann hänge ich's selbst ab.« Reacher trat vor, aber Goodyear vertrat ihm den Weg.

»Nein«, sagte Goodyear. »Wenn's sein muss, will ich's selbst tun.«

Goodyear verharrte vor dem Porträt, als spräche er ein stilles Gebet. Dann streckte er die Arme aus, packte es mit zwei Händen am Rahmen. Nahm es von der Wand. Hielt erneut inne – und drehte es um.

»Sie wissen, wer das ist, nicht wahr?«, fragte Reacher. »Klostermanns wahres Idol. Henry Klostermann hat sein Leben lang dafür gekämpft, alles zu vernichten, woran Sie glauben. Und er hat Sie erfolgreich getäuscht, damit Sie ihm helfen. Die ermordete Journalistin? Toni Garza? Klostermann hat sie ermordet. Weil sie kurz davor war, ihn zu enttarnen. Allerdings haben

Sie die Ermittlungen sabotiert. Auf seine Anweisung hin. Sie haben ihm geholfen, damit durchzukommen.«

Goodyear schüttelte den Kopf. »Ich glaube Ihnen nicht.«

»Ob Sie mir glauben, spielt keine Rolle«, entgegnete Reacher. »Das FBI erklärt Ihnen dann alles. Ich habe nicht gelogen, als ich sagte, die Agenten seien hierher unterwegs. Sie können bleiben und ihnen helfen, die anderen Gruppen aufzuspüren. Damit täten Sie Ihren Brüdern sogar einen Gefallen. Es würde verhindern, dass sie von jedem mit einem auch nur zweistelligen IQ ausgenutzt werden können. Oder wenn Ihnen das nicht passt, fahren wir zu Ihrem Haus.« Er zog ein Feuerzeug aus der Tasche. »Einen Kanister mit Benzin können wir unterwegs kaufen.«

Goodyear ließ sich wieder zu Boden sinken. »Nein, ich bleibe.«

»Raus mit Ihren Handschellen!«, befahl Reacher.

Goodyear zog sie aus der Ledertasche an seinem Gürtel.

»Fesseln Sie sich an einen Karteischrank. An den Schubladengriff. Und werfen Sie den Schlüssel weg.«

Goodyear tat wie geheißen.

»Okay«, sagte Reacher, »noch zwei Dinge, bevor ich gehe.« Als Erstes griff er nach dem Porträt und zertrümmerte es auf Goodyears Kopf, sodass sein Rahmen eine Halskrause bildete. Dann holte er aus und traf Goodyears Gesicht mit einer Geraden. Normalerweise hätte er dafür die Linke eingesetzt. Und vielleicht mit etwas weniger als voller Kraft zugeschlagen. Aber dieses Mal kam es ihm richtig vor, eine Ausnahme zu machen.

Reacher ließ Klostermanns Wegwerfhandy auf seinem Schreibtisch liegen. In seiner Anruferliste standen vier Nummern. Goodyears, die sich erledigt hatte. Martys, die nicht mehr aktiv war. Trotzdem blieben noch zwei, die das FBI aufspüren musste. Vielleicht zwei weitere korrupte Cops. Oder zwei weitere Kofferträger. Unabhängig davon, was sie waren, mussten sie gestoppt werden.

Er überzeugte sich davon, dass Goodyear gleichmäßig atmete. Dann verließ er das Haus und setzte sich in den roten Chevy. Er wollte zu der Raststätte. Den Wagen auf einem der Parkplätze zurücklassen. Zur Tankstelle hinübergehen. Auf die Seite, wo die Fernfahrer tankten. Und mit dem ersten Trucker, der ihn mitnehmen würde, zu dessen Zielort fahren.

Er hielt innen vor dem Tor. Wartete darauf, dass es zur Seite rollte. Fuhr hindurch und stoppte sofort wieder. Ein anderes Auto versperrte ihm den Weg. Scheinbar aus dem Nichts aufgetaucht. Jedenfalls nicht von der Straße kommend. Es musste parallel zu der Mauer auf dem Brachfeld gestanden haben.

Reacher wartete darauf, dass der Wagen ihm Platz machte. Er war klein. Ein ziemlich neuer Honda Civic. Mit einer Frau am Steuer. Sie trug Zivil. Deshalb brauchte Reacher einen Augenblick, um sie einzuordnen. Sie war Officer Rule.

Rule erkannte Reacher im selben Augenblick. Sie stieg aus dem Honda und kam zu Reachers Tür. Er fuhr sein Fenster herunter.

»Reacher?«, fragte Rule. »Was machen Sie hier?«

»Ich fahre weg«, sagte Reacher. »Tatsächlich war ich nie hier. Und Sie?«

Rule schwieg eine Weile, als überlege sie, was sie antworten solle. »Ich habe jemanden hierher verfolgt.«

»Detective Goodyear?«

Rule nickte.

»Warum?«, fragte Reacher.

»Ich hatte ihn im Verdacht, dass er nicht koscher ist. Dass mit ihm irgendwas nicht stimmt.«

»Korrekt. Wie sind Sie darauf gekommen?«

Rule zuckte mit den Schultern. »Als Cop hat man einen gewissen Instinkt. Ich habe beobachtet, wie Goodyear mit einem Handy telefonierte und dann rasch das Büro verließ. Nur war das nicht sein gewöhnliches Smartphone. Wir müssen alle unsere eigenen benutzen, weil die Diensttelefone ausgefallen sind, und ich weiß, dass er ein iPhone besitzt. Das neueste Modell. Aber er hat schon mehrmals dieses andere genommen. Es ist wirklich alt. Und er hat sich oft verdächtig benommen. Bisher habe ich das ignoriert, aber heute dachte ich: Jetzt musst du wissen, was er treibt.«

»Den Anruf hat er im Gerichtsgebäude bekommen?«

»Richtig.«

»Wieso sind Sie dann nicht in Uniform? Und wie kommt's, dass Sie mit dem eigenen Auto unterwegs sind?«

»Ich war im Gerichtsgebäude, um mein Kündigungsschreiben abzugeben. Ich habe keine Lust mehr, hier zu arbeiten. Ich meine, überlegen Sie doch mal: Sie sind ein Fremder. Zufällig auf der Durchreise. Und Sie haben sich mehr bemüht, hier Verbrechen zu stoppen, als unser Kriminalbeamter. Sie haben mir schon mehr geholfen als irgendeiner meiner Kollegen. Mir reicht's! Es wird Zeit, anderswo neu anzufangen.«

»Ihr Schreiben. Glauben Sie, dass es schon gelesen worden ist?«

»Das bezweifle ich. Warum?«

»Vielleicht wollen Sie es sich wieder zurückholen.«

»Wieso sollte ich das wollen?«

»Die Stadt hat die Stelle eines Kriminalbeamten zu vergeben.«

»Dafür gibt's nur eine Planstelle. Und die ist besetzt.«

»Jetzt nicht mehr. Goodyear hat den Dienst quittiert.«

»Im Ernst? Weshalb?«

»Nennen wir's eine persönliche Krise. Also muss er ersetzt werden. Die Stadt könnte jemanden von außen holen, vermute ich. Aber eine Einheimische wäre besser. Eine Frau, die in der Stadt verwurzelt ist. Die in letzter Zeit durch Verhaftungen aufgefallen ist. Kennen Sie zufällig eine, auf die diese Beschreibung passt?«

Rule überlegte kurz. »Wird Zeit, dass ich zurück ins Gerichtsgebäude kommen. Muss diesen Brief verschwinden lassen.« Auf halbem Weg um die Motorhaube ihres Wagens blieb sie noch mal stehen, wandte sich an Reacher. »Was ist mit Ihnen? Wohin sind Sie unterwegs?«

»Ich habe kein bestimmtes Ziel.«

»Wie wär's mit meinem Haus? Sie wissen, wo es steht. Heute ist Freitagabend. Wir könnten uns Essen kommen lassen. Ich habe Bier und auch etwas Wein.«

»Was ist mit Ihrer Nachbarin? Die würde mich bestimmt sehen.«

»Zum Teufel mit ihr! Was will sie schon machen? Sich mit der bald einzigen Kriminalbeamtin der Stadt anlegen?«

30

Rusty Rutherford verließ sein Apartment an einem Montagmorgen – genau zwei Wochen nachdem er fristlos entlassen worden war. Normalerweise war er kein Typ, der in einem lokalen Coffeeshop herumhing. Er ging jeden Morgen in denselben. Nur wegen des Koffeins. Er ging nicht hin, um sich zu unterhalten. Er war nicht daran interessiert, neue Leute kennenzulernen. Er stand geduldig in der Schlange. Gab seine Bestellung auf. Holte seinen Kaffee ab, sobald er fertig war. Und ging wieder. Selbst nach einer mit Jack Reacher verbrachten Woche fiel es ihm schwer, mit dieser Gewohnheit zu brechen.

Nicht gerade erleichtert wurde der Umgewöhnungsprozess durch die Reaktion der anderen Gäste. Alle freuten sich, ihn zu sehen. Er kam sich wie ein Magnet mit richtiger Polarität vor. Die Anwesenden drängten näher heran als sonst. Bis er die Theke erreichte, hatte er freundliche Worte mit einem halben Dutzend Leuten gewechselt. Und er hatte gesehen, wie die Barista die beiden Männer vor ihm behandelte, als sie vortraten, um zu bestellen. Sie hatte ihre Porzellanbecher so auf die Theke geknallt, dass Kaffee in die Untertassen schwappte, und sie ihnen rasch hingeschoben, wobei sie noch mehr verschüttete. Rusty begrüßte sie dagegen mit einem Lächeln, als er an der Reihe war, und fragte ihn, ob er seinen Üblichen wolle.

»Hausmischung, mittel, randvoll, richtig?«, fragte sie.

»Genau«, antwortete Rusty. »Zum Mitnehmen.«

»Der geht aufs Haus«, sagte sie. »Auf Wiedersehen bis morgen?«

Als Rusty Rutherford den Coffeeshop verließ, stand Reacher am Straßenrand. Er war einen halben Block von der einzigen Verkehrsampel der Kleinstadt entfernt, die wieder einwandfrei funktionierte. Er beobachtete, wie Rutherford nach Osten davonging. Nicht eilig. Auch nicht nur schlendernd. Nur in seiner kleinen Blase dahintreibend. Nicht ziellos. Eher in Gedanken versunken. Auf einer vertrauten Route unterwegs. Auf dem Weg nach Hause, wo er hingehörte.

Ein Auto wurde langsamer, hielt neben Reacher. Es war neu und glänzend und langweilig. Ein Mietwagen. Gefahren wurde es von dem Versicherungsmenschen, den Reacher vor einer Woche kennengelernt hatte. Er trug immer noch seinen schlichten dunklen Anzug, schien jedoch nicht mehr in Panik zu sein, sondern vielmehr ganz obenauf.

»Soll ich Sie mitnehmen?«, fragte der Mann.

»Wohin fahren Sie?«, erkundigte sich Reacher.

»Nashville. Besprechung in der Filiale. Ich berichte, wie ich das Lösegeld auf vierzig Prozent gedrückt und trotzdem erreicht habe, dass die Computersysteme der Stadt wieder funktionieren. Bis auf irgendein Archiv, aber das ist unwichtig. Geschichte. Wen interessiert die schon?«

Reacher überlegte kurz. Er war eben erst in Nashville gewesen und befolgte eine Regel: Niemals zurückgehen. Das nahm selten ein gutes Ende. Andererseits hatte er in letzter Zeit ein paar Ausnahmen gemacht, die nicht geschadet hatten. Und wenn er noch eine machte, konnte er in einen Club gehen. Eine Band hören.

Sich davon überzeugen, dass die Musiker ihr Honorar bekamen.

Autor

Lee Child wurde in den englischen Midlands geboren, studierte Jura und arbeitete dann zwanzig Jahre lang beim Fernsehen. 1995 kehrte er der TV-Welt und England den Rücken, zog in die USA und landete bereits mit seinem ersten Jack-Reacher-Thriller einen internationalen Bestseller. Er wurde mit zahlreichen Preisen ausgezeichnet, u. a. mit dem Anthony Award, dem renommiertesten Preis für Spannungsliteratur.

LEE CHILD & ANDREW CHILD

Der Sündenbock

Bestsellers

Dello stesso autore
in edizione Mondadori

Così parlò Bellavista
Croce e delizia
Oi dialogoi
Il dubbio
Elena, Elena amore mio
I grandi miti greci a fumetti
I miti degli Dei
I miti degli eroi
I miti dell'amore
I miti della guerra di Troia
La Napoli di Bellavista
Ordine e disordine
Panta rei
Raffaele
Socrate
Storia della filosofia greca -I
Storia della filosofia greca -II
Il tempo e la felicità
Usciti in fantasia
Vita di Luciano De Crescenzo scritta da lui medesimo
Zio Cardellino

LUCIANO DE CRESCENZO

NESSUNO

L'Odissea raccontata ai lettori d'oggi

i Libri di Paolo Caruso

ARNOLDO MONDADORI EDITORE

I edizione I libri di Luciano De Crescenzo maggio 1997
I edizione Oscar Bestsellers ottobre 1998

ISBN 88-04-45415-6

Questo volume è stato stampato
presso Arnoldo Mondadori Editore S.p.A.
Stabilimento Nuova Stampa - Cles (TN)
Stampato in Italia. Printed in Italy

Il nostro indirizzo Internet è:
http://www.mondadori.com/libri

Indice

Nessuno

Caro lettore,

alla fine della mia *Odissea,* dopo aver ucciso tutti i Proci, Ulisse lascia Penelope e parte di nuovo. Perché lo fa? Perché Ulisse non è un personaggio ma una mania. Una mania che costringe l'uomo a partire. Sempre. Una mania che alcuni hanno e altri no. Se anche tu ce l'hai, sappi che nel porto c'è una nave che ti aspetta. Non preoccuparti per la valigia. Non chiedere il prezzo del biglietto. Non chiedere la destinazione. L'importante è partire.

Nessuno

Quando avevo quindici anni la trovata di Odisseo di dire a Polifemo che si chiamava Nessuno mi entusiasmò a tal punto che finii col chiedere a mio padre di cambiarmi nome: volevo anch'io essere chiamato Nessuno. Lui, però, poco amante dei classici, mi rispose alquanto bruscamente: «Pensa piuttosto a diventare Qualcuno e non mi scocciare!».

L'*Odissea* è il primo libro pubblicato in Occidente. Come epoca siamo intorno al 530 a.C., grosso modo sotto Pisistrato, tiranno di Atene, che, con ogni probabilità, ne fu anche l'editore. Omero, però, l'aveva raccontata un paio di secoli prima. Protagonista assoluto del romanzo un eroe chiamato Ulisse, o, se preferite, Odisseo. Questo dilemma, se chiamarlo Ulisse o Odisseo, mi ha tormentato fin dall'inizio. Come appassionato di mitologia greca avrei dovuto chiamarlo Odisseo, come divulgatore Ulisse. Il mio portiere Raffaele, tanto per fare un esempio, se lo chiamo Ulisse mi capisce, se invece lo chiamo Odisseo non sa nemmeno di chi sto parlando. Altro dilemma: se intitolare «canti» i vari capitoli, o «libri». Ho scelto «canti» e che Dio me la mandi buona. D'altra parte l'*Odissea* è un poema epico, e, che io sappia, i poemi epici vengono comunemente suddivisi in canti.

Ultimo dubbio, il secolo in cui si svolgono i fatti: il quattordicesimo o il decimo avanti Cristo? Qui, diciamolo subito, siamo nel caos più assoluto: non c'è uno storico che sappia con precisione quando scoppiò la guerra di Troia. Per Duride di Samo era il 1334 avanti Cristo, per Erodoto il 1250, per Eratostene il 1184, per Eforo il 1135 e via discendendo fino ad arrivare ai contemporanei che parlano del 1000 se non addirittura della prima metà del 900 a.C. C'è infine chi, pur non precisando l'anno, è arcisicuro del giorno: l'incendio di Troia, dice, avvenne il 5 giugno alle 20.30 precise, come dire in «prima serata». A complicare le cose, poi, ci si è messo anche il più famoso degli archeologi, quel tale Heinrich Schliemann che, a forza di scavare, di Troie (intese come città) ne trovò addirittura nove, l'una sopra l'altra, tutte costruite sulla collina di Hissarlik, a due passi dai Dardanelli. Quella nostra dovrebbe essere la settima. Età presumibile il 1200 a.C., decennio più, decennio meno.

Sui motivi, invece, che scatenarono la guerra non ci sono dubbi: il rapimento di Elena fu solo un'invenzione dei poeti. La verità storica parla di tutte altre beghe: tra Greci e Troiani esisteva un conflitto d'interessi relativo ai traffici commerciali tra l'Egeo e il Mar Nero. I Troiani erano un popolo di camorristi che sorvegliavano giorno e notte lo stretto dei Dardanelli e che imponevano il «pizzo» a chiunque vedessero passare. Un bel giorno i Greci si stufarono e li fecero fuori: tutto qui.

Molti si chiedono com'è nata l'*Odissea* e chi ne sia stato l'autore. Ora noi, senza addentrarci nella «questione omerica», né affrontare il problema se sia mai esistito un signore chiamato Omero, e se di Omero ce ne sia stato uno o più d'uno, di una cosa possiamo essere certi: l'*Odissea* fu il *serial* televisivo dell'epoca. Detto in altre parole, che cosa facevano i ricchi, la sera, dopo cena, nell'ottavo secolo avanti Cristo? Niente di eccezionale: ascoltavano un cantautore, possibilmente cieco, che, in cambio di un pranzo, o di qualche regalino, raccontava loro una bella storia a puntate. E chissà che il vero motivo per cui Ulisse ci mise tanti anni a raggiungere Itaca non sia dovuto al fatto che, più tappe faceva, più pranzi rimediava il suo cantastorie.

Ma chi era Ulisse? A mio avviso l'unico vero uomo dei poemi omerici. Gli altri, diciamoci la verità, erano solo dei Rambo, esaltati come eroi più per la loro prestanza fisica che non per quello che pensavano. Gli Achille e gli Aiace, tanto per fare dei nomi, erano bravi solo a menare mazzate e, in una società dove le mazzate contavano moltissimo, finivano con l'essere considerati simili agli Dei. Ulisse, invece, aveva tutti i pregi e tutti i difetti che un uomo deve avere: era coraggioso, bugiardo, amante dell'avventura, attaccato alla famiglia, e allo stesso tempo traditore, curioso, imbroglione, astuto, farabutto, intelligente, e, come dicono i milanesi, *cacciaballe*. Per definirlo con una sola parola (greca) era un *poly-*. Omero, infatti, a seconda delle situazioni, lo definisce *polytropos* (dal multiforme ingegno), *polymetis* (dal grande intuito), *polyphron* (dai molti pensieri), *polymechanos* (dalle molte astuzie), *polyplanes* (dalle molte avventure) e via di questo passo. Lui, insomma, era un «multiplo», qualunque cosa facesse.

Ulisse è la star dell'*Odissea*, così come Achille lo è dell'*Iliade*. Platone, in uno dei suoi dialoghi, l'*Ippia minore*, cerca di stabilire chi dei due fosse il migliore. A discuterne sono Socrate e un certo Ippia.

«Achille dice sempre la verità» sostiene Ippia «e se anche, a volte, gli capitasse di dire una bugia, la direbbe in buonafede. Ulisse, invece, le bugie le dice per vizio, volontariamente, e sempre per raggiungere un suo scopo.»

«Ma allora,» obietta Socrate «chi è il più intelligente dei due, e quindi anche il migliore: chi sceglie tra una verità e una bugia, o chi dice sempre e solo quello che pensa?»

«Chi sceglie» ammette Ippia.

E così, alla fine, dà ragione a Socrate, anche perché, da un certo punto in poi, non ne può più.

«Mi hai convinto, o Socrate,» gli dice «però adesso lasciami andar via.»

Dovendo parlare, però, sia dell'eroe che dell'imbroglione, ho ritenuto opportuno aggiungere all'*Odissea* un capitoletto finale dedicato all'imbroglione, dove riporto tutto quello che di denigratorio sono riuscito a trovare nei suoi confronti. In genere si tratta di pettegolezzi che comunque, diciamo la verità, sembrano verosimili.

Per quanto riguarda, invece, l'*Odissea*, l'ho tradotta (si fa per dire) in linguaggio umano, ovvero a uso dei lettori d'oggi, e di tanto in tanto vi ho aggiunto qualche riflessione personale. Di versioni italiane dell'*Odissea* ne avrò lette una decina, da quella bella, ma oggi quasi illeggibile, di Ippolito Pindemonte (1753-1829) a quelle in prosa di Giuseppe Tonna (Garzanti) e di Maria Grazia Ciani (Marsilio) che peraltro consiglio a chi desiderasse leggere qualcosa di più aderente al testo omerico. Ovviamente mi è capitato di copiare, ma, a tale proposito, tengo a precisare un concetto fondamentale: quando si copia da un solo testo si commette un «plagio», ovvero un reato, quando invece si copia da più testi si fa della «ricerca», e quindi, alla fine, un'opera meritoria. Io mi sono molto dedicato alla ricerca. E sempre a proposito d'interpreti omerici, anche il Vincenzo Monti praticava la ricerca, tant'è vero che il Foscolo, riferendosi alla sua versione dell'*Iliade*, lo definì beffardamente: «il cavaliero, gran traduttor dei traduttor d'Omero».

Canto I

Il concilio degli Dei

Laddove si narra di come la Dea Atena protesti con Zeus per la sorte ingrata toccata a Ulisse, unico degli Achei a non essere tornato in patria, e di come, travestita da Mente, si rechi a Itaca per consigliare Telemaco.

Cantami, o Diva, l'uomo dal lungo viaggio,
che per tanti anni navigò sui mari, dopo
aver distrutto la sacra città di Troia.

Comincia così l'*Odissea*, il più bel romanzo di avventure che sia mai stato scritto nella storia della letteratura. Il primo canto ha come scenario il monte Olimpo.

Zeus entrò nel *synedrion*[1] e tutti si alzarono in piedi. Non che avessero chissà quale timore reverenziale nei suoi confronti, ma, conoscendolo, sapevano quant'era formale. Una volta, solo perché a un banchetto uno degli Dei aveva cominciato a mangiare prima di lui, fece diluviare per un anno intero sulla sua isola.

C'erano tutti. Gli unici assenti, a parte Ade che non saliva mai sull'Olimpo, erano Artemide, la Dea della caccia, e

[1] *synedrion* - συνέδριον: sala del gran consiglio.

Poseidone, il Dio che scuote la terra. Quest'ultimo era andato in Etiopia, ai confini del mondo, per godere di non so quale ecatombe. D'altra parte, Poseidone era fatto così: bastava che qualcuno, in qualche remoto angolo del pianeta, anche il più sconosciuto, gli scannasse un centinaio di pecore, pronunziando ad alta voce il suo nome, che lui subito si precipitava. Come a dire: «A me levatemi tutto, ma non mi toccate l'ecatombe».

La prima a prendere la parola fu Atena, la Dea dagli occhi lucenti.

«O figlio di Crono,» disse rivolgendosi a Zeus «la guerra che intrise di sangue le spiagge di Ilio è terminata. I guerrieri dalle corazze di bronzo, chi in un modo, chi in un altro, hanno tutti portato a termine la propria missione: c'è chi ha perso la vita lottando con le armi in pugno, chi l'ha persa sulla strada del ritorno, e chi appena messo piede tra le mura amiche. Altri invece, grazie a te, o divino, sono tornati tra le braccia delle mogli e dei teneri figli. C'è solo un eroe, chiamato Ulisse, che vaga ancora sui mari ricchi di pesce. Con parole e lusinghe lo tiene avvinto a sé da ben sette anni, in un'isola sperduta, una delle figlie di Atlante, la vogliosa Calipso. Lui, misero, versa calde lacrime pensando al fumo che sale dai camini d'Itaca, alla moglie lontana e al figlio di cui non conosce ancora il viso. Vorrebbe andarsene, ma la ninfa dai bei capelli non lo lascia partire: gli promette l'immortalità e l'eterna giovinezza senza capire che per un mortale sette anni equivalgono a sette eternità. Allora io ti chiedo: perché lo odi tanto da farlo morire di nostalgia?»

La sala dei congressi era identica a quella del Parlamento italiano, fatta eccezione, forse, per gli scanni, che a Montecitorio sono di legno mentre sull'Olimpo erano d'oro. Al centro, su di un trono posto leggermente più in alto degli altri, dominava Zeus, il Padre degli Dei. Una spanna più in basso (ma solo una spanna) sua moglie Era, e di fronte, disposti a semicerchio, tutti gli altri Dei. Tra quelli di destra faceva spicco Ares, il Dio della guerra. Tra quelli di sinistra Efesto, il Dio dei metalmeccanici.

L'appassionata petizione di Atena a favore di Ulisse divertì molto Zeus, ma non lo sorprese affatto. La guerra di Troia aveva finito col dividere gli Dei dell'Olimpo in due opposte fazioni: c'erano quelli che facevano il tifo per gli Achei e quelli che tenevano per i Troiani. Atena, fin dall'inizio, si era schierata coi primi, laddove Poseidone, avendo in odio Ulisse, li tormentava non appena ne beccava uno perso in mezzo al mare. Zeus, invece, diciamo la verità, era imparziale, nel senso che perseguitava gli uni e gli altri con pari accanimento, senza mai badare al colore delle maglie.

«Molti credono, o figlia soltanto mia,[2]» disse Zeus ad Atena «che tutto quello che accade sulla terra sia sempre io a deciderlo. Niente di più sbagliato: non è così che vanno le cose in questo mondo. Prendiamo, ad esempio, il caso del nobile Egisto: volle per forza uccidere Agamennone e insidiarne la sposa. Io invano, per metterlo in guardia, gli inviai Hermes, il Messaggero dallo sguardo acuto. Lui, testa più dura delle statue di Egina, portò lo stesso a compimento il suo piano delittuoso, e così, come gli avevo predetto, venne a sua volta scannato dal valoroso Oreste. Ora io chiedo: di chi è la colpa? Di Zeus che tutto sorveglia, o di Egisto che per forza volle unirsi carnalmente con la sposa legittima del figlio di Atreo? Ma torniamo a Ulisse che fra tutti i mortali eccelle per l'ingegno. Si oppone al suo ritorno l'irascibile Poseidone, e tu sai quanto mio fratello sia una divinità dal perdono difficile. D'altra parte, l'astuto Ulisse, le

2 Un giorno Zeus ebbe un fortissimo mal di testa. Non essendo stati ancora inventati gli analgesici, si fece rompere il cranio da Efeso. Dalla spaccatura uscì Atena in armi, il che spiegherebbe sia il mal di testa sia il motivo per il quale Zeus la definisce «figlia soltanto mia». Primo esempio di clonazione della Storia.

sue brave colpe ce l'ha: oltre a far divorare dai suoi uomini i sacri buoi del Sole, accecò anche l'unico occhio del Ciclope Polifemo, il figlio che lo stesso Poseidone ebbe dalla ninfa Toosa dopo averla violentata in una grotta buia. E così, eccoti spiegati i motivi per i quali il tuo protetto non è mai riuscito a raggiungere la terra dei padri.»

Malgrado il principio del libero arbitrio, così ben spiegato da Zeus, Atena provò a insistere.

«Sono d'accordo per Egisto, o padre: ha avuto quello che meritava. E che nello stesso modo possano morire anche tutti quelli che cospirano contro i re e i figli dei re! Tu, però, o divino, manda immediatamente il tuo fido Hermes dalla vogliosa Calipso, e avvisa la ninfa dai riccioli d'oro che gli Dei hanno deciso di far tornare in patria il valoroso Ulisse. Io, nel frattempo, mi recherò a Itaca dove un gruppo di giovani arroganti ha invaso la reggia con lo scopo d'insidiare la moglie dell'eroe e di impadronirsi del trono. Proverò a incoraggiare il di lei figlio, Telemaco, a recarsi da Nestore a Pilo, e da Menelao a Sparta, per chiedere a costoro se sanno qualcosa di suo padre.»

Telemaco, in tutto questo, era incazzato come una bestia: vedeva quei balordi dei Proci bivaccare in casa sua, urlare, bestemmiare, squartare buoi, sgozzare intere greggi di pecore, abbrancare giovani ancelle, e non riusciva a darsi pace. Se solo avesse potuto, li avrebbe uccisi tutti dal primo all'ultimo. Ma come fare? Era solo, non aveva ancora vent'anni e quelli erano in tanti, e per di più erano tutti maneschi e rissosi. Qualcosa gli diceva che meno si faceva vedere e meglio era. E allora se ne stava confinato in cucina, insieme alla servitù, accanto alla fedele nutrice Euriclea. Costei lo aveva visto nascere, e prima di lui aveva visto nascere suo padre Ulisse. Fu il nonno Laerte ad acquistarla per soli venti buoi, da un certo Opo, figlio di Pisenore. Si dice che all'epoca la brava donna avesse avuto quattordici anni e un seno eretto da fare invidia alla stessa Afrodite. Malgrado la sua bellezza, però, il saggio Laerte evitò di portarsela a letto: aveva intuito che come bambinaia valeva molto di più che come amante, e che sarebbe stato meglio per lui avere una persona fidata nella stanza dei bambini, che non un'amante in più nel gineceo. E tuttora, benché fosse quasi cieca, una sua carezza riusciva a trasmettere più calore di qualsiasi parola di conforto.

I pretendenti si erano insediati nella reggia e, con la scusa che Ulisse, dopo quasi dieci anni dalla fine della guerra, non aveva ancora dato notizie di sé, erano tutti in attesa che Penelope nominasse un sostituto. A essere sinceri, non è che impazzissero chissà quanto per le grazie della moglie di Ulisse, che era bella sì, ma anche leggermente sfiorita. Era piuttosto il trono di Itaca il loro vero obiettivo, e solo un matrimonio con la regina lo avrebbe legittimato. Lei, però, la divina, rimandava di giorno in giorno la decisione, con grande gioia di Telemaco, e altrettanta gioia dei Proci meno favoriti che, nell'attesa, mangiavano e bevevano a sbafo.

«Ah, se tornasse mio padre!» sospirava Telemaco. «Molto breve sarebbe la vita di costoro.»

Nel frattempo, però, per nulla spaventati da questa remota possibilità, i nobili di Zacinto, Same, Dulichio e della stessa Itaca non mollavano la presa, e lui, povero Telemaco, non sapeva più dove sbattere la testa.

Quel giorno, in particolare, il banchetto aveva raggiunto livelli di sconcezza mai visti prima: i Proci, non solo erano ubriachi, ma correvano seminudi dietro le giovani ancelle per trascinarle sui lettini. Tra grida di donne impaurite, canti osceni e araldi che continuavano a versare vino come se fosse acqua di ruscello, era tutto un susseguirsi di scenette disgustose.

Omero, d'altra parte, bisogna capirlo: se non esagera un pochino sulle malefatte dei Proci, non può alla fine giustificare la ferocia con cui Ulisse porterà a termine la storia. Da bravo sceneggiatore qual è, è obbligato, in un certo senso, a dire sempre il peggio che può dei signori pretendenti.

Quella sera, comunque, un vecchio servo, scandalizzato da quanto era stato costretto a vedere, andò a sfogarsi con Telemaco.

«O mio padrone,» gli sussurrò in un orecchio «la festa dei Proci prosegue in modo inverecondo, e tua madre, la divina Penelope, sta per scendere nel *megaron*.[3]»

Il ragazzo si alzò di scatto nella speranza di bloccarla in tempo, ma la regina, con il viso coperto da un velo, stava già attraversando il salone per dirigersi dal cantore Femio che proprio in quel momento aveva iniziato a cantare uno dei ritorni tragici degli Achei.

Un improvviso silenzio accompagnò il suo passaggio.

«O mio buon Femio,» disse Penelope all'aedo «perché continui a raccontare questi tristi *nostoi*?[4] Lo sai che il mio cuore è gonfio di tristezza per l'uomo che amo. Tu che conosci tante piacevoli storie, perché non me ne canti una a tuo piacimento, evitando di straziarmi il cuore più di quanto non sia già straziato?»

«O madre,» la interruppe Telemaco «non bisogna prendersela con Femio se canta il triste destino degli Achei. Non è colpa sua se molti eroi non riuscirono a tornare in patria tra le braccia dei loro cari. Furono gli Dei a deciderlo. Tu, piuttosto, rientra nelle tue stanze e occupati del fuso e del telaio, che ai fatti e ai discorsi degli uomini penso io, dal momento che in questa casa sono io quello che regna e comanda.»

Mentre pronunziava queste parole, alquanto presuntuose in verità per un ragazzino come lui, si accorse che sotto il porticato c'era un uomo con una lancia di bronzo nella mano destra. Aveva un aspetto regale, direi quasi luminoso. A guardarlo meglio aveva un che di femminile nel viso. Tele-

[3] *megaron* - μέγαρον: salone.

[4] *nostoi* - νόστοι: nella mitologia greca con questo nome vengono indicati i ritorni degli eroi dalla guerra di Troia. Trattasi di storie quasi tutte finite male.

maco non si sarebbe meravigliato se qualcuno gli avesse detto che quello non era un uomo ma un Dio. Subito, allora, si precipitò ad accoglierlo, meravigliandosi che fino a quel momento nessuno lo avesse fatto.

«Ti saluto, o straniero!» esclamò, andandogli incontro con un largo sorriso. «Che tu sia il benvenuto fra noi. Accetta innanzitutto del cibo, riposati dal lungo viaggio, e poi, sempre che ne abbia voglia, ci dirai chi sei, di chi sei figlio e di che cosa hai bisogno.»

Eccezionale il modo di accogliere gli sconosciuti nella antica Grecia! Evidentemente l'ospitalità doveva essere un comandamento religioso a cui nessuno poteva sottrarsi: uno straniero non veniva mai aggredito con domande troppo personali, e comunque mai prima che si fosse accomodato e rifocillato. Non come oggi che, con i videocitofoni e i nostri sistemi di allarme, se non ci si annunzia come Dio comanda è molto difficile che qualcuno ci apra la porta.

Atena, giacché di lei si trattava, lì per lì non rispose. Fece un paio di passi avanti, lanciò uno sguardo all'interno del *megaron* e interrogò a sua volta Telemaco.

«Dimmi, o giovane principe, che banchetto è mai questo? Chi sono costoro? E perché li hai invitati? Si tratta forse di un'antica tradizione alla quale sei tenuto? O di un pranzo di nozze? Di un pasto tra amici, non credo, dal momento che tutti arraffano e bevono a più non posso.»

«O mio ospite,» rispose Telemaco «forse ti scandalizzerai per quello che sto per dirti, ma costoro sono tutti parassiti.[5] Ad altro non pensano che a mangiare, a cantare e a fare l'amore. E ciò è comprensibile, giacché godono indebitamente dei beni di un altro uomo, di un eroe le cui

5 *Parassita*: in greco παρά-σιτος, «colui che mangia con».

bianche ossa, forse, in questo stesso momento fluttuano sull'immenso mare, o marciscono sotto la pioggia in una terra lontana. Tu, piuttosto, dimmi: in che cosa posso esserti utile, e poi, chi sei e di chi sei figlio?»

E la dea dagli occhi azzurri così rispose:

«Io mi chiamo Mente e sono il figlio del saggio Anchialo che regna sul popolo dei Tafi, uomini amanti del remo. Sono qui in cerca di bronzo e porto in cambio ferro lucente. Quanto a tuo padre, mi è stato riferito che non è morto ancora. È solo trattenuto in un'isola circondata da un mare sterminato. Lo tiene prigioniero, con arti femminili, una delle figlie del titano Atlante. E a tale proposito voglio farti una profezia, così come nel cuore me la suggeriscono gli Dei. Ulisse, uomo dalle infinite risorse, anche se avvinto da cento catene, prima o poi riuscirà a fuggire. Tu però, nel frattempo, prepara una concava nave, la migliore che riesci a trovare, e va' in giro a chiedere di tuo padre. Va' a Pilo sabbiosa e interroga il vecchio Nestore carico di gloria, e subito dopo recati a Sparta dal biondo Menelao che fra gli Achei dai lunghi capelli è stato l'ultimo a tornare in patria. Se questi re, giusti e illuminati, ti diranno che è vivo, sopporta ancora un anno. Se, invece, ti diranno che è morto, convinci tua madre a prendersi un altro sposo.»

«Con molto affetto mi hai parlato, o divino ospite» rispose Telemaco. «Mi hai consigliato come se fossi un figlio tuo, e io per questo te ne sarò per sempre grato. Adesso, però, non restare fuori della casa: entra e fammi felice. Fatti un bel bagno ristoratore in modo che ti sia di sollievo al corpo e allo spirito.»

Dopo aver ringraziato l'ospite, Telemaco tornò nel salone e venne subito sottoposto a uno stretto interrogatorio. Evidentemente i Proci si preoccupavano di chiunque potesse, in qualche modo, interferire con i loro progetti.

Eurimaco, il figlio di Polibo, andò subito al dunque:

«Dicci, o Telemaco, con chi stavi parlando sotto il porticato: era forse un forestiero che ti portava notizie di tuo padre? E qual era la sua patria e quale la sua stirpe? A me, in verità, non sembrava un uomo da poco, e lo avrei anche interrogato con piacere se non fosse sparito all'improvviso.»

E Telemaco di rimando:

«Non preoccuparti, o Eurimaco; mio padre, almeno per il momento, non torna. Io, alle notizie che portano i forestieri non credo, così come non credo agl'indovini che di continuo convoca mia madre.»

Canto II

Il ragazzo Telemaco

Laddove si narra di come Telemaco indica una riunione per sollevare il popolo contro i Proci, e di come, ingiuriato da costoro, chieda una nave per andare a Pilo e a Sparta in cerca di notizie sul conto di suo padre.

Cominciamo col dire che Itaca era un'isola molto povera, abitata prevalentemente da pecore e da pecorai (più pecore che pecorai per la precisione). Non era né Creta né Micene, dove il fatto che ci si riunisse in piazza per ascoltare un oratore doveva essere un'abitudine quotidiana. A Itaca una assemblea generale, indetta oltre tutto da un ragazzo come Telemaco, dovette sembrare un avvenimento eccezionale. Tant'è vero che nel giro di mezz'ora lo spiazzo davanti alla reggia si riempì tutto, fino alle viuzze laterali. Cos'era accaduto di così grave, si chiese il popolo, da convocare un'adunata generale a mezzogiorno, in pieno sole, proprio quando il caldo era insopportabile? Arrivò gente da ogni parte e qualcuno anche dalle isole vicine. Ovviamente, c'erano i Proci.

Ora, sarà perché preso da sacro furore, sarà perché Atena lo aveva dotato di un carico in più di bellezza, certo è che quando Telemaco si affacciò dal balcone della reggia un «oh» di ammirazione si levò dalla folla. Nessuno lo aveva mai visto così bello, così alto e così spavaldo. Aveva lo sguardo determinato di chi sa che cosa vuole nella vita e farà di tutto per averlo. Strappò con forza dalle mani di un araldo uno scettro e cominciò a parlare con un'autorità che nessuno gli avrebbe mai accreditato.

«O popolo di Itaca, una doppia sciagura si è abbattuta sulla mia casa, ed è soprattutto mio il dolore: il padre valoroso ho perduto, e alcuni bellimbusti pretendono oggi di sostituirlo, sia sul trono che mi spetterebbe di diritto, in quanto primo e unico figlio, sia nel letto di mia madre. Un gruppo di avventurieri, privi di scrupoli, si è insediato nella reggia e passa il suo tempo a squartare buoi, ad arrostire agnelli, a scannare pecore, e a bere il vino rosso delle mie vigne. Non c'è itacese o parente di mio padre, lo dichiaro a mia e a vostra vergogna, che sia capace di porre un freno a simili soprusi. Al che io dico: vergognatevi, o pretendenti, e tornate nelle case da dove siete venuti, se non vorrete che un giorno gli Dei vi puniscano per la vostra invadenza.»

Ciò detto, gettò giù dal balcone lo scettro e scoppiò a piangere. Il popolo, commosso, più dal pianto che non dalle parole, restò ammutolito. Non così Antinoo, l'arrogante figlio di Eupite, capo dei Proci.

«O Telemaco senza freni, tu che cerchi di coprirci d'infamie sei davvero un ingrato: non è nostra la colpa se indugiamo nella reggia, bensì di tua madre che ci sta prendendo in giro da ormai troppo tempo. Sono tre anni, e ben presto saranno quattro, che non si decide a scegliere un sostituto al posto di Ulisse. Tempo fa ci assicurò che avrebbe dato una risposta positiva solo dopo aver terminato non so quale tela in onore di Laerte, ma proprio ieri, una delle ancelle ci ha confidato che di giorno tesse questa maledetta tela e di notte la disfa. A questo punto è tuo dovere rimandarla da suo padre Icario, in modo che questi le imponga un secondo matrimonio. I pretendenti, perché lo si sappia, non torneranno nelle loro case, né accetteranno di andare a vivere altrove, finché lei, la divina, non si sarà decisa.»

Questa della tela di Penelope è una storia davvero eccezionale: potrebbe essere scelta come emblema di tutte le strategie dilatatorie. La regina, conscia della debolezza del suo paese, si rende conto che l'unico mezzo per impedire ai Proci di prendere il potere è quello di tenerli a bada con la più femminile delle arti: quella del tessere. Nasce così il modo di dire «la tela di Penelope», ovvero l'arte di rimandare una decisione *sine die*.

Ma ecco che accadde un fatto straordinario: l'assemblea era nel suo pieno fervore quando dalla cima del monte Nerito si staccarono due aquile. A vederle scendere in picchiata, velocissime, l'una accanto all'altra, si sarebbe detto che erano due folgori inviate da Zeus, e difatti lo erano, tant'è vero che, una volta giunte sulla folla, si beccarono furiosamente tra grida e sparpaglìo di piume, per poi fiondarsi sui tetti d'Itaca. Nessuno dei presenti osò azzardare un'ipotesi, finché non si fece avanti un vecchietto di nome Aliterse, l'unico uomo, nell'isola, a sapere interpretare il volo degli uccelli.

«Ascoltami, o popolo d'Itaca,» dichiarò Aliterse «e ascoltatemi anche voi, o pretendenti, giacché è a voi che Zeus desidera parlare. Sta per abbattersi sul vostro capo un'immensa sciagura ed è bene che ne siate informati in tempo. Non a lungo il divino Ulisse resterà lontano da quest'isola ricca di sole e, quando tornerà, la sua vendetta non avrà limiti. Non commettete quindi l'errore di sottovalutarmi: non sono uno che parla a vanvera, tanto per parlare.»

Come tutti gli indovini, anche Aliterse sapeva che solo le previsioni molto brutte o molto belle vengono ascoltate. Sennonché la profezia non piacque affatto ai Proci, e uno di loro, Eurimaco, il più odioso se vogliamo, gli tolse la parola.

«Vattene a casa, o vecchio, e riserva le profezie per i tuoi figli, sempre che tu ne abbia: che non capiti loro oggi stesso una sciagura! Anch'io so leggere nel futuro, e non sempre il volo degli uccelli dice il vero. Ulisse, questo lo sanno anche le pietre, è morto e stramorto, e se fossi morto anche tu non sarebbe poi una così grande disgrazia: non istigheresti Telemaco, che già di suo è sconvolto. Illuderlo con false promesse è facile, ma non per questo si finisce col fargli del bene, anzi lo si avvilisce ancora di più. Noi Proci, sia chiaro, non abbiamo alcuna intenzione di sloggiare, ed è bene che anche il giovane principe se ne faccia una ragione. Che convinca piuttosto sua madre a prepararsi alle nozze.»

Telemaco lì per lì avrebbe voluto rispondere, poi, degno figlio di suo padre, ci pensò sopra un attimo e saggiamente preferì scendere a un compromesso.

«O Eurimaco, e voi nobili principi,» disse «mettiamo da parte le nostre diverse opinioni, e ragioniamo pacatamente: io vorrei solo una concava nave con venti robusti rematori per recarmi a Pilo sabbiosa e a Sparta nascosta tra i monti, e, una volta sul posto, chiedere al saggio Nestore e al glorioso Menelao se hanno notizie di mio padre. Se costoro mi diranno che è vivo, resterò ancora un anno in attesa, seppure angustiato. Se, invece, mi diranno che è morto, innalzerò un tumulo funebre e darò a mia madre un nuovo marito.»

Non tutti, però, furono d'accordo con questo progetto. Dalla folla si fece avanti Mentore, uno dei più cari amici di Ulisse.

«Io non mi adiro con i Proci arroganti: che continuino a razziare le mandrie di Telemaco. Io mi adiro col popolo che resta indifferente a queste rapine e che non caccia via gli sfruttatori, così come dovrebbe e potrebbe, dal momento che i Proci sono pochi e gli Itacesi molti. Allora concludo dicendo: "Vergognatevi, o miei concittadini, e sappiate che quando un popolo...".»

Ma anche Mentore venne zittito: Leocrito, figlio di Evenore, lo coprì d'ingiurie.

«O Mentore rimbecillito, o vecchio deficiente, o vaso colmo di sterco, tu apri la bocca tanto per darle fiato, ma non capisci niente. Tu aizzi il popolo contro di noi senza renderti conto che lo condanneresti a un'inevitabile sconfitta. Nessuno potrà mai cacciarci dalla reggia finché è in gioco la nostra mensa. Neppure Ulisse ci riuscirebbe. Quando si è in uno contro molti, infatti, prima o poi quest'uno ci rimette la pelle. Voi piuttosto, o Itacesi, tornate ai vostri lavori, e tu ragazzino smettila di frignare: sai benissimo che questa nave non te la daremo mai e poi mai.»

A Leocrito immediatamente si associarono altri Proci: primo fra tutti Antinoo, figlio di Eupite, che sbucò alle spalle di Telemaco, sul balcone, tendendogli la mano destra in segno di pace.

«Ragazzo,» esclamò con un sorrisino strafottente sulle labbra «ha detto bene Leocrito: finiscila di piagnucolare e vieni a banchettare con noi. Devi ancora crescere e un po' di cibo non ti farebbe male.»

Ma Telemaco ritrasse la mano inorridito, e reagì con disprezzo: «Con te, o Antinoo, non potrei mai sedermi alla stessa mensa. Non ti basta avermi saccheggiato le riserve: ora vuoi anche il mio consenso. Ricordati, però, di ciò che dico: verrà un giorno in cui pagherai tutto quello che mi hai fatto».

Una colossale risata coprì queste ultime parole.

«Il giovane Telemaco trama la nostra morte!» sghignazzarono i pretendenti. «Vuole sterminarci tutti, dal primo all'ultimo! Che paura, che paura! O sommo Zeus, salvaci tu!»

«Probabilmente,» commentò un altro ridendo «sarà condannato, come Ulisse, a errare per sempre sui mari. In questo caso, però, aumenterebbe per noi il lavoro, e già, perché, una volta consumati i beni del padre, saremmo costretti a mettere mano a quelli del figlio.»

Ma quanti erano i Proci? Alcuni venivano dalle isole vicine, altri, invece, erano del posto. In tutto saranno stati cinquanta o al massimo sessanta[1] ragazzotti di buona famiglia. Omero ce li presenta come criminali, noi invece, più obiettivi, li definiremo solo degli approfittatori. Dopo venti anni di vuoto di potere non ci si può meravigliare se qualcuno prova a prendere il posto di chi se ne è andato. Alla fin fine, poi, questi Proci chi avevano davanti? Una signora quarantenne dal carattere mite e un ragazzino neanche troppo sveglio. Loro, invece, si erano limitati a mangiare, a bere e a sedurre le ancelle. E li vogliamo condannare per così poco?

Telemaco, comunque, una volta rifiutato l'invito a bivaccare con i nemici, dichiarò sciolta l'assemblea e rientrò nei suoi appartamenti. Quand'ecco, in corridoio, venirgli incontro Atena sotto le false sembianze di Mentore.

«Ascolta, o Telemaco,» disse la Dea «senza por tempo in mezzo, recati subito da tua madre e prepara le provviste per il viaggio che devi fare a Pilo, che ad allestire la nave e a reclutare i volontari provvederò io stesso.»

Ciò detto Atena, da quella brava trasformista che era, mollò le sembianze di Mentore e prese quelle di Telemaco. Si era resa conto che la maggior parte degli Itacesi si sentiva in colpa nei confronti del ragazzo e voleva profittarne. Prese a battere l'isola in lungo e in largo e a tutti chiedeva aiuto. Al ricco Noemone chiese una nave con venti remi, e ai giovani più robusti e coraggiosi promise ricchi premi se si fossero offerti spontaneamente come rematori. Non solo: affinché nessuno intralciasse la partenza di Telemaco, fece scendere sui pretendenti un bel sonno profondo che li mise fuori gioco per l'intera giornata. Infine comandò al vento Zefiro di soffiare in direzione di Pilo.

[1] Secondo alcuni, compresi i servi, erano 108.

Canto III

Il saggio Nestore

Laddove si narra di come Nestore accolga Telemaco al meglio delle sue possibilità e di come non sa dirgli nulla di suo padre. Nel medesimo tempo, però, lo invita a recarsi a Sparta, da Menelao, che era stato anche l'ultimo a incontrare Ulisse, e, per questa missione, lo affida a suo figlio Pisistrato.

La nave di Telemaco giunse a Pilo, la bella città fondata da Neleo, proprio mentre il vecchio Nestore, sotto un sole spietato, sacrificava nove tori enormi a Poseidone, il Dio dai capelli turchini. I Pilesi vivevano prevalentemente di pesca ed era quindi loro interesse tenersi buono un Dio come Poseidone, assoluto dominatore dei mari. Basti pensare che la maggior parte dei Greci viveva sulle coste ed era così povera, ma così povera, che per sfamarsi era costretta a mangiare quasi sempre ostriche e aragoste.

Atena, sempre sotto le sembianze di Mentore, fu la prima a mettere piede a terra, seguita dal giovane principe.

«E ora, mi raccomando, Telemaco, non avere alcun timore» disse la Dea, indicandogli il gruppo di uomini che si accalcava intorno all'ara dei sacrifici. «Va' dritto da Nestore, che degli Achei è sempre stato il più saggio, e chiedigli tutto quello che sa di tuo padre.»

E Telemaco con voce tremante rispose:

«O Mentore, in verità mi emoziono al solo pensiero di dovergli parlare. Non sono un esperto in discorsi forbiti e penso che non sia educato per un giovane della mia età interrogare un re così famoso.»

Ma Atena, almeno su questo punto, riuscì a tranquillizzarlo.

«Non preoccuparti, o Telemaco: qualcosa ti verrà in mente e qualcos'altro te lo suggerirà un Dio. Se davvero sei figlio di Ulisse, non dovresti avere problemi a parlare con i potenti della terra.»

Di lì a pochi minuti si trovarono al cospetto del grande Nestore, domatore di cavalli, e dei suoi sette figli.

Pisistrato, il più giovane, fu il primo a venire incontro agli ospiti: li prese per mano e li condusse alla tavola di suo padre. Quindi offrì a entrambi un calice d'oro ricolmo di vino, servendo prima Mentore (cioè Atena) e poi Telemaco. Infine, chiese a tutti i presenti di brindare in onore di Poseidone.

La Dea apprezzò molto il fatto che Pisistrato, in omaggio all'età, l'avesse servita per prima, e non si lasciò sfuggire l'occasione per ringraziarlo davanti a tutti e per mandare, contemporaneamente, un messaggio al collega Poseidone.

«O Dio che scuoti la terra,» declamò con enfasi, alzando il calice al cielo, «concedi lunga vita a Pisistrato, a suo padre e ai suoi fratelli, così come essi meritano. Quanto a noi, venuti da lontano, esaudisci i nostri desideri.»

Conclusi i preliminari, ovvero i brindisi, gli auguri e le pacche sulle spalle, il vecchio Nestore chiese ai nuovi venuti di presentarsi: chi diavolo erano, da quali paesi venivano e qual era lo scopo del loro viaggio. Al che il ragazzo Telemaco, fattosi coraggio, così rispose:

«O Nestore, figlio di Neleo, vanto di tutti gli Achei, siamo giunti qui da te per una faccenda strettamente privata.

Io sono l'unico figlio di Ulisse e non ho notizie di mio padre da tempo immemorabile, in pratica da quando sono nato. Tutti ne parlano bene, tutti mi raccontano le sue molteplici astuzie, e questo acuisce ancor di più in me il desiderio di stringerlo tra le braccia. Ma tu che hai avuto la fortuna di conoscerlo, tu che hai combattuto al suo fianco, tu che ne hai raccolto le confidenze più intime, che cosa sai di lui? In quale luogo della terra o del mare è trattenuto e chi gli impedisce di tornare dai suoi? Che io sappia, di tutti gli Achei che combatterono a Troia si conoscono le sorti (quasi sempre funeste purtroppo) a eccezione di quelle di Ulisse. Così hanno voluto gli Dei. Ed ecco il motivo per il quale sono venuto a Pilo. Dimmi allora, o nobile Signore, tutto ciò che sai di mio padre: non avere pietà e non addolcire le parole solo per risparmiarmi un qualche dolore.»

E Nestore, con accento commosso, rispose.

«O caro Telemaco, ti parlo come se fossi un figlio mio. Tu mi hai ricordato le pene che soffrirono gli Achei dalle corazze di bronzo prima e dopo la caduta della città di Priamo. Sotto le mura morirono quasi tutti i migliori: fra i primi a cadere fu Patroclo, bello come Ganimede e forte come Ares, e subito dopo lo seguirono l'invincibile Achille, il valoroso Aiace Telamonio e, purtroppo, mio figlio Antiloco, che di tutti i guerrieri era il più bravo nella lotta. Le cose, peraltro, non migliorarono affatto quando, una volta espugnata Troia, il conflitto cessò. Caricammo sulle navi il bottino di guerra e le troiane più giovani e belle, per poi prepararci al lungo viaggio. Ma Zeus aveva in serbo per noi un doloroso ritorno. A stento riuscirono a farcela i tenaci Mirmidoni sotto la guida del coraggioso Neottolemo. E felicemente arrivò in patria anche Filottete, figlio di Peante. Come pure Idomeneo riuscì a riportare a Creta tutti i suoi guerrieri, nessuno escluso. Agamennone, invece, come forse già avrete saputo, venne pugnalato a tradimento da Egisto non appena mise piede nella casa tanto desiderata. Salvo poi essere vendicato da suo figlio Oreste...»

E qui Telemaco non riuscì più a trattenersi e lo interruppe.

«...e volessero gli Dei» esclamò «che anch'io riuscissi a vendicarmi come ha fatto Oreste, e a cacciare i Proci che insidiano mia madre. Ma, per ora, quelli che mi amano mi hanno consigliato di pazientare...»

«...e fecero bene» continuò Nestore, per poi aggiungere: «Certo è che se Atena, la Dea luminosa, si prendesse cura di te, così come a suo tempo si prese cura di tuo padre, non dovresti avere alcun timore».

«Purtroppo, o Nestore,» sospirò il giovane Telemaco «non credo che sia possibile, nemmeno agli Dei, cambiare il destino degli uomini quando questo è segnato.»

Al che Mentore (e cioè Atena), punto sul vivo, reagì immediatamente:

«Quali assurdità vai blaterando, o Telemaco: gli Dei possono fare tutto ciò che vogliono, anche cambiare il destino di un uomo, sempre però che costui sia vivo. Solo quando è morto, ed è sceso nel regno di Ade, dovranno arrendersi.»

«E per sapere se tuo padre è ancora vivo,» intervenne Nestore «ti consiglierei di recarti a Sparta dal glorioso Menelao: è tornato da poco in patria dopo aver molto viaggiato. Ha visitato paesi che nessuno di noi vorrebbe conoscere e sa più cose lui di quante non ne sappiano tutti gli altri Achei messi insieme. Puoi recarti a Sparta sia per mare che per terra, ma se scegli quest'ultima strada, sarei felice di essere io quello che ti procura i carri e i cavalli. E in ogni caso, chiederei a mio figlio Pisistrato di farti da guida.»

Così disse, e subito dopo mangiarono e bevvero a sazietà. Alla fine Atena dagli occhi azzurri e Telemaco dalle guance non ancora coperte di peli, stavano per tornare sulla nera nave quando Nestore li fermò con un ampio gesto.

«Non vogliano gli Dei immortali» esclamò «che da Pilo ve ne andiate come se io fossi un poveraccio, come se non avessi una casa e con essa, in abbondanza, tappeti e coperte di seta. Non dormirà giammai sul nudo ponte di una nave il figlio di Ulisse, almeno fino a quando Nestore sarà Nestore.»

E Atena di rimando:

«Ti ringraziamo, o generoso vegliardo, ma solo Telemaco pernotterà in casa tua. Per quanto riguarda me, invece, preferirei tornare alla concava nave e raccontare ai compagni rimasti a bordo che cosa si è deciso. Sono tutti giovani ardimentosi, un po' come Telemaco direi, ma hanno sempre bisogno di qualcuno che li incoraggi a osare.»

Nestore era considerato l'uomo più saggio della terra, e questo non tanto perché avesse detto chissà quali verità, quanto perché era uno dei pochi ad aver superato i cinquant'anni. Come dire che all'epoca arrivare ai cinquanta era una impresa disperata, per non dire impossibile. D'altronde pochi, tra guerre e malattie, arrivavano a superare i trent'anni. Quello che è certo, comunque, è che quando si trattava di prendere una decisione, sia nell'*Iliade* che nell'*Odissea*, si ricorreva sempre al «saggio» Nestore.

Il giorno dopo, quando si levò l'Aurora dalle dita rosa, i sette figli maschi di Nestore (Perseo, Echefrone, Stratio, Areto, Sesto, Trasimede e Pisistrato) dettero inizio ai preparativi per il lungo viaggio. Il re, come prima cosa, decise d'immolare una grassa giovenca ad Atena: ne aveva avvertito nell'aria la presenza e ora sentiva il bisogno d'ingraziarsela con qualche sacrificio. Ordinò all'orafo di corte, Laerce, di dorare le corna della vittima e pregò suo figlio Areto affinché portasse un bacile ornato di fiori atto a raccoglierne il sangue. Un altro dei suoi figli, Trasimede, prese la scure e vibrò il colpo mortale con tale precisione che la testa della giovenca cadde di colpo nel bacile. Gettarono un grido le donne presenti, ovvero le figlie, le nuore, le ancelle e la nobile Euridice, l'anziana sposa di Nestore.

Nel frattempo Policasta, la più giovane delle figlie del re, preparò il bagno a Telemaco e, dopo averlo ben bene lavato e unto di olio profumato, gli fece indossare una bellissima tunica bianca e un ricco mantello. Scese allora il giovane principe, bello come un Dio, e si accomodò sul carro accanto a Pisistrato. Questi, dopo aver salutato con un ampio gesto della mano il padre e i fratelli, frustò i cavalli dalle belle criniere.

Per chi non se ne fosse ancora reso conto, a detta di Omero tutto a quei tempi era eccezionale: il cibo, il vasellame d'oro e d'argento, le criniere dei cavalli, le giovani ancelle e i figli dei re che, nel peggiore dei casi, erano belli come un Dio.

Canto IV

Il biondo Menelao

Laddove si narra della visita di Telemaco a Sparta, e di come il giovane principe venga ad apprendere dal biondo Menelao che il padre è tuttora prigioniero della ninfa Calipso nell'isola Ogigia. Contemporaneamente i Proci organizzano un agguato ai danni di Telemaco.

Telemaco e Pisistrato entrarono in una valle circondata da impervie montagne. La strada, man mano che i giovani si avvicinavano a Sparta, diventava sempre più ripida e tortuosa. Sia a destra che a sinistra si spalancavano bui precipizi e orride gole. Il figlio di Nestore, però, essendo già stato altre volte da quelle parti, sembrava calmissimo e più che alla strada badava a rassicurare il compagno di viaggio.

«Non preoccuparti, amico mio, se la strada ti appare nemica. Il glorioso Menelao, in compenso, ha fama di essere il più ospitale di tutti i re della terra. Anche se, proprio a causa di questa sua famosa ospitalità, infiniti addusse lutti agli Achei.»

Evidentemente si riferiva a quando, venti anni prima, proprio per aver ospitato il principe Paride, finì col perdere la sua bellissima moglie. Come abbia fatto poi il troiano a rapirla dopo il tramonto e subito dopo percorrere quelle strade buie e contorte in una notte senza luna, resterà per sempre un mistero. Elena, un giorno, dichiarò di averlo seguito senza alcun sospetto, anche perché il rapitore aveva assunto, con l'aiuto di Afrodite, le sembianze del marito. Ma sarà vero? A me, francamente, è sempre sembrata una scusa.

Ed ecco, dopo una curva, apparire in tutto il suo splendore il palazzo di Menelao. Per qualche secondo Telemaco restò a bocca aperta: mai aveva visto nulla di più imponente! La reggia era maestosa, molto più alta di quella di Nestore che pure era enorme. Quanto alla sua, poi, quella d'Itaca, al confronto diventava una misera catapecchia. Il tetto della reggia di Menelao luccicava al sole come se fosse stato rivestito di metalli preziosi.

Ma le meraviglie erano appena iniziate: una volta entrati, i due principi scoprirono che proprio quel giorno si celebravano le nozze di entrambi i figli del re: della femmina, Ermione, che diventava la sposa dell'eroe Neottolemo, il figlio di Achille, e del maschio, Megapente (avuto da una schiava), che impalmava una delle figlie di Alettore.

Eteoneo, il primo aiutante di casa, andò subito ad avvisare Menelao dei nuovi arrivi.

«O padrone mio,» annunziò, entrando di corsa nella sala del trono, «due stranieri, entrambi di aspetto divino, sono qui giunti da Pilo. Cosa vuoi che ne faccia? Stacco loro i cavalli e li invito a entrare, o li induco ad andarsene altrove?»

E Menelao di rimando:

«Io penso, caro Eteoneo, che tu con l'età stia diventando sempre più stupido: prima mi dici che i due forestieri hanno un aspetto divino e poi mi chiedi se devi cacciarli. Non perdere altro tempo: ricevili come essi meritano. Stacca loro i cavalli e accompagnali nel salone perché si possano accomodare alla nostra tavola.»

Già nell'atrio Telemaco si rese conto che l'interno del palazzo era ancora più sontuoso della facciata: l'altezza dei soffitti, lo splendore degli arredi, i soprammobili d'oro, d'ambra e d'avorio, la morbidezza dei tappeti, le armi di bronzo appese alle pareti, la lunghezza dei corridoi e soprattutto il luccichio dei candelabri d'argento finirono ben presto con l'abbacinarlo. Sembrava quasi che il sole e la luna continuassero a splendere anche dentro le singole stanze. È anche vero, però, che un viaggiatore come Telemaco era destinato a meravigliarsi di continuo: lui, in effetti, aveva visto solo Itaca, e cioè un'isola, ricca di sassi, senza strade, senza giardini e senza case in muratura.

«Guarda, o Pisistrato!» esclamava estasiato. «Guarda che meraviglia: sembra la dimora di Zeus!»

Erano appena entrati quando furono avvicinati da una giovane fanciulla che con una brocca d'oro e un bacile d'argento offrì loro dell'acqua di fonte affinché si detergessero il viso dalla polvere del viaggio. Subito dopo vennero invitati a immergersi in due vasche di pietra ben levigate dove altre quattro ancelle provvidero a lavarli, a massaggiarli e a cospargerli di unguenti, per poi rivestirli da capo a piedi con candide tuniche e ricchi mantelli di lana. Infine, una volta diventati presentabili, furono ammessi alla presenza del glorioso Menelao.

Il re li accolse con le frasi di rito.

«Prendete ciò che più vi aggrada, o forestieri» disse, mostrando loro la tavola imbandita, «e quando vi sentirete sazi e non avrete più né sete né fame, mi direte chi siete e di chi siete figli. Anche se, già a vedervi, mi sembrate entrambi di stirpe divina.»

A coronamento della sontuosa accoglienza giunse anche la regina, la splendida Elena, in tutto e per tutto simile alla Dea Afrodite. Per lei l'ancella Adreste portò una seggiola d'oro, l'ancella Alcippe un tappeto di morbida lana su cui appoggiare i piedi, e l'ancella Filò un paniere d'argento con una conocchia d'oro e con un ricamo da terminare.

«Allora, mio buon Menelao,» chiese Elena, più seducente che mai, «abbiamo saputo i nomi dei nostri giovani ospiti?» Dopodiché, indicando Telemaco, aggiunse: «Non so che mi prende, ma sento il cuore battermi in petto, quasi che mi volesse dire qualcosa. Certo è che non ho mai visto nessuno al mondo più simile al divino Ulisse di questo giovane straniero che mi sta davanti. E per essere più esplicita, sono convinta che costui sia proprio Telemaco, il bambino che l'eroe abbandonò in fasce quando io, faccia di cagna, feci scoppiare la guerra tra gli Achei e i Troiani».

«Concordo con te, o donna» le rispose Menelao. «Uguali sono le sue mani, uguali i piedi, e uguali anche gli occhi, la testa e i capelli...»

«...e dite entrambi il vero:» confermò Pisistrato. «Chi mi siede accanto è per l'appunto Telemaco, l'unico figlio del grande Ulisse. Nestore, mio padre, mi chiese di fargli da guida, e io l'ho accompagnato fin qui, a Sparta, perché tu, o Menelao glorioso, con la tua saggezza possa consigliarlo. Molte pene oggi lui patisce per la prepotenza di uno stuolo di manigoldi che gli hanno invaso la casa. Costoro vogliono circuire sua madre e impadronirsi del regno. Nel frattempo lui, non sapendo se suo padre è morto o vaga ancora sui mari, non può nemmeno consolarsi con le lacrime, né tagliarsi i capelli in segno di lutto, come feci io a suo tempo quando seppi che il feroce Memnone, il figlio dell'Aurora, aveva ucciso mio fratello Antiloco.»

«Con le tue parole, o Pisistrato,» rispose Menelao «mi hai riportato ai giorni vissuti a Troia. Non puoi immaginare quanti amici ho perso sotto le mura della città di Priamo e quanti ne ho dovuto seppellire con le mie stesse mani. Alcuni erano ancora ragazzi imberbi, altri, invece, avevano lasciato una moglie che li amava e dei teneri figli.»

Queste ultime parole commossero un po' tutti: pianse Elena, pianse il nobile Pisistrato, pianse il giovane Telemaco e pianse anche per ciò che aveva appena finito di dire il re Menelao. Ma Elena, la divina figlia di Zeus, profittando della generale confusione, versò nelle coppe dei presenti una polverina preziosa che aveva comprato da una donna di nome Polidamna, quando era stata in Egitto: si trattava di una droga capace di lenire ogni tipo di dolore. Chi ne ingoiava anche solo un grammo restava indifferente a qualsiasi lutto gli potesse capitare. Non avrebbe pianto nemmeno se gli fossero morti contemporaneamente il padre e la madre, o se avesse visto i propri figli cadere trafitti. Secondo altri, invece, la bellissima donna non dette loro alcuna droga: erano state le sue lacrime a finire inavvertitamente nel vino, e per chi non lo sapesse, il pianto di Elena, anche detto *elenion*, era capace per concessione degli Dei di lenire ogni dolore.

«Parlatemi di mio padre, vi scongiuro,» implorò Telemaco «e non abbiate pietà di me: ditemi la verità, qualunque essa sia.»

«Un giorno» prese a dire Elena «vidi Ulisse trascinarsi per le strade di Troia: era scalzo e indossava una tunica stracciata in più punti. Sembrava l'ultimo degli schiavi. Nessuno mai lo avrebbe potuto riconoscere. Seppi, poi, che per suscitare maggiore pietà si era inferto da solo quelle orrende ferite. Eppure, malgrado gli stracci e l'odore, io lo riconobbi. Lo portai a palazzo, lo lavai ben bene, lo unsi d'olio purissimo e gli giurai che mai e poi mai lo avrei tradito, se mi avesse confidato le trame degli Achei.»

«Dici bene, o donna:» gli fece eco Menelao. «Di molti uomini ho ammirato il coraggio nei momenti difficili, ma non ho mai trovato nessuno che avesse un maggiore controllo di sé di Ulisse. Eravamo nel ventre del cavallo di legno. Accanto a me stavano accovacciati i più valorosi eroi Argivi. Nessuno di noi fiatava per paura che fuori qualcuno dei Troiani potesse sentirci, quando tu, Elena, inviata da Afrodite, facesti per tre volte il giro del monumento, e per tre volte imitasti le voci delle nostre mogli. Chiamavi ognuno di noi per nome e dicevi: "Vieni fuori, amore mio, che desidero baciarti. È tanto tempo che non ti vedo". Io e Diomede, nel sentire quelle dolci parole, non capimmo più nulla: volevamo precipitarci fuori, e fu Ulisse a impedircelo con la forza. Anticlo, poi, avrebbe voluto addirittura rispondere, ma il figlio di Laerte gli serrò la bocca con una mano e non lo lasciò fiatare finché Atena non ti condusse via.»

Confusa, mortificata da questo racconto, Elena abbassò gli occhi: non si capacitava di come avesse potuto fare una mascalzonata simile, e, come al solito, fu lo stesso Menelao a sdrammatizzare bonariamente.

«Ora tutto è passato: non ne parliamo più» le disse, carezzandole una mano. Poi, rivolgendosi a Telemaco: «Tu, piuttosto, ragazzo mio, dimmi quale necessità ti ha spinto a venire fin qui a Sparta, e in che cosa posso esserti utile».

E Telemaco rispose:

«O figlio di Atreo, o Menelao divino, o Signore dei popoli, so che hai viaggiato per sette lunghissimi anni e che hai visitato paesi mai visti prima da essere umano. Sono venuto da te nella speranza che in uno di questi viaggi tu abbia potuto sapere qualcosa di mio padre.»

Menelao restò in silenzio per qualche secondo, quasi a voler radunare i ricordi, quindi rispose:

«Effettivamente ho molto viaggiato, per terra e per mare. Sono stato a Cipro, in Fenicia, in Egitto, in Libia e ho conosciuto popoli dalle strane usanze come gli Etiopi, i Sidoni e gli Erembi. Ho visitato luoghi situati ai confini del mondo, dove gli agnelli nascono già con le corna e dove le pecore partoriscono tre volte l'anno. Ma non ho mai incontrato tuo padre. Tuttavia, ho da raccontarti una storia che potrebbe esserti utile.»

L'attenzione di Telemaco e di Pisistrato si acuì: i due giovani quasi non respiravano, tanto erano concentrati su quanto stava per dire Menelao.

«Un giorno mi trovavo a Faro, un'isola distante dodici ore di navigazione dalla costa egiziana» cominciò a raccontare il re di Sparta. «Non c'era un alito di vento, né una brezza marina che ci consentisse di prendere il largo. La bonaccia durava da venti giorni e l'equipaggio era allo stremo: avevamo consumato tutte le scorte e l'isola era priva di qualsiasi mezzo di sostentamento. Alcuni di noi avevano cercato di pescare con ami ricurvi, ma un po' per la cattiva sorte, un po' per la mancanza di esche, gli esiti furono quanto mai deludenti. Quando, a un tratto, sulla spiaggia apparve una donna di rara bellezza: camminava a testa alta senza mai guardarsi intorno. Questa, pensai, deve essere una Dea! E allora mi gettai ai suoi piedi e le dissi: "O apparizione divina, o Dea dai capelli d'oro, il cielo e il mare mi odiano e non mi permettono di tornare in patria. Dimmi chi sono gli Dei che ho offeso e quali azioni devo adesso compiere per ottenere il loro perdono!". E lei a me: "Mi chiamo Eidotea e nulla so dirti del tuo passato o del tuo futuro. Qui regna mio padre Proteo, anche detto 'il Vecchio del Mare': solo lui potrà dirti cosa dovrai fare per riprendere il viaggio. Ma per costringerlo a parlare dovrai prima immobilizzarlo, cosa non facile, credimi, dal momento che è capace di mutarsi in decine e decine di forme diverse, sia animali che naturali. Solo quando lo vedrai riprendere il suo aspetto iniziale potrai interrogarlo. Dovrai però saltargli addosso all'improvviso, mentre dorme, altrimenti non riuscirai mai a catturarlo. Lui in genere sbuca fuori dal mare quando il sole è al culmine del cielo, poi s'infila in una grotta profonda dove, per prima cosa, conta tutte le foche che gli stanno intorno. Vuole sempre accertarsi che non ce ne sia una di più o una di meno. Poi si mette a dormire. Bisogna che tu, insieme a tre uomini tra i più robusti, vi travestiate da foche, e vi facciate trovare nella grotta quando lui arriverà. Lo assalirete non appena si sarà addormentato". E così facemmo: uccidemmo quattro foche, indossammo le loro pellicce ed entrammo nella grotta indicata da Eidotea. Proteo arrivò puntuale, contò le foche e si mise a dormire. Quando gli saltammo addosso, si mutò prima in un leone dalla fulva criniera, poi in un serpente, poi in una pantera, poi in un cinghiale, poi in acqua e infine in un albero dall'alta chioma. A un certo punto, però, interruppe le sue metamorfosi e noi ne approfittammo per costringerlo a parlare. Gli chiesi quali Dei avessi offeso e quali sacrifizi avrei dovuto offrire per farmi perdonare. Gli chiesi anche chi di noi Achei era destinato a morire durante il viaggio di ritorno, e chi, invece, ce l'avrebbe fatta a tornare in patria.»

A questo punto Menelao si fermò qualche secondo per bere una coppa di vino e tutti restarono senza fiatare finché non riprese il racconto.

«Il Vecchio del Mare allora mi disse: "Come prima cosa devi tornare in Egitto, ovviamente remando, data la calma piatta, e ivi giunto offrire a Zeus e agli Dei Immortali un ricco sacrificio sulle rive del Nilo, il fiume disceso dal cielo. Per quanto riguarda, invece, gli altri Achei, sappi che due di loro sono già morti durante il ritorno e che un terzo vaga sui mari ricchi di pesce". Al che io gli chiesi chi fossero i primi due e chi il terzo, e lui così mi disse: "Il primo a morire è stato Aiace Oileo. A spingerlo contro le scogliere Giree fu Poseidone in persona, il Dio che non perdona. Aiace, comunque, si sarebbe anche salvato se dopo essersi aggrappato a uno scoglio non si fosse vantato di averla fatta franca. Urlò che lui era il più forte di tutti e che era sopravvissuto anche a dispetto dei Numi, al che Poseidone con un secondo colpo di tridente gli polverizzò lo scoglio sotto i piedi. Il secondo eroe già morto, e qui mi spiace di essere io il primo a dovertelo dire, è tuo fratello Agamennone, il capo dei capi. Aveva appena baciato il suolo nativo, quando l'infame Egisto lo attirò in un perfido agguato: insieme a venti uomini prezzolati lo invitò a un banchetto, dove lo uccise come si uccide un toro nella greppia. Ora però non piangere, o glorioso Menelao, forse sei ancora in tempo per andarlo a vendicare, se non lo ha già fatto suo figlio Oreste".»

«E chi era il terzo eroe?» chiese Telemaco, la cui attesa era diventata spasmodica. «Anche se dovessi farmi soffrire, ti prego, o Menelao, di rivelarmene il nome.»

«Il terzo era per l'appunto tuo padre: Ulisse, il più astuto fra tutti i mortali. Proteo mi disse di averlo visto a Ogigia, un'isola sperduta al di là delle Colonne d'Ercole. La ninfa Calipso, figlia del tremendo Atlante, lo teneva avvinto a sé, un po' con la forza e un po' con la dolcezza. E, sempre a sentire il Vecchio del Mare, Ulisse, poverino, non aveva alcuna possibilità di fuga, essendo privo sia di navi dai lunghi remi, che di compagni che potessero remare.»

«E poi cos'altro disse?» chiese ancora Telemaco.

«Nulla che si riuscisse a capire» rispose Menelao. «Balzò a cavallo di un delfino e s'inabissò per sempre.»

Nel frattempo a Itaca, davanti al palazzo di Ulisse, si svolgevano gare di disco e di giavellotto. Tutti i Proci, spacconi come sempre, vollero parteciparvi, a eccezione di Antinoo ed Eurimaco che preferirono restare a guardare. A loro si rivolse il buon Noemone.

«Qualcuno di voi sa quando torna Telemaco?»

«Ma perché,» esclamò sbalordito Antinoo, «Telemaco è partito?»

«Sì, con la mia nave» rispose Noemone. «Ora io ne ho bisogno: devo recarmi in Elide dove ho un allevamento di muli non ancora domati.»

La notizia si sparse subito tra i pretendenti: questo Telemaco cominciava a tirare troppo la corda.

«Dobbiamo fermarlo,» disse Antinoo «datemi una nave con venti uomini e gli tenderò un agguato tra Itaca e la rocciosa Same.»

Canto V

Calipso

Laddove si narra di come Ulisse sia tenuto prigioniero dalla ninfa Calipso, e di come Hermes ordini a costei di lasciarlo partire e di aiutarlo a costruirsi una zattera. Il canto termina con una grande tempesta scatenata da Poseidone e con Ulisse che riesce ad approdare nell'isola dei Feaci.

Dal letto di Titone si levò l'Aurora dalle dita rosa e disse: «Signore e signori, ecco a voi Ulisse». E fece bene a dirlo, dal momento che era la prima volta che il figlio di Laerte compariva nell'*Odissea.*

Stava seduto su uno scoglio dell'isola di Ogigia e scrutava l'orizzonte, riparandosi dal sole con la mano destra. Era triste. I suoi occhi erano velati di lacrime. Pensava a sua moglie Penelope, così timida e riservata. Pensava a suo figlio Telemaco che, praticamente, non aveva mai conosciuto. Pensava all'amico Mentore, alla tata Euriclea, al cane Argo, al padre Laerte, alla madre Anticlea, e si chiedeva se fossero ancora vivi. Pensava alla sua cara Itaca. Squallida, se paragonata all'isola Ogigia dove si trovava in quel momento, ma affascinante per il suo aspetto selvaggio. L'isola di Calipso, senza dubbio, era bella a vedersi, con i prati sempre pieni di viole, i cespugli di rose e gli alberi da frutta che crescevano senza che nessuno li avesse mai seminati, ma anche noiosa e priva di sorprese. Itaca, invece, grazie a Demetra, era avara. Prima di regalare un frutto, un fiore o anche una semplice spiga di grano, pretendeva che gli isolani si spezzassero la schiena e si consumassero le mani. Eppure lui l'amava più di ogni altra terra al mondo. Avrebbe pagato qualsiasi cosa pur di rivederla ancora una volta!

Sul mare non s'intravedeva alcun segno di vita, non una vela, un'isola, un filo di fumo, uno scoglio, nulla insomma su cui puntare lo sguardo e sperare. E lui lì, con le mani in mano, a non fare niente, sequestrato da una ninfa che lo amava teneramente e che non lo perdeva d'occhio nemmeno per un istante. Non a caso le avevano messo nome Calipso. Ora, per chi non lo sapesse, il verbo καλύπτω, in greco, vuol dire «circondo», «avviluppo» e volendo anche «nascondo». Ebbene, Calipso lo aveva nascosto al resto del mondo e non gli consentiva nemmeno di tuffarsi in mare.

Quale differenza tra lei e Circe, l'altra donna che lo aveva tenuto prigioniero! Circe, diciamo la verità, era una ninfomane, però non era insaziabile: una volta soddisfatti i suoi desideri lo lasciava in pace. Calipso, invece, voleva amare ed essere riamata in ogni istante, ventiquattro ore su ventiquattro. Sempre a chiedergli: «Mi vuoi bene? Io te ne voglio moltissimo! E tu quanto me ne vuoi?». Omero sintetizza il tutto con l'espressione οὐκ ἐθέλων ἐθελούσῃ (*Odissea*, V, 155) che in greco vuol dire «lui svogliato e lei sempre vogliosa». Il vero problema di chi ha a che fare con le Dee è che mentre gli umani dopo un po' di tempo si annoiano, gli Immortali, in quanto progettati per l'eternità, non sanno che cos'è la monotonia, ignorano il valore del tempo e cosa vuol dire «perdere un anno». E lui, povero disgraziato, di anni, a Ogigia, ne aveva persi sette.

Nel frattempo, sull'Òlimpo, al congresso degli Dei, si parlava di lui, e come sempre era Atena a prendere le sue difese.

«O Zeus, padre di tutti noi,» gemeva la Dea dagli occhi azzurri «e voi Dei Immortali, il misero Ulisse siede solo e inoperoso su uno scoglio dell'isola Ogigia. Guarda il mare sterminato e piange. Pensa ai suoi cari lontani e piange. E tutto questo perché una ninfa insaziabile lo tiene prigioniero con svenevolezze e parole mielate. Il tapino non possiede né una concava nave per prendere il mare, né compagni che possano remare per lui. Intanto i pretendenti gli hanno invaso la reggia e complottano per uccidergli il figlio.»

E Zeus, ridendo, le rispose:

«O figlia soltanto mia, ma non sei stata tu a progettare queste avversità? Come potrebbe vendicarsi il tuo protetto se oggi nessuno gli recasse offesa? Allora, di grazia, non prendertela con gli altri Dei. Pensa piuttosto ad aiutare il figlio, che al padre pensiamo noi.»

Quindi convocò Hermes, il Messaggero.

«O fido Hermes, va' ad annunciare alla ninfa Calipso queste mie irrevocabili decisioni. Innanzitutto lasci libero Ulisse. Lo aiuti a costruirsi una zattera e poi gli invii i venti più favorevoli acciocché possa raggiungere la terra dei Feaci. Costoro, essendo di stirpe divina, l'onoreranno come un Dio e gli offriranno una nave ben fatta con la quale raggiungere la patria.»

Hermes si allacciò i calzari alati, prese la verga d'oro con cui ipnotizzava i mortali, e si preparò al decollo dalla più alta cima dell'Olimpo. Poi, un po' imprecando per la lunghezza del viaggio e un po' lagnandosi perché non gli avevano lasciato nemmeno il tempo di farsi un cicchetto di nettare, si tuffò nell'aria puntando verso il lontano occidente. Chi lo avesse visto radere il mare, sfrecciando a meno di un metro dal pelo dell'acqua, lo avrebbe preso per un gabbiano.

La riccioluta Calipso stava in fondo a una grotta in attesa che Ulisse tornasse dalla riva del mare. Cantava una dolce melodia e tesseva una tunica con fili d'argento, muovendo su e giù la spola dorata, quand'ecco, sotto l'arco della grotta, apparire in controluce il Dio dai calzari alati. La ninfa capì subito che era successo qualcosa di grave. Fino a quel momento gli Dei, considerandola una divinità minore, l'avevano sempre ignorata: se oggi le inviavano un personaggio del calibro di Hermes, il principe dei messaggeri, non era certo per mandarle un saluto. Decise, allora, di offrire al nuovo venuto una coppa di rosso nettare e un vassoio ricolmo di ambrosia, per poi attendere, rassegnata, la sentenza degli Dei Immortali.

Hermes bevve, mangiò e dette inizio alla missione.

«O divina Calipso, Zeus, il Signore del tuono, mi ha ordinato di venire da te, a Ogigia, e io, malgrado la lunghezza del viaggio, sono venuto. Come vedi: eccomi qui. So che hai un prigioniero di nome Ulisse, un uomo infelicissimo, naufragato sette anni or sono su quest'isola. Mi dicono che tu subito ne approfittasti e che da quel giorno non hai più voluto che andasse via. Ebbene, sappi che per volontà degli Dei Immortali, e in particolare di Zeus, è stato deciso che il tuo nobile ospite ritorni alla terra dove ebbe i natali.»

Non avesse mai pronunziato queste parole: Calipso subito si mise a piangere.

«Oh, Dei dell'Olimpo, quanto siete crudeli! Altro non sapete fare che prendervela con le Dee che si sono scelte come compagno un mortale. A suo tempo perseguitaste Demetra dai capelli d'oro perché si era unita a Iasione. Poi accusaste Eos, la Dea dell'Aurora, per essere andata a letto con Orione, e la poverina arrossisce ancora al ricordo dei rimproveri. E ora tocca a me, misera Calipso, dover rinunziare all'uomo che più di tutti ho amato nella vita. Ulisse arrivò a Ogigia più morto che vivo dopo un terribile naufragio, e fu proprio il tuo Zeus, se ben ricordo, a spezzargli in due la nera nave con una delle sue folgori. Tutti i suoi compagni perirono e lui fu l'unico a salvarsi, anche perché fui io, povera stupida, a portarlo a riva, più morto che vivo. Lo nutrii e gli rimasi vicino finché non riacquistò le forze. Ora che è tornato sano, e magari anche più bello, gli Dei lo rivogliono indietro, e io sarò costretta a ubbidire perché non è permesso a una ninfa di andare contro il volere di Zeus. D'accordo: lo lascerò partire. Vi avverto, però, che non posseggo navi, né tantomeno rematori. Al massimo potrò dargli dei buoni consigli.»

«Aiutalo come puoi,» concluse Hermes che non vedeva l'ora di andarsene «e fa' in modo che si costruisca una zattera. Poi supplica i venti perché lo spingano verso Oriente.»

Calipso trovò Ulisse ancora sullo scoglio, tutto intento a scrutare l'orizzonte.

«Non piangere, o mio infelice amore.» gli disse affranta. «Zeus desidera che tu torni alla sassosa Itaca e io, per ironia della sorte, dovrò anche aiutarti a fuggire. Taglia ordunque dei grossi tronchi, annodali ben bene e costruisciti una zattera capace di affrontare i marosi. Poi mettici sopra un cassero sufficientemente alto, un albero con un pennone e una grande vela. Io stessa provvederò a fornirti i viveri. Ti darò un otre pieno di acqua, un secondo otre colmo di vino rosso, una sacca di pane fresco e delle vesti asciutte in modo che tu abbia un ricambio completo quando quelle che indossi saranno zuppe di acqua di mare. Infine farò in modo che i venti soffino tutti nella giusta direzione.»

Ulisse però, diffidente come sempre, non le credette: era tutto troppo bello per essere vero e pertanto sospettava che la ninfa volesse tendergli una trappola.

«Non ti credo, o Calipso, e non salirò su nessuna zattera, se prima non mi avrai giurato sugli Dei dell'Olimpo che non stai tramando contro di me una nuova sciagura.»

Calipso, per quanto disperata, non poté fare a meno di sorridere: era il suo solito Ulisse, il più sospettoso dei mortali. Per farlo contento, si volse a Oriente, in direzione dell'Olimpo, e, postasi una mano sul cuore, giurò solennemente:

«Sulla terra su cui poggio i piedi, sui cieli che mi sovrastano e sull'acqua dello Stige che scorre veloce, giuro che contro di te non tramo né tramerò giammai! Troppo ti amo per poterlo fare!»

Poi, per convincerlo definitivamente, aggiunse:

«Mi hanno detto che desideri riabbracciare tua moglie e io ti aiuterò in tal senso, anche se non riesco proprio a capire perché la desideri tanto. Non sono certo a lei inferiore, né per l'aspetto né per la qualità di animo, e di sicuro Penelope non ti ama di più di quanto non ti ami io.»

E Ulisse così le rispose:

«Nessuno ha mai detto, o dolce Calipso, che sei inferiore a Penelope per bellezza o per sensibilità. Ciò non toglie che sia molto forte in me il desiderio di riabbracciarla. Gli affetti si costruiscono col tempo e io, ricordati, oltre a una moglie ho anche un figlio di cui non conosco nemmeno il viso. Senza contare i tanti amici che mi aspettano da sempre.»

«Chissà perché, voi mortali, sopravvalutate sempre gli affetti lontani e non vi accorgete di quelli vicini.»

«Perché col crescere dell'età sono proprio quelli lontani a crescere di più nell'animo.»

«Hai dimenticato, però, o mio adorato Ulisse, che con me non diventeresti mai vecchio. Ovemai, infatti, volessi restare a Ogigia, chiederei al sommo Zeus di concederti l'eterna giovinezza. Con me resteresti sempre giovane e bello. Con lei, invece, nel migliore dei casi, avresti una lunga e penosa vecchiaia.»

L'offerta, diciamo la verità, era il massimo che si può desiderare, e va a tutto merito dell'eroe averla rifiutata. Di Ulisse tutto si può dire, tranne che non avesse un forte attaccamento per la famiglia e per la patria. Restare sempre giovani, non avere più malattie, e andare a letto con una Dea, non è cosa di poco conto. E magari sarà stato anche per scusarsi di non aver accettato, che quella notte l'eroe acconsentì a fare l'amore. A dirla tutta, ne avrebbe fatto volentieri a meno, ma era troppo importante per lui avere tutti gli aiuti che gli erano stati promessi, e poi, alla fin fine, si trattava di una mezzoretta di coccole.

Calipso lo amò teneramente e pianse. Poi volle fare l'amore una seconda volta e pianse. Insomma fu un incubo!

Il mattino dopo Ulisse, alle prime luci dell'alba, cominciò la costruzione della zattera. Doveva farla abbastanza solida da poter attraversare una distesa di mare non indifferente. Abbatté venti alberi di alto fusto, i più dritti che riuscì a trovare, poi li sgrossò con una scure di bronzo procuratagli da Calipso, e infine li saldò con chiodi di legno e funi intrecciate. Poi, da quel bravo falegname che era, con i rami tagliati costruì un cassero sul quale salire per scrutare l'orizzonte. Al centro, infine, fissò un grosso albero capace di reggere una larga vela, e a poppa un robusto timone per poter guidare. Come ultimo tocco protesse i quattro lati dello zatterone con ampie stuoie di vimini.

Attese per cinque giorni che si alzassero i venti favorevoli, dopodiché issò la vela.

Quando prese il largo Calipso lo seguì dall'alto di una rupe, immobile come una statua. Aveva indosso una tunica d'argento i cui riflessi avrebbero seguìto Ulisse per molte e molte miglia. Mentre la zattera si allontanava, la Dea sperò fino all'ultimo che lui tornasse indietro. Oh, quanto lo avrebbe amato se solo avesse avuto un ripensamento! Oh, quanti baci gli avrebbe dato se solo si fosse trattenuto ancora un anno! Sarebbe diventata la sua piccola schiava. Avrebbe supplicato Zeus di renderlo immortale. Ma queste cose gliele aveva già dette e ridette senza riuscire mai a fargli cambiare idea. Lui e la sua maledetta zattera si allontanavano sempre di più: ormai erano diventati un punticino nero all'orizzonte. Come è possibile, si chiedeva Calipso, amarsi per sette anni e poi troncare tutto da un giorno all'altro, quasi senza parlare? Come avrebbe fatto a non vederlo più! «Torna, amore mio, torna!» urlava il suo cuore. L'eroe, invece, è crudele dirlo, non si girò nemmeno a guardarla.

Ulisse navigò per diciassette giorni di seguito, sempre orientandosi con le stelle. Si mantenne a sinistra delle Pleiadi e di Boote, e a destra del Grande Carro, così come lo aveva consigliato Calipso. La mattina del diciottesimo giorno, una volta levatasi la nebbia, intravide molto lontano, sull'orizzonte, i monti ombrosi dei Feaci. Stava già assaporando la gioia dell'approdo, quando venne avvistato da Poseidone.

«Qualcuno degli Dei Immortali» imprecò il Dio «ha approfittato della mia assenza per aiutare questo maledetto Ulisse. Fortunatamente me ne sono accorto in tempo. Adesso si accorgerà con chi ha a che fare: voglio sommergerlo di guai. Si pentirà di essersi messo in mare!»

Detto fatto, scatenò una di quelle burrasche che i marinai amano raccontare nelle sere d'inverno quando sono al sicuro davanti a un bicchiere di vino. Come prima cosa fece scendere la notte. Poi radunò tutte le nuvole che riuscì a trovare. Quindi scosse il mare più volte con il tridente. E infine comandò ai venti Borea, Noto, Euro e Zefiro di soffiare tutti contemporaneamente e tutti da direzioni diverse, in modo da sollevare immensi cavalloni.

«O Dei che dall'alto mi state guardando, cosa sarà di me?» gridò l'eroe, aggrappandosi al timone. «Vedo già l'ombra di Thanatos[1] che sta per ghermirmi con le sue avide mani! Mille volte meglio sarebbe stato morire con le armi in pugno nella piana di Troia, sulle rive dello Scamandro. Lì, almeno, avrei ricevuto gli onori funebri dagli Achei dai lunghi capelli e il rispetto di tutti!»

Non aveva ancora terminato l'invocazione che un'onda gigantesca sollevò l'imbarcazione in aria per cinque o sei

[1] Thanatos - Θάνατος: Dio della morte.

metri, facendola poi ripiombare tra i flutti. L'albero si spezzò in due tronconi, il timone gli sfuggì di mano e lui stesso venne scaraventato in mare, finendo sott'acqua. A stento riemerse vomitando acqua salata, e infine, con la sola forza della disperazione, riuscì ad avvinghiarsi a quello che era rimasto della zattera.

In quel momento gli apparve Ino, una delle figlie di Cadmo.

«O sventurato,» lo commiserò la Dea dalle belle caviglie «se vuoi salvarti, togliti subito gli abiti che hai indosso, abbandona il relitto su cui stai aggrappato e cerca di raggiungere a nuoto la terra dei Feaci. Non preoccuparti dei marosi. Legati intorno alla vita questo velo magico: ti manterrà a galla finché non avrai raggiunto la riva. Appena sarai in salvo, però, ributtalo in mare e non voltarti indietro a guardarlo.»

Diffidente come al solito, Ulisse non volle accettare i consigli della Dea.

«E se fosse un trucco degli Dei per farmi affogare?» pensò. «Nossignore: io non mi getterò in acqua, almeno fino a quando avrò un legno a cui aggrapparmi.»

Ma un'ennesima onda, terribile, enorme, ancor più alta della precedente, disfece il relitto disperdendone i rottami. Al che Ulisse si decise: liberatosi dalle vesti che gli aveva regalato Calipso, indossò il velo fatato di Ino a mo' di salvagente. Nella circostanza, per sua fortuna, lo vide Atena, che decise di scendere anche lei dall'Olimpo per dargli una mano: con l'aiuto del vento Borea, la Dea gli spianò il tratto di mare che lo separava dalla terra dei Feaci. Lui, allora, nuotando per due giorni e due notti, giunse in vista della riva agognata. Purtroppo l'approdo non si presentava dei più semplici: era tutto un susseguirsi di punte e di scogli aguzzi e taglienti. Si sarebbe di certo sfracellato sulle rocce, se solo avesse provato ad avvicinarsi. Non c'era né una spiaggia, né un'insenatura dove poter prendere terra. Allora, con un ultimo sforzo, continuò a nuotare intorno all'isola, finché non intravide l'imboccatura di un fiume.

«O Signore del Fiume,» supplicò Ulisse giunto ormai allo stremo «chiunque tu sia, ti scongiuro: sono appena sfuggito all'ira di Poseidone. Abbi pietà di me: accoglimi tra le tue braccia.»

E il Dio del fiume frenò la corrente consentendo all'eroe di raggiungere una delle rive. Una volta a terra, Ulisse vide a un centinaio di metri di distanza un boschetto dove potersi nascondere. Corse con le ultime forze che gli erano rimaste e si gettò dietro una siepe, finalmente al riparo dai marosi e dagli uomini. Atena allora lo raggiunse e gli chiuse le palpebre immergendolo in un dolce sonno.

Canto VI

Nausicaa

Laddove si narra di come Ulisse, ridestatosi dopo il naufragio, veda Nausicaa e le sue ancelle, tutte nude, che giocano a palla. Anche l'eroe è nudo, ma, una volta copertosi alla men peggio con delle foglie, prega Nausicaa di portarlo da suo padre Alcinoo, re dei Feaci.

Dovendo scegliere miss *Odissea* non avrei dubbi: Nausicaa è di gran lunga la migliore, e sono in grado di dimostrarlo.

I personaggi femminili dell'*Odissea* sono quattro: Penelope, Circe, Calipso e Nausicaa. Penelope è una donna sulla quarantina, triste e senza alcuna voglia di divertirsi. Spesso e volentieri piange. Di giorno indossa un fitto velo che le copre il viso e di notte passa il tempo a distruggere la tela. Circe, invece, è quella che è, ovvero una sporcacciona, oltretutto tenutaria di una casa di appuntamenti, capace di vendersi al primo venuto per quattro soldi. Calipso è la peggiore di tutte: tiene prigioniero il povero Ulisse per sette anni e non lo molla mai, nemmeno per un minuto: sempre a chiedergli se le vuole bene e sempre a dirgli che lei gliene vuole moltissimo. Nausicaa, grazie a Dio, è giovane, spensierata, bella, nuda e gioca a palla. «Non ho mai visto», le dice Ulisse al verso 160, «una creatura più bella di te: più ti guardo e più ne resto incantato.» E io gli credo sulla parola.

Ma riprendiamo il filo del racconto. Avevamo lasciato Ulisse addormentato dietro una siepe dove si era nascosto dopo aver raggiunto a fatica la riva. Lui, naturalmente, non può sapere dov'è finito, se in una terra abitata da belve feroci o, peggio ancora, da popolazioni che lo faranno a pezzi. L'unica cosa che sa, con certezza, è che Poseidone gli ha riservato giorni difficili. Almeno così gli ha detto Calipso e lui le crede, se non altro perché glielo ha giurato su tutti gli Dei dell'Olimpo. Anche se tra gli Dei, non dimentichiamolo mai, c'è sempre Atena che lo protegge, e che, proprio per dargli una mano, appare in sonno a Nausicaa, la bella figlia del re dei Feaci, assumendo le vesti di un'amica.

«O dolce Nausicaa,» le dice Atena «perché sei così trascurata? Le tue vesti giacciono tutte sporche, ammonticchiate, in un angolo della stanza. Non essere negligente: cerca di tenerle in ordine. Sappi che non a lungo resterai vergine. Da tempo, ormai, i più nobili tra i Feaci ti hanno notata e vorrebbero chiederti in sposa. Preparati allora al grande giorno, e domani, alle prime luci dell'alba, fatti dare da tuo padre un carro e porta le tue vesti in riva al mare, lì dove sono i lavatoi.»

Quando l'Aurora si levò dal suo trono bellissimo, Nausicaa si ricordò del sogno che aveva fatto e corse a raccontarlo ai genitori. Al che il padre dette subito ordine ai servi perché allestissero un carro sufficientemente grande da ospitare sua figlia e tutte le ancelle. Il caso volle che i lavatoi fossero situati proprio accanto al cespuglio dietro al quale Ulisse si era messo a dormire.

Giunte sul posto, le ragazze si spogliarono, sia perché desideravano fare un bagno, sia perché volevano lavare le loro vesti insieme a quelle della figlia del re. In attesa, poi, che il sole le asciugasse, si misero a giocare a palla e fu allora che un lancio non ben calibrato finì col cadere in acqua. Il conseguente schiamazzo svegliò l'eroe.

«Dove mi trovo?» si chiese Ulisse. «Sento un allegro vociare di fanciulle.»

Ora, mettiamoci nei suoi panni, anzi nella sua nudità, e immaginiamoci la scena: si sveglia in una terra sconosciuta e vede innanzi a sé una decina di ragazze nude che giocano a palla. Anche lui è nudo. Poco prima, infatti, per indossare il velo salvagente regalatogli da Ino era stato costretto a liberarsi dei vestiti. A questo punto non sa più che fare. Non può né continuare a nascondersi, come se fosse un guardone, né mostrarsi all'improvviso con addosso solo una patina di salsedine. E allora che fa? Strappa un ramo carico di foglie e se lo mette sul davanti in modo da coprire quelle che Omero poeticamente definisce «le vergogne di uomo». Quindi esce allo scoperto. Come un leone, dice il poeta, che sbuca all'improvviso in un gregge di pecore. Fuga generale delle ancelle. Solo Nausicaa non si muove e lo guarda incuriosita: non per nulla lei è la figlia del re, e l'essere di sangue reale, a volte, conferisce una sicurezza che le altre donne non hanno.

Ebbene, nessuno mi crederà, ma quando stavo al ginnasio (sto parlando, sia chiaro, degli anni Quaranta) questa scena non c'era nella mia *Odissea*: era stata censurata dall'editore. Dal verso 127 al verso 138 c'erano dodici righe di puntini di sospensione. Ricordo anche che un mio compagno di classe, tale Mautone, più volte ripetente, mi comunicò in gran segreto di aver letto nell'*Odissea* di suo padre che l'eroe, alla vista delle ancelle nude, si era perfino masturbato. Io, ovviamente, gli credetti, anche perché a quell'età non pensavo ad altro. Ecco qui di seguito i versi incriminati:

> Detto così, sbucò dagli arbusti il chiaro Ulisse,
> dalla fitta selva ruppe con la mano robusta un ramo
> di foglie, per coprirsi nel corpo le vergogne di uomo.

Mosse come un leone montano sicuro del proprio vigore,
che avanza battuto dalla pioggia e dal vento, gli ardono
gli occhi, e si getta tra buoi e tra pecore
o dietro a selvatiche cerve: anche in un fitto recinto
il ventre lo spinge ad entrare, per assalire le greggi;
così s'accingeva Ulisse ad andare, benché fosse nudo,
tra le fanciulle dai riccioli belli: lo premeva il bisogno.
Orribile a esse apparve, bruttato dalla salsedine:
fuggirono atterrite qua e là per le rive sporgenti.
(*Odissea*, VI, 127-138, ed. Mondadori, trad. A. Privitera)

Omero, invece, al contrario di quanto malignamente pensavamo io e Mautone, ci mostra un Ulisse timido che si getta ai piedi di Nausicaa e la supplica.

«O immagine divina, che tu sia una Dea o una donna non importa: aiutami! Se sei una Dea, dovresti essere Artemide, giacché è a lei che somigli in modo impressionante, se sei invece una donna, tre volte felici dovrebbero essere tuo padre e tua madre, e tre volte felici i tuoi fratelli! Ma più di tutti sarà felice colui che per primo ti condurrà nel talamo nuziale. Io non vidi mai una donna più bella di te. Eppure ho visto da vicino Elena, la figlia di Zeus.»

Nausicaa a queste parole, come qualsiasi altra donna del resto, non poteva che sentirsi lusingata. Ragione per cui continuò ad ascoltare lo straniero con crescente interesse.

«Sono appena scampato da una tempesta scatenatami addosso da Poseidone» proseguì Ulisse. «Il mare color del vino[1] stava quasi per inghiottirmi, quando un'onda più alta delle altre mi gettò su queste terre. Ora io ti chiedo: dove sono finito? Dov'è la tua città? Non conosco questi siti. Fammi da guida e regalami un cencio qualsiasi, in modo

[1] Questa espressione il «mare color del vino» (οἴνοπι πόντῳ) è abbastanza frequente nella poetica omerica. Evidentemente il poeta si riferisce al colore scuro, violaceo, che assume il mare quando è in tempesta. Cfr. *Odissea*, V, 133; V, 221; VII, 250; XII, 388; eccetera.

che io mi possa coprire. E in cambio, che gli Dei ti donino tutto ciò che desideri.»

E Nausicaa rispose:

«Ascoltami bene, o uomo venuto dal mare: da come parli non mi sembri né un malvagio, né un folle. Pertanto ti rivelerò il mio nome e quello del mio popolo. Non so se te ne rendi conto, ma hai avuto una gran fortuna a finire sulle nostre spiagge: questa è la terra dei Feaci, popolo amante della pace. I Feaci non prediligono l'arco e le frecce, ma i remi e le vele. Io mi chiamo Nausicaa e sono la figlia del grande Alcinoo, il re che su tutte queste terre comanda.»

Poi, rivolta alle ancelle, gridò:

«E voi, stupide, perché scappate? Possibile che la vista di un uomo nudo vi terrorizzi a tal punto? Noi Feaci siamo molto cari agli Dei e nessun essere umano che tenga alla propria vita sarebbe così stupido da farci del male. Costui è uno sventurato, a stento sopravvissuto a un naufragio: abbiatene cura. Lasciate che si lavi nelle acque del fiume, al riparo del vento, e subito dopo procurategli del cibo e delle vesti asciutte.»

Le ancelle tornarono sui loro passi e, un po' ridendo, e un po' evitando di guardarlo lì dove un uomo non deve essere guardato, misero accanto a lui un'ampolla d'olio, un otre pieno d'acqua, un vassoio pieno di cibo, una tunica e un mantello di lana.

«Grazie, o ancelle, per l'aiuto che mi date,» disse Ulisse «ora, però, vi prego di allontanarvi quel tanto che basta per far sì che mi lavi e mi unga da solo, giacché ho vergogna a farmi vedere nudo da fanciulle che hanno riccioli così belli.»

Ciò detto, s'immerse nel fiume, si ripulì ben bene, bevve e si sfamò. Quindi, una volta sazio, si unse e indossò la tunica e il mantello che gli avevano preparato. Per l'occasione, infine, Atena vi aggiunse del suo: lo fece diventare più alto e più bello, in modo da impressionare favorevolmente i Feaci, non appena Nausicaa lo avesse portato in città.

Ma soffermiamoci un pochino su Nausicaa: noi ce la immaginiamo una vergine candida e ingenua. E invece non lo era affatto: come vide l'eroe al massimo del suo splendore, bello e maestoso come una statua, perse del tutto la testa.

«O ancelle dalle candide braccia,» comunicò alle sue amiche più care «guardate quest'uomo venuto dal mare. Prima sembrava un relitto, ora è diventato simile a un Dio. Ah se potessi avere anch'io, come sposo, un uomo simile: non mi staccherei da lui per tutta la vita!»

E dopo questa esplicita proposta di matrimonio, Omero ci offre un esempio di come, fin d'allora, furoreggiasse il pettegolezzo.

«Adesso andremo in città» disse Nausicaa a Ulisse. «Io ti guiderò a Scheria, nella reggia di mio padre, dove incontrerai i più nobili dei Feaci. Tu, però, di grazia, o straniero, non startene al mio fianco. Seguimi a piedi, insieme alle ancelle, e a debita distanza. Non vorrei che qualche malalingua cominciasse a pensare: "Ma chi è quell'uomo così bello che sta seduto accanto a Nausicaa? È lui che l'ha avvicinata o è lei che l'ha cercato?". In tal caso, credimi, proverei una gran vergogna.»

Detto questo, con la lucida frusta sferzò le mule perché si mettessero in cammino. Per maggior precisione le incitò, ma non tanto da perdere di vista Ulisse che la seguiva a piedi insieme alle ancelle.

Canto VII

La reggia di Alcinoo

Laddove si narra di come Ulisse, a Scheria, incontri Atena, travestita da giovinetta, che gli suggerisce d'ingraziarsi la regina Arete, e di come Alcinoo, re dei Feaci, prima gli offra la figlia Nausicaa in sposa e poi gli prometta una nave per riportarlo a Itaca.

Nel settimo canto non accade nulla d'importante, o quasi: è un canto interlocutorio. Faremo la conoscenza di un altro re, di un'altra regina e di un'altra reggia, e assisteremo come al solito a un grandioso banchetto dove tutti mangiano a più non posso. Il fatto che in quasi tutti i canti dell'*Odissea* si beva e si mangi non ci deve meravigliare più di tanto: ci fa capire, piuttosto, quanto il cibo fosse importante a quell'epoca. Evidentemente gli ascoltatori di Omero si sentivano molto più tranquilli quando gli eroi erano sazi: per loro era quasi un mangiare per interposta persona. Ma procediamo con ordine.

Ulisse, per non compromettere Nausicaa, una volta entrato a Scheria, si staccò dal corteo, e finì per smarrirsi. Girò una mezz'oretta per strade e stradine finché non si decise a chiedere aiuto a una passante. Chi poi fosse questa passante è facile immaginarselo: era Atena, questa volta travestita da giovinetta, con la classica brocca d'acqua tra le braccia.

«Potresti indicarmi, o fanciulla,» le chiese Ulisse «dov'è la reggia del divino Alcinoo?»

E lei dolcemente rispose:

«Certo che posso, o straniero: va' sempre diritto e ti troverai di fronte a un maestoso palazzo. Lì dentro vivono i sovrani dei Feaci, tutti e due seduti a banchetto. Entra e non avere timore: ti riceveranno con la massima cortesia. Ricordati, però, che prima di ogni altro dovrai ossequiare la regina. Avvicinati a lei con rispetto e abbracciale le ginocchia. Poi dille con calma tutto ciò che desideri. È lei a decidere ogni cosa nelle terre dei Feaci. Alcinoo fa il re, ma le ubbidisce in tutto e per tutto. La regina si chiama Arete, è di animo mite ed è felice quando può appianare i contrasti tra coloro che ama. Se poi ti prende in simpatia non avrai più problemi nel corso della vita: tutto quello che vuoi ti sarà dato. Basterà chiedere. Il popolo la venera come se fosse una Dea.»

Ciò detto, lo avvolse in una magica nebbia e lo accompagnò fin dentro le mura del palazzo. Manco a dirlo, la reggia di Alcinoo era ancora più ricca di quella di Menelao. Ecco qui di seguito un elenco (incompleto) dei particolari che colpirono Ulisse: le pareti di bronzo, le porte d'oro con gli stipiti d'argento, le architravi anch'esse d'argento, le soglie di bronzo e le maniglie d'oro massiccio. Ai lati, poi, di ogni porta, due grossi cani, uno d'oro e uno d'argento, entrambi dono di Efesto, capaci perfino di abbaiare malgrado fossero di metallo. I troni, infine, tutti ricoperti da drappi di porpora ricamati in oro e in argento, e ciascuno affiancato da due statue d'oro di giovanetti con in mano le fiaccole accese. Chiedo scusa se ho nominato tante volte l'oro e l'argento, ma la ripetizione non è mia, bensì di Omero.

Una volta entrato nel palazzo, la magica nebbia si sciolse e l'eroe comparve in tutto il suo splendore davanti agli occhi stupiti di Alcinoo e di Arete:

«Chi è costui?» si chiesero. «È un Dio o un Demone? E che cosa vuole da noi?»

Atena, da brava sceneggiatrice, aveva previsto la sorpresa dei reali e la conseguente attenzione. Da parte sua Ulisse, prima ancora che le loro maestà gli potessero rivolgere delle domande, si gettò ai piedi della regina.

«O splendida Arete, o figlia del divino Rexenore, alle ginocchia tue m'inchino e a quelle del tuo illustre sposo! Sono appena scampato a un tremendo naufragio e il mio massimo desiderio sarebbe quello di tornare nella mia cara Itaca. Si dice che i Feaci siano famosi in tutto il mondo per la velocità delle loro navi e per l'abilità che hanno nel condurle dove vogliono. Concedimi, allora, o divina signora, una nave, e, insieme a essa, un equipaggio, in modo che io possa riabbracciare i miei cari, da cui sono lontano da molto tempo.»

Arete fece un lieve cenno d'assenso al marito e questi prese la parola.

«O principi Feaci,» esordì il re, rivolgendosi ai consiglieri di corte che gli stavano intorno, «io penso che come prima cosa sia necessario invitare il nostro ospite a bere e a mangiare, e solo in un secondo momento, quando si sarà saziato, e dopo che noi avremo fatto i dovuti sacrifizi agli Dei, potremo discutere con lui della nave e dell'equipaggio.»

Ma a questo punto Arete sentì il bisogno di chiedere a Ulisse qualcosa di più preciso: aveva riconosciuto le vesti che lo straniero portava come appartenenti a sua figlia Nausicaa, e voleva capire in quale modo gli fossero finite addosso.

«Toglimi una curiosità, o forestiero, tu ci hai appena detto di essere sfuggito alla furia dei marosi. Eppure, a guardarti, non hai l'aspetto di un naufrago. Chi ti donò queste vesti?»

E qui Omero ne approfitta per fare un breve riassunto delle puntate precedenti: evidentemente anche a quei tempi c'era il problema dei riepiloghi, tipico dei romanzi d'appendice e dei *serial*. Per chi, infatti, si fosse messo all'ascolto solo al settimo canto, era indispensabile conoscere l'antefatto.

«È difficile, o mia regina,» rispose Ulisse «narrarti le innumerevoli sventure che mi sono capitate. Fino a poco tempo fa risiedevo nell'isola Ogigia, prigioniero di una ninfa dai bei capelli chiamata Calipso. Ero giunto a lei dopo che il divino Zeus mi aveva spaccato in due la concava nave durante una tempesta. In quel naufragio morirono tutti i miei compagni: io solo mi salvai. E fu proprio la scaltra Calipso a raccogliermi dopo che per nove giorni e nove notti ero rimasto aggrappato alla chiglia della nave. In cambio della salvezza, però, la Dea mi tenne prigioniero, nella sua isola, per sette lunghissimi anni. Durante l'ottavo, infine, per ordine di Zeus, fu costretta a lasciarmi partire, e io, su una zattera di tronchi legati, navigai per diciotto giorni e diciotto notti finché una tempesta, ancora più violenta delle precedenti, non mi scaraventò sulle terre dei Feaci. Qui giunto, un sonno profondo mi prese e quando mi svegliai vidi un gruppo di leggiadre fanciulle che giocavano a palla. Tra di esse la più bella e la più saggia si chiamava Nausicaa. Io la supplicai e lei mi fece dare dalle ancelle cibo e vino in abbondanza, e in più, mi donò anche le vesti che ora mi vedi indosso.»

Al che Alcinoo gli chiese:

«Perché non ti accompagnò lei stessa alla reggia?»

«In verità, avrebbe voluto farlo. Fui io a rifiutare il suo aiuto, nel timore che tu, come padre, vedendomi insieme a lei, ti potessi adirare.»

«Grazie dell'attenzione, o mio ospite, ma ti confesso che non sono così possessivo da adirarmi solo per un sospetto. Anzi, visto il tuo aspetto divino, volessero gli Dei che tu accettassi mia figlia in sposa, qui rimanendo a Scheria. Sarei felice, infatti, che tu restassi con noi, tra i Feaci. Ti darei con gioia tutto ciò che desideri: casa e ricchezze. Ma se, al contrario, in te cova più la nostalgia della patria che non il desiderio di un nuovo amore, allora ti fornirò la concava nave che mi hai chiesto e l'equipaggio relativo per condurla dove meglio ti aggrada. Avrai modo così di apprezzare la velocità delle nostre barche e la forza dei giovani che alzano col remo l'acqua del mare.»

Si era fatto tardi e Ulisse, dopo aver collezionato un'altra proposta di matrimonio, andò a dormire.

Canto VIII

Alla corte dei Feaci

Laddove si narra di come Alcinoo presenti Ulisse ai principi Feaci e di come, subito dopo, indica delle gare sportive alle quali l'eroe partecipa vincendo nel disco. È quindi la volta di due giocolieri e di un aedo al quale Ulisse chiede di raccontare l'episodio del cavallo di Troia.

Alcinoo in onore di Ulisse convocò una grande assemblea presso le navi. Desiderava che l'ospite, prima di tornare in patria, si rendesse conto che i Feaci non erano un popolo che pensava solo a bere e a mangiare, ma che, come tanti altri Greci, amavano la danza, la recitazione, il canto e lo sport. Insomma, non doveva credere che, solo perché vivevano ai confini del mondo, fossero anche dei selvaggi.

A fare da *promoter,* come sempre, provvide Atena: andò su e giù per la città di Scheria, travestita da araldo, e a tutti quelli che incontrava diceva:

«Presto, presto, correte alla spiaggia! Il divino Alcinoo ha indetto un'assemblea generale. Sarà presente anche quello straniero venuto dal mare. Tutti dicono che è simile a un Dio!»

Poi, per tener fede alle promesse, versò sul capo di Ulisse pregi in quantità, rendendolo più alto e più affascinante. E, a questo proposito, quanto mi sarebbe piaciuto avere avuto anch'io nella vita una come Atena che mi avesse aiutato nei momenti decisivi. Che so: quando mi presentai alla IBM per essere assunto, oppure in terza liceo quando dichiarai il mio amore a una ragazzina di nome Giuliana, per la quale avevo perso completamente la testa, o anche quando, per la prima volta, ho portato il manoscritto di *Così parlò Bellavista* alla Mondadori. E invece, mi sono sempre dovuto accontentare di ciò che in quel momento passava la moda: un po' di crema abbronzante per sembrare meno pallido, e un paio di tacchi con un centimetro in più per sembrare più alto.

Seduto sul trono di pietra ben levigato, Alcinoo prese la parola.

«O Principi Feaci, e voi Consiglieri tutti, quest'uomo che mi sta accanto è venuto da molto lontano, "errando e soffrendo" per usare le sue stesse parole. Io, a essere sincero, non so chi sia, sento però nel cuore una voce che mi spinge ad aiutarlo. Lui vorrebbe una concava nave per poter tornare in patria e riabbracciare la moglie e il figlio. E allora accontentiamolo, dico io, e reclutiamo cinquantadue tra i nostri giovani più robusti perché lo accompagnino nel lungo viaggio. In attesa, però, che venga armato un vascello e scelto un equipaggio, diamo inizio alle nostre gare annuali: che lo straniero, tornando a casa, possa dire ai suoi compatrioti: "Ho conosciuto i migliori del mondo nella lotta, nel pugilato, nel disco, nella corsa e nel salto: sono i Feaci!".»

La proposta di Alcinoo ebbe molto successo: i giovani più in gamba di Scheria si fecero avanti, e noi, grazie alla pignoleria di Omero, siamo in grado anche di darvene i nomi (in scrupoloso ordine alfabetico): Acroneo, Alio, Anabesineo, Anchialo, Anfialo, Clitoneo, Elatreo, Eretmeo, Eurialo, Laodamante, Nauteo, Ochialo, Ponteo,

Primneo, Proreo e Toonte. Per la cronaca (sportiva) la corsa fu vinta da Clitoneo, il salto in alto da Anfialo e la gara del disco da Elatreo. Mentre gli incontri di lotta e di pugilato furono vinti rispettivamente da Eurialo e da Laodamante. Il primo era il più bello dei Feaci, ma anche il più rozzo. Il secondo, uno dei tanti figli di Alcinoo.

Anche Ulisse fu invitato a partecipare.

«O straniero,» gli disse Laodamante «vieni anche tu a misurarti con noi. Non c'è per un uomo maggior gloria di quella che riesce a procurarsi con le proprie mani.»

Ma l'eroe, prudentemente, rifiutò l'invito.

«In verità, o Laodamante, in questo momento non credo di avere l'animo giusto per partecipare a una gara sportiva. Essendo il mio cuore e il mio pensiero tutto rivolto alla patria.»

Purtroppo per Ulisse, però, il rifiuto non venne bene interpretato dai giovani Feaci.

«A essere sincero,» insinuò l'arrogante Eurialo con un mezzo sorrisino «la tua mi sembra solo una scusa: io penso, invece, che tu sia più esperto nei commerci che nella lotta. T'immagino a capo di marinai che fanno i mercanti, e sono convinto che badi più alle merci che non al timone. E anche dal modo come parli, non mi sembri affatto un atleta.»

Dal che si capisce quale fosse in Grecia l'opinione che i comuni mortali avevano dei commercianti. Lavorare, sudare, comprare e vendere erano tutte attività disdicevoli, soprattutto se messe a confronto col mestiere dell'atleta o del guerriero.

L'offesa, comunque, era grave, vuoi per il tono, sottolineato dal sorrisino di sufficienza, vuoi per i contenuti, e Ulisse in qualche modo si vide costretto a rispondere.

«O ragazzo,» replicò «non è bello quello che hai appena detto. Sono sempre gli Dei a donare ai mortali le doti per emergere. Ad alcuni concedono la forza, ad altri la bellezza, e ad altri ancora l'intelligenza. Con te, ad esempio, mio caro Eurialo, sono stati generosi in quanto a bellezza e forza, non altrettanto in intelligenza, motivo per cui, mi spiace dirlo, la tua testa è vuota. Io non sono un inesperto di gare, anzi: nel mio paese, a Itaca, ero tra i migliori quando ancora la gioventù albergava il mio corpo. Accetto, comunque, la sfida.»

E, così dicendo, afferrò un disco, il più grande che vide, e dopo aver roteato tre volte su se stesso (aiutato anche in questo da Atena) lo lanciò così lontano, ma così lontano, da superare tutti i lanci fatti fino a quel momento. Un «oh» di stupore si levò dalla folla.

«E ora» aggiunse l'eroe «se c'è qualcuno che volesse misurarsi con me nella lotta, nel pugilato o nel tiro dell'arco, si faccia avanti. Nella corsa con ogni probabilità perderei, soprattutto se l'avversario fosse molto più giovane di me, ma non nell'arco, dove credo di essere ancora il più forte dei mortali, e dove soltanto il sommo Filottete una volta riuscì a battermi.»

Eurialo avrebbe voluto replicare ma Alcinoo, proprio per placare gli animi che si andavano riscaldando, tolse a tutti la parola.

«O mio divino ospite,» disse rivolgendosi a Ulisse «non giudicarci male: può essere che qualcuno di noi, tradito dalla foga giovanile e dalla presunzione, si sia rivolto a te in modo poco rispettoso. Sappi, però, che non siamo tutti uguali: amiamo molto le gare e gli atleti, ma non al punto da trascurare il banchetto, la cetra, la recitazione, la danza, il canto, i bagni caldi e l'amore.» Poi, rivolgendosi agli araldi: «Che qualcuno faccia venire Demodoco e che l'aedo mostri all'ospite come i Feaci non sono solo appassionati di lotta, ma anche estimatori dei poeti. Con Demodoco le Muse furono generose e avare nel medesimo tempo: con una mano gli donarono la voce e con l'altra gli tolsero la vista».

L'aedo cieco prese la cetra e cominciò a cantare una specie di sceneggiata, ovvero gli amori di Afrodite e Ares, e la conseguente gelosia di Efesto. Due episodi più di tutti conquistarono l'uditorio: quello in cui gli amanti s'incontrano per la prima volta in casa di lei, e quello in cui il Sole va a spifferare tutto al marito. E qui, per capire fino in fondo lo spirito del mito, è indispensabile sapere che Efesto era molto brutto, Afrodite molto bella e Ares molto cattivo. Come a dire: *Isso, Essa e 'o Malamente*.

Il povero Efesto, nella parte di *Isso*, saputo come stavano le cose, non batté ciglio e, da abile artigiano quale era, piazzò sotto al soffitto della propria camera da letto una grande rete metallica, sottile come una tela di ragno. La fissò in modo che precipitasse sugli adulteri, non appena il letto sottostante avesse avuto dei sobbalzi. Dopodiché comunicò alla moglie che doveva recarsi con urgenza in ufficio, ovvero nell'isola di Lemno, dove, all'interno di un vulcano, aveva installato la sua officina. È inutile precisare che, non appena Efesto uscì di casa, *Essa* mandò subito a chiamare il *Malamente*, dando modo così a *Isso* di coglierli in flagrante.

Fino a questo punto a Efesto va tutta la nostra simpatia. Dove, invece, cominciamo a prendere le distanze, è quando lui, allo scopo di umiliare gli adulteri, decide di mostrarli, nudi com'erano, a tutti gli Dei maschi dell'Olimpo (essendo state escluse le femmine per evitare che vedessero le vergogne di Ares). Ebbene, com'era facile prevedere, i due fetentoni non si vergognarono affatto, e gli Dei, alla vista di Afrodite tutta nuda, invidiarono moltissimo Ares.

«O Hermes dallo sguardo acuto,» disse Apollo al Messaggero «sii sincero: ti piacerebbe stare al posto di Ares, seppure in catene?»

«Magari lo potessi!» sospirò il Messaggero. «Anche se le catene fossero tre volte più pesanti, e i nodi tre volte più stretti, e a guardare ci fossero, non solo gli Dei, ma anche le Dee, sarei sempre il più felice degli Immortali!»

Questo commento fece sì che il giorno dopo la bionda Afrodite, a titolo di ringraziamento, s'infilasse nel suo letto, generando, nove mesi dopo, un pargoletto sia maschio che femmina chiamato Ermafrodito in omaggio ai suoi genitori.

Tutti applaudirono il racconto dell'aedo. Dopodiché, a completare lo spettacolo, si presentarono due giovani: Alio e Laodamante. La loro specialità era la danza acrobatica. Avevano con sé una palla purpurea che, a turno, gettavano in aria, salvo poi riprenderla un attimo prima che toccasse terra. Tra un lancio e l'altro, poi, intrecciavano passi di danza e ardite acrobazie. Ulisse rimase molto colpito dalla bravura dei danzatori e fece i suoi complimenti ad Alcinoo. La serata proseguì con una grande distribuzione di doni, tra cui una splendida spada di bronzo con l'elsa d'argento e la custodia in avorio, che Eurialo volle per forza regalare a Ulisse, forse per farsi perdonare delle frasi provocatorie rivoltegli poco prima.

«Che tu non debba mai rimpiangere di avermi donato questa spada» fu il sincero ringraziamento dell'eroe.

Seguì la solita grande abbuffata, alla fine della quale Ulisse, scorgendo tra i commensali Demodoco, sentì il bisogno di chiedergli se conosceva qualche episodio della guerra di Troia.

«Più di qualsiasi altro uomo io t'invidio, o Demodoco,» gli disse «per questa tua capacità di raccontare le gesta degli eroi. A volte, ascoltandoti, ho quasi l'impressione che tutte queste scene tu le abbia già viste di persona, o che ti siano state riferite da qualcuno che le abbia vissute sulla propria pelle. Ora però, proprio perché io possa conservare nel cuore ancora più a lungo il tuo nome, cantami, ti scongiuro, la storia del cavallo di legno, quello costruito da Epeo con l'aiuto di Atena, e spiegami come fecero gli Achei dalle corazze di bronzo a conquistare la città di Priamo.»

L'aedo, allora, a gentile richiesta, narrò di come gli Achei bruciarono le proprie tende e finsero di abbandonare la piana di Troia. Poi descrisse con estrema precisione il cavallo di legno, spiegando com'era fatto, quanto era alto, e quanti armati poteva contenere. Citò i nomi di tutti gli eroi che si nascosero nel suo ventre. Raccontò di come i Troiani restarono stupefatti nel vedere un così bel monumento abbandonato sulla spiaggia deserta. C'era infatti chi, temendo i Danai perfino come donatori,[1] voleva trafiggerlo con le lance, o farlo precipitare giù da una rupe, e chi, al contrario, custodirlo a memoria perenne della guerra appena finita. Poi raccontò di quando gli eroi uscirono nottetempo dal cavallo e di come incendiarono e saccheggiarono la città di Priamo. Quando cantò l'episodio di Menelao e di Ulisse che erano andati a casa di Deifobo a prelevare la bellissima Elena, gli occhi dell'ospite si riempirono di lacrime, e lui, per non farsene accorgere, fu costretto a prendere un lembo del manto purpureo che copriva il suo seggio e a ripararsi il volto. Nessuno ci fece caso, a eccezione di Alcinoo.

«Basta,» disse il magnanimo re «basta con queste storie che turbano l'anima. Faccia tacere la sua cetra il bravo Demodoco. E tu, o forestiero, dicci alfine il tuo nome: non può essere che tuo padre non te ne abbia dato uno. Tutti abbiamo un nome, misero o nobile che sia. E allora dicci alfine chi sei? Qual è la tua terra? Dove sei andato errando per dieci lunghissimi anni? E quali paesi hai visitato? E come si chiamavano gli uomini che hai incontrato? E com'erano? Ospitali o inospitali? Giusti o ingiusti? Ossequiosi degli Dei o blasfemi? Generosi o avari? E soprattutto... perché piangi quando ascolti le storie degli Achei dai lunghi capelli?»

Ha inizio così, dal prossimo canto, un nuovo tipo di

[1] «*Timeo Danaos et dona ferentes*», ovvero «temo i Greci anche quando portano i doni» è la famosa frase che, secondo Virgilio (*Eneide*, II, 49), urlò Laocoonte (ammesso che sapesse parlare in latino), quando voleva distruggere il cavallo di legno, un attimo prima che due serpenti mostruosi usciti dal mare lo stritolassero insieme ai figli.

Odissea. Sarà lo stesso eroe a raccontarci le sue avventure. Ascolteremo, nell'ordine, l'incontro col ciclope Polifemo, quello con la maga Circe, la discesa nell'Ade, l'avventura con le Sirene e il passaggio attraverso Scilla e Cariddi. Buon viaggio.

Canto IX

Polifemo

Laddove si racconta di come, dopo una strana avventura nel paese dei Lotofagi, Ulisse e i suoi compagni giungano nella terra dei Ciclopi, e di come, una volta fatti prigionieri da Polifemo, comincino a essere divorati, finché Ulisse non fa ubriacare il gigante, per poi conficcargli un palo nell'unico occhio che ha.

«O Alcinoo di stirpe divina, e voi nobili Feaci, non c'è gaudio maggiore che ascoltare un narratore mentre la tavola è stracolma di carni e dal cratere ognuno attinge il vino che desidera. Il mio nome è Ulisse e sono figlio di Laerte. Itaca è il mio paese, un'isola aspra e selvaggia, ma non per questo a me meno cara. Sono noto alle genti come il più astuto dei mortali che su questa terra hanno mangiato il pane. Ho combattuto per dieci lunghissimi anni a Troia tra gli Achei dalle corazze di bronzo. La vittoria alla fine ci arrise, ma molte pene ci inflissero gli Dei quando provammo a tornare in patria.»

Inizia così il lungo racconto di Ulisse davanti ai principi Feaci, e fin dalle prime battute si capisce quale fosse la morale dell'epoca. In una terra straniera ci si poteva presentare solo in due modi: o con doni propiziatori, facendo inchini e sorrisi, o con le armi in pugno, seminando morte e distruzione. Tutto dipendeva dal rapporto di forza esistente tra chi arrivava dal mare e chi si difendeva da terra. La regola era: «Essere forti con i deboli e gentili con i forti».

Ma ecco il seguito del racconto di Ulisse:

«Arrivammo a Ismaro, nella terra dei Ciconi. Come prima cosa devastammo la città, poi uccidemmo la maggior parte dei maschi e portammo via le femmine più belle. Un uomo solo risparmiai: si chiamava Marone ed era un sacerdote di Apollo. Lui, per ringraziarmi, mi donò sette talenti d'oro, un cratere d'argento e dodici anfore di vino nero, dolce e purissimo. Una volta diventati padroni del posto, dividemmo onestamente in parti uguali il bottino tra tutti quelli che avevano partecipato al saccheggio, lasciando anche qualcosa, ma non troppo, a chi era rimasto sulle navi. Che nessuno partisse da quella terra senza aver avuto il giusto compenso. Dopo di che dissi ai compagni: "E ora, ragazzi, salpiamo e prendiamo il largo", ma quelli, stupidi, ubriachi, e forse anche un po' euforici per il bottino appena conquistato, vollero per forza continuare a gozzovigliare. E fu così che arrivarono altri Ciconi, questa volta, però, molto più numerosi e meglio armati. Ci trovammo subito in inferiorità numerica: uno contro dieci, e fummo costretti a fuggire, cercando scampo sulle navi. Ogni equipaggio perse in media sei uomini. Alcuni vennero uccisi nel sonno mentre erano ancora ubriachi, senza aver avuto nemmeno il tempo di mettere mano alla spada.»

Come si vede, Ulisse non esitò un attimo a confessare di aver massacrato gente inerme e stuprato un centinaio di donne: ordinaria amministrazione a quei tempi. Il tono era distaccato: lui non intendeva commuovere l'uditorio, né tanto meno lasciarsi coinvolgere. È un onesto cronista delle proprie sventure. Riferì il numero dei compagni morti (settantadue per la precisione) e dei doni ricevuti da Marone con la stessa imperturbabilità.

Per quanto riguarda, invece, la navigazione, l'*Odissea* potrebbe essere benissimo intitolata *Via col vento*, dal momento che tremila anni fa si sapeva il giorno in cui si partiva, ma mai quello in cui si arrivava, né tantomeno il luogo dove si andava a finire. A decidere erano i venti e i temporali, e quindi in ultima analisi Zeus e Poseidone. I remi servivano solo in caso di bonaccia e per il resto si viaggiava di bolina, sempre che il vento, però, non soffiasse proprio nella direzione contraria. La rotta seguita da Ulisse avrebbe dovuto avere a bordo la Tracia e a babordo le isole di Lemno e di Sciro, per poi imboccare lo stretto situato tra Andro e la punta meridionale dell'Eubea.

«Fuggiti da Ismaro,» continuò Ulisse «Zeus, il padrone dei nembi, scagliò contro di noi il vento di Borea. Tre o quattro volte si strapparono le vele e tre o quattro volte fummo costretti ad ammainarle. Poi, sempre temendo la morte, e a forza di remare, riuscimmo a guadagnare un riparo, e lì restammo in trepida attesa per almeno due giorni. Il terzo giorno, quando sorse l'Aurora dai bellissimi capelli, salpammo felici, e saremmo di certo arrivati a Itaca se giusto all'altezza del capo Malea non fossimo stati investiti da una seconda tempesta, questa volta ancora più violenta della prima. Per nove giorni e nove notti le navi restarono in balìa dei venti funesti sul mare colore del vino, finché al decimo giorno non avvistammo una terra: era quella dei Lotofagi. Una volta sbarcati, inviai in avanscoperta un araldo e due marinai per capire con che razza di gente avremmo avuto a che fare, se ospitale o inospitale, se pacifica o crudele. Siccome, però, i tre uomini tardavano a tornare, dopo averli attesi invano fino al tramonto, decisi di andare loro incontro. Li trovai, seduti su un prato, che avevano perso la memoria: scherzavano, ridevano e non badavano minimamente alle nostre domande. Invano chiedemmo dov'erano stati e perché non erano tornati alle navi: non solo non risposero, ma non ci riconobbero nemmeno. Poi, a forza di urlare, scoprimmo che avevano mangiato dei fiori molto dolci, chiamati loto, e che questi fiori facevano perdere del tutto la memoria. Al che, malgrado piangessero da far pietà, fui costretto a legarli mani e piedi e a tenerli chiusi sotto coperta. A quel punto altro non potemmo fare che partire. Piuttosto che correre anche noi il rischio di dimenticare la patria, la moglie fedele e i teneri figli.»

La storia dei Lotofagi presenta molti lati oscuri. Innanzitutto dov'era questa terra? Per alcuni stava in Egitto, per altri (tra cui Erodoto) in Libia, e per altri ancora in Portogallo. Noi, a farci un po' di conti, possiamo almeno escludere quest'ultima ipotesi: tenuto conto che una nave dell'epoca non superava gli otto nodi, ovvero i 250 chilometri al giorno, in nove giorni e nove notti, e procedendo sempre nella stessa direzione, al massimo avrebbero potuto percorrere duemila chilometri, il che non li fa uscire dal Mediterraneo.

Non parliamo poi del loto, di questo misterioso fiore (o frutto?). Che cavolo era il loto? C'è chi pensa all'oppio, chi alla cocaina, chi all'hashish e chi a un fiore dal sapore dolciastro chiamato giuggiolo. L'ipotesi più logica, secondo me, è che con i Lotofagi si entra nel regno della fantasia. Voler localizzare a ogni costo la loro terra è come pretendere di sapere in quale foresta vivevano Biancaneve e i sette nani.

«Anche se stremati dal lungo viaggio,» continuò Ulisse «arrivammo nel paese dei Ciclopi, giganti senza legge e senza morale, che, confidando nella protezione degli Dei, nulla fanno per coltivare la terra. In quello strano luogo, infatti, tutto esce dal suolo spontaneamente e non c'è contadino che ari o semini il terreno. I Ciclopi non promuovono assemblee, non amano stare in gruppo e non comunicano fra loro: ognuno vive in una caverna spoglia di qualsiasi comodità. Detto in altre parole, campano come le bestie e, quando mettono su famiglia, hanno diritto di vita e di morte sulla moglie e sui figli.»

La descrizione è quella della più totale inciviltà. Se avesse parlato di leoni, Ulisse non si sarebbe espresso in modo diverso.

Date le precedenti esperienze, questa volta l'eroe non si accostò con tutte le navi. Più prudentemente attraccò in un'isola a un miglio di distanza dalla terra dei Ciclopi.

«Né troppo vicini né troppo lontani» precisò. «Quel tanto che bastava per poter andare e tornare a forza di remi.»

Ulisse però vorrebbe vedere i mostri di cui ha sentito parlare e si avvia in perlustrazione con un'unica nave. La curiosità era una delle sue caratteristiche fisse: voleva sempre sapere tutto. Meglio per lui, comunque, dal momento che non c'è qualità più preziosa del desiderio di sapere. Tutte le scoperte hanno avuto all'origine una persona curiosa. Da Cristoforo Colombo a Madame Curie, c'è sempre stato un essere umano che ha rischiato (a volte anche la vita) pur di obbedire agli stimoli della curiosità. Purtroppo, però, è anche vero che la curiosità spesso e volentieri ci crea dei problemi come, tra poco, avremo modo di constatare.

«"Aspettatemi qui" dissi ai compagni. "Io, con la mia nave, andrò a vedere chi sono gli uomini che abitano questi lidi: se gente timorata degli Dei e rispettosa degli ospiti, o selvaggia e priva di regole." E così, una volta giunto sulla riva opposta, vidi una grotta immensa tutta coperta d'alloro, all'interno della quale si scorgevano i recinti per il bestiame. Decisi allora di entrare. Portai con me dodici marinai, i migliori che avevo, e un otre pieno di quel vino rosso che avevo avuto in regalo da Marone, per farne dono, eventualmente, all'abitante della spelonca. Tutt'intorno si vedevano graticci carichi di formaggi e brocche piene di latte. "Prendiamo i formaggi e scappiamo" proposero i compagni, e io male feci a non seguire il loro consiglio. Non passò molto tempo che arrivò il mostro: era un gigante di altezza incredibile. Entrò con grande fracasso, gettando a terra un carico di fascine e menando avanti a sé un gregge di pecore, di capre e di agnelli belanti; quindi prese a due mani un masso enorme, che nemmeno ventidue coppie di buoi sarebbero stati capaci di spostare, e lo piazzò all'uscita della grotta, in modo che nessuna bestia, nemmeno il più piccolo degli agnelli, potesse uscire.»

Quanto fosse alto Polifemo, Omero non lo dice, ma, essendo più forte di quarantaquattro buoi, dobbiamo immaginarcelo alto almeno dieci metri. Lui era un *single,* il caso peggiore, quindi, in una comunità di bestioni. Non ha valori morali, né sentimenti, né sa cosa sia la pietà. Dovrà vedersela con un uomo nel senso più completo del termine: Ulisse è coraggioso, intelligente e pieno di risorse. Si delinea tra loro il classico scontro tra Golia e Davide, tra la forza bruta e la mente.

In un primo tempo Polifemo finge di non aver visto gli intrusi: munge in silenzio le sue vacche, una dopo l'altra. Poi, all'improvviso, si volta e chiede con tono brusco:

«Chi siete?»

«Siamo Achei di ritorno da Troia» risponde Ulisse «e a casa eravamo diretti, sennonché i venti ci hanno dirottato su queste terre, e ora noi, o divino, alle tue ginocchia ci inchiniamo, affinché ci venga concessa la sacra ospitalità. Come tu ben sai Zeus, il Dio che protegge gli ospiti, non perdona coloro che non li rispettano.»

L'implicita minaccia a Polifemo non fece né caldo né freddo, anzi lo divertì moltissimo. Lui di Zeus se ne fregava, e, a tale proposito, citiamo una battuta presa pari pari dalla tragedia di Euripide intitolata per l'appunto *Il Ciclope.*

POLIFEMO: «Caro il mio ometto, per una persona intelligente il vero Dio non è Zeus ma il denaro. Tutto il resto è chiacchiera. Io non tremo davanti ai fulmini di Zeus. Quando lui tuona io entro nella mia grotta, mi mangio un vitello intero e poi mi distendo pancia all'aria. A volte rumoreggio anche col didietro e molto più forte di quanto Zeus non riesca a tuonare. Tu, piuttosto, rispondi a una mia domanda: dove hai ormeggiato la tua nave?».

Ulisse, per precauzione, non glielo disse. Gli raccontò che non aveva più una nave giacché Poseidone gliel'aveva appena fracassata. La notizia, comunque, non commosse più di tanto il Ciclope che senza perdere tempo passò alle vie di fatto. Con un balzo felino afferrò per i piedi due dei compagni di Ulisse e li sbatacchiò ripetutamente contro le pareti.

«Oh, spettacolo orribile a vedersi!» esclamò Ulisse per impressionare ancor di più i principi Feaci. «Il cervello dei due disgraziati schizzò fuori dalle loro teste imbrattando un po' dappertutto il pavimento e le rocce. Dopodiché il mostro si preparò la cena. Mangiò come può mangiare una belva, tutto ingurgitando nella bocca immensa: viscere, carni, ossa e midollo, e bevendoci sopra litri e litri di latte. Noi, nel frattempo, piangevamo, alzando le mani al cielo, e invocammo Zeus e gli altri Dei perché ci venissero a salvare. Lui, una volta riempitosi il ventre schifoso, si gettò a terra e si mise a russare in mezzo alle capre. A quel punto fui tentato di trapassargli il cuore con l'aguzza spada, ma mi astenni, anche perché, pur unendo tutte le nostre forze, non saremmo mai riusciti a spostare il maledetto masso che ostruiva l'uscita. La situazione, comunque, non migliorò per nulla il giorno dopo: il mostro, come apparve l'Aurora dalle dita rosa, divorò altri due compagni, per poi uscire dall'antro menando innanzi a sé le pingui greggi. Tolse e rimise il masso con estrema facilità, quasi fosse stato di cartapesta.»

A questo punto Ulisse, piuttosto che diventare la prossima cena del Ciclope, elaborò un piano per salvare se stesso e i compagni che gli erano rimasti. Prese un tronco di ulivo che aveva trovato in fondo alla grotta, e lo sgrossò fino a renderlo appuntito, ne indurì la punta mettendola sul fuoco e lo nascose nel letame. La sera, infine, dopo che il gigante ebbe regolarmente cenato con altri due dei suoi marinai, gli offrì il vino rosso di Marone.

«Bevi questo vino, o Ciclope. L'avevo appunto portato per offrirtelo in dono, poi la tua violenza m'impedì di farlo.»

Polifemo non gli disse nemmeno grazie e lo tracannò tutto d'un fiato. Ne apprezzò molto il sapore e questo lo rese un tantino più socievole.

«Dammene ancora, o straniero,» disse tentando un mezzo sorriso «vuol dire che ricambierò la cortesia, facendoti a mia volta un bel dono.»

Per tre volte l'eroe gli porse il vino e per tre volte il gigante lo ingurgitò in un solo sorso. Alla fine, quando ormai era completamente ubriaco, chiese a Ulisse:

«Come ti chiami?»

«Mi chiamo Nessuno. Questo è il nome che mi dettero i miei genitori.»

«Molto bene: vorrà dire che io per ultimo mangerò Nessuno. E questo sarà il mio dono.»

«Beh, ti confesso, o Ciclope, che come dono mi aspettavo qualcosa di più: non mi sembra che fare da cibo a un altro uomo sia un grande regalo.»

«Ma sarai l'ultimo a essere divorato: e quale dono è più grande del vivere un giorno in più degli altri?» replicò Polifemo per poi cadere a terra stremato.

A detta di Omero, lo spettacolo del Ciclope che russava in mezzo alle capre era orribile:

> Disse, e arrovesciatosi cadde supino, e poi
> giacque piegando il grosso collo: il sonno,
> che tutto doma, lo colse; dalla strozza gli uscì fuori vino
> e pezzi di carne umana; ruttava ubriaco.
> (*Odissea*, IX, 371-374, ed. Mondadori, trad. A. Privitera.)

Ulisse non perse tempo: rimise il palo aguzzo sul braciere e, dopo averlo reso incandescente, con l'aiuto dei compagni lo conficcò nell'unico occhio del Ciclope.

«Dall'alto lo feci girare» precisò l'eroe «come quando, dovendo perforare il legno di una nave, si usa il trapano senza mai fermarsi.»

E qui sorge un altro mistero: quanti occhi aveva Polifemo? Tutti diamo per scontato che ne avesse uno solo, ma in verità il poeta non lo dice mai. In nessuno dei versi dell'*Odissea* si fa riferimento all'unico occhio del Ciclope. Diciamo piuttosto che lo si deduce: se accecandogli un occhio resta cieco, vuol dire che di occhi ne doveva avere uno solo. Che poi quest'occhio fosse situato giusto al centro della fronte per ragioni di simmetria, o che invece il mostro fosse orbo di nascita, questo non si sa. Omero non lo dice.

«Il gigante lanciò un urlo tremendo che risuonò per tutta l'isola. Noi, terrorizzati, ci nascondemmo alla meglio negli anfratti della spelonca. Lui, invece, dopo essersi estratto dall'orbita il palo lordo di sangue, cominciò a chiamare a gran voce gli altri Ciclopi. Questi accorsero in gran numero e dal di fuori gli chiesero: "Chi ti sta facendo del male, o Polifemo? C'è forse qualcuno dentro la tua casa che ti vuole uccidere?". E il gigante rispose: "Nessuno mi vuole uccidere, Nessuno!". "E allora che urli a fare?" conclusero i Ciclopi. "Se nessuno ti fa del male e lo stesso soffri, puoi prendertela solo con te stesso o con Zeus. Noi non possiamo farci niente."»

I problemi, però, per Ulisse e i suoi compagni non erano finiti: dovevano uscire dalla grotta. Polifemo, proprio per poter mettere loro le mani addosso, aveva spostato il masso quel tanto che bastava per fare uscire le sue bestie a poco a poco, e tastava tutto quello che sentiva passare. Così almeno raccontò l'eroe.

«C'erano dei montoni bellissimi che dovevano uscire per andare al pascolo. Io, allora, li legai tre alla volta e a quello di mezzo legai uno dei miei compagni, in modo che gli altri due montoni gli facessero da scudo. Dopo di che, per poter uscire anch'io, escogitai un altro sistema: vidi un ariete imponente, il più grande che c'era, e mi aggrappai al suo manto villoso. Polifemo, quando lo sentì passare, lo riconobbe al tatto e gli si rivolse con voce rotta dal pianto: "O mio adorato ariete, tu che sei il mio prediletto, tu che dall'antro ogni mattina sei sempre stato il primo a uscire, come mai oggi sei passato per ultimo? Piangi forse per l'occhio del tuo padrone? Un vile me lo ha accecato dopo avermi ubriacato con un vino magico!".»

Questo sfogo tenero di Polifemo modifica un po' l'opinione che ci eravamo fatta di lui. Non è vero che fosse un mostro senza anima: lui amava il suo ariete, lo accarezzava ogni mattina, e ora, disperato, cerca in un suo belato quel minimo di affetto che non aveva trovato nel prossimo. E poi, a pensarci bene, la vera vittima dell'episodio è proprio lui, il Ciclope. Sì, d'accordo, aveva l'abitudine di mangiare la carne umana, ma era pur sempre un'abitudine. Noi, oggi, non mangiamo forse i polli senza starci troppo a pensare? Non ci chiediamo certo che cosa pensano i polli di noi. Ebbene, visti da Polifemo, Ulisse e i suoi compagni erano solo dei polli, anzi della cacciagione: andavano mangiati. Lui, il Ciclope, se ne stava nella sua caverna in santa pace, quando si è visto invadere la casa da un gruppo d'intrusi che alla fine gli hanno anche infilato un palo incandescente nell'unico occhio che aveva. Ora, mettiamoci nei suoi panni: che altro avrebbe potuto fare, se non prendersela con quel vile che aveva profittato del suo momentaneo stato di ubriachezza?

Ma Ulisse non ci sta a essere definito vile da un selvaggio come Polifemo. E non appena si mise in salvo sulla nave, gli rispose per le rime:

«Non era un vile, o Ciclope, l'uomo di cui divorasti i compagni. Sei tu, piuttosto, un vile che non hai rispettato i doveri dell'ospitalità. Ecco perché Zeus ti ha punito!»

La rampogna, però, non scosse minimamente il gigante che, invece di arrossire, staccò la cima di una montagna e la scaraventò in mare, nella vana speranza di centrare la nave dell'odiato Nessuno. La mancò di poco: il masso cadde qualche metro oltre lo scafo e l'onda di riflusso finì per sospingerlo quasi fino a riva. Ulisse, allora, ordinò ai suoi di remare a più non posso per sottrarsi a un vero e proprio bombardamento. Poi, una volta raggiunta una distanza di sicurezza, lanciò di nuovo il suo grido di vittoria.

«O Ciclope, se qualcuno un giorno ti chiedesse chi è stato ad accecarti, digli pure che è stato Ulisse, figlio di Laerte, distruttore di città!»

La scena venne descritta magistralmente anche da Ovidio nelle sue *Metamorfosi*.[1] È un compagno di Ulisse, un certo Achemenide che ce la racconta.

«Anche il grido di Ulisse avrebbe potuto esserci fatale. Io vidi il Ciclope staccare dai monti una rupe immane per poi scagliarcela contro. Per un attimo temetti che l'onda ci potesse travolgere. Poi vidi il gigante, gemebondo, che vagava cieco lungo le cime dell'Etna, urtando di continuo negli alberi, nei cespugli e nelle rocce, mentre, con le braccia insozzate di sangue, minacciava tutta la razza Achea.»

1 Ovidio, *Metamorfosi*, XIV, 180 sg.

Canto X

La maga Circe

Laddove si narrano tre avventure. Nella prima Ulisse riceve dal Dio Eolo un otre pieno di venti. I suoi marinai, pensando che dentro vi sia nascosto un tesoro, l'aprono e scatenano tempeste. Nella seconda tutte le navi di Ulisse, tranne la sua, vengono distrutte dal popolo cannibale dei Lestrigoni. Nella terza, infine, c'è l'incontro con Circe, la maga che trasforma gli uomini in porci.

Ulisse, con tutti i principi Feaci che gli facevano da corona, continuò a raccontare le sue disavventure.

«Dopo molto peregrinare giungemmo a Eolia, l'isola di Eolo, figlio d'Ippote, signore dei Venti, molto caro agli Dei. Eolia, in verità, più che un'isola sembra una nave: naviga di continuo sui mari. Lui, il re, ha dodici figli, sei maschi e sei femmine, e per non disperdere l'asse ereditario ha pensato bene di convincere i sei maschi a sposare le sei femmine, ragione per cui li trovai tutti nella stessa casa e nella più grande armonia. Con me, all'inizio, il re Eolo fu molto cordiale: mi ospitò per sei mesi e quando mi rimisi in mare, proprio per farmi navigare con la massima tranquillità, mi regalò un otre di pelle dove aveva rinchiuso tutti i venti che in qualche modo avrebbero potuto darmi fastidio. Per maggior sicurezza, poi, legò quest'otre con una catena d'argento onde non farne uscire nemmeno il più piccolo soffio. Per la navigazione, infine, ordinò al vento Zefiro, gli unici che non stavano nell'otre, di accompagnarmi dolcemente al largo con una leggera brezza.»

Tutto bene, insomma, se non si fosse messa di mezzo la solita curiosità, prima e principale causa di tutte le disgrazie che perseguitarono Ulisse nel suo viaggio di ritorno. Questa volta la maledetta s'intrufolò nelle teste dei suoi uomini e a suscitarla fu proprio il misterioso otre di Eolo.

«Ma che ci sarà dentro di così pesante?» cominciarono a dire i marinai. «Vuoi vedere che è pieno di monete d'oro? E se di monete si tratta, perché Ulisse non le vuole dividere con noi? Eppure, per tutti gli Dei, abbiamo sempre combattuto al suo fianco, e ancora adesso subiamo i suoi stessi affanni!»

Ora si sa come vanno a finire queste cose: basta una frase buttata lì tanto per parlare e c'è subito chi provvede ad amplificarla. E così una notte, mentre l'eroe stava dormendo, alcuni marinai pensarono bene di segare la catena d'argento e di aprire l'otre. Non l'avessero mai fatto: i venti più impetuosi si sprigionarono creando spaventose trombe d'aria. La nave venne sollevata in aria come se fosse stata di paglia e ricacciata indietro di svariate miglia, tra onde alte più di dieci metri. Ulisse si svegliò di soprassalto e cercò di riprendere in mano il timone, ma non ci fu nulla da fare: la tempesta li scaraventò per la seconda volta sulle spiagge dell'isola Eolia. Non restava altro che chiedere di nuovo aiuto a Eolo.

«Come mai sei tornato?» chiese il re a Ulisse.

«Perdonaci, o divino,» rispose l'eroe, abbracciandogli le ginocchia «ma i compagni mi hanno tradito, e mentre dormivo hanno aperto l'otre che tu ci avevi regalato.»

«Io aiutarti!? Non ci penso nemmeno! Se questo è accaduto vuol dire che gli Dei non stanno dalla tua parte, e io non posso aiutare coloro che sono odiati dagli Dei. Vattene ordunque, vergogna dei mortali, prima che ti punisca con le mie stesse mani!»

Persa la fiducia di Eolo, gli Itacesi si rimisero in mare più avviliti che mai, sperando, se non proprio nella clemenza degli Dei, almeno nella loro distrazione.

La tappa successiva fu la terra dei Lestrigoni. A vederla da lontano, sembrava una specie di paradiso terrestre, dove, oltretutto, attraccare con la massima sicurezza. Il porto di Telepilo, infatti, era un rifugio ideale per qualsiasi tipo d'imbarcazione: era a tal punto protetto che i venti, anche quando soffiavano al massimo, non riuscivano nemmeno a incresparne le onde. I Lestrigoni nel loro porto non usavano ancore: si limitavano a legare una gomena intorno a un appiglio qualsiasi e restavano con le navi accostate alle rive per tutto il tempo che volevano. Per arrivarci bisognava percorrere una specie di fiordo fiancheggiato da rive scoscese e altissime. Malgrado queste garanzie, però, Ulisse, con la sua nave, preferì aspettare fuori, in mare aperto. Voleva avere prima delle informazioni sui nativi, e, come sempre, inviò un araldo e due marinai in avanscoperta.

I tre uomini scesero a terra e la prima persona che incontrarono fu una graziosa fanciulla che andava ad attingere acqua: era la figlia del re Antifate. Le chiesero dove fosse il palazzo reale e lei cortesemente glielo indicò. Qui, però, trovarono la regina, una grassona di oltre duecento chili, che non fu affatto cordiale: appena li vide si mise a starnazzare come una gallina e fece in modo da far accorrere il marito Antifate e tutta la scorta reale. Antifate non perse tempo a fare domande: afferrò uno dei tre messaggeri e se lo mangiò crudo, a morsi, con tutti i vestiti, né più né meno di come aveva fatto Polifemo qualche giorno prima. L'araldo e l'altro marinaio, terrorizzati, si dettero alla fuga e in qualche modo riuscirono a raggiungere le navi. Qui però, se possibile, si trovarono di fronte a una situazione davvero terribile: i Lestrigoni, approfittando del fatto che le rive erano molto alte e molto ravvicinate tra loro, stavano subissando la flotta degli Itacesi con centinaia e centinaia di macigni enormi. Alla fine, l'unica nave che riuscì a salvarsi fu quella di Ulisse.

La terza tappa del decimo canto è l'isola di Eea, quella della famosa maga Circe. Costei, a detta di Ulisse, «aveva riccioli bellissimi e parlava con voce umana». Era la sorella del perverso Eeta e quindi figlia del Dio Sole che illumina tutti i mortali.

Questa volta l'eroe, dopo le recenti esperienze, non vuole più rischiare la vita sua, né quella dei suoi compagni. Vorrebbe solo riapprovvigionarsi di acqua, di viveri, e riprendere la navigazione. Pur tuttavia sente il bisogno di raccogliere informazioni.

«Dopo tante tempeste ci siamo persi» confessò avvilito a uno dei suoi marinai. «Ignoriamo persino se dobbiamo dirigere la prora a oriente o a occidente.»

Salì, quindi, su di una collina e scorse una casetta tra i boschi. A vederla da lontano, tutta linda e pulita, e circondata da aiuole fiorite, sembrava il luogo più tranquillo dell'universo. La prudenza, però, non è mai troppa e Ulisse non volle andare subito a conoscere i locali, anche perché s'imbatté in un cervo di rara bellezza, le cui carni gli consentirono di restare all'àncora per altri tre giorni. Dopodiché divise i suoi uomini in due gruppi: uno da comandare personalmente, e un secondo da affidare a Euriloco, il suo luogotenente di fiducia. Ciò fatto, mise in un elmo due contrassegni, ed estrasse a sorte quale dei due gruppi sarebbe dovuto andare a ispezionare la casetta. Vinse (si fa per dire) Euriloco. Ed ecco, più o meno, quello che gli capitò, così come ce lo racconta lo stesso Ulisse.

«Intorno alla casa stavano accovacciati lupi e leoni. Nessuna, però, di queste belve dava segni di particolare aggressività. Sembrava quasi che fossero state messe lì unicamente per fare bella mostra di sé, o per scoraggiare i più pavidi. Una volta giunti innanzi alla casa, Euriloco e i suoi sentirono una voce femminile che cantava una bellissima melodia. "Questa è la voce di una Dea!" esclamarono in coro i marinai, poi, resisi conto che si trattava di una donna intenta a tessere una magnifica tela, chiesero di essere ricevuti. La Maga, perché di lei si trattava, non si fece pregare più di tanto: si affacciò alla soglia e invitò tutti ad accomodarsi. Solo Euriloco, sospettoso com'era, non volle entrare, e preferì attendere nel cortile antistante. Circe fece sedere i marinai su troni d'argento e, grazie a uno stuolo di bellissime ancelle, offrì a ciascuno una coppa d'oro contenente un cocktail di sua invenzione: vino di Pramno, miele, farina d'orzo e in più un misterioso farmaco. Poi, quando si accorse che non erano più in grado di reagire, li toccò, uno alla volta, con una bacchetta magica e li trasformò tutti in porci. Quindi li rinchiuse in un porcile già colmo di letame e dette loro da mangiare ghiande in abbondanza. Gli sventurati, pur essendo rimasti uomini nella mente, avevano tutte le caratteristiche dei maiali, grugnito compreso.»

Euriloco, dopo aver atteso una buona mezz'ora fuori della casa, capì che qualcosa non doveva essere andata per il verso giusto e corse ad avvisare Ulisse. Era a tal punto agitato che non riusciva quasi a parlare. A fatica l'eroe riuscì a cavargli qualcosa di bocca:

«Eravamo entrati nel bosco, come tu ci avevi ordinato» balbettò Euriloco. «La casa era tranquilla, tutta costruita in pietra liscia dalle fondamenta al tetto. Dentro c'era una donna che cantava. I miei compagni, incuriositi, la chiamarono e lei uscì subito fuori. Poi c'invitò a entrare e aprì due porte luminose, ma così luminose, da abbagliare chiunque avesse voluto gettare uno sguardo all'interno. E fu proprio tutta questa luce a mettermi in sospetto. Mentre i compagni entrarono estasiati, io preferii restare ad attenderli sotto il porticato. E, come temevo, non li ho visti più uscire.»

Ulisse non pose tempo in mezzo: si appese la spada al fianco e si avviò verso la casa di Circe, deciso a liberare i compagni presi in ostaggio.

«Non andare, o divino, ti supplico!» urlò Euriloco, cercando di trattenerlo per un braccio. «Anzi, fuggiamo: forse abbiamo ancora la possibilità di ritardare di qualche giorno il momento fatale!»

Ma ci voleva ben altro per fermare Ulisse. Euriloco non aveva ancora finito di parlare che lui già si era incamminato verso la casa di Circe, e bene fece ad avviarsi dal momento che di lì a poco avrebbe avuto un incontro determinante: quello con Hermes, il Messaggero dalla verga d'oro. Il Dio gli si parò dinanzi sotto le vesti di un giovincello imberbe.

«Dove vai, o figlio di Laerte, solo per queste alture e del tutto ignaro dei luoghi? I tuoi compagni sono già stati trasformati in porci dalla tremenda Circe e ora grufolano accalcati in appositi porcili. Vuoi forse liberarli? Sappi, allora, che non avresti scampo se non ci fossi qua io a darti una mano. Prendi quest'erba magica e mangiala senza lasciarne nemmeno un filo. Quando la Maga ti toccherà con la sua bacchetta d'oro, tu sguaina la spada affilata e saltale addosso, quasi volessi trafiggerla. Lei, allora, si getterà ai tuoi piedi e, con dolci parole, t'inviterà a far l'amore con lei. Fallo pure, se proprio ne hai desiderio, ma prima chiedile di giurare solennemente su tutti gli Dei dell'Olimpo che non ti renderà vile e impotente quando ti troverai nudo davanti a lei.»

E fu proprio in questo modo che andarono le cose. Ulisse, dopo aver masticato l'erba magica, chiamò Circe a gran voce. La Maga aprì la porta luminosa. L'eroe entrò e venne fatto accomodare, come da copione, su un trono d'argento. Seguì la procedura di rito: prima i filtri magici serviti in coppa e poi la bacchetta d'oro per la metamorfosi. Questa, però, non funzionò. Al che Circe, resasi conto che aveva a che fare con un individuo refrattario alle sue magie, ci restò un po' male.

«Chi sei, o straniero,» gli chiese spaventata «e qual è la tua stirpe?! Nessuno al mondo ha mai resistito alla mia pozione per più di un istante!»

Poi, quando vide che l'eroe con la spada sguainata minacciava di trafiggerla, si gettò ai suoi piedi e cominciò a supplicarlo:

«Rimetti l'arma nel fodero, o mio signore. Ammiro il tuo coraggio e sono attratta dal tuo corpo maschio e virile. Non vedo l'ora che le tue braccia mi stringano. Vieni nel mio letto, o divino eroe. Non perdere altro tempo: amiamoci! Vedrai che, dopo aver fatto l'amore, non diffideremo più l'una dell'altro.»

Ma Ulisse, gelido, le rispose:

«O perfida Maga, come pensi che io possa far l'amore con te quando i miei compagni sono ancora rinchiusi in un porcile? E poi, seppure volessi giacere nel tuo letto, dovresti prima giurarmi su tutti gli Dei che non ne approfitteresti per rendermi vile e impotente.»

Il duetto si protrasse per un po': lui sempre armato di spada e lei di sguardi assassini. Alla fine, fu trovato un accordo e tutto andò per il meglio: quattro ancelle ripulirono l'eroe con la massima cura. La prima versandogli addosso acqua fredda, la seconda acqua calda, la terza ungendolo d'olio, com'era costume a quei tempi, e la quarta preparandogli gli abiti da indossare prima e dopo il rapporto amoroso. Per la cronaca: una tunica di seta bianca e un mantello ricamato in argento. Da un eroe, francamente, ci saremmo aspettato un comportamento più distaccato: perché far l'amore con una come Circe? E Penelope? Ce la siamo forse dimenticata? Circe, però, doveva essere davvero molto bella se Ulisse, malgrado i pericoli, ci va a letto senza starci troppo a pensare. La scusa che dovesse liberare i compagni non ci convince più di tanto. A mio avviso Circe li avrebbe liberati lo stesso, anche se Ulisse fosse rimasto sulle sue. La liberazione dei marinai fu comunque molto commovente. Ed ecco come ce la racconta l'eroe (*Odissea*, X, 410):

> Come quando in campagna, la sera, le mucche
> tornano dal pascolo e le vitelle accorrono
> loro incontro con alti muggiti, così intorno
> a me si affollarono i compagni, una volta
> che ebbero riacquistato il loro aspetto
> di sempre. Piangevano tutti come bambini
> ed erano felici, quasi che fossero tornati
> a Itaca ricca di sole, nella terra dei padri.

Ulisse, però, li riportò subito sulla terra.

«Come prima cosa, o compagni, mettiamo in salvo la nave, poi riponiamo le nostre ricchezze in una grotta sicura, e infine torniamo qui, in casa di Circe, a bere e a mangiare.»

Tutti, ovviamente, furono d'accordo, a eccezione di Euriloco che, sessuofobico com'era, non perse l'occasione per fare a tutti una piccola ramanzina.

«Dove andate, o stolti,» predicò con voce stridula. «Vi rendete conto che la Maga Circe prima o poi vi trasformerebbe di nuovo in porci? Non date ascolto a Ulisse! Già altre volte, per la sua follia, molti di noi hanno trovato la morte.»

Oddio, non è che avesse tutti i torti, anche perché non si sarebbe trattato di un'avventuretta una tantum, bensì di una vera e propria orgia continua. Nell'isola di Eea, infatti, Ulisse e i suoi restarono la bellezza di un anno, sempre a mangiare, a bere e a far l'amore. Ci fu pure uno dei marinai che tra un'ubriacatura e l'altra ci rimise la pelle: per scendere dal terrazzo al pianterreno, invece di prendere le scale, prese la finestra e cadde nel vuoto. Si chiamava Elpenore ed era il più giovane del gruppo.

La predica di Euriloco, però, non piacque a Ulisse che non poteva tollerare un atto d'insubordinazione così evidente. Un capitano è un capitano e non può essere messo in discussione davanti ai suoi marinai. Il nostro eroe aveva già sguainato la spada per troncare la testa al contestatore quando i compagni s'interposero e gli impedirono di fare sciocchezze, pur essendo tutti d'accordo a trascorrere il resto della vita con le ancelle della Maga.

«Se vuoi, o divino,» dissero a Ulisse «lasceremo costui a fare da guardia alla nave e noi tutti verremo a vivere con te nella casa dell'ottima Circe.»

Due parole per chiarire il significato di questo episodio: dire che Circe li aveva trasformati in porci non deve essere preso alla lettera. Vuol dire semplicemente che la Dea, facendo leva sul loro appetito sessuale, li aveva portati nelle alcove delle sue ancelle. A chissà quanti, nella vita, sarà capitata qualcosa del genere, anche senza aver incontrato maghe e bacchette magiche. Quella di Circe con ogni probabilità era una casa chiusa e lei, la maga, una *maîtresse*. Teniamo conto, infine, che i compagni di Ulisse, come tutti i marinai del mondo, dopo tanto navigare, appena scesi a terra hanno subito pensato a quella cosa là. Non a caso Dante Alighieri li schiaffa all'Inferno e fa dire a Ulisse la famosa frase:

> Fatti non foste a viver come bruti,
> ma per seguir virtude e canoscenza.

Dove per «bruti» bisogna intendere puttanieri e per «seguir virtude» un invito a pensare più alle mogli e ai figli che non al sesso extraconiugale. Quanto alla «canoscenza», invece, avrei qualche dubbio: quale conoscenza poteva avere una ciurma di analfabeti del dodicesimo secolo avanti Cristo?

Dopo il burrascoso inizio, Ulisse e Circe vissero una felice storia d'amore, e l'idillio durò finché un giorno la maga si sentì in dovere d'informare l'amante sulle vicissitudini che ancora lo attendevano.

La storia di Circe finì grosso modo così: una volta amici, anzi amanti, la Maga mise in guardia Ulisse sui prossimi pericoli a cui sarebbe andato incontro.

«O figlio di Laerte,» gli disse «prima di tornare in patria un altro viaggio ti attende, molto più impegnativo di quello che hai appena concluso. Dovrai scendere nella dimora di Ade e della tremenda Persefone, e, una volta in quel luogo di assoluta tetraggine, interrogare l'anima del tebano Tiresia, l'indovino cieco dalla mente lucida. L'unico a cui fu concesso di conservare la saggezza anche dopo la morte.»

La notizia non fece affatto piacere all'eroe, che, anzi, si demoralizzò.

«Come potrò mai raggiungere l'Ade, o mia adorata Circe? Che io sappia, nessun uomo è mai riuscito ad arrivarci da vivo.»

«Non devi assolutamente preoccuparti» rispose la Maga. «Tu pensa alle vele, che alla rotta penserà il vento di Borea. Per il resto, quando vedrai una grande spiaggia con migliaia di pioppi e di salici saprai di essere giunto alla meta: quelli sono i boschi cari a Persefone. Più oltre incontrerai l'Acheronte, e subito dopo il Piriflegetonte e il Cocito che discende direttamente dalla fonte Stige. Lì, dove questi fiumi confluiscono, troverai una roccia. Scava ai suoi piedi una fossa larga un cubito e lunga altrettanto, e intorno a essa versa laute libagioni in onore dei defunti. Ricordati di mischiare nella coppa latte e miele, vino dolce, acqua di fonte e farina bianca. Sulla fossa poi, sacrifica, nell'ordine, un montone nero, un ariete nero e una pecora nera. Vedrai allora venirti incontro le anime dei morti. Verranno a centinaia. Sguaina la spada e impedisci loro di avvicinarsi troppo al sangue delle vittime, almeno prima che non sia arrivato il saggio Tiresia.»

«E cosa dovrò chiedere all'indovino cieco, quando si farà avanti?»

«Gli chiederai la strada per tornare in patria, quanto sarà lungo il viaggio e quali pericoli incontrerai sul mare ricco di pesci.»

Canto XI

La discesa nell'Ade

Laddove si narra di come Ulisse scenda nell'Ade e incontri l'anima di sua madre Anticlea e quelle di alcuni compagni d'arme. Particolarmente significativi anche gli incontri con Elpenore, Agamennone, Achille e Aiace, ognuno dei quali ha qualcosa di cui lamentarsi.

Nel registro VAV dell'Inferno (Visitatori Ancora Vivi) non è che i nomi siano poi tanti. A memoria ricordo: Teseo, Piritoo, Orfeo, Eracle, Ulisse, Enea e Dante Alighieri. Ora, a parte gli ultimi due che scesero giù solo per promuovere un bestseller, le motivazioni degli altri furono le più disparate.

Piritoo affrontò il viaggio per riprendersi Persefone, la giovinetta di cui era stato follemente innamorato da ragazzo. Chiese all'amico Teseo di accompagnarlo, e, una volta da basso, ebbe la faccia tosta di comunicare le sue intenzioni direttamente al marito di lei, ovvero al tremendo Ade, re del mondo delle Tenebre. Questi, lì per lì, non batté ciglio. Disse solo: «Accomodatevi che la vado a chiamare». Quindi li fece sedere su due belle poltrone di pietra, sennonché, non appena i due giovanotti si furono accomodati, le poltrone si tramutarono in carne e divennero un tutt'uno con i loro corpi. Piritoo e Teseo restarono prigionieri dei loro seggi per la bellezza di quattro anni, vale a dire fino all'arrivo di Eracle il quale, con la spada, riuscì a separarli dalle poltrone. Ovviamente ognuno dei due ci rimise una fetta di natiche.

Un altro a scendere per amore fu Orfeo. La sua donna, Euridice, era appena morta per il morso di un serpente, quando lui, fidandosi della propria bravura di cantautore, decise di andarne a chiedere la restituzione direttamente ad Ade e a Persefone. I sovrani degli Inferi, affascinati dalle sue melodie, gli dettero subito il benestare a patto però che, durante la risalita, non si voltasse mai indietro a guardarla. Lei, o per meglio dire, un demone, lo tentò più volte. Sempre imitando la voce di Euridice, gli disse: «Perché non ti volti, amore mio, sono forse diventata così brutta che non mi vuoi guardare? E dammi un bacio, un bacio solo». Ma lui, intuito l'inganno, non si voltò, almeno fino a quando non sentì sul viso la luce del sole. Sennonché, voltandosi, si accorse che la fanciulla non era ancora del tutto uscita dal cunicolo dell'Ade, e così la perse di nuovo, e questa volta per sempre.

Per Eracle, invece, la discesa agl'Inferi rappresentò la dodicesima fatica, quella di catturare Cerbero, il cane a tre teste, e di consegnarlo debitamente incatenato al suo stupido padrone Euristeo. Perché poi il gigante dovesse compiere le dodici fatiche non si è mai capito. Secondo alcuni le portò a termine per ottenere l'immortalità. Secondo altri, invece, perché si era innamorato di Euristeo. Misteri della mitologia. Per maggiori informazioni consultare *I miti greci* di Robert Graves.

Adesso, però, torniamo al nostro Ulisse e alla sua personale discesa agli Inferi. Scopo del viaggio: incontrare l'indovino Tiresia e farsi predire il futuro.

L'undicesimo canto ha inizio con la descrizione del luogo dove sarebbe situato l'Oltretomba. A leggerne i versi, la prima impressione è che ci troviamo in Inghilterra, oppure in un paese del Baltico. Stando al testo omerico, infatti, sono sempre

avvolti da nebbie e da nuvole: mai
il Sole splendente li guarda con i suoi raggi,
né quando sale nel cielo stellato,
né quando volge dal cielo al tramonto,
ma sugli infelici mortali si stende una notte funesta.
(*Odissea*, XI, 15-19, Mondadori, trad. A. Privitera.)

Ulisse aveva con sé anche alcuni animali da sacrificare, così come gli era stato suggerito da Circe. Ed ecco, in proposito, il circostanziato racconto dell'eroe:

«Giungemmo nella terra che Circe aveva indicato. Qui scavai una fossa lunga un cubito e larga altrettanto. Poi tutt'intorno versai miele mischiato a latte, vino dolcissimo e farina bianca in quantità. Nel frattempo Euriloco e Perimede provvidero a trasportare le vittime destinate al sacrificio. Secondo le istruzioni ricevute, scannai prima il montone nero, poi la pecora nera e per ultimo l'ariete nero. Alla fine evocai le anime dei morti e promisi loro che se fossi tornato sano e salvo a Itaca avrei immolato anche una giovenca che non avesse ancora figliato. La vista del sangue fece accorrere trapassati da ogni parte: vidi uomini, donne, bambini, fanciulle, storpi che si trascinavano su tavole di legno a rotelle, vecchi che avevano molto sofferto, ciechi col bastone e guerrieri caduti in battaglia con ancora i dardi conficcati tra le costole. Tutti piangevano e lanciavano urla strazianti. In attesa che arrivasse anche Tiresia, fui costretto tre volte a sguainare la spada per impedire che le anime più assetate si gettassero tutte insieme nella fossa intrisa di sangue.»

La prima delle anime a dichiararsi fu Elpenore, il giovane marinaio morto in casa di Circe: quello caduto dalla finestra.

«O mio sventurato compagno,» esclamò Ulisse appena lo vide. «Come hai fatto a giungere così presto in questa terra di dolore? Hai impiegato meno tempo tu, a piedi, che non io con la nera nave.»

«O figlio di Laerte,» rispose Elpenore «caddi giù nel vuoto e nel medesimo istante la mia anima finì nel mondo dove ogni speranza è vana. Quel giorno mi furono avversi il vino e la sorte. Ma non è tanto la morte la cosa che più mi addolora, quanto il sapere di non essere stato sepolto. E siccome mi dicono che appena uscito da questi lidi approderai di nuovo nell'isola Eea, ti scongiuro, o divino: concedi una giusta sepoltura al mio povero corpo. Brucialo e se ti riesce, sul tumulo, proprio in riva allo schiumante mare, piantaci sopra il remo, lo stesso con il quale ho sempre remato felice.»

Ulisse non fece in tempo a promettere la sepoltura che gli apparve l'anima di sua madre Anticlea. A vederla fra i trapassati lui, che la credeva ancora viva a Itaca, non resse alla commozione.

«O madre!» esclamò singhiozzando.

«O figlio,» gli fece eco Anticlea «come hai fatto, tu, ancor vivo, a giungere qui tra le nebbie dell'Oltretomba? E dimmi: sei tornato a Itaca? Hai rivisto la casa? E come sta la sposa?»

«O madre, che tristezza vederti quaggiù tra coloro che piangono! No, non sono ancora riuscito a tornare nell'amata Itaca. Molti anni ho errato dal giorno in cui seguii il divino Agamennone. Ma tu, piuttosto, raccontami: in che modo Thanatos è riuscito a portarti via? È stato forse dopo una lunga malattia o hai avuto in sorte una fine improvvisa? E della cara Penelope che mi racconti: mi è rimasta fedele, o è diventata la donna di un altro Acheo?»

Anticlea subito lo rassicurò:

«Con straordinaria pazienza Penelope attende il tuo ritorno e con altrettanta saggezza Telemaco amministra le tue terre. Tuo padre Laerte si è ritirato in campagna, e ora dorme sdraiato assieme agli schiavi vicino al focolare. Io, invece, passai dal mondo dei vivi a quello dei morti da un momento all'altro: fu l'arciera Artemide a colpirmi, senza farmi soffrire, con una delle sue frecce più dolci.»

Ulisse vorrebbe stringerla a sé, ma non riuscì ad abbracciarla. Tre volte ci provò e tre volte finì con l'abbracciare l'aria.

«O madre, perché mi sfuggi? Abbracciandoti vorrei saziarmi di pianto e di dolore, e tu, invece, continui a svanire nel nulla!»

«Non puoi farlo, o figlio mio dolcissimo. Noi non siamo fatti di ossa e di carne, come voi viventi, ma solo di fumo e di sogno.»

E finalmente arrivò anche il tebano Tiresia. Aveva in mano uno scettro d'oro.

«O figlio di Laerte,» esclamò l'indovino non appena lo riconobbe[1] «com'è che hai abbandonato la luce del sole per venire in questo luogo di gemiti e di tristezze?»

«Sono arrivato quaggiù proprio per parlare con te, o mio saggio Tiresia» chiarì Ulisse. «Vorrei sapere cosa ancora mi attende sulla strada del ritorno e cosa potrei fare per ingraziarmi gli Dei.»

L'indovino, però, sembrava che non avesse udito la domanda: qualunque cosa dicesse Ulisse, non riusciva a distogliere lo sguardo dal sangue. Lo fissava, come ipnotizzato. A un certo punto si accostò all'eroe, ma non per poterlo meglio guardare, bensì per potersi avvicinare di più alla fossa.

[1] Tiresia, com'è noto, era cieco. Se Omero usa l'espressione «lo riconobbe», evidentemente nell'Ade aveva recuperato la vista.

«Ti scongiuro, o divino:» lo implorò «lasciami bere un po' di questo sangue.»

Ulisse arretrò di un passo e Tiresia si gettò nella fossa per bere. Una volta dissetatosi, rispose a tutte le domande dell'eroe.

«Se bene leggo nell'animo tuo, o figlio di Laerte, a te piacerebbe avere un facile ritorno. Purtroppo non te lo posso promettere: come ben sai, c'è un Dio che ti è nemico, e il tuo viaggio sarà sempre cosparso d'insidie. Malgrado questo, anche se tra mille tormenti, potrai un giorno rivedere la patria, sempre a patto, però, che non commetta altri errori. Sbarcherai in un'isola chiamata Trinacria dove vedrai molte capre e molte mucche al pascolo. Mi raccomando: non far loro alcun male, esse appartengono al Sole! Se le uccidi, ben altre pene dovrai soffrire, prima di poter riabbracciare la moglie fedele e il caro figlio. Una volta a Itaca, poi, troverai la tua reggia invasa da un gruppo di arroganti che fanno man bassa dei tuoi beni e che insidiano la tua sposa. Ebbene, io ti preannuncio che ti vendicherai di loro, ma anche che, subito dopo, dovrai affrontare un nuovo viaggio per conoscere un popolo che non ha mai visto il mare, che non sa che cosa sia il sale, e che non ha mai visto una nave con la prora dipinta di rosso.»

Dopo Tiresia molte altre anime si avvicinarono a Ulisse: erano a tal punto assetate di sangue che l'eroe fu costretto ancora una volta a sguainare la spada per impedire che si gettassero tutte insieme nella fossa.

Tra quelle che più sgomitavano Ulisse scorse Tiro, la bella figlia del glorioso Salmoneo. Di lei si diceva che, innamoratasi del fiume Enipeo, e non essendo da questi corrisposta, avesse trascorso buona parte del suo tempo a piangere lungo le rive. Finché un giorno Poseidone, da quel grande sporcaccione che era, non prese le sembianze di Enipeo e non la sedusse proprio accanto al fiume che lei tanto amava. Nacquero così due gemelli, Pelia e Neleo, che la mamma abbandonò ancora in fasce sulla cima di una montagna dove furono salvati dal solito (provvidenziale?) pastore di passaggio.

Ricordiamo poi Antiope, la figlia di Asopo, che, per farsi aiutare da Ulisse a scendere nella fossa, gli ricordò di essere stata tra le braccia di Zeus. Giustamente l'eroe non ne tenne alcun conto, anche perché Zeus era andato a letto praticamente con tutte, o quasi tutte, le Dee e le ninfe dell'Olimpo, a volte ricorrendo anche a trucchi ignobili. E sempre a proposito di trucchi, basti pensare che un giorno, per copulare con una ninfa che era stata rinchiusa dal padre in una cella di bronzo, si mutò in una pioggia d'oro per poi penetrare attraverso le crepe del soffitto. Il che equivale a dire che in amore l'oro, e quindi il denaro, spesso e volentieri aiutano.

Poi si fece avanti Epicasta.[2] Anche lei aveva un qualcosa da dimenticare: si era accoppiata (inconsapevolmente, sia chiaro) con il figlio Edipo, dopo che questi aveva ucciso il proprio padre e quindi il di lei marito. La poverina, quando le comunicarono con chi aveva fatto l'amore, invece di prendersela con il complesso di Edipo, pensò bene d'impiccarsi a una trave di casa.

C'erano, infine, le anime di Clori, di Leda, di Ifimedea, di Fedra, di Procri, di Arianna, di Maira, di Climene e di Erifile (che tradì il marito per un pugno di monete d'oro). Ognuna di loro meriterebbe un racconto a parte, ma noi, per non disperderci lungo i mille rivoli della mitologia classica, cercheremo di non perdere di vista Ulisse.

Il primo dei compagni d'arme a farsi vivo (vivo si fa per dire) fu Agamennone: piangeva come un bambino. Ulisse lo vide e si commosse. Lo aveva lasciato a Troia potente e

[2] Anche nota come Giocasta.

spavaldo e ora se lo ritrovava in lacrime e disperato. Cosa gli era successo di così tragico, a parte la morte? Ce lo racconta lo stesso Agamennone.

«Non è stato Poseidone a trascinarmi in fondo alle acque insieme alla nera nave, né genti nemiche, né un guerriero in uno scontro leale, bensì quella belva di mia moglie, la mai abbastanza vituperata Clitennestra. La cagna, con l'aiuto del suo turpe ganzo Egisto, mi pugnalò alle spalle mentre alzavo il calice durante un banchetto. E con me furono uccisi anche i fedeli compagni, tutti scannati come porci durante una festa di nozze. Perfino tu, o figlio di Laerte, che tanti uomini hai visto morire sui campi di battaglia, avresti pianto nel vedere quell'orribile scena. Di me, in particolare, nessuno ebbe pietà: non mi chiusero nemmeno gli occhi mentre l'anima mia precipitava negli abissi dell'Ade. Che quello che è capitato a me, o mio stimato Ulisse, ti serva da lezione: non fidarti mai delle donne! Non c'è razza al mondo che possa essere considerata peggiore!»

Ma Ulisse, almeno su questo ultimo punto, non si dichiarò d'accordo.

«A essere sincero, o divino Agamennone, io penso che non dalle donne sei stato perseguitato, ma da Zeus, e questo perché sei figlio di Atreo. Elena portò lacrime e lutti a tutti noi Achei, e sua sorella Clitennestra non fu da meno.»

«Sei in errore, o compagno d'arme,» replicò subito Agamennone «sono le donne la prima causa delle nostre sventure.»

«Ci sono donne e donne...» provò a obiettare Ulisse, ma Agamennone, imperterrito, continuò nella sua requisitoria.

«Nossignore: sono tutte uguali. Tu adesso, evidentemente, stai pensando alla tua cara Penelope. Ebbene, io ti metto in guardia: non fidarti. Tienila sempre all'oscuro dei tuoi progetti. Non essere buono con lei, anche se gli altri ti dicono che è rimasta fedele. Io ero così felice il giorno in cui tornai a casa, e la perfida non mi dette nemmeno il tempo di bearmi della vista del mio unico figlio: mi uccise prima ancora che lo potessi abbracciare. E un'altra cosa ti dico, o figlio di Laerte, che non devi dimenticare: quando torni a Itaca, approda in un luogo nascosto, e subito dopo travestiti in modo che nessuno ti possa riconoscere. Prima di rivelarti, controlla cosa sta tramando la sposa, e mi raccomando: più la vedi affettuosa, e più devi diffidare.»

Mentre l'ombra di Agamennone si dileguava, si fecero avanti le anime di Achille, Patroclo e Antiloco. Il primo a riconoscerlo fu Achille e, come tutti quelli che lo avevano fin qui preceduto, gli chiese cosa diavolo ci facesse giù negli Inferi.

«O divino figlio di Laerte, o Ulisse ricco d'ingegno, come hai osato scendere nell'Ade dove dimorano solo le ombre dei trapassati?»

A solita domanda, solita risposta:

«O Achille, figlio di Peleo, di tutti gli uomini il più forte, io sono qui venuto per farmi consigliare dal tebano Tiresia circa il mio ritorno. E tu cosa mi racconti? Immagino che qui, nell'Ade, per le tue gesta da vivo, dovresti essere ora il più potente e il più riverito dei morti!»

«Non parlarmi dei morti, o mio caro Ulisse. Piuttosto che regnare sulle ombre dei trapassati, preferirei essere l'ultimo servo dell'uomo più miserabile della terra. Parlami, piuttosto, di mio padre, del nobile Peleo. Dimmi se i Mirmidoni ancora lo rispettano, o se lo disprezzano a causa della vecchiaia che lo incatena.»

«Di Peleo, in verità, non so nulla, o divino. So, invece, che tuo figlio Neottolemo ti ha sostituito con coraggio e con ardore. Quando a Troia tenevamo consiglio era sempre lui il primo a parlare e, che io sappia, non ha mai sbagliato un solo intervento. Nei combattimenti è sempre stato in prima fila. E anche nella bellezza era superato solo dal magnifico Memnone. All'interno, poi, del cavallo di legno costruito da Epeo si distinse per la pazienza e il coraggio. Quel giorno molti di noi tremarono di paura, ma io nei suoi occhi non vidi mai un fremito. Penso proprio che, come padre, tu possa esserne fiero.»

Felice per quanto aveva appena appreso, Achille si allontanò, dando modo a Ulisse di scorgere un'anima che si teneva in disparte, quasi non volesse mostrarsi: era quella del grande Aiace, ancora offeso per l'incresciosa storia delle armi di Achille.

Ricordiamo brevemente l'episodio: quando Achille fu colpito a morte da Paride, le armi, che gli erano state regalate da Teti, avrebbero dovuto essere consegnate al più valido degli Achei, e quindi ad Aiace Telamonio o a Ulisse. Ora, che dei due Aiace fosse il più forte non c'erano dubbi: tra l'altro era un gigante alto quasi due metri, il che, in un esercito dove venivano considerati alti anche i guerrieri di un metro e sessanta, era tutto dire. Non volendo, però, Agamennone assumersi la responsabilità di questa scelta, venne formata una giuria (o, secondo altri, venne addirittura chiesto un parere al nemico). Certo è che sia gli Achei che i Troiani furono tutti d'accordo nel definire Ulisse il più valido, o per meglio dire il più pericoloso. Al che il povero Telamonio andò fuori di testa, e, finito in una mandria di pecore, le uccise tutte, dalla prima all'ultima, scambiandole per i suoi nemici personali, e cioè per Agamennone, Menelao, Diomede e Ulisse. Dopodiché si gettò sulla propria spada, suicidandosi.

Ulisse cercò di parlare con l'eroe offeso. Gli chiese anche di dimenticare la faccenda delle armi, dando (tanto per cambiare) ogni colpa agli Dei, e in particolare a Zeus, che odiava gli Achei. Ma il Telamonio non volle sentir ragioni, e, prima ancora che Ulisse potesse avvicinarlo, si dileguò. Nel frattempo, intorno all'eroe si erano accalcate moltissime altre anime, tra cui Minosse, Orione, Tizio, Tantalo, Sisifo, Eracle, Teseo e Piritoo. Ulisse allora, per evitare la ressa, pensò bene di squagliarsela.

Canto XII

Le Sirene

Laddove si narra di come Ulisse esaudisca il desiderio di Elpenore di essere sepolto, e di come, subito dopo, sia costretto a superare due prove, una più terribile dell'altra: l'isola delle Sirene e il passaggio attraverso Scilla e Cariddi.

Una volta usciti dall'Ade, il primo pensiero fu quello di mantenere la promessa fatta a Elpenore, e cioè di seppellirne il cadavere in riva al mare col massimo degli onori. Il pericolo, piuttosto, era quello di dover tornare da Circe e cadere nelle tentazioni di sempre. In verità gli Itacesi questa volta si comportarono come altrettanti *gentlemen* e senza nemmeno fare troppi sforzi. Evidentemente avevano imparato la lezione e non avevano alcuna voglia di finire i loro giorni in un misero porcile. Circe, poi, diciamo la verità, fu anche molto ospitale e li accolse nel migliore dei modi.

«Appena seppe del nostro arrivo,» raccontò Ulisse «ci venne incontro sulla spiaggia scortata da tutte le ancelle. Sia lei che le fanciulle avevano indossato vesti preziose e trasparenti. Noi, però, eravamo talmente concentrati nel compito che ci eravamo prefissi, che evitammo perfino di guardarle. Il giovane Elpenore fu bruciato con le sue armi e seppellito col massimo degli onori. Sul tumulo, come promesso, piantammo l'agile remo. Quando porsi alla salma l'estremo saluto piansero tutti, perfino le ancelle.»

Il dodicesimo canto inizia quindi con un funerale, ma anche con un banchetto. Circe e le sue ancelle accolsero gli eroi portando con sé «σῖτον καὶ κρέα πολλὰ καὶ αἴθοπα οἶνον ἐρυθρόν», ovvero «pane, carne in quantità e vino rosso frizzante». D'altra parte, un po' di appetito dovevano anche avercelo dal momento che nell'antro di Polifemo più che mangiare avevano corso il rischio di essere mangiati, e che nell'Ade non avevano toccato cibo.

Una volta finito il pranzo, Circe prese in disparte Ulisse e lo mise in guardia dai pericoli che da lì a poco avrebbe incontrato. Ormai la Maga gli si era affezionata, come, del resto, era già capitato a tutte le donne che avevano avuto la fortuna (o la sfortuna) di conoscerlo.

«O mio audace Ulisse,» gli sussurrò in un orecchio «io ti mostrerò la rotta che dovrai seguire e ti darò alcuni consigli pratici perché tu non abbia a soffrire più di quanto non sia già stato deciso dagli Dei. Per prima cosa, incontrerai una strana isola dove vivono alcune bellissime donne chiamate Sirene. Sappi che nessun uomo è mai riuscito a rivedere la propria casa dopo averle ascoltate. Le maliarde stregano i naviganti con un canto dolcissimo e li convincono ad avvicinarsi per poi farli naufragare su decine e decine di scogli aguzzi appena affioranti. Esse, per attirare i cupidi sguardi dei marinai, si mostrano nude mollemente adagiate su prati coperti di fiori. Per uscire indenne dagli incantesimi delle Sirene, devi tappare con pezzi di morbida cera le orecchie dei tuoi rematori e fare in modo che nessuno di loro ne oda il canto soave. Tu invece, se proprio lo desideri, ascoltale pure, sempre, però, dopo esserti fatto saldamente legare all'albero maestro e dopo aver ordinato ai tuoi compagni di non liberarti per nessuna ragione, qualsiasi cosa dica o faccia durante il passaggio. Per renderti conto del pericolo, sappi che su quegli stessi prati biancheggiano da sempre ossa e teschi di migliaia di naufraghi.»

Ulisse s'impresse bene in mente i consigli della Maga e in cuor suo decise di non perdersi nemmeno un verso delle maliarde. Ne aveva sempre sentito parlare nei porti di mare e ogni volta ne era rimasto affascinato. Quale occasione migliore per poterle ascoltare senza dover correre rischi eccessivi!

«Subito dopo» continuò la Maga «un'altra prova ti attende, ancor più impegnativa di quella delle Sirene. Decine di rupi erranti ti piomberanno addosso all'improvviso e quando meno te lo aspetti. Su di loro le onde del mare s'infrangono con grande clamore. Evitale se puoi e allontanatene quanto più ti è possibile. A volte, nei loro pressi, nemmeno gli uccelli migratori riescono a transitare. Una sola nave, di nome Argo, riuscì un giorno ad aggirarle, ma questo grazie alla divina Era che aveva deciso di aiutare il suo amato Giasone.»

«Anch'io, in verità, ho una Dea che mi protegge» tenne a precisare Ulisse, ma Circe preferì ignorare l'esistenza di una concorrente e continuò con l'elenco dei pericoli.

«Una volta evitate le rupi erranti, dovrai passare tra due scogli, l'uno più pericoloso dell'altro: il primo è così alto che sfiora il cielo stellato. Una nuvola lo sovrasta, sia d'estate che d'inverno, e al suo interno, in un antro buio e fumoso, si cela un orribile mostro chiamato Scilla. Il suo abbaiare è simile a quello di un cucciolo, tu, però, non lasciarti ingannare: Scilla ha dodici piedi, dodici mani, sei colli retrattili e sei bocche munite di una triplice fila di denti. Di solito non si mostra: fa solo capolino dalla buia spelonca e attende con pazienza che qualche barca le si avvicini. Dopodiché allunga uno dei suoi colli smisurati e afferra il marinaio più a portata di mano, per poi divorarlo con comodo nell'orrenda spelonca.»

«Ma potrò almeno difendermi con le armi?» chiese Ulisse.

«Saresti un folle solo a pensarlo: Scilla è un mostro immortale. L'unica, forse, che potrebbe riuscirci sarebbe sua madre Crataide, che, però, non lo farebbe mai, desiderando, come tutte le madri, che il figlio si nutra al massimo.»

«Allora cercherò di tenermi al largo.»

«Senza esagerare però, anche perché dalla parte opposta c'è uno scoglio, se possibile, ancora più pericoloso: è basso, apparentemente innocuo, e con al centro un gigantesco albero di fico. Ci vive un mostro chiamato Cariddi che per tre volte al giorno inghiotte l'acqua del mare e che per tre volte al giorno la rigetta con immenso fragore. Guai a chi passa vicino a Cariddi nel momento in cui inghiotte o nel momento in cui vomita: lo stesso Poseidone non riuscirebbe a salvarsi!»

A questo punto Ulisse avrebbe voluto tornare dai compagni, ma Circe lo trattenne: il lungo elenco delle insidie non era ancora finito.

«Una volta superato Scilla e Cariddi, un altro pericolo ti attende: una bellissima isola chiamata Trinacria, ricca di prati rigogliosi e di colline sempre in fiore. Tu, però, non lasciarti sedurre dalla bellezza del paesaggio e cerca d'ignorarla.»

«Quale altro mostro vi si nasconde?» chiese Ulisse, ormai rassegnato a dover sostenere una lotta continua contro le più svariate avversità.

«Nessun mostro, o figlio di Laerte, ma solo sette greggi di pecore e sette mandrie di vacche, ciascuna composta da cinquanta magnifici capi, e per finire due ninfe, Faetusa e Lampezia, che a turno le sorvegliano, di giorno e di notte.»

«E in che consiste il pericolo?»

«Nel fatto che le mandrie appartengono al Dio Sole, cioè al divino Iperione, che le ama alla follia» proseguì la Maga. «Chiunque ne uccidesse anche un solo capo finirebbe col decretare la propria morte. A scanso di tentazioni, quindi, ti converrà non avvicinarti a Trinacria.»

Tornato dai suoi, Ulisse si guardò bene dal comunicare ai compagni tutto quello che aveva saputo dalla Maga. Ebbe paura che, una volta a conoscenza dei possibili pericoli, gli uomini si potessero rifiutare di riprendere la navigazione. Come a dire: meglio fare i maiali con le ancelle di Circe, che diventare pasto per i pescicani.

La mattina dopo un allegro venticello incoraggiò tutti alla partenza: soffiava nella giusta direzione e gonfiava le bianche vele quel tanto che bastava per prendere il largo. Circe, la maga dai bei capelli e dalla voce umana, restò a lungo sulla spiaggia per l'ultimo saluto. Le condizioni favorevoli del mare, però, non durarono a lungo: proprio nei pressi dell'isola delle Sirene, una bonaccia li costrinse a remare. Al che Ulisse ne approfittò per mettere in guardia i marinai.

«Amici miei,» disse «tra poco vedremo delle donne bellissime, completamente nude, distese su prati fioriti. Esse c'inviteranno ad approdare, ma noi non dobbiamo nemmeno guardarle, né tantomeno ascoltarle: il loro canto, per quanto delizioso possa sembrare, non perdona! Solo io potrò udire la loro voce. Voi, invece, con le orecchie ben tappate di cera, dopo avermi legato saldamente all'albero maestro, dovrete continuare a remare senza alzare mai lo sguardo, e qualunque cosa io faccia o dica, non dovrete mai slegarmi, almeno fino a quando l'isola non sarà scomparsa del tutto all'orizzonte. Più io cercherò di liberarmi dalle funi e più voi dovrete stringere i nodi.»

Dopodiché prese un grosso disco di cera e, ridottolo in tanti piccoli pezzi, otturò le orecchie di tutti i suoi compagni. Un po' per il calore delle mani, un po' per quello del sole, la cera si modellò all'interno dei padiglioni auricolari dei marinai, rendendoli completamente sordi. Alcuni di loro, infine, provvidero a legarlo, mani e piedi, alla base dell'albero maestro.

Le Sirene li attendevano con ansia. Le più belle, ovvero Partenope, Aglape, Ligea, Molpè e Leucosia, non appena si accorsero che la nave era a un tiro di voce, fecero di tutto per convincere Ulisse ad approdare.

«Accostati ordunque, o glorioso figlio di Laerte, grande vanto dei Danai. Ferma la tua nave e ascolta il nostro canto soave. È da troppo tempo ormai che siamo in attesa del tuo arrivo. Sappi che ognuna di noi muore dalla voglia di stringerti al seno, di baciarti sulla bocca e di carezzare le tue membra virili. Tu, per tutte noi, sei sempre stato il migliore degli eroi. L'unico, forse, che all'acuto ingegno accoppia un fisico attraente. Ah, poterti alfine incontrare! Noi sappiamo tutto ciò che è possibile sapere. Sappiamo quanto hai sofferto sotto le mura di Troia e quanto nel travagliato ritorno. È nostra intenzione, quindi, ricompensarti di tutti gli affanni subiti. Ecco perché ti scongiuriamo di non lasciarci sole con i nostri inconfessabili desideri.»

Ora mettiamoci nei panni di Ulisse. Immaginiamo Claudia Schiffer, Naomi Campbell, Cindy Crawford e Sharon Stone, tutte nude, che ci invitano ad andare a letto con loro, e chiediamoci che cosa avremmo fatto al suo posto. Ulisse, poverino, fece di tutto per farsi sciogliere. Sapendo che i compagni non lo potevano sentire, cercò con gli sguardi di attirare la loro attenzione. A volte li supplicava atteggiando il viso al dolore, a volte strabuzzava gli occhi, e a volte reclinava il capo nella speranza che lo credessero morto, o quanto meno svenuto, ma non ci fu nulla da fare: Euriloco e Perimede si alzarono una sola volta dagli scanni, e unicamente per stringere ancora di più i nodi che gli impedivano di muoversi. Tutti gli altri, curvi sui remi, pensavano solo a portare la nave quanto più lontano possibile da quella maledetta isola.

C'è chi dice che, avvilite dal rifiuto, le Sirene si siano in seguito suicidate: si tratta, però, di voci messe in giro da misogini accaniti.

Dove poi si trovasse quest'isola è sempre rimasto un mistero. Non c'è isoletta o scoglio del Mediterraneo che non abbia provato ad appropriarsi del titolo di «isola delle Sirene»: prima fra tutte Capri, in quanto terra consacrata all'amore, poi la maggiore delle isole Li Galli al largo di Positano, quindi Procida, Panarea, Maiorca, l'isola delle Femmine nei pressi di Palermo e persino Sjernaroy, un'isoletta al largo delle coste norvegesi. La verità è che le Sirene sono dappertutto. Il problema è non credere a quello che ti dicono.

Alle Sirene, in effetti, Omero dedica pochissimi versi, eppure la loro immagine rispunterà un po' dovunque nella letteratura. C'è chi le descrive come esseri metà donna e metà pesce, chi come uccelli con le tette e il viso di donna e chi come femmine nude sdraiate sugli scogli. Resta inalterato, in tutte queste rappresentazioni, il fatto che sono donne, che hanno il seno nudo e che cantano, quasi che il cantare fosse un mezzo più seduttivo del parlare. A me ricordano una vecchia canzone napoletana di Salvatore Di Giacomo intitolata per l'appunto *'A Sirena*. Parla di un vecchio pescatore al quale era stato tanto raccomandato di non passare mai vicino Procida. La canticchiava sempre mia madre.

Si passe scanzate, ca c'è pericolo:
ce sta na' femmena che 'nganna l'uommene
s' 'e chiamma e all'ultemo e fa murì.[1]

Il pescatore, però, sottovaluta il pericolo: lui si ritiene immune da qualsiasi tentazione, anche perché una sola

[1] Traduzione per i non napoletani:

Se passi scansati che c'è un pericolo:
c'è una donna che inganna gli uomini.
Prima li chiama a sé e poi li fa morire.

volta nella vita aveva perso la testa per una donna e questo era accaduto molti anni prima, quando ancora era un ragazzo, e quindi, in quanto tale, vulnerabile. Sennonché il poverino scopre che la sirena di Procida è proprio lei, la donna di cui era stato innamorato da giovane. Fa appena in tempo a dirle: «Sei infame e sei bella» che naufraga. Morale: prima di affrontare le sirene è meglio farsi legare.

Dopo le Sirene Ulisse affrontò la terza prova, quella di Scilla e Cariddi. Lasciamo che sia lui stesso a raccontarcela.

«Per prima cosa vedemmo un gran fumo alzarsi da Scilla e subito dopo un immenso vortice d'acqua venir fuori dalla vomitante Cariddi. Ad alcuni marinai, per il terrore, sfuggirono di mano gli agili remi. Io allora mi misi a correre su e giù per la nave incoraggiando i più pavidi. "O compagni di tante sventure," urlai "battete senza sosta con i remi le acque del mare profondo e non diminuite mai il numero dei colpi, qualsiasi cosa accada. E tu, spavaldo nocchiero, tieni ben salda tra le robuste mani la barra del timone. Evita, se puoi, gli scogli aguzzi e i fatali risucchi." Ovviamente, nulla gli dissi di Scilla e dei suoi colli prensili, per evitare che abbandonasse il timone e andasse a nascondersi sotto coperta. Per farla breve, passammo lo stretto piangendo come fanciulli. Da una parte c'era Cariddi che con cupi rimbombi inghiottiva immense quantità di acqua salata, e dall'altra Scilla che con le sue bocche dentate si affacciava ghignando dall'antro fumoso. Tra i due mali fui costretto a scegliere il minore, quello di Scilla. Meglio perdere sei uomini, pensai, che morire tutti contemporaneamente nei vortici di Cariddi. E difatti, come ci accostammo allo scoglio di Scilla, il mostro allungò le sue bocche fameliche quel tanto che bastava per addentare sei dei miei rematori... purtroppo i migliori.»

Anche in questa disavventura Ulisse tira fuori tutta la sua razionalità. Sapendo in anticipo quello che sarebbe successo, avrebbe potuto mettere in salvo qualcuno dei suoi marinai, magari quei tre o quattro a cui era più affezionato. Il suo obiettivo primario, però, non glielo consentiva: la prima cosa da fare era salvare la nave, e questo era possibile solo grazie al sacrificio degli uomini migliori.

«Vidi i sei compagni sparire nelle fauci del mostro, prima con le gambe, poi col busto e infine con la testa. E mentre Scilla li inghiottiva lentamente, con estrema voluttà, li vidi tendermi le braccia e li sentii gridare a lungo il mio nome.

Comunque, una volta superato lo stretto, giungemmo in vista della stupenda Trinacria. Eravamo ancora lontani dalle sue rive fiorite quando udimmo muggire le bellisime mucche del Dio Sole. Mi ricordai, allora, di quanto mi aveva detto Circe e ritenni mio dovere mettere in guardia l'equipaggio: "Amici carissimi," dissi "datemi ascolto: sia Tiresia che Circe mi hanno consigliato di non sbarcare su quest'isola. Terribili sciagure potrebbero cadere sul nostro capo se solo provassimo a metterci piede. Continuiamo ordunque a remare come se ci trovassimo in mare aperto, e spingiamo la nera nave quanto più lontano possibile da questa terra piena di trappole".»

L'appello, però, rimase inascoltato. I compagni erano a pezzi e avevano voglia di riposarsi. Il paesaggio, infine, era a tal punto invitante che le profezie di Tiresia e di Circe sembrarono a tutti poco credibili.

«O indistruttibile Ulisse,» protestò Euriloco «evidentemente tua madre Anticlea ti fece con il ferro e non con la carne. Come fai a non accorgerti che i tuoi uomini sono stremati dal freddo, dalla fatica e dal sonno? Non vuoi farli scendere a terra, non vuoi che si riposino almeno una notte, e che si possano preparare un pasto caldo. Preferisci, al contrario, che continuino a vagare per il mare in tempesta, sballottati dai venti e dai marosi. Sei davvero crudele!»

Tutti applaudirono e Ulisse si vide costretto a cedere. Tuttavia, non poté fare a meno di metterli sull'avviso:

«Accetto questa sosta anche perché non mi lasciate delle alternative, giuratemi, però, sul vostro onore che non toccherete mai e poi mai né le mucche né le pecore che incontrerete sul cammino: esse appartengono al Dio Sole e sono da considerare sacre a tutti gli effetti. Gravissime sciagure si abbatterebbero sul nostro capo se solo provassimo a ucciderne una. D'altronde non ne avremmo nemmeno bisogno, dal momento che abbiamo con noi buona parte delle scorte forniteci da Circe.»

Questi gli ammonimenti. Ancora una volta, però, alle parole non seguirono i fatti, soprattutto a causa della malasorte. Una tempesta di inaudite proporzioni si abbatté sull'isola e impedì di fatto che gli Itacesi potessero riprendere la navigazione. Loro, poverini, all'inizio fecero di tutto per non toccare le vacche: esaurirono prima le scorte di Circe, poi si mangiarono qualche pesciolino che riuscirono a pescare e infine tutte le verdure che trovarono girando per i campi. Alla fine, però, dopo un lunghissimo digiuno, rimaneva ben poco da scegliere: o si faceva fuori qualche vacca o era la fame. E fu così che una sera, approfittando del fatto che Ulisse era andato a dormire, ne macellarono un paio.

Quando l'eroe si svegliò e si rese conto dell'accaduto, si arrabbiò moltissimo. Venne, però, subito contestato, e come sempre fu Euriloco a prendere la parola a nome dei compagni.

«O divino figlio di Laerte,» gli disse «tutti dobbiamo morire, perché così hanno deciso gli Dei. Morire di fame, però, è la peggiore delle morti. Ci dispiace per il Dio Sole, ma non abbiamo avuto alternative. Vuol dire che se un giorno riusciremo a tornare a Itaca, gli eleveremo un magnifico tempio per ringraziarlo di averci salvato la vita con le sue mucche. Se invece il destino che ci attende sarà quello di perire nel mare profondo, allora, cosa vuoi che ti dica: preferisco finire i miei giorni con il ventre pieno di cibo, piuttosto che languire di fame su un'isola abbandonata.»

Il Sole, però, ci restò malissimo: le sue vacche predilette, quelle che tutti gli avevano sempre invidiato, erano state degradate a carne da macello. Appena seppe la notizia, volò sulla cima dell'Olimpo per protestare col padre degli Dei.

«O divino Zeus e voi tutti Numi beati, punite i compagni di Ulisse. Essi mi hanno ucciso le miti vacche della cui vista godevo ogni qualvolta salivo nel cielo stellato. Se non li vedrò puniti con adeguata sentenza, giuro che da oggi in poi mi ritirerò nel profondo Ade e che splenderò solo per le anime dei morti.»

«Ti scongiuro, o Sole: non farlo» gli rispose Zeus, terrorizzato all'idea di dover vivere al buio, «continua a splendere per gli Dei Immortali e per tutti gli uomini che ti meritano. Per quanto riguarda, invece, i compagni di Ulisse, non preoccuparti: oggi stesso, con la vivida folgore, colpirò la loro concava nave e li farò perire nel mare colore del vino.»

E così fece: quando si accorse che la nave di Ulisse era lontana da qualsiasi approdo, gli scatenò addosso, l'uno dietro l'altro, tuoni e fulmini in quantità. La furia dei venti come prima cosa sradicò l'albero maestro per poi farlo precipitare sulla testa del pilota. Il disgraziato non ebbe nemmeno il tempo di gettare un urlo che morì sul colpo. Subito dopo spezzò in due la nave con una delle sue potentissime folgori, per poi farla sparire per sempre tra le acque che odoravano di zolfo. Tutti gli Itacesi morirono in pochi minuti a eccezione di Ulisse che riuscì a salvarsi grazie a un pezzo di legno.

«Per nove giorni e nove notti vagai. Il decimo giorno venni gettato dai marosi sull'isola Ogigia, lì dove vive la ninfa Calipso dai bei capelli, la Dea che parla con voce umana. Lei mi accolse che ero più morto che vivo ed ebbe cura di me. Nel contempo, però, mi tenne prigioniero per sette lunghissimi anni.»

Termina così il lungo racconto di Ulisse. Alcinoo e i principi Feaci lo ringraziarono a lungo, a volte anche applaudendolo, e subito dopo si adoperarono perché potesse raggiungere, con un'adeguata scorta, la patria tanto desiderata.

Canto XIII

Il ritorno a Itaca

Laddove si narra di come i Feaci accompagnino Ulisse a Itaca per poi abbandonarlo sulla spiaggia mentre ancora sta dormendo, e di come, una volta svegliatosi, l'eroe non riconosca la sua isola. Si narra infine di come la Dea Atena lo tramuti in un vecchio mendicante in modo che nessuno lo riconosca.

Di una cosa possiamo essere certi, che i Feaci, in quanto a ospitalità, non erano secondi a nessuno: basti pensare che il re Alcinoo, oltre a fornire al nostro eroe una nave e una scorta adeguata, aveva collocato personalmente, sotto i banchi dei rematori, numerosi vasi di bronzo colmi di ogni ben di Dio. All'epoca predisporre i viveri per un lungo viaggio non era poi una cosa facile: niente carne, infatti, né pesce, verdura, frutta o altro genere alimentare contenente acqua, bensì fave secche, grano, lenticchie e gallette di farina d'orzo (μᾶζα) opportunamente abbrustolite.

Ovviamente un paio di ore prima della partenza c'era stato il solito banchetto a base di arrosti e di grandi libagioni, con relativo scannamento di buoi da sacrificare in onore di Zeus, il tutto affinché il Signore delle Nuvole se ne stesse buono e tranquillo per almeno un paio di giorni. L'unico, forse, a non gradire troppo il banchetto fu proprio Ulisse: era così grande in lui la voglia di tornare a casa, che bastava un ritardo di mezza giornata per farlo innervosire.

«O potente Alcinoo,» esclamò a un certo punto, non appena si accorse che il banchetto andava per le lunghe, «o generoso tra tutti i potenti, lasciami partire e fa' che io possa rivedere l'isola dove ebbi i natali. Ogni cosa, ormai, è stata predisposta per il lungo viaggio: non mi resta che prendere la via del mare sperando nella benevolenza degli Dei. E a tale proposito supplico Zeus perché doni anche a te un'esistenza felice, così come auguro a tutti i Feaci una vita serena accanto alle spose e ai teneri figli. Per quanto riguarda la mia persona, invece, mi accontenterei di trovare in vita, e in buona salute, la sposa Penelope, il padre Laerte e il figlio Telemaco, da me abbandonato quand'era ancora un infante.»

Ovviamente, conoscendolo bene, non era il tipo da accontentarsi di così poco: come prima cosa avrebbe voluto vendicarsi di tutti coloro che in un modo o in un altro avevano profittato della sua assenza, salvo, poi, eliminare qualcun altro che gli avrebbe potuto dare fastidio.

Ad ogni modo, sincero o ipocrita che fosse il suo discorso, il ringraziamento piacque moltissimo ai principi Feaci e soprattutto ad Alcinoo, che non si lasciò scappare l'occasione per proporre un ennesimo brindisi.

«O Pontonoo,» ordinò il re a un giovane araldo che gli stava alle spalle «mischia l'acqua col vino e riempi le coppe a tutti i nostri ospiti. Ma soprattutto fammi bere Ulisse in modo che parta al più presto e con in corpo qualcosa di frizzante che gli metta allegria.»

L'araldo obbedì e per primo servì Ulisse che a sua volta volle dedicare il brindisi ad Arete, la bella moglie di Alcinoo.

«O mia regina,» disse alzando in alto la coppa «io auguro a te e ai tuoi figli una lunga vita felice, mai attraversata da brutti pensieri, almeno fino a quando Thanatos non ti avrà afferrata per i capelli e portata con sé nei bui anfratti dell'Ade, come peraltro è destino dei comuni mortali.»

L'usanza di ricordare la morte per meglio apprezzare la vita era un'abitudine molto in voga a quell'epoca. Noi, oggi, ci guarderemmo bene dal farlo, se non altro perché, sotto sotto, speriamo sempre che un bel giorno la scienza ci renderà immortali.

Gli uomini della scorta sciolsero le gomene, tirarono a bordo la pietra forata, e, piegati in avanti, spinsero a forza di braccia l'imbarcazione fuori dalla rada. Una volta in mare aperto, un forte vento li prese in consegna e la prua della nave s'impennò sulle onde come un carro che parte di scatto allorché i cavalli vengono frustati. Ulisse avrebbe voluto restare ancora un po' sul ponte di comando, se non altro per salutare quella terra che così bene lo aveva accolto, quando una profonda spossatezza lo convinse a ritirarsi sotto coperta. Dormì in pratica per quasi due giorni, e, immerso com'era in un sonno profondo, non si accorse nemmeno quando arrivarono a Itaca. Si perse così il tanto sospirato rientro in patria. I marinai Feaci, poi, dal canto loro, sempre per non svegliarlo, lo deposero con delicatezza sulla spiaggia e se ne andarono senza fare rumore. Lo piazzarono all'ombra di un magnifico olivo dalle foglie sottili, e gli posero accanto tutti i magnifici doni che Alcinoo gli aveva regalato.

Poseidone, nel frattempo, stava fuori di sé dalla rabbia:

«Quel farabutto, quel mentitore, ha reso cieco il mio amato figlio Polifemo dopo averlo ubriacato con del vino misturato, e i Feaci, i miei prediletti, per tutta risposta che fanno? Si prodigano per aiutarlo a tornare in patria!»

L'offesa indubbiamente era grave e andava riparata al

più presto: come prima cosa Poseidone si rivolse a suo fratello Zeus.

«O Padre degli Dei,» gli comunicò tra le lacrime «da oggi in poi nessuno mi porterà più rispetto. Avevo annunziato agli Dei Immortali che Ulisse, l'uomo che odio più di tutti al mondo, non sarebbe mai tornato in patria, se non a prezzo di innumerevoli sofferenze, e ora invece eccolo lì, che se la dorme beato sulle spiagge della sua Itaca. E non basta: la mia ingrata progenie gli ha anche messo accanto dei bellissimi vasi, colmi fino all'orlo di oggetti d'oro e di bronzo: una ricchezza ben più grande di quella che il figlio di Laerte avrebbe potuto portare da Troia se solo le sue navi non fossero naufragate al largo di Ogigia.»

E a lui così rispose il Signore dei Nembi:

«Cosa dici mai, o potente fratello: nessuno degli Dei oserebbe mancarti di rispetto. Resti pur sempre il più anziano di tutti noi e potrai sempre vendicarti di chi ti ha offeso: in questo caso dei Feaci, che così palesemente hanno disubbidito ai tuoi voleri.»

Poseidone (ormai lo conosciamo) non se lo fece dire due volte: prese la nave che aveva scortato Ulisse e la pietrificò in modo che colasse a picco all'istante. Quindi, non ancora soddisfatto, scatenò un tremendo terremoto nella città di Scheria dove morì buona parte della popolazione. Inutilmente Alcinoo e i suoi principi, riunitisi in consiglio, decisero di sacrificargli i migliori tori che riuscirono a trovare. Il Dio fu irremovibile: nel cuore della notte spostò di qualche chilometro una montagna e la fece franare sulle abitazioni dei Feaci in modo da massacrare quanta più gente possibile.

Ma torniamo a Ulisse e al suo risveglio.

La baia di Forco, a Itaca, è un'insenatura pressoché sconosciuta, e in quanto tale anche molto tranquilla. Due promontori, molto alti, la tengono al riparo da quasi tutti i venti, sia quelli di scirocco che quelli di tramontana. Le imbarcazioni, in genere, vengono lasciate libere al centro senza essere costrette a particolari ancoraggi. Nessuno frequenta le sue spiagge o vi sbarca mai. Ulisse, quindi, avrebbe potuto continuare a dormire per quanto tempo avesse voluto, se i tuoni e i fulmini che Zeus aveva inviato contro la nave dei Feaci non l'avessero svegliato di soprassalto. L'eroe si guardò intorno e, incredibile a dirsi, non riconobbe la sua patria.

«Ahimè,» cominciò a lamentarsi «dove sono finito? Su quale terra mi trovo e tra quali genti? Probabilmente avrei fatto meglio a restare a Scheria, con i Feaci, uomini giusti e leali!»

Lo so, si stenta a crederlo. Anche tenendo conto che erano passati vent'anni, non si capisce come abbia potuto non riconoscere un luogo che chissà quante altre volte aveva visto nella vita. Evidentemente in quegli ultimi anni erano state tali e tante le disgrazie che gli erano piovute addosso, che qualsiasi cosa gli capitasse la leggeva in chiave negativa. Detto in altre parole, il poverino, a ogni nuovo approdo, si aspettava, come minimo, di dover affrontare un mostro, un gigante, o, nel migliore dei casi, un popolo che lo voleva divorare.

«Povero me,» riprese a lamentarsi «a quale triste destino sto andando incontro? E questi doni così preziosi dove potrò mai custodirli?»

Poi, però, si accorse che alle sue spalle c'era una grotta e pensò bene di nasconderci tutti i doni di Alcinoo. Si trattava di un antro buio e molto profondo, caro alle ninfe Naiadi, dove il suo tesoro sarebbe stato al sicuro. Stava per l'appunto trasportando, uno alla volta, i tripodi d'oro e i vasi di bronzo, quando gli apparve Atena sotto le sembianze di un giovanetto che pascolava un gregge di pecore. Ulisse subito ne approfittò per chiedergli informazioni.

«O ragazzo, dal momento che sei anche il primo essere

umano che incontro su questa spiaggia, dimmi in quale terra mi trovo e tra quali uomini sono finito.»

E a lui così rispose la Dea dagli occhi lucenti.

«Se di questa terra mi chiedi, vuol dire che sei proprio ridotto male. Questa è un'isola aspra e selvaggia, piena di sassi, non adatta ai cavalli, ma anche molto conosciuta da coloro che sono soliti vivere sui mari. Vi crescono il grano e la vite, ed è sempre bagnata dalla rugiada e dalla pioggia. Tu dovresti conoscerla meglio di tutti dal momento che ci sei anche nato: il suo nome è Itaca.»

Alla parola «Itaca» Ulisse ebbe un sussulto. Nel medesimo tempo, però, non volle scoprirsi: non conosceva il giovane con cui stava parlando, né la sua famiglia, ritenne quindi più prudente non lasciarsi andare.

«Ho sentito più volte parlare di questa Itaca quando vivevo a Creta» mentì spudoratamente. «Ed è proprio da Creta che sono dovuto fuggire per aver ucciso il figlio di Idomeneo che voleva impossessarsi di tutto il mio denaro. Lo colpii con una lancia di bronzo mentre stava tornando dai campi. Poi trovai scampo su una nave di marinai fenici che mi sbarcarono, mentre ancora dormivo, su questa terra sconosciuta.»

La Dea dallo sguardo luminoso sorrise: le bugie di Ulisse l'avevano sempre divertita. L'astuto figlio di Laerte, infatti, anche nei momenti più difficili non perdeva mai il vecchio vizio di mentire. Era sempre pronto a inventarsi nuove storie, un po' per prudenza, e un po' per il gusto fine a se stesso dell'inganno. Decisa, però, a fargli capire con chi aveva a che fare, Atena riprese all'improvviso il suo aspetto di Dea e gli apparve in tutto il suo splendore.

«O uomo tenace, mai sazio d'inganni,» lo rimproverò «davvero presuntuoso sarebbe colui che volesse superarti nelle astuzie o nei raggiri. Probabilmente nemmeno l'immaginifico Hermes riuscirebbe a tanto. Ora però smettiamola con le frottole: siamo entrambi astuti, tu tra i mortali e io tra gli immortali. E perché tu possa renderti conto con chi stai parlando, sappi che io sono Atena, la figlia di Zeus. Più volte ti sono stata accanto quando combattevi sotto le mura di Troia e più volte ho deviato le frecce che stavano per trafiggerti il cuore. Tra l'altro, sono stata io che ti ho reso caro ai Feaci. E ora mi raccomando: a nessun uomo e a nessuna donna dovrai rivelare il tuo nome, a meno che non sia io stessa a consigliarti di farlo. Sappi, inoltre, che ancora molti dolori e molte umiliazioni dovrai sopportare, prima di poterti sedere sul trono di Itaca.»

Ulisse a vedersi davanti una Dea in carne e ossa si emozionò moltissimo. Poi però, non appena riprese fiato, così rispose:

«O Dea dagli occhi lucenti, è davvero difficile riconoscerti, tante sono le sembianze che assumi. Ma che tu, a Troia, mi sia stata accanto durante gli scontri l'ho sempre saputo. Poi, una volta iniziato il viaggio di ritorno non ho sentito più sulla mia persona la tua mano protettrice, o almeno così credo, dal momento che non ho avuto più pace, tali e tante sono state le vicissitudini piovutemi sul capo. Ora, però, ti scongiuro, o divina: non credo che questa terra sia la mia Itaca piena di sole. Altro è il paese in cui ci troviamo, e penso che tu mi voglia mettere alla prova, chissà per quale motivo: forse per consolarmi, seppure momentaneamente, o forse soltanto per prenderti gioco di me.»

Ulisse insomma non crede di essere tornato a Itaca. Non si sa, se per la sua diffidenza congenita, o per il piacere di sentirselo ripetere. Certo è che glielo chiede ancora con le lacrime agli occhi.

«Sei davvero saggio, o figlio di Laerte. Un altro uomo, al tuo posto, si sarebbe già precipitato in città per comunicare a tutti il suo ritorno. Tu, invece, hai preferito nasconderti nell'antro delle Naiadi. Adesso immagino che prima di recarti a Itaca vorrai sapere se la tua sposa ti è rimasta fedele, e su chi dei tuoi sudditi puoi ancora contare. Ebbene, sappi che io sono qui proprio per questo, per informarti di quello che è accaduto in questi ultimi anni. Se poi dubiti ancora che questa sia Itaca piena di sole, sappi che la rada in cui ci troviamo è la baia di Forco, che l'albero dalle foglie sottili che vedi ergersi laggiù sui prati è l'olivo sul quale ti arrampicavi da ragazzo, e che il monte che ci sovrasta è il tuo Nerito coperto di boschi.»

A questo punto l'eroe non ebbe più dubbi: s'inginocchiò e baciò il suolo che aveva tanto desiderato. La Dea luminosa, però, non lasciò che si crogiolasse troppo nella commozione.

«Pensiamo piuttosto» gli disse «a coloro che si sono impadroniti della reggia. Perché tu lo sappia, infatti, un gruppo di giovinastri insolenti da tre anni a questa parte si è insediato nella tua casa, ha circuito la tua sposa e ha tramato agguati contro tuo figlio Telemaco. Si fanno chiamare "Proci" e sono in parecchi, ragione per cui non ti converrà affrontarli tutti insieme in campo aperto.»

«E mia moglie?» chiese trepidante Ulisse. «Per quanto amara possa essere la verità, o Dea, non nascondermi nulla.»

«Molti doni le offrirono i Proci perché lei, scegliendone uno, legittimasse un nuovo re. Ma lei, la fedele, tutti li respinse, o, per meglio dire, con tutti prese tempo. Disse che si sarebbe decisa solo dopo aver terminato una preziosa tela da regalare al vecchio Laerte. E sono ormai tre anni che sta tessendo questo straordinario ricamo, per poi disfare durante la notte tutto quello che di giorno ha tessuto.»

Ulisse fu molto contento di queste notizie. Il trucco escogitato da Penelope era molto astuto, anche se non avrebbe potuto reggere all'infinito, e meno male che era giunto lui a toglierla dall'impiccio. Scoprirsi subito, comunque, non sarebbe stato prudente, anche se in quel momento aveva una tale rabbia in corpo da voler affrontare tutti i pretendenti in un unico scontro.

«Anche contro trecento uomini combatterei, o divina, se solo potessi averti accanto, e se ciò fosse davvero indispensabile, ma penso che sia più efficace in questo momento studiare un piano preciso che mi garantisca la vittoria.»

«E dici bene, o mio Ulisse» approvò la Dea dagli occhi azzurri, che tra tutte le doti umane preferiva l'intelligenza. «Sappi che non ti perderò mai d'occhio e che ti segnalerò il momento giusto per agire. Quel giorno il sangue dei Proci imbratterà in lungo e in largo i pavimenti e le pareti della reggia. Prima, però, sarò costretta a mutare le tue sembianze. Coprirò la tua pelle di rughe in modo da renderla avvizzita come quella di un vecchio di ottant'anni. Poi ti priverò dei tuoi biondi capelli e ti farò indossare un abito così lurido e cencioso che susciterai ripugnanza in chiunque vi getterà sopra uno sguardo, e infine offuscherò i tuoi bellissimi occhi in modo che né la tua sposa né il tuo dolcissimo figlio ti potranno mai riconoscere. Per prima cosa, però, tu dovrai metterti in contatto con Eumeo, il guardiano dei porci. Di lui puoi fidarti: ti è sempre rimasto fedele. Ciò nonostante non è giunto ancora il momento di dirgli chi sei. Lo troverai presso la fonte Aretusa, lì dove si erge la roccia del Corvo. Io, invece, mi recherò a Sparta, a chiamare tuo figlio che da un po' di tempo gira il mondo per avere tue notizie.»

«E non potevi informarlo tu stessa, dal momento che sapevi quando sarei tornato? Vuoi forse che vada anche lui in giro per i mari, com'è capitato a suo padre?»

«Se l'ho incoraggiato ad andare da Nestore e da Menelao è stato per dargli modo di farsi conoscere. In questo momento si trova nella ricca reggia di Atreo. Tra l'altro i Proci ne attendono il ritorno per tendergli un agguato mortale. Ma è anche vero che io non permetterò mai che riescano nel loro turpe intento.»

Così dicendo lo toccò con la bacchetta magica e tutto il corpo dell'eroe si coprì immediatamente di rughe. La pelle gli divenne avvizzita come quella dei vecchi. Gli occhi gli si fecero opachi e cisposi, e anche i vestiti si modificarono come per incanto: la Dea lo rivestì da capo a piedi di miseri cenci per poi gettargli sulle spalle una pelle logora e consumata di una vecchia cerva. Come ultimo tocco gli mise in mano un bastone nodoso e una misera bisaccia tutta piena di buchi e di strappi. Insomma, detto con una sola parola: faceva schifo.

Canto XIV

Cani e porci

Laddove si narra di come Ulisse, travestito da mendico, incontri Eumeo, il guardiano dei porci e di come non sveli la propria identità, limitandosi a raccontare storie del tutto inventate o vagamente somiglianti alle sue reali disavventure.

Ulisse s'inerpicò per un sentiero tra i boschi e andò a far visita a Eumeo, il guardiano dei porci, così come gli era stato consigliato da Atena. Lo trovò che stava seduto a pensare, fuori dal recinto delle bestie. Aveva un'aria triste e preoccupata.

Eumeo, in effetti, tutto era tranne che un povero guardiano di maiali. Il suo porcile, infatti, rappresentava quanto di più «industriale» potesse esistere a quei tempi: custodiva la bellezza di mille capi (seicento femmine e trecentosessanta maschi), equamente suddivisi in dodici stalle, ciascuna grande come un hangar. Alle sue dipendenze lavoravano quattro aiutanti e quattro mastini, tutti feroci come belve (sia gli aiutanti che i mastini) e furono proprio questi ultimi ad accogliere Ulisse nel peggiore dei modi. Buon per lui che Eumeo arrivasse in tempo a salvargli la pelle.

«O vecchio,» gli disse il guardiano «per poco i miei cani non ti sbranavano. Solo questo ci mancava per aumentare ancora di più i miei scrupoli! Già gli Dei m'inflissero l'ingrato compito di dover consegnare ogni mattina il più grasso dei miei maiali a uomini che nemmeno conosco, mentre con ogni probabilità, nel medesimo istante, il mio divino padrone si sta morendo di fame. Ma ora bando alle chiacchiere: entra e saziati di cibo. Poi, sempre che riesci a farcela, mi dirai chi sei, chi fu tuo padre e quali pene hai sofferto per ridurti in questo stato.»

Ovviamente Ulisse apprezzò molto l'accoglienza di Eumeo e glielo disse apertamente.

«O mio nobile amico, malgrado non mi conoscessi, mi hai ricevuto nel tuo capanno come se fossi un fratello. Che Zeus e gli Dei Immortali ti concedano tutto ciò che desideri.»

«Era mio dovere,» rispose Eumeo «e l'avrei fatto anche se ti fossi presentato in condizioni peggiori. Stranieri e mendicanti è sempre Zeus che li manda. D'altra parte anch'io sono un servo e come tutti i servi, tremo al pensiero di dover un giorno finire sotto padroni troppo giovani. Sarà per questo che mi piacciono più i vecchi dei ragazzi. Purtroppo sei capitato a Itaca in un momento difficile: il mio padrone è assente e, quel che è peggio, non so nemmeno dove sia. Gli Dei, finora, ne hanno impedito il ritorno. Se lui fosse qui, io, oggi, avrei avuto una casa più accogliente di questa, un pezzo di terra dove seminare il grano e una donna di rara bellezza con cui coricarmi ogni notte. Sarei stato, insomma, più ricco e, a mia volta, avrei potuto essere più generoso con te che vieni da lontano.»

Detto questo, Eumeo prese due porcellini da latte, li scannò con il coltello e li pose sul fuoco. Poi, una volta ridotti a piccoli pezzi, ne fece altrettanti spiedini che offrì ancora fumanti a Ulisse.

«Saziati, o straniero,» gli disse sorridendo «e non avere scrupoli. Pensa che i pretendenti da tre anni a questa parte divorano senza il minimo scrupolo i beni del mio padrone, mostrandosi, alla resa dei conti, ancora più insaziabili dei pirati. Questi, almeno, dopo aver razziato, risalgono sulle navi e tornano ai paesi da dove sono venuti. I Proci, invece, non hanno il senso della misura: tutti i giorni e tutte le notti che Zeus manda sulla terra si riempiono di cibo, prosciugano intere botti di vino e si sollazzano con le ancelle più giovani.»

Sentendo queste parole l'eroe avrebbe voluto correre immediatamente alla reggia e fare sfracelli, ma non sarebbe stato lui se avesse ceduto al primo impulso. Preferì, quindi, continuare a mangiare in silenzio come se nulla fosse, pur meditando nella mente terribili vendette. Si finse all'oscuro delle vicende di Itaca e chiese quale fosse la situazione della reggia.

«Raccontami, brav'uomo, se ne hai voglia, chi era il tuo padrone?» chiese a Eumeo. «È forse stato uno di quegli Achei che persero la vita per difendere l'onore del figlio di Atreo? E qual era il suo nome? E di chi era figlio? Chissà che io, nel mio lungo peregrinare sui mari, non l'abbia incontrato in qualche lontano paese.»

E così gli rispose il guardiano dei porci:

«È del tutto inutile, o vecchio, che io ora ti faccia il suo nome. Molti vagabondi, finora, hanno dichiarato di averlo visto, e qualcuno anche di avergli parlato. Ogni volta, però, si è poi scoperto che mentivano spudoratamente. Lo facevano solo per consolare la moglie e per avere in cambio del cibo o dei vestiti. Mentiresti, quindi, anche tu come tutti gli altri, magari solo per ottenere un mantello o una tunica migliore di quella che hai indosso. Preferisco, pertanto, ignorare la sorte del mio padrone. E, perché lo si sappia, non vorrei nemmeno pronunziarne il nome, se non altro per non soffrire più del dovuto.»

«Mi spiace che tu non mi creda. Io, invece, posso assicurarti che molto presto lo rivedrai. E non te lo dico per ottenere chissà quale ricompensa, ma solo perché lo sento nel profondo dell'animo. Vuol dire che se per questo che ti sto dicendo meritassi un premio, me lo darai solo dopo averlo visto.»

«Smettila, o vecchio, e parliamo d'altro. Parlare del mio padrone mi procura troppa sofferenza. Pensiamo piuttosto al figlio, al divino Telemaco. Gli Dei lo fecero sbocciare come un germoglio, e io, quando nacque, ero convinto che avrebbe avuto una vita tranquilla e felice. Oggi, invece, i pretendenti gli stanno preparando un agguato mortale, e questo perché con lui si estingua anche la razza. A pensarci bene, però, nemmeno di Telemaco voglio parlare: che Zeus lo aiuti come meglio gli aggrada, io non posso farci niente. Parliamo, invece, di te: chi sei? Chi era tuo padre? Da dove vieni e come sei giunto a Itaca? Non di certo a piedi.»

Ulisse lì per lì non rispose. Poi, lentamente, e a voce bassa, iniziò il suo racconto.

«Anche se restassi qui, tuo ospite, per un anno intero, non riuscirei a raccontarti tutto quello che gli Dei mi hanno fatto patire. Sono nato a Creta e sono figlio di un uomo molto ricco. Mia madre era una delle sue numerose concubine. Quando morì mio padre, i suoi beni furono divisi tra i tantissimi figli e io ne ebbi davvero pochi, anzi nessuno, dal momento che mi fu data solo la casa dove abitavo. Purtroppo i miei fratellastri, approfittando del fatto che ero ancora molto giovane, non mi lasciarono nulla. Che altro avrei potuto fare se non cercare un po' di fortuna fuori dal mio paese? E fu così che mi misi a navigare sui mari. Adesso tu non badare al mio aspetto. A vent'anni ero robusto e coraggioso: Ares e Atena, infatti, mi dotarono di audacia e di animo guerriero. Mai una volta che mi tirassi indietro quando si trattava di andare all'assalto: ero sempre il primo a balzare in avanti e l'ultimo a indietreggiare. Non amavo, invece, il lavoro dei campi e la vita familiare. Fu così che mi misi in cerca di avventure. Per ben nove volte sbarcai su terre straniere, conquistando ogni volta un ingente bottino. In breve tempo divenni il terrore dei paesi vicini. Avrei potuto accumulare chissà quali ricchezze, se un brutto giorno non fossi stato costretto, insieme a Idomeneo, a recarmi a Troia per difendere l'onore di Menelao. Non l'avessi mai fatto! Dopo nove anni di guerra fui colpito da una maledizione di Zeus che ancora mi perseguita: tra tempeste e uragani finii sulle coste egiziane. E qui, una volta approdato alle foci del grande fiume, mi raccomandai ai compagni perché non scendessero a terra, nemmeno per approvvigionarsi. Ma loro, mossi da insane passioni, vollero a tutti i costi sbarcare: rapinarono a più non posso, violentarono donne e uccisero uomini. La mattina dopo, quando ci svegliammo, scoprimmo che la nave era stata circondata da migliaia di uomini armati: erano i popoli vicini venuti a vendicarsi. Metà dei miei uomini fu trafitta dal bronzo egizio e l'altra metà venne fatta prigioniera per poi essere venduta sui mercati degli schiavi. Io, allora, mi gettai ai piedi del loro re e gli abbracciai le ginocchia piangendo. Egli ebbe pietà di me e mi fece sedere accanto a lui sul carro. Restai a lungo in Egitto finché non conobbi un fenicio che mi persuase a partire per un paese lontano, dove, a suo dire, avrei potuto guadagnare ingenti ricchezze. Purtroppo il fenicio era un losco furfante e il suo unico obiettivo era quello di vendermi come schiavo. Fortunatamente, però, la nave sulla quale ero stato rinchiuso venne colpita da un fulmine e io, nel caos che ne seguì, riuscii a fuggire. Per nove giorni e nove notti restai aggrappato a un pezzo di legno in balia dei marosi, finché non mi ritrovai sulle rive di una terra a me sconosciuta. Qui incontrai un giovane di rara bellezza: era il figlio del re dei Tesproti. Il ragazzo si commosse nel vedermi così malridotto e mi portò alla reggia di suo padre, il glorioso Fidone. Fu lì che ebbi le prime notizie su Ulisse.»

L'eroe s'interruppe per qualche secondo, un po' perché aveva voglia di bere e un po' per verificare le reazioni di Eumeo. Quindi riprese a parlare.

«Mi confidò Fidone, il re dei Tesproti, di aver ospitato Ulisse per lungo tempo. Mi mostrò parte delle ricchezze che aveva portato da Troia e mi disse che quel giorno il figlio di Laerte era andato a Dodona per farsi consigliare dall'oracolo su come presentarsi a Itaca: se con le vesti regali che gli spettavano di diritto, o in incognito sotto i cenci di un povero mendicante. Io stesso lo avrei atteso volentieri se alcuni mercanti non si fossero offerti di riaccompagnarmi in patria. Anche questi ultimi, però, ben presto si rivelarono dei furfanti: appena salito a bordo, si presero il mantello e la ricca tunica regalatami da Fidone, e mi rinchiusero sotto coperta, per poi vendermi come schiavo. Ancora una volta, però, riuscii a farla franca: una mattina, all'alba, come vidi la sagoma di un'isola profilarsi all'orizzonte, mi liberai dai lacci e mi tuffai in acqua.»

Come si vede, è enorme la differenza fra i due personaggi di questo canto. Il primo è un brav'uomo, semplice, di animo buono, praticamente inoffensivo. È stato acquistato dal vecchio Laerte quand'era ancora un ragazzo, e col tempo si è fatto ben volere da tutti. Ovviamente il suo mondo è quello che è: è un mondo fatto di cani, di porci e di servi. Di tanto in tanto si reca alla reggia per portare qualche bestia ai pretendenti o per ricevere ordini dalla regina Penelope. È così attaccato alla memoria del suo padrone da essere perfino geloso del dolore che prova per la sua scomparsa.

L'altro, invece, è il solito furbacchione di sempre. Malgrado l'emozione provata nel rivedere il suo vecchio e fedele servitore, non cede alla tentazione di abbracciarlo. Lui è andato a trovarlo solo per avere notizie sulla reggia. S'inventa quindi una storia qualsiasi, alternando bugie e verità. Nel suo racconto i Feaci sono i Tesproti, Alcinoo si chiama Fidone, e Nausicaa, pover'anima, ha cambiato sesso ed è diventata il figlio di Fidone. Restano, invece, immutati i nove giorni e le nove notti trascorsi in mare, sempre aggrappato a un pezzo di legno, e le razzie compiute dai compagni durante lo sbarco in Sicilia. Come a dire che, se da una parte sente la necessità, più che naturale, di elencare i suoi guai, dall'altra non resiste alla tentazione tutta «ulissica» (mi si passi il termine) di raccontare balle.

«O straniero infelice,» lo confortò Eumeo «molto mi hai commosso con il tuo racconto, tuttavia non riuscirai a convincermi che Ulisse sia ancora vivo e in giro per il mondo. Quali vantaggi, mi chiedo, pensi di ottenere narrandomi tutte queste bugie? Io, il mio padrone, lo conosco: fosse vivo, sarebbe qui e avrebbe già ricacciato in mare tutti quei maledetti che gli hanno occupato la reggia. La verità è che gli Dei lo hanno avversato, forse perché troppo invidiosi del suo genio. Non lo fecero morire sotto le mura di Troia, solo per evitare che gli Achei gli elevassero un tumulo a memoria futura. Preferirono, invece, farlo scomparire di nascosto, in una notte buia e in un angolo sperduto dell'universo. Ormai non spero più di rivederlo: me ne sto tranquillo quassù, tra i miei maiali e non scendo in città proprio per evitare che qualcuno mi parli di lui. Da quando un uomo dell'Etolia m'ingannò dicendomi di averlo visto a Creta, non ho più voluto avere sue notizie. Quell'uomo disse che il mio padrone sarebbe tornato in estate, o al massimo in autunno, portando con sé ingenti ricchezze, e tutto questo solo per essere ospitato e rifocillato con un pasto caldo. Se io ti ho accolto in casa mia come un fratello, non è stato perché tu mi parlassi di Ulisse, ma solo per timore del grande Zeus, protettore degli ospiti e dei mendicanti.»

«Se pure giurando non sono riuscito a convincerti, vuol dire proprio che non vuoi credere» ribatté Ulisse, sorridendo. «Ma ora ti propongo un patto: se il tuo padrone tornerà, così come io ti ho predetto, tu mi regalerai una tunica di seta e un mantello per il prossimo inverno, se invece, trascorso un anno, non si sarà fatto vivo, ordina pure ai tuoi servi di scaraventarmi giù da un'altissima rupe e che questo serva di monito a tutti coloro che si inventano storie.»

Stavano ancora parlando quando giunsero gli aiutanti. Erano quattro giovanotti di bell'aspetto, ed erano stati tutti acquistati da Eumeo con i soldi ricavati dalla vendita dei maiali.

«Prendete il più grasso dei porci» disse loro il vecchio guardiano «e abbrustolitelo sul fuoco in onore del mio ospite. Era ora che godessimo anche noi dei frutti del nostro lavoro, se non altro perché sono anni che sudiamo intorno a queste bestie. Vederle poi finire nelle pance di chi non se le merita non può certo riempirci di gioia.»

Gli aiutanti guardiani non se lo fecero dire due volte: organizzarono subito un festino. Il porco fu diviso in sette pezzi: uno da bruciare in onore di Hermes, figlio di Maia, e sei da mangiare all'istante. La schiena, il pezzo più pregiato, fu offerta a Ulisse.

«Che tu sia sempre caro agli Dei!» esclamò l'eroe sollevando la coppa di vino brioso. «Malgrado il misero aspetto, mi hai riservato la parte migliore.»

«E non chiederti perché l'ho fatto» ribatté Eumeo. «Così decisero gli Dei. D'altronde, questa è la vita: il Dio dà e il Dio toglie, ed è sempre lui a decidere a chi dare e a chi togliere.»

Dopo questa riflessione teologica di Eumeo, Mesaulio, uno degli aiutanti, distribuì il pane ai commensali e tutti cominciarono a mangiare. Durante il pranzo, però, Ulisse mise di nuovo alla prova il guardiano.

«Con il tuo permesso, o Eumeo, voglio raccontarti una storia. È il vino che mi spinge a parlare, quello stesso vino che fa cantare l'uomo più saggio e che, a volte, gli fa dire anche delle stupidaggini.»

A quelle parole gli aiutanti si disposero tutti a semicerchio per meglio ascoltare.

«Un giorno, a Troia, avevamo preparato un agguato a

un gruppo di Troiani. A comandare il drappello erano in due: Ulisse e Menelao. La notte, però, ben presto divenne gelida, ma così gelida, che stavamo tutti per morire di freddo, e io più degli altri dal momento che avevo anche dimenticato il mantello sulla nave. Chiesi allora a Ulisse di procurarmene uno. Lui lì per lì non mi rispose, poi mi bisbigliò in un orecchio: "Se lo chiedi non te lo daranno, se invece li convinci che per loro sarebbe meglio non avere un mantello, può essere che te ne diano uno". Dopodiché ordinò a uno dei soldati di correre alle navi per chiedere dei rinforzi. Gli disse: "Corri, ragazzo, più veloce che puoi, e getta via quel mantello se non vuoi che t'intralci durante la corsa".»

«Bella la storia che hai raccontato, o vecchio,» commentò Eumeo. «Debbo ammettere che dipinge bene il mio padrone. Ora, però, andiamo a dormire: voi nel capanno, e io, al caldo, tra i miei maiali. Domani, con l'aiuto degli Dei, potrai partire e andare là dove ti porta il cuore.»

Quest'ultima frase di commiato non è stata presa dal famoso libro della Tamaro, ma compare per ben sei volte nell'*Odissea*.[1] Ogni qualvolta, infatti, due personaggi omerici si salutano, c'è sempre uno dei due che dice all'altro: «πέμψει δ' ὅππη σε κραδίη θυμός τε κελεύει», ovvero «va' dove ti porta il cuore». Controllare per credere.

[1] Per l'esattezza nei canti VIII 204, XIV 517, XV 339, XVI 81, e due volte nel XXI canto, ai versi 198 e 342.

Canto XV
Il ritorno di Telemaco

Laddove si narra di come Atena metta in guardia Telemaco da un possibile agguato dei Proci e di come, nel contempo, Ulisse comunichi a Eumeo la sua intenzione di andare a visitare la reggia. Il canto si chiude con l'arrivo del giovane principe a Itaca.

È un po' di tempo che non incontriamo Atena. Niente paura: è andata a dare una mano a Telemaco per evitare che cadesse nella trappola dei Proci. La ritroviamo, infatti, nell'atrio della reggia di Menelao che sta dando alcuni consigli al ragazzo su come affrontare il viaggio di ritorno. Omero, questa volta, non ci dice sotto quali spoglie si è presentata. Non di certo sotto quelle di un pastorello, dal momento che assume un ruolo di consigliere e finisce per intromettersi nelle faccende private del giovane principe.

«Ascolta, o Telemaco,» gli sussurrò in un orecchio «i più malvagi dei Proci ti hanno teso un agguato mortale nei pressi della rocciosa Same. Vorrebbero che la tua nave colasse a picco e tu con essa. Tu, però, mi raccomando: mantieniti alla larga da qualsiasi isola, e quando arrivi a Itaca fatti sbarcare nella baia di Forco, lì dove abita il tuo guardiano dei porci Eumeo. Poi, per meglio trarre in inganno i pretendenti, fa' proseguire la nave fino al porto.»

Telemaco ascoltò con grande attenzione e, in verità, anche alquanto spaventato. Accanto a lui c'era Pisistrato che, con il capo reclinato sulla sua spalla, dormiva pesantemente. Era stata Atena a immergerlo in un sonno profondo affinché non sentisse i loro discorsi.

«Non è ragionevole» proseguì la Dea della Ragione «che tu trascuri i tuoi beni. A Itaca il popolo si è rassegnato alla scomparsa di Ulisse. Tuo nonno e i tuoi zii suggeriscono ogni giorno a Penelope di scegliersi come sposo Eurimaco, il più potente dei Proci, colui che più di tutti l'ha coperta di doni. Ora tu sai come sono fatte le donne: a volte basta un gioiellino in più per far loro dimenticare il marito morto e i figli di primo letto. Nel frattempo i Proci ti stanno saccheggiando tutte le provviste. Va' ordunque dal glorioso Menelao e chiedigli di lasciarti partire al più presto.»

Telemaco impallidì: Eurimaco era un arrogante che lo aveva sempre trattato da moccioso. Forse era il peggiore dei Proci. Averlo come patrigno sarebbe stato per lui una vera sciagura. Vorrebbe altri ragguagli su come stavano le cose a Itaca, ma la Dea dagli occhi lucenti gli sparì all'improvviso. Altro non poté fare che chiedere aiuto al figlio di Nestore.

«Dèstati di grazia, o Pisistrato, ché qui la situazione precipita! Aggioga al carro i cavalli dai solidi zoccoli e, più veloci del vento, corriamo alla nave!»

Ma il giovanotto lo frenò.

«Anche volendo, amico mio, non possiamo lanciare i cavalli nel buio della notte. Presto, invece, giungerà l'alba e allora sì che potremo correre al galoppo verso il mare. Ci converrà, comunque, attendere l'arrivo del glorioso Menelao: lui, di certo, ci vorrà riempire il carro di doni.»

E difatti, non appena l'Aurora dalle dita rosa sbucò fuori dai monti di Sparta, ecco sopraggiungere Menelao dalla voce possente. Aveva da poco lasciato la bellissima Elena, ed era ancora caldo di baci e di carezze.

Telemaco gli corse incontro.

«O signore dei popoli, o divino Menelao,» lo supplicò abbracciandogli le ginocchia «fa' che io torni nella terra dove ebbi i natali, e soprattutto dammi modo di strappare mia madre dalle grinfie dei Proci.»

«Se davvero lo desideri, o Telemaco, non sarò certo io a trattenerti» rispose il figlio di Atreo. «Non vorrei, però, che il troppo ardore ti cagionasse qualche sventura. Sbaglia chi esagera nel temporeggiare, ma sbaglia anche chi, spinto dalla passione, si getta a occhi chiusi nel cimento. Come sempre è la misura la scelta migliore. Aspetta quindi che io ti riempia il carro di doni. Desidero molto che tu li veda. E mentre i servi ti organizzano il viaggio, lascia che io dica alle donne di preparare un banchetto con quanto di meglio oggi può offrire Sparta. Per un uomo è segno di rispetto lasciare un luogo dopo avervi consumato un pasto adeguato.»

Quest'ultima frase la dice lunga su com'era considerato il cibo a quei tempi. Evidentemente gli ascoltatori di Omero dovevano trovare gratificante, se non addirittura «nutriente», la descrizione di un bel pranzo, portata per portata, e con annesse bevute di vino. Certo è che nell'*Odissea* sorge con regolarità il pretesto per fare un banchetto degno di questo nome, o, quanto meno, per un bel brindisi augurale. E il glorioso Menelao non faceva certo eccezione alla regola.

Malgrado l'invito, però, il figlio di Ulisse insisté molto per partire, e Menelao cercò di venirgli incontro.

«Vuol dire,» precisò «che faremo un pasto veloce. Dopodiché ti accompagnerò io stesso alla riva dove dovrai imbarcarti, e così potrai anche constatare come al nostro passaggio ognuno vorrà donarti qualcosa.»

Tra i tanti che si dettero da fare per organizzare il viaggio di Telemaco, arrivò anche lei, Elena, la bella tra le belle. La seguiva a breve distanza un giovanottone alto come un armadio e con un fisico da lottatore. Era un figlio che Menelao aveva avuto da una schiava di colore: si chiamava Megapente ed era, grosso modo, coetaneo di Telemaco.

Una volta a tavola, il padrone di casa prese un calice d'oro a due anse e lo regalò al figlio di Ulisse. Per non essere da meno, anche Megapente donò al giovane principe una coppa d'argento, subito imitato da Elena che gli porse un peplo finemente lavorato.

Telemaco e Pisistrato erano pronti a partire, quando un'aquila attraversò il cielo, velocissima: aveva tra gli artigli una povera oca domestica che starnazzava disperata. Doveva averla appena ghermita in un cortile del quartiere, e ora se la portava nel suo nido tra i monti. Un gruppo di contadini la rincorreva urlando.

«O divino Menelao,» chiese Pisistrato al re «è per te o è per noi che il Dio ha voluto inviare questo messaggio?»

«Io penso» s'intromise Elena «che se un'aquila scende dai monti per rapire un'oca, vuol dire che anche Ulisse piomberà su Itaca e si vendicherà di chi lo ha tanto a lungo offeso. E chissà che a quest'ora non sia già tornato.»

Telemaco non poté fare a meno di ringraziarla per il buon auspicio.

«O mia regina,» esclamò «volesse Zeus, il signore del tuono, che ciò accadesse davvero. Io, comunque, anche se la tua profezia si avverasse in minima parte, ti adorerò per tutta la vita così come si adorano le Dee!»

Ogni cosa, ormai, era stata predisposta per la partenza, quando a Telemaco si avvicinò uno straniero.

«O divino principe,» disse il nuovo venuto «il mio nome è Teoclimeno e vengo da Argo. Ho sentito dire che stai per tornare a Itaca. Ebbene, se vuoi farmi felice, portami con te sulla tua nera nave. In caso contrario per me sarebbe finita. Senza volere, infatti, nel mio paese ho ucciso un uomo, e ora gli amici di costui, desiderando la vendetta, mi stanno inseguendo per mare e per terra.»

«Non ti respingo, o straniero,» rispose Telemaco «sali pure sul carro. E se è vero che sei senza colpa, ti accoglieremo al meglio delle nostre possibilità.»

Avevamo lasciato Ulisse nel capanno di Eumeo. Anche lì si era consumato un banchetto, ovviamente molto più modesto di quello offerto da Menelao.

«Ascoltami, Eumeo:» iniziò a dire Ulisse «domani, all'alba, vorrei scendere in città per mendicare. Non è giusto che io mangi e beva le tue provviste. Ti chiedo semmai una guida che mi accompagni fino alle prime case di Itaca. Poi me la caverò da solo. È mia intenzione entrare nella reggia per vedere se i Proci tracotanti mi offriranno qualcosa, magari una ciotola d'acqua o un pezzo di pane. Loro di cibo ne hanno tanto, e non dovrebbero lesinarlo a un povero mendicante. Io, poi, sempre che qualcuno me lo chieda, sono disposto a fare qualsiasi lavoro. Anche se a vedermi sembro vecchio e macilento, in compenso sono molto forte, e non c'è lavoro che non possa fare. Potrei, ad esempio, spaccare la legna secca, accatastarla accanto ai camini, tagliare la carne dei manzi, versare il vino dalle botti e fare tutto quello che di solito fanno i servi.»

Ma a Eumeo le buone intenzioni di Ulisse non piacquero affatto.

«Ma cosa ti salta in mente?» esclamò adirato. «Vuoi forse diventare anche tu un leccapiedi dei Proci? Sappi, comunque, che non ti accetterebbero. Da loro i servi hanno l'obbligo di somigliare ai padroni: debbono essere belli, giovani, riccamente vestiti e con i capelli annodati sulla nuca. E non basta: li pretendono anche ben nutriti, mentre tu sei il ritratto della fame. Credimi, o vecchio: ti caccerebbero via ancor prima che ti possa avvicinare. Resta con me invece. E quando tornerà il figlio di Ulisse, sarà lui stesso a regalarti una tunica nuova e un mantello di lana per l'inverno.»

«Che gli Dei ti proteggano, o Eumeo, per quello che mi dici. Ma dal momento che dobbiamo aspettare il giovane Telemaco, parlami un po' dei familiari, per esempio dei suoi nonni. Sono ancora vivi? O sono già scesi nelle dimore di Ade?»

«Vive ancora Laerte, ma prega di continuo il sommo Zeus perché metta fine ai suoi giorni. Piange il figlio disperso, e piange la sposa fedele, morta per il troppo dolore.»

Ulisse alla notizia della morte della madre non ha alcuna reazione. D'altra parte, ne era già a conoscenza, avendola incontrata durante la discesa agli Inferi. È piuttosto il buon Eumeo quello che si commuove.

«A me era molto cara la grande regina» sospirò. «Fu lei a crescermi quando venni venduto a Laerte, e ora, credimi, o vecchio, mi manca più lei che non la mia stessa madre.»

«O infelice,» lo consolò Ulisse «eri ordunque ancora un infante quando ti portarono a Itaca?»

Eumeo, per meglio assaporare i ricordi, socchiuse gli occhi. Poi, dopo qualche secondo di pausa, iniziò a raccontare.

«Dal momento che qui a Itaca le notti sono lunghe, ti racconterò la mia vita. E voi tutti, amici, mentre mangiate e bevete, seguitemi con attenzione. A volte anche il dolore, quando è passato molto tempo, può essere fonte di piacere.»

L'uditorio si fece più attento.

«C'è un'isola a nord di Ogigia chiamata Siria, ricca di pascoli, di viti e di grano. Lì vive un popolo felice: nessuno, infatti, in quell'isola soffre la fame e nessuno muore mai di malattia. In quel luogo, quando gli abitanti diventano troppo vecchi, Apollo e Artemide mettono nel loro arco una freccia e li uccidono senza farli soffrire. Mio padre Ctesio era il re di Siria, e io sarei vissuto ricco e potente se un brutto giorno non fossero arrivati dei mercanti fenici. Uno di loro scorse la mia balia mentre stava lavando dei panni e le chiese chi fosse. Lei rispose di essere una schiava venduta a mio padre quando aveva solo sei anni. Lo scaltro mercante, allora, le promise di riportarla in patria a patto però che lei lo ripagasse adeguatamente. Ebbene, perché si sappia, il prezzo di quel viaggio fui proprio io: Eumeo. L'infame donna mi portò via dalla reggia con una scusa e mi fece salire sulla nave dei mercanti. Per sei giorni e sei notti navigammo col favore dei venti finché il settimo giorno Artemide colpì con una freccia la schiava traditrice facendola precipitare in mare. Subito dopo approdammo a Itaca, allietata dal sole, e qui fui venduto al saggio Laerte.»

«Mio caro Eumeo,» fu il commento di Ulisse, «hai commosso il mio cuore con questa triste storia. Devi ammettere, però, che Zeus con una mano ti elargì il male e con l'altra ti concesse il bene. E già perché, se è vero che ti fece soffrire, strappandoti ai tuoi genitori, è anche vero che ti fece finire nella casa di un uomo dabbene, e che da quel momento hai vissuto una vita serena.»

Proprio in quel momento Telemaco giunse in vista di Itaca. Era riuscito a evitare l'agguato dei Proci e ora stava per sbarcare sulla stessa spiaggia dove il giorno prima era sceso suo padre.

«O miei cari compagni,» disse ai marinai «lasciatemi qui. Voi proseguite verso il porto e non dite a nessuno il punto esatto dove mi avete sbarcato. Io questa sera resterò a dormire nel capanno di Eumeo, il guardiano dei porci. Domani con l'aiuto di Zeus tornerò da mia madre. Come compenso del viaggio che abbiamo appena terminato, vi offrirò un lauto banchetto, con tanti cibi prelibati e altrettanti vini squisiti.»

«E io dove andrò?» chiese Teoclimeno.

«In un'altra circostanza» rispose Telemaco «ti avrei ospitato a casa mia. Oggi però, con la reggia piena d'intrusi, avrei qualche problema.» Quindi, rivolgendosi a uno dei suoi, aggiunse: «O Pireo, figlio di Clitio, tu che mi hai sempre ubbidito, porta quest'uomo a casa tua e abbi cura di lui».

Ciò detto, si allacciò i bei sandali, prese una lunga lancia dalla punta di bronzo e s'incamminò a passo spedito verso il recinto dei mille maiali.

Canto XVI
Padre e figlio

Laddove si narra di come Telemaco giunga nel capanno di Eumeo e di come invii costui da Penelope per informarla del suo arrivo. Si narra altresì dell'incontro tra Ulisse e Telemaco e di come il padre si riveli al figlio nelle sue vere sembianze.

Telemaco si avvicinò al capanno di Eumeo e i cani gli andarono incontro scodinzolando.

«Sta arrivando qualcuno,» disse Ulisse al guardiano «ma se i cani non abbaiano vuol dire che è un amico.»

Non fece in tempo, però, a completare la frase che la figura di Telemaco era già apparsa in controluce sulla soglia del capanno. Eumeo, per lo stupore, si fece cadere di mano le coppe di vino, e anche Ulisse restò a bocca aperta nel vedere il giovane principe. In realtà, lui non lo aveva mai visto prima: poteva solo intuire da certe esclamazioni del guardiano che si trattava di suo figlio Telemaco.

Eumeo si gettò ai piedi del ragazzo, poi gli baciò le mani, la fronte e gli occhi. Come un padre che non vede un figlio da moltissimi anni, rideva e piangeva contemporaneamente. Avrebbe voluto fargli chissà quante domande, ma a stento riuscì a balbettare un «luce degli occhi miei».

E anche Telemaco lo abbracciò commosso, chiamandolo «padre».

«Entra, figlio mio carissimo, entra. È da quando sei partito che non ti vedo. E anche prima, non è che ti facessi vedere molto da queste parti. Un giorno pensai addirittura che ti era più cara la funesta compagnia dei Proci che non quella di un vecchio e fedele servitore.»

«Non lo dire nemmeno per scherzo, padre!» rispose Telemaco, facendo l'offeso. «Se solo potessi, li ucciderei tutti quei maledetti, dal primo all'ultimo. Parlami piuttosto di mia madre. Attende ancora il suo sposo, o ha già deciso di dividere il talamo con qualcuno dei pretendenti?»

Ma Eumeo, almeno per quanto riguardava il talamo, lo volle subito tranquillizzare.

«Attende sempre, consumando i giorni e le notti in un mare di lacrime.»

Ulisse, nel frattempo, aveva il cuore in subbuglio: era la prima volta che vedeva suo figlio. Per quanto glielo avessero descritto non pensava che fosse così bello. Ovviamente avrebbe voluto abbracciarlo. Come al solito, però, mise a freno gli impulsi. Era un bene per tutti che il suo arrivo a Itaca restasse un segreto. Dopo qualche minuto, però, non ce la fece più a restare in silenzio e, per quanto a bassa voce, volle dire la sua:

«Troppo mi angustiano i soprusi che tu e tua madre dovete subire. Fossi giovane, e, in particolare, fossi, come te, figlio del divino Ulisse, preferirei morire piuttosto che rassegnarmi a un simile spettacolo: ospiti trattati senza riguardo, spreco di cibo, fiumi di vino tracannati, e ancelle trascinate sui letti davanti a tutti! E allora mi chiedo: di chi è la colpa? Del popolo che non ti sostiene abbastanza, o dei fratelli che non si schierano al tuo fianco?»

«In verità, o straniero,» rispose Telemaco «io non ho fratelli. La mia è una stirpe di figli unici. Archesio generò Laerte e nessun altro. Laerte a sua volta generò Ulisse, e Ulisse ebbe me solo come figlio. Il popolo attende che qualcuno prenda il potere e si metta a comandare. Nel frattempo i signorotti di Dulichio, di Same e di Zacinto coperta di boschi, si fanno avanti con ricchi doni. Mia madre, però, resta indecisa: non accetta e non rifiuta.»

«Probabilmente» azzardò Eumeo «è più saggia di quanto noi si possa pensare: non accettando resta fedele al suo sposo, e non rifiutando lascia i pretendenti sempre in attesa.»

«Forse è come dici, padre» acconsentì Telemaco. «Ma tu, piuttosto, non mi hai ancora presentato il tuo ospite. È arrivato dal mare? E chi l'ha portato fin qui? Non credo che sia giunto a piedi.»

«Tutto ti dirò, figlio mio carissimo» rispose Eumeo. «Il suo nome, in verità, non me lo ha ancora rivelato: dice però di essere cretese e di aver vagato per mari e per terre lontane. Fuggito, infine, da una nave tesprota è giunto fin qui a nuoto, e io, ora, te lo affido perché tu lo possa portare a Itaca.»

«E dove vuoi che lo porti?» chiese avvilito Telemaco. «Giù alla reggia i pretendenti lo prenderebbero subito di mira, e il poverino finirebbe col diventare il loro zimbello. Io posso solo rivestirlo da capo a piedi con abiti più decenti, regalargli una tunica, un mantello, dei sandali e una spada a doppio taglio. Poi, però, sarei costretto a salutarlo e ad augurargli di andare dove lo porta il cuore. Ma ora, padre, badiamo al da farsi: va' da mia madre e dille che sono tornato. Che nessun altro, però, sappia del mio ritorno. Troppi stanno tramando contro la mia persona.»

«E a tuo nonno Laerte cosa vuoi che dica? Che sei tornato? Il vecchio è sempre più triste. Già prima soffriva per il mancato ritorno di Ulisse, ma da quando sei partito anche tu ha cominciato a rifiutare il cibo. Piange e si lamenta di continuo.»

«È doloroso, lo so, ma dobbiamo lasciarlo ancora per qualche giorno all'oscuro» rispose Telemaco, che in quanto a prudenza aveva preso tutto da suo padre. «Tu, comunque, va' alla reggia e parla con la divina Penelope.»

Eumeo si allacciò i sandali e partì di corsa per il sentiero. Al che Atena, accorgendosi che l'eroe e Telemaco erano rimasti soli, si affacciò nel capanno e, senza farsi vedere dal giovane, strizzò l'occhio[1] a Ulisse perché questi uscisse fuori. L'eroe la riconobbe e ubbidì.

«O figlio di Laerte,» gli disse Atena «o uomo dal multiforme ingegno, non celarti oltre: parla a tuo figlio Telemaco, digli chi sei, e insieme concertate un piano per sterminare i Proci. Io stessa vi aiuterò.»

Dopodiché lo toccò con la bacchetta d'oro e lo tramutò in un bell'uomo dalla pelle liscia e con una leggera barbetta sul mento. I suoi vestiti, in particolare, li rese così luminosi che splendevano anche al buio. Quando Telemaco lo vide rientrare così mutato, non credette ai suoi occhi.

«Diverso mi sembri, o straniero: altre vesti indossi e nemmeno il colore del tuo volto è più lo stesso. Di certo sei un Dio, uno dei tanti che il vasto cielo possiede.»

«No, non sono un Dio: sono solo tuo padre, colui per il quale hai tanto sofferto. Io sono Ulisse!» E così dicendo gli tese le braccia.

Finalmente avrebbe potuto stringerlo al petto. Fino a un attimo prima, infatti, era stato costretto a far finta di nulla. Ora invece, grazie ad Atena, poteva manifestare tutta la sua gioia. Ma Telemaco non gli credette: non a caso era suo figlio.

«No, straniero,» gli disse, bloccandolo, «tu non sei Ulisse, tu non sei mio padre. Tu sei un Dio che non so per quale ragione adesso vuole illudermi. Forse per farmi soffrire ancora di più di quanto io già non soffra. Fino a pochi attimi fa sembravi un vecchio decrepito e vestivi miseri cenci. Ora sei diventato un uomo forte e bello, e mi appari simile a un Dio. Un mortale tutti questi prodigi non li sa fare.»

[1] In greco «fece l'occhiolino» si dice ἐπ᾽ ὀφρύσι νεῦσε, ovvero «far cenno di sì con le sopracciglia» (*Odissea*, XVI, 164).

«E difatti non sono stato io a compierli, bensì Atena, la Dea dagli occhi lucenti. Fu lei a mutarmi in un vecchio mendicante cencioso, e fu sempre lei, un attimo fa, a tramutarmi in un uomo bello e riccamente vestito.»

Dopo queste ultime parole, Telemaco si convinse. L'abbraccio ebbe finalmente luogo, e questa volta senza alcuna remora. I due uomini non si erano mai conosciuti, qualcosa, però, all'interno dei loro cuori si era mosso e aveva finito col prendere il sopravvento. A vederli tutti e due con le lacrime agli occhi, con il fiato sospeso, e con le mani aggrappate l'uno al corpo dell'altro, dovevano sembrare gli ospiti di uno di quei programmi televisivi, oggi tanto di moda, dove si fanno incontrare, a loro insaputa, due persone che si vogliono bene ma che non si vedono da moltissimi anni.

I due uomini restarono a lungo abbracciati e, a detta di Omero, «piangevano a dirotto come piangono le aquile quando qualcuno ruba loro gli aquilotti prima ancora che abbiano messo le ali». E avrebbero continuato a farlo, per chissà quanto tempo, se Ulisse non avesse ripreso il controllo della situazione.

«Adesso, figlio mio, basta con le lacrime! Pensiamo piuttosto a cosa dobbiamo fare per liberarci dei Proci. Dimmi i loro nomi, uno alla volta, affinché io sappia chi sono e soprattutto quanti sono. Dopodiché, una volta esaminata la situazione, decideremo come affrontarli, se da soli, tu e io, o insieme ad altri volontari.»

«Padre,» rispose Telemaco, asciugandosi le lacrime «ho sempre sentito parlare del tuo ingegno e del tuo coraggio, ma non credo che questa volta riusciresti ad affrontare da solo un numero così alto di nemici. Fossero dieci, o venti, ancora ancora potrei sperarlo, magari cogliendoli di sorpresa, e separati. Ma essi, gli intrusi, sono più di cento: venti provengono da Zacinto coperta di boschi, ventiquattro da Same e addirittura cinquantadue da Dulichio con sei servitori al seguito, per non parlare degli Itacesi che sono dodici, tutti nobili, e che hanno dalla loro l'araldo Medonte, un cantore e due servi, l'uno più massiccio dell'altro. Affrontarli da soli, e tutti insieme, sarebbe una follia!»

«Ma noi non siamo soli: abbiamo dalla nostra parte Atena e lo stesso Zeus...»

«Non sarò certo io a sottovalutare la forza degli Dei. Ma come fai a essere così sicuro che al momento giusto ti appoggeranno?»

«Su questo non ho dubbi. Tu, però, nel frattempo, torna alla reggia e mescolati ai pretendenti protervi. Io mi farò vivo in un secondo momento. Mi guiderà il guardiano dei porci. Quando mi vedrai, avrò assunto di nuovo l'aspetto di un mendicante, misero e decrepito. Ma mi raccomando, figlio, non intervenire in mia difesa. Anche se i Proci mi dovessero recare oltraggio, anche se mi dovessero trascinare per un piede fuori dal *megaron*, guarda e fai finta di nulla, come se la cosa non ti riguardasse. Al massimo cerca di dissuaderli dall'esagerare, sempre, però, usando parole cortesi. Quando poi ti farò un cenno, prendi tutte le armi che vedi appese alle pareti e valle a riporre ai piani superiori. Se qualcuno ti chiederà il perché di questa rimozione, rispondi che le devi far ripulire dal fumo dei camini che le ha coperte di nera caligine. Lascia solo due spade, due lance e due scudi. E, soprattutto, non riferire a nessuno che sono tornato: né a Eumeo, né a Laerte, né a tua madre e né, tanto meno, ai servi. Più grande sarà la sorpresa e maggiori saranno le nostre possibilità di vittoria.»

Nel frattempo la nave che aveva portato Telemaco da Pilo arrivò a Itaca. I Proci, nel vederla entrare in porto, restarono sorpresi. Evidentemente qualcosa non era andata per il verso giusto. Innanzitutto si aspettavano che la nave fosse colata a picco a largo di Same, poi, nel vederla attraccare, e nel non vedere Telemaco scendere a terra, capirono che il giovane si era fatto sbarcare da qualche altra parte.

Eurimaco, il figlio di Polibo, fu il primo a commentare il fatto:

«Secondo me Telemaco ce l'ha fatta. E noi che pensavamo che non sarebbe mai riuscito a tornare da Pilo. Evidentemente qualcuno, tra i mortali o gli immortali, deve avergli dato una mano.»

Anche Antinoo, figlio di Eupite, non poté fare a meno di esclamare:

«Maledizione! Ma come avrà fatto a sfuggire alle nostre sentinelle? Che io sappia, le abbiamo tenute giorno e notte sulle cime battute dai venti, avvicendandole anche con turni regolari. Ora è necessario studiare un altro piano per farlo fuori, un piano, però, che stavolta funzioni davvero. Bisogna muoversi prima che lui raduni il popolo e ce lo scateni contro. Ne va della nostra stessa sopravvivenza. Uccidiamolo, dico io, ma non qui, dove tutti ci guardano, bensì in un posto dove nessuno ci vede.»

Non tutti, però, erano d'accordo con le proposte di Antinoo. Anfinomo, ad esempio, il figlio di Niso, espresse parere contrario.

«Io, in verità, eviterei di sopprimere Telemaco. Tra l'altro sono convinto che porti male uccidere il figlio di un re. E poi, cosa volete che possa fare quel povero ragazzo? Lui è solo e noi siamo cento! L'importante è convincere la regina a prendere una decisione: scelga uno di noi e tutto si aggiusterà.»

Proprio in quel momento apparve Penelope. Evidentemente aveva udito le ultime frasi, oppure qualcuno le aveva riferito le intenzioni di Antinoo. Certo è che attraversò il *megaron* e si diresse verso quest'ultimo. Come sempre, aveva il viso coperto da un fitto velo, ed era seguita da sei ancelle, tutte col viso velato.

«O Antinoo, implacabile tessitore di misfatti, come puoi desiderare la morte del figlio di colui che un giorno salvò la vita a tuo padre mentre stava per essere ucciso dai Trespoti? O ingrato Antinoo, perché sfidi ancora il divino

Ulisse? Non ti basta avergli saccheggiato la casa e insidiato la sposa? Adesso vuoi anche uccidergli il figlio?»

Poi si voltò, e, senza guardare in faccia nessuno, risalì nelle sue splendide stanze, sempre seguita come un'ombra dalle silenziose ancelle.

Si fece sera ed Eumeo tornò al suo capanno. Ovviamente trovò Ulisse che era stato di nuovo tramutato in mendico dalla Dea dagli occhi lucenti.

I due uomini mangiarono insieme allegramente, finché, sazi di cibo e di vino, si andarono a coricare tra i porci.

Canto XVII

Argo

Laddove si narra di come Telemaco metta al corrente sua madre Penelope su quanto ha appreso da Nestore e Menelao e di come Ulisse sia maltrattato in piazza da un certo Melanzio e nella reggia da Antinoo, solo perché sporco e cencioso. Si narra infine del vecchio cane Argo che alla vista di Ulisse non regge all'emozione e muore.

Appena vide l'Aurora dalle dita rosa far capolino all'orizzonte, Telemaco si legò ai piedi i sandali ben fatti, prese la lancia di bronzo e andò a salutare il guardiano dei porci.

«Padre,» gli comunicò «io vado alla reggia. Abbi cura tu dello sventurato straniero. Portalo in città perché possa mendicare un tozzo di pane, a meno che non sia lui stesso a chiederti di voler restare nei campi.»

«Ma io non voglio restare» precisò il finto mendico. «Anzi desidero andare in città quanto prima sia possibile, anche perché, per un accattone, la città è sempre più generosa della campagna: offre maggiori occasioni. Sarei felice, piuttosto, se qualcuno m'indicasse la strada.»

Arrivato alla reggia, Telemaco appoggiò a una colonna la lancia ben equilibrata e salì ai piani superiori. Nella prima sala, avvolta in un mantello nero, vide la sua vecchia nutrice Euriclea e poco più in là sua madre Penelope.

«Sei tornato alfine, luce degli occhi miei!» esclamò la regina appena lo vide. «Pensavo proprio che non t'avrei più rivisto dopo che eri partito per Pilo, e invece eccoti qui: più bello di prima. Raccontami tutto, o figlio mio adorato, e dimmi dove sei stato, chi hai visto e che cosa hai saputo di tuo padre.»

«Madre, in questo momento non posso dirti nulla. Ti basti sapere che sono riuscito a evitare l'agguato mortale dei pretendenti. Tu, piuttosto, chiuditi nelle tue stanze e prega gli Dei affinché vogliano esaudire i nostri desideri. Nel frattempo, io andrò a casa di Pireo, il figlio di Clitio, per accertarmi che lo straniero da me imbarcato a Pilo abbia avuto l'ospitalità promessa.»

Ciò detto, attraversò la piazza antistante la reggia tra la generale ammirazione del popolo. Atena, infatti, lo aveva coperto di bellezza, rendendolo in tutto e per tutto simile a un Dio. Era alto, bello, biondo e con gli occhi azzurri. Perfino i Proci non poterono fare a meno di ammirarlo, anche se, in cuor loro, gli auguravano innumerevoli sciagure.

Tra i tanti che gli si fecero incontro, ci fu Pireo, il compagno al quale aveva affidato Teoclimeno.

«Presto, mio giovane signore,» gli disse, inchinandosi per rispetto, «manda a casa mia i tuoi servi a prelevare i bellissimi doni che ti fece Menelao.»

Ma Telemaco lo zittì.

«Taci, o Pireo: così come stanno le cose, quei doni sono più al sicuro a casa tua che non nella mia. Prima o poi i Proci riusciranno a farmi fuori e io non voglio che i munifici doni del glorioso Menelao finiscano nelle loro avide mani. Se un giorno, come spero, sarò io a cacciarli via dall'isola, li porteremo insieme nelle stanze di mia madre.»

«Farò come tu dici, o divino,» acconsentì Pireo. «Ora, però, ho un'altra cosa da chiederti: è qui con me Teoclimeno, lo straniero che mi avevi affidato a Pilo. Dove vuoi che lo accompagni?»

Telemaco salutò l'ospite e lo invitò perché lo seguisse alla reggia. Lì giunti, le ancelle li lavarono entrambi con estrema cura, cospargendoli da capo a piedi di oli profumati, per poi ricoprirli con ricche tuniche bianche e mantelli di lana. Una volta messi a lucido, i due giovani si presentarono nella sala del trono, e qui Penelope, desiderosa com'era di aver notizie di Ulisse, chiese a suo figlio:

«Raccontami, o Telemaco, che cosa ti dissero Nestore e Menelao, e che cosa accadde a tuo padre quando lasciò le spiagge della fatidica Troia. Ti scongiuro, però, o figlio, di non nascondermi nulla, anche se le parole dovessero ferirmi.»

Evidentemente Penelope, a parte la paura di aver perso il marito, aveva anche quella di essere stata tradita. Certo è che quando un uomo non torna più a casa, due sono le ipotesi possibili: o è morto, o si è accasato con un'altra donna. Ma Telemaco, almeno su quest'ultimo punto, la tranquillizzò.

«O madre mia divina, ti dirò ogni cosa. Dapprima sono stato da Nestore, signore di popoli, ma lui nulla sapeva di mio padre, se non quello che sanno tutti, e cioè che si coprì d'onore durante l'assedio. Allora mi recai a Sparta dal glorioso Menelao e lì, nella reggia, incontrai la bellissima Elena dai capelli d'oro, la donna per le cui grazie tanti giovani Achei persero la vita. Menelao dalla voce possente, una volta appreso il motivo del mio viaggio, mi raccontò di aver incontrato un giorno un mostro marino chiamato Proteo e di aver saputo da lui che Ulisse era ancora vivo, seppure prigioniero di una ninfa chiamata Calipso. Mi disse anche che molto soffriva per colpa di costei.»

A questo punto, però, Teoclimeno, lo straniero ospite di Pireo, chiese di parlare.

«Credo, o mia regina, di poter aggiungere qualcosa a quanto ha appena detto tuo figlio. Premesso che nella vita ho avuto spesso delle visioni, e che queste visioni si sono sempre avverate, per quanto riguarda il tuo sposo, voglio dirti che lo sento a noi molto vicino, come se in questo momento si aggirasse per le strade di Itaca meditando la morte dei suoi nemici.»

Le intuizioni di Teoclimeno e, soprattutto, la sicurezza con la quale le aveva esposte, lasciarono tutti ammutoliti. Penelope stessa, malgrado le innumerevoli delusioni avute in passato, non poté fare a meno di restarne colpita.

«A essere sincera, o straniero, non credo a nessuna delle tue parole. Se Ulisse fosse tornato, sarebbe già qui, tra le mie braccia. Ma se al contrario, magari anche in parte, le tue fantasticherie si avverassero, io stessa ti coprirei d'oro e d'argento.»

Nel frattempo, sulla piazza antistante la reggia, i Proci si affrontavano in alcune gare di atletica, il che accadeva spesso in quei giorni. Quella sera erano in programma le gare di disco e di giavellotto. Chi più chi meno, tutti fecero un lancio, finché un araldo di nome Medonte non salì su un muretto per annunziare che il banchetto stava lì lì per iniziare.

«O nobili signori, basta con le gare!» annunciò con quanta voce aveva in gola. «La tavola è pronta! I servi hanno già infilzato nello spiedo un giovane ariete dalle teneri carni. E se non bastasse, per voi c'è anche una vacca appena sgozzata, due grassi maiali e quattro floride capre. Non fate attendere i valletti. Hanno tra le mani enormi vasi di bronzo, stracolmi di vino dolcissimo di Creta, e non vedono l'ora di versarlo nelle vostre coppe lucenti.»

A un invito del genere, diciamo la verità, era difficile resistere. I Proci, infatti, non se lo fecero dire due volte e, tra risa e schiamazzi, si riversarono in massa nel salone delle feste, sempre seguiti da una larga fetta di popolo. Nella reggia, in pratica, a gozzovigliare ci andavano un po' tutti: sia i Proci che gli Itacesi, e forse anche per questo i pretendenti non erano poi così malvisti dal popolo. Gli unici a odiarli, in effetti, erano i familiari di Ulisse.

Intanto il guardiano dei porci e il finto mendico facevano il loro ingresso in città. Come prima cosa si avvicinarono a una fontana per dissetarsi. Si erano appena curvati sullo specchio d'acqua quando un gruppo di nullafacenti cominciò a prenderli in giro. Uno di loro li aggredì sghignazzando:

«Ma tu guarda che bella coppia di straccioni!»

E subito dopo un altro, un certo Melanzio, chiese a Eumeo:

«Ma dove vai, vecchio miserabile, con questo morto di fame alle calcagna? Non t'accorgi, porcaro maledetto, che è un accattone pidocchioso, un ripulitore di mense? Se pensi di portarlo alla reggia, aspettati un'accoglienza di questo tipo.»

E così dicendo, sferrò un poderoso calcio nel didietro di Ulisse, proprio nel momento in cui il disgraziato si era chinato per bere. L'eroe finì col viso nell'acqua ma non ebbe alcuna reazione. Fosse stato nei suoi panni di sempre, come minimo avrebbe ucciso il provocatore. Ma il piano che aveva in mente non gli consentiva la minima distrazione. Si limitò, quindi, a memorizzare il viso del villano per poter poi, un giorno, rendergli il dovuto. A prendere le sue difese, invece, provvide Eumeo che, dopo aver aspramente rimproverato il giovinastro, si rivolse direttamente alla fontana.

«O ninfe dell'acqua, se è vero che un tempo Ulisse bruciò per voi cosce di agnelli e lombi di capretti, esaudite questo mio desiderio: che torni presto il mio padrone! Sono certo, infatti, che con lui presente anche tutto il resto tornerebbe alla normalità. E così, finalmente, potremmo cacciare da Itaca tutti gli arroganti che oggi fanno il bello e il cattivo tempo.»

«Cosa vai blaterando, lurido porcaro» gli urlò addosso

Melanzio. «Che Apollo dall'arco d'argento colpisca il tuo Telemaco e gli faccia fare la fine che merita. Oppure che ci pensino i pretendenti, una volta per tutte, a far piazza pulita dei parenti di Ulisse e dei loro leccapiedi!»

Ulisse, accorgendosi che Eumeo stava per mettere mano alla spada, preferì trascinarlo via per un braccio. D'altra parte, pensò, che senso aveva litigare con un perdigiorno come quello! Meglio avviarsi alla reggia. E stavano ancora per strada quando cominciarono a sentire i primi frastuoni provenire dalla sala delle feste. Si udivano, distintamente, il lieve suono di una cetra, la dolce voce di un aedo e le urla e il vociare dei commensali ubriachi.

«È questa, o Eumeo, la dimora del tuo padrone?» chiese Ulisse. «Mi par di capire che dentro si stia consumando un grandioso banchetto. Entriamo, ordunque, anche noi e vediamo se qualcuno mi regala un avanzo. Sento nell'aria un delizioso profumo di carne arrostita e mi sembra di udire anche il canto di un aedo.»

Ma Eumeo lo trattenne.

«Aspettami fuori, o vecchio: fammi entrare per primo e dammi il tempo di dare uno sguardo in giro. Se la situazione mi sembrerà accettabile, ti farò un cenno e tu mi seguirai. Se, invece, mi accorgo che non è aria, aspettami fiducioso nell'atrio. In entrambi i casi, mi raccomando, non esporti troppo. Ricordati che questi Proci, soprattutto quando hanno bevuto, sono più simili alle bestie che non agli esseri umani.»

«Non ti preoccupare,» rispose Ulisse «sono abituato alle percosse e non mi curo delle offese. Tieni conto che per un mendicante chiedere un tozzo di pane e vederselo rifiutare, è un fatto del tutto normale. Praticamente è la regola.»

Entrando, però, nel cortile, i due uomini scorsero in un angolo un cane molto vecchio disteso su un pagliericcio puzzolente. Era Argo, il cane che Ulisse aveva cresciuto fin da quando era un cucciolo e che aveva dovuto abbandonare quando partì per Troia.

«Eumeo,» chiese Ulisse al guardiano «questo cane così sporco, un tempo deve essere stato molto bello, e forse anche molto veloce nell'inseguire lepri e cerbiatti. Non come certi cani che non servono a nulla e che a volte i ricchi hanno in casa solo per allietare la vista.»

«Come sempre hai ragione, vecchio mio: questo è Argo, il cane prediletto da Ulisse. Purtroppo le donne, una volta partito il padrone, non si sono più prese cura di lui, e ora giace qui, divorato dalle zecche e in un sozzo letamaio.»

Il cane, comunque, non appena scorse Ulisse, sollevò la testa, drizzò le orecchie, mosse appena appena la coda e crollò al suolo stecchito. Aveva riconosciuto il suo padrone, ma non ce l'aveva fatta ad andargli incontro. Morì così, senza emettere nemmeno un guaito, il più fedele degli amici di Ulisse. L'eroe, nel vedere un essere a lui tanto caro spegnersi in silenzio, avrebbe voluto fermarsi, se non altro per fargli un'ultima carezza. Ma ancora una volta fu costretto a fingere: si asciugò di nascosto una lacrima e tirò via.

Quando Telemaco vide Eumeo entrare nel *megaron*, gli chiese ad alta voce che fine avesse fatto il vecchio mendico, ma, prima che il buonuomo potesse rispondere, anche Ulisse fece il suo ingresso nel salone. Telemaco, allora, prese dal tavolo riccamente imbandito un cesto colmo di pane e lo porse al guardiano.

«Prendi questo pane, Eumeo, e offrilo al nuovo arrivato. Digli di rivolgersi anche agli altri, e ricordagli che quando si è poveri non ci si deve vergognare di chiedere.»

Ulisse non se lo fece dire due volte, cominciò a girare tra i tavoli con la mano tesa, e a ciascuno chiedeva un cucchiaio di minestra o una ciotola d'acqua. Solo così, forse, avrebbe potuto capire chi un domani poteva sperare nel suo perdono, e chi, invece, doveva essere eliminato senza pietà. Purtroppo, però, lo vide anche il trucido Melanzio, lo stesso che poco prima, in piazza, lo aveva preso a calci.

«Signori miei e voi nobili Proci,» strepitò il gaglioffo «io questo accattone l'ho già incontrato per strada e non so bene chi sia. L'ha portato qui Eumeo, il nostro fornitore di porci. Ebbene, per farvi capire come la penso, io lo caccerei via a pedate. Ma guardatelo bene: è sozzo come un cane randagio ed emana già un odore di cadavere!»

Al che anche Antinoo volle dire la sua:

«Disgraziato di un guardiano,» urlò, puntando l'indice contro Eumeo, «perché hai condotto qui questo pezzente? Non pensi che ci siano già troppi vagabondi in questi nostri festini? Prima ti lamenti che mangiamo i beni del tuo padrone e poi ci porti eserciti di accattoni!»

«Questa casa, che io sappia, non è tua, o arrogante Antinoo» rispose tosto il guardiano, sfidandolo anche con lo sguardo. «Solo la regina può stabilire chi ha diritto a entrare e chi no. E poi non capisco a te cosa importa se un altro uomo si siede alla mensa, dal momento che nulla di quello che qui viene servito ti appartiene. La verità è che tu sei sempre stato il più malvagio degli uomini.»

Ma Telemaco s'interpose tra i due.

«O nobile Antinoo,» propose «tu che ti vanti di somigliare a mio padre, sappi che Ulisse non avrebbe mai cacciato un ospite dalla sua mensa, e che quando incontrava un mendico gli dava sempre qualcosa da mangiare.»

«Mi avete convinto,» finse Antinoo «fatelo venire da me e io gli darò tutto quello che ho davanti.»

Sennonché, quello che aveva davanti altro non era che lo sgabello di legno sul quale poggiava i piedi, e difatti, non appena Ulisse si avvicinò, glielo scaraventò addosso con tutta la forza possibile, tra le sghignazzate dei compagni.

Anche questa volta, ovviamente, Ulisse sopportò in silenzio. Provò solo a ricordare ad Antinoo che la vita ha i suoi alti e bassi, e che sono sempre gli Dei a decidere i tempi e i modi.

«O mio illustre signore,» gli disse con voce pacata, quasi chiedendogli scusa, «un tempo anch'io ero come te: abitavo in una casa ricca e ben fornita di cibo. Ero arrogante, giovane, bello e con moltissimi servi. Poi, disgraziatamente, un brutto giorno la sorte mutò: mi ritrovai in Egitto, e qui, malgrado mi fossi tanto raccomandato ai miei compagni, questi vollero per forza scendere a terra, dove finirono con l'uccidere tutti gli uomini che incontravano e violentare tutte le donne di un villaggio. Gli Egizi, però, ben presto si riorganizzarono e una notte senza luna ci aggredirono nel sonno. Molti dei miei uomini furono trucidati. Altri invece, tra cui io, furono venduti come schiavi a Dmetore, figlio di Iaso e re di Cipro. Ed è appunto da Cipro che da poco sono giunto, dopo molte tribolazioni.»

Insomma, se non si fosse ancora capito, a Ulisse piaceva raccontare storie. A volte se le inventava di sana pianta, altre volte, invece, alternava bugie colossali a episodi realmente accaduti. Perché lo facesse anche col nemico non si è mai capito: forse per distrarlo un attimo prima di vibrargli il colpo fatale, un po' come fanno i toreri quando, prima di mirare al cervello, punzecchiano il toro con le *banderillas*.

Qualcuno, però, andò da Penelope a raccontare l'aggressione subìta dal mendico. La regina, allora, volle subito invitare il poveretto nelle sue stanze, tanto più che il guardiano dei porci ne aveva preso le difese davanti a tutti.

«Per tre giorni l'ho avuto in casa, o mia regina, e l'ho sempre trovato molto rispettoso» le confidò Eumeo. «Quando poi si mette a raccontare il suo passato si vorrebbe che non smettesse mai, tanto sono appassionanti le storie che narra. Inoltre, dà per certo che il divino Ulisse sia ancora vivo e che tra non molto lo rivedremo a Itaca.»

«Che Zeus lo ascolti!» sospirò Penelope. «Tu, ad ogni buon conto, portalo qui da me e, se ci darà notizie del mio sposo, saprò io come ricompensarlo.»

Canto XVIII
Iro

Laddove si narra di come Ulisse, appena entrato nella reggia, sia stato costretto a fare a pugni con Iro, l'accattone di corte, di come Penelope abbia invitato i pretendenti a offrire doni adeguati, e di come l'ancella Melanto abbia coperto d'ingiurie il falso mendico.

Travestirsi da mendico dovette sembrare a Ulisse il miglior sistema per passare inosservato. Un pezzente, pensò, al massimo può dare fastidio, ma non potrà mai essere sospettato. Aveva fatto i conti senza Iro, l'accattone di corte. Costui, a detta di Omero, era un omaccione dall'apparenza vistosa, anche se del tutto privo di vigore, e per di più con un pessimo carattere. Non appena vide il proprio territorio invaso da un concorrente, non esitò un istante ad affrontarlo di petto.

«Ehi tu, vecchio, dove credi di andare?» sbraitò, bloccando l'intruso sulla soglia del salone. «Non lo sai che è proibito entrare? Vattene via prima che ti trascini per un piede fuori dalla porta!»

«Cosa vuoi da me?» protestò Ulisse accovacciandosi accanto a una colonna. «Io qui non faccio nulla di male, né impedisco a qualcuno di farti l'elemosina. Sono solo un poveraccio, come te del resto, e penso che possiamo vivere benissimo tutti e due su questa soglia senza darci fastidio a vicenda. La nostra sorte, credimi, non dipende da noi, né dai Proci, ma solo dagli Dei.»

Iro, però, a questi livelli filosofici non arrivava, ragion per cui cominciò a urlare come un ossesso:

«Ma sentitelo, questo pidocchioso, come blatera! Parla come se fosse un maestro!»

«Ma che fastidio ti dà?» gli chiese uno dei Proci. «Lascialo in pace: non t'accorgi che è solo un povero vecchio rattrappito?»

«Lasciarlo in pace?» ripeté Iro, fuori di sé dalla rabbia. «Non ci penso nemmeno!» Poi, rivolgendosi direttamente a Ulisse e puntandogli un dito contro: «Lo sai, sozzo mangione, che potrei farti a pezzi? Lo sai che potrei romperti quei pochi denti che hai in bocca? E adesso fai attenzione a quello che ti dico: se tu non fossi così decrepito, ti avrei già buttato fuori dal portico a calci nel sedere. Tu però, adesso, non approfittarti della mia pazienza: o te ne vai con le buone, o ti prepari a fare i conti con le mie mani».

Molti pensano che solo in politica ci possano essere scontri di potere. Niente di più errato: la nostra società prevede la competizione a tutti i tipi di livello, e, per rendersene conto, basta avventurarsi di notte a Roma in uno dei viali del Parco Olimpico o semplicemente su una delle due sponde del Tevere. Lottano tra loro i polacchi per chi deve lavare i vetri alle auto, lottano all'ultimo sangue gli albanesi per garantire il posto di lavoro alle loro protette, lottano i viados brasiliani e lottano perfino i venditori ambulanti di accendini, di fazzoletti di carta, di ombrellini e di qualsiasi altra cosa sia possibile vendere per strada. Mi dicono che, nelle grandi città, anche i posti ai semafori vengono messi all'asta tra gli aspiranti extracomunitari, come se fossero dei normali esercizi commerciali.

La sfida di Iro, comunque, non poteva sfuggire all'attenzione dei Proci, e Antinoo ne approfittò subito per montarci su uno spettacolino.

«Amici,» proclamò ad alta voce «nulla di simile era finora capitato a Itaca. Dobbiamo ringraziare gli Dei per questo intermezzo sportivo. Iro e lo straniero si sfidano nella lotta. Andiamo ordunque ad aizzarli come si deve, l'uno contro l'altro, affinché lottino fino all'ultimo sangue!»

Al che Ulisse, per precauzione, volle mettere le mani avanti.

«Signori miei, se mi batto è perché la fame mi costringe a farlo. Altrimenti io, vecchio e con i capelli bianchi, non incrocerei mai i pugni con un uomo tanto più giovane di me. Voi, però, di grazia, giurate solennemente di non aiutare il mio avversario colpendomi alle spalle.»

E Telemaco si affrettò a rassicurarlo.

«Non preoccuparti, o straniero: saremo tutti imparziali. Chi malauguratamente dovesse intervenire dovrebbe poi fare i conti con tutti gli altri. A me sembra che almeno su questo punto siamo tutti d'accordo. Anche Euriloco e Antinoo mi stanno dando cenni di assenso.»

Cominciarono così a fioccare le scommesse. All'inizio erano quasi tutti per Iro, poi, quando Ulisse, raccolti i cenci intorno alla cintura, mise in mostra un bel paio di gambe sode e robuste, qualcuno cominciò a puntare anche su di lui. Non c'era dubbio: malgrado l'età, il nostro eroe dava l'impressione di essere più esperto nella lotta del suo nemico. Evidentemente era stata Atena a irrobustirlo per l'occasione. E dal momento che nessuno dei due si decideva ad attaccare, Antinoo pensò bene di mettere in palio una posta appetibile.

«O nobili Proci,» sentenziò «ecco cosa vi propongo: ci sono qui sul fuoco alcune succulente salsicce, piene di grasso e di sangue. Chi di questi due disgraziati riuscirà a trascinare l'altro fuori dalla sala, potrà scegliersi la salsiccia che più gli aggrada, e da oggi in poi permetteremo solo a lui, e a nessun altro, di mendicare in questa casa.»

«Ben detto!» approvò uno degli spettatori. «Temo, però, che ben presto il nostro Iro non sarà più Iro: osserva il torace del vecchio mendico, o Antinoo, e mi darai ragione.»

Iro, in effetti, aveva fiutato che le cose si stavano mettendo male per lui, e, anche se impercettibilmente, aveva cominciato a indietreggiare. Al che Antinoo lo rimproverò duramente:

«Dovresti non essere nato, spaccone, se ti metti a tremare davanti a uno che ha trent'anni più di te. Battiti da uomo e con coraggio, altrimenti ti spedirò oggi stesso dal re Echeto che, come ben sai, è famoso per la sua abitudine di tagliare il naso, le orecchie e i genitali ai mendicanti prima di darli in pasto ai cani.»

Insomma, quelli erano i lottatori e questi i tifosi.

Il primo ad attaccare fu Iro, con risultati, però, alquanto modesti: colpì Ulisse a una spalla senza spostarlo nemmeno di un centimetro. Ben diversa, invece, la reazione dell'eroe. Il figlio di Laerte prese l'avversario sotto l'orecchio e lo fece crollare al suolo come se fosse un sacco vuoto. Poi lo afferrò per un piede e se lo trascinò su e giù per tutta la sala tra le risa e gli schiamazzi dei Proci. Una volta poi arrivato in cortile, lo gettò in un angolo, tra la spazzatura, urlandogli addosso tutto il suo disprezzo:

«Resta qui, o miserabile, e ricordati di non fare più il gradasso con gli altri miserabili, se non vuoi che ti capiti anche di peggio.»

La vittoria di Ulisse fu molto apprezzata dai Proci. Antinoo gli servì una salsiccia enorme, gonfia di grasso e di sangue, e Anfinomo gli porse una coppa d'oro colma di vino dolcissimo.

«Salute a te, o straniero,» gli disse «e che tu possa un

giorno essere felice, a ricompensa delle sventure che fino a oggi ti hanno afflitto.»

E Ulisse accortamente rispose:

«O Anfinomo, tu mi sembri un uomo molto saggio, come del resto era anche Niso di Dulichio, tuo padre. Dovresti sapere, allora, che non c'è nulla al mondo di più effimero della gioventù. Ognuno di noi, finché è giovane e forte, pensa che tutto gli sia dovuto. Poi accade che gli Dei, da un certo momento in poi, diano inizio a un periodo fatto solo di dolori e di malattie. Ebbene, a me sembra che i tuoi amici stiano compiendo delle azioni indegne: distruggono i beni di un uomo e insidiano la sua sposa senza tener conto che quest'uomo potrebbe tornare da un momento all'altro. E allora io ti chiedo: cosa pensi che accadrà il giorno in cui il figlio di Laerte tornerà in patria e vedrà la sua sposa molestata e la sua casa invasa?»

Più chiaro di così non avrebbe potuto parlare. Eppure Anfinomo non recepì il messaggio: evidentemente era troppo ubriaco per capirci qualcosa.

Atena, nel frattempo, consigliò a Penelope di mostrarsi a Ulisse. Voleva che l'eroe si rendesse conto di quanto la sua sposa fosse desiderata dai pretendenti e, contemporaneamente, di come lei fosse superiore a qualsiasi tentazione. La regina, a ogni modo, non si lasciò pregare e, dopo una controllatina allo specchio, disse a una delle ancelle:

«Eurinome, per quanto mi siano insopportabili i pretendenti, ho voglia di scendere nel salone. Desidero convincere mio figlio a non frequentare più quei loschi figuri.»

Ed Eurinome rispose:

«O mia regina, va' pure da tuo figlio e non nascondergli nulla. Prima, però, ti prego: truccati gli occhi e ungiti le guance. Non t'accorgi che sono tutte bagnate di lacrime?»

«Non ci penso nemmeno» replicò Penelope. «Non ho alcuna intenzione di rendermi desiderabile. La bellezza me la tolsero gli Dei il giorno in cui decisero di far partire

Ulisse per Ilio. Chiama piuttosto Autonoe e Ippodamia e di' loro di starmi sempre accanto. Mi vergogno a camminare da sola in mezzo agli uomini.»

Ma ci pensò la Dea dagli occhi lucenti a renderla ancora più bella: come prima cosa le versò negli occhi un sonno dolcissimo, poi, approfittando del fatto che dormiva, le si pose accanto, come se fosse una qualsiasi truccatrice, e le unse il bellissimo viso con l'olio sacro, lo stesso che usava Afrodite quando danzava con le Cariti. E, come tocco finale, la rese un pochino più alta, più eterea e più candida dell'avorio.

Quando Penelope giunse nel salone un vasto mormorio si levò dai tavoli dei pretendenti: tutti, senza eccezioni, avrebbero pagato Dio solo sa quanto per stendersi nel suo talamo quella notte. Malgrado il successo che riscuoteva, però, la divina attraversò la sala del tutto indifferente alle paroline dolci che le venivano sussurrate, e si diresse decisa verso Telemaco.

«Figlio mio, ormai sei grande, hai raggiunto il fiore della giovinezza, ma non ancora quello della saggezza. Hai permesso che un mio ospite, perdipiù anziano, venisse lungamente offeso, e questo solo per divertire i commensali di un banchetto.»

«È vero, madre, ma non posso badare a tutto. E se l'ospite e Iro sono venuti alle mani, non è stato, credimi, per colpa mia, né per colpa dei Proci, ma perché così avevano deciso gli Dei. Aizzarono loro l'accattone contro l'ospite, e poi lo fecero crollare al suolo al primo impatto.»

Ma anche Eurimaco volle dire la sua:

«O saggia Penelope, figlia d'Icario, tutte queste cose non accadrebbero se tu ti decidessi a fare questa benedetta scelta. Oggi sei così bella e così saggia, che, se ti potessero vedere tutti gli Achei, al di qua e al di là dei mari, non saremmo solo noi Proci a desiderarti.»

«O nobile Eurimaco,» rispose pacata la regina «la bellezza mi fu tolta il giorno in cui gli Dei decisero di far partire il mio Ulisse da Itaca. Ricordo ancora quella mattina. Eravamo in riva al mare. Lui mi prese la mano e mi disse: "Moglie mia adorata, non credo che gli Achei dalle belle armature riusciranno a tornare tutti. Se dovessi rimanere ucciso, tu abbi cura della casa e dei genitori. Poi, quando vedrai spuntare la prima barba sulle guance di tuo figlio, scegliti pure un altro sposo". Temo, quindi, che, sia pure con la morte nel cuore, prima o poi sarò costretta a contrarre le nuove nozze. Un tempo, però, gli aspiranti alla mano di una regina erano soliti proporsi offrendo al padre dell'amata splendidi doni; oggi, invece, mi sembra che preferiscano bivaccare in casa del primo marito e, più a lungo dura il corteggiamento, più a loro fa comodo.»

L'intervento di Penelope riscosse il gradimento generale, e primo di ogni altro quello di Ulisse. Erano passati vent'anni dall'ultima volta che l'aveva vista e la prima impressione che ne ebbe fu quella di trovarla ancora più affascinante di come se la ricordava. Perfino il discorso sui doni gli piacque: a parole lei invitava i pretendenti a farsi avanti e nei fatti prendeva tempo. A parte, comunque, le sue impressioni, le parole di Penelope scatenarono un'immediata corsa ai doni. Ognuno dei Proci ritenne suo dovere inviare a casa un araldo per scegliere un regalo che fosse degno della persona a cui era destinato: Antinoo si fece portare un peplo ricamato con dodici fibbie d'oro, Eurimaco una collana d'oro con grani di ambra, Euridamante due orecchini adorni ciascuno di tre perle grandi come nocciole e Pisandro un cerchio d'oro da collo. E mentre tutti erano indaffarati in questa faccenda dei doni, la divina si ritirò nelle sue stanze.

Ormai si era fatta quasi notte, e Ulisse, vedendo le ancelle ancora intente a non fare spegnere i fuochi nei camini, pensò bene di rendersi utile:

«O ancelle,» disse loro «raggiungete la vostra padrona e

cercate di farle tornare il sorriso sulle labbra, che a ravvivare i fuochi provvederò io stesso.»

L'ordine, però, non piacque a una di loro, alla sfrontata Melanto dal bellissimo volto. Era questa una schiava che, sebbene cresciuta come una figlia da Penelope fin da quando era una bambina, col passare del tempo si era allontanata dalla famiglia. Dicevano le malelingue che ogni notte la bella Melanto s'infilava nel letto del perverso Eurimaco.

«O miserabile,» imprecò Melanto, rivolgendosi a Ulisse, «come osi darmi degli ordini! Evidentemente il vino ti ha dato alla testa. Invece di andare a dormire con i tuoi simili, vieni qui a comandare. Credi forse, solo perché hai picchiato un disgraziato, di poter decidere chi deve restare accanto ai camini e chi andare dalla regina? Bada che non si presenti qualcuno più forte di Iro e che non ti conci come meriti.»

E Ulisse le rispose per le rime:

«Sciagurata, andrò subito a riferire quanto hai detto a Telemaco e farò in modo che ti possa dare la lezione che meriti.»

Come dire: va be' che mi debbo fare insultare per strada, va be' che debbo fare a pugni con i mendicanti, va be' che mi debbo fare sputare in faccia dai Proci, ma che ora pure le colf si mettano a insultarmi mi sembra un po' esagerato. Insomma, quando è troppo, è troppo!

È da notare come nell'*Odissea* i nomi dei personaggi non sono mai dati a casaccio, per cui già dal nome si capisce con chi si ha a che fare. Mentore e Mente saranno di sicuro delle persone sagge (da μέν che vuol dire «certo»), al contrario di Melanzio e di Melanto che saranno dei soggetti pessimi (da μέλας che vuol dire «nero») e per finire a Eumeo e a Euriclea che invece saranno bravissimi, se non altro perché hanno un nome che comincia per εὐ, ovvero «perbene» detto in greco.

Canto XIX

Euriclea

Laddove si narra di due incontri: quello con Penelope e quello con Euriclea. Nel primo la regina si strugge in lacrime ma Ulisse la lascia piangere senza mai rivelarle chi lui sia in realtà. Nel secondo la nutrice, benché quasi cieca, lo riconosce mentre gli lava i piedi.

Finita la festa e sparecchiate le mense, nel salone rimasero Penelope, Euriclea, Telemaco e Ulisse: quest'ultimo sempre coperto di rughe e vestito di cenci.

Il primo problema fu quello di staccare le armi dalle pareti per «ripulirle dalla caligine dei camini», così come era stato suggerito da Ulisse. In realtà padre e figlio avevano deciso di portare le armi ai piani superiori soprattutto per evitare che i Proci se ne appropriassero nel momento in cui avessero messo mano alla Grande Vendetta. Vedere, comunque, il giovane Telemaco darsi da fare per mettere a posto le armi fece un'ottima impressione alla nutrice Euriclea.

«Era ora, figlio mio, che ti occupassi dei tuoi beni. Che le ancelle ti aiutino in questa fatica e che ti facciano luce con le torce lungo le scale.»

«Grazie, madre,» rispose Telemaco «ma non ne ho bisogno: ho qui lo straniero che di certo mi darà una mano.»

In realtà, il ragazzo aveva voglia di restare a tu per tu col padre, se non altro per conoscere il piano che l'eroe aveva in mente, e si era appena avviato ai piani superiori, quando una specie di prodigio si verificò sotto i suoi occhi: ogni qualvolta entrava in un ambiente, questo s'illuminava spontaneamente, senza che ci fosse qualcuno che lo precedesse con una torcia. Evidentemente la Dea Atena, con la sua sola presenza, peraltro invisibile, rendeva luminosi i corridoi, le scale e le stanze da letto: primo esempio di illuminazione diffusa nella storia della letteratura.

«Padre,» esclamò Telemaco, al colmo della meraviglia, «quale spettacolo vedono i miei occhi! Qui tutto risplende, come se dietro a ogni parete ci fosse qualcuno con un grande fuoco. A questo punto non ho più dubbi: abbiamo un Nume che ci precede!»

«Tu non te ne preoccupare e va' a dormire» fu la risposta alquanto sbrigativa di Ulisse. «Io resterò ancora un po' in casa. Desidero mettere di nuovo alla prova tua madre e le sue ancelle. C'è, ad esempio, quella sfrontata di Melanto che non me la conta giusta: probabilmente meriterebbe una lezione.»

Non fece, però, nemmeno in tempo a nominarla che la bella fanciulla lo aggredì di nuovo.

«Che ti sei messo in testa, vecchio bavoso? Vuoi forse darci noia anche di notte? Non ti basta averci guardato con occhi libidinosi per tutta la sera? Vattene via, miserabile, se non vuoi che ti getti addosso un tizzone ardente.»

Al che Ulisse le chiese:

«Ma cosa ti ho fatto di male, o sciagurata, per essere insultato di continuo? Tu mi tratti in questo modo solo perché mi vedi vecchio e coperto di cenci. Fossi stato giovane e ricco, e con una bella tunica addosso, magari anche ricamata in oro e in argento, mi avresti riempito di baci e di carezze. Sappi, allora, carina, che anche per te verrà il giorno in cui perderai la bellezza, e che quel giorno sarai trattata nello stesso modo in cui ora sei solita trattare i poveri e gli anziani.»

Le ingiurie di Melanto, però, erano state udite anche da Penelope.

«Come osi, o spudorata, rivolgerti a un mio ospite con frasi così irriguardose!» disse all'ancella con tono severo. «Hai forse dimenticato qual è il tuo ruolo? Ricordati che sei una serva e che una serva non ha diritto a parlare se non viene interrogata! Sappi, comunque, che domani stesso verrai punita per questa tua insolenza!»

Quindi, rivolgendosi a un'altra ancella: «Tu, invece, mia dolce Eurinome, porta qui un seggio. Ricoprilo di soffici pelli e fai in modo che lo straniero possa sedersi comodamente. Desidero interrogarlo».

Fu così che ebbe inizio un lungo faccia a faccia tra la regina Penelope e il finto mendico.

«Ospite, come prima cosa devi dirmi chi sei, dove sei nato, chi sono i tuoi genitori e da dove vieni.»

Ulisse tentò di schermirsi. Le spiegò che per un fuggiasco raccontare la propria vita, e in particolare i momenti dell'adolescenza, equivaleva a soffrire due volte: una prima volta, perché erano stati eccezionali, e una seconda, perché non potevano più tornare. Ma Penelope glielo chiese di nuovo, e questa volta con tale grazia, che il poveraccio si rese conto che non era possibile dirle di no. D'altra parte, per lui, inventare storie non era mai stato un problema: gli bastava aprire la bocca.

«In mezzo al mare colore del vino, o mia regina, c'è una grande isola chiamata Creta, ricca di messi e di bellissime insenature. Fu lì che io ebbi i natali. Creta possiede novanta città e novanta popoli, ciascuno con una propria lingua e un proprio costume. Alcuni di questi popoli si fanno chiamare Achei, altri Dori, Cidoni, Pelasgi, Eteocretesi e via dicendo. La città più grande è Cnosso. Per nove anni vi regnò incontrastato il sommo Minosse, padre di mio padre Deucalione. Il mio nome è Etone, quello di mio fratello è Idomeneo. Ed è stato proprio a Creta che ho conosciuto il tuo sposo, il divino Ulisse. Infuriava una grande tempesta e le sue concave navi erano state scaraventate da capo Malea fin sulle nostre spiagge. A stento lui riuscì a trovare un rifugio nell'angusto porto di Amniso. Giunto, alfine, in città, Ulisse chiese di Idomeneo, sennonché il mio illustre fratello era già partito per Troia con le sue cento navi. Fui io, allora, ad accoglierlo e a offrirgli un tetto dove ripararsi. Avendone in abbondanza, poi, donai a lui e ai suoi compagni d'arme farina d'orzo, vino generoso e buoi da immolare. Dodici giorni rimase il tuo sposo a Creta perché dodici giorni durò il vento di Borea. Poi, il tredicesimo giorno, quando il vento smise di soffiare, le sue navi ripresero il viaggio verso Troia.»

Mentre l'eroe parlava, Penelope piangeva. Vere o inventate che fossero le sue storie, erano comunque credibili e la regina ne traeva un grande conforto, ma, nel contempo, anche una grande angoscia.

Ecco come Omero ci descrive la commozione della brava donna:

> Come si scioglie sui monti eccelsi la neve,
> che Euro sciolse e Zefiro aveva ammucchiata,
> e mentre si scioglie i fiumi s'ingrossano,
> così le si sciolsero le belle gote piangendo,
> gemendo per il suo sposo, seduto vicino. E Ulisse...
> (*Odissea*, XIX, 205-209, Mondadori, trad. A. Privitera.)

Lui, però, il bugiardone, era molto più restio a commuoversi. Chiunque, al suo posto, nel vedere la propria donna struggersi in lacrime, non ce l'avrebbe fatta a resistere. Come prima cosa avrebbe chiesto ad Atena di fargli riacquistare le fattezze di sempre, poi l'avrebbe stretta a sé, dicendole: «Amore mio dolcissimo, eccomi qui, sono il tuo

Ulisse, sono io, sono tornato! Se prima ero travestito da mendico è stato perché così ha deciso la Dea dagli occhi lucenti. Lo ha voluto per non farmi riconoscere dai Proci, in attesa, poi, di poterli sterminare con comodo. Adesso, però, bando alle chiacchiere: approfittiamo del fatto che in questo momento non ci vede nessuno, e facciamoci due coccole come Dio comanda». E, invece, lui niente:

> ...commiserava sua moglie che singhiozzava,
> ma i suoi occhi, quasi fossero corno o ferro, restarono
> nelle palpebre immobili: nascondeva con astuzia le lacrime.
> (*Odissea*, XIX, 210-212, *op. cit.*)

Malgrado le lacrime, però, Penelope aveva ancora dei dubbi. E se quell'uomo si stava inventando tutto solo per estorcerle un regalo? Vero o falso che fosse il suo racconto, lei volle metterlo alla prova.

«Se è vero che ospitasti il mio sposo e i fedeli compagni, dimmi, o straniero, quali erano i suoi abiti e chi erano codesti compagni.»

Da bravo attore qual era, Ulisse non rispose immediatamente. Chiuse gli occhi come se volesse meglio radunare i ricordi, poi, con studiata lentezza, e altrettanta perfidia, riprese il racconto.

«Sono trascorsi ormai venti anni da quel giorno e la memoria potrebbe tradirmi, ma mi sembra di ricordare che Ulisse avesse un mantello di porpora doppio, con una fibbia d'oro dov'era incisa la sagoma di un cane che stringeva tra le zampe un cerbiatto maculato... Ricordo anche, ma vagamente purtroppo, una tunica bianca, più leggera di un velo di cipolla e lucente al pari del sole... Quando poi s'imbarcò per Troia, io gli regalai una spada di bronzo e una seconda tunica di ricambio. Lo seguiva passo passo un araldo, di poco più anziano di lui: era un uomo dalle spalle larghe, dalla pelle bruna e dai capelli ricciuti... Euribate era il suo nome, ma, forse, sul nome potrei anche sbagliarmi.»

Perfetto! Stupefacente! Penelope a questo punto non ebbe più dubbi: gli prese una mano e se la strinse al cuore.

«Ospite mio diletto, se fino a qualche attimo fa m'ispiravi solo umana compassione, da questo momento in poi la mia casa è diventata la tua. Quelle vesti e quella fibbia d'oro fui io stessa a donarle al mio sposo il giorno in cui lo accompagnai alla nave.»

E lui di rimando:

«Ora, però, non piangere, o mia regina. Non annegare il tuo bel viso nelle lacrime. Del ritorno di Ulisse ho sentito parlare più volte dai Trespoti, uomini degni di fede. Mi dissero che tra non molto il tuo sposo tornerà a Itaca e che porterà con sé ingenti ricchezze. Non torneranno più, invece, i suoi fidi compagni. Tutti, infatti, morirono per non aver rispettato nell'isola di Trinacria le sacre mandrie del Sole. In verità gli sventurati le scannarono solo per fame, ma Zeus, per punirli dell'orrendo misfatto, li fece colare tutti a picco nel mare ricco di pesci. Solo Ulisse, aggrappato alla chiglia della nave, riuscì a salvarsi. Lo raccolsero i Feaci e lo avrebbero di certo anche riaccompagnato a Itaca se l'oracolo di Dodona non gli avesse suggerito di rientrare sotto mentite spoglie, per meglio sbarazzarsi dei Proci. Non passerà, comunque, una luna, che lo rivedrai.»

La gratitudine di Penelope a questo punto raggiunse il culmine. Altre volte le avevano predetto il ritorno del marito, ma mai con toni così convincenti come quelli del mendico. Come prima cosa ordinò alle ancelle di dedicarsi allo straniero.

«Preparategli un letto con tappeti e coperte pulite perché possa riposare al caldo finché l'Aurora dal trono d'oro non lo vorrà svegliare. Domani, poi, gli farete un bel bagno e lo ungerete ben bene d'olio in modo che possa sedersi accanto a Telemaco nella sala dei banchetti. Breve è la vita degli uomini, ed è nostro dovere renderla quanto più confortevole sia possibile, almeno per quel che dipende da noi.»

Tanta gentilezza, però, non fu molto apprezzata da Ulisse. Dio solo sa perché, l'eroe preferì tornare nel suo anonimato.

«Ti ringrazio, o divina, ma coperte preziose e letti morbidi non sono fatti per me. Da quando fui costretto a fuggire da Creta mi sono abituato a dormire all'aperto e, comunque, sempre su miseri giacigli. E nemmeno desidero che giovani ancelle mi lavino i piedi. Forse... se qui, alla reggia, ci fosse una vecchia sguattera... chissà? Forse da lei potrei accettare un servizio del genere.»

«Mai conobbi un uomo più saggio di te!» dichiarò Penelope entusiasta. «Tutto ciò che dici è frutto di una lunga esperienza. Ebbene, qui con me, alla reggia, c'è una vecchia serva che mi è rimasta fedele. È la stessa che, quando nacque il mio sposo, aiutò sua madre a partorire. Il suo nome è Euriclea. Sarà lei a lavarti i piedi anche se, essendo anziana e pressoché cieca, non ha molta forza nelle braccia.»

Avvisata dalla regina, Euriclea si mise subito al lavoro. Prese un ampio bacile e lo riempì di acqua fredda, poi ci versò un bel po' di acqua calda e infine preparò gli oli profumati per il dopo lavaggio. Il tutto sempre raccontando allo straniero chi era lei e chi era il suo padrone.

«Zeus ha molto avversato il mio signore, eppure nessuno più di lui bruciò cosce di capre e di agnelli sulle are sacrificali. Con quale risultato, poi? Quello di essere il solo degli Achei a non fare ritorno. Al che io mi chiedo: è giusto tutto questo? E ancora: dove sta adesso il mio padrone? Chi gli sta lavando i piedi? Non vorrei che capitasse sotto le grinfie di una cagna impudente, tipo quella che poco fa ti ha ingiuriato.»

Ulisse avrebbe voluto abbracciarla: Euriclea era stata la sua nutrice, la sua seconda madre. La regola, però, che si era imposto era quella di non farsi trascinare dalle emozioni: così come aveva resistito alle ingiurie dei Proci, doveva adesso resistere alle affettuosità delle persone che amava. D'altra parte, perché il suo piano andasse a buon fine, era indispensabile che nessuno, a eccezione di Telemaco, sapesse della sua presenza.

Euriclea prese i piedi dell'ospite e li mise nell'acqua, poi con le dita cominciò a massaggiargli i calcagni. Più lo toccava, però, e più sentiva il cuore batterle in petto. Era una strana sensazione che le partiva dai polpastrelli e le arrivava fino al cervello.

«Sai cosa ti dico, o straniero?» esclamò a un certo punto. «Nessuno, finora, mi è sembrato più simile di te al mio padrone: tu gli somigli nella voce, nel corpo e perfino nei piedi.»

E avrebbe continuato a parlare di somiglianze se non avesse toccato la cicatrice che Ulisse aveva poco più in alto del ginocchio destro. Era questa una ferita che risaliva alla sua prima gioventù, quando, ancora imberbe, era andato a caccia sul Parnaso con suo nonno Autolico. Un cinghiale, uscito all'improvviso da un bosco, lo aveva azzannato tranciandogli un pezzo di carne.

Euriclea lasciò cadere di colpo la gamba nel bacile. L'acqua si sparse un po' dovunque sul pavimento. Gioia e dolore le riempirono l'animo: avrebbe voluto urlare ma le mancò la voce. Poi, toccando con la mano tremante il viso dell'ospite, a stento riuscì a sussurrare:

«Tu sei Ulisse, il figlio mio adorato.»

Lui fece appena in tempo a tapparle la bocca.

«Taci, madre mia! Non credo che tu, dopo avermi nutrito quando ancora ero un infante, voglia adesso la mia morte. Sono giunto a Itaca dopo venti anni di sofferenze e di dolori, e perché io mi possa vendicare di tutti coloro che mi hanno oltraggiato, è bene che nessuno sappia del mio ritorno. Neanche la dolce Penelope deve saperlo. Ti prego quindi di non dire a nessuno che mi hai visto.»

«Non preoccuparti, figlio. Sarò dura come la roccia. Quando sarà il momento verrò io stessa a indicarti chi delle donne della reggia ha diritto a sopravvivere e chi, invece, merita la morte. Già ora potrei farti dei nomi.»

Non fece in tempo, però, a farne nemmeno uno che ritornò Penelope.

«Ospite caro,» disse a Ulisse «come la figlia di Pandareo, il bruno usignolo, canta tremula a primavera, così il mio cuore oscilla indeciso tra il dover restare accanto al figlio, a guardia della casa, e l'andarmene con il migliore dei pretendenti. In proposito ho anche fatto un sogno. Venti oche bianche mi giravano intorno finché un'aquila enorme dal becco ricurvo non piombò su di loro uccidendole tutte. Cosa pensi che voglia significare?»

«Non sono un esperto di sogni, o divina, ma in questo caso non ho dubbi: l'aquila è il tuo sposo e le oche sono i pretendenti. Il significato, comunque, non può essere che questo: nessuno dei Proci potrà evitare il suo funesto destino.»

«Spero che tu abbia ragione, o straniero, ma, come ben sai, due sono le porte dei sogni: quella con la soglia di corno, da cui ci arrivano i sogni che si avverano, e quella con la soglia d'avorio, dalla quale giungono i messaggi ingannevoli. Ora io, per meglio capire come dovrò comportarmi, avrei deciso d'indire una gara tra tutti coloro che ambiscono alla mia mano. Il mai abbastanza rimpianto Ulisse era solito piantare in fila su un'asse di legno dodici scuri prive dei manici, per poi attraversarne i fori con un'unica freccia. Ebbene, sottoporrò i pretendenti a quella stessa prova. Solo così potrò sapere chi di loro gli è più simile, quanto meno nell'uso dell'arco.»

In questo canto, come nel diciassettesimo, fa pensare il fatto che gli unici esseri che riconoscono Ulisse siano i più semplici, ovvero il cane Argo e la nutrice Euriclea. Argo riconosce il suo padrone con l'odorato, Euriclea con il tatto. Ambedue, però, sono quasi ciechi e, con ogni probabilità, anche i meno intelligenti, quasi che la vista (il più utile dei nostri sensi) e l'intelligenza (la più utile delle nostre qualità) fossero non già una dote, ma un ostacolo alla conoscenza.

Canto XX

La vigilia

Laddove si narra di come trascorrano la vigilia dell'eccidio Ulisse e Penelope e di come, il giorno dopo, abbia inizio l'ennesimo banchetto. Si narra altresì delle provocazioni subite da Ulisse da parte di un certo Ctesippo e delle funeste profezie del giovane Teoclimeno.

Ulisse si mise a dormire nell'atrio, per terra, dentro una pelle di bue non conciata. Oggi più sbrigativamente avremmo detto che si era messo in un sacco a pelo. Un paio d'ore più tardi arrivò anche Euriclea che, per non fargli sentire troppo freddo, lo coprì affettuosamente con alcune pelli di pecora. Lui, però, non riuscì lo stesso a prendere sonno: pensava sempre ai Proci, a quanti erano, e a cosa avrebbe dovuto fare per ucciderli tutti. Questi pensieri finirono con l'intasargli il cervello e col tenerlo sveglio.

> Come quando un uomo volta e rivolta sulla fiamma
> ardente una salciccia piena di grasso e di sangue,
> impaziente che sia presto arrostita, così da una
> parte e dall'altra si volgeva Ulisse e meditava
> come aggredire i Proci superbi che erano molti.
> (*Odissea*, XX, 25, trad. Maria Grazia Ciani, ed. Marsilio.)

In verità, paragonare Ulisse a una salsiccia non mi è mai sembrato un granché dal punto di vista poetico. Debbo ammettere, però, che rende bene l'idea: l'eroe era pieno di rabbia e si rosolava al fuoco dei suoi peggiori propositi. A farlo incavolare ancora di più, arrivò, poi, un gruppo di fanciulle schiamazzanti. Erano le ancelle della regina che ormai da tempo, ogni notte, andavano a infilarsi nei letti dei Proci. Attraversarono l'atrio ridendo e schernendosi a vicenda, senza minimamente preoccuparsi di chi invece cercava di prendere sonno. Lui, Ulisse, le avrebbe volentieri strangolate, ma come al solito mise a freno gli impulsi e si limitò a guardarle da sotto le pelli di pecora. Voleva memorizzarne i visi in modo da poterle riconoscere l'indomani, quando le avrebbe punite secondo i loro meriti.

«Cuore mio sopporta,» mormorò tra sé e sé «e ricordati che molto di più soffristi il giorno in cui il Ciclope ti divorò i compagni.»

Dovette udirlo, però, la Dea dagli occhi azzurri, tant'è che scese apposta dall'Olimpo per redarguirlo.

«Di cosa ti lamenti, o incontentabile? Sei a casa. Sei al sicuro. Hai già visto la sposa fedele e il figlio adorato. Cos'altro vuoi dalla vita per sentirti felice?»

Giustamente Ulisse le ricordò il problema dei Proci.

«Sono molti,» precisò «e io sono solo.»

«Ma non è vero che sei solo: innanzitutto ci sono io, che sono pur sempre una Dea, e poi avrai accanto tuo figlio Telemaco, il porcaro Eumeo e tanti altri servi che ti sono rimasti fedeli. E comunque credimi: anche se ti circondassero cinquanta schiere di nemici armati, io sono convinta che riusciresti sempre a cavartela.»

E così dicendo, gli instillò sotto le palpebre un sonno profondo.

Nelle stanze superiori non è che si soffrisse di meno: Penelope, al pari di Ulisse, stentava a dormire. I racconti dello straniero, se per un verso le avevano aperto il cuore alla speranza, per l'altro l'avevano sprofondata in uno stato di ansia tremendo. La sua angoscia era tale da farle desiderare addirittura la morte. Non a caso si rivolse direttamente ad Artemide, la Dea degli infarti, perché ponesse fine ai suoi tormenti.

«O Dea venerata, o figlia di Zeus, vorrei tanto che tu mi colpissi con una delle tue dolci frecce. Solo così, forse, potrei raggiungere il mio adorato sposo sotto l'odiosa terra e nel medesimo istante evitare di congiungermi a un altro uomo, a lui di certo inferiore.»

Poi, come sempre, arrivò l'Aurora dalle dita rosa. Ulisse fu il primo ad alzarsi e a rivolgere un pensiero al divino Zeus.

«O figlio di Crono, se dopo tante sofferenze e tanti naufragi mi hai fatto tornare in patria, dammi oggi stesso un segno della tua benevolenza.»

Non fece in tempo a finire la frase che un tuono potentissimo scosse la reggia. Il rimbombo fu tale che, in cortile, una delle schiave, intente alla macina del grano, alzò gli occhi al cielo e disse:

«Non si vede una nuvola, eppure tuona. Deve essere Zeus che sta inviando un segnale a qualcuno. Speriamo che si tratti di un segnale funesto per i pretendenti e che questo sia l'ultimo giorno in cui mangiano a spese del mio padrone.»

Tutta la reggia si era ridestata: venti ancelle si avviarono alla fonte per i quotidiani rifornimenti d'acqua, altre cinque provvidero ad accendere i fuochi nei camini e altre ancora rassettarono la sala del trono. Su tutte, come sempre, sovraintendeva la vecchia Euriclea.

«Presto, ragazze, spazzate in fretta la casa, lavate i pavimenti e stendete sui seggi le ricche coperte di porpora. Poi con le spugne ripulite ben bene i tavoli e fate in modo che tutto il vasellame riluccichi come il sole. Tra non molto arriveranno i signori Proci che come sempre vorranno gozzovigliare.»

Dal paese, intanto, cominciarono ad arrivare i fornitori: primo fra tutti Eumeo, con tre grossi maiali. Il porcaro, non appena scorse Ulisse, lo salutò con gioia.

«Salve, o straniero. Come va con i pretendenti? Continuano a insultarti? O si sono abituati alla tua presenza?»

L'eroe, probabilmente, avrebbe voluto rispondergli, però ritenne più prudente in quel momento non aprire una discussione troppo impegnativa. Si limitò a salutarlo, e comunque non fece in tempo a tendergli la mano che alle spalle di Eumeo comparve il trucido Melanzio con le pecore destinate al banchetto. Come sempre, il mascalzone lo attaccò di brutto.

«Sei ancora qui tra i piedi, mangiatore di avanzi? Mi sa che prima o poi dovrai fare i conti con il mio bastone. Comunque credimi: una ripassatina non ti dovrebbe far male!»

Eumeo avrebbe voluto rispondergli per le rime, ma Ulisse lo trattenne per un braccio. La sua regola era: ignorare le provocazioni e conservare le forze per quando sarebbero state necessarie.

Arrivò anche un bovaro di nome Filezio: si trascinava con una fune una vacca anch'essa destinata a finire nel menù del giorno. Legò la bestia a una staccionata, e chiese a Eumeo:

«Chi è codesto straniero? E da dove viene? Non mi sembra di averlo già visto. Dagli abiti si direbbe un accattone, eppure, a guardarne bene la figura, ha l'incedere dei re. Ti confesso che in qualche modo mi ricorda il mio padrone Ulisse e questo mi mette addosso un'infinita tristezza. La verità è che noi, qui a Itaca, abbiamo tutti nostalgia del nostro re e non ce la facciamo più a sopportare i pretendenti. Costoro non solo saccheggiano le nostre scorte, ma non hanno alcun riguardo, né per il giovane Telemaco né per noi miseri servi. Ah, se tornasse il divino Ulisse!»

A rispondere provvide lo stesso mendico.

«Parli bene, guardiano, e penso che il figlio di Laerte sarà qui prima della prossima luna. Tu stesso, ne sono sicuro, lo rivedrai all'opera.»

I Proci, intanto, discutevano su come sbarazzarsi di Telemaco. Per alcuni era inevitabile ucciderlo, per altri, invece, sarebbe stato meglio ignorarlo. Tra questi ultimi c'era Anfinomo che, per età e prestigio, veniva ascoltato con attenzione.

«Io non capisco perché volete a tutti i costi eliminare il ragazzo. Pensiamo piuttosto a mangiare e a divertirci. Se, poi, un giorno, cominciasse a darci fastidio davvero, e allora, cosa volete che vi dica: magari lo uccideremo. Per il momento, però, non vedo perché dovremmo farlo.»

Così parlò Anfinomo e dette ordine ai servi di iniziare a servire. Eumeo distribuì gli spiedini di carne, Filezio i canestri colmi di pane e Melanzio le coppe col vino. Tutti protesero ingordi le mani e cominciarono a mangiare ridendo tra loro.

Telemaco fece sedere Ulisse in un angolo del salone. Gli mise davanti un piccolo tavolo e fece in modo che non entrasse in contatto con i pretendenti. Ad Atena, però, questa collocazione appartata non andava bene. Perché il suo piano andasse a buon fine era indispensabile che nel cuore dell'eroe montasse l'odio. Ci voleva, quindi, qualcuno che lo provocasse. Pensò bene, allora, d'intrufolarsi tra i Proci e, opportunamente travestita, d'istigare uno dei più arroganti: Ctesippo, un pretendente di Same.

«O povero sventurato,» disse costui avvicinandosi al falso mendico «te ne stai qui tutto solo e nessuno di questi malvagi ti ha finora offerto qualcosa da mangiare. Ma non preoccuparti, c'è qui il tuo Ctesippo che da questo momento in poi avrà cura di te.»

Dopodiché tolse dal fuoco un cosciotto di carne e glielo lanciò addosso ancora fumante. Ulisse schivò il colpo e tutta la tavolata si sbellicò dalle risa.

Telemaco soltanto non apprezzò il gesto del principe di Same e glielo disse senza mezzi termini.

«Sei stato fortunato, o Ctesippo, a non aver ferito il mio ospite. L'avessi fatto, ti giuro, sarei stato costretto, un attimo dopo, a trafiggerti con la mia lancia di bronzo.»

Quindi, rivolgendosi a tutti gli altri, che ancora ridevano con le lacrime agli occhi, aggiunse:

«In casa mia non voglio più vedere scene come questa. Bevete pure il mio vino se vi piace, decimate pure le mie greggi se le trovate di vostro gusto, ma, per Zeus, rispettate almeno gli ospiti.»

L'uscita di Telemaco fece un certo effetto e Agelao di Damastore ne approfittò per rivolgere al giovane principe parole abbastanza ragionevoli.

«O Telemaco, hai detto cose giuste, ma devi anche ammettere che questa situazione non può continuare in eterno. Finché c'era una mezza speranza che tuo padre tornasse, era normale che la regina prendesse tempo. Oggi, però, questa speranza, diciamolo con franchezza, è del tutto svanita. Sono trascorsi troppi anni dall'incendio di Troia perché si possa ancora sperare in un ritorno di Ulisse. Va', ordunque, da tua madre e convincila a scegliersi un nuovo sposo.»

Telemaco stava per rispondere che non poteva certo essere lui a obbligare la madre al matrimonio, quando fu interrotto da Teoclimeno. Lo straniero si portò al centro del salone e si mise a urlare con quanta voce aveva in gola: sembrava che gli avesse dato di volta il cervello.

«Pazzi, siete tutti pazzi! Come fate a non accorgervi che l'ombra della morte è già scesa sulle vostre teste? Non sentite i lamenti dei moribondi? Non vedete le pareti che grondano sangue? Date uno sguardo nel cortile e vi accorgerete che è pieno di ombre dolenti, tutte in attesa di scendere nell'Ade!»

La predizione fu accolta da una risata, ovviamente omerica. Eurimaco, il figlio di Polibo, chiamò i servi perché portassero via, con la forza, l'invasato, che, nondimeno, continuava a urlare.

«O Eurimaco, non è necessario che mi cacci. Me ne andrò da solo. Ma ricordati quello che ti dico oggi. Se sei saggio, vattene via, prima che ti raggiunga la collera di colui che non perdona.»

«Mio caro Telemaco,» commentò Eurimaco, rivolgendosi al giovane principe, «nessuno è più sfortunato di te con gli ospiti: prima hai avuto il mendicante affamato, adesso ti capita il pazzo che vede ovunque morte e distruzione. Meglio per te sarebbe stato imbarcarli su una nave, per poi venderli come schiavi al primo scalo. Se non altro ci avresti guadagnato del denaro.»

Canto XXI

La gara con l'arco

Laddove si narra di come Penelope indica una gara con l'arco, mettendo se stessa in palio, e di come tutti i pretendenti non riescano a flettere l'arma. Si narra altresì di come Ulisse si riveli a Eumeo e Filezio perché lo aiutino durante la strage e di come, una volta in possesso dell'arco, riesca a centrare il bersaglio.

Se c'era un mestiere che Atena, oggi, avrebbe fatto benissimo, era quello del regista. Tutta l'*Odissea*, infatti, dal primo all'ultimo verso, risente della sua direzione. Ma è nella scena risolutiva, quella della gara con l'arco, dove diventa davvero determinante. Era stata lei, infatti, a convincere Penelope a piantarla con la manfrina della tela, quella fatta di giorno e disfatta di notte, e sempre lei a suggerirle d'indire una gara con l'arco, mettendo se stessa in palio. E perché, poi, proprio una gara con l'arco? Perché nella stanza dei tesori era conservato un vecchio arco di Ulisse che aveva una caratteristica fondamentale, quella di essere molto difficile da flettere: solo un uomo dal fisico eccezionale, o dotato di grande tecnica, come Ulisse per l'appunto, ne sarebbe stato capace. Era un dono che il figlio di Laerte aveva ricevuto dal re Ifito quando era ancora un giovane di belle speranze.

La malinconica regina prese la chiave e l'infilò nella toppa di ferro. La porta, c'informa Omero, emise un lamento simile al muggito di un toro. Una volta dentro, poi, Penelope staccò dalla parete di fondo l'arco di Ifito e, trattenendo a stento le lacrime, scese giù nel salone. Qui, tra lo stupore generale, pose l'arma e la faretra nelle mani di Eumeo. Dopodiché, sollevato il velo che le copriva il viso, fece ai suoi ospiti il seguente discorso:

«O pretendenti superbi, datemi ascolto: voi che da tempo bevete e mangiate nella mia casa senza il minimo ritegno, sappiate che finalmente mi sono decisa: seguirò l'uomo che per primo tenderà quest'arco e riuscirà a trapassare con un'unica freccia le dodici scuri.»

Seguì un lungo silenzio. Poi si udirono i pianti sommessi di Eumeo e di Filezio e subito dopo le imprecazioni di Antinoo. I due guardiani non avevano retto all'idea che la loro regina li abbandonasse per sempre, e Antinoo non sopportava che qualcuno si lamentasse per così poco.

«Stupidi e miserabili servi dal cervello più piccolo di un fagiolo, cosa avete da piangere?» sbraitò il figlio di Eupite, minacciandoli entrambi. «Pensate piuttosto a bere e a mangiare, e non date fastidio agli uomini veri. Se poi la voglia di lamentarvi è così forte, andate a sfogarvi in cortile dove nessuno vi vede.»

In verità, anche a Telemaco l'idea che la madre lo abbandonasse per seguire uno dei pretendenti non è che fosse piaciuta più di tanto.

«Ahimè,» sospirò il giovane principe «devo essere uscito di senno se continuo a bere e a mangiare mentre mia madre dichiara di volersene andare con un altro uomo. Ma ora bando ai lamenti: se è così che hanno deciso gli Dei, che si faccia pure la gara. Diamoci da fare piuttosto, e piantiamo nel legno, ben allineate, le dodici scuri, tutte prive dei manici. Vedremo chi dei nobili pretendenti riuscirà a trapassarle con un'unica freccia. E dal momento che si tratta di una gara, vorrei essere anch'io della partita.

Vorrà dire che se, per volere degli Dei, fossi il primo a colpire il bersaglio, mi verrà riconosciuto il diritto di trattenere mia madre.»

E, prima ancora che qualcuno potesse impedirglielo, prese l'arco dalle mani di Eumeo e si andò a piazzare in fondo al salone. Tre volte provò a tendere l'arma e tre volte fu costretto a desistere.

Al che Antinoo, figlio di Eupite, tirò un sospiro di sollievo. «Grazie agli Dei,» pensò, «Telemaco non ce l'ha fatta, ora potremo provare noi Proci.» Quindi aggiunse ad alta voce: «Alzatevi tutti, o compagni, e cominciando da destra, da dove s'inizia a versare il vino, brandite uno alla volta l'arco del divino Ulisse e provate a centrare il bersaglio!».

Il primo a farsi avanti fu Leode, un figlio di Enopo: era un giovanottone alto e robusto, una specie di culturista dell'epoca. Dal modo con cui strappò l'arco dalle mani di Telemaco, e da come si guardò intorno, si capì subito che era convinto di farcela al primo tentativo. Anche lui, però, fu costretto ad arrendersi: sudò, imprecò ad alta voce, provò più volte a flettere l'arco, appoggiandosi ad esso con tutto il peso del corpo, ma alla fine, avvilito, lo gettò via con rabbia.

«Non ce la faccio,» confessò «che qualcun altro provi al posto mio. Vi avviso, però, che non riuscirete tanto facilmente ad agganciare la corda alle due estremità, e che il doversi arrendere, per uno che ha il mio fisico, è davvero umiliante. Meglio, allora, scegliersi un'altra donna, magari di minori pretese, e vivere una vita lunga e tranquilla.»

Antinoo, però, non perse l'occasione per dargli addosso.

«Parla per te, o Leode: evidentemente il tuo fisico è solo apparenza. Colpa di tua madre che non ti fece arciere.»

Anche gli altri, comunque, chi al primo, e chi al quinto tentativo, furono tutti costretti ad arrendersi. Per ultimi restarono i più presuntuosi, i principi itacesi Antinoo ed Eurimaco.

Qualcuno suggerì ad Antinoo di oliare meglio l'arco e lui non se lo fece dire due volte: ordinò subito al pecoraio

Melanzio di portargli un grumo di grasso e una pelle di pecora con cui strofinare il legno dopo averlo oliato. Poi, una volta sciolto il grasso al calore di un camino, ne spalmò alcuni pezzi sull'arma.

Mentre Antinoo si dava da fare per ammorbidire l'arco, Ulisse fece un cenno a Eumeo e a Filezio perché lo seguissero in cortile e, una volta all'aperto, decise di abbandonare ogni precauzione e di dire chi era.

«Tu, guardiano dei porci, e tu bovaro, ascoltatemi con attenzione. A essere sincero non sono del tutto sicuro se fidarmi di voi o lasciarvi all'oscuro di quello che sta per accadere. Prima, però, vorrei conoscere i vostri sentimenti. Rispondete, quindi, con sincerità alle mie domande: se in questo momento tornasse il vostro padrone, nel pieno delle sue forze, e attaccasse tutti i pretendenti, voi vi battereste per lui sino a rischiare la vita, o andreste a nascondervi in attesa di sapere a chi è toccata la vittoria? E continuereste a battervi anche se i Proci fossero in molti e lui uno soltanto?»

«E come puoi dubitarne!» rispose, quasi offeso, Filezio. «Fallo tornare e io ti mostrerò quanto valgono le mie mani. Anche l'amico Eumeo, che io sappia, la pensa come me.»

Ulisse, allora, non ebbe più esitazioni: si strappò il cencio che gli copriva buona parte del capo e, con l'aiuto della Dea Atena, si mostrò com'era in realtà, ovvero forte e bello.

«Eccomi qua: sono io, sono Ulisse, sono tornato!»

Infine, per togliere loro qualsiasi ombra di dubbio, mostrò la sua carta d'identità, ovvero la cicatrice che aveva sulla coscia. Immaginiamoci la reazione dei due servi: si gettarono a terra e gli baciarono i piedi piangendo.

Ulisse, però, li fece subito rialzare.

«Amici miei: non abbiamo tempo da perdere. Smettetela di piangere e prestatemi ascolto. Tra poco la gara sarà terminata. A quel punto tu, Eumeo, mi porgerai l'arco e tu, Filezio, andrai a chiudere la porta che dà sul cortile. Prima, però, ordina alle ancelle di chiudere con sbarre di ferro tutte le altre porte, in particolare quelle che danno ai piani superiori.»

Intanto nel salone era giunto il turno di Eurimaco. Anche lui, come aveva appena visto fare ad Antinoo, passò e ripassò l'arma sulla fiamma di un camino per dar modo al grasso di sciogliersi, ma nemmeno in questo modo riuscì a flettere l'arco. Eppure, a detta di tutti, era il più forte tra i pretendenti. Sembrava quasi che una divinità invisibile avesse deciso d'impedire all'arma la benché minima flessione.

«Per me» esclamò amareggiato «è un disonore non essere stato capace di armare l'arco! E non tanto per la sposa che in tal modo mi sfugge, quanto per il fatto di non riuscire in una cosa dove invece il vecchio Ulisse era maestro. Temo che il ricordo di questa sconfitta mi perseguiterà a lungo nella vita.»

«Non dartene pensiero, o Eurimaco» lo confortò Antinoo. «Oggi è la festa di Apollo. Evidentemente il Dio non è dalla nostra parte. Ma questo non deve scoraggiarci più di tanto: vorrà dire che continueremo a gareggiare domani. E adesso bando alle malinconie: consoliamoci bevendo e mangiando a sazietà.»

Dal fondo, però, si levò una voce.

«Ascoltatemi, vi prego.»

Era Ulisse, tornato di nuovo nei suoi stracci di mendico. Avanzò al centro del salone e con voce dimessa, quasi a chiedere scusa, provò a dire:

«O pretendenti della gloriosa regina, domani, come giustamente ha detto il vostro Antinoo, verrà ripresa la gara e questa volta Apollo darà la forza a chi di voi saprà meritarsela. Oggi, però, umilmente vi chiedo: lasciate che provi anch'io a tendere l'arco, anche se non ho più il vigore di un tempo.»

I Proci reagirono infastiditi, e in particolare Antinoo trovò scandaloso che un mendicante pidocchioso come quello potesse essere così sfrontato da voler gareggiare con la migliore gioventù dei dintorni.

«O miserabile pezzente, devi essere davvero un presuntuoso se osi confrontarti con noi! Non ti basta aver mangiato alla nostra mensa? Adesso vorresti anche gareggiare alla pari, e magari, perché no, aspirare alla mano della divina Penelope? Sparisci, prima che io dica ai servi di metterti in catene e di venderti come schiavo al re Echeto, flagello degli uomini.»

Ma Penelope intervenne subito in difesa del mendicante.

«O Antinoo, figlio di Eupite, non è bello ingiuriare un ospite di mio figlio. E poi: non vedo che cosa ci sia di male se anche lo straniero prova a tendere l'arco. Temi forse che un vecchio mendicante possa riuscire lì dove voi giovani ricchi avete fallito? Porgetegli, ordunque, il lucido arco e guardiamo tutti insieme cosa è capace di fare.»

Ma Telemaco si sentì scavalcato dalla regina e ritenne opportuno dire la sua:

«O madre, spetta a me decidere, chi deve e chi non deve gareggiare. Lo straniero, se vuole, può provare a tendere l'arco, ma sia chiaro che sono stato io, e non tu, a dargli il permesso. Queste, comunque, sono faccende da uomini. Tu e le tue ancelle, di grazia, tornate nelle vostre stanze e badate al fuso e al telaio, che alle armi pensiamo noi.»

Uscita Penelope, Eumeo consegnò a Ulisse l'arco e la faretra. L'eroe brandì l'arco con la destra e senza il minimo sforzo fissò il budello di pecora alle due estremità. Poi tolse una freccia dalla faretra, tese lentamente l'arco e, dopo aver mirato per non più di un secondo, attraversò tutte e dodici le scuri. Infine, con voce calma, disse a Telemaco:

«E ora servite la cena.»

Era il segnale convenuto: Telemaco brandì una lancia di bronzo, sfoderò la spada e si mise a fianco di suo padre.

Canto XXII

La strage

Laddove si narra come Ulisse, impossessatosi dell'arco fatale, uccida tutti i pretendenti e buona parte delle ancelle infedeli. Aiutato in questo da suo figlio Telemaco, dai guardiani Eumeo e Filezio, e soprattutto dalla Dea Atena.

Noi cristiani, cresciuti nell'ideologia del perdono, questo ventiduesimo canto non lo dovremmo nemmeno leggere. Già dalle prime righe, infatti, ci si rende conto che il «perdonismo» non doveva essere molto di moda a quell'epoca. Ulisse non si limita a uccidere tutti quelli che in qualche modo lo hanno oltraggiato, infierisce anche su chi ha partecipato ai banchetti e alle orge, e quindi anche sui servi, sugli aedi e sulle ancelle. Soprattutto su queste ultime in quanto compagne notturne degli odiati pretendenti. Prepariamoci, ordunque, a nuotare in un mare di sangue.

Liberatosi dai cenci, il nostro eroe si piazzò in un punto strategico del salone, su un piano rialzato in modo da dominare dall'alto tutti i nemici. Prima di aprire le ostilità, però, volle inviare un messaggio augurale ad Apollo. Era il giorno di festa del Dio e tanto valeva tenerselo amico.

«La gara è finita,» proclamò a gran voce «e ora, con l'aiuto di Apollo, il Dio degli arcieri, cambierò bersaglio.»

Detto fatto, come prima vittima scelse Antinoo. Era quello che più di tutti gli stava sullo stomaco: oltretutto si era sempre dato delle arie da padreterno. Tanto valeva farlo fuori per primo. Gli trafisse il collo mentre stava ancora brindando:

> Colpito si ripiegò indietro, la tazza gli cadde
> di mano, subito gli venne denso alle nari un fiotto
> di sangue umano, spinse lontano da sé
> con un calcio la mensa, rovesciò i cibi per terra.
> (*Odissea*, XXII, 17-20, Mondadori, trad. A. Privitera.)

Un urlo di raccapriccio si levò dai pretendenti. Era morto un loro leader. Non tutti, però, si resero conto delle vere intenzioni di Ulisse. Alcuni pensarono a una disgrazia, ovvero a una freccia partita per sbaglio dall'arco del mendico.

«Straniero,» lo minacciò uno dei pretendenti «hai commesso un errore che non ti possiamo perdonare: ora tocca a te morire.»

Ma Ulisse gli chiarì subito le idee: innanzitutto recuperò le sue sembianze di sempre, quindi armò l'arco con una seconda freccia, e infine lanciò in aria il suo grido di guerra.

«Tremate, o maledetti, io sono Ulisse, il re di Itaca! Voi che avete divorato i miei beni, voi che avete insidiato la mia sposa, voi che avete costretto le mie ancelle a entrare nei vostri sozzi letti, sappiate che la festa è finita! La vostra ora è suonata! Pensavate che non sarei più tornato. E invece eccomi qui, più forte di prima, e soprattutto più deciso che mai a farvi pagare tutto il male che mi avete fatto!»

Eurimaco fu il primo a rendersi conto di come si erano messe le cose e cercò un onorevole compromesso.

«Se davvero sei Ulisse, il figlio di Laerte, è giusto quanto hai detto. Ma ormai chi ti ha offeso non è più tra i vivi. Era Antinoo il tuo unico nemico, era lui che t'insidiava la sposa, e non perché conquistato dalla sua bellezza, il che sarebbe stato anche comprensibile, ma perché intendeva impadronirsi del trono. Era lui a ordire gli agguati mortali contro tuo figlio Telemaco. Adesso, però, che è sceso negli Inferi, risparmia tutti gli altri. Ognuno di noi ti restituirà quanto ha bevuto e mangiato, e in più ti regalerà venti vacche, e tanto oro e tanto bronzo da placare il tuo cuore per tutto il resto della vita.»

La risposta di Ulisse fu una seconda freccia quanto mai precisa: colpì Eurimaco al centro del torace, e al giovane itacese «scese l'ombra negli occhi».

La morte di Eurimaco spaventò tutti gli altri: Anfinomo cercò di avventarsi su Ulisse, ma fu a sua volta colpito alle spalle dalla lancia di Telemaco. Stessa fine fecero i due servi di Eurimaco: avevano tentato di vendicare il loro padrone ed erano rimasti infilzati da due frecce scagliate da Ulisse a brevissima distanza l'una dall'altra.

A questo punto i Proci volsero lo sguardo alle pareti: speravano di trovare qualche lancia o, quanto meno, uno scudo con il quale ripararsi, ma, come sappiamo, il giorno prima Telemaco aveva portato via tutte le armi. Non potevano, quindi, fare altro che rovesciare i tavoli e accovacciarsi per terra.

«Padre,» disse Telemaco «vado di sopra a procurarti altre lance.»

«Sì, ma fai presto,» si raccomandò Ulisse «e torna prima che mi finiscano le frecce.»

Dietro Telemaco, però, s'infilò anche Melanzio, e, mentre il figlio di Ulisse si era limitato a prendere quattro scudi, otto lance e quattro elmi, il guardiano di pecore se ne uscì con dodici scudi, dodici lance e altrettanti elmi. L'unico ad accorgersene fu Ulisse che subito mise in allarme i suoi.

«Prendete quel maledetto di Melanzio e legatelo con robuste corde, ma vi scongiuro, amici, non me lo uccidete. Desidero che muoia quanto più lentamente possibile. Impiccatelo pure, se proprio lo desiderate, ma con un cappio sufficientemente largo da non farlo morire subito. Poi, in un secondo momento, provvederò io stesso a ucciderlo.»

A questo punto, anche se aveva iniziato alla grande, per Ulisse le possibilità di uscirne vincitore non erano poi molte. I Proci, infatti, pur non essendo armati, erano pur sempre un'ottantina, laddove lui, al massimo, poteva contare sul figlio Telemaco, e sui due guardiani, Eumeo e Filezio, che tutto erano tranne che esperti guerrieri. Certo è, che se avesse avuto tra le mani un mitra, ce l'avrebbe fatta a farli fuori con un'unica sventagliata. Ma con l'arco non era affatto facile fronteggiare un così alto numero di nemici: tra armarlo, tenderlo, e scoccare la freccia, passava tanto di quel tempo che i Proci, volendo, avrebbero potuto saltargli addosso tutti insieme e disarmarlo. Sennonché, quando meno se l'aspettava, ecco venirgli in aiuto un vecchio amico di famiglia: il buon Mentore. Ovviamente, non di Mentore si trattava, ma della solita Atena, la Dea dagli occhi lucenti.

«Dacci dentro, figlio di Laerte» lo incoraggiò. «Non vorrei che avessi perso quel sacro furore che ti animava quando combattevi sotto le mura di Troia. Lì rischiavi la vita per l'onore di Elena dalle candide braccia. Qui, invece, lo devi fare per la sposa fedele e per il tuo unico figlio maschio. Mi aspetto, quindi, da parte tua il massimo dell'impegno.»

Ulisse, però, non fece in tempo a rassicurarla che la Dea luminosa sparì all'improvviso, per poi riapparire, sotto forma di rondine, su una trave del soffitto.

Nel frattempo Eurinomo, Anfimedonte, Pisandro e Demoptolemo scagliarono le lance portate da Melanzio contro l'eroe, ma tutte e quattro le aste furono deviate dalla rondine. Poi ci riprovarono con altre quattro lance, e ancora una volta la Dea con un impercettibile battito di ali ne deviò le traiettorie. Per contro, ogni qualvolta Ulisse o Telemaco scagliavano un'arma, lei faceva in modo che questa centrasse il bersaglio.

Da questo momento in poi Omero cessa di essere un poeta epico e diventa un contabile meticoloso. Eccone un esempio:

Ulisse colpì Euridamante in mezzo alla fronte.
Telemaco conficcò una lancia nel cuore di Anfimedonte.
Eumeo trafisse Polibo nel fegato.
Filezio colse in pieno petto Ctesippo e se ne vantò.
«O figlio di Politerse,» gli sbraitò addosso mentre il disgraziato esalava l'ultimo respiro, «così ti ripago per quella coscia di bue che osasti lanciare in faccia al mio padrone.»

Ma continuiamo l'elenco:
Ulisse trafisse nei polmoni Agelao.
Telemaco colpì al ventre Leocrito.
Eumeo piantò un'ascia tra le scapole di Eurinomo.
Filezio conficcò la lancia nell'inguine di Pisandro.
Il tutto tra urla, lamenti, bestemmie, tavoli rovesciati, cocci di vasellame infranto e schizzi di sangue.
I Proci furono presi dal panico: cercarono invano una via di uscita ma, uno alla volta, vennero giustiziati dall'Inesorabile. Tra i tanti, vanno ricordati Elato, Euriade e Demoptolemo, tutti nativi di Itaca. Ci furono anche scene penose, come quella di Leode che si gettò ai piedi di Ulisse per chiedergli pietà.
«Ti scongiuro, o divino,» lo supplicò abbracciandogli le ginocchia, «abbi pietà di me: non ho mai detto né fatto nulla di male alle tue donne. Anzi, ero io il primo a esortare gli altri perché le rispettassero. Loro, però, non mi davano ascolto: più io li scongiuravo e più molestavano le ancelle. Non è giusto ora che anch'io debba pagare per le loro colpe.»
«Ti considero alla stregua di tutti gli altri» rispose Ulisse. «Anche tu hai mangiato e bevuto a sbafo per tre lunghissimi anni.»
E con un solo colpo di spada gli recise la testa. Racconta Omero che la testa del disgraziato, anche dopo essere stata recisa, continuò per qualche secondo a chiedere pietà.
Se la cavarono, invece, alcuni personaggi minori, come ad esempio l'aedo Femio e l'araldo Medonte: avevano, sì, partecipato ai festini, ma solo perché vi erano stati costret-

ti dai pretendenti. Telemaco intercesse per loro e Ulisse li graziò.

«Ma toglietevi di torno» aggiunse «prima che ci ripensi e vi faccia fuori.»

Poi venne il turno delle donne. Ulisse convocò Euriclea e le chiese:

«Dimmi, madre, chi delle ancelle tradì la tua fiducia e chi, invece, rimase fedele alla famiglia.»

Ed Euriclea, che in quanto a spietatezza non aveva nulla da invidiare al suo padrone, si affrettò a denunciare:

«In verità meriterebbero quasi tutte la morte, ma di esse, dodici furono tremende: non ebbero alcun rispetto né di me né della tua sposa divina. Noi le avevamo educate al lavoro e all'ubbidienza, e loro, per contro, non appena ne hanno avuto la possibilità, se la sono spassata con i pretendenti, bevendo e fornicando senza pudore.»

Ulisse, allora, convocò le dodici incriminate, e chiese loro di mettere in ordine il salone che era tutto imbrattato di sangue. Le poverine, mentre con le spugne ripulivano il pavimento, piangevano a dirotto: avevano intuito che per loro le cose si stavano mettendo male. L'eroe, infatti, non appena si accorse che avevano finito le pulizie, ordinò a Eumeo e a Filezio di appenderle a una trave del soffitto. Le sventurate scalciarono un po' in aria e poi, per usare un'espressione omerica, iniziarono la loro discesa nel mondo delle tenebre.

Per ultimo restò Melanzio. Ulisse, però, a quel punto era stanco di uccidere: si limitò quindi a tagliargli il naso, le orecchie, le mani e i piedi. A finirlo, invece, provvidero Eumeo e Filezio che prima gli strapparono i genitali per darli in pasto ai cani, e poi gli conficcarono una lancia nello stomaco.

Dulcis in fundo (anche se è difficile da credere), a Ulisse venne voglia di piangere.

Canto XXIII

Un letto e un albero

Laddove si narra di come Penelope si rifiuti di credere che Ulisse sia tornato, e di come tale dubbio continui a tormentarla anche dopo averlo visto. Si narra, infine, di come Ulisse riesca a convincerla, descrivendole con la massima esattezza il letto matrimoniale.

Questo è il canto della diffidenza e della paura di essere felici. È il canto di chi non crede ai propri occhi. È il canto dove una notizia troppo bella, magari proprio perché è troppo bella, non viene creduta.

«Svegliati, figlia mia, svegliati!» esclamò Euriclea al culmine della felicità, entrando di corsa nella stanza da letto di Penelope. «Ulisse è tornato! Ha ucciso tutti i pretendenti e tra poco verrà da te!»

Penelope aprì gli occhi e guardò la vecchia nutrice con aria severa.

«Madre,» le disse «perché mi strappi da un sogno dolcissimo, il primo, forse, che ho fatto da quando il divino Ulisse mi lasciò per andare a Troia? Perché ti fai beffe di me, sapendo che il mio cuore ogni giorno sanguina per lo sposo lontano? Se una delle ancelle mi avesse svegliata in questo modo, l'avrei punita molto severamente. Solo la tua età m'impedisce di farlo.»

«Ma Ulisse è tornato» protestò Euriclea.

E la regina si rifiutò di crederle. Unica sua reazione fu un sentimento di compassione verso la nutrice: «Poveretta,» pensò «le deve essere partito il cervello!».

«Gli Dei,» sentenziò Penelope «quando vogliono, possono togliere il senno ai saggi e ridare la ragione agli stolti.»

Euriclea, però, non aveva alcuna intenzione di arrendersi: prese la regina per le spalle e cominciò a scuoterla come se l'avesse voluta svegliare.

«Credimi, o divina, è vero: Ulisse è tornato! Era quello straniero vecchio e cencioso che i pretendenti insultavano. Solo Telemaco lo sapeva, ma ha preferito non dirlo a nessuno per dargli modo di vendicarsi dei Proci.»

Penelope sorrise, quasi che in lei abitassero due donne: una che desiderava credere, e un'altra che aveva paura di restare delusa. A ogni modo, fosse vera o no la notizia del ritorno di Ulisse, la regina abbracciò teneramente Euriclea per poi rimproverarla con affetto.

«Non essere ingenua, o madre. Dici assurdità incredibili e non te ne rendi conto: se il mio sposo fosse tornato sarei stata io la prima a saperlo, anche perché sarei stata la prima persona che avrebbe voluto abbracciare. Non capisco, poi, come avrebbe fatto, da solo, a uccidere tutti i pretendenti.»

«Questo non lo so neanch'io: non ero nel salone quando li ha uccisi. Mi hanno chiusa in una stanza insieme a tutte le ancelle. Ho udito però le urla e i lamenti dei moribondi. Poi sono entrata e ho visto: stava in piedi tra i cadaveri e aveva ancora l'arco in una mano: era bello come un Dio e tutto sporco di sangue. Sembrava un leone che aveva appena sbranato un gregge di pecore. È lui che mi ha mandato da te ad annunziarti la buona novella. Corri subito nel salone, abbraccialo e gioite insieme.»

Ma nemmeno quest'ultima frase convinse Penelope:

continuò a guardare Euriclea come se le avesse dato di volta il cervello, e la vecchia nutrice, da parte sua, si affannò a darle altri ragguagli nel tentativo di convincerla.

«Come puoi non credermi? Ho visto anche la sua cicatrice, quella che ha sopra il ginocchio, quella che gli inferse il cinghiale quando andò a caccia sul Parnaso. La scoprii l'altro giorno, mentre gli stavo lavando i piedi, e te l'avrei anche detto se lui non mi avesse tappato la bocca. Se ti sto ingannando, ti prego, fammi morire di una morte atroce.»

«Mia buona Euriclea, tu non sai quello che possono fare gli Dei allorquando decidono di punire un mortale. L'uomo che tu hai visto nel salone, tutto sporco di sangue, non era Ulisse, ma un Dio che, stanco della prepotenza dei Proci, li ha voluti castigare per i loro eccessi: ha preso le sembianze del mio augusto sposo, cicatrice compresa, e li ha uccisi tutti, dal primo all'ultimo. Ora, però, non voglio contrariarti più di tanto: anche se non credo a una parola di quello che hai detto, desidero vedere con i miei occhi i pretendenti morti e colui che li ha uccisi.»

Quando Penelope vide Ulisse non corse ad abbracciarlo: si andò a sedere in un angolo del salone senza fare commenti, il che, ovviamente, scatenò l'indignazione di Telemaco.

«O madre sciagurata, è questo il modo di accogliere un uomo che per tornare da te ha tanto sofferto? Nessun'altra donna sarebbe rimasta impassibile dopo venti anni di attesa! Devi proprio avere un cuore di pietra se te ne stai seduta immobile e silenziosa!»

«A essere sincera, figlio, ho l'animo smarrito. Se davvero quest'uomo che ho davanti è tuo padre, prima o poi lo riconoscerò. Per il momento, scusami, ma non me la sento di abbracciarlo. Ci sono cose che solo io e lui conosciamo e forse saranno proprio queste cose a convincermi.»

Ulisse sorrise: la prudenza di sua moglie gli parve una ulteriore prova di fedeltà.

«Non preoccuparti, o Telemaco:» disse al figlio «non mettiamo fretta a tua madre. Dopo venti anni di attesa non sarà certo un'ora in più o un'ora in meno a preoccuparmi. Non ti dimenticare, infine, che sono ancora tutto coperto di cenci. Nemmeno io, se mi guardo a uno specchio, riesco a riconoscermi. Pensiamo piuttosto a festeggiare la vittoria. Che nessuno diffonda la notizia della morte dei Proci. Ognuno si lavi e indossi i suoi abiti più belli. L'aedo canti e ci guidi alla danza. È preferibile che in città, per il momento, si pensi a un nuovo banchetto piuttosto che a una strage.»

Eurinome lavò e unse d'olio Ulisse per poi fargli indossare una tunica bianca e un ricco mantello. A sua volta la Dea Atena lo rese più bello, più alto e più forte. I capelli, radi e grigi, divennero biondi e ricciuti. Quando uscì dalla vasca, sembrava davvero un Dio.

Penelope, a vederlo in quella splendida forma, fu presa da un tremito. Istintivamente avrebbe voluto gettargli le braccia al collo, ma non voleva cadere vittima di un ennesimo inganno. Troppe volte l'avevano illusa con falsi racconti e troppe volte aveva pianto per la delusione. Volle perciò fare un'ultima verifica: finse di credergli e lo invitò a sdraiarsi sul letto matrimoniale.

«Adesso Ulisse è stanco:» disse alle ancelle «fatelo dormire. Ma mi raccomando: portate il nostro letto all'aperto in modo che possa respirare l'aria della sera, avendo cura, però, di coprirlo di coperte di lana, pelli di pecora e tappeti colorati perché non prenda freddo.»

«All'aperto?!» esclamò Ulisse. «Che io sappia nessun uomo potrà mai spostare il mio letto, a meno che non tagli il tronco su cui l'ho costruito. Venti anni or sono, nel cortile superiore della reggia, c'era un ulivo. Quando mi sposai con queste mani vi costruii sopra il talamo. Recisi la chioma dalle foglie sottili, ne sgrossai il tronco, lo piallai con un'ascia e poi, al suo interno, tesi decine e decine di cinghie di cuoio. Tutto intorno, infine, con pietre ben levigate eressi delle mura per poi stenderci sopra un tetto. Ora, se qualcuno ha spostato il talamo, vuol dire che ne ha anche reciso la base!»

Era la prova che Penelope attendeva: quello era Ulisse. Solo lui poteva conoscere il segreto del letto. Attraversò allora di corsa il salone e gli gettò le braccia al collo. Poi si mise a baciarlo sulle labbra, sulle guance, sul collo e sugli occhi. E rideva, e piangeva, e poi rideva e piangeva ancora. Ma anche lui non riuscì a resistere alla commozione e anche lui si mise a piangere e a ridere. Sembrava proprio che non si potessero più staccare l'una dall'altro.

Quando venne la notte si amarono teneramente, e Atena, la Dea dagli occhi lucenti, perché potessero amarsi ancora più a lungo, prolungò di qualche ora la notte. Intrattenne con delle chiacchiere la Dea Aurora in modo che ritardasse a prendere dalla stalla i cavalli Lampo e Fetonte, quelli con i quali ogni giorno annunziava il mattino.

Fossi stato Omero, io l'*Odissea* l'avrei chiusa qui.

Canto XXIV

Laerte

Laddove si narra di come Agamennone e gli altri capi Achei accolgano i Proci nell'Ade, di come Ulisse informi il padre Laerte del suo ritorno, e di come la Dea Atena riesca a bloccare un nuovo conflitto tra Ulisse e i parenti dei Proci.

Quando si pensa al Paradiso ognuno s'immagina un giardino popolato di anime, tutte vestite di bianco, e tutte dedite alla conversazione. Ebbene Omero, grosso modo, se lo immaginava anche lui così: un prato coperto di asfodeli con un gruppo di anime sedute per terra che conversavano piacevolmente tra loro, commentando ciascuna la propria fine. C'era chi si lamentava di essere morto troppo giovane, chi del tipo di morte, e chi del comportamento dei parenti nei giorni successivi al decesso. Tra le anime citate nel ventiquattresimo canto, il poeta ricorda quelle di Achille, Patroclo, Agamennone, Antiloco e Aiace Telamonio.

«O figlio di Atreo,» diceva Achille ad Agamennone «noi tutti eravamo convinti che tu fossi caro a Zeus finché non abbiamo appreso della tua triste fine. Meglio per te sarebbe stato morire con le armi in pugno sulle spiagge di Troia. Almeno lì ti avremmo eretto un tumulo altissimo, degno della tua fama.»

«O Achille, simile a un Dio: beato te che sei morto su un campo di battaglia! Ricordo che quando trasportammo il tuo corpo sulle nere navi, prima ti lavammo accuratamente con acqua tiepida, poi ti cospargemmo d'olio e infine ti deponemmo sul letto funebre. E lì, verso sera, giunse anche tua madre con uno stuolo di ninfe piangenti. Le urla di Teti spaventarono a tal punto i Danai che più di uno fuggì terrorizzato. Fu poi il saggio Nestore, se ben ricordo, a bloccare i più pavidi. Per diciassette giorni e diciassette notti ti piangemmo con calde lacrime, dopodiché demmo il tuo corpo alle fiamme insieme a un gregge di pecore e a molti buoi dalle corna lunate. Oggi le tue ceneri, insieme a quelle di Patroclo, riposano in un'anfora d'oro, opera del glorioso Efesto. Del tutto diversa, invece, la mia fine: fui ucciso tra le mura di casa dalla sposa infedele e dal suo ganzo Egisto.»

Al ricordo della propria morte, Agamennone scoppiò in un pianto dirotto, e tutti, nel vedere un condottiero di quel calibro piangere come un bambino, restarono alquanto imbarazzati. Quand'ecco arrivare le anime dei Proci: erano appena trapassate e seguivano a breve distanza Hermes, il Dio dalla verga d'oro. Gli svolazzavano intorno come pipistrelli che si erano appena staccati dalla roccia dov'erano rimasti, chissà per quanto tempo, in attesa, e sempre a testa in giù. Per giungere fin al prato degli asfodeli avevano dovuto superare il fiume Oceano, la Rupe Bianca, le porte del Sole e il Paese dei Sogni.

Agamennone riconobbe Anfimedonte, figlio di Melaneo, suo amico da sempre.

«Come mai» gli chiese «siete giunti, così giovani, in questi lidi inzuppati di lacrime? È stato forse Poseidone a travolgervi con un'improvvisa ondata? O vi hanno ucciso gli abitanti di una città che intendevate saccheggiare? Rispondimi con sincerità, o Anfimedonte, e ricordati che venti anni or sono fui ospite di tuo padre Melaneo allorché venni a Itaca per convincere Ulisse a partire per la guerra.»

«O divino figlio di Atreo,» rispose Anfimedonte «mi meraviglio che quaggiù non sappiate nulla di ciò che accade sulla terra...»

«E difatti nulla sappiamo. Tu, però, adesso, puoi aggiornarci su quanto è accaduto.»

«In verità,» precisò Anfimedonte «il sommo Zeus, signore del cielo e delle nuvole, non fu molto generoso con le nostre giovani vite.»

«E voi che cosa avevate fatto di male per rendervelo nemico?»

«Nulla in verità, ma è bene che ti racconti tutto fin dall'inizio, poi, magari, sarai tu stesso a giudicare da che parte si trovi il torto.»

Le anime degli eroi si disposero tutte intorno ad Anfimedonte, curiose, com'erano, di conoscere qual era stato il destino dei Proci e, in particolare, quello del loro compagno d'arme Ulisse. Il figlio di Melaneo, una volta ottenuta l'attenzione generale, dette inizio al suo racconto.

«Non essendo più tornato da Troia il re di Itaca Ulisse, noi giovani Proci, chi più chi meno, cominciammo a corteggiare la sua sposa, la bella Penelope. Era nostro desiderio convolare a giuste nozze con lei e regnare sull'isola in pace e prosperità. La seducente regina, dal canto suo, pur non rifiutando le nostre proposte, nemmeno le accettava: si limitava a dire che avrebbe deciso solo dopo aver terminato una tela in onore del vecchio Laerte. Noi, però, grazie a una delle sue ancelle, scoprimmo che la divina di giorno tesseva la tela e di notte la disfaceva. Ebbene, questa presa in giro durò tre lunghissimi anni, e stava per iniziare il quarto, quando tornò Ulisse. Costui, però, invece di annunziare il suo arrivo, come avrebbe dovuto, dopodiché ce ne saremmo andati buoni e tranquilli ognuno a casa sua, si travestì da mendico e si intrufolò nei nostri banchetti con la scusa di chiedere del cibo. Noi, purtroppo, vedendolo così malvestito e cencioso, non lo riconoscemmo e lo ingiuriammo pesantemente, finché un giorno funesto Penelope ci invitò a partecipare a una gara con l'arco: chi di noi avesse centrato il bersaglio sarebbe diventato il suo sposo. Ci provammo un po' tutti, ma nessuno fu capace di tendere l'arco. Solo il falso mendico vi riuscì, e, una volta in possesso dell'arma, ci uccise tutti, l'uno dopo l'altro, approfittando anche del fatto che eravamo disarmati.»

«Che grande donna Penelope!» non poté fare a meno di esclamare Agamennone, contrapponendola in cuor suo a Clitennestra. «Beato il figlio di Laerte che ha avuto la fortuna di averla come sposa!»

Interessante, comunque, la versione della strage vista con gli occhi di uno dei perdenti. Loro, poverini, a detta di Anfimedonte, volevano solo sposare Penelope e governare Itaca in pace e prosperità. A comportarsi in modo disonesto era stato, invece, quel figlio di buona donna di Ulisse che con i suoi travestimenti e i suoi raggiri li aveva massacrati tutti a tradimento.

Ma torniamo a Itaca. Sempre con Telemaco, Eumeo e Filezio al seguito, Ulisse si recò in campagna dal padre Laerte. Il vecchio non c'era: era andato a lavorare nei campi, e non c'era nemmeno Dolio, il più anziano dei suoi servi. L'unica persona che trovarono in casa fu una vecchietta di origini sicule addetta alle pulizie.

Ulisse allora ordinò ai suoi:

«Entrate in questa casa ben costruita e preparate un bel pranzo. Magari uccidete il maiale più grasso che trovate nel porcile. Io nel frattempo andrò nei campi a cercare mio padre: sono curioso di vedere se mi riconosce.»

E difatti lo trovò che zappava il terreno intorno a una vite. Il suo aspetto era davvero miserevole: aveva indosso una tunica tutta strappata, due gambiere di cuoio per difendersi dalle spine e un berretto di pelle di capra bucato in più punti dalle tarme. Nessuno avrebbe detto che quell'anziano contadino, da giovane, era stato uno dei re più temuti della Grecia. Ulisse fu incerto se dirgli subito la verità, o se «metterlo alla prova», come del resto aveva già fatto con sua moglie. Poi ebbe il sopravvento la ben nota predilezione per le sceneggiate e dette inizio a un nuovo racconto.

«O vecchio,» cominciò a dire «sei di certo più bravo a occuparti degli alberi che non della tua persona. Qui intorno non si vede un fico, una vite, un olivo o un pero che non sia stato ben curato. Per contro il tuo aspetto è simile a quello di un accattone: sei sporco e malvestito. Eppure, a guardarti bene, potresti essere stato in gioventù anche un re o un condottiero. Di chi sei servo, allora, mi chiedo? Rispondimi con franchezza. E di chi sono questi frutteti? E questa è davvero la bella Itaca ricca di sole? Ed è ancora vivo quell'itacese che alcuni anni or sono venne a trovarmi in Sicilia? Lui disse di essere l'unico figlio del divino Laerte, e io, a mia volta, fui molto generoso quando se ne andò: gli donai sette talenti d'oro, una coppa d'argento, dodici mantelli di lana, dodici tappeti e quattro bellissime schiave, tutte esperte in lavori domestici.»

A queste parole il vecchio Laerte si commosse.

«Questa è Itaca, o straniero, e l'uomo di cui parli era mio figlio Ulisse. Purtroppo partì venti anni fa per Troia e non è più tornato. Con ogni probabilità il suo corpo adesso giace in fondo al mare o è stato divorato da qualche belva feroce. Io l'ho pianto a lungo e più di me lo ha pianto la sua sposa gentile, la saggia Penelope. Ma ora basta con le lacrime e parlami di te. Dimmi chi sei? Chi sono i tuoi genitori? Da dove vieni? Come sei arrivato a Itaca? Con una nave tua o con una nave che ti ha sbarcato e poi è ripartita?»

«Il mio nome è Eperito e sono figlio del re Afidante» rispose Ulisse, esibendosi nel suo hobby preferito, quello di raccontare frottole. «Vengo da Alibante. Un demone, mio malgrado, mi ha sospinto fin qui, sulle spiagge di Itaca ricca di sole. Cinque anni or sono, nella mia terra, incontrai il divino Ulisse. Quel giorno, ricordo, gli uccelli volavano tutti verso destra, il che dovrebbe essere di buon auspicio per lui e per quelli come me che gli vogliono bene. Mi piacerebbe, però, che c'incontrassimo di nuovo per poterci scambiare ancora dei doni.»

Più l'eroe parlava e più il vecchio piangeva, finché perfino Ulisse si commosse.

«Frena il tuo pianto, o padre!» esclamò tendendogli le braccia. «Sono io! Sono tuo figlio Ulisse! Ho ucciso tutti i pretendenti che occupavano la reggia!»

Sennonché, puntualmente, ancora una volta non venne creduto. Laerte lo guardò incredulo, con sospetto, e si rifiutò di abbracciarlo.

«Se sei davvero Ulisse, raccontami qualcosa della tua vita che mi possa convincere.»

«Guarda tu stesso la mia coscia: questa è la ferita che mi feci andando a caccia con mio nonno Autolico. Fu un cinghiale a ferirmi con le sue zanne bianche. E questo è il frutteto che hai sempre curato. Se ben ricordo, ci dovrebbero essere tredici peri, dieci meli, quaranta fichi e cinquanta filari di viti.»

Più che la cicatrice fu l'esatto computo degli alberi del frutteto a convincere il vecchio Laerte: quello era davvero suo figlio. Si gettarono allora l'uno nelle braccia dell'altro, e a Laerte, per dirla con Omero, si sciolsero le ginocchia.

Nel frattempo a Itaca accadeva di tutto. La notizia della strage si era sparsa un po' dovunque, in città come in campagna. I parenti degli uccisi erano in subbuglio. In particolare Eupite, il padre di Antinoo, era letteralmente fuori di sé dalla rabbia. Corse alla reggia per recuperare il corpo del figlio, quindi si armò da capo a piedi e indisse una riunione generale in piazza.

«O Itacesi,» disse al popolo «è aberrante ciò che ha fatto in questi ultimi anni il figlio di Laerte: prima ha portato con sé, a Troia, molti dei nostri figli, il fior fiore della gioventù di Itaca, senza riportarne indietro nessuno; poi è tornato di nascosto, travestito da mendico, e ne ha ucciso degli altri. Andiamo subito a vendicarli, prima che ci possa scappare di nuovo.»

Non tutti, però, erano del suo parere; tra questi c'era anche il vecchio Aliterse, uno dei pochi a Itaca in grado di predire il futuro.

«Ascoltate anche me, o Itacesi» sentenziò l'indovino. «Quello che è successo ai Proci non è tanto da imputare al divino Ulisse quanto alla vostra indifferenza. È vero, sì, che il figlio di Laerte ha ucciso tutti i pretendenti, ma è anche vero che costoro da tre anni a questa parte gli stavano divorando i suoi averi. Che avete fatto voi per impedire questi abusi? Niente. E allora seguite un mio consiglio: non muovetevi se non volete tirarvi addosso altre sciagure.»

Alcuni si convinsero e tornarono a casa. Altri, invece, decisero di armarsi e seguire Eupite. Chi si procurò due lance, chi una spada a doppio taglio, e chi soltanto un bastone.

La cosa preoccupò alquanto Atena che andò subito a protestare in alto loco.

«Padre, cosa intendi fare?» chiese a Zeus. «Desideri che continui questa guerra fratricida, o preferisci che a Itaca scenda la pace?»

«Ma tu che vuoi da me?» le rispose il Signore dell'Olimpo, alquanto infastidito da queste continue interpellanze. «Sei tu quella che fa e disfa i destini degli eroi. Se ritieni utile che a Itaca scenda la pace tra Ulisse e i parenti dei Proci, provvedi tu a convincere questi ultimi, ma non chiedere a me di intervenire. Io, al massimo, posso non interferire.»

E così accadde che quando Eupite e i parenti dei Proci si presentarono davanti alla casa di Laerte, si trovarono di fronte Ulisse e i suoi fidi armati di tutto punto. Prima ci fu uno scambio di male parole, poi Ulisse, scorgendo Atena sotto le sembianze di Mentore, prese coraggio e scagliò una lancia che trafisse Eupite da parte a parte. Una volta eliminato il principale fomentatore della protesta, non fu difficile per Mentore convincere tutti gli altri a deporre le armi.

«Fermatevi o Itacesi!» esclamò Mentore, alzando le braccia e ponendosi inerme in mezzo ai due schieramenti. «Non spargete altro sangue fraterno se non volete incorrere nell'ira degli Dei.»

Zeus, a mo' d'avallo, inviò un tuono terribile, come a dire «signori miei, guai a voi se non la piantate», e a Itaca tornò la pace.

Canto XXV

Il giorno dopo

Questo canto nell'Odissea non c'è, l'ho aggiunto io. Mi sono detto: visto che Omero non ha finito il poema con la notte d'amore tra Ulisse e Penelope, perché non allungarlo un po' scrivendo un altro finale?

È il giorno successivo a quello dello scontro con Eupite. È mattina presto, o per dirla col poeta, l'Aurora aveva appena varcato il cielo con il suo roseo carro. Ulisse si svegliò e vide accanto a sé la sua dolce sposa addormentata. Il viso di Penelope era tornato sereno. Ormai non avrebbe più fatto tanti brutti sogni. Tutto era andato per il meglio. Non c'erano più nemici da eliminare.

«Come sono felice!» mormorò Ulisse, alzandosi dal letto per poi avviarsi verso la camera di Telemaco.

Anche il figlio dormiva. Anche lui aveva il viso disteso. I riccioli biondi gli circondavano il capo come un'aureola dorata e lo rendevano, omericamente parlando, simile a un Dio.

«Come sono felice!» pensò ancora una volta Ulisse mentre scendeva nel salone.

I pretendenti erano tutti morti. Il salone era uno specchio. Trenta ancelle avevano lavorato un giorno e una notte, senza interruzioni, per rimetterlo a posto. Pare che avessero trovato schizzi di sangue dappertutto, cocci di vasellame sparsi ovunque, buchi di lance nelle pareti e tende strappate. A vederlo, nessuno avrebbe detto che lì dentro, appena ventiquattro ore prima, era stata consumata una strage.

Ulisse uscì all'aperto. La reggia era situata in uno dei punti più alti dell'isola. Dai suoi terrazzi si godeva una bellissima vista sul mare.

«Come sono felice!» mormorò per la terza volta l'eroe, per poi, subito dopo, sospirare: «*Thalatta, thalatta*».

Ora *thalatta*, per chi non lo sapesse, in greco vuol dire «mare», e lui il mare lo desiderava più di ogni altra cosa al mondo. Forse, pensò, avrebbe fatto bene a rimettersi in viaggio. D'altra parte cosa aveva detto Tiresia il giorno in cui lo aveva incontrato negli Inferi? Gli aveva detto che dopo essersi vendicato, avrebbe dovuto riprendere il remo per rimettersi in mare e che avrebbe raggiunto un popolo che non conosceva né il sale né le navi. Ma non basta, gli aveva anche detto che avrebbe incontrato un viandante e che quest'ultimo gli avrebbe chiesto perché mai portava sulla spalla un ventilabro. Ora che cavolo fosse un ventilabro lui non lo sapeva, però l'idea che qualcuno glielo potesse chiedere gli piaceva moltissimo.

«*Thalatta, thalatta*» sospirò di nuovo.

Dopo venti anni di avventure, di mostri che ti vogliono uccidere, di cannibali che ti vogliono mangiare, di donne che ti vogliono sedurre, di tempeste e di duelli all'ultimo sangue, non è facile restare a casa con le mani in mano a guardare la moglie. Forse la sua vera patria non era Itaca, era il mare.

Ulisse scese giù al porto e vide una nave con la prua dipinta di rosso: era la stessa che aveva riportato Telemaco da Pilo. Ci pensò un po' su per qualche secondo, dopodiché disse ai marinai:

«Ragazzi, coraggio, si parte.»

Contro Ulisse

Brutto sporco e cattivo

Definire Ulisse «brutto, sporco e cattivo» è probabilmente un'esagerazione, ma che fosse il più bugiardo di tutti gli Achei che combatterono a Troia non ci sono dubbi, e dal momento che suo padre Laerte era una brava persona, uno che diceva sempre la verità, ci si chiede da chi possa aver preso il nostro eroe. A detta degli storici, da suo nonno Autolico, famoso per i furti di bestiame e per essere capace di far cambiare colore alle mucche un attimo prima di rubarle: quelle bianche le faceva diventare nere, e quelle nere, bianche.

Un vicino di casa di Autolico, tale Sisifo, altro grande mascalzone, vedendo le proprie mandrie diminuire giorno dopo giorno, pensò bene d'incidere sugli zoccoli delle bestie la frase «rubata a Sisifo», e, in tal modo, riuscì a scoprire l'autore dei furti. Dopodiché si recò da Autolico per farsi restituire le vacche; sennonché l'unica persona che trovò in casa fu la figlia di costui, la bella Anticlea. La poverina era intenta a prepararsi il corredo perché di lì a qualche giorno avrebbe dovuto sposare Laerte, il re di Itaca. Sisifo, allora, non ci stette molto a pensare e la violentò seduta stante, anche per vendicarsi dei furti subìti. Risultato: Anticlea rimase incinta. Ora, vera o no che fosse questa storia, Ulisse non sarebbe più figlio di Laerte, bensì di

Sisifo, oltre a essere comunque nipote di Autolico, detto anche il *mariuolo*. E sarebbe stato proprio quest'ultimo ad avergli dato il nome Odisseo, da *odussamenos* che in greco vuol dire «l'odioso».

Due parole ancora su Sisifo: costui aveva una parlantina così sciolta che, quando gli si presentò la Morte, ovvero il Dio Ade in persona, a forza di chiacchiere riuscì a farlo sedere su una sedia e a mettergli dei ceppi ai piedi, per poi nasconderlo in un sotterraneo del suo palazzo. Da quel momento in poi sulla terra non moriva più nessuno, nemmeno i decapitati, e la cosa disturbava alquanto Ares, il Dio della guerra, che, come tutti sanno, era uno che si divertiva solo quando vedeva i cadaveri sui campi di battaglia. L'inconveniente, però, non poteva durare a lungo. E difatti Ares finì per scoprire la cantina dove era tenuto prigioniero Ade, lo liberò e portò Sisifo negli Inferi perché gli venisse inflitta la giusta pena: ovvero quella di spingere un masso in cima a una collina, salvo vederlo riprecipitare sul versante opposto per i secoli dei secoli.

Adesso, però, a parte la paternità di Ulisse, volendo istituire un processo a suo carico, esaminiamo i principali capi d'accusa, e precisamente i crimini e i misfatti di cui si rese colpevole ai danni di Palamede, Aiace, Filottete e Diomede.

Palamede

Il vero antagonista di Ulisse fu Palamede, non certo quel *mammasantissima* di Achille, capace solo di ammazzare il prossimo sui campi di battaglia. Palamede, figlio di Nauplio, era furbo, intelligente, colto e persino geniale. Gli antichi lo chiamarono il *sofista*, per sottolineare il fatto che era amante della sapienza, e gli accreditarono una serie interminabile d'invenzioni, prima fra tutte il gioco dei dadi (da lui ideato per combattere la noia durante l'assedio), poi la dama, gli scacchi, la bilancia, i fari, le misure di peso e di capacità, il disco, l'astronomia, le lettere dell'alfabeto e l'arte di disporre le sentinelle.

L'antipatia tra i due eroi nacque il giorno stesso in cui scoppiò la guerra di Troia. Le cose andarono più o meno così: quando la bella Elena fu messa all'asta da suo padre Tindaro, Ulisse, non avendo una lira, pensò bene di farsi assegnare gratis la mano di un'altra fanciulla (Penelope per la cronaca) in cambio di un consiglio, quello di far firmare un patto di alleanza a tutti i principi Achei per difendere l'onore di Elena anche dopo il matrimonio, chiunque fosse stato lo sposo prescelto. Per cui, quando il bel Paride rapì la bellissima per portarsela a Troia, almeno lui, Ulisse, il promotore del patto, avrebbe dovuto partire per la guerra. Sennonché il furfante non aveva alcuna voglia di andare a farsi ammazzare per le corna di Menelao e quindi pensò bene di fingersi pazzo. Come prima cosa si calò in testa un caschetto a forma di mezzo uovo, copricapo che in Grecia contraddistingueva gli scemi del villaggio, quindi aggiogò a un aratro un bue e un asino, e si mise ad arare la sabbia gettandosi alle spalle manciate di sale. La commissione achea, venuta apposta per prelevarlo, rimase di stucco di fronte a una sceneggiata simile, a eccezione di Palamede, che tolse dalle braccia di Penelope il piccolo Telemaco, nato da pochi mesi, e lo adagiò sulla sabbia davanti all'aratro. Ulisse a quel punto fu costretto a fermarsi e, così facendo, ad ammettere che poi tanto pazzo non era. «Questa me la pagherai» mormorò tra sé e sé il re di Itaca e, come vedremo, mantenne la promessa.

La rivalità tra i due crebbe man mano che andava avanti l'assedio: non c'era furbata di Ulisse che non venisse contestata sul nascere da Palamede. Un giorno, tanto per dirne una, ci fu un'eclissi solare, e Ulisse subito ne approfittò per presentarla come un chiaro messaggio degli Dei. A sentire lui, gli Achei avrebbero dovuto attribuirgli maggiori poteri nelle assemblee se non volevano incorrere nell'ira di Zeus. Ma Palamede si oppose: sostenne che a Zeus, delle loro assemblee, non fregava assolutamente nulla, e che l'eclissi solare era dovuta al semplice fatto che la Luna si era frapposta tra la Terra e il Sole.

«Lascia che sia l'indovino Calcante a interpretare questi misteri» reagì Ulisse. «Cosa ne vuoi capire di mantica tu che conosci appena le cose della terra!»

«Ed è proprio perché conosco le cose della terra» replicò Palamede «che riesco a capire quelle del cielo.»

Un'altra volta Ulisse, vedendo uno stormo di gru che aveva disegnato in cielo una grande Y, colse l'occasione per prenderlo in giro.

«Come vedi, o Palamede,» gli disse «l'alfabeto non sei

stato tu a inventarlo: è un'invenzione delle gru. Guarda come disegnano le lettere in cielo!»

«Hai ragione,» rispose pronto Palamede. «Non sono stato io a scoprire le lettere, sono state le lettere a scoprire me. Le gru si dispongono a Y per vincere la resistenza dell'aria, come dire che ubbidiscono a un ordine superiore; non come te che, quando scendi in battaglia, obbedisci a un unico imperativo: quello di sceglierti ogni volta il posto meno pericoloso.»

Poi ci fu la faccenda dei lupi. Per Ulisse bisognava andarli a scovare sul monte Ida e ucciderli tutti, per Palamede, invece, meno li si frequentava e meglio era. Le carogne dei lupi, precisò, sono portatrici di peste e in quanto tali vanno evitate. A dargli ragione, di lì a poco scoppiò una grossa epidemia di peste. Tutte le città delle vicinanze la contrassero, a eccezione dell'accampamento acheo; anche grazie a un'altra direttiva di Palamede che aveva convinto i soldati a non mangiare carne di dubbia provenienza, ma solo frutta e verdura.

Insomma *«dalli e dalli,»* dicono a Napoli, *«si scassano pure i metalli»*, e Ulisse si era *scassato*: non sopportava più Palamede e tutte le sue teorie scientifiche. Il fatto poi che Palamede lo contestasse sempre, qualunque cosa dicesse, lo faceva addirittura andare in bestia. Scrive Filostrato:

> Palamede era onorato dai Greci con premi per la sua sapienza, laddove Ulisse pensava di essere disprezzato, ragione per cui tramava contro il suo rivale ogni tipo di raggiro. (Filostrato, *Eroico*, 33 19.)

Un giorno Ulisse, approfittando dell'assenza di Palamede e di Achille (partiti per una spedizione contro le popolazioni costiere), insinuò che i due stavano tramando un piano contro Agamennone per soffiargli il comando supremo. Poi scrisse una falsa lettera, a firma Priamo, nella quale il re di Troia diceva testualmente: «Caro Palamede, t'invierò quanto prima l'oro che mi hai chiesto», e la fece trovare addosso a un prigioniero frigio da lui precedentemente corrotto. Quindi comunicò agli altri capi achei di aver fatto un sogno nel quale Zeus consigliava di andare a perquisire la tenda di Palamede. I capi achei andarono a controllare e trovarono sotto al letto dello sventurato una borsa piena di monete d'oro, ovviamente messa lì da Ulisse: era il prezzo del presunto tradimento. Senza starci troppo a pensare, gli Itacesi e i Peloponnesiaci lapidarono Palamede e il martire ebbe appena il tempo di gridare: «Piango, non per me che muoio, ma per la Verità che mi precede nella morte».

Quando, a fine guerra, il padre di Palamede, Nauplio, apprese la tremenda notizia, spostò i fari di molti porti della Grecia, in modo da far morire sugli scogli quanti più Achei fosse possibile.

Tutto questo Omero non lo racconta. Come mai? È vero che quando lui nacque erano già passati tre o quattro secoli dalla fine della guerra di Troia, ma, così come aveva descritto nei minimi particolari tanti altri episodi, avrebbe potuto citare anche quelli relativi alla morte di Palamede. Perché non lo ha fatto Filostrato, in proposito, ha la seguente teoria.[1]

Un giorno qualcuno raccontò a Omero che l'anima di Ulisse si mostrava ogni notte a Itaca, o comparendo in sogno agli Itacesi, o aggirandosi nei cimiteri durante le serate di luna piena. Al che il poeta decise di trasferirsi nell'isola e di tentare una specie di seduta spiritica. Ebbene, ci crediate o no, l'anima di Ulisse comparve immediatamente, al pri-

[1] Filostrato, *Eroico*, 43 12.

mo tentativo, e, alla richiesta di raccontare la guerra di Troia, rispose testualmente:

«Ti dirò ogni cosa, o divino Omero, a patto che non nomini mai Palamede in nessuno dei tuoi versi.»

«Perché mai?» chiese il poeta stupito.

«Be', a essere sincero, non mi comportai molto bene con lui, e tu, raccontandolo ai posteri, finiresti col danneggiare la mia immagine.»

Omero, pur di sapere tutto il resto, accettò il patto, ed è per questo motivo che il nome di Palamede non compare mai né nell'*Iliade* né nell'*Odissea*.

Aiace Telamonio

Di Aiace Telamonio abbiamo già detto nel canto undicesimo, quello dove Ulisse, sceso negli Inferi, lo scorge tra le anime in attesa. Quel giorno, mentre tutte le altre anime fanno ressa intorno alla fossa per succhiare il sangue delle vittime scannate da Ulisse, Aiace si tiene in disparte: è ancora offeso per l'ingiustizia subita, quando non gli vennero assegnate le armi di Achille.

Riepiloghiamo brevemente i fatti:

Il giorno in cui Achille morì sorse il problema a chi assegnare le sue famose armi, quelle, tanto per intenderci, che Teti aveva commissionato al divino Efesto. Secondo la prassi vigente, avrebbero dovuto essere assegnate al più forte degli eroi rimasti in vita, ma fu proprio sul termine «forte» che nacquero le prime divergenze.

«Cosa vuol dire essere il più forte?» chiese Ulisse alla giuria. «Vuol dire forse essere il più alto? E tra l'essere il più alto e l'essere il più pericoloso che cosa pensate che temano maggiormente i nostri nemici? Ora, che Aiace sia il più alto non ci sono dubbi, ma vi chiedo: è forse anche il più pericoloso?»

Insomma, a forza di chiacchiere, Ulisse riuscì a convincere i capi achei che le armi di Achille spettavano solo a lui, e dello stesso parere si dichiararono anche i Troiani, i quali, interrogati in merito, ammisero che il più «pericoloso» era senz'altro Ulisse.

Ovviamente Aiace la prese malissimo. Tra l'altro, era stato lui ad accollarsi il corpo senza vita di Achille, e a portarlo dietro le linee insieme alle armi. Il verdetto, quindi, gli sembrò doppiamente ingiusto. Doveva assolutamente vendicarsi, e allora andò nella sua tenda, prese una spada e uscì fuori deciso a uccidere Ulisse, Agamennone e tutti quelli che gli avevano votato contro. Atena, però, lo fece impazzire e lo condusse per mano nel recinto dove erano custodite le mandrie dell'accampamento. Qui giunto il forte figlio di Telamone credette di vedere in ciascuna delle bestie uno dei suoi nemici. «Muori Agamennone, grandissimo fetente!» urlò avventandosi contro una capra. «E tu Ulisse, bugiardo e disonesto,» disse a una mucca che fingeva di non conoscerlo, «prova il sapore della mia spada!» In meno di un'ora scannò qualcosa come una ventina di capi, chiamandoli tutti per nome. Poi, quando si rese conto che aveva ucciso solo delle povere bestie, piantò per terra la spada e vi si gettò sopra, avendo cura che gli s'infilasse giusto sotto l'ascella, unico suo punto vulnerabile.

Diomede

Con Diomede, se possibile, Ulisse si comportò anche peggio. I due, a Troia, decisero un bel giorno di fare coppia fissa, e in un certo qual senso ebbero anche un discreto successo: erano entrambi forti nella lotta corpo a corpo e abili nell'imbastire trappole. I due obiettivi, poi, che si erano prefissi, erano quanto mai ambiziosi: rapire i cavalli di Reso, re dei Traci, e appropriarsi di una statuetta, detta il Palladio, che i Troiani custodivano nel tempio di Atena. Tutto questo perché l'indovino Calcante aveva profetizzato che la città non sarebbe mai caduta finché i cavalli di Reso non avessero bevuto le acque del fiume Scamandro, e finché il Palladio fosse rimasto all'interno delle mura di Troia.

Per quanto riguarda i cavalli di Reso, i due eroi catturarono uno dei suoi soldati, un disgraziato di nome Dolone, e gli promisero un'alta ricompensa se li avesse condotti nella stalla dove erano custoditi i cavalli. Il poverino li aiutò a passare il fronte, poi, subito dopo, fu ucciso. Invano Dolone chiese pietà a mani giunte: Diomede gli tagliò ugualmente la testa, e questa, dicono, sebbene recisa, continuò a implorare per qualche secondo. Ulisse indossò i suoi abiti, e, così travestito, si presentò ai guardiani delle stalle dicendo che era stato mandato da Reso in persona a prendere i cavalli.

Più complessa, invece, l'operazione Palladio. Diomede e Ulisse, prima dovettero percorrere un lungo cunicolo sotterraneo, poi, una volta giunti sotto le mura di Troia, si resero conto che la scala che si erano portati dietro era troppo corta. Allora decisero che solo uno dei due si sarebbe avventurato. La sorte designò Diomede. Questi salì sulle spalle di Ulisse, penetrò all'interno della città e immediatamente dopo nel tempio di Atena. Qui tolse dalle mani della sacerdotessa Teano il Palladio e tornò di corsa dove il socio era rimasto in attesa. Sennonché, mentre ritornavano all'accampamento, Ulisse dette la precedenza al compagno per poi cercare di pugnalarlo alle spalle. Così avrebbe potuto attribuire a se stesso tutto il merito dell'operazione. La cosa, però, non gli riuscì, anche perché Diomede, grazie a una bella luna piena, vide per terra l'ombra dell'«amico» che alzava il braccio per pugnalarlo. Si racconta che, una volta disarmato Ulisse, gli legò le mani dietro la schiena e lo accompagnò a calci fin dentro l'accampamento. Di qui l'espressione «spinta di Diomede» come sinonimo di «calcio nel sedere».

Filottete e altre canagliate

Parliamo ora di Filottete. Quando Eracle decise di suicidarsi, regalò le sue armi all'amico Filottete a patto che questi non dicesse mai dov'era stato sepolto e, in verità, Filottete non lo disse: alla domanda «dove sono le ceneri di Eracle?», si limitò a battere ripetutamente un piede per terra, in modo da indicare ai suoi amici il punto esatto dove dovevano scavare. Ovviamente Eracle si incavolò come una bestia e inviò un serpente che morse lo spergiuro. Il morso non lo uccise, ma gli fece marcire il piede indicatore. Raccontano i mitologi che il piede in questione cominciò a puzzare talmente che nessuno gli si poteva avvicinare senza svenire. Gli Achei allora, anche dietro suggerimento di Ulisse, decisero di liberarsi di Filottete e lo confinarono nell'isola di Lemno, all'epoca ancora disabitata.

Dopo nove anni, però, l'indovino Eleno disse che Troia non sarebbe mai caduta finché Filottete non fosse tornato sui campi di battaglia, e quindi, puzza o non puzza, bisognava recuperarlo. Vennero incaricati della missione Ulisse e Diomede. Sennonché Filottete, offeso per come era stato trattato, giustamente si rifiutò di seguirli, e Ulisse fu costretto a mettere in atto tutte le sue arti di persuasore per convincerlo a tornare: tra le tante cose che disse, gli promise che lo avrebbe fatto curare da Asclepio in persona. Una volta a Troia, poi, Filottete si rivelò determinante ai fini della vittoria finale: era, infatti, il più bravo arciere del mondo, più bravo dello stesso Ulisse. Gli Achei, per non sentire la puzza, lo fecero operare da Macaone, il figlio di Asclepio, e il poverino non avvertì alcun dolore anche perché Apollo provvide personalmente a farlo addormentare: primo esempio nella storia di anestesia totale. A proposito: mentre era sotto anestesia, Ulisse gli fregò le armi.

Volendo concludere, chi era Ulisse? Un eroe o un imbroglione? A detta di Alberto Savinio non poteva essere un eroe, se non altro perché non possedeva il requisito fondamentale dell'eroismo e cioè l'incoscienza. Savinio non lo dice a chiare lettere, ma ci fa capire che un eroe, per essere veramente tale, deve essere anche un po' stupido. Enrico Toti e Muzio Scevola, in effetti, più che geni, erano degli incoscienti, e i loro gesti non servirono a nulla, se non a farli entrare nei libri di storia.

Certo è che in Grecia, quando c'era da fare un lavoro poco pulito, chiamavano Ulisse. Prendiamo, ad esempio, il caso di Ifigenia. Ci troviamo in Aulide: la flotta achea, a causa del maltempo, è bloccata da più di un mese in una rada. S'interroga l'indovino Calcante e questi comunica che la Dea Artemide è incavolata nera con Agamennone per una gaffe fatta da costui durante una partita di caccia. Una cosa da niente, in effetti: una frasettina del tipo «nemmeno Artemide avrebbe saputo far di meglio». Certo è che tanto era bastato, però, perché la Dea, offesa, scatenasse una tempesta dopo l'altra. Ora, Agamennone, per punizione, doveva sacrificare la più bella delle sue figlie: per l'appunto Ifigenia. Come convincere, però, la ragazza a partire per l'Aulide, e, soprattutto: come persuadere sua madre Clitennestra a lasciarla andare? «Mandiamoci Ulisse,» esclamarono in coro i capi achei, «quello è capace di convincere chiunque.» E difatti il nostro uomo si reca a Micene e racconta a Ifigenia che Achille, il più prestigioso degli eroi greci, sentendo parlare della sua bellezza, si è follemente innamorato di lei e desidera sposarla. Sono così belli e suggestivi i suoi racconti che la fanciulla parte con la gioia nel cuore, per poi scoprire che avrebbe dovuto essere sacrificata come una giovenca. A mitigare, comunque, la crudeltà del mito, pare che all'ultimo istante Artemide abbia sostituito Ifigenia con una cerbiatta, per poi portar con sé la fanciulla in Tauride.

Altro esempio di cinica e spregiudicata «realpolitik»: la faccenda di Protesilao. Gli Achei arrivano a Troia. I Troiani sono tutti sulla spiaggia decisi a ributtare in mare gli invasori. Atena informa Ulisse che il primo a toccare la riva sarà anche il primo a essere ucciso e, come è prevedibile, è Achille quello più di tutti proteso a balzare a terra. Ulisse, però, per non perdere un match-winner così prezioso, con una mano lo trattiene e con l'altra dà una spintarella a Protesilao. C'è chi dice che a spingere sia stata Atena sotto le sembianze di Ulisse; lui però, comunque, in carne e ossa, o in immagine che sia, è sempre coinvolto in ogni canagliata. Come pure è ancora Ulisse (o Neottolemo?) che, durante il sacco di Troia, prende per un piede il piccolo Astianatte di appena due anni e lo getta giù dalle mura, ed è sempre Ulisse che afferra Polissena, la più bella delle figlie di Priamo, e la scanna sulla tomba di Achille per esaudire un desiderio postumo di costui. Potrei continuare nell'elenco delle infamie, ma temendo che l'anima di Ulisse possa tramare qualcosa anche contro di me preferisco fermarmi qui.

Il chi è dell'Odissea

Achille: l'eroe per eccellenza, figlio di Peleo e della ninfa Teti. Re dei Mirmidoni. Invulnerabile in ogni punto del corpo a eccezione del tallone.

Acroneo: uno degli atleti feaci.

Ade: (Plutone) re degli Inferi, fratello di Zeus e di Poseidone.

Adreste: una delle ancelle di Elena.

Afidante: re di Alibante, padre di Eperito, nome con ogni probabilità inventato da Ulisse.

Afrodite: (Venere) Dea dell'Amore, nata dalla spuma del mare. Dal greco *afros* = spuma.

Agamennone: re di Micene, figlio di Atreo, comandante in capo dell'esercito acheo.

Agelao: uno dei Proci. figlio di Damastore, nobile itacese.

Aglape: una delle sirene.

Aiace Oileo: eroe greco, figlio di Oileo, re di Locri, anche detto «il Piccolo».

Aiace Telamonio: eroe greco, figlio di Telamone, re della Caria, anche detto «il Grande».

Alcinoo: figlio di Nausitoo, re dei Feaci.

Alcippe: una delle ancelle di Elena.

Alettore: eroe spartano, cugino di Menelao.

Alio: uno degli atleti feaci.

Aliterse: indovino itacese.

Anabasineo: uno degli atleti feaci.

Anchialo: padre di Mente, re dei Tafi.

Anfialo: uno degli atleti feaci.

Anfimedonte: uno dei Proci, figlio di Melaneo.

Anfinomo: uno dei Proci, figlio di Niso, principe di Dulichio.

Anticlea: madre di Ulisse, figlio di Autolico.

Anticlo: uno degli eroi achei che entrarono nel cavallo.

Antifate: re dei Lestrigoni, cannibale.

Antiloco: eroe acheo, figlio di Nestore, uno dei primi a morire a Troia.

Antinoo: capo dei Proci insieme a Eurimaco. Itacese.

Antiope: ninfa, figlia del fiume Asopo.

Apollo: Dio greco, simbolo dell'intelligenza e della bellezza.

Archesio: padre di Laerte.

Ares: (Marte) Dio della guerra, detto anche l'Assassino.

Arete: moglie di Alcinoo, regina dei Feaci.

Areto: figlio di Nestore.

Argo: cane di Ulisse.

Arianna: figlia di Minosse, re di Creta, s'innamorò prima di Teseo e poi di Efesto.

Artemide: (Diana) Dea della Caccia, sorella di Apollo, vergine.

Asclepio: il più famoso medico dell'epoca classica. Esculapio per i Romani.

Asopo: Dio del fiume omonimo, figlio di Oceano e di Teti.

Astianatte: figlio di Ettore e di Andromaca.

Atena: (Minerva) Dea nata dal cervello di Zeus.

Atlante: gigante, figlio di Giapeto, condannato da Zeus a reggere il cielo.

Atreo: padre di Agamennone e Menelao.

Aurora: Dea che annunzia il sorgere del Sole, anche nota come Eos dalle rosee dita.

Autolico: padre di Anticlea, nonno di Ulisse, anche detto «il mariuolo».

Autonoe: una delle ancelle di Penelope.

Borea: vento del Nord, figlio di Astreo, ha il corpo che termina in serpente.

Cadmo: eroe tebano, figlio di Agenore.

Calcante: indovino dell'esercito acheo, figlio di Testore.

Calipso: ninfa, «colei che nasconde», figlia di Atlante, viveva nell'isola Ogigia.

Cariddi: mostro, figlia di Poseidone.

Cerbero: cane a tre teste posto a guardia degli Inferi.

Circe: Dea, figlia del Sole, viveva nell'isola Ea.

Climene: figlia di Oceano e di Teti, madre di Prometeo.

Clitennestra: figlia di Tindaro, moglie di Agamennone.

Clitio: padre di Pireo.

Clitoneo: atleta feace, figlio di Alcinoo.

Clori: regina di Pilo, madre di Nestore.

Crataide: demone, madre di Scilla.

Crono: padre di Zeus, figlio di Urano, castrò suo padre e fu a sua volta detronizzato da Zeus.

Ctesio: padre di Eumeo, re dell'isola Siria.

Ctesippo: uno dei Proci, principe di Same, figlio di Politerse.

Deifobo: eroe troiano, figlio di Priamo, sposò Elena dopo la morte di Paride.

Demetra: (Cerere) figlia di Crono, sorella di Zeus, Dea della natura.

Demodoco: aedo della corte di Alcinoo.

Demoptolemo: uno dei Proci, itacese.

Deucalione: (Noè) figlio di Prometeo, costruì un'arca per salvare la razza umana.

Diomede: eroe acheo, figlio di Tideo.

Dmetore: re di Cipro, figlio di Iaso.

Dolio: giardiniere, servo di Laerte.

Dolone: soldato tracio al servizio di Reso.

Echefrone: figlio di Nestore.

Echeto: re dell'Epiro, anche detto «Terrore dei mortali» per il suo sadismo.

Edipo: re di Tebe, figlio di Laio e di Giocasta.

Eeta: figlio del Sole, fratello di Circe.

Efesto: Dio del fuoco, figlio di Zeus.

Egisto: amante di Clitennestra, uccise Agamennone.

Eidotea: figlia di Proteo.

Elato: uno dei Proci, itacese.

Elatreo: atleta feace.

Elena: ufficialmente figlia di Tindaro, in realtà figlia di Zeus, moglie di Menelao, amante di Paride.

Eleno: indovino, figlio di Priamo.

Elpenore: compagno di Ulisse.

Enea: eroe troiano, figlio di Anchise e Afrodite.

Enipeo: Dio fiume della Tessaglia.

Enopo: padre di Leode, uno dei Proci.

Eolo: Dio dei venti, figlio di Ippota.

Eos: *vedi* Aurora.

Epeo: artigiano acheo costruttore del cavallo.

Eperito: nome inventato da Ulisse.

Epicasta: (Giocasta) madre di Edipo.

Era: (Giunone) figlia di Crono, sorella e moglie di Zeus.

Eracle: (Ercole) semidio noto per la sua forza, figlio di Anfitrione.

Eretmeo: atleta feace.

Erifile: madre di Euridice.

Ermafrodito: figlio maschio e femmina di Hermes e Afrodite.

Ermione: figlia di Menelao ed Elena.

Eteoneo: guardia del corpo di Menelao.

Etone: nome inventato da Ulisse.

Eumeo: guardiano dei porci di Ulisse, figlio di Ctesio.

Euriade: uno dei Proci, itacese.

Eurialo: atleta feace.

Euribate: araldo di Odisseo.

Euriclea: nutrice di Ulisse.

Euridamante: uno dei Proci, itacese.

Euridice: fanciulla amata da Orfeo.

Euriloco: uno dei compagni di Ulisse.

Eurimaco: uno dei capi Proci insieme ad Antinoo.

Eurinome: ancella di Penelope.

Eurinomo: uno dei Proci, itacese.

Euristeo: amante di Eracle per il quale il gigante fu costretto a fare le dodici fatiche.

Euro: vento del sud-ovest.

Eupite: padre di Antinoo.

Evenore: padre di Leocrito.

Faetusa: ninfa di Trinacria, custode delle vacche del Sole.

Fedra: figlia di Minosse, sorella di Arianna.

Femio: aedo della reggia di Ulisse.

Fetonte: uno dei cavalli dell'Aurora.

Fidone: re dei Trespoti.

Filezio: bovaro di Ulisse.

Filò: ancella di Elena.

Filottete: eroe acheo noto per avere un piede puzzolente.

Ganimede: coppiere degli Dei.

Giasone: re di Iolco, figlio di Esone, capo degli Argonauti, compì l'impresa del Vello d'oro e si sposò con Medea.

Hermes: (Mercurio) messaggero degli Dei.

Iaso: padre di Dmetore.

Icario: padre di Penelope.

Idomeneo: re di Creta, figlio di Deucalione, parteciò alla guerra di Troia.

Ifigenia: figlia di Agamennone e Clitennestra, fu sacrificata dagli Achei per far cessare il maltempo in Aulide.

Ifimedea: amante di Poseidone.

Ifito: figlio di Eurito, donò l'arco a Ulisse.

Ino: figlia di Cadmo.

Iperione: uno dei Titani.

Ippodamia: ancella di Penelope.

Ippota: padre di Eolo

Iro: mendicante alla reggia di Ulisse.

Issione: re della Tessaglia, amante di Demetra.

Laerce: orafo di Pilo.

Laerte: padre di Ulisse e figlio di Archesio.

Lampezia: ninfa di Trinacria, custode delle vacche del Sole.

Lampo: uno dei cavalli dell'Aurora.

Laodamante: atleta feace.

Leda: madre di Elena, Clitennestra, Castore e Polluce.

Leocrito: uno dei Proci, itacese.

Leode: uno dei Proci, figlio di Enopo, itacese.

Leucosia: una delle Sirene.

Ligia: una delle Sirene.

Macaone: medico, figlio di Asclepio.

Macareo: compagno di Ulisse.

Maira: una delle anime intraviste da Ulisse negli Inferi.

Marone: sacerdote di Apollo.

Medonte: araldo di Odisseo.

Megapente: figlio di Menelao.

Melaneo: arciere, figlio di Apollo.

Melanto: ancella di Penelope.

Melanzio: guardiano di pecore.

Memnone: figlio di Aurora e di Titone, negro, bellissimo.

Menelao: re di Sparta, figlio di Atreo, marito di Elena, fratello di Agamennone.

Mente: re dei Tafi, figlio di Anchialo.

Mentore: amico di Ulisse.

Mesaulio: schiavo di Eumeo.

Minosse: re di Creta, figlio di Zeus.

Molpè: una delle sirene.

Naiadi: ninfe delle acque.

Nanteo: atleta feace.

Nauplio: padre di Palamede.

Nausicaa: figlia di Alcinoo, re dei Feaci.

Neleo: figlio di Poseidone, padre di Nestore.

Neottolemo: figlio di Achille, combatté a Troia, sposò Ermione.

Nestore: re di Pilo, figlio di Neleo, partecipò alla guerra di Troia, famoso per la sua saggezza.

Niso: padre di Anfinomo.

Noemone: nobile itacese, proprietario di navi.

Ochialo: atleta feace.

Opo: padre di Euriclea.

Oreste: figlio di Agamennone e di Clitennestra, vendicò suo padre uccidendo il suo assassino Egisto.

Orfeo: figlio di Eagro, famoso cantautore, scese negli Inferi per liberare la sua donna Euridice.

Orione: figlio di Poseidone, gigante e cacciatore, capace di camminare sulle acque.

Palamede: figlio di Nauplio, eroe acheo, inventore.

Pandareo: padre di una fanciulla mutata in usignolo.

Paride: (Alessandro) figlio di Priamo, rapì Elena.

Partenope: una delle sirene, morta a Napoli.

Patroclo: eroe acheo, amico e amante di Achille.

Peante: padre di Filottete.

Peleo: padre di Achille.

Pelia: re della Tessaglia, figlio di Poseidone.

Penelope: moglie di Ulisse, figlia di Icario, regina di Itaca.

Perimede: compagno di Ulisse.

Persefone: (Proserpina) moglie di Ade, regina degli Inferi, figlia di Zeus.

Perseo: figlio di Nestore.

Pireo: itacese, amico di Telemaco.

Piritoo: re dei Lapiti, figlio di Zeus.

Pisandro: uno dei Proci, figlio di Polittore.

Pisistrato: figlio di Nestore.

Polibo 1: un atleta feace.

Polibo 2: uno dei Proci, itacese.

Polibo 3: re di Tebe.

Policasta: figlia di Nestore.

Polidamna: donna egiziana. Regalò a Elena una polverina che calmava qualsiasi tipo di dolore.

Polifemo: ciclope, figlio di Poseidone e della ninfa Toosa.

Polissena: figlia di Priamo, finse di amare Achille per poi farlo colpire nel tallone.

Politerse: padre di Ctesippo.

Ponteo: atleta feace.

Pontonoo: coppiere alla corte dei Feaci.

Poseidone: (Nettuno) Dio del mare, figlio di Crono, fratello di Zeus.

Priamo: re di Troia, figlio di Laomedonte.

Primneo: atleta feace.

Procri: figlia di Eretteo.

Proreo: atleta feace.

Proteo: mostro dell'isola di Fare, noto come «Il Vecchio del Mare», capace di mutarsi in qualsiasi forma.

Protesilao: eroe acheo, figlio di Ificlo, il primo a morire a Troia, ucciso da Ettore.

Reso: re dei Traci, alleato di Troia, venne ucciso dalla coppia Ulisse-Diomede.

Rexenore: figlio di Nausitoo, padre di Arete.

Salmoneo: padre di Tiro.

Scilla: mostro marino con sei teste.

Sesto: figlio di Nestore.

Sisifo: figlio di Eolo, presunto padre di Ulisse, violentò Anticlea e incatenò Ade; condannato a trasportare in eterno un masso su una collina.

Stratio: figlio di Nestore.

Tantalo: figlio di Zeus, uccise suo figlio Pelope e lo servì alla mensa degli Dei. Fu condannato a soffrire in eterno la fame e la sete.

Teano: sacerdotessa di Atena, custode del Palladio.

Telamone: padre di Aiace il Grande.

Telemaco: figlio di Ulisse.

Teoclimeno: ospite di Telemaco, indovino.

Teseo: eroe greco, figlio di Egeo, uccise il Minotauro.

Teti: ninfa, madre di Achille, moglie di Peleo.

Thanatos: la Morte, sinonimo di Ade.

Tindaro: padre presunto di Elena.

Tiresia: indovino cieco.

Tiro: ninfa, figlia di Salmoneo, fu amata da Eracle.

Titone: pescatore. Se ne innamorò Eos che chiese per lui l'immortalità dimenticandosi, però, di chiedere anche l'eterna giovinezza.

Tizio: gigante, figlio di Zeus, ucciso da Apollo.

Toonte: atleta feace.

Toosa: madre di Polifemo, violentata da Poseidone.

Trasimede: figlio di Nestore.

Ulisse: figlio di Laerte, re di Itaca.

Zefiro: vento leggero, corrispondente alla nostra brezza.

Zeus: Padre degli Dei, figlio di Crono.

«Nessuno»
di Luciano De Crescenzo
Oscar Bestsellers
Arnoldo Mondadori Editore

Questo volume è stato stampato
presso Arnoldo Mondadori Editore S.p.A
Stabilimento Nuova Stampa - Cles (TN)
Stampato in Italia - Printed in Italy